GREH NJENE MAME

GREH NJENE MAME

Milica Jakovljević Mir-Jam

Globland Books

SADRŽAJ

PRVI DEO 9

Jedan događaj koji se odigrao baš pred odlazak na bal 11

Bogatstvo i društveni ugled su srušeni 26

Tajanstveni mladić sa sivim očima 38

Pod tuđim krovom 71

Mlada devojka, bez roditelja, otpočinje samostalan život 105

Zar jedna devojka bez ikog treba da propadne 125

Nedino srce 135

Jedno strašno veče 141

DRUGI DEO 153

Sama na beogradskom asfaltu 155

Jedna od čestih drama devojačkog života 168

Neočekivani susret u pozorištu 172

Izveštaj o tajanstvenom mužu 181

Tajne ispovesti u ordinaciji ginekologa 192

Plavi orao 199

Na mansardi 230

Tajanstveni mladić dolazi u Beograd 248

Jedan muž kao mnogi beogradski muževi 256

Na salašu 261

Opet onaj tajanstveni 265

Prvi trag o mužu 269

TREĆI DEO   281

Gospođica Božana Marić   283

Kosač na livadi   293

Ko je taj tajanstveni muž   300

Susret u šumi   316

I selo ima moderne devojke   345

Prva poseta muževoj kući   365

Verenica njegovog ujaka   388

Sestra smišlja plan   415

Iznenađenje   422

Šta je zgrešila njena mama   472

Jutro ljubavi   483

Osveta   491

Jedno mamino pismo   501

Susret   508

Uspomene iz rodnog mesta   515

Prvi Božić   522

PRVI DEO

Jedan događaj koji se odigrao baš pred odlazak na bal

Snežne pahuljice lepršale su se i njihale kao beli leptirići. Poneka bi naletela na prozor i priljubila se praveći fantastične oblike, ili padala dalje u svom veselom njihanju, slažući paperje po suvoj zemlji. Crveni krovovi i siva zemlja dobijali su bele naslage. Na stubovima ograda počele su se dizati šubarice. Bilo je veselo, nežno, zimsko popodne! Ispred kuća, na drvoredima lipa, sneg je kitio grane. Prolaznici su žurili ulicom i lica su im bila rumena, a šeširi okićeni belim zvezdicama. Svi su se smešili. Sneg je donosio radost.

Velika kaljeva peć širila je blagu toplotu, a po sobi se kretala jedna lepa, sredovečna žena. Moglo joj je biti četrdeset pet godina. Svežina njenog lica i lepe crne oči, meke kao u jagnjeta, podmlađivale su je za čitavih deset godina. Gospođa otvori orman. Nameštala je rublje. Ona izvadi muške košulje i premesti ih u drugu pregradu. Sve je bilo u besprekornom redu. U drugoj polovini ormana stajale su haljine. Videlo se da su to haljine mlade devojke. Gospođa izvadi jednu dugu ružičastu haljinu, meku kao kovilje.

„Lepa će biti u ovoj ružičastoj haljini... Njen prvi bal!", mislila je s nežnošću.

— Nedo! — zovnu nekog.

— Čujem, mama!

— Šta radiš?

— Sedim u tatinoj sobi kraj peći i sušim kosu.

— Je l' ti već suva? Trebalo je jutros da se miješ!

— Još samo malo... Da vidiš kako mi se lepo uvila. Ne bi mi nijedan frizer mogao napraviti ovako lepe kovrdže!

Začuše se laki koraci i na pragu se pojavi divna mlada devojka. Imala je iste oči kao majka: meke, crne, tople, nežne kao u jagnjeta. Samo je kći imala malo zagasitiju boju lica, kao da ju je sunce stalno prljilo. Usled toplote peći uz koju je sedela, obrazi su joj bili zažareni i rumeni kao njene mlade, sveže usnice. Sjajna crna kosa, prirodno kovrdžava, milovala joj je obraze; lice joj je bilo duguljasto i lepo osenčeno tom crnom kudravom šubaricom.

— Divna ti je kosa! — nasmeši se mati videći svoju lepu kćer.

— Ja i ti, mama, izgledamo kao drugarice!

— Kakve drugarice! Na meni se vidi koliko sam starija, dosta sam se promenila.

— Kako promenila? Ti si za mene uvek lepa. Samo jedno opažam: tako si tužna! Ti nisi srećna, a kriješ od mene.

— Bože, Nedo, otkuda ti to pada na pamet? Kako da nisam srećna? Dosta mi je tebe da vidim, pa da budem srećna. Zar ti nisi moja dobra i poslušna devojčica?!

— Jesam, mama, ali nisam ja više dete da ne razumem život. Osećam šta je sve u tebi i znam zbog čega patiš!

— Koješta! Ostavi takve razgovore.

— Baš hoću da razgovaramo o tome. Još dok nisam otišla u zavod, ja sam sve nagađala. Tebe tata vara! On ti nikada nije bio veran muž. On oduvek ima ljubavnicu. Jeste, mama, priznaj! Šta to kriješ od mene? Zar nije bolje da se i ti meni poveriš? Nekad mi dođe da sve kažem tati. Ja ga zbog toga ne volim.

— To ne smeš, Nedo, nikad da kažeš. On je tvoj otac i ti treba da ga voliš. Ostavi ti nas dvoje. Ja sam već sve pregorela i pomirila se s njegovim životom. Da, pomirila sam se. Kuda ide, šta radi, mene se ništa više ne tiče.

— Nije to, mama, život!

— Znam i ja da nije život, ali kad nešto mora da se trpi, onda se žena prekali.

— Ja mog muža ne bih trpela da me vara. I nešto me čudi: zašto nisi završila fakultet? Pa ti si apsolvirala. Zašto da napustiš studije? Da si bila nastavnica možda bi i tvoj život s tatom bio drukčiji. Imala bi više samostalnosti, ne bi bila ovako zavisna od njega. A ti si napustila studije i udala se.

— Nisam ja bila sposobna da budem samostalna. Da su još moji roditelji bili živi, ko zna šta bi se sve desilo! Ovako, osećala sam potrebu za zaštitom, bila sam malodušna, sentimentalna i suviše poštena. A tebe sam toliko volela da bih umrla i pri samoj pomisli da mi on oduzme moje dete. I uvek sam se nadala: biće bolje, on će se promeniti, shvatiće da sam ja dobra žena... Ali tvoj tata je takve prirode...

— Ti ga opravdavaš, ali on tebe nije umeo da ceni. On je bogataški razmaženi sin, a ti si bila skromno činovničko dete.

— Ostavi, Nedo, te razgovore... Lepa ti je balska haljina!

— Ne, mama, neću da ćutim. Težak mi je sav ovaj život. Kako bih bila srećna da se ti i tata volite iskreno. Mene sve boli, čini mi se kao da neko potkrada našu porodičnu sreću. Ja znam, mama, ko je njegova ljubavnica. Čula sam. Bila bih u stanju da je ubijem!

Mati je pogleda sva zaprepašćena.

— Nedo, zar ti, moje dobro dete, na takve misli da dolaziš? A šta bi posle bilo? Zar da sebe upropastiš? Mila moja devojčice, zar to da čujem od tebe?! Nije moj život tako strašan kako ti misliš — tešila je majka — svi su muževi isti.

— Ne možeš, mama, ti od mene ništa da sakriješ. Danas ste se vas dvoje prepirali. Čula sam. On ima velikih nezgoda u banci.

— Pa svi ljudi imaju nezgoda. Takvo je vreme. Kriza je.

— Nemaju svi ljudi. Drugi muževi i očevi su drukčiji. Ja samo žalim, mama, što nisam svršila maturu. Zašto ste me slali u zavod? Da me kaluđerice vaspitavaju? Baš ti, kad si znala kakav je tvoj život, trebalo je da me osiguraš. A šta me je zavod osigurao? Govorim nemački, sviram na klaviru, vezem goblene. Mogu li jezik i klavir da me izdržavaju? Ja bih ove godine maturirala kao sve moje drugarice, a vi ste me posle petog razreda poslali u pansion u Austriju.

— Odvraćala sam ja njega, ali ti znaš kako je on svojeglav. Šta on kaže, mora biti! Uvek je on u pravu. Zar je meni bilo lako da se odvajam od tebe? Ne bi on dao da ti ideš na fakultet.

— Znam, za tatu su sve studentkinje pokvarene devojke. A koliko je među njima idealnih devojaka i sirotica koje se muče da bi završile studije. Zašto je za tatu svaka devojka pokvarena?

— Zato što je u životu tvoga tate bilo mnogo pokvarenih žena i sve su studentkinje za njega pokvarene. Ja verujem da ćeš ti biti srećnija od mene.

— Kad se ja udam, mama, ti ćeš da budeš kod mene. Ostavi ga, neka se provodi sa svojim prijateljicama! A kad ostari, on će te tražiti... Kako si ti dobra i nežna žena! Još mu sve praštaš. A ja mu ne bih praštala.

— Vi ste današnje devojke energičnije. Za današnju ženu nije tragedija raskinuti brak. Vidiš: vole se, svađaju se, zabavljaju se, grde se, i mire se. A mi, predratne devojke, volele smo da nas mladići poštuju. Kad smo stupale u brak, zamišljale smo da će naša ljubav biti večna. Ali u naše brakove upleću se nove generacije. Tvoj tata voli mlade devojke. Ja sam sad stara za njega.

Kći joj priđe i zagrli je nežno.

— Moja lepa mamice! Ti imaš divnu dušu. Da li sam ja nasledila tvoju dušu?

— Ne želim ti to. Bolje da budeš energičnija. Ali ja se bojim za tebe. Koliko je ovo sati? Tri i deset minuta. Kako lepo pada sneg!

— Kad će tata da dođe? Treba da pođemo na bal posle osam.

— Rano je... Možemo i u devet...

— Je l' da mi je lepa haljina?! Pa dugačka! Tako sam visoka u njoj! Čisto ne poznajem sebe. Vidi, kosa mi je sasvim suva. Prosto je ne osećam na glavi. Kao pena! Pisala sam jutros mojoj drugarici iz zavoda, onoj Amerikanki Meri. Tako je slatka i simpatična. Mnogo smo se volele.

Ona ostaje još godinu dana u zavodu. Kako je to strašno u Americi! Njen otac je bogat i sklonili su je u zavod zbog gangstera. Dva-tri puta su ucenili njenog oca da će je ukrasti. Otac joj je fabrikant čokolade. Mi smo je u zavodu zvali: Kraljica čokolade. Jednom je dobila čitav sanduk čokolade iz Amerike. Što smo se tada svi častili! Ona je spavala do mene. Kad naiđe dežurna sestra, a mi sve čokolade pod jastuk. Sve smo jastuke umrljale čokoladom. Dogovorile smo se Meri i ja da ona letos dođe k nama u goste. Smem li, mama, da je pozovem? Tako je zlatna devojčica!

— Pozovi je. Otac ti to neće braniti. A već Džona, njenog brata, ne bi smela pozvati.

— Ja sam njoj pričala kako je lepo naše Jadransko more, pa plaže, Dubrovnik, Split, i obećala sam, kad dođe na leto, da će s nama ići na more.

— Možemo da je povedemo.

— Ona tri godine nije išla u Ameriku. Njen brat Džon je dolazio jednom. I vodio je Meri, jednu Italijanku i mene u operu i vozio nas automobilom. Džon nije tako lep, ali pravi je Amerikanac! I znaš šta smo se ja i Meri još dogovorile: kad ona ode u Ameriku, da ja idem k njoj u goste.

— A! To ti otac neće dati. I koliko staje taj put!

— Ali Meri mi je obećala da će mi poslati novac za put.

— Ne! Ne! Na to nemoj ni da misliš. Tvoj otac da te pusti u Ameriku?! Vidiš da se on ljuti kad i na korzo izađeš, iako je ovo palanka.

— A zašto da mi ne da? Pa i ti da pođeš sa mnom. Da vidiš i ti malo sveta. Ništa, kad se ja udam ja ću s mojim mužem da idem.

— S mužem možeš ići. Ali otac ti sada neće dopustiti. Ali, ti si mlada. Na udaju nemoj još da misliš.

— Ali ja nisam mlada. Napunila sam osamnaestu godinu. Nešto ću da ti kažem, mama: meni se ovaj avijatičar dopada.

— Onaj avijatičar?

— Jeste, on... To je tako fin mladić. Bogami, mama. Da znaš kako on sa mnom razgovara, a kako onaj inženjer Petrović. Taj mi se ne sviđa. Odmah je počeo s komplimentima i tako je s ironijom govorio o svim devojkama. Osetila sam kako misli da sve devojke trče za njim i da bi jedva dočekale da ih on zaprosi. A kad sam to osetila, baš sam mu kazala: za inženjera se ne bih nikad udala. A avijatičar mi je nešto kazao. Hoću da ti kažem. Kad smo bili na slavi kod Olge kuma-Vukine, on je igrao sa mnom i onda mi rekao: „Kad bih se, gospođice, ženio, samo bih s vama želeo da stanem pred oltar".

— Želeo bi znam, Nedo, ali treba da mu se da osamdeset hiljada, jer on kao oficir treba da položi kauciju.

— Zar tata ne bi mogao da položi kauciju za mene? On je direktor banke.

— Ne znam ja njegove račune u banci.

— Ja verujem da tata ima novca u banci. Ko je kupio vilu onoj devojci? Čula sam ja, mama. Ona nije imala kuće, a sad ima svoju vilu. Tata ju je kupio! Užasno je to. On ruši ugled i sebi, i tebi, i meni.

— Muškarci ne zameraju ako je devojčin otac lola. Oni bi drvlje i kamenje osuli na majku. Ne boj se, otac ti neće ubiti sreću. Ali on te ne bi dao za avijatičara.

— Zašto, mama! Avijatičari su divni! Nego za koga da me uda? Pa i vas dvoje ste se uzeli iz ljubavi. Ti si bila zaljubljena u tatu i on u tebe.

— Da, bila sam zaljubljena — uzdahnu mati. Okrete se brzo i pogleda jastučiće na divanu. — Ovo si lepo izradila. Volim ove tvoje jastučiće. Najviše mi se dopadaju ove ruže. Kao da su žive. Uh, zaboravila sam ono slatko od oraščića. Metnula sam da se rastopi. Ušećerilo se, pa došlo kao tutkalo. Sto puta sam kazala da slatko od oraščića neću da kuvam. Ali Dušan ga voli. Zbog njega sam i kuvala. Ugađam mu sve, ali on to ne priznaje. Oženjeni ljudi nekad polude. Dok ih bolest ne obori. Onda im opet supruge budu dobre.

Neda nije više slušala šta mama govori. Bila je zamišljena i gledala kako pahuljice sve gušće lete. Kao da je naišao nemi vihor belih leptirića!

Mislila je na lepog plavog avijatičara. Setila se kako ju je pitao: „Otkuda da se vi zovete Neda? Je li to srpsko ime?"

— Mama, htela sam da te pitam — zadrža majku, koja je pošla u kuhinju — zašto ste mi nadenuli ime Neda?

— To je bila želja tvoga dede. On je bio profesor istorije i pričao je da se sestra cara Dušana zvala Neda. Kao što vidiš, imaš staro srpsko ime iz srednjeg veka. On je voleo ta istorijska imena. Moj pokojni brat zvao se Vojin. Moje je pravo ime Zoranka, ali me zovu Ranka. A otac me je uvek zvao Zoranka. Voleo je kad si se ti rodila i uvek ti je tepao: moja mala vlastelinka! Bio je dobar i pošten čovek i vrlo spreman profesor.

— Pa i ti si studirala istoriju i geografiju. Da li bi mogla da predaješ u gimnaziji?

— Da me nužda natera, morala bih. Učila bih iz udžbenika i predavala. Zar se posle rata mnoge žene nisu prihvatile ratnih profesija...? Ala će sneg da napada! Volim više sneg nego blato. Ova zima nam je više bila s kišom i blatom. Nego, metni, sine, malo uglja u peć. Da vidim samo ono slatko.

Mati ode, Neda uze lopaticom uglja, ubaci u peć i sede kraj prozora da gleda pahuljice. Bila je malo nevesela.

Taj život njenih roditelja uticao je na njenu mladu dušu. Mislila je da ju je tata zbog toga i poslao u zavod, da bi mogao slobodnije da živi i ne dopusti ćerki da vidi bol svoje majke. Zato ga je manje volela. Nikad nije mogla iskreno da ga zagrli i poljubi. On joj je bio pomalo tuđin, kao da su sve te žene, njegove ljubavnice, stajale između nje i oca i rashlađivale njenu ljubav. Stidela se svoga tate. Prošla je jednom pored vile te njegove prijateljice i videla je na terasi. Ubilačke misli su se pojavile u njoj. Htela je da je pljune i dovikne: „Propalice, ja vas mrzim!"

Zimski suton se spuštao, a vihori snega su se pretvarali u živi roj belih svetlucavih bubica. Svetlost električnih lampi probijala se kroz mećavu i oko njih se njihao zlatni krug.

Jedna oficirska uniforma promače ispred njihove kuće. Nedi zalupa srce, a krv joj jurnu u obraze. Avijatičar. Srećom, nije je video. U njenoj sobi bilo je mračno. On prođe nekoliko koračaja i okrete se. Onda pređe na drugu stranu ulice i stade kao da razgleda izlog jedne knjižare. Posle se okrenuo, i Neda je znala da on tu stoji da bi se ona pojavila na prozoru. Ali ona nije htela da se pojavi. Smešila se na njega i gledala ga očicama zaljubljene devojčice koja još nije znala ni za prvi poljubac. Ali, onaj Amerikanac, Džon, umalo što je nije poljubio! Kazao joj je: „Da ste u Americi i Amerikanka, sigurno bi vas angažovali za film". Ali Džon nije bio lep. A avijatičar ima plave oči, tako plave kao suton, i guste obrve i trepavice. Na žuru ju je nešto upitao, ali ona mami nije htela da kaže. Rekao je: „Da li me volite, Nedo?" Ona je bila vrlo uzbuđena i nije umela da mu odgovori. „Hoću da pogledate dobro u svoje srce, pa da mi kažete na balu." Oh, ta ona mu je mogla reći još na žuru, ali se zbunila, bilo je stid, i osetila je bojazan, jer takve reči nije još nikad i nikome kazala. Njemu nije bilo dosta da ga ona samo voli, već joj je rekao: „Ako me volite, zaprosiću vas od tate. Ali hoću prvo vaš pristanak. Moj ujak, doktor Stanić, dobar je prijatelj vašeg oca, i on će mu reći o meni lepo. Do vas samo stoji. Vi mi se dopadate, volim vašu spoljašnost, vaše lepe crne oči, tu grguravu kosicu..." Ona nije umela ništa da odgovori, grlo kao da joj se bilo steglo, i mogla je da zaplače od radosti. Spremala se da mu večeras kaže da ga voli. Zato je bila sva u srećnom zanosu. Prvi bal i prve reči ljubavi jednom muškarcu! Ali da li je moguće ovo što je sad mama kazala da njen tata, možda, nema osamdeset hiljada za kauciju? Avijatičar je ne bi zaprosio da to ne zna. A on nju voli, vidi se.

„Ah, on gleda ovamo!", nasmeši se Neda i ti pogledi plavih očiju, koje kao da je videla kroz ovaj zimski suton, odagnaše bol njenog srca. Gledala je za njim dok god se nije izgubio u belom zimskom sutonu. Večeras će mu reći da ga voli. Ta pomisao prostruji kroz sve njene nerve. Bio je to strah i radost i iščekivanje najlepšeg trenutka u životu mlade devojke, kad se srce otvara kao cvet, da upije sunčane zrake.

Žar iz velike kaljeve peći bacao je svetlosne zrake po sobi. Mladoj devojci bilo je prijatno da sedi i sanjari. Volela je ovu kuću i svaku stvar u njoj. Zamišljala je kako će ona umeti da namesti svoju kuću. Već je videla sebe, svaku sitnicu u njoj, i njega. Ugalj prsnu, sinuše varnice i na zidu se ukaza slika njenog tate u masnim bojama. Radio je neki slikar i vrlo verno ga naslikao. Bio je to njen tata iz mlađih dana, s lepom, bujnom kosom. Sad mu je kosa bila proređena, mada su mu ostale iste oči. On je bio lep čovek. Još dok je bila u gimnaziji, u petom razredu, njene drugarice su joj govorile: „Tvoj tata je vrlo lep čovek". One su to govorile kao deca, tako je to ona razumevala onda. A sad joj se činilo da se njen tata mogao dopadati njima i kao muškarac. Da li je tata voleo mlade devojke, ili su mlade devojke volele njega, njegov položaj i novac? Znala je da je on varao njenu mamu zato što je lep čovek i što je imao lepu platu i položaj. Svi su mislili da su oni bogati. A Neda je u poslednje vreme počela da sumnja. Čudan je bio njen tata. On je mnogo trošio, ali je uvek prebacivao za sve što se potroši. Stalno je u kući slušala reč: novac. Pa i sad, kad je snevala najlepše snove o svome životu, opet se čula ta reč: novac! Tatine oči su čisto gledale. Ona se pokaja zbog svojih prekora.

Kroz prozor je videla kako se njihovoj kući približava Olga, ćerka njihove kuma-Vuke. Kazala je da će doći da vidi njenu balsku toaletu. Istrčala je u predsoblje da je dočeka.

— Je l' ti gotova haljina?

— Jeste.

— O, vrlo je lepa! — govorila je, ali bez oduševljenja.

— Istina? Dopada ti se? — pitala je naivno i bojažljivo.

— Dopada mi se! Lepo će ti stajati.

Ali i to je izgovorila nemarno. Neda je osećala kako ona nikad nije pokazala nikakvo oduševljenje ni prema njenoj toaleti, ni sviranju, ni njenoj kosi, zbog koje su je hvalile sve drugarice. Kazala je to mami, a ona joj je objasnila: „Pakosna je. Svi su oni pakosni u kući. Sestra sestri zavidi." I tačno je bilo što je mama kazala. Olga je ogovarala svoju sestru

Dušanku. Prosto ju je mrzela zbog kavaljera. Takvi odnosi u porodici čudili su Nedu. Oni nisu bili siromašni, naprotiv bili su dosta imućni. Manufakturna trgovina njenog oca važila je kao najbolja u gradu.

— Videla sam avijatičara Branka. Razgovarali smo. Doći će i on na zabavu — nastavi Olga.

Ispod svetlosti crvenog abažura Nedino lice posta kao plamen. Da li od abažura ili uzbuđenja? Olga je ljubopitljivo pogleda. Spazi njene velike, tamne oči, meke kao velur, i seti se kako je maločas avijatičar zapitao: „Hoće li doći gospođica Neda?" Strašno ju je uvredilo njegovo pitanje, jer ga je i ona volela. Činilo joj se da je on i simpatiše, sve dok letos nije došla Neda iz zavoda. Ona kao da je sve mladiće opčinila u varoši. „Neda Pavlović! Neda!" Svi su se oduševljavali njome i šetkali ispred njenih prozora. Da je mogla svima bi kazala: „Šta ste se zaludeli za onom glupom pansionatkinjom! Mislite da je ona naivna, ako vas onako naivno gleda." Ali, bili su neki kumovi i morala je da ćuti i još da šeta s njom, i poziva je na žur. Nije je nimalo volela. Čak ju je ponekad i mrzela i u svojoj pakosti punila joj glavu kako su muškarci rđavi, pokvareni, mangupi i da im ne treba verovati. I sada se spremala da zapara malo po njenom srcu.

— Je l' znaš ko je zaljubljen u Branka?

— Ne znam — prošaputa Neda i sva pretrnu.

— Zagorka Matić, ona studentkinja filozofije. Sada će da diplomira i hvali se da joj ne treba kaucija za oficira.

— A voli li on nju? — šaputala je Neda.

— Muškarac voli svaku devojku koja hoće s njim da se zabavlja, a Zagorka je imala mnogo avantura.

— On meni izgleda kao idealan mladić.

— Tebi su svi idealni! — zakikota se Olga. — Moram da idem kući. Uzela sam iz naše radnje svilene čarape.

— U koliko ćete sati doći?

— Prvi sigurno nećemo biti tamo. Bolje da svi mene dočekaju, nego da ja sve devojke sačekujem. Što si se tako uozbiljila? Pogađam! Što nisam potvrdila da je Branko idealan.

— Šta se to mene tiče?! — odgovorila je Neda, želeći da sakrije svoja osećanja.

— Nemoj ni da mu veruješ, ma šta ti kazao.

Nešto gorko oseti Neda u grlu. „Što je došla da mi pokvari najveću radost?!”

— Zbogom! Pa nemoj više da budeš tužna. Bolje misli na onog Amerikanca, Džona.

Sat lagano otkuca šest.

„Još dva sata.” Sela je za klavir. Svirala je nešto napamet. Muzika je unosila poeziju u njeno srce, ali i tugu. Spustila je poklopac preko klavijature.

— Zašto ne sviraš, Nedo? — začu mamin glas.

— Bolje radio da slušamo. Zbilja je, mama, smešno koliko ste potrošili za mene u zavodu, a sad niko ne sluša klavir, kad ima radio. Devojke više i ne uče da sviraju na klaviru.

— Bolje bi bilo da uče muziku nego da flertuju. A ko je to dolazio?

— Olga kuma-Vukina. I ona će na zabavu. Ali ja ne mogu Olgu da shvatim: zašto su njoj svi mladići pokvareni?

— Više ih poznaje i više se druži s njima. Njena majka i ona hoće da izigravaju otmeni svet. U njihovoj kući je najpametnija stara kuma Anica. A i otac im je dobar čovek, trgovac, pametan, samo ga žena ne razume, i to je zlo. Pa je i kćeri tako vaspitavala. One bi htele da daju ton društvu. Priređuju žureve, čajanke, pozivaju mladiće, a sav taj svet dođe, najede se, napije, i posle ih ogovara — mati pogleda na sat. — Prošlo je šest. Ti nisi užinala?

— Ne mogu, mama, ništa.

— Bolje malo sad da jedeš, pa ćemo se posle prihvatiti u bifeu na balu. Dušan će ranije doći. Da li je ono on? A, nije! Učini mi se.

Neda je rasejano razgledala jedan ilustrovani časopis. Spazi sliku jednog kauboja i nasmeši se. Kazala je Džonu, Amerikancu: „Vi mi ličite na kauboja. Imate guste obrve kao kauboj, samo još šareno šalče da metnete oko vrata i veliki šešir!" Mama izađe iz sobe i ona opet utonu u tužne misli. „Možda će opet proći..." Ugasi svetlo i sede kraj prozora. Ulica je bila življa. Vraćali su se činovnici i oficiri iz kancelarija i kasarne. Neki mladići su se grudvali. Neda se smešila gledajući mladićku veselost.

— Čekaj, da udarimo malo Nedi u prozor! — progovori jedan student.

— Nemoj da razbiješ okno.

— Neću ja grudvu ledenjak! Samo malo da joj poprašim prozor snegom.

Neda se brzo odmače od prozora i vide snežnu lopticu, koja se prilepi za prozor.

— Nedo! Nedice! Ala imaš slatke očice! — dobacivao je mladić.

Ta nestašna dobacivanja razveseliše je malo. „Olgi je, možda, krivo. Avijatičar je dobar mladić."

— Marš, mangupi! Šta se grudvate! — začu se ženski glasić, koji je grdio, i muški smeh koji ga je pratio.

— Kad smo mangupi, gospođice, onda ćete nas zapamtiti! — uzviknuše mladići, a snežni prah polete na devojku. Ona umače, grdeći ih. Mladići su redom dočekivali devojke i gađali ih grudvama. Dve devojke ne ostadoše dužne i osuše na njih grudve. Sakupi se još devojaka i nastade bitka grudvama. A sneg je neprekidno vejao. Lipe su se bile zaokruglile kao bele kupole. Ispred izloga vio se snežni roj.

Sat iskuca sedam.

— Mama, da li da se oblačim?

— Pa pričekaj još malo. Sad će tata.

Bilo je već sedam i četvrt. Neda je oblačila prozračne svilene čarape, ružičaste i sjajne kao sedef. Noga joj je bila lepo izvajana. Cipelice od ružičastog atlasa ocrtavale su njenu nožicu kao u Pepeljuge. Stalno je osećala tremu. Lepo u njenoj duši bilo je jače od onog ružnog što je ubacivala Olga. Sve se opet razbistrilo i postalo svetlo.

— Ama, što nema Dušana?! Evo, već je pola osam — govorila je mama.

— Pa oblači se i ti, mama!

— Lako je za mene! Začas ću se obući.

„Da li je otišao njoj?" Njeno izmučeno srce, iako je govorila da je prekaljeno, uvek je tištao bol, poniženje i uvreda. Ah, da joj nije bilo Nede, ne bi ona sve ovo trpela. Njen materinski pogled preleteo je po figuri kćeri. Kako je lepa! Gledala ju je s oduševljenjem i materinskom ljubavlju.

— Da se ja obučem?

— Obuci se. Hajde da vidim kako ćeš da izgledaš.

Mati je zaboravila sva poniženja supruge i uživala u svojoj kćeri. Posmatrala je njene devojačke grudi, bedra, noge. Ona je sve to negovala, kupala, odgajala. Kao da je u njoj videla sebe, mladost, lepotu. „Da li će ona biti srećnija od mene?"

Neda s pobožnošću uze svoju lepu, vazdušastu haljinu. Spustila je lagano preko glave, navuče je preko grudi i stasa, i izvi se u njoj, visoka u bujnoj mladosti, nežna, čarobna.

— Pogledaj, mama!

— Divna si, Nedo! Ne mogu, prosto, da te poznam — mati je imala pune oči suza. To je bila njena jedina radost, njena mala Neda, njen ponos, uteha, njeno dobro dete! I već je postala devojka, lepa devojka, u koju će se zaljubiti, zaprositi je, odvesti je od nje, majke. Koliko je bilo raznih osećanja u njenoj materinskoj duši! Da li se obradovala ili uplašila ove ćerkine lepote? Da li je predosećala da će joj i ona otići i da će ostati zauvek sama sa svojim bolom? Tek, suze joj navreše na oči.

— A zašto plačeš, mama? — pitala je devojčica tužna i srećna.

— Plačem od radosti što si tako lepa, što si moje dete, što sam dočekala da te vidim kao odraslu devojku. Tvoj prvi bal! I ja sam imala svoj prvi bal kao studentkinja u Beogradu — mati zajeca.

— Nešto si se rastužila, mamice, nešto si se podsetila?

— Ništa, dete moje! Ovo je radost koju oseti svaka mati. Pomislila sam da ćeš se jednog dana udati, otići. A bila sam te tako željna ove dve godine dok si bila u zavodu.

Kći ju je grlila, mazila je i tepala svojoj mamici. Htede reći da bi je umirila: „Ja se neću udavati, ostaću kod tebe", ali se setila šta ima večeras da kaže avijatičaru i našla je druge reči:

— Ti ćeš živeti kod mene kad se ja udam! Ah, kako ćeš da uživaš u mojoj kući! Ali idi i ti, mama, obuci se.

— Pričekaću još malo. Dušan mora da dođe. Čudi me što ga nema. Pola osam je. Čekaj, da pošaljem Bosiljku do banke, da vidi da li je tamo. Možda ima neku sednicu. Neka mu kaže da odmah dođe — mati izađe, a Neda osta pred ogledalom, sva zanesena svojom slikom, kao da to nije bila ona, već neka druga devojka, kao da se neko novo biće odvojilo od njenog i smeši joj se čarobnim očima.

Sat odzvoni osam.

Kroz dvorište neko protrča. Vrata na predsoblju jako lupiše, začu se zadihani glas.

— Gospođo! Gospođo! Jaoj!

— Šta je? Što si takva? Što si se uplašila? — upita gospođa Pavlović. — Je li tamo Dušan?

— Gospođo, jaoj, nešto se desilo u banci! Mnogo je sveta... žandarmi... ne puštaju... policija!

Žena preblede kao smrt i uhvati se za naslon od stolice.

— Šta se desilo? Govori! — Neda istrča u balskoj haljini.

Devojka steže ruke, nema i bez daha.

— Ubistvo, gospođo!

— Koga su ubili? Govori... Govori...!

— Ne znam koga! Ubistvo ili samoubistvo.

Supruga vrisnu:

— Kuku! Šta li je s Dušanom?

— Šta je tati? Ko se ubio? Govori! Šta se dogodilo?

— Gospođo, nemojte da kukate, ko zna ko se ubio! Nisam čula. Otkuda naš gospodin? Neko se ubio! Ne znam ko.

Ali žena nije slušala.

— Nedo, idem! Idem odmah! Bosiljka, daj mi mantil! Jaoj, bože! Sačuvaj nas samo nesreće.

— I ja ću s tobom, mama.

— Ne, ti nećeš ići! Ja ću sama. Moram da vidim. Nešto se desilo! Ko to kuca? Teško nama! Neki ljudi! — drhtala je sva prestravljena. Kći preblede. Mati se povede. Devojka istrča u predsoblje.

— Je l' tu gospođa Pavlović? — pitao je jedan činovnik iz banke.

Gospođa Pavlović pođe prema vratima i nasloni se na zid. Kći je obgrli. Činilo im se kao da imaju da saslušaju smrtnu presudu. Nisu smele da pitaju ništa, ni mati ni kći.

— Gospođo... gospodin direktor se slučajno... ranio...

Žena jauknu.

— Ranio? Nije, vi krijete. Govorite sve. On se ubio! Ubio se! — zajauka na sav glas. U predsoblje upade usplahireno njihov kum, trgovac Perić, Olgin otac.

— Kumo, nesreća! Čuo sam i potrčao. Zašto da to uradi?

— On je mrtav! — vrisnu kći. — Govorite šta je s tatom?

Ljudi su ćutali. Žena se zanjiha i sruši, a kći, u svojoj ružičastoj toaleti, pade preko majke kao cvet koga je iščupala i iskidala olujina.

Bogatstvo i društveni ugled su srušeni

U društvu nesreća uvek izaziva različita osećanja: jedni sažaljevaju, drugi se iščuđavaju, treći su zluradi, a ima ih za koje je sve to teatar, kao peti čin komedije.

Tragedija se odigrala i u životu kćeri i supruge. Sahrana je bila svečana, jer su svi bili pod utiskom žalosne žene i kćeri. A posle je došlo ono drugo, strašno, beščašće, preziranje i prokletstvo. Između robije i smrti, Nedin otac je izabrao kao časnije — smrt. Njegova smrt nije mogla da iskupi propast mnogih ljudi. Zakulisni bankarski život otkrio je mnogo nečasnih dela koja su dovela do kraha dve trgovačke kuće u varoši i upropastila mnoštvo ulagača. Samoubistvo direktora banke bio je manje tragičan slučaj nego propast koja je zadesila mnoge. Žalio ga više nije niko, pa čak ni njegovu ženu ni kćer. Još samo oni najbliži, poznanici, kumovi i prijatelji, nalazili su im se u teškim danima. Trgovac Perić im je odmah preporučio: „Sklonite od stvari što god možete: nakit, srebro, ćilime, posteljne stvari, jer će sve popisati i prodati”. Nedina mama je tužno sve to slušala. Kao da te stvari imaju vrednosti kao da one sačinjavaju sreću života?! Prisebne komšike su odnele nešto što je skupocenije i sakrile, a posle je došla policija. Sve se iz kuće iznosilo kao lešine.

Nedu su sklonili kod Perićevih da ne vidi ništa. Ali ona je videla mnogo više nego što su oni mislili. Nije žalila za bogatstvom. Ona ga nije ni osetila, niti je umela da ga ceni. Njen život je bio skamija, učionica, pansionatska soba i bašta. U toj lepoj bašti devojačkog života videla je cveće. Živela je opasana zidinama i nije znala šta je preko tih zidova. Ali smrću tatinom zid se srušio i ona se našla pred neizvesnošću i životnim patnjama. Tek sada je ugledala svet bez maske, iako su svi imali suze u očima.

Olga ju je tešila, ali u sebi se i ljutila. Najviše joj je bilo krivo što joj je ta smrt pokvarila bal. Gunđala je: „Baš je večeras morao da se ubije! Nije mogao da priček do sutra." Jer kao kumovi, nisu mogli da odu na zabavu i da igraju. U podsvesti je osetila i zadovoljstvo što avijatičar više neće moći da misli na Nedu. Ta radost joj je davala strpljenja da teši Nedu. Jer nesreće mnogima donose i radosti. Jedino biće koje ih je žalilo iskreno bila je mati trgovca Perića — Anica. Starinska dobra duša, prijateljica majke gospođe Pavlović, bila je skromna žena i bolećiva kao mati. Prvo je kazala sinu da ih pozove u njihovu kuću da ih skloni za vreme prodaje, i tešila ih, uvek bila oko njih dveju, brinula se kao majka.

— Nemoj, Ranka, toliko da očajavaš. Ima, dete moje, svakojakih nesreća u životu. Ostala ti je kućica od oca. Onde su dva stana. Pet stotina dinara imaš od kirije. A Neda je zdravo i dobro dete, može da daje časove, mogao bi i Jova da je uposli u trgovini kod njega. Teško je dok se ovo prvo ne preživi. On se ubio, pa šta ćeš? Takva mu je sudbina. Možda i nije bio kriv?! Ja uvek strepim od tih trgovina i špekulacija. Gde god čovek radi s parama može da nastrada. Neprestano se čuje: kriza! kriza! Pa možda je ta kriza svemu kriva, gospod je ubio! Kad je moj pokojni Dimitrije imao svoje dućane, mi nismo ni znali za krizu. Trgovali smo sa seljacima i stekli. So, šećer, kafa, katran, lojane sveće, sapun, nišador, to nam je bila roba. A sad napune trgovinu, sve svila i somot, rafovi puni do tavana, pa odu pod stečaj! Nemoj da plačeš! Pogledaj ovo jadno dete! Ti si bar proživela, imala si i lepih dana u životu, a ono jadniče, tek ušlo u svet, pa ova nesreća! Ćuti, Ranka moja! Ako ona bude imala sreće u životu, udaće se i bez imanja. Proklet da je novac!

Stara dobra žena sipala je svoje reči kao melem.

Mesec i po dana bili su u njihovoj kući. A posle gospođa Pavlović reši da se useli u svoju malu kuću, što joj je ostala od oca. Bila je to starinska kuća. Sa ulice je stanovao jedan stari učitelj sa ženom. Dugo godina je bio njihov stanar. A u dvorištu je bio stan od dve sobe i kuhinje. Tu se uselila gospođa Pavlović s Nedom. Prodali bi i tu kuću, da nju nije ostavio njen otac, stari profesor, svojoj unuci Nedi. „Mojoj miloj vlastelinki ostavljam ovu kućicu", govorio je još za života.

Kako je Neda volela tu dedinu kuću! Mati joj je uvek morala pričati kako su oni lepo živeli i voleli se. Svaki praznik joj je opisivala: Božić, Uskrs, slavu. Veliki doksat je bio ispred kuće. Neda je videla kako se crvene cigle koje staramajka premazuje pred slavu. Zamišljala je dugački minderluk na koji bi uvek svi posedali, a velika peć sandučara bukti i kroz pravouglasti otvor svetluca žar. Tako su bile lepe mamine priče o njenom devojačkom životu. A kako joj je bio tužan život u braku! Posle muževe smrti preživljavala je velika poniženja. I dok su njihovo sve prodali, uzaptili, njegova ljubavnica je sedela u svojoj vili. Niko je nije mogao pokrenuti. Kuća je bila na njeno ime. A on je pre pola godine prodao njihovu kuću, govoreći da će da zida novu, veću, za rentu. A lagao je!

Možda mu je bio potreban taj novac da njoj kupi vilu. Ništa oni nisu znali o njegovim računima za njegova života. Posle smrti ona je sve doznala. Koliko prljavih stvari! Čuvala se da ništa ne oda Nedi. Nije htela da razočara njeno nevino srce.

Neda je sve naslućivala. Da li je ljubav prema majci davala toj devojčici hrabrosti da je teši i priča o svojim planovima za budućnost?

— Ja ću da radim, mamice. Zar je malo devojaka koje nemaju ni oca ni majke i same se probijaju kroz život? Ništa mene nije stid da radim. Samo da mi ti ne budeš tako očajna.

Neda, zaista, nije žalila bogatstvo i društveni položaj. Ali ona je žalila njega, onog princa iz oblaka, s očima plavim kao cvet u sutonu. On je za nju bio izgubljen. I da je voli, zar bi je mogao uzeti? Kći bankrota i samoubice! Osećala je kako se svet sklanja od njih. U njihovom sažaljevanju bilo je nipodaštavanja. Mladići više nisu šetkali pored njene kuće. Gledali su je s radoznalošću onih koji vole da vide kako neko preživljava ličnu nesreću. Drugarice su bile prijazne, jer im ta lepa mala Neda više nije bila suparnica. Nije ni njega, avijatičara, viđala. Koliko puta bi otvorila kofer da vidi svoju ružičastu, prvu balsku toaletu. Sačuvala ju je kao uspomenu i relikviju. Ona ju je podsećala na njene devojačke snove. Tako su bili ružičasti njeni snovi, kao ova haljina, kao zora koja se tek pomaljala, tek je pošla u život, prema sreći, i skrhala se, da možda nikad više ne dozna radosti života.

Kod učitelja je bila na stanu jedna starija devojka. Bila je poštanska činovnica. Nikoga nije imala. Ceo njen život bio je rad. Od jutra do večeri u pošti. Nije imala kavaljera, niti se ko interesovao za nju. A imala je tako lepe oči i morala je biti lepa devojka. Možda će tako i ona, Neda, dočekati da bude stara devojka. Možda se i na nju niko neće osvrtati. Sedeće u bašti, kao ova devojka, dok druge šetaju i zabavljaju se, i krpiti čarape, plesti šal i brojati dane od prvog do prvog. I računati: ovo za kiriju, ovo za hranu, za opravku cipela, i jedva će ostajati za haljinu.

Plakala bi Neda tada.

* * *

Bio je mesec mart. Već su se bile malo pomirile i ona i mama. Imale su nešto gotovine što su sakupile od prodatih stvari. Pet stotina kirije i nisu plaćale stan, pa su mogle da razmišljaju šta da preduzmu.

Gospođa Pavlović se rešavala da traži mesto nastavnice. Ali to je bilo isključeno. Uviđala je i sama, jer je bilo toliko diplomiranih studenata koji čekaju mesto. I to mlađih devojaka i mladića, spremnih, sa skorašnjim znanjem. Ona je sve pozaboravljala. Uviđala je grešku što Nedu nisu školovali. Da je maturirala, mogla je dobiti negde službu.

— Ništa, mama, davaću časove iz klavira i nemačkog.

I to je bilo teško. Kome da daje časove u njihovoj palanci? Bolje bi bilo, ipak, da radi u nadleštvu nego u privatnim kućama. Najstrašnije je kad se s viših društvenih stepenica spusti na niže, a mora da se živi u istoj varošici. Ali ni u kancelariji se nije mogla uposliti.

— Volela bih, mama, da idemo u Beograd. U Beogradu bih mogla svašta da radim. Mogla bih i prodavačica da budem.

— A s čime da idemo, dete moje? Ne znaš ti šta je život. Ovih pet stotina dinara dali bismo za stan. A ostalo? Beograd je skup.

Tako su svakog dana njih dve razgovarale šta će i kako će.

Neda je umela vrlo lepo da veze i plete. Učila je u zavodu. Znala je prilično i da šije.

— Da vezem, mama, nešto pa da prodajemo.

— A ko će da kupi? Sve devojke vezu. Smatrale bi za luksuz da kupuju vezove.

Ipak je Neda izradila dva džempera Olgi i Dušanki. Onako, da ne sedi besposlena, ne za novac, ali njihova bolećiva kuma Anica tutnula je Nedi u ruke dve stotinarke. To je bila Nedina prva zarada. Radosno je donela mami novac. Mati je, kad je Neda nije videla, plakala. Mnogo je bola bilo u materinoj duši za njenom devojčicom.

Jedne nedelje, pre podne, Neda se vraćala s groblja. Bila je tužna. Išla je oborene glave.

Čula je korake iza sebe.

— Dobar dan, gospođice!

Okrenula se i prebledela. Pred njom je stajao avijatičar.

— Video sam vas iz svoje sobe kad ste otišli na groblje, pa sam čekao da se vratite. Molim vas da primite moje saučešće. Nigde vas ne viđam i nisam imao prilike da vam priđem. Tako me je zaprepastio onaj događaj! Bio sam na zabavi i tamo sam čuo. Šta ćete, čovek mora da se pomiri sa svakom katastrofom. Bar mi, avijatičari, uvek moramo da pomišljamo na nepredviđene događaje. Ja sam uvek mislio na vas — progovori tiše.

Nedi zalupa srce. Išla je oborenih očiju i nije smela da ga pogleda. Da li će je sad zapitati ono što je želeo da čuje na zabavi?

— Na vas je sve to moralo strašno da utiče! — prešao je avijatičar na drugu stvar. — Stanujete sada u drugoj kući?

— Da, to je kuća što mi je ostala od dede.

— A to je vaša kuća?

— Moja. Nju nisu mogli da prodaju.

Avijatičar se seti kako mu je pričao ujak, doktor Stanić. „Ostale su bez ičega. Nisam mogao misliti da će ih tako neosigurane ostaviti. U teškom su položaju." Šta je mogao sad da kaže ovoj devojčici? Da li je smeo da je pita da li ga voli? Da se oženi njome, više nije mogao. Pomislio je na tu kuću, koja bi poslužila kao kaucija. Ali sve se uplelo u život te devojčice i njene mame: nečasni poslovi njenog oca, nesreća mnogih zbog njegove propasti, beščašće. A on je bio oficir. Bar za sada nije smeo da je pita ništa. Još uvek je u varoši bilo uzrujanosti povodom smrti njenog oca. A ona je bila divna devojčica. Nevina u celoj toj stvari. Žalio ju je iskreno, ali nije smeo da joj budi i daje ikakve nade.

— Ja sam dobio premeštaj, gospođice.

Neda ga naglo pogleda. Njene velike crne oči zaustaviše se na njegovim kao da ne razumeju. Ali po onom bolu koji steže mišiće srca, ona nesvesno oseti šta to znači.

— Idete odavde?

— Idem za tri dana. I hteo sam zbog toga da vam kažem.

— To je lepo — prošaputa ona bledih usnica, a nije znala na šta se upravo odnosi njena rečenica: da li što odlazi, ili što joj to saopštava.

— Voleo sam da ovde ostanem, ali moram ići tamo gde me premeštaju. Pisaću vam. Hoćete li da mi odgovorite?

— Odgovoriću vam.

Avijatičar pogleda lepu devojčicu. Zaista, ona mu se dopadala. Gledao je njeno fino, duguljasto lice, velike krupne oči i kosu koja joj se spuštala do ramena u talasima. Bila je kao slika tuge. „Možda, kasnije, dok sve ovo prođe i svet zaboravi, pitaću je, da li bi njena kuća mogla da se proda i da to posluži za kauciju.”

— Očekivaću vaše pismo.

Ona okrenu glavu u stranu da on ne vidi bol u njenim očima. Osetila je da je on samo teši, a bila je svesna da odlazi zauvek.

— Smem li da vas otpratim do kuće?

— Smete... Ako vam nije neprijatno...

— Zašto, gospođice?

— Pa... nas svet mrzi, i mene i moju mamu, iako mi nikome nismo zlo učinile...

— O, ko može da vas mrzi? Šta ste vi krivi? To su svakodnevni događaji o kojima neprekidno čitamo po novinama. Ne treba to da primate srcu. Vi ste dobra devojka. Vaša mama je fina dama, inteligentna žena. Nemojte tako tragično da shvatate život. Vi ste još mladi.

— Ah, da vi znate kako je meni teško — čisto se zagrcnu. — Zbogom!

— Što nećete da vas pratim?

— Nemojte! Ne mogu! — grizla je usnice da ne brizne u plač. — Hvala vam na lepim rečima. Sećaću ih se. Ali nikad nisam mislila da će život biti tako svirep prema meni i mojoj mami. Oprostite! Uzbuđena sam! Zbogom! — istrgla je ruku i žurno se udaljila, da se ne bi rasplakala nasred ulice.

Avijatičar je bio potresen. Osetio je šta je u toj devojčici. Možda ga voli, očekivala je lepše reči od njega, a on joj saopštio da odlazi.

— Jadna mala! — prošaputa.

Spazio je Olgu, kumicu Nedinu. Ona je videla kako razgovara s Nedom i htela je da zastane. Ali on joj se samo javi i brzo prođe pored nje. Sva besna i ljubomorna, Olga upade u kuću. Čula je da je on premešten, a videla ga je kako s Nedom razgovara. Nju je jedva pogledao.

Staramajka je sedela u sobi i čitala novine, a njena sestra Dušanka je pisala pismo.

— Videh Nedu! Žali devojka oca! Vraća se s groblja, a prati je avijatičar Branko. E, crkla bih od muke, kad ti, bakice, veličaš Nedu! Čekaj, videćeš ti kakva će biti Neda! Otac joj se ubio, sad može da jurca. Nema ko da joj brani.

— A što, ako je pratio avijatičar? Što si tako pakosna? — okrete joj se sestra. — Krivo ti je što avijatičar tebe ne gleda. Pa svi znaju da se njemu Neda dopadala, možda će on i da je uzme.

— Nemoj da laješ! Ja pakosna? Baš ti je mustra Neda! Svi ste uobrazili njenu lepotu. Ništa ona nije.

Baba Anica spusti naočare na nos.

— Jaoj, dete, što imaš pogan jezik! Zar se sestri kaže: nemoj da laješ?! Iskijaćeš ti jednog dana za to. Fina devojka! Pred kavaljerima mi se sve izvijaš, a u kući se grdite i svađate gore nego Ciganke!

— A što me ujeda?

— Ne ujeda te, nego ti lepo kaže da zavidiš Nedi, a na čemu joj zavidiš? Na njenoj nesreći. Umesto da kažeš: daj bože da se uda, neka bude srećna, jer jedino može da očekuje da se nađe neko ko će da je uzme. Pa i ti svuda lepu reč za nju da kažeš. Ona je bolja od tebe. Kako poštuje majku. Otac ih je ostavio gotovo na ulici, ali nikada za njega ružnu reč da kaže!

— Znam... Znam. Kada se nešto kaže za tvoju Nedu i Ranku, ti odmah hoćeš oči da iskopaš! Ti više voliš Nedu nego nas.

— Volim je, što ume majku da poštuje, neka joj bog da sreće. A ti ispružiš ovoliki jezik! Ja sam starinska žena bez škole, ali sam finija od tebe.

— Što ste me ovako vaspitali?!

— Da sam te ja vaspitavala, drukčija bi ti bila. Ne bi znala za nervozu. Kakva nervoza! Besni ste vi svi u kući. Imate svega i svačega. A da se mučite i radite, ne biste znali za bes. Ja sam se mučila i stekla s vašim dedom, pa sad rasipate na sve strane.

— Dosta, baba, nemoj više da me jediš. Ti samo o tome kako si stekla. Ti si se mučila, a mi hoćemo da uživamo. Hoću da se provodim i da uživam, da kupujem što god mi je volja.

— Ako, ako, sine, provodi se, kupuj što god hoćeš. Sreća, te ja još sve moje držim u rukama. I dobro što vaš otac nije tako lud kao vi. I što onaj moj pametni Dimitrije meni ostavi da budem gospodar dok sam živa. A da je sve ovo imanje u vašim rukama, vi biste me isterali na ulicu.

U sobu ljutito uđe snaha.

— Šta ti, majko, stalno s Olgom raspravljaš? Samo nam popuješ po kući. Ostavi je. Šta se s njom neprestano začikuješ? Ona je osetljiva i nervozna.

— Besna je ona, ćerko!

— Bes? Kakav bes? Valjda bi htela da i mi živimo kao što si ti živela? Drugo je vreme sada.

— Jest', drugo je, pravo kažeš. Ali ono je bilo srećno vreme. Svi su se poštovali... I u nesreći su trčali jedno drugom da se nađu. A tvojoj ćerki je krivo što avijatičar ne gleda nju, nego Nedu.

Olga briznu u plač.

— Slušaj, mama, šta govori! Meni krivo? Baka me uvek sekira s tom Nedom. Prosto sam zbog nje omrzla i Nedu i njenu mamu. Valjda smo im malo učinili? Šta su nam oni? Ništa! Niko ih ne ceni u varoši, samo još baka.

— Jeste, ja ih volim. Nikad ne mogu da zaboravim njenog dedu i babu. Kako je bio dobar i pošten čovek profesor Toma! Pa njena majka Jelena! On je bio gospodin čovek, školovan, a majka njena pametna žena, gospođa, pa ipak se nisu stideli mene i vašeg dede. Nego kad god prođu kraj dućana pitaju: „Kako ste gospa-Anice? Kako gazda Dimitrije?" Kad je naša slava prvi su nam dolazili. A mi nismo smeli da propustimo na njinu slavu da ne odemo. A kad se tvoj otac ženio, moj Dimitrije upita profesora Tomu: „Gospodine Tomo, najveća bi mi radost bila da vi venčate mog Jovu".

— Ih, majko, toliko pridaješ važnosti tome što me je venčao profesor Toma!

— Jest', snaho, onda se poštovalo i kumstvo, a sad se ne poštuju ni roditelji. I tebe ne poštuju tvoje ćerke. A ja već odavno vidim da nemate ljubavi ni prema meni. Prokleto je kad se neko zove svekrvom.

— Ranka i Neda te vole i poštuju. Ja tu Ranku nikad nisam volela, pravo da ti kažem — govorila je snaha.

— Grehota, snaho! A ćerke ti je držala na rukama i krštavala...

— Uobražena u svoj fakultet...

— Ona je ozbiljna žena i domaćica. Što je jadnicu sad ovakva sudbina zadesila, ne treba joj se svetiti. Ništa ona nije kriva. A tvoja ćerka joj pakosti: krivo joj zbog avijatičara.

— Šta, Olgi da je krivo zbog avijatičara? — naljuti se snaha.
— Kakav avijatičar? Njoj će otac dati sto hiljada, pa može da bira: doktora, inženjera. S parama je lako naći muža kakvog god hoćeš.

— Ali prvo pamet da joj kupiš, pa posle muža. Jer muž neće trpeti da mu kaže: ne laj, nego će pesnicom preko nosa.

Baba se diže i ode u svoju sobu gunđajući.

Inače, baba Anica, iako je izgledala stroga, bila je vrlo nežna, starinska žena. Sve je čuvala i štedela za svoje unuke. Bila je darežljive ruke i prema sirotinji. Udala je dve sirote devojke — posvojkinje. Bila je članica u domu za iznemogle starice i u ženskom društvu. Ona je mnogo činila i svojim unukama, ali nije volela ovu tarapanu po kući: žureve, čajeve, igre...

Sedeći u svojoj sobi brižno je mislila o Nedi i njenoj majci: šta li će oni i kako će? I sinu je već kazala da uzme Nedu u trgovinu, neka bude činovnica kod njega, bar štogod da zaradi.

Neda se vraćala kući posle susreta s avijatičarem. Suze su je gušile. Ovo je sve mogla očekivati. Htela je sebe da uteši, ali njeno malo srce nije htelo Toma čuje ni za kakve razloge. Bila je željna ljubavi, sada još i više, kada je sama pustoš bila u njenom životu. Šta bi značila sada za nju ljubav avijatičareva? Zašto joj nije dao bar malo nade? Zar može muškarac da bude tako neosetljiv? Kako je mogao da promeni svoja osećanja i da je ne zapita da li ga voli?

Pred kapijom je izbrisala oči da mama ne vidi njene suze. Pomisliće da je plakala na groblju.

— Nedo, dobila si pismo od Amerikanke Meri! Ja sam ga otvorila, ne mogu sve da razumem, ali sam toliko razumela da će ona u julu doći da te vidi.

— Je l' mogućno? Gde je pismo?

— Eno ga na stolu.

— Kako mi lepo piše, mama! Strankinja, a oseća našu nesreću. Kaže da je plakala kad je dobila moje pismo i hoće da dođe, teši me da se ja ne jedim što više nemamo našu lepu kuću. Ona će me voleti da sam i u najsiromašnijoj kućici. I njen tata, kaže, bio je siromašan, pa se obogatio. A koliko ima u Americi bogataša koji postanu siromasi!

— To je praktičan svet, ti Amerikanci. Nisu sentimentalni kao mi.

— Čekaj, šta je ovo dodala? Džon me pozdravlja, i on će doći s njom, jer u julu dolazi u Evropu, pa će posle da je vodi u Ameriku. Zlatna je Meri! Ali, mama, kako da ih dočekamo ovde! Ja sam njoj pričala o našoj kući i o tome kako ćemo ići na more.

— Vidiš, Nedo, ona je pametna devojčica i sve razume. Neće se ona zastideti naše kućice. Nego, znaš, sad se setih. Nas je kuma Anica zvala da u julu idemo s njom na njeno imanje u selu. Imaju oni veliku kuću u selu: tri sobe, vinograd, ima i reka za kupanje. Mogla bi i Meri s bratom da dođe u selo. Kuma Anica bi se složila, ona je dobra žena. A za njih bi bilo lepo da vide naše selo, običaje...

— Zbilja, mama, to bi bilo divno! Meri mi je pričala kako oni na ranču imaju koze, ovce, goveda... Ona jaše, vesla, šofira. Kao devojčica je učila jahanje. Njima bi se dopalo kod nas na selu. To ti je izvanredna zamisao, mama! Hoćeš li da pitaš kuma-Anicu?

— Znam, ona neće imati ništa protiv. Njeni svi idu na more. Ona napomenu da bi i ti mogla s njima na more.

— Neću, mama! Nikako neću! Mene Olga ne voli. Dušanka je bolja, ali ja ne znam zašto me Olga ne trpi. Bogami, mama, ja je tako volim...

— Na nju se žali i kuma Anica. Žao mi je te stare žene. Ne voli je ni snaha, a, naravno, i Olga je uz majku. A da im nije njenih kirija i imanja, pitala bih ih da li bi onako živele.

Bilo je mlako martovsko veče. Svet je izašao u šetnju. Neda je sedela kraj prozora i kao da je čekala da on prođe. S prozora je mogla videti na ulicu. Prolazili su oficiri i svaki put joj je zalupalo srce. Ali njen avijatičar nije prošao. Niti su je studenti zvali: Nedo, Nedice!

Izašla je u baštu. Trava je već bila poterala i osećao se miris limunovog drveta i šimširovih mladara. Na prozoru u poštarkinoj sobi plavio se jedan dupli zumbul u saksiji. Na doksatu velike kuće sedeo je učitelj. Neda se seti maminih uspomena: „Uvek smo svi sedeli ujutru na doksatu. Mati bi donela slatko i kafu. Imali smo kanarinca koji je pevao. A na onom prozoru bilo je razbijeno jedno okno. Tu je uvek spavao mačak Beli. Tata je doručkovao samo mleko. Imao je svoj nožić kojim je sekao hleb u mleko. Taj nožić je zvao: moji zubi. Lipa je rascvetala i sva je bašta mirisala. A deda bi izašao pred kapiju i sačekivao seljanke. I tek, doneo bi petla: 'Vidi, Jelena, kupih ga za tri groša! Kao ćurka!'"

Jedna zvezda poče da se provlači između zvezdica. Čula se i huka. Letela je i svetlucala, a huka je pratila. Bila je svetla, svetlija od ostalih zvezda! Plava traka reflektora je gonila, a zvezda bežala. „Možda je to on gore, među zvezdama..." Neda je gledala, u njenim očima blistala je suza kao ona zvezda! Sad je baš bila nad njenom glavom. „Tako će on odleteti prekosutra, ko zna kuda, voleće drugu devojku i zaboraviće da negde postoji jedna devojčica koja ga voli."

— Hladno je, Nedo, nemoj, dušo moja, da sediš napolju. Hajde u kuću.

A Neda bi ostala dugo napolju i pratila let one zvezde. Ali ona iščeze, a oblak prekrili nebo.

Tajanstveni mladić sa sivim očima

Jul je na selu bio sav raspevan i zlatan od zrelog klasja i pesme žetelaca. Vršalice su huktale, a zlatni prah se kovitlao u zraku i osećao se miris zrele pšenice. Neda je malo zaboravila njihovu propast i tugu za avijatičarem. Još nije imala prilike da oseti grubost nemaštine i njena mladost je uživala u suncu, zelenilu, zrelim voćkama, pilićima, jaganjcima. Toliko je bilo utisaka na selu i oni joj nisu davali da misli na budućnost. Stanovali su u kući njihove kume Anice. I ona je bila s njima. Samo njih tri, služavka i jedan seljak sa ženom, koji je stanovao u kućici u dvorištu i bio nadzornik imanja. Iznad kuće se protezao vinograd s kalemljenom lozom. Neda je šetala kroz vinograd i tražila poneko zarumenjeno zrno ranog grožđa. Ponela je svoje knjige i ručne radove i umela da nađe sebi zabave. Porodica Perić otišla je na more. Zvali su i Nedu, ali ona je više volela da bude na selu s mamom i starom dobrom kumom. U selu je našla mnogo lepih mesta: gajeve, livade, zabrane, proplanke, ali najviše je zavolela reku. Reka je bila duboka, ali Neda je išla u plićake i kupala se svakog dana. Volela je i livadu kroz koju je proticala reka. Zelenela se kao prostirka, a po njoj su bili rasuti beli i žuti cvetovi. Samo jedan veliki hrast je bio na livadi. A kraj reke savijale su se vrbe i bacale po obali hlad.

Neda se radovala dolasku Meri i njenog brata Džona. Još dva dana, pa će stići. Već su stigli u Beograd. Stara kuma je ljubazno dozvolila da dođu. Ta dobra žena je pomišljala: „Ako je onaj Amerikanac zaprosi, neka se uda za njega". A nadala se da bi ih mogao i pomoći. Šta je za njega neki dolar, kad imaju milione. „Da ti je, Ranka, hiljadu dolara, bili biste bogati." Gospođa Pavlović se smejala i znala je da su to bajke. Učinila je Nedi po volji i dopustila da dođu, jer je osetila da je njena devojčica pretrpela veliki duševni potres. Radovala se videći je na suncu veselu i zarumenjenu. Šta je ona imala u životu: samo nju, svoju Nedu. Zbog nje je i živela. Da nije imala dete, davno bi raskrstila sa životom.

Neda se jednog dana kupala a posle sedela s ručnim radom ispod vrbe. Čula je korake iza sebe. Okrenula se. Videla je jednog mladića u lepom seoskom odelu, visokog i vitkog. Čakšire od plavog sukna bile su mu pripijene uz noge, a iznad zglavaka presijavali su se kaiševi opanaka. Pravilno lice i ceo izraz odavali su otresitog seoskog momka. „Ovo je neki kicoš!", nasmeja se Neda i pogleda ga. Mladić je stajao malo dalje i oštro je posmatrao. Neda se okrete svome radu i zaboravi seoskog momka. Opet je začula korake. On se udaljavao i seo pod jedan hrast. Posle je iščezao.

Bio je petak. Toga dana trebalo je da dođu Meri i njen brat. Neda je računala da će oni stići tek oko sedam sati uveče. Pisala je Meri da uzmu auto na stanici i dovezu se. Uredila im je jednu sobicu. Uzajmila je od seljanki dosta tkanina i jastuka, da bi oni videli narodne šare. Nadala se da će ponešto i kupiti, te bi tako seljanke zaradile. Još juče je sve udesila, a mama je umesila kolače i pomagala devojci u kuhinji. Oko četiri sata Neda ode da se okupa. Plivala je i bila radosna. Rečni talasi su je nosili, ali ona se čuvala dubine. Mama je preklinjala da ne ide dalje od plićaka. Razdragana od sunca i vode izađe najzad na obalu. Od čaršava je napravila zaklon i tu se oblačila. Čula je huku automobila. Kao da je prilazio obali i mestu gde je ona bila.

— Baš je dobro okupati se! — reče jedan glas.

Neda proviri kroz rupicu na čaršavu. To je govorio šofer nekome ko je sedeo u autu.

— Ovde, na ovoj livadi, čovek bi mogao ceo dan da provede. A ovde ima i kabina. Ima li nekog tu?

„Gle, kako je drzak, hteo bi ovamo!" Neda brzo nazu cipele i izađe. Bila je već obučena. Samo joj je šalče bilo na obali.

— Gospođice, možemo li i mi da se svučemo u toj vašoj kabini? — zapita je onaj što je šofirao.

— Možete, ja neću dizati ove čaršave.

— Onda nam dopustite, a mi ćemo čuvati vašu kabinu.

Čovek se približi iza Nedinih leđa i ona najednom oseti kako joj baci jednu maramu na glavu. Snažna muška ruka zapuši joj usta, a neke druge ruke kao da je ščepaše i uneše u auto. Ona vrisnu, zbaci maramu s glave i poznade u autu onog mladića u seoskom odelu sa sivim očima. Htede rukom da udari u prozor, poče da se otima, ali ovaj joj ponovo nabaci maramu na lice i Neda izgubi svest.

Snažan glas petla koji zakukurika u blizini trže Nedu. Ona otvori oči. Nekoliko trenutaka nije znala gde se nalazi. Prvo je ugledala dva prozora sa šipkama. Ti pravougaonici bili su svetliji, a mora da je bilo vedro napolju, jer se svetlucalo i nazirale su se senke. Unaokolo je bio sivkasti mrak i nazirale su se stvari. „Gde sam ja?", pomisli Neda. Osećala je težinu u glavi i pritisak na temenu. Prisećala se. Obuze je neizmeran ludi strah. Setila se svega. Ona je zatvorena negde, u nepoznatoj sobi sa šipkama na prozorima. Izvlačila je iz svesti sve sitnice jučerašnjeg doživljaja. Setila se kako su je ubacili u auto i ona se onesvestila. Mora biti da su je narkotizirali. Kad je otvorila oči, bila je još u autu. Noć je bila svuda, a auto je jurio. Onaj mladić je bio pokraj nje. Htela je da otvori vrata, ali nije imala snage. Bilo joj je muka. Ipak je prikupila snagu i uzviknula:

— Ko ste vi? Zaustavite auto!

Mladić je ćutao.

— Razbiću prozor! Zaustavite auto!

— A kuda ćete ako zaustavimo auto? — čula je duboki muški glas. — Sedite tu gde ste! Vidite da je noć. Šta ćete u ovoj šumi sami?

Ona se šćućurila u ugao auta, sva preplašena. Noć, šuma, nepoznati mladić!

— Kuda me vozite? Šta ovo znači? — pitala je malaksalo.

— Budite spokojni, gospođice, nikakvo vam zlo nećemo učiniti — mladić je ućutao i nije hteo više ništa da joj odgovori.

Uzalud se ona ljutila, molila, plakala, on je ćutao nem kao stena. Sećala se da je zaustavio auto pred jednom ogradom od kamena. Ušli su u dvorište. Bilo je mračno od drveća. Peli su se uz neke stepenice. Otrgla se i htela da pobegne, ali ju je onaj mladić sa sivim očima ščepao ispod mišice i ljutito uveo u sobu. Zapalio je lampu i uvrnuo fitilj, kao da nije hteo da ga ona vidi.

— Eto vam, gospođice, jela. Ako ste gladni jedite! Onde je umivaonik, umijte se!

Izašao je zatim bez reči i ona je čula kako je okrenuo ključ. Pojurila je vratima, gruvala pesnicama, plakala, ali nije bilo nikakvog odziva. Umorna, legla je na postelju i zaspala. Tek sad se probudila. Počela je da posmatra sobu. Sinoć nije sve videla u njoj. Ukoliko su minuti proticali, kao da su oni pravougaonici postajali svetliji. Izgledalo je da će skoro zora. Ona je ležala na mesinganom krevetu. Bila je pokrivena jednim ćebetom. Sećala se dobro da se nije sama sinoć pokrila. Neko je morao ulaziti i pokriti je. Nije imala ni cipele na nogama, a legla je u cipelama. Osetila je miris sira i kolača. To je bilo na stolu pokraj kreveta. Sinoć nije ništa okusila. Sad ju je mučila glad. Juče od ručka nije ništa okusila.

Na sebe je zaboravila pri pomisli na mamu. Mama, njena jadna mama! Kako je sve ovo izdržala? I šta će biti s njom. Ko je onaj mladić? On je nju vrebao uoči toga dana. Pridigla se na postelji, krevet je zaškripao pod njom, a čula je da je u sobi još nešto zaškripalo. Ponirala je očima kroz sivkastu tišinu sobe i sva se sledila. Videla je da neko leži na divanu, na drugom kraju sobe. Brzo se spustila na jastuk, čuvajući se da ne oda nijedan pokret. Ona tamna silueta na divanu pokrete se. Ona se privikavala na pomrčinu. Poznala je vitko, opruženo telo mladića sa sivim očima. Videla je opanke na njegovim nogama. On se pokrete i Neda je verovala da je budan. Obuze je užasan strah. Šta hoće taj mladić? Sad je u sobi bilo svetlije i mogla je sve da vidi. Bile su tu dve kožne fotelje, jedan sto i jedna velika slika na zidu više njene postelje. Kao da je bila slika neke žene. Nije mogla da raspozna lik. Čipkane zavese na prozoru bile su razmaknute, a gore su stajale draperije od pirotskih ćilimova. Ko ovde stanuje? I čija je ovo kuća? Ovo je kuća na nekom imanju, u šumi. Čula je kako napolju šušti lišće i krešti neka ptica. Petlovi su se neprestano natpevali. „Da pobegnem odavde!", pomisli Neda. „Samo da izađem iz ove kuće." Stišala se i napravila da spava, a netremice je gledala onu mušku siluetu na divanu. Ona se više nije micala. Izgledalo je da mladić spava. „Bežaću! Možda su vrata otvorena?" Diže se lagano i spusti noge na pod. Mladić se nije micao. Ona je ustala, pošla korak po korak... zastajkivala je da ne učini kakav šum... Bila je sva prestravljena, ali odlučna. U ovakvim prilikama devojka mora da bude hrabra. Približila se već vratima i uhvatila za kvaku...

— Kuda ste naumili, gospođice? — sledi je onaj duboki muški glas i paralizova joj sve pokrete.

— Hoću da idem...

— Izvolite!

Ona uhvati za kvaku, ali vrata su bila zaključana.

— Otključajte ova vrata!

— Nemojte praviti scene, gospođice, jer ste umorni! Bolje lezite i spavajte, a ako ste gladni, uzmite i jedite. Evo, već sviće. Rano je i možemo još spavati.

— Gospodine, ko ste vi i kakva prava imate nada mnom? Jeste li vi seljak!

— Kao što vidite, u seljačkom sam odelu.

— Ali vi niste seljak! Vidim po vašem govoru. Šta sve ovo znači? Oteli ste me kao gangster!

— Pogodili ste. Samo vas neću ubiti...

Ta reč „ubiti" prožme je jezom. Strah potisnu njenu smelost i dođe joj da zaplače. Poče molećivo:

— Šta sam vam ja, gospodine, učinila? Ja sam tako nesrećna. Šta smo ja i moja mama sve pretrpele u životu! Vi ćete ovako ubiti moju mamu. Ona ovo ne može preživeti! Pustite me da idem. Zašto ste me utamničili?

— Ostavite se takvih razgovora i lezite i spavajte. Kad svane, objasniću vam sve.

— Vi me morate sutra vratiti kući.

— To je moja stvar.

— Zar vi ne pomišljate da će me policija tražiti?

— Kmet ima vršidbu i malo mu je stalo da trči u poteru za vama.

— Ali juče su k nama došli u goste jedan Amerikanac i Amerikanka, moja drugarica iz zavoda. Šta će stranci da kažu? Oni beže od gangstera, a vi ste gori gangster od njihovih.

— Je li to neki vaš dolarski princ, koga iščekujete? Zbilja, žao mi je što vas neće zateći. Možda je i bolje.

Uzeo je cigaretu, kresnuo šibicom i zapalio.

— Smeta li vam duvan?

Ona je ćutala. Vratila se postelji i legla. Ovo što se taj mladić drži tako pristojno i ne napada je, malo je umiri. Soba se ispuni bledosivom bojom. Nedu pritisnu tuga. Brinula se za mamu. Mladić ustade. Ona mu je uplašeno pratila svaki pokret. On priđe otvorenom prozoru. Stajao je i pušio. Videla ga je s leđa. Bio je vrlo visok i vitak. Okrete se profilom i ona spazi jedan lep, oštar profil. „Čudnovato, zar je ovo seljak?", pomisli Neda. Plašile su je one oštre, sive i neumoljive oči. Izgledao je kao da spava. Ali sigurno nije spavao. Petao zakukurika, a za njim drugi, i treći... Kokoške počeše da kakoću. Pravougaonik prozora oboji se rumenilom. Pomoli se zora. Soba je postala svetla. Raspoznavale su se stvari. Ona upravi pogled na sliku više postelje:

— Mama! Moja mama! Otkuda ovde slika moje mame?

Mladić se trže, čuvši njen uzvik.

— Je l'te, otkuda ovde slika moje mame? Ovo je ona kao devojka. Mi imamo ovakvu malu sliku, ovo je uveličana.

— Ne znam... Zar je to vaša mama? — pitao je ravnodušno mladić.

— Ovo je moja mama! Vi to znate, šta se pravite da ne znate?! — skočila je na postelju i stajala na njoj, da bi što bolje videla sliku. — Moja mamica! Čija je ovo kuća? Je li vaša? Šta se pravite tako tajanstveni? Recite mi samo otkuda ovde slika moje mame? Vi morate znati čija je ovo kuća i ko ima sliku moje mame.

— Ne znam ja ništa! — odgovori suvo mladić.

Pred lepim i toplim pogledom svoje mame devojčica se rastuži.

— Što me mučite? Šta sam ja kome uradila?! — zarida i pade na postelju. — Ja sam tako nesrećna. Moj tata je izvršio samoubistvo i samo imam mamu. Ja treba da je izdržavam. Pustite me, gospodine! — prišla mu je sva u suzama, plakala i govorila: — Objasnite mi zašto ste me oteli!

— Objasniću vam danas. Samo, ako hoćete, umijte se i prihvatite se jela. Sigurno ste gladni. Posle možemo izaći u baštu. Samo nemojte misliti da možete pobeći. Unaokolo je svuda zid sa žicom, a nigde u blizini nema kuće. Ovde smo samo ja i vi — otključao je vrata i izašao i nije ih ponovo zaključao.

Neda je još uvek stajala iznenađena pred slikom svoje mame. Nije mogla ništa da shvati, ali ju je ipak ta slika ohrabrila. Kad je tu bila slika njene mame, ovaj mladić ne može joj biti neprijatelj, iako se neprijateljski i hladno držao. Da ovo nije osveta njoj, ćerki, zbog tate i njegovih pro

nevera? Mnogi su izgubili novac propašću banke, pa da nije i ovaj mladić? Gledala je unaokolo po sobi. Zidovi su bili obojeni kao tapeti, ružičasto, braon i zlatno. Jaka hrastova vrata s mesinganom bravom. Veliki pirotski ćilim na podu. Na sredini okrugli sto pokriven somotskim čaršavom. Jedno kožno kanabe i dve kožne fotelje. Na jednom zidu stajao je orman s knjigama. Ona je prišla i čitala knjige. Bile su to naučne knjige. Na jednoj knjizi je pročitala naslov na nemačkom: *Egipatska arhitektura.* „Ko to može čitati? Da nije ovaj mladić? Je li on seljak?", neprestano se zapitkivala. Umirila se gledajući osmeh svoje lepe mame. Ona će nju štititi i čuvati! Ovaj je mladić kazao da će joj sve objasniti. Sir i hleb veoma su je mamili. Podigla je maramu s poslužavnika na kome je stajao sir, kajmak, barena jaja, kolači. Ona se nasmešila. Ovaj mladić je mislio čak i na kolače. Hleb je bio crn, ali svež. Ona je halapljivo jela. Baš je bila gladna. Možda ne bi mogla jesti da je mama nije gledala i štitila sa zida. Zastala je jedan čas i pogledala je. Da nije neko dograbio maminu sliku kad su im iznosili stvari i prodavali? Nije se sećala da su odneli ovu sliku. A znala je da je mama ima. Ovo je ona kao studentkinja. Kako je bila lepa njena mama.

— Hektore! Ovamo! — čula je glas napolju. Prišla je prozoru i videla mladića u seljačkom odelu. Sedeo je na klupi, okrenut Nedi leđima. Sunce je izlazilo i zlatilo mu kosu. Imao je bujnu svetlokestenjastu kosu. Vetrić je pirkao i razbacivao mu talasavo pramenje.

Neda je posmatrala baštu. Voćnjak se daleko protezao pun raznog voća: šljiva, jabuka, krušaka. Bilo je više od stotinu voćaka.

„Ah, šta će pomisliti Meri i njen brat?" Očajanje je ponovo obuze pri pomisli na mamu: „Moram pobeći!" Gledala je gde je kapija. Spazi je. Bila je iza mladićevih leđa. Izaći će lagano i izleteti napolje. Bežaće i vikaće u pomoć. Mora neko naići. Kretala se i molila bogu: „Bože, pomozi mi samo da umaknem! Koga prvo sretnem, poleteću i zamoliti ga da me spase."

Oprezno je izašla iz kuće. Već je bila blizu kapije. Najednom jurnjava, strašan lavež i Nedina vriska. Pas je poleteo na nju, i stavio joj šape čak na rame. Mladić pojuri, dočepa ga za ogrlicu i odvoji od devojke. Bleda kao smrt, ona se nasloni na jedno drvo.

— Kuda ste pošli? Da bežite? Odavde nećete nigde pobeći, dok god vas ja ne pustim. Možete prošetati. Psa ću da zatvorim.

Ona je bila prosto bez glasa. Gledala ga je prestravljenim očima. Mladić se ljutito udalji. Neda prođe kroz voćnjak i obiđe celu kuću. To je bila kao neka vila, dosta velika i imala je mnogo staza. Ali nigde žive duše u kući. Čudila se kako može ovaj mladić sâm da živi u ovolikoj kući. Učinilo joj se kao da negde muče tele. Mora da ima krava i tele.

Ko li ih hrani? Mladić je stajao ispod jedne jabuke, pušio i posmatrao je. Ona mu okrete leđa, pođe nekoliko koračaja i ode s druge strane kuće. Ali mladić se opet pojavi. Izgledalo je da motri na nju. Videla je da je svuda unaokolo zid s bodljikavom žicom. Preskočiti ga nije mogla. Preko jednog zida videla se šuma i brdo koje se uzdizalo. Ali nigde nikakvog glasa. Kao da se usred šume nalazi začarani dvorac. Ispod oraha je bio sto i klupica. Klupica se pomerala. Ako bi prinela sto uz orah i na njega stavila klupicu, mogla se popeti na drvo. Odatle bi bar videla ima li koga. Okrenula se da vidi da li je mladić gleda. Njega nije bilo. Odlučila je da metne klupicu na sto. Bar će videti preko zida. Brzo je to učinila. Već se ispela na stolicu. Tamo, u daljini, video se drum i telegrafske žice. Jedan auto je jurio. Ona viknu iz sve snage:

— U pomoć! U pomoć!

Njen slabi glas se izgubi, a auto iščeze. Iza sebe začu ironičan smeh:

— Pazite, gospođice! Klupa je rasklimana. Skrhaće se pod vama i još možete ruku ili nogu da slomite.

Ona ljutito pogleda mladića, ali osta na klupi.

— Slušajte, silazite! Inače ću ja da vas skinem.

Ona je osetila da se klupica njiše i siđe. S mržnjom je pogledala mladića i pošla u sobu. Do četiri sata je sedela u sobi. Mladić se nikako nije pojavljivao. Nju je obuzimala sve veća strepnja. Već su se izduživale senke. Nije znala koliko je sati, ali je računala da može biti oko pola pet. Začu bat koraka. Mladić uđe u sobu.

— Gospođice, obećao sam da ću vam objasniti zašto sam ovo učinio s vama, upravo zašto sam vas oteo i doveo u ovu kuću. Obično mladići otimaju devojke da bi ih napastvovali. Kao što vidite, ja tako što nisam učinio. Možda ste vi i sami pomislili da ću ja takav biti. Ali ja nešto drugo od vas zahtevam.

Mlada devojka ga je gledala bez daha. Šta ovaj nepoznati mladić ima od nje da zahteva?

— Ne plašite se! Nije tako strašno to što morate učiniti. Evo šta zahtevam od vas: vi se morate venčati sa mnom.

Nedine usnice se otvoriše kao da hoće nešto da kaže, ali ni glasa nije imala, kao da je onemela. Jedan krik joj se najzad otrže:

— Da se venčam s vama? Ko ste vi? I kakva prava imate da od mene zahtevate tako nešto? Znate li vi šta to znači? Da se venčam s vama, nepoznatim čovekom? Nikad! Nikad! Pre ću umreti — osetila je užas i od same pomisli da se venča s tim seljakom!

— Vidim da vam se ne sviđam, gospođice, i vrlo mi je žao što nisam kao vaš dolarski princ iz Amerike, koga ste očekivali. Ali i pored vašeg gnušanja, vi se morate venčati sa mnom.

Neda je osetila da je ovo borba na život i smrt i instinkt za samoodržanjem dade joj hrabrosti. S gnušanjem ga pogleda, gadeći ga se i reče mu:

— Varate se ako mislite da ću se venčati s vama. S običnim drznikom da se venčam?! Govorite, ko ste vi? I kakvi vas razlozi teraju da se venčate sa mnom? — okrenula se slici svoje majke: — Mamice, objasni mi, možda ti znaš? Otkuda tvoja slika ovde? Ne, niko me ne može prisiliti! Zapamtite šta vam kažem: neću, pa makar me i ubili!

U tom trenutku setila se plavih avijatičarevih očiju. Ona njega još uvek voli, ona se ipak nadala. Toga časa osetila je da ima nade. A on je obećao da će joj pisati.

Mladić ju je posmatrao hladno i neprijateljski.

— Zbilja je to strašno, gospođice, što se morate venčati! Koliko se vi plašite tog čina, a mnoge bi devojke jedva dočekale da im jedan mladić tako nešto ponudi.

— Vaša ponuda za mene znači isto to kao da ste uperili revolver na mene. Ja prihvatam samo brak iz ljubavi. Vas čak i ne poznajem. A poznajete li vi mene?

— Isto toliko koliko i vi mene.

— Zašto onda tražite da se venčam s vama? Vi me s mržnjom gledate, kao da sam vam neko zlo učinila, a zahtevate da se venčam s vama!

— Šta znate, možda ste i učinili zlo. Dakle, dosta, gospođice, o tome! Da li vi hoćete ili nećete, to je sasvim sporedno. Ali znajte: mi za jedan sat idemo u crkvu da se venčamo. Pošto vi pretite da se nećete venčati i pokušavate da to venčanje osujetite, onda slušajte: onog trenutka kad budete kazali „ne", ja ću sebi prosvirati kuršum kroz čelo, ali prethodno ću ubiti i vas! — on naglo izvadi iz džepa revolver i spusti ga na sto, pa reče: — Šta sad, gospođice, kažete na ovo?

Ona je sva bleda uplašeno gledala crno gvožđe na stolu.

— Danas imam da likvidiram sa životom i mojim i vašim. Od vas zavisi hoćete li da oboje ostanemo živi? Vaša mama ne bi želela da vi umrete. Recite, da li bi vam ona odobrila brak pred ovakvom dilemom?

Sirota devojčica, prestravljena, ne razumevajući ništa, htela je da opet pokuša da dirne ovog mladića:

— Kad tako govorite, mora biti da i vi imate patnje u životu! Ko je vama zlo učinio? Zašto mi ne kažete? Da bih vas razumela... pomogla vam da to zlo odstranimo, ako do mene stoji. Ako je moguće da i ja štogod učinim. Ali, preklinjem vas, nemojte tražiti da se venčam s vama. Ja... ja volim jednog čoveka... jednog avijatičara... i on mene voli... i možda ću se udati za njega...

— Vrlo mi je malo stalo do tog vašeg avijatičara. Od ovog časa možete ga izbiti iz glave. Još bolje, jer vas taj avijatičar sigurno neće nikada uzeti.

Pred ovakvom odlučnošću i neprijateljstvom, isprsi se i devojčica. Vređao je njena najlepša osećanja.

— Varate se, gospodine! On bi me uzeo. Ako me prisilite da se venčam s vama, ja ću vas tužiti sudu i vas će oterati na robiju za ovo nasilje.

— Gle, kako vi znate put i način da mi se osvetite! Samo je pitanje da li bi vaša majka na to pristala?

Ona opet klonu kad je spomenuo njenu majku.

— Zar vi mislite da vas moja mama ne bi tužila sudu? Policija me sigurno već traži.

— Ne! Vaša mama me nikad ne bi tužila sudu.

— Tužiće vas... ja znam! Moja mama me voli! Nikad ona ne bi dopustila da me neko silom odvede u crkvu.

— Možda ne bi dopustila da vas taj dolarski princ odvede silom, niti avijatičar...

Njen pogled je išao od mladića do mamine slike, kao da je tražila neku sličnost među njima, ali sličnosti nije bilo baš nikakve! Spustila se na ivicu postelje i zagledala se preda se. Njene crne kovrdže spuštale su joj se meko uz obraze. Suze su joj klizile niz lice. Ćutala je i jecala. Mladić priđe prozoru. Ona se trže od njegovih koraka. Sunčevi zraci padali su mu na kosu. Pod tom rumenom svetlošću videla je iznurenost na njegovom licu. Njegovi duguljasti obrazi bili su upali i mršavi. Bilo je neprijateljstva, ali i izmučenosti u njegovom pogledu. Šta li se skrivalo u životu ovog mladića? Neda je želela da sazna ko je i šta je ovaj mladić i kakve su njegove pobude za ovo nasilno venčanje.

— A ako ja pristanem da se venčam s vama... šta će onda biti?

— Onda ću vas vratiti vašoj mami.

— A ako ne pristanem?

— Kazao sam vam šta ću učiniti — uzeo je revolver sa stola i spustio ga u džep.

— Dajete li mi reč da ćete me vratiti mami, ako se venčam s vama?

— Dajem vam reč.

— I ja vas posle mogu odmah tužiti sudu?

U dva skoka mladić se nađe pored nje, ščepa je za ruku i prodrmusa:

— To ne smete učiniti! Jeste li razumeli? I vaša mama to neće učiniti! Vi ste razmažena devojka! Meni nije stalo do vas. Možda sam i ja voleo drugu kao što vi volite vašeg avijatičara... Što mora biti, mora!

Bio je bled i onaj izraz iznurenosti još jače mu se utisnu u upale obraze. Seo je na divan i podlaktio se.

Zraci sunca zaigraše po sobi. Veliki ćilim ožive u svojim zelenim, zagasitoplavim i crvenim bojama. Kroz prozor s rešetkama dopirao je miris šume. Jedna vaza od topovske čaure na sredini stola zasija na suncu.

— Kako smo oboje sumorni! Oni što idu na venčanje uvek su srećni. A vi ste tako očajni kao da vas vodim na suđenje.

— Pa vi me i vodite na suđenje, jer nosite revolver u džepu. Hoćete revolverom da me prisilite na venčanje! Najzad, pristaću! Svakojaka čuda se događaju u životu. A ja moram živeti za moju mamu. Da li ćete biti toliko ljubazni da mi kažete svoje ime?

— Zašto da ne? Zovem se Bojan.

— Bojan?

— Sviđa li vam se? Kako se zvao avijatičar?

— Branko! — odgovori prkosno devojčica.

— Vidite, početna slova su ista. Zar vam to nije dosta?

— A vaše prezime?

— To je sporedno.

— Hoćete da sačuvate svoj inkognito, kao da ste princ. Verujem da ste to seljačko odelo namerno obukli, jer govorite drukčije nego što govori jedan seljak.

— Onda vi ne poznajete seoske momke. Oni su vrlo otresiti mladići i umeju lepo da govore, ali i da se udvaraju.

— I da rukuju oružjem.

— Kad zatreba. Inače su pitomi.

— Smatrate li i sebe pitomim?

— Možda ćete me jednog dana bolje upoznati.

— Šta time hoćete da kažete? Zar mislite da ćemo se opet sresti?

— Sigurno.

Naslonjen na ruku, mladić je posmatrao ovu divnu, crnomanjastu devojčicu, tako smelu i hrabru.

Ona ustade, videći kako je gleda i priđe prozoru. Jedna jabuka ispred prozora bila je puna crvenog ploda. U sobi se osećao miris jabuka. Vrabac je naleteo na jednu jabuku i kljucao je. Kokoške su već išle na legalo i uzletale na račvasti orah. Ispod jednog trema stajala su volovska kola i u njima korpa sa slamom. Kvočka je dovela piliće u nju i tu se smestila, a pilići se skupili oko nje i ispod njenih krila, provirujući ispod perja.

— Ovde ima malih pilića. Ko ih čuva? Ne vidim nikoga. Zar ste vi sami u ovoj kući?

— Danas sam sâm. Tu je samo šofer. Spava u drugoj sobi.

— Šofer?

— Da, onaj koji vas je juče našao i pitao može li da se svuče u vašoj kabini.

— Znam... vaš saučesnik. A da li vi znate moje ime? — seti se najednom da ga zapita.

— Svakako! Lepo vam je ime: Neda! Neda i Bojan! Zar ne zvuči lepo kad se spoje ta dva imena?

— Kako otmeno govorite. Da li vi čitate na nemačkom onu *Egipatsku arhitekturu*?

— Ovo nije moja kuća.

— A čija je?

— Izvinite što ne mogu da zadovoljim vašu radoznalost.

Zatim izvadi sat iz džepa i reče:

— Još malo pa ćemo poći u crkvu na venčanje.

Sirota devojka se strese.

— Opet pravite isto lice. Mislim da smo se sporazumeli i da ćete biti dobra devojka...

— Kakvu to komediju izigravate sa mnom? — upitala je oštro.

— Život je stalna tragedija ili komedija. Ako nećemo da budemo igračka, moramo biti komični.

— Za vas je brak komedija. A za mene je brak nešto uzvišeno, sveto! Ja bih volela muža za koga bih se udala, obožavala bih ga...

— Zar mene ne biste mogli da obožavate? Kad bih vam kazao da sam bogataš, milionerski sin, da imam svoj auto, vi biste pristali sa ushićenjem na ovu avanturu. Ali moram vas razočarati i odmah vam reći: ja sam niko i ništa!

— Gde ste studirali taj govor?

— U životu punom gorčine.

Mladić izvadi sat i pogleda:

— Šest i četvrt! U pola sedam krećemo. Dajte da vam probam burmu. Evo, i ovaj mali verenički prsten, da imate za uspomenu. Mislim da će biti dobar za vašu ruku. Dajte mi ruku.

Devojka se odmače od prozora i skrsti ruke, krijući od njega prste ispod mišica.

— Vi imate nameru da me naterate na ono poslednje. Dajte ruku! Zašto ste tako tvrdoglavi? Mislim da sam bio pažljiv i učtiv prema vama, mada ste vi prosta, prkosna devojčica. Jednom ste me čak i udarili po licu, kad sam vas uvukao u auto. Nisam verovao da je mala Neda tako hrabra. Dajte ruku! — on pruži svoju i uze joj ruku. Ona nije gledala kako joj navlači burmu i prsten, već je posmatrala sliku svoje majke. Ona joj se smešila, kao da odobrava, kao da joj nije krivo. Bol ustalasa grudi devojčice. Ona zajeca i sruši se na postelju. Sva se tresla od plača. Osećala je da ovaj tajanstveni mladić stoji kraj njene postelje. Njegova mirnoća i učtivost još više su pojačali njen bol koji se izlivao u suzama. Nije ga se plašila, već se pitala: zašto on hoće da je otkine od života, njenih snova i nada.

— Neću! Ne mogu! Ne mogu!

Digla je svoju lepu glavicu i zatresla kosom. Pramenovi se zanjihaše oko njenog finog lica i velikih uplakanih očiju. Oseti prsten na svojoj ruci, zadrhta sva, besno ga skide s ruke i baci na pod.

— Neću se venčati s vama! Neću! Vi ste nitkov! Nasilnik!

Oštri, sivi pogled mladića preseče je kao čelična oštrica. On se saže i dohvati prsten.

— Metnite ovo na prst.

Neda je stezala pesnice i ćutala.

— Ja ne ponavljam dvaput, gospođice. Stavite ovo na prst! Što god više plačete, kasnije ćemo otići. Ja neću da vodim na venčanje uplakanu nevestu. Uzmite prsten. Tako. Sviđa mi se kad ste poslušni.

Sirota devojčica, prosto van sebe, ne znajući šta radi, navuče prsten na ruku.

— Taman je za vašu ruku! Pogledajte!

On joj uze ručicu i prinese je licu. Jedna velika suza kao kristalno zrno skotrlja se niz obraz i pade na finu ručicu.

— Sad se umijte. Evo mog češljića da razmrsite kosu. Hoću da budete lepi. Idem da donesem hladne vode. Ako ste gladni, uzmite neki kolač.

Izašao je iz sobe dok se ona umivala i češljala. Pogledala je onaj prsten na ruci. Samo jedan mali brilijant blistao je kao varnica.

Mladić se vrati s bokalom hladne vode. Nasu u jednu čašu za dva prsta maline i doli vode. Čaša se zamagli.

— Popijte ovo! Dobra je malina.

Ona ćutke uze i ispi gotovo celu čašu. Bila je žedna, a nije htela da kaže.

— Uzmite neki kolač.

— Ne mogu! Nisam gladna.

— Mi ćemo se iz crkve vratiti, pa ćemo večerati. Sad da mi date reč da ćete biti poslušni na venčanju. Ne bih želeo da se uverim da ste rđava devojčica.

— Dobro, biću poslušna, ali samo pod jednim uslovom: hoću da mi kažete zašto se ja venčavam s vama?

— Tako mora biti, gospođice. Nemojte me više ništa pitati, jer vam neću odgovoriti.

Začu se huka auta i škripanje kapije.

— Bojane! Hajde! — zovnu ga jedan muški glas.

Devojčica oseti užasan strah kao da je vode na gubilište.

— Hajdete!

Ona ustade, ali noge su joj klecale i ona ponovo sede na postelju.

— Što sad oklevate? Hoćemo li da počnemo s prepirkom iz početka? Budite uvereni da ću ja biti najmanje dosadan muž. Kad se venčamo, odmah vas vraćam vašoj mami.

— Je li to istina?

— Dajem vam časnu reč.

— Ako vi, uopšte, imate časti. Jer, ovo je sve nečasno što radite sa mnom. Dobro, idem!

Mladićeve oči blesnuše od ljutine, ali se savlada. Izađoše i uđoše u auto. Suton se spuštao i tama se uvlačila svuda, kao senka ogromnih krila. Zamračeno je bilo sve kao i duša sirote devojčice.

Kola kretoše najvećom brzinom. Neda je išla na venčanje. Bila je sva sleđena u uglu auta. Vilice su joj bile stegnute, a grlo suvo. Sve što je do sada preživela nije se moglo uporediti s njenim duševnim stanjem ovog trenutka. U susret im je jurio jedan auto. Nju obuze luda nada da bi se mogla spasti. Instinktivno se pokrete, ali mladić kao da oseti šta ona namerava.

— Nemojte ništa pokušavati! — prošaputa on, spreman da joj zapuši usta.

Ona je ćutala i uvalila se još dublje u ugao da bi bila što dalje od njega.

Mrak ih obavi. Auto je jurio sat ili dva, ona nije znala. Ušli su u jednu šumu. Automobilski farovi osvetljavali su put kroz šumu. Sve je bilo tajanstveno.

„Noću ići na venčanje? Zar je to moguće?!", pitala se Neda. Jeza je obuzimala. Ko su ovi ljudi? Da li su oni neki razbojnici koji se kriju od svetlosti dana?

Nešto se zabele i ona u dubini vide svetlost. Auto stade. To su se belasali zidovi crkve.

— Došli smo. Ovo je jedan manastir u kome ćemo se venčati.

„Ne, ja se neću venčati", zaklinjala se u sebi Neda. „Reći ću svešteniku da me je prisilio i pobeći ću u oltar. Tu ću se sakriti, sveštenik će me spasti." Ali ova mrkla noć oko nje, bez mesečine, tamna i crvena, tišina oko manastira, miris tamjana, ispuniše je jezom. Idući u crkvu, nagazi na jednu ploču i vide krstaču. Grobovi! Gazila je po grobovima...

„Ah, bože, spasi me! Mamice, daj mi hrabrosti da se oslobodim ovog mladića."

Jedna crna, tamna prilika, s visokom kamilavkom na glavi, pojavi se kao utvara. Neda zadrhta.

— Ja vas čekam! — progovori monah. — Odocnili ste. Mislio sam da ćete doći ranije.

Glas mu je bio vrlo prijatan i blag i Neda se povrati od straha, kao da se ta crna utvara pretvorila u ljudsko biće koje će je spasti.

Manastir je bio vrlo mali. Uglovi su bili puni mraka, samo su svetlucala kandila kao tajanstvene oči.

Monah obuče odeždu i otpoče venčanje. Njegov glas je odjekivao potmulo po crkvi i devojčici se činilo kao da je u tamnoj, podzemnoj pećini. Slike s ikonostasa kao da su se njihale i žmirkale, dodirnute blagom svetlosti kandila. Mirisao je bosiljak i osećao se miris voska i dogorelih sveća. Svaki pokret je odjekivao, i pesma je bila tmurna kao pogrebna melodija. Nedi se činilo kao da je ovo njeno pogrebno opelo. Staviše krunu na njenu bujnu, kudravu kosu. Zadrhtala je kao nikada. „Bože, je li ovo mogućno?" Da li ona sneva? Dođe joj da krikne. Okrete se gotova da beži. Ali spazi ona dva čelična oka. Iza nje je stajao šofer i crkvenjak — kum i stari svat. Sveća je pucketala. A monah je činodejstvovao. Gledala je njegovo lice. Bilo je bledo na svetlosti sveća. Crna okrugla brada uokviravala mu je lice, a kosa je pravila tamni krug oko visokog čela. Zar ovaj monah s blagim licem može da učini ovaj zločin i da je venča nasilno? Ne! Ne, to se neće dogoditi. Ovaj monah će je spasti. Crkva nikog silom ne venčava. Ona to smatra za greh. Zašto pitaju mladence da li pristaju? Molitva je monotono brujala. Izmirna je opijala. Neda je čula reči: „Bojane, uzimaš li ti...?" Čula je samo kako on odgovara: „Uzimam". Sad će nju pitati. Blage reči monahove postaviše i njoj to isto pitanje: „Uzimaš li ti, Nedo..."

Sirota devojka oseti da se povija, i učini joj se kao da se i sveća povija, i da se sve gubi, udaljava od nje, zamračuje... Noge su joj drhtale, kao da gubi tlo, ali oseti ruku mladićevu koja se spuštala. Krik joj pođe iz grla, namisli da ga ščepa za ruku, da spreči zločin. „Majko moja! Jadna moja majko! Ako umrem!" Sve se uskovitlalo u njoj u sekundi i, slika njene mame uguši u njoj krik i samo se ču šapat, bezbojan, kao poslednji uzdisaj samrtnika:

— Uzimam…

Šta je posle bilo, ne zna, ne seća se. Kao da nije koračala ona, već neko drugo biće. Nije poznavala ni svoj glas, čula je, a nije bila svesna ko sve govori, ko se rukuje s njom, ko je hvata ispod ruke. Samo su koraci odjekivali i oni su joj bili najstrašniji, kao u grobnici. I jeziv mrak unaokolo, s ikonama kao fantomima i beličastim hladnim i debelim zidinama.

Pred manastirom joj pripade muka i poklecnu, htede da padne.

— Muka mi je!

— Dajte, molim vas, vode! — viknu mladić.

Jedan dečko dotrča s testijom i čašom. Dadoše joj da pije.

— Umijte se malo! — govorio je nepoznati mladić, sada njen muž. Nesvesno ona pruži ruke i umi se. Dadoše joj ubrus. Uzimala je sve besvesno, nije umela da govori, koračala je i svaki čas osećala da će da se sroza. Njen muž je uhvati ispod ruke i pridiže je pri ulasku u auto. Sela je kao stvar bez mišića, volje, misli. Tupo je gledala u noći utvare od drveća u šumi.

— Sad ću ja! — reče mladić šoferu i vrati se onom monahu. Nešto su razgovarali. Zatim se oprosti s njim, sede u auto i kola se ponovo izgubiše u noći.

Trešnja kola kao da osvesti Nadu. Ona poče da dolazi sebi, kao da se budi posle strašnog sna i prikuplja sećanje na one neverovatne slike. Jedna misao je užasnu: „Venčala sam se!" To je bilo tako neverovatno, da se naglo okrete mladiću. Htela je da se uveri i da ga pita, nije još mogla da veruje da je sve ovo istina. Da nije ovo kakva komedija?

— Je li sve ovo istina? Da li smo se mi, zaista, venčali?

— Jeste. Venčali smo se.

Tada nastade kriza puna suza, tihih, očajnih, suza koje su oplakivale njene snove, slatke, devojačke, tek pomoljene snove, kao pupoljci cveta. Plakala je, zagnjurene glave u drugi ugao kola, plakala, ko zna koliko dugo. Najednom oseti kako joj se jedna ruka spusti na rame.

— Nedo! Nemojte toliko da očajavate — govorio je taj duboki muški glas, ali mnogo mekše, blaže, s nekim žaljenjem.

Ali ona nije slušala, trže se samo, kao da je opeče ta ruka na ramenu, odvratna ruka jednog muškarca koga ranije nikad nije ni videla, ni čula o njemu.

— Vi oplakujete avijatičara? — pitao je isti glas, ali malo oštrije.

I opet nije odgovorila, a suze su se krunile, ruke su joj bile vlažne, sedište pokapano njenim čistim i nevinim devojačkim suzama.

— Ne vredi plakati, Nedo! Zar je ovo strašnije od smrti vašeg oca?

Jedan jecaj se otrže, kao da se pridruži i drugi bol, kao da se podsetila kako nema oca, ni svoje lepe kuće, ni ugleda u društvu, ni prijateljica.

— Vaša mama nije bila srećna i mnogo joj je bola zadao vaš tata, pa je li ona plakala? Jeste li je ikad videli uplakanu?

— Ćutite! Vi ste svirepi! Vi ste uništili moj život!

— Nisam ja svirep, Nedo, nego je život svirep. Pravi nas zlim, iako to nismo. Nemojte više da plačete. Šta vam to sada vredi? Pa, vratićete se mami. Vi to jedva čekate.

— Je li to istina? — okrete se mladiću.

— Ja vas već vozim kući. Naići ćemo na našu kuću, zadržati se jedan sat i nastaviti put. Hoćete li sada da se umirite? Vi ste neka plačljiva devojka. U životu ne treba plakati nego se boriti.

— Boriti? A čime sam ja mogla da se borim s vama? Mene ste razoružali, a vi ste držali revolver. Da ste vi bili bez revolvera, ja se ne bih s vama venčala.

— Znači da volite život.

— Ne! Ja svoj život ne volim. Ovoga časa najmanje ga volim. Ja ništa drugo ne bih želela do smrti u ovom času. Ali moja mati! Nje sam se setila. Zbog nje sam pristala na sve. Vi ste jedan bednik! Da li ste se ponadali da sam bogata, pa ćete dobiti moj miraz? Onda ste se prevarili. Ja ništa nemam, samo svojih deset prstiju. Radiću i mučiću se, i izdržavati sebe i svoju dobru mamu.

— Kad tako govorite, više mi se sviđate. Ja ne volim bogataške razmažene devojke.

— Nisam ja nikad bila razmažena, iako sam bila jedinica. A sada sam osetila šta znači život i umeću da se borim.

— Tako i treba, a ne da plačete!

— Plačem zato što sve ovo ne razumem.

— Jednog dana ćete razumeti. Jeste li žedni? Uzeo sam krčag i čašu.

— Dajte mi.

Pružio joj je čašu, a devojčica je uze drhtavih ruku. Poli malo vode po suknji. Uvali se ponovo u svoj ugao da bi bila dalje od njega. Tama se razređivala. Video se okrnjeni mesec koji se dizao iza crne linije planina.

— Kako se zove ovaj manastir?

— Ne znam.

— Krijete? Dobro vi to znate. Ali doznaću ja. Ovoga sam monaha dobro zapamtila.

— Vi zaboravljate ono što sam vam kazao: vaša mama neće ništa preduzeti protiv mene.

— Hoćete li time da kažete da će moja mama odobriti ovo venčanje i primiti vas za zeta?

— Verujem... da hoće.

Neda ga pogleda pri beloj svetlosti mesečine. Opazila je njegov pravilni, oštri profil kao od tamnog gipsa presvučenog mrkom patinom. On oseti njen pogled i okrete joj se. Oči su mu se smešile.

— Što me gledate? Proučavate svog muža-seljaka.

— Vi niste seljak! U to bih se mogla zakleti. Možda ste seljački sin... ali seljak niste. Vi ne kopate i ne orete... vaše ruke su... ruke jednog intelektualca. Da ste seljak, vaše bi ruke bile grublje!

— Slušajte, Nedo, vi ste pametnija devojčica nego što sam mislio. To mi je milo, jer... Ne, možda ću zažaliti što sam se venčao s vama.

— Ja bih bila vrlo srećna da ste vi pre venčanja zažalili i ostavili me na miru. Mnogo je devojaka i svakako ima neka koja vas voli, a to ste i sami kazali.

— Šta sam kazao?

— Da ste voleli jednu devojku.

— Onako, uopšte, ako sam voleo. Ali naročito nisam nikoga voleo.

— Hteli biste da se opravdate.

— Na dan venčanja ne priča se o mladićkim avanturama.

— Priznajte da ste avanturista. Tako se samo i može objasniti sve ovo što ste učinili. Nijedan pametan mladić ne ženi se na ovaj način.

— I ja to znam. Ali avanturista nisam. Ja sam u životu imao borbe, a ne avantura. Stigli smo. Pola jedanaest je. Bar ćemo imati mesečinu kad se budemo vraćali.

— Zašto ne nastavimo put?

— Moramo da večeramo. Ja sam gladan.

Neda poznade kuću iz koje su pošli na venčanje. Gledala je sad unaokolo. Opazila je da u daljini ima kuća. Svetlucala su okna. Ovo je sigurno neko imanje na selu. Samo malo dalje od sela, sasvim samo i okruženo zidom. Popeše se kamenim stepenicama i uđoše u drugu sobu, a ne u onu u kojoj je spavala. To je bila trpezarija. Jedan veliki pravouglasti sto stajao je na sredini, pokriven kockastim crveno-belim čaršavom. Bilo je postavljeno za dvoje, po dva tanjira s cvetovima, žutim i plavim. Buket cveća stajao je na kraju stola, a noževi i viljuške bili su od čistog srebra. Okolo stola bile su starinske trpezarijske stolice s visokim naslonom od pletene slame, a na vrhu su imale ukras od drvoreza. Jedno starinsko plišano kanabe s galerijom na naslonu bilo je prislonjeno uza zid. Veliki orman za porcelan bio je na drugom zidu.

— Sedite, Nedo! Izvinite, ja moram da služim oko stola, jer danas nema nikoga u kući.

— Vi ste oterali sve iz kuće da ne biste imali svedoke protiv sebe.

— Kad nešto nezakonito mora da se svrši, onda je bolje imati manje saučesnika. Vi ste jedini saučesnik, a vi nećete biti protiv mene, kao ni vaša mama.

Neda je ćutala, ali je znala da njena mama neće preći preko ovoga. Odmah će otići s mamom u policiju i sve ispričati. Uzeće advokata i razvešće se. Njen brak mora biti poništen, kad je nasilno, s revolverom primorana da se venča.

Mladić otrča i odmah iznese sir i praseće pečenje. Bilo je još kolača od onih koje je već jela. Donese i salatu od krastavaca i patlidžana.

— Više nemamo večere, ali ja se nadam da vi niste velika probiračica, a mora da ste gladni.

— Nisam gladna. Ne mogu da jedem.

Zaista, još uvek joj je bilo muka. Tu istu muku osećala je čitav mesec dana posle tatine smrti i nije imala apetita.

— Uzmite malo! — govorio je mladić vrlo ljubazno. Uopšte, opazila je da je sad ne gleda neprijateljski i hladno kao pre venčanja. Lampa iznad njihovih glava bacala je svetlost. Imala je četiri kraka sa svećama i kristalnim prizmama od stakla, kao na polijeleju u crkvi. Sveće su bile u čiracima i videlo se da su gorele. Mladić ih zapali.

— Hoću da bolje vidite kad jedete.

— Nije potrebno. Ja imam dobre oči.

— I lepe oči — dodade mirno mladić.

Ona obori pogled, uvređena zbog tog komplimenta, a mladić je zapalio sveće da bi je bolje video. Njena fina lepota, opaljena suncem na selu, bila je sva blistava. Ličila je na mladu zarumenjenu voćku. Krupne, crne oči imale su topli sjaj, a u izrezu crne haljine rumenela se koža opaljena suncem.

— Izvolite, Nedo! — ponudi je mladić.

— Hvala! — uporno je odgovarala.

— Vi morate jesti! Pomislite na vašu mamu. Ona će se obradovati kad vas vidi. Šta volite? Koje parče? Evo, ja ću sam da vam izaberem

— nasu joj i salate u tanjir i Neda, i pored svih potresa i užasa, ipak poče da jede.

— Vino sam zaboravio.

— Ja ne pijem vino.

— Dobro, onda ću doneti vode.

— A gde je šofer?

— On je u kuhinji. Nije hteo s nama. Doneću vode sa česme. Hladna je kao led.

Neda nije mogla da se pribere od čuda. Šta se sve ovo zbiva s njom i gde je ona? Ovaj mladić počinje da razgovara s njom kao da je poznaje. Okretala se unaokolo po sobi da bi sve videla. Na zidu je bila samo jedna slika. Poznala je: *Bosansko roblje.* Tu istu sliku ima kuma Anica. Dva velika prozora sa šipkama kroz koje se video mesec koji izgreva iz šume. Odavde se videla šuma i seoske kuće u daljini. Jedno srebrnasto drvo je uza sami prozor. Čuo se tihi i neprekidni šušanj lišća. Nijedan časak nije mirovalo lišće, kao da ga vetar pokreće... i neprestano se čuo žubor.

— Kakvo je ovo drvo što neprestano treperi?

— Jasika! — odgovori joj mladić.

Njega je obradovala njena mirnoća. Nije plakala. „Raduje se, jer je vodim natrag. Bar da ne bude više scena.” Ona je samo prividno bila mirna. Šta je drugo mogla da radi, kad je u kući, sred noći, sama s dvojicom muškaraca. Svašta su mogli učiniti s njom. Ona nije htela da izgleda plašljiva, hrabrila je sebe i bila prisebna. Jedva je čekala da vidi mamu da bi joj ona objasnila ko je ovaj mladić. On joj je toliko puta kazao „Nedo!”, dok ona nijednom nije htela da izgovori njegovo ime. Samo da izađu iz ove kuće.

— Sad možemo, Nedo. Vidite da sam častan. Kazao sam da ću vas posle venčanja odvesti mami. Zar je to strašno što smo se venčali?

Ona nije smela izgovoriti ono što joj je naviralo na usne. Bojala se da bi ga samo mogla vređati. Auto se opet zahukta. „Bože, samo da stignem do mame!”

— Spustiću prozore da mojoj ženi bude svežije! — reče mladić, pošto uđoše u auto.

— Ja nisam vaša žena.

— Kako niste? I pred bogom i pred zakonom, vi ste moja žena.

— Žena je samo onda prava žena, kad muž ima njenu ljubav.

— A vi mene ne biste nikad mogli voleti?

— Ne bih!

Mladić ništa ne reče. Tek malo posle je zapita:

— Vi ste bili u zavodu?

— Da... u Austriji.

— Šta ste tamo naučili?

— Svašta.

— Šta podrazumevate pod tim svašta?

— Pa naučila sam nemački. Znam prilično i francuski, sviram na klaviru... vezem... umem da kuvam... pomalo i da šijem.

— A koliko vas je stajalo novca dok ste sve to naučili?

— Prilično.

— Zar nije bilo pametnije da ste svršili trgovačku školu ili čak daktilografski kurs, nego što ste toliko novca straćili na jedan zavod u Austriji?

— Tako je želeo moj tata. A ja sam više volela da učim gimnaziju.

— Pametnije bi bilo. To su najgluplji roditelji, koji pokraj naših gimnazija i tolikih stručnih škola, šalju ćerke u zavode po Austriji ili Švajcarskoj.

— Ja ću s mamom da idem u Beograd... pa ću negde biti vaspitačica... Možda ću i daktilografski kurs da svršim — govorila je da bi mu dala na znanje da on nema nikakva prava nad njom.

— A od čega sada živite?

— Imamo dve kućice koje smo dobile od dede. Petsto dinara kirije. I ne plaćamo stan... i malo gotovine... dok ja ne dobijem službu. Ja se ne plašim da radim. Nećemo, sigurno, umreti od gladi.

— Zašto da umrete od gladi? Život ne mazi sve, pa se ipak svet snalazi. Čovek očeliči svoj karakter u borbi i oskudici.

— A jeste li vi znali u životu za oskudicu?

Mladić se gorko osmehnu:

— Ne treba govoriti u ovom času o onome što je neprijatno. Dajte mi, Nedo, vašu ruku.

Ona ga prezrivo pogleda, odmače se.

— Zar mi kao mužu nećete da učinite tako malu pažnju i da mi pružite svoju ruku?

— Vi niste dostojni ni najmanje pažnje s moje strane. Ja samo čekam da čujem šta će mama da kaže o vama.

— Dajte mi, Nedo, vašu ruku — govorio je molećivo, ali uporno. Kako je ona stalno držala ruke u krilu, on joj sam uze uzanu, meku, lepu ručicu. Steže je i prinese svojim usnama. Neda oseti topao, mek poljubac na svojoj ruci. Kako je on držao ruku neprestano, ona je trže. Ali mladić spusti još jedan poljubac na njenu ručicu i povuče se u drugi ugao auta. Potom ućuta. Ćutala je i Neda. Umor ju je počeo savlađivati. Kapci su joj bili teški i jedva je gledala.

Auto odskoči preko jednog kamena, i devojka se probudi. Trže se i ustuknu, kad vide da je drži ovaj mladić. „Kako je drzak! Iskorišćava moj san." Čuvala se da više ne zaspi. Bojala se da je ne laže da je vodi mami. Ko zna kakvi su ovo tipovi, i on i ovaj šofer? Ima još uvek trgovaca belim robljem.

Gledala je unaokolo, ali još joj je bio nepoznat predeo. Već se zora pomaljala. Ona ugleda jedno selo. Poznade školu, crkvu. To je njeno selo! Htede da klikne od radosti, ali se uzdrža. Izgovori tiho:

— Je li ovo moje selo?

— Jeste. Još pet-šest minuta, pa smo pred selom. Nedo, hoću nešto da vam kažem sada. Molim vas da pozdravite vašu mamu i neka mi oprosti za ovo. Ona neće ovo prijavljivati policiji, i zbog same sebe, jer bi se i njeno ime dovodilo u vezu s ovim događajem. Ako vas bude policija ispitivala, vi ćete ovako reći: Uvukla su me u auto dva mladića.

Jedan je bio seljak i doveli su me u jednu seosku kuću. Tada je došao drugi seoski mladić i kad me je video uzviknuo je: „Ko je ovo? Pa to nije devojka koju ja volim. Koga ste to doveli? Vraćajte je odmah natrag!" Kažite da su vas zadržali do mraka i vratili. Jednog dana ja ću doći. Sada još ne mogu. Želeo bih, Nedo, da vi, kao moja žena ostanete dobra i čestita devojčica, jer i ja sam pošten mladić! Ovo je sve moralo ovako biti. Dajete li mi reč da ćete takva biti kao što želim?

Neda nije htela da mu odgovori.

— Nećete da odgovorite, ali vi ćete se, ipak, setiti mojih reči. Ja sam u to uveren. I ja vas neću zaboraviti. Vi ste moja žena.

Da bi joj to potvrdio i dokazao, on se naže ka njoj, obuhvati joj glavu rukama i spusti joj na usne topao, dug mladićki poljubac. Neda ga odgurnu i steže zube, ali ne reče ništa. Neka je samo pusti iz auta.

— Dragi, zaustavi ovde! — naredi on šoferu. — Nećemo dalje. Odavde vam nije daleko kuća, a već svanjiva. Je li vas strah?

— Nije!

Kakav strah, ona je jedva čekala da se izbavi iz ovog ropstva. Iziđe iz auta.

— Zbogom! — dobaci joj mladić. Ali ona ne odgovori, već potrča iz sve snage. Zastade kad začu auto. Uplaši se da oni ne jure za njom, ali oni okretoše auto i besomučno, uzdižući vihor prašine, odjuriše.

Neda pogleda unaokolo. „Bože, je li moguće da sam slobodna?" Ali kad se seti šta se odigralo s njom strese se. Ipak, sve će se objasniti. Oslobodiće se ona njega. Samo da zagrli mamu. „Jadna moja mamica! Šta li je pretrpela?"

Trčala je seoskim putem pored kupinovog žbunja. Naiđe na jednu kupinu koja je prolazila kroz bagremar. Istrča na livadu, vide reku i mostić. Pretrča preko mosta, ulete u voćnjak i izbi na širi seoski put zasađen trešnjevim drvećem. Eno kuma-Aničine kuće! Ona pojuri veselo, dođe do kapije i zasta kao ukopana.

U dvorištu je bilo mnogo sveta. Videla je Džona Amerikanca, i Meri, njegovu sestricu. Jedna kola su stajala pred kućom, široka, rastočena seoska kola. Seljak uze guber da nešto pokrije. Meri je brisala oči. Razlegao se lelek, kuknjava i jauk kuma-Anice:

— Ranka, sine moj, zar da te ovako ispraća tvoja kuma? Kuku, Ranka! Nedo moja! Gde si da vidiš svoju mamu?

Jedan strahoviti krik prolomi se dvorištem i sva izbezumljena Neda uleti u dvorište s vriskom:

— Mama! Moja mama! Šta je s mojom mamom? — polete kolima, spazi beli mrtvački kovčeg i pade preko kolske rude kao mrtva.

Bilo je uveliko jutro, raspevano, zlatno i zeleno julsko jutro, s nestašnim cvrkutom vrabaca i dalekom seoskom frulom, čije su melanholične i idilične zvuke raznosila seoska kola s cilikom točkova. A u sobi, gde je ležala Neda, bilo je puno sveta: lekar zdravstvene zadruge, mlada popadija, sva uplakana kuma Anica, dve seoske devojke, mala Amerikanka Meri i njen brat Džon. Svi su bili pod strašnim utiskom nesreće jadne devojčice. Neda se posle nesvesti povratila, i opet joj se otrgao krik, strašan, očajan, krik deteta kome je nestalo majke, krik male ptičice, koja je ispala iz gnezda, sama, nemoćna, nejaka, izložena milosti i nemilosti ljudi. Zagnjurene glave u jastuk, jaukala je i ječala:

— Moja mama! Moja dobra, nežna mama! Ona se utopila zbog mene... ona nije mogla da živi bez mene! Mamice, što si me ostavila? Dobra, slatka mamice! Kako ću sama, bez ikoga?! Ne! Ja ću umreti za tobom, mamice! Neću živeti bez tebe. Ja više nikog nemam! — njene reči srce su kidale. Plakala je mala Meri i suze su klizile preko njenih okruglih obraza. Razmaknute umiljate plave oči naginjale su se maloj drugarici da je uteše, ohrabre, povrate. Ali jecaj se otrzao, kao da se srce rastrže, jadno, malo, nesrećno srce, otrgnuto od najlepše materinske ljubavi. I muškarci su bili potreseni. Zaplakao je čak i lekar, jecale su naglas dve seoske devojke koje su tako zavolele lepu Nedu. A njihov plač se prenosio na seljanku Jelenku, koja je nadgledala kuću, i njena tuga se izlivala kao pesma naricaljka, glasno, sa osećanjima narodne duše koja oplakuje glasno, rečima koje su sama pesma, i žalost se prenosila preko livada i polja.

— Dosta, Jelenka! Dosta! — reče stara kuma Anica. — Prestani bar ti! Ovo dete će presvisnuti. Prokleta da sam što ih dovedoh! Da nisu došle ovamo, ova nesreća se ne bi dogodila.

Kroz jecaj, Neda diže glavu:

— Pričajte mi, sve mi pričajte! Hoću sve da znam. Kako je to bilo?

— Jaoj... umiri se, čedo moje — tešila je kuma. — Kako je bilo? Kamo sreće da nije bilo. Bolje da sam umrla ja, nego ona. Zar da ovo dočekam? Mislila je, sine, da si se utopila, našli smo tvoje šalče na obali. Posle tek rekoše seljaci da je tu bio neki auto. I Amerikanka i njen brat naiđoše tada. Ali već je bilo kasno! Jadna moja Ranka!

I dok se jadna mlada devojka previjala u svome stahovitom bolu, napolju se čula pesma žetelaca, vršalica je negde huktala i život je kipteo svuda unaokolo.

Jedan život više ili manje, sve je opet išlo svojim tokom.

Došla je i policija da ispita Nedu. Oni vrše svoju dužnost i ne mogu biti sentimentalni prema žalosti.

— Recite, gospođice, ko vas je oteo?

Još uvek sva užasnuta i prestrašena od svega što se odigralo, njenog venčanja i mamine tragedije, Neda je bila kao izvan sebe. Iza vriske došlo je ćutanje. Samo je ćutala i plakala. Ali ove reči kao da istrgoše ceo nit doživljaja i oživeše teške uspomene. S radošću je pojurila ono jutro kući da joj mama objasni tajnu njenog venčanja, ali s mamom je i tajna bila zakopana u grob. Da li je sada trebalo sve da kaže policiji da bi oni mogli da uhvate onog mladića, koji se nasilno venčao s njom i oterao u smrt njenu mamu? Da, ona treba da osveti maminu smrt. Taj mladić treba da iskusi kaznu. Neda ga je mrzela i proklinjala uz svaki svoj jecaj. Ali ona se namah seti mladićevih reči: „Vaša mama me ne bi nikad tužila". Još i više je kazao: „I ime vaše mame bi se dovodilo u vezu s ovim događajem". Šta je to bilo u maminom životu? I sme li ona da oživljava maminu prošlost? Nikada i ništa ružno nije čula za svoju mamu. Kuma Anica, koja ju je znala još malu, uvek ju je hvalila. I zar ona, Neda, njena kći, koju je ona toliko volela da iznosi pred svet nešto što mama nije htela da svet zna? Ne, ona neće ništa reći. Neka je proklet onaj mladić, ali uspomena na njenu mamu mora ostati svetla.

Zaklopljenih očiju, ležeći u postelji, Neda je ćutala i nije odmah odgovorila kad joj je pisar postavio pitanje.

— Gospodine pisaru — molila je stara kuma — zar morate sad da je ispitujete? Vidite da je slaba.

— Nećemo mi gospođicu mnogo da zamaramo, samo neka nam ukratko opiše: ko ju je odveo i zašto su je odveli?

— Bila su dva mladića — prošaputa Neda.

— Jeste li poznavali kojeg od njih?

— Nisam. Potpuno su mi nepoznati. Jedan je bio u seljačkom odelu.

— A kako je izgledao?

— Ne znam. Visok je bio. Toliko se sećam... bilo je već veče.

— Oni su vas onesvestili?

— Jeste.

— A kad ste se osvestili?

— Bila je noć.

— Gde su vas odveli?

— U jednu kućicu... seoska kuća. Onda je došao još jedan mladić... opet u seljačkom odelu i uzviknuo je: „Pa to nije devojka koju volim. Koga ste to doveli? Odmah da je vratite natrag!"

— Oca mu njegova! — uzviknu predsednik opštine. — To nije niko drugi nego onaj đilkoš, Laza Obradov! On se vrzma oko Mare gazda-Filipove. Jedinica i miraždžika. On joj je i poručivao da će je ukebati jednom i autom odvesti u svoje selo. A kad ga ja dočepam u šake, propištaće u njemu i majčino mleko što je posisô. Neće više ni priviriti u atar moga sela.

— Pošaljite pandura da ga dotera! A da li biste, gospođice, vi poznali toga mladića?

— Ne znam. Bilo je mračno u sobi i bila sam uplašena.

— Naredi ti, gazda-Mitre, da mangupa odmah doteraju.

— A ko vas je posle vratio?

— Ona ista dvojica što su me uvukli u auto prvi put.

— Uhvatićemo mi svu trojicu. Ti obesni seoski momci iskijaće dobro!

— Moje mame nema više! Šta ima da ih hvatate?

— Jesu li biti učtivi prema vama ili bezobrazni? — pitao je pisar.

— Bili su učtivi. Dali su mi i da jedem i izvinili se. Ne mogu više da govorim. Teško mi je.

Meri je pažljivo slušala šta pisar pita, sedeći kraj Nedine postelje. Držala je za ruku i milovala.

— Je li gospođica Amerikanka? — pitao je pisar, lep mladić i kicoš.

— Da, moja drugarica iz zavoda.

— To mora da su bili neki seoski silnici, domaći gangsteri. Samo što oni ne ucenjuju roditelje nego se venčavaju s devojkama.

Neda preblede i zaklopi oči. Da li ovaj pisar nije doznao da se ona venčala, pa samo hoće da je sasluša. Da li je mogu kazniti ako ne bude govorila istinu? Najzad, ona nije htela da oda tajnu svoje jadne mame, a tu mora da je bila neka tajna. Otkuda mamina slika, uveličana, u onoj kući?

Pisar pogleda veselo malu Amerikanku zaboravljajući da je tu i jedna nesrećna i očajna devojčica. Oni su u svojoj profesiji navikli na drame i moraju biti hladnokrvni. Ali ova dva plava oka bila su tako lepa, a on je bio pravnik, mogao je lako da se sporazumeva i nemački, i hteo je pred ovom Amerikankom da pokaže šta vredi policija.

— A kod vas u Americi gangsteri se ne venčavaju kao kod nas.

— O, kod nas traže milione. To je vrlo lepa zarada, ucenjivati kćeri bogatih roditelja. Mene su tri puta hteli da ukradu, i zato sam bila tri godine u Beču.

— A ne bojite se da bi vas ovde neko ukrao? — nasmeši se pisar.

— Vi ste iz policije, kako vidim, i branili biste me — veselo odgovori Amerikanka.

Zaista, pisar bi tako rado branio i čuvao ovu lepu devojčicu s drugog kontinenta. Ali on je bio na zvaničnoj dužnosti i morao je da zauzme ozbiljan i ravnodušan stav, mada se njegovo saslušanje produžilo vrlo dugo.

— Moja jadna Neda! Kako ja nju volim. Mi smo bile najbolje drugarice u zavodu. Tako smo se volele! — govorila je devojčica s plavim očima, sagnula se i poljubila svoju Nedu.

Pisar se oprosti i ode do sudnice, da bi pričekao toga mladića Lazu. Posle podne dovezoše ga kolima. On se zaklinjao da je celog toga dana i uveče bio kod vršalice. Potvrdili su isto i seljaci koji su bili na vršalici. Doveli su ga da ga vidi Neda i ona je kazala da to nije taj mladić. Nije htela da okrivljuje nevinog čoveka. Pisar je saslušao još neke devojke, raspitujući se za njihove momke iz drugih sela. Predsednik opštine se zaklinjao da će uhvatiti toga lolu!

Čitavu nedelju dana sedela je Meri sa svojim bratom. Nisu hteli Nedu da ostave. Izvodili su je u baštu, ali su se čuvali da je vode reci. Džon se kupao, a i Meri, ali Nedi nisu dali, niti je ona sama htela da ide na onu livadu. Sirota devojčica, išla je kao sen. Trudila se da razgovara, ali najviše je volela da je mogla otići u varoš da vidi mamin grob. Meri je bila nežna devojčica. Evropsko vaspitanje u zavodu uticalo je na njenu vedru i otvorenu prirodu Amerikanke i razvilo u njoj malo sentimentalnosti, koja je ulepšavala njenu iskrenu prirodu. Ona je predosetila da je Neda osiromašila. Nije mogla ni s kim o tome da razgovara. Lekar, koji je znao nemački, nije znao kakve su materijalne prilike devojčine, stara kuma nije znala nemački, a Neda je bila ponosita i nije htela ništa da govori o tome. Meri nije imala novac kod sebe, ali se zaricala da će Nedi poslati iz Amerike jedan ček da se ne bi mučila. Od brata je uzela dvesta dolara i dala staroj kumi, krišom da ne zna Neda, moleći staru gospođu da joj novac da kad oni odu. Govorila je rečima i mimikom, ali kuma je razumela...

— Da mi je samo za ovo jadno dete da se postaram. Rešila sam da živi kod nas. Gde će, jadniče, samo? A kuća nam je, hvala bogu, velika. Ima svega i svačega. Pa neka je! Ja ću i da je udam. Daće bog da se nađe i za nju neka prilika. Ona je krasno dete!

Ali je dobra stara gospođa Anica sa strepnjom mislila na svoju snahu i unuku Olgu, šta će one reći kad ona dovede Nedu kući, jer je znala da je ne vole. Bila se još sada naoštrila da im podvikne i da mora da bude onako kako ona kaže. Ceo bi ih svet osudio da ovo jadno dete ostave na ulici. Ovih dvesta dolara će promeniti u dinare, pa će da ostavi za nju na knjižicu. Srdačno je ugostila brata i sestru, iako se nije s njima sporazumevala. Ali je materinski izgrlila i izljubila malu Amerikanku i njenog brata, a na njih je ta ljubaznost stare gospođe i srdačnost seljaka ostavila vrlo lep utisak.

— Nedo, dobili smo pismo od Vuke, Olge i Dušanke. Mnogo ih je sve ovo potreslo, pišu ti. Nemoj sad da čitaš da se rastužuješ. Javljaju da dolaze za petnaest dana. Lepo su se proveli i svi su se popravili. Dušanka je dobila dva i po kila. Radujem se. Ona je nešto bolešljiva — kumi je bilo milo što je njena snaha ovako nežno pismo napisala. Šta li će biti kad Neda dođe u kuću? Ali ona ima svoju veliku sobu, pa neka je, spavaće s njom u sobi. Ovako dobro i poslušno dete treba prihvatiti kao rođeno.

Pod tuđim krovom

Brat i sestra su otputovali i već je prošlo deset dana otkako se Neda vratila sa starom kumom u grad. Njena snaha i unuke još se nisu vratile s mora. Bile su u Herceg Novom i pisale da se divno provode. Kraj stare kume Nedi je bilo prijatno. Volela ju je kao staramajku, i ona joj je ukazivala nežnost kao unuci.

— Ko tebe ne bi voleo, čedo moje, kad si tako umiljata i poslušna?! — govorila je kuma. — Kamo sreće da je moja Olga kao ti! Dušanka je bolja, ali me boli što nisu pažljive prema meni. Sve me potcenjuju da sam starinska, prosta, da ne znam ništa. Kamo lepe sreće da imam snahu kao što je tvoja mama bila.

Neda bi uvek zaplakala kad bi ona spomenula njenu mamu. Ispitivala je o maminom životu, ne bi li što doznala što bi joj moglo objasniti njeno venčanje, ali stara kuma je imala samo pohvale za nju.

— Kako je tvoja mama bila lepa kao devojka! Pa skromna! Uvek je prolazila, kad ide u školu, pored mog dućana. A ja sam je gledala i uživala. Imala je duge vitice do ispod kolena. A bila je bela u licu i rumena. Hodajući nikog nije gledala, niti se na koga osvrtala. Pravi anđeo. A i tada je bilo devojaka vetropira. Ali mama ti je bila najčestitija devojka.

— A tata je voleo mamu?

— On se bio smrtno zaljubio u nju. I ona je njega volela. Baš mi je tvoja baba pričala: voli je, samo nju hoće. Ništa ne traži. Ali oni su joj kupili lep nameštaj. E, dobra ti je bila baba, a tvoj deda! Pomre taj stari pošteni svet! — uzdahnu gospa Anica. — I ja ću tako jednog dana. Smrt jadne Ranke baš me je ubila. Šta ćeš? Neću o tome da govorim. I ne dam da ti, sine moj, više ideš sama na groblje. Jaoj, što sam se juče uplašila! Da te s groblja kolima dovezu! Kukala sam i vriskala i doneli su te gotovo onesvešćenu. Nemoj, dete moje, tako da se kidaš. Ništa to ne vredi. Mora čovek svaku žalost da podnese. Da li je to dobro ili zlo, ne znam. Valjda je tako bog kazao. Eno, vidiš onog učitelja i učiteljicu što stanuju u tvojoj kući. Dva su sina izgubili u ratu. Jedan je bio oficir, a drugi učitelj. Mladići! Kakva je njina žalost bila! Pa opet pametno razgovaraju i nasmeju se, a srce njihovo zna kako im je. Žao mi je kad kažeš da ćeš se ubiti! Ne smeš tako da govoriš! Nećeš se ubiti, nego ćeš se jednog dana udati. Mama bi i tako pre tebe morala da umre. Tako i treba da bude: deca da sahranjuju roditelje. Nemoj da plačeš! Znam šta to znači, ali na groblje nećeš više ići sama, nego sa mnom. Hajd'mo u baštu! Kako je lepo u bašti! Pogledaj ove georgine što su se rascvetale. Vidi ovu prskanu, crvenu i belu, duplu. Hajde, pa će tebi tvoja kuma da uzme štofić za jednu lepu crnu haljinu. Idem kod Jove da mi odseče četiri metra. Daj onoj Nati da ti sašije.

— Hvala vam, kumo, kako ste dobri! Kao da ste mi majka! Mogu i sama da sašijem.

— Nemoj, ja ću platiti. Ne šije ona skupo, a znaš, Vuka i Olga je hvale da vrlo lepo šije. One prekosutra dolaze.

— Sutra da istresemo salon i trpezariju. I ja ću da pomognem Kati.

— Nemoj ti, Nedo, neka ona sama istresa.

— Zašto, kumo? Pa zar da sedim skrštenih ruku? Ja sam s mamom sve radila po kući. Sad nismo imali mlađih, pa sam naučila i da kuvam i mesim, a znala sam još i iz zavoda. Tako volim u kući da radim.

Taj domaći posao je ublažavao njenu tugu, a nije htela da sedi besposlena u tuđoj kući. Kuma joj nije davala, ali ona bi sama uzela, počistila, obrisala prašinu, oprala čaše, šoljice. Mesila je kolače, češljala kumu, jer su je ruke bolele.

— Kumo, da sutra umesim nešto za njihov dolazak? Šta oni vole? Ja znam mnogo kolača da mesim.

— E, dete moje! Blago onom ko tebe uzme za ženu! Imaće i domaćicu, i poslugu, valjanu ženu. A one neće ničega da se prihvate u kući. Dušanka me još i posluša, ali Olga je velika nevaljalica! Ne znam kako će proći u braku.

— Vi ste, kumo, kazali da ja budem u trgovini kod kum-Jove. Ja bih se radovala.

— Možeš dete, ali kasnije, na zimu! Malo da se i ti umiriš i pribereš.

— Ja sam juče iščistila moju kuću i zaključala je — zaplaka opet. — Izvetrila sam mamine haljine — jecala je. Setila se kako je ljubila svaku maminu haljinu, grlila i pritiskala je na grudi. Jedva su je učiteljica i poštarka odvojile od tih maminih haljina.

Kuma je milovala po kosi i tešila je; pustila je neka se isplače, jer je onda lakše. A ona je već imala svoj plan o Nedi. Njen Jova je imao ortaka, jednog mladića, Mitka, školovanog trgovca, svršio je i trgovačku školu. Jest', malo je bio ženskaroš, voleo je i varao devojke. Ali one su bile krive. Videle trgovac, pa sve trče za njim. Sigurno su dobijale i poklone od njega, dućan je bio pun svila i štofova. Ali za njega nisu bile te što im je davao iz dućana, nego ovako pošteno dete, dobra domaćica. Dok ova njena žalost prođe, tamo na proleće, ona će Nedu udati za njega. A mladić je nju poštovao i verovaće kad mu ona kaže da bolju devojku neće naći od Nede. Istina, on traži miraz: dvesta hiljada! E, baš će neko da mu da dvesta hiljada! Obećavaju, pa slažu, a posle natovari belaj na vrat! Poslušaće Mitko nju. On ju je poštovao kao majku. Stara gospa Anica se radovala, kao da već vidi Nedu udatu.

Jedno predveče doputova gospođa Perić s Olgom i Dušankom. Pri prvom susretu s Nedom zaplakaše. Devojčica htede da vrisne naglas, ali uzdrža svoj vrisak, jer je znala da su one srećne, vraćaju se s mora s mnogo lepih uspomena i biće im krivo da moraju s njom da plaču i kukaju. U takvim trenucima, gde bol ne sme nikom da se iskreno izlije, Neda je uviđala kako je sama u životu.

Prvih dana Olga je bila ljubazna prema njoj, jer je zaboravila avijatičara i svoju ljubomoru, a bila je zaljubljena ponovo i ta sveža osećanja s mora raznežavala su njenu zavidljivu prirodu. Obe, i Dušanka i Olga, bile su zaljubljene, pa su volele i Nedu, jer su imale uspomena i čime da se ushićavaju, hvale, poveravaju o slatkim rečima koje su im mladići šaputali. Naravno, ni jedna ni druga nije htela reći šta su same odgovorile na te izjave ljubavi i kako se ljubav razvijala, već su se zadovoljavale da ispričaju kako su ti mladići, jedan lepi marinac Niko, i drugi bogataški sin iz Beograda, Lule, bili očarani njima dvema. Dušankine ispovesti bile su naivnije. Ta devojčica je mogla da bude vrlo dobra i nežna, da je nisu stalni sukobi sa sestrom pravili nervoznom i stvarali u njoj svađalačku karakter. Ona je bila zaljubljena u marinca Niku. S kakvim je oduševljenjem pričala o njemu! Ali, ipak, više se oduševljavala njegovom lepotom nego inteligencijom, a iz njenog pričanja Neda je zaključila da on mora biti i vrlo inteligentan mladić. Jadna Neda, sve je morala da sluša! One su zaboravljale da je ona pogođena strašnom nesrećom. U svojoj sreći, zanosile su se egoistički, i pričale o Herceg Novom, šetnjama, veličanstvenom parku, toaletama žena, hotelu Boka, gde su one bile.

A kad bi Dušanka završila tada joj je poveravala svoju veliku ljubav Olga. Ali samo ono što je za pričanje, a drugo, o poljupcima ispod senki palmi, i posle u Beogradu, u Topčideru, kad mu je javila za odlazak, nije pričala. Na njeno navaljivanje zadržali su se dva dana u Beogradu. Pa i njihova mati, polaskana pažnjom tog Luleta iz Beograda, bogataškog sina, koji je bio sjajna partija za njenu kćer, jer njoj nije bilo mesto u palanci, srdačno je dočekivala mladića, blagonaklono mu se smešila i nije mnogo prebacivala Olgi za one malo duže šetnje po pomrčini. Ona je bila mati koja je htela da se pokaže kako shvata duh novog vremena i uviđa da se bolje udaju devojke koje se više provode, i mada nije dopuštala kćerima opasnije avanture, ipak im je davala dosta slobode, smatrajući da je to otmeno. Kao majka kćeri koje imaju miraz, ona je bila svesna da će ih udati i uvek je govorila: „Pa što da im zabranjujem provod? Neka se deca zabavljaju. Ja znam da su one pametne i neće nikakvu grešku učiniti." Jer i ona je pomalo čeznula za provodom, ali stegnuta patrijarhalnim predrasudama, morala je paziti na svoje ponašanje, i bila je čestita žena, ne što je u to bila ubeđena, i što je to njen muž zasluživao, već prosto, što se pribojavala sveta i svoje svekrve.

A taj njen muž, trgovac Perić, nije je mnogo oduševljavao, sem što je bio izvor njenih prihoda i svih prohteva, i nije bio džangrizalo da drhti za novac, već joj je zadovoljavao sve želje. Da li je to u njemu bila ljubav prema njoj ili deci, ili svest da je dužan da bude takav kao domaćin i otac porodice, njegova žena se nije trudila da protumači, jer je verovala da svojom privlačnošću više vredi ona njemu nego on njoj. Zbog toga je uvek volela da izigrava damu u društvu i da u krugu mladića važi za simpatičnu i savremenu mamicu, koje oni ne treba da se plaše.

Takva je bila i Olga, dok je Dušanka imala pitomiji karakter svog oca, iskrenost i prostodušnost. Ona je više volela staramajku, i držala joj stranu u sukobima s mamom, osećajući da mama nema uvek pravo.

Jutra su Dušanki i Olgi prolazila u iščekivanju pismonoše. Po dvadeset puta bi izvirivale kroz prozor, pogledale na sat, bojeći se da nije prošao, nervirale se kad bi zadocnio. I kada bi ga ugledale kako žurno prelazi s jedne strane ulice na drugu, i zadržava se po kućama, srce bi im lupalo, i slatka trema ih je obuzimala: da li će jutros doći pismo od njega. Prvo je dobila Olga, pa posle Dušanka.

— Piše mi da će doći na naš prvi žur! — saopštila je Nedi. — Hoću tada da dođe da vidi našu kuću i život u njoj. Imao je guvernantu još u detinjstvu. A što mu je auto! Sedišta bledoplava. Sjajno šofira! U inostranstvu je studirao i doktorat će tamo da polaže. On kaže da naš univerzitet ništa ne vredi. Doktorat s našeg univerziteta nije ništa. Onaj koji donese doktorat iz inostranstva, taj nešto vredi. Imaju dve vile u Beogradu. Njegova mama i sestra uvek idu u Nicu na karneval. Veli da sam mu se toliko dopala, kako mu se nikad nijedna devojka nije dopala.

Neda je slušala njena pričanja, zadržavajući svoja razmišljanja o tom mladiću u sebi. Sećala se kako je njena mama govorila: „Naš univerzitet više vredi nego mnogi evropski univerziteti, i ko postane doktor na našem univerzitetu, taj je zasluženo dobio doktorsku diplomu".

Dušanka je već lepše pričala o svom marincu Niki. On joj je dao mnogo lepih opisa o morima kojima je plovio i o raznim zemljama. I kada je dobila njegovo prvo pismo, požurila je da kupi najlepšu hartiju i koverat, dve-tri vrste pera, koja ne pišu ni debelo ni tanko, i počela da prepisuje svoj koncept pisma. Htela je da niko ne pročita njeno pismo koje piše marincu Niki, ali se pobojala da li će biti lepo. Niko se jednom izrekao pred njom da devojke ne umeju da pišu pisma. „Uvek se razočaram posle razgovora s njima ili kad dobijem pismo", govorio je. Bojeći se da se ne razočara i u njeno pismo, pokazala ga je Nedi.

— Ovo ti nije dobro. Ja ne bih nikad ovako počela: „Dobila sam vaše pismo i bila sam tako srećna, jer sam i ja mnogo tugovala zbog vas". Ne smeš ti muškarcu da pišeš odmah kako si tužna, ali možeš tako reći da on oseti da si ti tužna. Napiši mu: „Ustala sam rano i šetala po mojoj bašti. Dalije su se rascvetale, ali ja sam se setila magnolija, čempresa, plavog neba i mora i bila sam tako tužna."

— Ah, dabome! To je lepše. Pa hajde, Nedice, sastavi mi ti pismo. Ti umeš lepo da pišeš.

I mala Neda, kao Sirano od Beržeraka, sastavljala je nežno, osećajno pismo. A ona je kroz to pismo izlivala svoja osećanja prema avijatičaru, i plavo more bilo je plavo nebo njenog orla, a čamci sive ptice, koje klize po toj beskrajnoj pučini neba. Neda je bila devojka prefinjene inteligencije. Odrasla je pored mame, kao jedinče, ona je od najranijeg detinjstva naučila da misli pametnim mislima svoje mame. Dete koje nema braće i sestara, i govori rečnikom starijih, sazreva mnogo ranije i dolazi do jasnih pojmova o svemu. Toj deci se poklanja i više pažnje, i Nedina mama je od prvog razreda osnovne škole radila s njom. Kad je pošla u zavod, posle petog razreda, to je bila inteligentna, načitana devojčica, kojoj je mama birala lektiru. A posle, u zavodu, tri godine dopisivanja s mamom naučile su je da pismeno, lepo i slikovito izražava svoje misli.

Njen pansion je bio čitava kosmopolitska zajednica. Svih narodnosti je bilo i svaka devojčica je bila jedna knjiga, koja opisuje običaje, temperament, način života, predele i osećanja jednog naroda. Neda je najviše volela Amerikanku, jer je kroz nju upoznala celu Ameriku. Ali volela je i svoju malu prijateljicu Bugarku Ljubenu, koja je bila iz kraja ružinih polja. Ona joj je opisivala šetnje kroz ta polja kad sva priroda miriše na ruže. Pričala joj je o berbi ruža, i pravljenju ružine esencije, koju toliko vole u bugarskim kućama. Uživala je i kad bi joj mala Rumunka Livija opisivala Karpate, s gustom, stoletnom, tajanstvenom šumom, gde je večna hladnoća. Jedna crnomanjasta Italijanka, rodom iz Verone, najviše ih je zabavljala opisujući Julijin balkon uz koji se peo Romeo. Ljutila se kad bi je dirale drugarice za lazarone, koji ništa ne rade, nego se izležavaju, i dokazivala da u Italiji nema više lazarona. Neda je volela i jednu Turkinju iz Carigrada, i njene priče o njenoj staramajki, koja je nekad živela u haremu. Sve te drugarice iz raznih zemalja dopunile su Nedino znanje o svetu i zemljama. Ponekad se Neda čudila: zašto se narodi mrze i svađaju, kad su se one, devojčice svih narodnosti, tako volele i sklopile srdačno prijateljstvo, kao da su rođene sestre ili da su iz iste zemlje. Ko stvara mržnju među narodima, pisala je svojoj mami u svojim razmišljanjima? Onda se čudila što se narodi ne vole, a sada, u svome prevelikom bolu, osećala je da nema iskrene ljubavi ni među decom i roditeljima, niti među susedima, ni stanovnicima jednog grada.

I s tugom i nežnim osećanjima pisala je za Dušanku inteligentno pismo marincu Niki.

— Što si divno sastavila! — uzviknula je iskreno devojčica, nimalo uvređena što te misli nisu njene, već Nedine. Glavno je da marinac veruje da je pismo njeno. U razgovoru se nikad ne traže takva opisivanja. Kad je devojka lepa, može svašta da govori, muškarac joj prašta, jer ga zabavljaju njene usne, oči, stas. Ali kad napiše pismo, mladić kritikuje svaku reč. To je znala Dušanka i htela je preko pisama da učvrsti ljubav između sebe i Nike. Dohvatila je brzo Nedino pismo i lagano ga prepisivala, pazeći da svako slovo bude lepo i okruglo.

I zbilja, pismo je imalo dejstvo. Za deset dana došlo je drugo pismo i Dušanki su se najviše svidele reči: „Mi imamo ista osećanja, istu dušu. Očaran sam vašim pismom. Čitam ga svakog dana. Kako bih voleo da se mogu stvoriti jedne večeri u vašoj bašti, pored vas. Na moru sam upoznao lepu devojčicu, a sad sam upoznao, kroz pismo, i vašu inteligenciju! Kako je danas teško naći sve udruženo u jednoj devojci...”

Ona je pokazala pismo i Nedi, sva srećna, kao da je, zaista, ona zaslužila te pohvale, ali, ipak, bila je iskrena i nežno poljubila Nedu i kazala joj:

— Da mi ti nisi sastavila pismo, ja ne bih umela ovako da napišem.

— Ti čitaj više i razmišljaj, pa ćeš umeti da napišeš.

— A šta da čitam?

— Pa gde su vam knjige? Imate li biblioteku?

Jest', to je bilo sada pitanje: šta da čita i gde su knjige? Jer u toj bogatoj kući bilo je svega i svačega: od najskupljih kristala, srebra i porcelana, do fotelja, stolića, ogromnih ormana, koji su se presijavali, do raznih sitnica i staklarije — samo nije bilo biblioteke. Knjige su se vukle po ormanima, bacali su ih i na tavan, raskupusane i prljave, s otkinutim listovima. Neda je pošla na tavan s Dušankom da prikupi te knjige, izlupa ih i obriše prašinu, da bi mogla Dušanki da izabere lektiru. Jedva joj je našla tri-četiri knjige i zajedno su čitale. Baba Anica je uživala što ih vidi tako zbližene i što snaha ništa ne prigovara što je Neda u kući. Valjda je i ona, kao mati, osetila nesreću ovog jadnog deteta. Svekrva joj je zato bila zahvalna i čuvala se da ne dođe ni do kakvog sukoba, sve je zataškavala, umirivala, pravila se da štošta ne vidi i ne čuje, samo da bi u kući bio mir i sloga.

Prva koja je narušila mir bila je Olga. Pisma od bogataškog sina iz Beograda bivala su sve kraća i ređa. Već petnaest dana nije dobila ništa od njega. Nervozna i očajna, pisala mu je svaki drugi dan s prekorima. Zaključana u svojoj sobi, pisala je i krila da Neda ne vidi kad ona piše.

Htela je da učini još jedan pokušaj: javila mu je dan kad će imati veliki žur i pozvala ga da dođe. Jedno kratko pismo je došlo s nekoliko reči. Ono što je izazvalo beskrajnu radost bile su reči: „Doći ću na žur".

Kako se tada spremalo po kući! Staramajka je s čuđenjem sve posmatrala i slušala: kako je to divan mladić, partija kakva se ne može zamisliti, kako živi u Beogradu, ima dve vile, svoj auto, to je otmena porodica, a ne kao ovi prostaci, palančani, koji čim zinu, drugo ništa i ne znaju, nego da ogovaraju. Gospođa Perić je uverila muža da će taj mladić sigurno zaprositi Olgu. I hteli su s pompom da ga dočekaju, u društvu, u raskoši, jer otmeno beogradsko društvo voli takav život. Olga je imala samo jednu bojazan: šta će s Nedom? Bojala se Nedine lepote, i da je mogla, najradije bi je sakrila pod korito, kao Pepeljugu. Ali Nedu nije nimalo zanimao njihov žur. Štaviše, osećala je da bi na njemu bila nesrećna! Nju ništa nije interesovalo, a njena tajna o venčanju bila je gvozdena karika na ruci, koja ju je vezivala za neko nepoznato biće. Zbog toga je kazala Olgi:

— Znaš, ja ću ti sve pomoći za žur, ali ti ćeš mi oprostiti, ja ću tog dana da odem svojoj kući, neću ni da se pojavljujem. Nisam raspoložena i samo bih vam kvarila društvo i veselje.

— Zašto da ne budeš? — pritvorno tužno govorila je Olga, a da je mogla, zagrlila bi Nedu. Nije joj mogla učiniti veće zadovoljstvo, nego da se skloni da je ne vidi njen Lule iz Beograda.

Do podne, toga dana kad je trebao biti žur, Neda je bila kod Perićevih. Do podne Lule nije došao. Ali Olga je mislila da će doći posle podne vozom u tri sata, ili svojim autom. Neda je oko dva sata otišla svojoj kući. Učitelj i njegova žena zadržali su je na večeri. Spavala je u sobi s poštarkom i ceo sutrašnji dan bila je kod njih.

Predveče dođe kuma Anica da je odvede kući. Neda ju je u poverenju upitala:

— Je li došao onaj mladić iz Beograda?

Gospa Anica se namršti, mahnu rukom i prošaputa:

— Ma kakvi došao! Znala sam ja to! Ubila se sinoć od plača. Hajde, dete moje, da je ti malo umiriš.

Sirota Neda je sa strepnjom išla njihovoj kući. Olga je bila u svojoj sobi. Ni s kim nije htela da govori. Neda joj nežno priđe.

— Pa što se, Olgice, sekiraš? Možda nije mogao da dođe?

— Odlazi! Nemoj ništa da mi pričaš!

Nedu nešto udari posred srca, ali se savlada, saže se i poljubi je. Izašla je iz njene sobe i ostavila je da plače. Olga nije večerala. Uvek, kad god je bila ljuta, nije htela da jede. Nadala se da će doći sutradan, ali on ne dođe. Čak ni pisma, ni izvinjenja. Tek posle pet dana izvinio se kratkim pisamcetom. Bio je sprečen poslom, mnogo mu je žao, ali drugi put će doći. Posle toga dođe još jedna njegova karta i — ništa više! Olga je najzad uvidela da je Lule samo lepa romansa s mora, koja se otpevala, zaboravila i iščezla. Ali srce devojačko dugo se seća i pati. A zbog patnji devojačkih stradaju ponekad svi u kući. Prva je Dušanka osetila Olginu patnju. Marinac joj je stalno pisao i to je izazvalo Olginu ljubomoru, jer taj je marinac bio lep. On se i njoj dopadao. Zašto je morao da zavoli Dušanku? Počela joj je zavideti i nervirati se zbog nje. A još uz to ona stalno s Nedom nešto sastavlja i piše. Neda joj omrznu. Što se uvukla u njihovu kuću? S mukom se savlađivala da ne prasne na nju. Neda je to osećala, sklanjala se, i počela da uviđa svu težinu tuđeg krova nad glavom. Kao da se pripremala olujina u kući.

Jedno jutro Neda dobi dva pisma. Primila ih je baš Olga i pružila joj:

— Ovo ti je, sigurno, od Branka. Vidim po poštanskom žigu.

Neda sva pocrvene:

— Otkuda on da piše?

— Šta se čudiš? Pa voli te i piše ti. Istina, on svaku voli. I Zagorki sigurno piše.

Nedi dođe da se zaplače i vrisne: „Što si takva? Zar ti je krivo zbog ovog pisma? Koga ja imam u životu? Nikoga! Ni oca, ni majke, ni sreće. Zar je meni lako da živim u tuđoj kući od tuđe milostinje?!" Ali gorda devojka sakupi sav svoj bol i pruži joj pismo:

— Hoćeš li da pročitaš? Izjavljuje mi saučešće zbog mamine smrti. Nije mogao da veruje.

Pobegla je u sobu svoje kume da bi se isplakala, uzela je opet pismo i čitala: „Jadna mala! Vi ste mnogo prepatili. Ja želim da budete srećni jednog dana i verujem da ćete to biti." Suze su joj kapale na pismo. Pritisnula ga je na grudi i usne. Setila se strašne istine da je udata!

Drugo pismo je i zaboravila. Pogledala ga je. „Od koga je? Muški rukopis." Brzo ga je otvorila i pročitala: „Duboko sam potresen tragedijom vaše mame. Nemojte mene okrivljavati, Nedo. Verujte, ja sam najmanje kriv. Znajte, neću vas nikada zaboraviti."

Pismo je bilo bez potpisa. „Ovo je od njega!", prestravljeno je govorila Neda. „On mi je pisao! On se usuđuje da mi piše? Ko je taj mladić?" Nije htela da kaže „moj muž". Gledala je taj krupni, lepi muški rukopis tražeći da po rukopisu dozna ko je taj čovek. To je bio rukopis školovanog mladića. „A odakle je pismo?" Brzo je pogledala poštanski žig i pročitala: Beograd!

„Beograd!", šapnula je Neda. „On je iz Beograda? Nije sa sela? A zašto je bio u seljačkom odelu? Ili krije svoj trag? Zbog čega?" Nije nikako umela sve ovo da odgonetne. Više puta nije se ni sećala da se s nekim venčala. A pokatkad bi je obuzeo strah od tog čoveka i mržnja prema njemu.

Zašto ju je prisilio na venčanje? Bilo je trenutaka kad se osećala i uvređena. Kako može jedan čovek da se venča s devojkom i da je odmah ostavi? Je li to kakva osveta njenom ocu? Mučila je stalno pomisao i na sliku maminu koju je videla u onoj usamljenoj kući. Šta će tamo mamina slika? I još se usuđuje da joj piše posle ove strašne nesreće koju je sâm stvorio. Dohvatila je pismo da ga iscepa, ali se predomislila. Možda će joj jednog dana zatrebati. Neda je bila vrlo pametna devojka i umela je na fini način da se obavesti o ovom njenom slučaju. Jednom advokatu, Perićevom rođaku, pričala je, kad je bio kod njih u poseti, da je jedna njena prijateljica iz zavoda, neka Austrijanka, pričala kako ju je uhvatio jedan mladić i naterao da se venča, a posle je taj brak poništen.

„Razume se! Kad je neko s revolverom prisiljen na taj brak, takav brak se mora poništiti." On joj je još objašnjavao, ali Nedi je bilo dosta da i toliko zna. Posle toga se smirila i nije mislila na tog svog muža. Uzela je ponovo avijatičarevo pismo i tumačila svaku njegovu rečenicu. Da li on želi njenu sreću s drugim ili s njim? Ono drugo pismo je opet razgnevi. Taj čovek, taj nepoznati, suprotstavlja se sada avijatičaru? Da li bi je on uzeo kad bi doznao šta se sve odigralo u njenom životu? „Bednik jedan! S revolverom da me vodi na venčanje!" Ipak nije pocepala njegovo pismo. Sakrila ga je pa će ga odneti kući. Avijatičarevo pismo stavila je u fioku, ali je nije zaključala. Verovala je da će Olga tražiti da ga pročita. Ako ga sakrije, misliće da je bogzna šta pisao. A Neda je poznavala Olgu i znala je da je njena ljubaznost samo pritvorstvo i da će ona jednog dana na Nedu iskaliti gnev i za onog Luleta iz Beograda.

To se i dogodilo.

Dušanka je htela da piše marincu. Ona je bila mnogo bolja devojčica i ovo nevino sastavljanje pisama veoma ju je sprijateljilo s njom. Osećala je potrebu za iskrenom prijateljicom, jer je u sestri nije imala, niti je mogla sve da joj poverava. A Neda je bila ta nežna, dobra drugarica, koja je razumela Dušanku i trudila se da bar na nju utiče, da bude uvek popustljiva prema sestri da ne bi dolazilo do scena, koje su bile vrlo česte. Jedno pre podne Dušanka poče da traži svoje držalje i pera. U kutiji, gde je uvek stajalo, nije bilo.

— Olga, jesi li mi ti uzela pero?

— Šta će meni tvoje pero? — izbrecnu se sestra.

— Pa šta se izdireš, lepo te pitam: ako si uzela, daj mi ga. Ti si juče pisala nekome, videla sam, i moje pero si uzela. Kazala sam ti da ga ne uzimaš.

— Što si dosadna! Na! Hoćeš valjda da pišeš marincu — jetko je govorila. — Prosto si poludela za njim otkako si došla s mora...

— Ja mislim da sam manje luda nego ti za tvojim Luletom. Juče si mu pisala, a ja mu ne bih nijednu reč poslala, da me onako prevari, javi da će doći, a posle niti dolazi, niti piše.

— Marš, bezobraznice jedna! Šta te se tiče što mi on ne piše?! Možda on meni baš i piše! Valjda ću tebi i Nedi da pokazujem pisma i da mi Neda sastavlja pisma kao tebi za marinca. Obe ste jednake!

— Pakosnice! Tebi je krivo što mi on piše. Piše mi jer je mnogo bolji nego tvoj Lule. To je jedna mangupčina! Nisam htela nešto da ti kažem, ali sad ću ti kazati: on se prvo meni udvarao. Šta mi sve nije napričao!

— Lažeš! To nije istina! Nego si ti trčala za njim. Videla sam ja to.

— Izvini, ja nisam trčala za njim. On mi je bio odvratan. Videla sam da sve devojke podjednako gleda, ali ti to nisi umela da vidiš. Valjda zato što je Beograđanin, bogataški sin! Jest', baš će on doći tebe da zaprosi... Kod tolikih Beograđanki!

— Đubre jedno! Nemoj više ništa da govoriš, inače ću ti kose počupati.

— Sama si đubre! Nikoga nećeš da slušaš, pa se uvek razočaraš. I sad si se razočarala, i patiš, zato smo ti svi krivi u kući.

Nervozna priroda Olgina nije više mogla da se uzdržava. S vriskom je poletela na sestru, dočepala je za kosu, ova nju isto tako, nastade vriska, preturanje stolica. Ormani, staklarija, sve se zatrese od njihove tuče. Neda izlete sva prestravljena, dojuri njihova mati, baba. Kroz tu vrisku čule su se krupne reči kao: „I ovo đubre što nam se uvuklo u kuću!" To se odnosilo na Nedu. Ona brzo uđe u sobu njihove staramajke, bila je sva bleda, srce joj je lupalo. U svojoj kući ona nikad nije videla ovakve prizore. Njena mama je patila, ali je krila svoju patnju, i nikad nije dolazilo do sukoba između nje i tate pred Nedom. A ovo čudo danas? Čitav okršaj u kući! Tukle su se kao dva raspomamljena petla. Staramajka jedva otrže Dušanku i uvede je u sobu kod Nede. Devojčica je bila sva raščupana. Jecala je naglas. Iz kose joj je ispadalo iščupano pramenje. Baba Anica je jedva disala. Držala se za srce. Neda joj pritrča. Donese joj čašu vode.

— Jaoj, proklete ne bile! — uzdisala je stara žena. — Šta im je malo u kući, da se tuku i čupaju? Ceo svet će vas ogovarati. I ovo dete će se čuda nagledati.

Dušanka je jecala.

— Nisam, bako, ništa kriva, bogami! Tražila sam samo svoje pero. A njoj ne smeš ništa da kažeš!

— Pa kad znaš kako je ludoglava, nemoj ništa ni da joj govoriš. Puste batine su za vas! Da ja stara ovako uzdrhtim! Nedo, sine, daj mi još malo vode. U grob ćete me oterati. A ti, Nedo, dušo moja, nemoj da se sekiraš za ono što ona luda govori. Ja tebe smatram kao svoje dete.

— I ja te, Nedice, volim. Nemoj da plačeš — tešila ju je Dušanka. — Bogami, više te volim nego Olgu. Ja ne znam što je ona ovako gadna?

— Ludoglava je, a nema rđavo srce — opet ju je staramajka branila. Šta će? To je njeno unuče, ona ih je volela, i mazila, za njih je sve čuvala. — Svašta ona može da kaže kad se naljuti! I mene grdi: „Ti si pošašavila i izlapela!" A ti, Nedo, nemoj da plačeš. Tako se nesrećno rodilo! A onomad mi kaže: „Žao mi je sirote Nede. Neka ona stalno bude kod nas..."

Sve je to do srca zabolelo Nedu. Nesrećna devojčica osetila je tragediju života. Uvek će biti na milosti i nemilosti tuđeg sveta. Čas će je voleti, čas mrzeti, možda i terati iz kuće, zar će moći sve ovo da izdrži?

— Nju treba udati! — govorila je baba, osećajući zdravim razumom da joj je potreban muž. — Stalno plače zbog tih kavaljera. Kakav je taj iz Beograda? — pitala je Dušanku.

— More, ostavi ga, bako! Neću o njemu ni da govorim. Više joj reč neću reći.

— Nije trebalo da joj kažeš kako se i tebi udvarao! — prekori je Neda, pošto baka izađe.

— A što me je izazvala da joj kažem?

— Ako te je izazvala, mogla si to da prećutiš. Nju je to zabolelo. Ona ga voli. Možda i sama oseća da on ne zaslužuje da ga voli. Ali dok to ne preboli, teško joj je. Treba je ostaviti da sama preboli.

— Da si mi ranije kazala da joj ne kažem, ne bih joj kazala.

— Zašto ja da ti kažem? Treba i sama da budeš uviđavna. Zamisli, ti sad voliš Niku, veruješ da te on voli, i da ti neka drugarica kaže kako se on njoj prvo udvarao, pa kad ona nije htela da primi njegove izjave, on je tada tebe našao! Zar ti ne bi bilo teško?

— Kajem se što sam joj kazala.

— I onda, ovakva scena u kući! To je strašno! Nije to ni za baku, ni za tvoju mamu! Treba uvek da pomisliš šta bi radio Niko da je iz nekog prikrajka posmatrao kako se vas dve tučete? A on te zamišlja da si fina, vaspitana devojčica, nežnih osećanja. Ti si dobra, Dušanka. I ja te volim. Ni Olga nije rđava. Ona je tvoja sestra. Kako bih ja bila srećna da imam sestru! Ti ne znaš, Dušanka, kako je strašno nemati nikoga u životu! A ti imaš i baku, i mamu, i oca, i sestru. A ja nemam nikoga — opet je zajecala i Dušanka je plakala s njom. Ta devojčica je imala vrlo dobro srce, ali su obe bile temperamentne. Nikakvih briga nisu imale, svi su im u kući ugađali pa su bile razmažene. A mati nije bila od onih koje umeju da vaspitavaju kćeri. Bez veće inteligencije, ona se brinula o svojoj spoljnoj uglađenosti pa je i kćeri vaspitavala da sve stvari gledaju po spoljašnjoj vrednosti. Taj nedostatak, upravo ta praznina duhovnog života u njima, osećala se i kod Olge, i ona bi se u prvi mah dopala muškarcu, posle bi svaki uvideo njenu površnost i uobraženost devojke koja zamišlja da novac sve znači u životu. To je osetio i onaj Lule iz Beograda. Blaziran, ali inteligentan, esteta i duhovit, on se poigrao s tom mladom devojkom, jer je zato i otišao na more. Zabavljao se, sačekao je u Beogradu, jer se još sećao njenih svežih usnica i ponadao se da će u Beogradu ostvariti ono što na moru nije mogao. Hteo je da je odvede u svoju garsonjeru, ali ona je, ipak, bila toliko vaspitana da nije popustila toj njegovoj želji, što je njega naljutilo. Time je bila završena njihova avantura, jer on je to smatrao samo avanturom.

Bilo je već pola dvanaest. Još malo pa će im otac doći iz trgovine. Gospa Anica nije dala da on išta sazna od tih čuda što se događaju u kući. Ta nežna, starinska žena, umela je da čuva sina od svih potresa. Zar je on malo imao posla u trgovini? Ceo dan na nogama, pa razgovaraj s mušterijama bez prestanka, nudi, pričaj, hvali robu, pokazuj kvalitet, skidaj čitava brda sa rafova! I kad dođe da ga one dočekaju kod kuće sa svađom i suzama! A celo jutro sede dokone u kući.

— Hajde, Dušanka, hajde, dete moje, umij se lepo, pa postavi sto! Tati ništa ne smete da pričate.

— Hajdemo ja i ti, Dušanka, da postavimo zajedno! — zvala je Neda. — Idi se malo napuderiši. Neće ona tati ništa da priča. Dušanka je dobra.

Svekrva se uputi snahi, jer je i ona sedela u svojoj sobi sva iznervirana. Čekala je samo da li će ona „matora veštica" da dođe da joj nešto prigovori, pa bar na njoj da iskali svoj jed. Ali svekrva je znala trenutak kad može da izgrdi, a kad da popusti. Ovakvo raspoloženje u kući uvek je stišavala. Zbog sina i zbog sebe, a ne zbog snahe, koja je za sve ovo bila kriva. I sad je ušla u sobu i odmah otpočela blago:

— Nemoj, Vuko, da se sekiraš. Šta ćeš, deca su! Svuda se ovo događa, nije samo kod nas.

Te reči pogodiše u srce snahu. Ona briznu u plač, raznežena što je svekrva razume, i što joj prašta. Kroz plač priznavala je sve ono što je svekrva uvek govorila.

— Pa zar sam ja, majko, kriva? Sve im činim, ugađam im, htela bih da budu najbolje, a one me živu pojedoše! Pravo ti kažeš, majko: treba biti stroži prema njima! Odmalena je trebalo da ih pritegnem, kao što si me ti učila! Tuku se zbog kavaljera! E, neće mi više niko prići kući! Zatvoriću ja vrata svakom. U pravu si ti, majko! A ja sve velim: pa devojke su, neka se provode, neću da zažale da sam im nešto uskraćivala. To je devojci sve, što proživi u roditeljskoj kući. Sve im se čini i ugađa, a nijedna da ti kaže: hvala! Nekad mi se, majko, ne živi zbog njih dveju!

— Hajde, ostavi! Što da ti se ne živi? Imaš ti svog dobrog muža, a njih ćeš da udaš, pa da onda vidiš kako se živi bez sekiracije.

— I jesu ovo, majko, sekiracije!

— Samo nemoj, Vuko, Jovi ništa da pričaš da se i on ne sekira.

— Kakvom Jovi, mama! Neću da mu pričam. I on bi imao prava da me izgrdi.

U jedan sat svi sedoše za sto sem Olge.

— A gde je moje sinče? — pitao je otac za Olgu.

— Nešto joj nije dobro, boli je stomak... pa leži. Ne može sad da jede. Povraćala je. Ona će posle... — govorila je mati.

— Moram posle da joj kažem: Mitko će u Beč. Hteo bih da im donese kapute. Pa i za našu Nedicu!

— Hvala, kume. Nemojte da trošite na mene.

— Što da trošim? To će da bude poklon od mene. A kako je moje Dušanče? Šta si radila jutros?

— Vezla sam, tata, goblene. Hoćeš li opet da mi poručiš neki goblen iz Beča?

— U redu. Kazaću Mitku neka ti donese iz Beča. A šta devojke najviše vole da vezu? Čini mi se ljubavne parove. Slike gde su dvoje zagrljenih. Što sam se jutros smejao Mitku! E, đavo ti je on. Svaku devojku laže i svaku voli da pipne za ruku, i svakoj govori: „Zlato moje, ovo samo tebi popuštam cenu i nikom drugom!”

— Mora da laže! Trgovac je! Ali, priznaćeš, Jovo, da on ume s mušterijama! — branila ga je gospa Anica, kojoj nije bilo prijatno što on pred Nedom priča kako Mitko pipa devojke, jer je ona čvrsto naumila da Nedu uda za Mitka. Osobito posle ovakvog današnjeg okršaja u kući i uvreda Olginih, ona je osetila da je ovo jadno dete nesrećno i da što pre treba da ima svoju kuću i svoga muža. Mitko neće bolju priliku naći od Nede.

A jedno jutro gospa Anica se uputi u dućan, pre no što Mitko krenu u Beč, da ovu stvar svrši s njim. On ju je voleo kao majku i sve ju je zvao majka-Anice, i kazao je da bi hteo da mu ona nađe devojku.

Pomišljala je gospa Anica i na onog avijatičara što spomenu Dušanka da voli Nedu, ali se trže: „Kakav avijatičar! Da se skr'a s neba i pogine, pa da ostane udovica. Nego, Mitko!" Trgovac, mlad, zdrav, a njihova se trgovina ne boji stečaja. Jest', nekad se više pazari, nekad manje, ali firma je solidna. A on, đavo, ume oko svake mušterije! Poslušaće on nju.

Ulazeći u trgovinu, vide puno mladih devojaka oko Mitka. Cenkale su se, birale, poskidaše za njih puno svile, štofova. Svaka, taman da uzme jedno, vidi drugo, pa joj se učini lepše.

— Ljubim ruku, gospođa-Anice! — pozdraviše je devojke.

— Žive bile! Žive bile! A gde je Jova, Mitko?

— Tamo je, u sobi.

— Imam, Mitko, nešto s tobom da razgovaram. Dođi posle!

— Sad ću ja, majka-Anice.

Da su devojke znale zašto je došla gospođa, omrznule bi je i ne bi je onako ljubazno pozdravile, jer Mitko je smatran za vrlo dobru partiju.

— Dobro jutro, majka-Anice. Nema vas skoro k meni. Uželeo sam se da vas vidim — poljubio joj je ruku, ušavši u kancelariju, a ona njega u obraz.

— Jutros se reših da dođem. Imam nešto važno s tobom da razgovaram.

— Važno? Šta je to tako važno! Da čujem.

— Imaš šta i da čuješ! Ti si kazao da hoćeš da ti nađem devojku za ženidbu.

— Jesam... ali da bude sve onako kako ja želim.

— E, ja mislim da je sve baš kako ti želiš. Devojka je da ne može lepša biti — poče malo izdaleka Anica. — Da je uvedeš u kuću, pa da je samo gledaš i da ne možeš da je se nagledaš.

— Oho! Kad je tako lepa, ima li i ovo? — pokazivao je palcem i kažiprstom kao da broji novac.

— De, de! Nisi još ni čuo kakvo je devojče, a odmah drž' za pare.

— Pa to je najvažnije, majka-Anice.

— Najvažnije je da čuješ kakvo je devojče. Jedva čekam da ti kažem. Nisi mogao ni da pomisliš. Takva se žena lako ne dobija.

— Pa koja je to, majka-Anice?

— Čekaj! Hoću prvo da ti je opišem — htela je majka Anica da ga zagolica. — O vrednoći da i ne govorim. I da ti skuva, i umesti, i počisti. Devojče za pravu trgovačku kuću.

Mitke nervozno pripali cigaretu.

— E, majka-Anice, vi me izvodite iz strpljenja!

— Pa de, evo, sve ću da ti kažem. To je — Neda!

— Neda?! — uzviknu Mitko. — Što se tiče Nede, nemam ništa da prigovaram.

— Šta ima da prigovaraš? Treba oberučke da je prihvatiš!

— E, majka-Anice, lepa je Neda, ali nema ovo — opet on protrlja palac i kažiprst.

— Kako da nema? A dve kuće?

— Ih, zar vi one straćare računate u kuće? Ono čovek da gurne nogom, pa da se sruše.

— Kakve straćare? Pa i da su straćare, plac vredi, brat bratu, četrdeset do pedeset hiljada.

— A šta mogu s tim da počnem, majka-Anice? U današnje vreme pedeset hiljada nije ništa.

— Nemoj, Mitko, da me sekiraš. Evo, ja ću da ti izvedem čist račun. Neda ima još deset hiljada dinara kod mene — nije htela da kaže da je to od onih Amerikanaca. — I ja ću povrh toga da ti dodam pet hiljada. Pa to je šezdeset pet hiljada! Niko ti više neće dati. Gde se danas ljudima daje i gotovina?

— Kako neću da nađem? Imam ovde u blizini jednu seljančicu, miraždžiku. Ima čitav spahiluk! Samo ona i majka. A i nije prava seljanka, nosi se varoški. Zacopala se u mene, sutra bih mogao da je isprosim. Da prodam ono imanje u selu, pa da sazidam trospratnicu.

— Nemoj, sinko, tako da govoriš! Nisi ti za seljanku. Ti si probirač. Da uzmeš seljanku, a posle da je varaš. Nego, da mi za Nedu svršimo.

— Bez dvesta hiljada nema ništa!

— A što si baš zapeo za dvesta hiljada? — naljuti se stara žena.

— Hoću da imam kuću za rentu. Recite vi meni, majka-Anice, da li bi mogla gospa Vuka da šeta s ćerkama po Dalmaciji, da ne podupiru oni vaši dućančići, kafanice i imanje na selu?! Pa ako se tako i mojoj ženi prohte da lenstvuje, mogu li ja da joj odvajam od trgovine i malog kapitala...?

— A zar svaka trgovačka žena lenstvuje?

— A, Neda nije za trgovačku kuću. Ona je dete iz gospodske kuće, naučila je da živi.

— Jadno njoj njeno gospodstvo! Siroče!

— Pa hoću li ja, majka-Anice, da budem zadušna baba: da je uzmem samo zato što je sirota? I nema nikoga. Naučila je Neda da živi. Bila je u pansionu, pa kad se uda hteće da gospodstvuje. A ja moram u trgovini da konjošem od jutra do mraka. Hoće li me ona razumeti? Plakala bi kod kuće kako je nigde ne izvodim. Gle, Neda sad hoće da se uda za mene! A da li bi me gledala da joj je otac živ? Onda sam ja za nju bio beznačajan. Neda je onda gledala avijatičare, inženjere, doktore.

— Lažeš, Mitko! Nikog Neda nije gledala! Ona je dobro i pošteno dete.

— Nije to, majka, nepošteno ako je ona koga gledala. Ali neću da se ženim. To je najvažnije.

— Znam ja što ti nećeš da se ženiš. Nevaljalice ti ne daju. Lola si ti veliki!

— Kako ne bih bio lola — nasmeja se Mitko — kad sve žene trče za mnom.

— Trče nevaljalice, a ne poštene devojke. Nego slušaj, ovo ću da ti kažem, ali ovo samo ja i ti znamo. Ni Jovi neću da kažem. Ja ću da joj dam deset hiljada. Imam ja moje gotovine što oni ne znaju. A za ovo dete duša me boli. Htela bih dok ne umrem da je udam. A svakom ga ne smeš dati u ruke — zaplaka majka Anica — tebe sam smatrala kao svoje dete, mislila sam, poslušaćeš me — htela je da ga dirne suzama.

Mitko nije bio sentimentalan, ali je i on morao priznati da majka Anica ima dobro srce, bolećiva je prema svakom, i poče ozbiljnije:

— Verujte, majka-Anice, neću još da se ženim. Nema ništa lepše od momačkog života.

Da je mogao pitao bi je da li je njen sin srećan? Znao je on kakva je gospa Vuka i videći taj primer pribojavao se briga.

Stara gospa Anica izvadi maramicu, obrisa suze i ušmrknu se.

— Tako, Mitko, ti odbijaš Nedu! Ali razmisli, sinko! Možda ćeš se i predomisliti jednog dana.

— Razmišljam ja mnogo o devojkama, zato i neću još da se ženim. Eto, vidite, sad idem u Beč — poče opet Mitko veselo — a da imam ženu ona bi se napela i nju da vodim. A ovako idem da se malo po Beču pročaršijam.

— Da se pročaršijaš? Ali pazi, nagrajisaćeš ti! Naći ćeš neko čudo, pa ćeš posle oči sebi da vadiš, i setićeš se da ti je majka Anica nudila Nedu.

— A zna li za ovo Neda?

— Ne zna. Ja sam došla prvo s tobom da svršim. S devojkom je lako. Vas momke je teško naterati da se ženite.

— A možda Neda ne bi mene ni htela? Vi je niste pitali?

— Kako da ne bi htela? Htela bi, znam ja to. Samo se ti reši.

— Dobri ste vi, majka-Anice — zagrli je Mitko. — Samo bih vama učinio po volji, ali još ima vremena za ženidbu. Tek mi je dvadeset osam godina! Najlepše godine. Do trideset pete ne moram da se ženim. Da dođete jednom k meni na kafu. Da vidite što imam sobicu i predsoblje, zaseban ulaz.

— Udesio si zaseban ulaz da ti žene dolaze! Nesrećniče! Neću ni da čujem više za tebe. Dosad sam te volela, a sad te više ne volim. Ti odbijaš Nedu. Evo i Jove, njemu nećemo da pričamo.

— Šta si se ti, majko, rasplakala?

— Pa... razgovaram s Mitkom o Nedi. Žao mi je tog deteta. Neka dođe ovde da piše. Ona svakog dana pita kad će da počne s radom.

— Dobro, neka dođe sutra. Mitko će da joj pokaže šta sve treba da radi. Do sada je to radio on, ali više je potreban dućanu. Kol'ko da joj dam mesečno, majko?

— To ti znaš, prema poslu.

— Da joj dam za sada pet stotina dinara. Eto, sutra je prvi, pa ću joj odmah dati unapred platu. Neka se obraduje, s većom voljom će da radi.

— Ako sine, daj joj! I bog će tebi da dâ. Ona govori lepo nemački i francuski. Ako ima neka pisma može da piše.

— Kako da nema. Dobro je što zna nemački.

Sin je bio isto tako dobar i karakteran. Ali on je još imao i jednu uspomenu, koju nije zaboravljao, i zato je bio tako nežan prema Nedi kao prema svojim ćerkama. On je kao mladić potajno uzdisao za njenom majkom i voleo je. Ali on je tada bio trgovčić. Tek su mu roditelji bili otvorili malu trgovinu. Prodavao je porhet, cic, jeftin somot, štof, vunicu, jutu. Bio je stariji od njene majke, a ona je stanovala u komšiluku i bila najlepša devojka u varoši. Ali zar se smeo nadati, sitan trgovac, da će ga zavoleti ona, studentkinja? Uvek se sećao njenih dugih vitica opuštenih niz leđa do polovine listova. Bila je lepa kao sada Neda. Iste majčine oči, usta, crna kosa. Sav je bivao uzbuđen kad bi ona došla k njemu i zatražila: „Jovo, dajte mi vunice i jute". I on je prvo napomenuo ocu kad se ženio: „Neka mi profesor Toma bude kum". Hteo je da se orodi s njima, da je uvek vidi, da može da mu dođe u kuću, da je zove kumom. Niko nije znao za njegova osećanja. To su bile one neme nekadanje ljubavi bez reči, koje su godinama mogle tinjati u srcu. Njegova žena je naslućivala da ju je on voleo, iako nikad nije priznao, ali ona je bila ljubomorna na Ranku što ju je uvek hvalio, iznosio njenu skromnost, vrline, obrazovanost. Zažalio je toliko puta što ga roditelji nisu školovali da bi njome mogao da se oženi. Zar ne bi bila srećnija s njim? Zar bi doživela sva ova teška razočaranja od muža, za koja je on znao. Zato je prihvatio Nedu kao dete žene koju je voleo i cenio.

Mitko se oprosti i uđe u dućan. Bilo je opet mnogo mušterija. On ih je nudio, ali nije bio tako raspoložen za razgovor kao jutros. Nije ga zbunilo što mu je majka Anica ponudila Nedu. On neće da se ženi, s tim je načisto! Bar zasad. Ali ga je zbunjivalo što će Neda od sutra svakog dana ovde sedeti. To devojčence je dušu dalo za ljubav! Kako će on to da izdrži i da bude učtiv prema njoj, jer drukčije ne sme od Jove? Znao je da su kumovi. A on je naučio da s devojkama razgovara na drugačiji način. Nije se ništa ustručavao pred njima, niti one pred njim. Takvo opštenje ga je i razočaralo i ubilo volju za ženidbom. Nije verovao nijednoj devojci. Znao je da su mnoge u stanju da za jednu svilenu haljinu žrtvuju svoju čednost. Imao je kod kuće punu jednu fioku restlova za bluze, suknje, haljine, kombinezone. Što se ne proda, uzimao je, i to je bio mamac da mu devojke dođu. Trčale su za njim kao pčele na med. Neka se nadala da će ga uhvatiti i udati se za njega, druga se zadovoljavala da bar izvuče haljinu, bluzu ili kostim. On je bio kavaljer, i što da ih ne časti? Ali ih je zato iskorišćavao i prezirao, mada su one verovale da njega iskorišćavaju! To je u njemu stvaralo razočaranje do cinizma, ali njegova vesela priroda je prelazila preko toga. Dopuštao je sebi velike slobode i u razgovoru i u postupcima s devojkama, ne bojeći se da će ih uvrediti. Ali se čuvao da se ne kaže da je upropastio devojku! Hteo je da mu je mirna savest. Jer posle mu se može nakačiti da mora da je uzme, da ispadne krivac i zločinac, iako je nije prisiljavao da mu dolazi u stan! Verovao je da nema idealne devojke, već se neke samo prave takve. Za Nedu je mislio da je uobražena. Ali Neda mu se dopadala i osetio se uvređen, s njene strane, kad je prvi put video po dolasku iz zavoda na žuru kod Olge i Dušanke. Pogledala ga je letimice, i odigrala jednu igru, a posle je neprestano igrala s inženjerom Petrovićem. To Mitko nije zaboravio, jer je cenio sebe. Pa sad, kad su se svi izvukli i nijedan je neće, dobar je i Mitko! E, izvinite, Nedo! Ako hoćete da vodimo ljubav, tu sam! Počela je da ga zanima, i hteo je da je prouči. A žene je lako proučiti. „Odmah ih prelistam kao jeftinu knjigu od početka do kraja i odbacim.”

Grde muškarca koji ih je napustio, plaču, pišu preteća pisma, sačekuju, pa tek jednog dana zatraže za bioskop petnaest dinara. A Mitko im galantno daje pedeseticu. „Idi mi, samo, bedo, s vrata!” Posle su opet u prijateljstvu, neka navraća, potrudi se da izvuče još nešto iz dućana, dok jednog dana gordo ne prođe, okrene glavu, i neće da mu se javi. Ali ide s drugim. I sad Mitko da se ženi kad sve to zna o devojkama!

Sutradan, u sedam sati, Neda dođe u trgovinu. Skromna i pomalo uzbuđena od svog prvog samostalnog koraka u životu, kad ona ima sama da zarađuje kao tolike druge devojke koje otpočinju posao, pobojala se da li će sve shvatiti, umeti i zadovoljiti kuma. Stara kuma Anica je ispratila kad je pošla i blagosiljala je: „Neka ti je srećan početak, dete moje! Ko radi pošteno, dočekaće sreću.”

Mitko je dočeka vrlo ljubazno. On je uvek bio kavaljer prema devojkama i vrlo veseo mladić, i uvede je u sobicu iza dućana, u kojoj je bila kancelarija.

Bio je mesec novembar, maglovit i hladan, i izmaglica je sipila. Kroz prozor u bašti pozadi dućana videlo se žalosno drveće. U dvorištu je bila još jedna velika soba i šupa kao magacin, gde je stajala roba i sanduci. Peć je gorela i bilo je prijatno od toplote, ali tako žalosno je bilo dvorište, šupa, plot. Od sada će to Neda imati da gleda svako jutro.

— Ovde, za ovaj sto možete da sednete! — ponudi joj Mitko.

— A šta ću jutros da radim?

— Odbijaćete ove uplaćene otplate od dugovanja. Prvo sredite ove menice. Ispišite sve ko je koliko platio po ovim menicama. Evo vam i pero. Da li je dobro? Čekajte, metnuću novo. Doneću vam i mastila — pružio joj je knjigu, menice, pero, stojeći blizu nje i gledao joj nežni vrat, iskićen kovrdžama crne kose i fini mali dekolte. Ruke su joj bile nežne s duguljastim prstićima, a oborene trepavice bile su crne i duge. — Hoćete li sad umeti sami?

— Umeću — Neda je brzo ispisivala svojim lepim rukopisom. Sreća, te je lepo pisala. Ona će još bolje ispisati rukopis. Mitko ponovo uđe i pogleda ono što je ispisala.

— Vrlo dobro. Čitko pišete.

Devojčica je bila sva srećna od te pohvale i nasmeši mu se.

Mitko izvadi češljić da zagladi svoju crnu kosu. Pogleda se u ogledalu na zidu, krišom, dok je Neda pisala sva zadubljena u menice.

Slika u ogledalu laskavo uveri Mitka da se može dopasti svakoj devojci. On je to znao, mada je ponekad sumnjao, verujući da su restlovi krepsatena sjajniji od njegovih očiju. Ali praštao je ženama, jer su mu, ipak, izdašno pružale svoje milošte.

— Gde ću ovo da prenesem, gospodine Boriću? — zapita ga Neda.

„Hm! Gospodine Boriću”, nasmeši se Mitko u sebi. „Čak ni gospodine Mitko neće da kaže. Valjda mi daje na znanje da se odmaknem nekoliko koračaja od nje. Ako, lepo dete moje, popustićeš ti.”

— To ćete prenositi u ovu knjigu.

— Da li sam dobro izračunala? Sabirala sam tri-četiri puta.

— Čekajte da vidim!

Nagnut nad sto, blizu Nede, on je osećao sveži dah mladosti. Njegova ruka je pisaljkom brzo prelazila preko cifara. „Ah, kako brzo sabira!”, divila se Neda.

— Dobro je!

— Ja ću se već izvežbati — zadovoljno je govorila ona. Kako su za nju u ovom trenutku bile važne cifre! Nije joj ni na pamet padalo da pogleda ovog Mitka. Čula je kako ga Olga ismejava, a Dušanka ga je hvalila! I stara kuma je lepo govorila o njemu.

— Što ova drva začas izgore! Metnite još, gospođice Nedo, da se ne ugasi vatra. Da vam nije hladno?

— Nije mi hladno.

— Tako, ovo sve prepišite.

On opet uđe u dućan, ne želeći dugo da se zadržava. Pribojavao se malo svog ortaka Jove, jer je znao da je kum Nedin i kao njen staratelj, nije smeo ni jednom rečju da oda da mu se Neda dopada. Jer šta to vredi. Zaprositi je neće, a nije smeo da pomišlja na ljubav s njene strane, mada bi on na to uvek bio gotov.

Ulazeći i izlazeći iz kancelarije, posmatrao je celu njenu figuru, lepa devojačka bedra, grudi, vrat. Osećao je da nije baš zgodno gledati jedno lepo devojče po ceo dan. Prevukao je rukom preko obraza: „Uh, ala sam neobrijan!” Baš jutros nije stigao da se obrije. Svratiće u berbernicu kad pođe posle podne u dućan. Imaće vremena.

Nekoliko snežnih pahuljica zanjihaše se kroz vazduh. Neda spusti pero i zagleda se u njih. Osuše se sve više, kao da se kroz vazduh proganjaju lepotice. Neda zatvori oči. Strašno je sećati se onoga što je bilo lepo i iščezlo zauvek. Taj sveži roj prenese je u ono veče njenih snova, kad je drhteći oblačila svoju ružičastu haljinu. Sad je sve prošlo. Sve! Zašto ona živi? Pogleda po kancelariji. Menice, knjige, jedna čelična kasa, naslagano naručje drva pored peći, žalosno dvorište, ova mastionica, pero. Takav će biti i njen život, bezbojan, tužan. Druge devojke idu, rade, ali bar znaju da ih posle kancelarije očekuje topla kuća, nežna ljubav majke. A nju, Nedu? Ko nju očekuje? Gde je njena kuća?

Spazi da kum dolazi i brzo uze pero.

— Pa kako je, Nedice? — nežno je pitao. — Možeš li da shvatiš?

— Mogu, kume. Nije ovo teško.

— Nije, dabome. Sve se da naučiti, kad se hoće. Dok tebe Mitko uvede u posao, posle ćeš sve ti sama. Evo, da te obradujem: danas je prvi pa ću da ti dam platu. Zasad pet stotina dinara, a posle će biti i više.

Neda pocrvene i zbuni se.

— Nije trebalo, kume, da mi dajete. Nisam zaslužila.

— Zaslužićeš. Ne bojim se ja da ću propasti. Uzmi ti samo, pa kupi ako ti nešto treba.

— Hvala vam, kume! — zagrcnu se Neda, dohvati mu ruku i poljubi. — Vi i kuma Anica ste mi kao otac i mati — nije mogla da izdrži suze, iako se savlađivala. Njen bol je bio kao prepuni pehar koji se neprekidno prelivao.

— Ćuti, Nedo. U životu uvek ima nesreće. Ti si mlada, pa ćeš imati lepšu budućnost.

— Čini mi se, kume, da ničija nesreća nije kao moja. Da nije vas i kume, ja bih se ubila.

— Nećeš se ti ubijati. Kad sve to prođe, razveselićeš se, izlazićeš, provodićeš se. Vi, devojke, volite kavaljere, pa će se i za tebe naći kavaljer. Udaćeš se, imaćeš svoju kuću.

Neda uzdahnu i zavrte glavom, kao da je htela da kaže: „Moje je sve prošlo”.

— Ti već možeš da ideš, Nedo. Dvanaest je za pet minuta. Kaži da ću ja doći. Neka me malo pričekaju. Imam da se nađem s jednim trgovačkim agentom iz Beograda. Evo ga, baš uđe u dućan.

On izađe, a Neda uze onih pet stotinarki i spusti ih u tašnu. To je bila njena prva zarada. Ona će se truditi da potpuno zadovolji kuma. Kako je on dobar prema njoj! Olga i Dušanka ne znaju koliko imaju dobrog oca. Nikad ih nije videla da su nežne prema ocu, iako im sve čini. „Pendžeta moram da okrpim odmah na onim starim cipelama. Da ne oblačim nove u sneške, moram da ih čuvam za proleće.” Navuče levu rukavicu od vunice i spazi da joj je jedan prst pocepan. „Neka, okrpiću ih! Neću da trošim za rukavice.” Stavi bere na glavu, obuče zimski kaput i prođe kroz dućan.

Žurila je a najednom zastade. Bila je u blizini svoje kuće. Opet joj nešto strašno zgrči srce. Išla je lagano, besvesno. Malo zastade da vidi njihove četinare, tu je i onaj veliki orah, bašta. I ona je pojurila, brzo je išla, htela je da pobegne, da bude što dalje od te kuće, uspomena. Kroz prozor je spazila dve devojke. Čula je kako brzo govore nekom u sobi:

— Eno Nede!

Za njom se otvori prozor. Izvirivali su i gledali je da vide njenu tugu, njenu crninu, lice.

— Pa lepo izgleda. Popravila se. Oca nema šta da žali, samo majku. A gde li je bila? Ona živi kod Perića.

— Kako li će je Olga trpeti? Ona zamišlja da je najlepša devojka u varoši.

— Zatvarajte, deco, taj prozor! — viknu mati. Kćeri uđoše u sobu i uključiše radio. Muzika zatrešta. I ta kuća, oko koje su bile najbolnije misli Nedine, ispuni se veselim zvucima muzike. Kao da se u njoj nije nedavno odigrala tragedija.

Neda je išla brzo. Osećala je vlagu kroz cipele. Uplašila se da joj nisu popustile i sneške. Moraće i njih da okrpi. Približavala se jednoj grupi mladića na uglu. Oni se svi okretoše da je vide. Mlada devojka je išla ne gledajući nikog. Mladići se, kao po komandi, okretoše za njom da je gledaju. Jedan se ne uzdrža i progovori, uobičajeno kod muškaraca: N... e... do...!

Pogružena u svoje misli, Neda ništa nije čula. Ima trenutaka u životu kad nikakvi spoljni utisci ne mogu da potisnu ono što čoveka muči i stvara mu bol. Ima duševnih bolova koji su ravni fizičkim, od njih se više ne ječi, ne jauče, ali boli, strahovito boli.

Sneg je padao i kitio crno bere Nedino, talasavu kosu, njeno crno krzno oko kaputa. Lepota ostaje uvek, i mladost prkosi bolu, čuvajući sjaj očiju i rumenilo obraza.

— Bojane! — odjeknu reč iza nje.

Ona se okrete i spazi jednog malog gimnazijalca s rimskim dva, kako juri, a drugi trči za njim i viče: Bojane!

To je, dakle, bio mali gimnazijalac, a ne „on".

Neda pođe, a noge su joj još drhtale. Da li je to bilo osećanje straha i mržnje koje joj prostruja kroz stomak i srce, nije mogla da shvati. Rimsko tri stiže Bojana i udari ga. On se ustremi na njega s tašnom, psujući.

— Gle, što se tučete? — umeša se Neda. — Zar ti, Bojane, tako mali, pa da se biješ na ulici!

— Nisam ja njega udario prvi, nego on mene. Zapamtićeš ti mene — saže se da dohvati kamen, ali spazi ih stražar.

— Šta je to, deco? Čekaj, da vas dohvatim za uši.

Rimsko tri umače ispred stražara.

— Nedo! Nedo! — zvao je ženski glas. Ona se okrete. Zvala ju je poštarka, gospođica Zora. — Htela sam nešto da vas pitam. Kad biste hteli da mi učinite? Ja ne mogu više da stanujem kod učitelja. Vi znate, kod njih je unuk od ćerke, onaj mali gimnazist Aca. Sada je u četvrtom razredu i dosta slabo uči. Moraju da uzmu jednog đaka iz sedmog razreda da stanuje kod njih i da ga podučava. Oni moju sobu hoće njima dvojici da daju, a nemaju za mene drugu. I ja sam, Nedo, nešto mislila: da li biste mi vi izdali jednu vašu sobu i dopustili da se služim vašim štednjakom? Moram sama i da kuvam. Baš bih volela, Nedo, da mi date jednu sobu pod kiriju.

— Pa... mogla bih... zašto da ne...

— A hoćete li vi stalno da živite kod Perića?

— Ne mislim stalno. Samo privremeno. Bilo mi je nezgodno samoj u kući.

— Znate šta sam ja, Nedo, mislila? Kako bi bilo lepo da vi budete u jednoj sobi, a ja u drugoj. Pa zajedno da kuvamo. Jesu li ljubazni prema vama, recite mi iskreno?

— Jesu... vrlo su ljubazni! Svi su ljubazni!

— Ja za staru verujem da vas voli. Ali Olga mi je antipatična. Baš pre neko veče razgovaram s učiteljem i njegovom ženom, pa učiteljica kaže: „Zašto se to dete potuca, kad ima svoju kuću?”

— Zbilja, ja bih najviše volela da sam u svojoj kući. Bilo mi je samoj tužno i teško! Vi me razumete, gospođice Zoro, jer i vi nikog nemate. A mogle bismo zajedno da stanujemo. Samo moram kumi lepo da objasnim. Oni bi pomislili, možda, da meni nije prijatno kod njih, a ja kumino dobro ne mogu da zaboravim. Znate da sada radim kod kuma u kancelariji? Dao mi je odmah jutros platu.

— Zbilja? Baš mi je milo. A koliko vam je dao?

— Pet stotina dinara.

— Perić je dobar čovek i pošten trgovac. Sad ste se osigurali! Opet ćete lepo da živite. Imate petsto dinara kirije od učitelja i tih pet stotina, to je već hiljada. A koliko godina ja radim u pošti i nemam više nego hiljadu sto. Pa, kad ćete da mi odgovorite?

— Molim vas, pričekajte! Za dva-tri dana ću vam reći. Ja vas toliko volim, gospođice Zoro, i moja sirota mama vas je volela. Bogami, bilo bi mi prijatno s vama. Pozdravite učitelja i njegovu gospođu. Kažite im da sam već počela da radim.

Požurila je kući i htela svima da se pohvali kako je već dobila platu. Ustrčala je u predsoblje i najednom čula svađu. Svađala se Olga s majkom. Mati se ljutila na nju i vikala:

— Pa šta sad možemo da radimo? Moramo da je trpimo u kući. Najzad, šta ti smeta? Po ceo dan će biti u kancelariji. Viđaš je samo na ručku i večeri. Što je ne trpiš? Šta ti je učinila?

— Ne trpim je, pa kvit! Prosto sam omrzla kuću zbog nje! Gde god se mi maknemo moramo i nju da vodimo! Baš bi ona mene vodila da joj je otac živ. Zar smo mi toliki rod da moramo da je držimo u kući?

— Jaoj, Olga, nemoj da me sekiraš! Ti znaš da ona matora ne da nju ni dirnuti. Pa i Jovu je obrlatila...

— Još se tata može zaljubiti u Nedu.

— Ćuti, bezobraznice jedna! Tvoj otac da se zaljubi u Nedu?! Kako te nije sramota takve stvari o svom ocu da govoriš?

— Zar se takve stvari ne događaju u životu? Prvi je Nedin otac tako živeo. Zar je bila mnogo mlađa od Nede ona njegova ljubavnica? Tati je tek četrdeset godina, kao i Nedinom ocu, nije star. Može mu još zavrteti pamet.

— Ti si gadna! — uzviknu mati, ali te ćerkine reči kao da joj otvoriše oči. „Zar se to ne može dogoditi? On je morao voleti Ranku, a ona tako liči na mamu. Još mu može kći oživeti davnašnju ljubav prema majci."

Neda je slušala, sva sleđena. Nije verovala svojim ušima da je to, zaista, čula. Lagano je uzmicala vratima, otvorila ih i pojurila u kuhinju gde je zatekla staru kumu.

— O, to si ti, čedo moje, pa kako je u kancelariji? — radosno uzviknu dobra stara žena.

— Vrlo lepo, bako — progovori ona i pade joj oko vrata. — Kum je tako dobar, kao i vi.

— Nemoj da plačeš. Vidiš, sad ćeš da radiš i da imaš svoju platu. Je li ti dao platu? — pitala je.

— Jeste — bojažljivo odgovori ona. „Strašno, to je strašno što je kazala Olga! Ona ga smatra kao oca. Šta će reći kad čuju da joj je dao platu. Ne! Ne! Ona više neće biti kod njih. Zašto je mrzi Olga?" Htela je da vrisne, da ispriča sve baki, ali zar se smeju takve stvari pričati, zar to da čuje kum? Kako mora biti nesrećan taj čovek s takvom decom!

Gospođa Vuka uđe u kuhinju.

— A gle, kad si ti, Nedo, došla?

— Sad sam došla.

— Dotrčala, Vuko, da mi se pohvali: Jova joj dao platu. Sad je Neda činovnica! — stara kuma je pričala misleći da će to snahu da obraduje, jer za sve ovo vreme bila je pažljiva prema Nedi.

— Ako, neka joj da! — hladno odgovori supruga i pogleda Nedu. Vide njene velike crne oči, duge trepavice, zarumenjeno mlado lice, sveže usnice, i neka oštrica zabode joj se u srce. To nije bila ona prava ljubomora, nego uvređenost, srdžba i na samu tu pomisao da bi njen muž, možda, mogao da ima i drugih osećanja prema ovoj devojčici. Ona je bila vrlo lepa, a on je bio muškarac. Ko ti danas gleda na kumstvo? Dosad je uvek bio pošten. A ko zna, može sad i da poludi. Zašto je odmah pristao da ona dođe u dućan i još unapred joj dao platu? Zar nije mogla neku drugu službu da nađe, nego baš kod njega? — Što si,

Kato, najurila ovoliku vodu u paprikaš? Vidi, kao čorba je! — naljuti se na služavku.

— Ja se prevarih, Vuko, nije ona. Ne znam šta mi bi!

— Bože, majka, pa ovo niko neće moći da jede! Evo i Jove, treba da ručamo...

Neda je shvatila otkuda njena srdžba. Stajala je u kuhinji i nije mogla ni da se makne. Kako ju je pritiskivala ova tuđa kuća! Osećala se kao neko malo pseto koje je došlo s ulice.

— Hajde, Nedo, sine, da ručamo. Jesi li gladna?

— A je l' ti se, Vuko, Neda pohvalila? Činovnik i po! Piše li piše! Nije ti bilo hladno u kancelariji?

— Nije, kume.

— More, već je i platu dobila — veselila se stara kuma.

— Ona će je zaslužiti! — govorio je kum i pomilova je po kosi.

Sirota devojčica sva pocrvene. Supruga je pogledala, a Olga se osmehnu u tanjir.

„Ne, ja kod njih neću da ostanem. Doveče ću reći kumi. Idem u svoju kuću.” Pri prvom samostalnom koraku, Neda je počela da uviđa kako je težak život devojke koja je bez zaštite roditelja i neosigurana.

Uveče Neda saopšti svojoj kumi odluku da hoće da pređe u svoju kuću i da stanuje s gospođicom Zorom. Dobra žena se rastuži.

— Kako ćeš sama? Ovde nas je puna kuća, pa je bolje za tebe. Znam ja, dete moje, šta je tebe nagnalo! Ove svađe u kući. Bežiš od toga.

— Nije bako, verujte! Nego ne mogu ja kod vas doveka sedeti. Vi ste tako dobri prema meni! Eto, i kum me je primio na posao, dao mi platu. Ja ne smem suviše da iskorišćavam vašu dobrotu.

— Šta ti, dete moje, iskorišćavaš našu dobrotu? Zar je nama teško u ovolikoj kući, gde ima svega i svačega, hraniti jedno više? Nego, ne znam ni ja šta da kažem. Žao mi je što odlaziš, a u svojoj kući bićeš mirnija.

— Verujte, bako, nije zbog toga, već ja moram da se naviknem na samostalan život. Pa i gospođica Zora, poštarka, nema nikoga. Jednu sestru samo, u drugoj varoši. Kako ona živi tolike godine sama?

— Znam ja sve to, čedo moje, ali ti si drukčije odrasla, vaspitavala se, gde ćeš ti da se mučiš sama, da vodiš brigu o svemu i svačemu?!

— Nemojte da se brinete, bako! Lepo ću ja s gospođicom Zorom. Ona je ozbiljna devojka, a ja ću umeti da vodim o sebi računa.

— Što se tiče toga, ja znam da si ti pametno dete. Samo mi je žao, volela sam te kao da sam ti staramajka — zaplakala se, a zaplakala se i Neda. — Kamo sreće da sam ti i bila staramajka! Moj Jova je voleo tvoju mamu kao mladić. Ja sam to znala, iako je on krio od mene. Ali tvoja mama je bila školovana devojka, a moj Jova trgovac. Onda nije bilo ovo što je danas.

— Kum Jova je voleo mamu?! — iznenadi se Neda.

— Voleo je. Ali sumnjam da je o tome znala tvoja mama.

— Zato je kum Jova tako dobar i nežan prema meni!

— On je, inače, dobar i pošten — uzdahnu mati, ne dovršavajući misao, jer je znala da žena ne ceni dovoljno tu njegovu dobrotu.

Neda leže u postelju, a gospa Anica ode snahi da joj kaže da će Neda da ide u svoju kuću. Gospođa Vuka se čisto naljuti.

— Pa šta joj fali kod nas? Ništa je nismo uvredili. Olga je malo nervozna, ona se svađa s Dušankom, a Nedi nije ništa kazala.

— A šta Olga? — upade kći iz druge sobe. — Šta sam ja nervozna? Nisam metanisala Nedi! Pa neka ide ako joj se ne dopada kod nas. Valjda treba svi da kleknemo da je molimo da ostane.

— Jaoj, ne znam, Olga, na koga si se umetnula? Nemaš ni trunke srca. Ni otac ni majka ti nisu takvi — staramajka je htela da polaska snahi da je bolja, mada i ona nije imala mnogo srca.

— Ne zna ona šta znači nemati roditelje — umeša se i mati. — Ali, najzad, majka, kad neće da bude s nama, neka ide. Jova ju je, ipak, osigurao. Dobila je pet stotina dinara, a ništa nije radila.

— Ne brini, bako, za Nedu! Umeće Neda sebi da stvori život.

Baba ljutito pogleda unuku i ode u svoju sobu, da ne bi, reč po reč, došlo do svađe, a ona je to uvek izbegavala.

Dušanka uđe u sobu i naže se Nedinoj postelji.

— Nedice, spavaš li?

— Ne spavam.

— A što ti odlaziš od nas? — pitala je iskreno. — Ostani, nemoj da ideš! Ja te, bogami, volim.

— Želim da odem u svoju kuću.

— Znam ja... ti to zbog Olge.

— Nije, bogami — trže se Neda. — Ja volim Olgu.

— Ja je ne volim! I ona mene ne voli. Više sam volela tebe. Hoćeš li i dalje da mi sastavljaš pisma za Niku?

— Hoću. Ja ću da udesim moju sobicu, a ti ćeš da dolaziš kod mene. Nedeljom posle podne.

— Nije te strah da budeš sama? — pitala je detinjasto.

— Navići ću se. Zašto da me je strah?

Devojčica izađe tužno iz sobe. Ćutala je, ali je bila ljuta na sestru. Osećala je da Neda ne bi otišla da Olga nije ovakva. Čula je ona kad se jutros svađala s mamom zbog Nede. Nije mogla da otrpi, nego joj prebaci:

— Zbog tebe Neda mora da ide. Ti je mrziš!

— Baš mi je žao! Nema ko da ti sastavlja pisma — nasmeja se Olga. — Zato ti žališ Nedu. Koliko si glupa! Drugi ti sastavlja pisma!

— Neka mi sastavlja! Ja sam bolja od tebe. I Niko je dobar. On me voli — htela je da kaže: „Nije kao onaj Lule, koji ti više i ne piše", ali se setila da bi moglo doći do tuče, i ućutala je, okrenula se na drugu stranu i zaspala.

Mlada devojka, bez roditelja, otpočinje samostalan život

Prvih dana bilo je Nedi tužno u kući. Svaka stvarčica je podsećala na roditelje. Ona je žalila i svog oca. U njenoj dečjoj duši bilo je oproštaja i žaljenja. Najzad, taj otac je bio nežan prema njoj, i ona je zaboravljala njegov život. Tuga za njim ipak nije bila ono isto što je bila žalost za mamom. Ali dani su prolazili i strašne opekotine duševnih patnji zalečivale su se. Mladost je bila jača od žalosti.

Sad je počela da oseća i zadovoljstvo što ima svoju kućicu i što samostalno živi. Platu i kiriju tako je lepo raspoređivala. Jednu sobu je imala ona, a drugu gospođica Zora. Ali u prvo vreme, Nedu je bilo strah i spavale su zajedno u Nedinoj sobi. Štedele su i drva pa je gorela samo jedna peć. Sve su domaće poslove raspoređivale kao dve sestre, jedna mlađa, druga starija. Gospođica Zora, kao starija i snažnija, preuzimala je veći teret poslova. Neda je prema njoj osećala ljubav deteta prema majci. Dogovorile su se da jedno jutro jedna ustaje i loži vatru, a drugo druga. Ali, koliko puta bi se Neda, kad bi otvorila oči, uplašila što se uspavala, a nije ni osetila kako se gospođica Zora digla, naložila vatru, skuvala kafu i mleko i čekala je s doručkom.

— Nisam htela da vas budim, spavali ste.

A nije govorila kako je sažaljevala tu jadnu devojčicu koja je toliko izgubila u životu. Ona je bar uvek bila sirota, mučila se, nije znala za bolji život, već je toliko godina provodila u kancelariji, pa se pomirila, znala je da je ništa bolje ne očekuje. I pitala se sa strepnjom: kako li će ova devojčica proći u životu, kad ništa nema, ni bogatstva, ni roditelja, sem svoje mladosti i lepote, koja danas ne znači ništa. Stoga se trudila da joj bude nežna kao majka.

Uveče su išle zajedno da kupe za ručak, spremale jela za dva dana, sve poslove obavljale same, posle večere sedele, radile ručni rad, pričale ili nešto čitale. Obe su bile umorne, jer ih je iznurivala kancelarija. Neda je počela da oseća šta znači kancelarijski život za mladu devojku. Nikad nije mogla da se ispava, nikad da pripadne sama sebi. Uvek žurba i uvek pogledanje u sat da ne odocni. U tom svom početku, ona bi uzdahnula i sa čuđenjem se pitala: „Kako gospođica Zora tolike godine radi sve jedno te isto? Kako joj nijednom nije prekipelo", a gospođica Zora se nasmeja.

— Jeste li videli, Nedo, kadgod konja kad vrše žito? Po ceo dan trči sve ukrug, i tek zastane, pa opet napred, i sve jedno te isto. Takav je i život činovnica. Samo mi ne trčimo ukrug, nego napred i nazad, od kuće u kancelariju, iz kancelarije kući. Nedeljama, mesecima, godinama, kao onaj konj što vrše žito — ona je govorila sa osmehom, šaleći se, i Nedu je najviše čudio taj njen humor. Uvek je razmišljala, kako je strašno biti starija devojka i nemati nikakvih izgleda na udaju. Ali gospođica Zora je veselo podnosila svoje delovanje. Sebe je uvek nazivala matorom devojkom, i te reči je nisu vređale, niti se plašila svojih godina. O muškarcima nije sentimentalno razmišljala, iako je bila čestita devojka. U svojoj karijeri činovnice i mlade devojke, osetila je da bi je svi poželeli kao ljubavnicu, a nijedan kao ženu. I na njihova prebacivanja da je luda što tako živi, možda je zažalila u sebi, što nije iskoristila bar koji trenutak svoje prve mladosti. Jednom je volela, iskreno, dugo — priznala je Nedi — ali je miraz osujetio njen brak. Samo da je imala dvadeset hiljada, udala bi se. A do sada bi se bar deset puta potrošilo tih dvadeset hiljada. Kako su male sume novca koje uništavaju sreću devojkama, i kako su ništavne te sume u poređenju s njihovom vrednošću!

Tako je Nedin samostalni život počeo u društvu te starije devojke, starog učitelja i njegove žene, koji bi došli uveče k njima, ili njih dve otišle da posede kod njih. To društvo je bilo prijatno Nedi u prvo vreme: ono je odgovaralo njenoj tuzi, jer svi su nosili tugu u sebi. Poštarka, možda, za izgubljenim devojačkim snovima, i umor kancelarijskog života; učitelj i učiteljica za svojim izgubljenim sinovima u ratu, a Neda žalost za roditeljima.

Sama u životu, Neda je najednom sazrela i počela sve oko sebe ozbiljnije da shvata. Nemajući ni od koga potpore, do same sebe, uviđala je da mora da pazi na svaki svoj korak, i da bude vredna i ispravna u poslu. Žurila je u trgovinu i bila tačna u minut. Kum joj ne bi ništa prebacio, ali ona je osećala svoju dužnost i morala je svojim radom pokazati da je zahvalna što ju je primio u trgovinu. Sad ga je još više volela, znajući da je on voleo njenu mamu. Gledala ga je pokoji put i pitala se: zašto ga mama nije volela? On nije bio ružan čovek, a imao je tako plemenito srce. Ali mama je tada bila studentkinja, a tata je u Beču svršio akademiju, bio je obrazovaniji. Šta je to vredelo mami? Zar kultura usrećava ženu, ako je muž vara?!

Kum bi češće ulazio u kancelariju i poglédao šta ona piše. Imali su i džezvu za kafu i Neda bi skuvala, pa bi pili zajedno. Navraćale bi češće i Dušanka i Olga. Sad kad Neda nije bila u njihovoj kući, Olga je bila ljubaznija prema svima. Neda nije mogla da zaboravi one njene reči: „Može se još i tata zaljubiti u nju". Tako govori o svom ocu! A Neda je njega poštovala kao oca. Zažalila je što se njena mama nije udala za njega.

Nekoliko puta došla je i gospođa Vuka. Kad god bi ona došla, Neda je osećala bojazan da ona ne sumnja u muža i dolazi da vidi kako se on ponaša prema Nedi. Sama ta pomisao bila joj je gnusna. Sumnjati na nju i čoveka koji bi joj mogao biti otac! I optuživati tog čoveka, koji je imao prema njoj nežno roditeljsko osećanje. Da je mogla, ona bi svima doviknula: „Ne bojte se! Ja sam udata žena."

Udata? Nekad bi naletela na nju ta pomisao i nije ju mogla iščupati. Sa stišavanjem bola, koji se pretvarao u tihu tugu, počela se pojavljivati pred Nedom slika njenog muža. Dugo vremena ona nije mogla da misli o njemu, nije mogla da izazove njegov lik. Taj doživljaj joj je bio u vezi sa strahom, užasom, smrti maminom, i sve se tako splelo, kao korov oko lika tog čoveka. Stišavanjem njenih osećaja, taj lik se počeo izdvajati iz korova. Njegova silueta u sobi, u polusvetlosti zore, nije joj bila jasna. Najjasnija joj je bila slika kad je sedeo u bašti, okrenut njoj leđima. Jasno je videla njegovu svetlokestenjastu kosu s talasavim pramenjem, koju vetar leprša. Druga joj je slika bila isto tako jasna: kad je pušio u voćnjaku ispod jabuke i posmatrao je. Tu je dobila pojam o njegovoj visini i vitkosti. Ponekad, dok bi ležala budna u postelji, ona bi se setila kako ju je uhvatio za ruku i prineo je ustima. Ali najjače sećanje na njega izazivao je onaj poljubac u autu. To je bio poljubac muškarca. Sećanje na taj poljubac često se vraćalo Nedi, kao i one reči koje je izgovorila: „Ja imam dobre oči", a on dodao: „I lepe oči!" Kad bi je skovitlale te uspomene, ona bi se naljutila na samu sebe. Činilo joj se da je nezahvalna prema svojoj mami. Zar taj mladić nije oterao njenu mamu u smrt? Ona će ga uvek mrzeti, ona će se s njim rastaviti. Samo dok bude samostalnija, dok ojača za ovu životnu borbu, ona će njega potražiti, naći, i izvesti pred sud!

Neda nije znala koliko je mnogo događaja i borbe u životu mlade devojke ostavljene samoj sebi. Ona nije mogla ni da pomisli da su ti nepredviđeni događaji u neposrednoj njenoj blizini, u trgovini, u srcu njenog kuma, koga je ona gledala samo kao oca.

On je, zaista, u prvo vreme u Nedi gledao kćer, i dete one koju je voleo celog života. S tim osećanjima ju je i prihvatio, dao joj platu, upućivao je u posao i veselio se što je ona ovako poslušna, dobra i vredna devojčica. Ali sve te lepe osobine, koje je upoznao u ovoj devojčici, doskora detetu, počele su da izazivaju u njemu sećanja na njenu mamu. Kao da su oživela sva njegova osećanja i pojurila ovoj devojčici, njenoj kćeri. To nije ona, Neda, već Ranka, koju je on voleo, s istim očima, istom crnom kosom, lepim belim licem, njegov san mladosti, čežnja i patnja. I sad je to lice oživljavalo, podmlađujući njegovo srce, njega samog, unoseći toplinu u njegov život, radost pomešanu sa strahom. Strah je dolazio kao pobuna na to osećanje. Trzao se od samog sebe, prekorevao, grdio sebe, i bojao se. Da je bio srećan čovek u braku, možda njegova osećanja prošlosti ne bi oživela. Ali ta suvoparnost domaćeg života, koju je on osećao, trpeo i podnosio, mireći se s ćudima svoje žene, radi dece i majke i svoga ugleda, sad je počela da ga muči i uverava da i on ima prava na život. Hteo je sebe da opravda, čeprkajući po životu svih ljudi, pa čak i Nedinog oca, ali njegova čestita priroda ga je opominjala da ne sme da misli na ovu devojčicu. Da ona nije bila tu svakog dana, on bi suzbio tu bujicu raskravljenih osećanja prošlosti. Ali ona je dolazila svakog dana, gledao ju je od jutra do mraka, te mlade, lepe oči, glatko čelo, nežne rumene usnice, vitke oblike. I u njemu je počela tinjati pozna strast muškarca, koji je celog života bio pošten i ispravan, i baš zato, u zrelim godinama sposoban da katkad usplamti poznom ljubavi koja ga napravi tragičnim ili komičnim.

Neda ništa nije opažala. Srećna što je u tom čoveku našla zaštitu, osećala se kao pod okriljem očinske ljubavi. Ona je s tugom posmatrala kako je kum nežan prema svojim kćerima, i žalila što ona nije imala takvog oca. Osećanje, za kojim je čeznula, da voli oca i da on samo pripada mami i njoj, budilo se u njoj iz onog poniženja i žalosti i prenosilo se na kuma, kao oca, ispunjavajući utehom srce devojčice bez roditelja. Zato se sva predala svome poslu, isto onako kao kad je učila zadatak ili jezik, ili prelazila prstima preko klavijature. Pregledavajući račune, dužnike i njihove otplate, upoznala je celo društvo u varoši. Bila je iznenađena da su rđavi dužnici i loše platiše baš iz onih slojeva, koji su s visine gledali male činovnike i niži stalež. Taj sitni činovnički svet tako je uredno davao otplate, kao da se plašio da jedan mesec zadrži otplatu, jer u budžetu malih činovnika to je odmah jedna brojka koja se ispreči u sledećem mesecu i zaustavi neki drugi izdatak. Čudila se kako oni što mogu da plaćaju ne vode računa o svojoj dužnosti. Oni čak nisu hteli ni da dođu da donesu otplate, nego im se morao slati inkasant, i još se moralo paziti u koji sat da im se pošalje, i da bude učtiv da ih ne uvredi što dolazi da traži dug.

Dok je sabirala i pisala pisma za potraživanje dugova, napolju je sipao sneg i sumorno dvorište, pokriveno belinom, dobilo je veseliji izgled. Čak je i mala kancelarija, s mrkim linoleumom na podu, postala svetlija pa je i Nedino lice bilo sveže i rumeno od pisanja, tople peći i beline snega napolju.

Mitko je opažao njene rumene obraze i nosić koji je provirivao iza vijugavih pramenova kose koji su podrhtavali oko njenog lica. Bio je vrlo učtiv i ljubazan i sve joj je pokazivao. Ali Mitka je već počeo da muči taj učtivi ton. On je drugim rečnikom razgovarao s devojkama. Šalio se, pravio im komplimente, pričao pikantne dosetke, pipkao ih za ruku, što su one volele i nijedna ga do danas nije izgrdila. Umele su da se naprave da ne razumeju njegove aluzije, ali bi se osmehnule jednim krajem usana. Mitko je želeo da mu se i ovo lepo devojče tako osmehne. Mislio je da će proći njena žalost i prvih nedelju dana i on je bio obazriv kao da stalno saučestvuje u njenoj tuzi. Ali kako da bude tužan, kad bi osetio miris njene kose, video beli vrat, njene devojačke isturene grudi? Sve je na njoj podrhtavalo od mladosti. Ta njena svetla mladost nije ga pobuđivala da je zaprosi i ispuni želju majka-Anice. Brak je nešto drugo, a ljubav je drugo. Mitko se čudio što devojke tako kukaju i vape za brakom. A ljubav vodiš, pa kad se razonodiš, uzmakneš! Žene, istina, proplaču malo, ali opet počinju iznova. Sve one koje su njega volele — utešile su se. A Neda je dušu dala za ljubav. Bila je samo devojče, bez igde ikoga. Dojadile su Mitku mame i tate. „Ne smem od mame, ne smem od tate!" A tek braća! Mangupi svi odreda, kao Mitko, a sestre čuvaju kao vučjaci. A ovo je bez igde ikoga, samo samcito! Pa ona njena kućica! Zavukla se u šiprag, drveće i pomrčinu. Sakrile je i lipe s ulice. Da promakne i niko da ga ne vidi. Još da je odene! Razmišljao je, pušeći, i obilazio oko nje, kao džambas na vašaru kad kupuje mladog konja.

— Izlazite li, gospođice, gdegod? — otpoče Mitko.

— Ne. Ne izlazim nigde. Nemam vremena. A i gde bih išla?

— Kako, pa zar vi, tako mlada devojka, pa da nigde ne izađete? Bar u šetnju, bioskop.

— Šta imam da izlazim! Ništa mene ne interesuje.

— Ne mora da vas interesuje, ali radi zdravlja. Ne treba čamiti. Kako je lepo napraviti izlet. Ja često pravim izlete. To je za mene najlepši provod.

— Jeste, najpametnije je praviti izlete. Ja takav provod mogu da razumem. Lepše je nego sedeti u kafani.

— Kad volite... Hoćete li jednom da mi pravite društvo i da se izvezemo?

Neda ga iznenađeno pogleda.

— Hvala vam... ali nema smisla.

— Šta nema smisla? Pa, sad rekoste da volite prirodu.

— Ja volim prirodu, ali nema smisla s vama da idem. Kako bi svet protumačio da me vidi s vama?!

— Ama, šta se vas tiče kako će svet da tumači! Vama je potrebno da malo izađete u prirodu... na vazduh... Mislim da u mene imate poverenja?

— Ja mogu imati poverenja, ali drugi nemaju.

— Badava, sve ste vi žene iste! Nisam verovao da ste i vi, gospođice Nedo, takvi. Devojka koja se vaspitala u inostranstvu!

— Inostranstvu, ali kao u manastiru, i uz to devojka koja ne poznaje život!

— Zato treba da ga upoznate. Izađite u svet.

— Ja sam ga već dosta upoznala — uzdahnu Neda.

— Vi shvatate život samo da plačete. Treba se provoditi! Hajde, hoćete li sutra da se izvezemo? Ne moramo po danu. Predveče. Uzeću auto i doći pred vašu kuću, niko nas neće videti. Nemojte da me rđavo razumete. Bogami, ja vam govorim kao brat! Žao mi vas je! Mlada devojka, a nema života. Zar je za vas da sedite ceo dan u kancelariji? Hoćete li?

— Neću.

— Slušajte, nemojte biti tako tvrdoglavi — navaljivao je Mitko. Htede još nešto da kaže, ali uđe Perić. Mitko ućuta. Neda je očekivala da će nastaviti i pred kumom da je zove, ali mladić se izgubio iz kancelarije.

— Koliki dug, kume, imaju ovi Jankovićevi, a ni četvrtinu nisu otplatili! Pa oni imaju kuće i kirije!

— Imaju, ali vole da duguju. A isterali bi iz stana kad im neko ne bi platio kiriju. Ovaj račun stoji već više od godinu dana. Zaricao sam se da im ništa ne dam na dug, pa opet popustim.

On se naže preko ramena devojčice da vidi šta piše i odmače se naglo sav bled. Priđe prozoru i zagleda se u dvorište.

— Hoćete li, kume, na zabavu prekosutra? Olga i Dušanka se raduju. Tako su im lepe haljine.

— Ići ćemo, kad one vole.

Odmače se od prozora i stade kraj peći. Odatle je video devojčicu u profilu. Neda je pisala, ne pitajući ga više. Malo posle progovori:

— Kako ova učiteljica Petrovićka uredno plaća! A ima punu kuću dece. Udovica! Dobre su joj ćerke. Sve lepo uče.

Ona je pisala, a Perić je stajao još uvek na istom mestu. Čula je kako je kresnuo šibicom i miris duvana dopre do nje.

— Bože, ovaj sreski pisar koliko se zadužio! Kažu da mu žena voli luskuz. Ovo su se sigurno sve za nju zadužili? Videla sam je u kaputu od krzna. Otkuda joj takvo krzno?

Perić je ćutao.

Neda se okrete i sva se sledi. On je stajao kraj peći i njene lepe i naivne oči devojčice, koja je pričala kao da ocu priča, susretoše se s jednim muškim, čudnovatim pogledom. Ona oseti udarac kao da su joj saopštili neku strašnu vest. Dođoše joj na pamet one užasne reči Olgine: „Može se još tata zaljubiti u nju".

— Ima ona i svojih prihoda! — promuklo izgovori Perić, misleći na ženu pisarevu.

„Ne! Ne! To se meni učinilo. Bože, to nije moguće! Spasi me samo toga. To je gadno, užasno!"

— Hoćeš li, Nedo, večeras s nama u bioskop?

— Hvala vam, kume. Ne ide mi se, pravo da vam kažem. Ne mogu još nikako muziku da slušam. To me rastužuje — ovog trenutka je rastužio i taj čudnovati pogled. To nije bio pogled oca. Spustila je glavu na ruke i jedna joj suza nehotice skliznu i pade na hartiju. Ona ču korake. Kum zasta kraj stola. Njegova topla ruka spusti joj se na kosu. Devojčica se trže. Strašno joj je bilo od te ruke, kao da je žeravica.

— Zašto, Nedo, plačeš? — nežno ju je pitao. — Ne treba da plačeš! Ti nisi sama — šaputao je. — Ja ću te uvek štititi — povio joj je glavu i pogledao pravo u lepe, uplakane oči. To su bile iste one oči koje su ispunjavale njegovu mladost tugom.

Devojka se opet strese, a čovek brzo diže ruku s njene glave i kao da pobeže od nje.

Neda nije mogla da piše. A imala je da napiše još deset pisama. Prikupila je pažnju da ne bi pogrešila neku cifru. Kako su strašne cifre u životu žene. Ona nikad nije bogzna kako volela matematiku. „Ne, ja sam se prevarila. On je tako dobar. To je Olgina sugestija. Da ona nije ono kazala, ne bih nikad ni pomislila. On me voli kao svoje dete. Tako je dobar i pošten."

Perić je rasejano govorio s mušterijama. Bilo ih je mnogo u trgovini. Slave idu i balska sezona, pa se kupuje više. Jedva su se videli pomoćnici preko raznobojnih bregova od svilenih materijala. Mitko ugrabi trenutak i uđe u kancelariju. Perić oštro pogleda za njim. „Da li se on njoj dopada?" Majka mu je kazala da je govorila Mitku i da on traži miraz. Nešto mu steže srce. Čudno osećanje ga obuze. Dođe mu krivo na njegovu mladost. Znao je dobro kako on vara devojke. Pa da uzme jedan ovakav nevini cvet. Ali nešto je drugo bilo u njemu, što nije smeo da prizna sebi. Hteo je da uđe i on u kancelariju, ali je uvideo glupost svojih postupaka. Svaki čas je pogledao u pravcu kancelarije.

— Zovite Mitka! — naredi jednom pomoćniku.

Tri gospođice su ušle i znao je da će im Mitko biti prijatniji nego on. To mu nije bilo krivo, ali je počeo da ga vreba kad ulazi u kancelariju. „Daću joj hiljadu dinara prvog. Onoga ću Ivana da otpustim. Stoji kao zevzek kraj tezge. Mrzi ga, prosto, da govori.” Iz tih raznih osećanja koja su ga mučila, prsnu srdžba.

— Ivane, ti samo stojiš i blejiš. Dama ti traži štof za kostim, a ti ne umeš da joj pokažeš onaj tvid. Zašto smo ga doneli? Treba li da ga ostavimo u magacinu da ga jedu miševi? Trebalo je da joj pokažeš i one kožice za kragnu.

Ivan je ćutao, jer je osećao da je nespretan. Zavideo je onom Toši koji je po ceo dan mogao da priča s damama. Valjda što je lepši, imao je i brčiće, pa su sve dame trčale k njemu i tražile da ih on poslužuje. A on je uobrazio da je lepši od Mitka, i hvalisao se kako će još dve godine da radi kao pomoćnik, pa će da otvori svoju trgovinu.

Ivan je savijao štofove i ređao ih u rafove. Koliko čuda je morao skinuti, a ništa nije kupila.

„Ne mogu da ga otpustim. Ima majku i brata, i on ih izdržava”, opet ga sažali Perić. „A ne valja biti tako sentimentalan!”, govorio je nekad sebi. „Pet stotina dinara je malo. Ona je skromna. Kako li se hrani? Jutros je bila sveža i lepa. Ona ništa ne jede po podne. Reći ću da dođe pekar da može bar kiflu da uzme.”

* * *

Mitko je i dalje nastavljao s udvaranjem, ali sve okolišeći, kao brat. Poznavao je on žene kao niko i znao je da se one odupiru, ali naposletku popuste. I muka je dok ih ne osvojiš, a posle je još teže da ih se otarasiš!

Do kancelarije je bio jedan sobičak pun restlova. Čega tu nije bilo: svile, štofova za haljine, bluze, rublje. Jedan ružičasti „bemberg” s plavim cvetovima kao poručen za Nedu! Spavaća košulja, da umre čovek! Mitko ju je prosto video u toj spavaćici. On je uživao u finom ženskom rublju. Ženu u grubom rublju nije mogao očima da vidi. Izgubi svu volju za njom. Ovo će Nedi da dâ.

— Gospođice Nedo, uzmite ovaj restl — tutnu joj u ruke.

— Šta je to?

— Za jednu spavaćicu.

— Ne, ja to neću da primim. Veliko vam hvala. Ja imam svoju platu — bila je i uvređena, šta ima on njoj da daje za spavaćicu!

— Što ste detinjasti! Uzmite ovo! Nećete nas time oštetiti. Ima dosta ovih parčadi.

— Ne! Ne! Bez kuma neću.

— Valjda sam i ja ovde gazda... Nisam prišipetlja!

— Znam da ste gazda, ali hvala! Evo kuma, ako on kaže da uzmem, ja ću uzeti.

— E, onda vam baš ne dam, kad me omalovažavate! — naljuti se Mitko, dohvati svilu i unese u sobu.

U sobičku je osluškivao hoće li Neda štogod reći kumu, ali devojčica je bila vrlo pametna i učinilo joj se da Mitko nije želeo da kum vidi kako joj on daje za spavaćicu. Znala je Neda vrlo dobro šta znače pokloni i čuvala ih se.

U tom trenutku padoše joj na pamet reči njenog tajanstvenog muža: „Ja se nadam da ćete vi biti čestita devojka, jer i ja sam pošten mladić". Došlo joj je bilo da se od muke i nasmeje. Kako je taj mladić i neka svoja prava iznosio, tražeći da bude poštena. A ako niko drugi, taj muž je zasluživao da mu se osveti. „Bojan!", prošaputa u sebi. To je lepo ime. I to je ponovo odvuče u duge sanjarije. A sneg je sve više padao. Bio je visok pola metra. Jedan momak je razgrtao putanju i odbacivao metlom sneg. Neda se setila kako se sankala u zavodu. Olga i Dušanka imaju sanke. Svako posle podne se sankaju niz jednu strmu ulicu. A Neda? Njoj je sve bilo uskraćeno kao svim činovnicama i radnicama.

One nikad ne mogu biti sportistkinje, već se jadne pogrbe od sedenja za pisaćim stolom i za mašinama.

Obukla je kaput i pošla kući. Pozdravi Mitka, a on joj hladno odgovori. Bio je uvređen. „Popustićeš ti već, mala moja! Uobražena si i dižeš nosić, ali će te Mitko ukrotiti.”

Sneg je škripao pod Nedinim snežnim cipelama. Lopate su kloparale po asfaltu i sneg je leteo padajući preko trotoara. Čuli su se i praporci na saonicama, što je uveseljavalo zimsku tišinu. Samo je Nedi srce drhtalo.

* * *

Bio je prvi januar. Neda se radovala svojoj plati. Sad je i ona, kao gospođica Zora, sav novac već unapred raspodelila. Zajednički će da kupe sve iz bakalnice da imaju za ceo mesec. Nije znala da će kum da joj povisi platu. On joj ništa nije govorio.

Toga dana Mitko je otišao na stanicu da primi neku robu. Neda je bila sama u kancelariji. Perić uđe. Osećao je strah od ove devojčice. Nije znao da li se plaši sebe ili nje. Bio je uzbuđen i nervozan.

Zar je smeo da dopusti sebi ma kakvo drugo osećanje sem roditeljskog? Pošten po prirodi i vaspitan patrijarhalno, on nije voleo avanture van braka, jer se uvek plašio tih veza i posledica koje one stvaraju. Nije nikad imao hrabrosti da se upusti u kakvu avanturu, iako mu se kao trgovcu često pružala prilika i žene mu same često davale podstreka. Znao je da su to u njima materijalističke pobude i da je jedan trgovac vrlo privlačan za žene, ne svojom ličnošću, već rafovima punim svakojakih materijala. Zato se sad uplašio svih ovih osećanja koja su ga obuzela i ne mogavši na drugi način da ih ispolji, hteo je da povišicom plate pruži malo nežnosti ovoj devojčici.

— Nedo, povisiću ti platu, jer si vredna. Vidim da se trudiš i hoću da te nagradim. Evo ti hiljadu dinara.

— Hiljadu! — čisto se uplaši Neda. — To je mnogo. Moj posao nije veliki.

— Uzmi ti samo! Nije mnogo. Devojke uvek znaju da potroše. De, de! Potrošićeš i ti — stajao je pokraj nje i s uživanjem gledao njene zarumenjene obraze.

— Hvala vam, kume — jedva je promucala. Nije znala da li da se raduje i šta znači ova povišica. Da li joj to daje kao otac ili...? Nije smela da misli i brzo, da bi rasterala svoje sumnje i pokazala da ovo shvata kao roditeljsku nežnost prema njoj, opet mu dohvati ruku da je poljubi. Ali on trže ruku, spusti je preko njenog ramena i privuče joj glavu sebi na grudi. Druga njegova ruka joj pomilova obraz. Osećala je kako joj gore obrazi, a i njegova ruka je bila vrela. Devojčica htede da jaukne od očajanja, i izvi glavu, kao da je htela da se odmakne od njega. On podiže ruku s njenih ramena, kao da i sâm beži, a njoj dođe da mu baci hiljadarku s jaukom: „Zašto mi ovo dajete? Je li ovo zbog nečega drugog?" Lice joj je buktalo, a očajanje i gnev su je gušili. Dođe joj da zaplače.

— Sneg opet pada! Treba Nikola da ga razgrne! — progovori sasvim mirno čovek pored prozora.

Mirnoća njegovog glasa poli je kao voda i očajanje splasnu u njoj. „Možda to nije ništa!", tešila se. „Ala sam ja luda! Ah, ona Olga!" Pokaja se što je tako gnusno optužila ovog dobrog čoveka pa mirno izgovori i ona:

— Olga i Dušanka se sankaju svakog dana. To je lep sport.

— A da li bi se ti sankala s njima? — zapita je kum i stade kraj nje. Gledao ju je ponovo onim čudnovatim pogledom koji je jednom videla.

Ona izgovori brzo:

— Ne. Neću da se sankam. Tamo su svi veseli. Ja nisam vesela.

— I ti ćeš da budeš vesela! — izgovori blago i opet je pomilova po kosi.

Jedan pomoćnik uđe i Nedi laknu.

— Hoću one rafove da uredim u sobi. Sve je ispreturano.

— A ko je to preturao?

— Jedna gospođica je tražila plavi žoržet za haljinu, a ja sam znao da ima jedno parče od tri četvrt metra, ali sam ga jedva našao. Idem da ono sve složim.

Trgovac Perić izađe, a pomoćnik, onaj lepi Toša, s brčićima, što je verovao da je najlepši u trgovini, i lepši od Mitka, zaljubljeno je gledao Nedu i uzdisao. Da je smeo, on bi sutra Nedu zaprosio. A šta bi joj falilo da se uda za njega? On bi radio i ona bi radila, ona ima kuću pa da žive gospodski. A on će da otvori svoju trgovinu. Ali Neda je gospođica, uobražena, ćerka direktora banke. Jeste, bankrota, ali ona se opet pravi važna, a on je pošteniji od njenog oca. Ala bi bili par? Bolji je od Mitka i više bi je voleo. On ju je uvek gledao dubokim pogledom, kad god prođe kroz dućan, i namerno je sve ispreturao da bi ušao da pospremi i malo porazgovara s njom.

— Idete li u bioskop, gospođice Nedo? — pitao je iz druge sobe.

— Nisam još išla. Kum me je zvao, ali ne volim da idem.

— Da znate što sada ima lep program! Ja volim istorijske filmove. Volite li ih i vi?

— Ranije sam ih uvek rado gledala.

— Kako je divno biti filmski glumac — uzdahnu pomoćnik. — Ja žalim što mi nemamo film.

— Da ne biste i vi otišli u filmske glumce?

— Ne znam. Ali mi svi kažu da imam fotogenično lice. Neki su me studenti terali da se fotografišem i pošaljem u Berlin svoju sliku. Ali ja nisam hteo.

Neda se osmehnula i pogledala ga.

— Dakle, i vi snevate o filmu?

— Verujte, ne! Nisam toliko uobražen. Više bih voleo da budem glumac. Pozorište obožavam. Pevam dosta dobro. Želeo sam da učim pevanje i da postanem operski pevač ili dramski glumac.

— Zašto ne okušate sreću? Što se niste upisali u glumačku školu?

— Da je glumačka škola ovde, ja bih se upisao. Ali gde ću čak u Beograd! Osnovaćemo amatersko pozorište, pa ću igrati sa studentima. Ah, i vi biste bili divni kao glumica! Vi ste, prosto, stvoreni za film.

— Sigurnije mi je ipak ovde da pišem račune.

— To nije za vas, gospođice Nedo! Čuo sam da se poznajete s Amerikancima! Na vašem mestu, ja bih išao k njima u goste i zamolio ih da me odvedu u Holivud.

— Pa šta da radim u Holivudu?

— Kako šta? Pa postali biste zvezda? Tri-četiri filma da snimite i bili biste bogati.

— A šta će mi bogatstvo kad nemam sreće?

— Vi nemate sreće? Ah, ja bih vam nešto kazao, gospođice Nedo, nećete se ljutiti? — govorio je pomoćnik s afektacijom.

— Šta da mi kažete?

— Sinoć sam bio sa studentima. Znate, to su moji drugovi — hvalio se, da bi Neda videla kako on ima kulturno društvo — i kazali su mi da ste vi najlepša devojka u varoši. Oni mi, prosto, zavide što mogu svakog dana da vas vidim i razgovaram s vama — bio se zaneo pričanjem, da je čak ušao u kancelariju, zaboravljajući da uređuje restlove. Čuvši da se otvaraju vrata i da ulazi Mitko, brzo se povukao i napravio ozbiljan. Zavideo je ovom Mitku, koji ima toliko uspeha, a ništa nije bolji od njega.

Neda se uskoro obukla i pošla kući. Toša je opet stajao u dućanu, pozdravio je kad je prošla i duboko uzdahnuo za njom.

U razgovoru s njim Neda je zaboravila na doživljaj pre toga. Sveži zimski vazduh i pahuljice meko su je milovali po ruci i prijala joj je ta hladnoća. Glava ju je zabolela od očajanja. Mislila je u sebi da li bi se ikada kum usudio da je miluje po obrazu da su joj živi roditelji? Prvi korak kroz život joj je pokazao kako muškarci gledaju mladu devojku bez zaštite.

Na prozoru Perićeve kuće spazi kumu.

— Hoće li, Nedo, skoro Jova?

— On je još ostao u trgovini.

— Pa kako si ti, Nedo?

— Hvala lepo, kumo, dobro sam.

— Jesi li dobila platu?

— Jesam — htede da prećuti za povišicu, ali pomisli da je to gore, da će ona i tako čuti i prekoreti je što se nije pohvalila. — Kum mi je povisio platu — bojažljivo izgovori ona.

— Je li! — začudi se ona. — Koliko ti je dao?

— Hiljadu dinara...

— Ako, ako! — odgovori kuma, a Neda nije znala da li joj je po volji ili će izgrditi muža. Osećala se kao krivac. I to sve zbog onih Olginih reči. I da bi pokazala kako voli kumu, umiljato joj je govorila:

— Dođite jedne nedelje posle podne i vi, kumo, k meni! Tako mi je lepa sobica. Dopada se i Olgi i Dušanki. Imam i slatko — detinjasto se hvalila.

— Hvala, Nedo, doći ću.

Neda nastavi put sva brižna. Jedno osećanje je mučilo: šta ona ima da strepi i boji se da kuma ne pomisli ružno što joj je kum povisio platu? Pa i gospođica Zora joj je kazala, vi radite od sedam ujutro do sedam uveče, treba da imate veću platu. Jest', ali gospođica Zora toliko godina radi, pa koliko ima? Svrše fakultet, pa imaju hiljadu dvesta. A ona je odmah dobila povišicu. To je opet taknu u srce. Da li je to iz osećanja sažaljenja ili nagrada za njen rad, ili što on ima drugih namera?

Sva se stresla. Ah, ona bi bezobzirice pobegla iz njegove trgovine.

Došla je kući i sve zaboravila u razgovoru s gospođicom Zorom o tome kada da mese za Božić i šta sve da spreme.

A kuma Vuka je bila malo kisela za stolom dok su ručali. Neprestano je mislila na Nedinu povišicu. Nije mogla da otrpi i morala je reći:

— A Neda mi se, Jovo, hvali: dao si joj hiljadu dinara plate.

— Jeste. Dao sam joj. Pomislio sam na mnogo šta se izda što ne bi trebalo, a ona je siroče — bilo mu je malo neprijatno što je kazala, a nije joj mogao reći da ne kaže nikome. Možda mu je bilo neprijatno zbog onoga što je ključalo u njemu.

— Ako si, sine! Odradiće ona to — odobri mu mati. — Bolje da učiniš svakome dobro nego zlo.

Njegova žena ne smede ništa da prigovori zbog svekrve, ali, ipak, nije mogla da otrpi, morala je da kaže:

— Lepo je, bogami, Nedi kod nas. Da li bi njena majka i njen otac tako prihvatili tvoje ćerke?

— Jest', baš bi nas prihvatio njen otac! Prihvatio bi nas, ali ko zna kako? — ubaci s podsmehom Olga. — Kakav smo joj samo zimski kaput dali! Nije ni kod oca imala takav.

— Pa ako joj je dao! Daj bože da uvek ima i da uvek daje. Teško onom ko očekuje od tuđina milost — prekori gospa Anica Olgu.

— A ona se, tata, tako obradovala tom kaputu! — bolećivo je govorila Dušanka. — Neće da ga nosi svakog dana, nego samo praznikom. Kaže: meni ovo mora da traje četiri godine.

— Bogami i neka čuva — opet će jetko supruga — jer su samo tvoj otac i tvoja baba u stanju svakom da dadu ko god pruži ruku. A ja tu vašu sirotinju ne žalim. Gledam ćerke učiteljice Petrovićke. Sve ti se diglo na modu!

— A kakva im je to moda? — sažali se svekrva. — Oni kaputići na njima kao pelenice. Vidim ih jednog dana, vraćaju se iz škole, pa drhte od zime. Niste se vi, deco, mučili, pa ne znate šta je nevolja i sirotinja. A ja se sećam kako sam s mojim Dimitrijem ljuštila proju dok nisam stekla. A Olga i Dušanka za bioskop i čokolade potroše po dvesta-trista dinara.

— Pa ti nam, bakice, daješ — umiljavala se Dušanka.

— Dajem, zato sam vas i razmazila. A taj bi vaš džeparac mogao hraniti čitavu porodicu. A, sad ću Olgu nešto da tužim. 'Oću! I otac neka te čuje. Jutros sam je, Jovo, videla, zapalila cigaretu. Šta će tebi, devojci, cigareta?

— Je l' to istina, sinče? Kakva cigareta?

— Uh, tata, kô da je nešto nemoralno zapaliti cigaretu! Pušiš ti, pa što da ne pušim i ja? Dođe mi tako ponekad pa mi se prohte da zapalim cigaretu.

— To ne smeš da radiš. Ako nije nemoralno, škodljivo je. I ja uviđam da mi ponekad škodi duvan.

— Daj mi, tata, jednu cigaretu da vidiš kako puštam kolutove.

— Gledaj, od oca traži cigaretu! A što si ti, Vuko, ovo dopustila?

— Ja dopustila? Kao da ja njoj mogu da zabranim. I ne vidim je kad puši.

— Nemoj, tata, da se ljutiš, ne stoji ti lepo. Opažaš li, mama, da se tata prolepšao?

— Moj sin je uvek bio lep — govorila je mati.

Žena ga pogleda kiselo.

— A gde si se brijao? Jutros si bio neobrijan!

— Kod Joce berberina.

„Nešto mnogo se udešava", pomisli žena. „Da to nije zbog Nede? Da li on može da se dopadne devojkama?" Pogleda ga pažljivije jer joj davno nije palo na pamet da proučava njegovu lepotu. Za dvadeset dve godine bračnog života muž je toliko bio izbledeo u njenim očima i srcu, kao haljine koje se dugo nose po suncu, pa izgube boju da se već zaboravi kakva je bila prava. I ona je toliko zaboravila kakav je i u mladosti izgledao taj njen muž, a kamoli sada, u zrelijim godinama. Ali ono: „Tata se prolepšao", štrecnu je malo u srce. Trebalo je da se pojavi jedno mlado, lepo žensko stvorenje, da probudi sumnje kod žene, pa da ona uvidi da li vredi štogod njen muž. Imao je plave, blage oči, iz kojih se odmah moglo pročitati da je dobar čovek. Mati njegova i Dušanka imale su iste oči, dok je Olga ličila na majku. Imao je pravilne crte lica i ovako obrijan, izgledao je mlađi. Ona nehotice uzdahnu, ne od ljubavi, već od srdžbe. Što im je pala na vrat ta Neda, i što se zavukla u njegovu kancelariju? Ona nigde ništa nema, a on je čovek dobrog stanja. Zar se može danas verovati devojkama? Zašto joj je povisio platu?

Sad kad su sami mogla je malo da mu očita:

— Ne htedoh pred majkom da ti kažem, Jovo, ali zašto si Nedi povisio platu na hiljadu dinara? I ti ponekad bacaš novac. Ona već ima hiljadu dinara. Hvali se kako je lepo udesila život. Bolje da si nekom pomoćniku povisio, a ne njoj.

— A ja sam smatrao da treba njoj da povisim! — žustro odgovori muž. — Šta sad neprestano: Neda! Neda! Olga i ti sve ste nešto protiv nje. Ti si omrzla njenu majku, a Olga mrzi Nedu.

— Pa i jesam. Mrzela sam je. Možda sam imala pravo. Znala sam da si ti s njenom majkom vodio ljubav.

— Ja s njenom majkom vodio ljubav?! E, ti onda nisi znala kakva je njena majka bila kao devojka. Ni s kim ona nije vodila ljubav. Ali šta da ti se pravdam?! Hiljadu puta si mi to prebacila dok je bila živa, pa je i mrtvu ne ostavljaš na miru.

— Sad je tu njena ćerka, a ona liči na majku.

— Šta hoćeš time da kažeš? — izbrecnu se muž, kome već prekipe.

— Ništa neću da kažem. Samo toliko: da nisi ti njoj džabe povisio. Daćeš ti njoj i više. Čovek pod starost uvek poludi. Samo treba da se setiš da ti je četrdeset sedam godina i da imaš dve ćerke za udaju.

— Pa ti si poludela! Šta to govoriš? Kao da si ljubomorna! — branio se muž, ali mu je nešto stezalo čelo. — Bolje ja da idem. Tebi ponekad dođu neke lutke u glavu. Umesto da se kao majka sažališ na jedno dete bez roditelja, ti bi želela da je izbaciš iz trgovine. Pa dobro, reci: hoćeš li da kažem Nedi da više ne dolazi?

— Dabome, sad ćeš mene da predstaviš bezdušnom. Istina, ja nisam svetiteljka kao tvoja majka. Ona zamišlja da si ti svetac, ali imam ja oko sve da vidim...

Ljutito je izašla iz sobe, a muž ostade nervozan. Kao da je oskrnavila ono što je duboko bilo skriveno u njemu. Čeprkajući po njegovom srcu, ona je učinila sebi veće zlo, jer mu je dala na znanje svojom ljubomorom da se on, zaista, može zaljubiti u to lepo devojče. I posle ovakvih, dosadnih, žustrih bračnih scena, gde jedno prema drugom nemaju nežnosti, a uz to ga ta žena ceo vek nije razumela i uvek su išli u raskorak, samo je njegova mati sve zataškavala — on je osetio neku radost, blaženstvo, što će posle ovoga videti tu devojčicu, njene lepe oči oborene na pisaći sto, provesti nekoliko časova u njenoj blizini koja deluje tako umirujuće.

Kad je pošao u trgovinu, opet, po svojoj uobičajenoj navici, htede da joj kaže zbogom. Bila je u sobi kod Olge i obe naglo ućutaše kad on otvori vrata.

— Zbogom! Hoćeš li, Vuko, da dođeš da vidiš onaj somot? Ti reče da hoćeš braon za tebe. Ima jedan vrlo lep, kao kesten — pozva je da bi je malo odobrovoljio i uverio je da uvek može da dođe, i baš neka dođe da se uveri kako je on karakteran muž.

— Ne znam — odgovori suvo žena. — Možda će mi doći tetka Bosa. Ako ne dođe, doći ću.

Ta mala prepirka sa ženom malo ga je otreznila, ali u dubini srca osećao je čudno treperenje.

Zar jedna devojka bez ikog treba da propadne

Bilo je krajem januara. Neda je bila u kancelariji i pisala. Napolju je stegao takav mraz da nije skidala ni snežne cipele s nogu. Peć je bila sva usijana.

Kum uđe.

— Nedo, imaš poziv za telefonski razgovor u četiri sata s Beogradom.

— S Beogradom? — Nedi ostadoše otvorene usnice i raširene oči. „Ko to ima sa mnom da razgovara? Avijatičar?" Prvo joj je palo na pamet ono što bi joj bilo milo i što bi volela da bude. „Možda je i on." Nije smela ni ime da mu izgovori. Srce poče da joj lupa. Sećanje na sve teške časove uskovitla se u njoj kao vihor.

— Ti možeš da ideš. Sad je tri i četvrt. Bolje da pričekaš.

— Možda me jedna mamina prijateljica zove. Ona mi je napisala lepo pismo — govorila je kumu, kao da je htela da sakrije ko je zove.

Otišla je i čekala u pošti.

— Gospođice Nedo! Zovu vas na telefon — pozva je telefonistkinja.

Devojci su noge klecale. Svukla je rukavicu, da bi bolje držala slušalicu. Ruka joj je bila hladna kao led, ali i njeno srce kao da se sledilo.

— Alo! Je li tu gospođica Neda Pavlović? — zabruja joj u ušima jedan dubok, muški glas.

„On!", zapišta Nedi u mozgu i kao da je nešto ščepa za gušu i poče da gubi dah. Ruka joj zadrhta sa slušalicom i ona se nasloni na tapetirani zid kabine.

— Alo! Nedo, jeste li tu?

— Jesam! — jedva pređe preko njenih beskrvnih usnica.

— Hvala vam što ste došli. Znate li ko je na telefonu?

Ona nije mogla da odgovori.

— Što ćutite? Recite, da li me poznajete po glasu?

— Poznajem.

— Ljutite li se što sam vas zvao?

Devojka prikupi snagu. Htede da mu odgovori, da izlije ono što joj je kidalo srce.

— Šta bi mi vredelo i da se ljutim?! Moje mame više nema u životu. Znate li ko je krivac za sve?

— Znam koga okrivljujete. Moram primiti na sebe vaše optužbe, jer vi ne znate ko je mene nagnao na taj korak.

— Ko vas je naterao? Zašto uvek održavate tu tajanstvenost? Ko ste vi? Recite! — govorila je prigušeno, a dođe joj da krikne kroz telefon: „Vi ste ubica moje mame!"

— Jednoga dana ćete doznati — meko je govorio taj duboki muški glas. — Budite uvereni da ću se svim silama starati da zalečim bol koji sam vam zadao i rasteram sve vaše sumnje o meni. Kad budete sve doznali, vi ćete me i sami opravdavati. Ja sam žrtva tuđeg greha...

— Čijeg greha? — sa strahom je pitala devojčica. — Da li moje mame?

— Bolje o tome da ne govorimo. Vi ste uzrujani, poznajem to po vašem glasu. Ima vremena, kasnije ću vam sve objasniti. Sad mi recite: kako živite? Jeste li uposleni gdegod?

— Što vas to interesuje? Živim kao i tolike devojke bez roditelja. Nikoga više nemam — zajeca i on je čuo taj njen jecaj.

— Nedo, mala moja, nemojte da plačete! Čujem vaš plač. Ja sam vas pozvao kao prijatelj, jer brinem za vas.

— U vama ja ne mogu da gledam prijatelja. Uvek se sećam one strašne noći.

— Morao sam biti strašan, a nisam nimalo svirep. Vi ste dobra devojka, ja sam to čuo i ne kajem se za sve ono što se dogodilo. Štaviše, ja se radujem.

— Što se radujete? — oštro je ona upitala.

— Što ste vi... moja...

— Kako ste smešni? Ja vaša? Ako se vi, zaista, zanosite tom mišlju, treba da je izbacite iz glave.

— Ja je u srcu čuvam, a ne u glavi. Tu sam misao o vama zaključao. Ona će stalno u meni da živi. Dakle, vi me mrzite? Recite iskreno!

— Ja uopšte ne mislim na vas, kao da ne postojite — lagala je, a toliko puta je mislila na njega.

— A je l' još u životu vaš avijatičar Branko?

Neda morade da se osmehne.

— Svakako!

— I piše vam svakog dana? A vi mu odgovarate?

— Nemam vremena svakog dana da mu pišem.

— I ne smete!

— Ko meni može da zabrani? Nemam tutora nad glavom.

— Ja vam zabranjujem. Ako mu budete pisali, ja ću uvek želeti da se surva odozgo i pogine.

— Možda će moje molitve biti jače od vaših želja.

— Sreća što nemate kaucije pa mu ne moram želeti zla. Ipak ćete mi ostati verni? U to sam ubeđen! I tako mora biti!

— Koliko vi imate samopouzdanja!

— Imam, naročito otkako sam vas video. Vi ste lepa devojka, Nedo! Da... da... tako lepa! — govorio je. — Znate li da mi dođe da dojurim k vama! — glasno je govorio, kao u uzbuđenju. — Šta biste radili da upadnem u vašu kuću?

— Zaključala bih vrata pred vama.

— Znam ja to — opet izgovori tiho — zato i ne dolazim.

— Ko ste vi? Recite mi, preklinjem vas! — pitala je u uzbuđenju.

— Jedan beznačajan mladić. Ništa više.

— Jeste li još u seljačkom odelu?

— Nije važno kakvo odelo čovek nosi...

— Vi niste seljak? Vi živite u Beogradu? Priznajte!

— U Beogradu ne živim. Ali sad sam poslom u Beogradu.

— Kakvim poslom?

— A što se vi toliko interesujete za mene? Čemu da pripišem sve to?

— Svemu možete pripisati, samo ne mojim osećanjima.

— Vi ste, znači, vrlo neosetljiva devojka? Ja u to ne verujem. Jeste li voleli koga sem toga avijatičara? Hajde, priznajte. Zaklinjem vas uspomenom vaše majke da mi kažete.

Ona se opet nasloni na zid kabine.

— Zašto me obavezujete takvim zakletvama? Vi ne zaslužujete nikakvu iskrenost od mene.

— Nemojte da se kajete jednog dana što ste ovako bili nemilosrdni prema meni. Hajde, koga ste voleli? Je li samo avijatičara? Je li vas on poljubio?

— Vi postavljate tako slobodna pitanja. Niko mene nije poljubio. Niko!

— Možete li se zakleti da vas niko nije poljubio?

— Mogu. Da me niko nije poljubio, osim...

— Mene, je l'te? Biću najsrećniji ako je to istina, i ako sam bio samo ja.

— Što se vi zanosite iluzijama o sreći?

— Jer iluzije mogu da se ostvare. I ja ću ih ostvariti jednoga dana. Niste mi odgovorili na moje pitanje: jeste li uposleni?

— Jesam. Radim u trgovini kod mog kuma Perića.

— Koliko imate plate?

— Hiljadu dinara.

— Je li vam to dovoljno za život?

— Jeste! Imam i kiriju.

— Tako vas volim kad ste dobri, pa mi lepo odgovarate. S kim stanujete?

— A što vi to mene sve ispitujete?

— Moram da vodim računa o vama. Vi nikoga nemate samo mene.

— I pored vas ja opet nikoga nemam.

— Primam k znanju! Ali možda ćete jednog dana promeniti mišljenje. Dakle, s kim stanujete?

— Vi ste uporni!

— To je u mom karakteru. Moram da postignem ono što želim.

— Onda vam baš neću reći s kim stanujem. Sama sam na svetu i mogu da živim po svojoj volji.

— Osećam da to nije vaš pravi temperament. Sad ste malo prkosni. Ja ću vas već ukrotiti. Jesu li još uvek lepe vaše očice? Volim i vašu kosu. Tako bih želeo da ste sad kraj mene, da mogu da vas gledam. Dakle, s kim stanujete?

— Što toliko pitate s kim stanujem. S jednom poštarkom, starijom devojkom.

— Znam ja da ste vi pametna devojčica.

— Ko ste vi? Što me mučite ovako? To je strašno.

— Ja ću vam to reći, Nedo, u septembru.

— U septembru? Zašto baš tada, a ne sada?

— Dotle neću ništa da vam kažem. Hoću da budem dostojan vas i u mogućnosti da popravim svoj postupak prema vama. Zato sam vas pozvao da vam to kažem. U septembru imate da mi odgovorite: da ili ne! Pokoriću se onome što vi želite. Budite uvereni da mi je vrlo teško što smo toliko meseci razdvojeni. Nadam se da ćete vi biti dobra devojka, iako ste sami u životu. Zar jedna devojka bez ikoga treba da propadne? Ja vas stavljam i pred iskušenja života. Hoću da se uverim koliko imate karaktera u sebi.

— A imate li vi karaktera u sebi?

— Imam. Nisam lakomisleni mladić, niti kakav donžuan. Nisam ni bogat, ni lep da bih bio privlačan za devojke. One su prolazile pored mene u životu, kao i vi sada. Nisu me mnogo volele.

— Vi niste ružni — usudi se Neda da izgovori. — Mislim da ovo nije istina što govorite o sebi.

— Nisam ružan? Zar ste vi to opazili? Jesam li vam se makar malo dopao?

— Dok se mladić ne upozna, ne može ni da se dopadne. A vaši su postupci bili takvi da su me potpuno odbili od vas.

— Iz toga mogu da zaključim da ćete vi imati simpatija prema meni kad moji postupci budu drukčiji. Je l'te? Opet ćutite? Ćutanje je odobravanje?

— Ne! — uzviknu ona.

— Žalim, Nedo, što nisam u mogućnosti da budem pored vas samo petnaest dana. Preobrazio bih vas. Osećam da ćete biti tako nežni i umiljati! Tako žalim! Sad moramo da završimo razgovor. Slušajte, Nedo, poslaću vam dve hiljade dinara. Znam vašu ulicu, samo ne znam broj kuće. Koji je broj?

— Meni nije potreban vaš novac. Zadržite ga.

— Poslaću ga i bez kućnog broja — uporno je govorio. — A vi ga poklonite sirotinji. Moja je dužnost da se staram o vama. Opažate li da sam ja mnogo nežniji od vas? I ne podnosim vaše grube reči. Zar nećete ništa nežno da mi kažete? A ja verujem da vi umete da budete vrlo umiljati. Hoću da mislite na mene! Mnogo! A avijatičaru ne smete pisati. Hoću da se ponosim vama kad budete moja, i da ne čujem ništa ružno o vama. Je l' se ljutite ili smejete kad ovo govorim?

— Niti se ljutim, niti se smejem, nego se čudim! Zaista je sve ovo čudno!

— Da, u životu ima vrlo čudnovatih doživljaja! Zbogom, Nedo!

Ona mu ne odgovori ništa, samo mahinalno spusti slušalicu.

Mraz je napolju još više stezao, ali njoj su obrazi goreli! Osećala je jezu, a lice joj je bilo vruće. Izašla je iz pošte kao u groznici. Besvesno je išla ulicom, ne videći nikog.

— Dobar dan, Nedo! — dobaciše joj dve drugarice s druge strane ulice. Ona im jedva odgovori. Zavi drugom ulicom i spazi Dušanku s jednim potporučnikom. Dušanka se zbuni što ju je Neda ugledala. Bilo joj je neprijatno, jer je znala da će je Neda prekoreti.

„Već je zaboravila Niku", pomisli Neda. „Kako je površna, a on joj još uvek piše lepa pisma. Zato i nije došla da joj sastavim pismo." Pozdravila je Dušanku, ne zadržavajući se, jer je osetila njenu zabunu. To je bio njen poslednji flert. Nedu je začudilo kako su devojke nestalne. Ona nije imala ljubavi, sem simpatije prema avijatičaru, ali joj se činilo da nikad ne bi mogla biti prevrtljiva kao Dušanka i Olga. Svaki čas su menjale kavaljere. Iznenada, oklizne se na jednu dečju tociljajku, i polete glavačke, ali se zadrža.

— Drž' gospođicu Nedu da ne pogine! — uzviknu jedan mladić od dvojice, koji su dolazili u susret.

— Šteta što je ne prihvatismo!

Do Nede su doletele te reči, ali ih nije shvatala. Samo joj je u ušima brujao onaj duboki, meki glas nepoznatog mladića.

— Ko te je zvao na telefon? — zapita je kum.

— Jedna... mamina prijateljica iz Beograda. Pitala me kako živim. Nije mogla da veruje da se sve to dogodilo — izgovorila je Neda laž koju je usput smislila. Sela je da piše, ispisivala cifre i sabirala, ali nikako nije mogla da ih sabere. „U septembru." Mešale su se s ciframa te dve reči. Izbrojala je mesece. „Ništa, proći će, kao što će i doći." Ali nešto je čudno bilo u njoj. Taj glas je bio tako sugestivan, uporan. Da li je pošten ili nepošten taj mladić? Opet cifre i cifre... Tako je zaželela da je sad kod kuće i da se podseti ovog razgovora. Da li je mama nešto zgrešila? Da to nije neki njen greh? Pištalo joj je u ušima, a obrazi su joj goreli. Prsnuše varnice od uglja. Napolju se naoblači i pahuljice počeše da igraju. Kum uđe.

— Hajde, Nedo, skuvaj kafu. Baš je ovde prijatno. U dućanu je hladno. Ne može ona peć dobro da zagreje dućan.

Ona napuni lonče vodom i stavi na primus. Kum je pušio i uživao u njenim pokretima. Ali one Olgine reči o Nedinom ocu: „Prihvatio bi nas, ali kako", bile su i njemu prekor! Brzo je popio kafu i izašao. Došao je i Mitko da popije kafu. Njegovom oku nisu izmakli zarumenjeni obraščići Nedini i sjajne crne oči. Prosto su ti njeni obrazi mamili da ih čovek zagrize kao jabuku. Već mu je dojadila ova korektnost prema Nedi! Naučio je on da se malo našali s devojkama, a ovo, oprosti bože, kao da je u crkvi. Mora uvek da je smiren i pobožan.

— Da li sam ovo dobro sabrala? Hoćete li pregledati?

Mitko se naže nad sto. Brzo je sabirao.

— A, nije dobro! Ovde je manje. Čekajte!

— Kako da zgrešim? A tri puta sam sabirala — uze i ona da sabira, a Mitko osta nagnut nad sto. Osećao je kao da jara izbija iz njenih obraščića.

— Uh, ta vaša kosica! — prošaputa. Neda se trže. — Pada vam u oči. Metnite je malo za uvo.

— Da, da, treba da je zabacim — povrati se devojka, koja, u prvi mah, pomisli da joj pravi kompliment. Ona zabaci kosu, a obrazi joj još više zablistaše.

— Tako ste lepši! Još koliko! Pogledajte se u ogledalo. Evo vam moje ogledalce.

— Hvala! Moram ovo da napišem — odbi Neda ozbiljno.

— A šta to pišete sada?

— Ova dva trgovačka pisma treba da prevedem na nemački.

Ali nije mogla da misli. Uze knjigu sa šablonima trgovačkih izraza. Vadila je neke rečenice. Mitko nije skidao oči s nje.

— Jeste li se, gospođice Nedo, malo narumeneli?

— Ja se nikad ne rumenim! — začudi se ona.

— A znate, tako ste rumeni! Kao da ste potrošili kutiju ruža — on se naže da vidi kako ona piše, i ne znajući ni sam šta mu bi, steže joj ramena: — Malo moje, što si slatka!

Neda se trže, pero joj izlete iz ruku i mastilo prsnu po stolu.

— Kakva je to sloboda, gospodine Mitko! Molim vas da me poštedite vašeg laskanja. Meni nije do toga.

— Molim! Molim! Zar sam vas strašno uvredio? Ih, kako je gospođica nakraj srca! Ne smem nijedan kompliment da vam napravim. Dobro! Dobro! Ne bojte se! Biću vrlo učtiv.

— Ja vas molim da budete učtivi, jer mi ne laskaju ovakve reči.

— Razumem, gospođice! Vidim da ne znate za šalu.

— Ovakve šale ne trpim! Ja sam ovde došla da radim, a ne da se zabavljam.

Mitko ljutito izađe iz kancelarije, a Neda nije mogla više da piše.

Na Mitka je zaboravila, ali nije onog drugog iz Beograda. Morala je ipak još nešto da završi, ali nije znala. Mitko bi trebalo da joj pokaže, a on nikako nije ulazio u kancelariju. Bio je sigurno ljut. „Kako su gadni muškarci poneki put. Devojke stalno treba da se ponašaju kako oni vole, inače su ljuti; a kad one prime njihova udvaranja, oni posle beže od njih! Valjda što je ona bez igde ikoga, Mitko zamišlja da treba da poleti k njemu. Ah, izvinite!", jetko je mislila Neda. „Ništa, zovnuću kuma." Ušla je u dućan, ali je spazila njegovu ženu. „Ne, neću da ga zovem."

— Šta si htela, Nedo? — zapita je kum usiljeno ljubazno.

— Htela sam da mi gospodin Mitko nešto pokaže.

— Šta želite? — pitao je Mitko sa zategnutim licem. „Aha! Popuštaš! Popustićeš ti, devojčice moja. Nije nijedna odolela Mitku."

On uđe za njom u kancelariju, još uvek s onim zategnutim licem i pregleda pisma:

— Dobro je! — izgovori hladno.

— Hvala — odgovori i Neda isto tako hladno. Mislila je da će kuma da uđe u kancelariju. Ona i uđe.

— Lepo je ovde kod vas. Tako je toplo.

„Kuvala im je kafu! Živa zgoda", mislila je ljubomorno. „Sobičak, pa kafa!"

— A kad su ovu zavesu namestili? Ranije nije bila.

— Ne znam.

„Kako je udesio da može da spusti zavesu", ljubomorne oči ženine krivo su objašnjavale najnaivnije stvari.

— A što ne svratiš uveče kod nas, Nedo?

— Pa uvek žurim kući. Gospođica Zora sama sedi i čeka me na večeru.

— Hajde, dođi! Svrati i na ručak! — zvala je, kao kajući se zbog svojih ljubomornih misli. Ali i pored sve ljubaznosti osećala je da je nešto bocka. Ipak, nadala se da je Mitko mlađi i da će je on preoteti. „Sad je njega zvala u kancelariju. Možda je bacila oko na njega. Mlađi je i lepši, još će se spanđati i s njim. Neka je, neka se spanđa. Samo nek ostavi ovog matorog na miru. Da on ne poludi."

Izašla je neraspoložena iz trgovine, iako je sebi izabrala braon somot, za Olgu zagasitocrven, kao trula višnja, a za Dušanku tamnoplav.

A njenom mužu laknu kad ona izađe. Kao da je došla da ga špijunira. Ravnodušnost koju je osećao prema njoj pretvorila se u ljutnju, i osećao je u sebi želju da joj se osveti za sve one gorke časove koje je proveo s njom.

Posle tri dana dođe Nedi uputnica na dve hiljade. Brzo je čitala revers s oznakom pošiljaoca i pročita: Dunja Mihajlović.

„Dunja! Ko je sad ta Dunja? Šta je ona Bojanu?" Ništa nije umela da objasni. „Kako taj krije trag? Šta li se u njegovom životu skriva?"

Pisala je i ulica i broj kuće: Aleksandrova ulica. Ah, da je sada u Beogradu, ona bi otišla u tu kuću u Aleksandrovoj ulici i potražila tu Dunju. Ostavila je taj revers da bi zapamtila broj kuće. Ali dosta je bilo što ga je pročitala i tako broj neće zaboraviti.

Slagala je gospođicu Zoru da je dobila novac od neke mamine rođake iz Beograda koja joj je bila dužna, a sad su se obogatili i sazidali kuću u Aleksandrovoj ulici. Tako je sakrila ko joj šalje novac.

Nedino srce

Te dve hiljadarke mučile su Nedu. Da li je smela da ih primi! Zašto ih nije odmah vratila? Kakav je to novac i kako je stečen? Znala je da ima svakojakih hohštaplera, nevaljalaca, ljudi s nečistom savesti koji na nepošten način stiču. Da nije i Bojan na takav način došao do novca? Razne sumnje su je kidale. Da je mogla ma kome da se poveri bilo bi joj lakše. Ali ovo mora ostati tajna za sve do septembra. Bilo je nešto što ju je umirivalo. Ona velika kuća na selu s velikim hrastovim vratima, starinski nameštaj, srebrno posuđe, debele povezane knjige u ormanu. Te stvari su otkrivale život čoveka koji misli i koji nije siromah. A Bojan je bio u toj kući potpuno sâm. Kakva je veza između njega, te kuće, života u njoj i mamine slike?

Takve misli su je proganjale kao metafizički problemi i ništa nije mogla da odgonetne. Jedna rečenica, kao svetlost, uvlačila se u tminu tajanstvenosti oko toga događaja i mladića: „Poklonite taj novac nekom siromahu", kazao joj je na telefon. I dva puta je napomenuo o gorčini svoga života. Da li su njegove gorčine bile kao Nedine? Ona još nije upoznala gorčinu oskudice već očajanje zbog tragedije svojih roditelja. Razmišljala je o tome, da li je njena mama učinila kakav greh i da li ona, Neda, mora da iskupi taj greh? Pomislila je, kad je već zadržala ovaj novac, da učini neko dobročinstvo. Bila je u stanju da sve oprosti svojoj mami.

„Kupiću gospođici Zori materijal za jednu haljinu." Kad joj je to palo na pamet, obuzela ju je beskrajna radost. A radosti je bilo malo u njenom životu. „Iznenadiću je." Setila se kako je njoj teško da dođe do haljine, cipela, šešira. Niko i nikad joj nije učinio takav poklon. Da li će i život Nedin biti takav ako ostane sama? Niko joj se neće udvarati, niko laskati, više niko neće pevušiti serenade pred njenom kućom. Kako je žalosno kad život prohuji, a srce ostane željno svega! Nežna devojčica osećala je život ove poštene činovnice. Stalno iza šaltera, primaj neprekidno pisma, zavodi u knjige, cepaj reverse, udaraj poštanski žig. I tako ceo dan od jutra do mraka.

Sva srećna žurila je po podne u trgovinu i rešila da joj kupi somot boje kafe. Kako će se ona obradovati! Jedva je čekala da dođe veče. Ušla je u dućan, uzela, platila i paketić stavila na stolicu u kancelariji.

Mitko uđe.

— Došao sam, gospođice Nedo, da se oprostim s vama. Večeras putujem u Beograd. Imam posla.

— Koliko ostajete?

— Jedno nedelju dana. Je li vam žao što me nećete videti?

— Zašto da žalim? Žalila bih vas kad biste se nešto mučili ili bolovali. A vi ćete se lepo provesti u Beogradu. Još vam zavidim što ćete ići u operu i u pozorište.

— Dakle, vi mi samo zavidite, a sasvim vam je svejedno što me nećete videti nedelju dana. Još uvek ste ljuti na mene?

— Nisam. Oprostila sam vam. Znam da ste vi navikli da se tako ponašate prema svim devojkama. A vi ste još bili uvređeni što sam se ja naljutila.

— Nije istina da sam isti prema svima. Na primer, prema vama sam sasvim drukčiji. Vi ste me zaplašili, gospođice Nedo. Kao da vam je trideset godina, a ne devetnaest. Mora da vas ona gospođica Zora natutkava protiv nas muškaraca i protiv mene.

— Niko mene ne tutka protiv vas. Toliko sam pametna da umem da vodim računa o svom ponašanju.

— Ali tako živeti, kao što vi živite, ne vredi. Bogami, kažem vam! Ne vredi! A ja imam oči i vidim koliko ste lepi, pa ne mogu da otrpim da vam to ne kažem. Vi mi zabranjujete i komplimente. Lepi ste, tako ste cakani, bogami, hoću u inat da vam kažem. Postao sam nervozan otkako ste vi došli u kancelariju.

— Ne bojte se, umirićete se. Je l'te, hoću li i ovu robu da zavedem?

— More, kakva roba! Ne mogu sad na robu da mislim!

— Onda bolje idite u dućan, a mene ostavite na miru.

Mitko je stajao nasred kancelarije s rukama u džepovima i uporno je gledao. Neda se pravila kao da ga ne vidi i mirno je pisala. Kovrdže su joj podrhtavale oko lica.

— I baš nećete da me pogledate? — dobaci tiho Mitko.

— Imam posla. Moram ovo da svršim — govorila je Neda pišući i ne dižući glavu.

— Da l' ste vi, zaista, tako hladni i neosetljivi? More, ako ja poludim za vama, teško vama!

— Zašto? Šta biste mi uradili?

— Nemojte da me izazivate!

— Ništa, ja ću reći kumu da mi preti velika opasnost s vaše strane i zamoliću ga da me zaštiti.

— Kum da vas zaštiti? Pa i on će da pošašavi pored vas.

— Šta to govorite? — naljuti se Neda. — Vi zaboravljate da on mene voli kao svoje ćerke. Ja u njemu gledam oca!

— Eh, što ste vi naivni! Današnji očevi ne gledaju u ćerkinim drugaricama svoje kćeri. Da je čovek i svetac, ne bi mogao da ostane ravnodušan pored vas. Ali ja sam mlađi, lepši!

— Zaista me čude svi ovi vaši razgovori. Možete vi biti i lep, i mlad, i bogat, ja sam ovde činovnica i ostaću samo činovnica. Molim vas, stavite mi ovde onu pisaću mašinu. Hoću da se vežbam da pišem na njoj. Nije rđavo znati kucati.

— Što vi umete da zapovedate! I vidite kako vas slušam. Samo viknete: ruke k sebi, i ja ih odmah trgnem. Šta hoćete da vam donesem iz Beograda?

— Ništa. Zahvaljujem vam.

— Nedo, nemojte da me dražite!

Neda spusti pero i uzdahnu:

— Vi postajete dosadni. Ja treba da pišem.

— Nećete da pišete! Nego ćete da mi skuvate kafu. Hoću da vas gledam.

— Neću da vam skuvam kafu. Ako zamišljate da možete da se titrate sa mnom, onda ću uzeti svoj kaput i otići. Vi ste zadovoljan i obesan mladić, naučili ste da se poigravate sa svakom devojkom, pa ne shvatate kako sam ja preživela strašan bol i šta znači izgubiti sve u životu. Treba li da budem ovde vaša igračka? — zajecala je, ne mogavši više da se savlađuje i te njene suze potresoše Mitka, koji je u dubini srca bio vrlo osetljiv i sažaljiv. Izmenjenim glasom, bez zadirkivanja, on je govorio:

— Nemojte, Nedo, da se rastužujete. Oprostite mi ako sam vas uvredio. Ja sam želeo da vas oraspoložim. Bože moj, pa zar je strašno ako se mladić i devojka našale? Zar vi želite da niko ne sme da vam kaže kako mu se dopadate? Druge bi se devojke radovale. A vi zbog toga plačete. Ne smete da plačete. Hoćete li da mi skuvate kafu? Dobro, ja neću sedeti ovde. Idem u dućan. Ali hoću da se izmirimo i da mi kažete da se više ne ljutite — odvoji joj ruku s lica i pritisnu je na usne. Steže joj prstiće i oseti da su vlažni od suza. — Za jedan sat idem na stanicu. Hoćete li da skuvate kafu?

— Hoću — mirno odgovori Neda.

— Znam ja da ste vi umiljato dete. Nedelju dana nećete videti ovog dosadnog Mitka. Je l' se radujete?

Neda morade da se nasmeši:

— Vi ste kao neko dete, gospodine Mitko.

— Jesam, pravo sam dete — nabureno je govorio — koje vi nikad ne biste pomilovali! A mi muškarci volimo ponekad da smo deca i da nas žene maze. Idem! Već ste se uozbiljili. A ja ću postati opet neozbiljan — i umače u dućan, a Neda se opet nasmeja. Opazila je u ovom Mitku dve prirode: čas je bio drzak, a čas pravo dete. Da li su to žene na njega uticale i jedne kvarile njegovu prirodu, praveći ga drskim i bezobraznim, dok su ga druge vraćale samom sebi.

Mitko je bio još iznerviran. Ali sada mu nervozu pojača jedna gospođica. Znao ju je kao zlu paru. Ta je samo hvatala bogate. Sva stilizovana, očupanih obrva, našminkana, izveštačena. Gledajući je prezrivo, video je ono lepo crnomanjasto dete u sobi, sveže kao ljubičica, s drhtavim kovrdžama na obrazima.

„Pravo kaže majka Anica, treba ja da se ženim", pomisli Mitko, ali u isto vreme i uzdahnu. Materijalizam i osećanja borili su se u njemu. I onda bi se opet pojavila srdžba: što devojke traže brak, kad se i bez braka može voleti? A on bi Nedu baš voleo. Sve mu se na njoj dopadalo, od njene lepe glavice, grudi, bedara, pa do lepih listova nogu i nožica. Prosto mu je njena lepota udarila u glavu kao jako staro vino. I u tom polupijanom stanju kad nije mogao da prihvati predlog majka-Anice, postao je drzak kao svaki pijan čovek. Lepota i seksepil mlade devojke često prave pijanim muškarce, pa čak zaborave i na svoje dostojanstvo i vaspitanje.

To veče Neda se sva srećna vraćala kući. Zaboravila je na Mitka i žurila s paketom somota ispod ruke. Gospođica Zora je već došla, naložila vatru i čekala Nedu.

— Ovo je nešto za vas! — uzbuđeno je govorila Neda.

— Za mene? — iznenadi se devojka. — Šta je to? — brzo je skinula papir, razvila i izvadila somot. — Za mene? Od koga? Od vas? — pitala je uzbuđeno.

— Jeste, ja sam vam kupila jedan mali poklon od one dve hiljade dinara. Haljina za vas. Divno će vam stajati taj somot.

Gospođica Zora je gledala još uvek uzbuđeno taj somot i najednom briznu u plač, zajeca i zagrli devojku.

— Vi, mala moja Nedo, da me se setite? Vi bez ikoga i ja sama na svetu! Moja rođena sestra me se ne seća. Niko! Samo vi. Otkada ni od koga nisam dobila nikakav poklon. Ja ne znam šta znači ta radost. Uvek sama u životu, uvek brige, izdiranje šefova, neučtivo ponašanje publike. A vi da mi donesete radost! — prigrlila je na grudi i somot i Nedu i plakale su zajedno.

Od mamine smrti u Nedinom životu to je bio prvi trenutak radosti. Uživala je u radosti ove dobre devojke, čija se mladost trošila u kancelariji, iza šaltera, u suvoparnom kancelarijskom životu, jednolikom kao sivi jesenji dan. Posle su se smejale, skuvale čaj, dogovarale se kako da sašiju haljinu, i Neda ju je savetovala, prinosila je Zori svaki čas somot uz lice, upoređujući kako će biti lepa haljina i lepo joj stajati.

U prijatnom raspoloženju prošlo im je veče. Neda je tada uvidela da ima mnogo radosti u životu i da sve radosti mlada devojka ne treba da očekuje od ljubavi muškarca.

Jedno strašno veče

Već je četiri dana kako je Mitko otputovao u Beograd. Neda je bila sama s kumom. Nije mogla da shvati šta mu je. Jednog dana ga zapita:

— Vi ste, kume, nešto neraspoloženi? Da niste bolesni?

— Pa nije mi dobro. Ovo promenljivo vreme utiče i na mene.

Ništa više nije odgovorio, već je odmah izašao. Ponekad ga ne bi videla celo pre podne. A drugog dana bi sedeo po dva sata u kancelariji, kao da ga se ništa ne tiče šta se događa u radnji. Sedeo je, pušio, pregledao knjige, ili čitao novine. Pitao je Nedu o njenom životu u zavodu, njenim drugaricama, i gledao je pažljivo dok mu je ona detinjski pričala anegdote iz njenog pansionatskoga života. Nedu bi uvek zbunio njegov pogled kad bi naglo digla glavu i ugledala dva oka koja su se pripila na njeno lice. Zadrhtala bi od straha i odmah bi počela da mu priča kao ocu, da bi rasterala sve te njegove misli koje su grešne i njoj odvratne, jer ona bi mu mogla biti kći.

Jedne večeri oko pola šest, dok je sedeo, on joj naglo reče:

— Idi, Nedo, kući!

— Pa imam još posla.

— Neka, svršićeš sutra. Idi! Dosta si u kancelariji.

Ona brzo uze mantil i šeširić i izađe s rečima:

— Ljubim ruku, kume!

Nije mogla da shvati šta je tom čoveku. Prosto je želeo da ona što pre ode. Da li se bojao samog sebe, da li se kajao? Zle slutnje su obuzimale Nedu. Pomišljala je da se napravi bolesna dok se Mitko ne vrati. Posle je prekorevala sebe da je sve to njeno uobraženje zbog Olginih reči. Ovaj čovek nije nijednim pokretom pokazao da je drukčije gleda nego svoje dete. Umirena, opet je otišla u kancelariju i dan je mirno protekao.

Uoči Mitkovog dolaska kum je zadrža:

— Spremi pisma za ove dužnike da ih odmah sutra pošaljemo. Moramo ih po drugi put opomenuti. Ti nikad ne misle da plate dug! A vajna su gospoda!

Neda pogleda u sat. Bilo je deset minuta do sedam. Uvek je izlazila u sedam. Sad će morati da se zadrži. Ništa, gospođica Zora će je čekati. Pisala je pazeći da sve cifre tačno prepiše. Čula je kako se zatvaraju spoljna vrata i spuštaju roletne. Pomoćnici su izlazili kroz zadnji ulaz. Perić izađe i zadrža se, dok su oni odlazili. U trgovini se ugasi svetlo.

— Ja ću te pričekati dok to ne napišeš — reče Nedi i uze jednu knjigu da pregleda.

„Zašto sam morala sada da pišem? Mogla sam ovo i sutra." Obuze je ponovo strah. Bi joj neprijatno. Ali čovek je čitao i nije na nju obraćao pažnju. Zaboravi i ona njega i pisala je ne dižući glavu. Nije ni videla kako je on posmatra. Začu njegove korake.

— Da vidim kako si napisala — uze jedno pismo, zatim drugo, treće. Ostavi ih na sto i spusti ruku na naslon njene stolice. — Lepo pišeš!

— Da. Trudim se — mucala je. — Mati mi je uvek ispravljala rukopis.

— Ti i ličiš na tvoju pokojnu mamu. Ona je bila idealna devojka.

Nedi zadrhta srce od bola. Grlo joj se steže. Ruka muškarca zavuče se u njenu gustu, svilenu, kovrdžavu kosu.

— I njene kose su bile lepe kao tvoje. Samo, bile su duže, a tako crne!

Neda uvuče glavu u ramena kao da se odmiče od te vruće ruke. Umoči pero da nastavi pisanje, ali čovek joj uze pero iz ruke i ostavi ga na sto.

— Hoću li i ja da idem kući? — upitala je sa strahom.

— Možeš! — promumla čovek, ali se ne odmače. Devojka se diže sa stolice, ali on je stajao na istom mestu. Trebalo je da se odmakne da bi ona prošla. Bila je između njega i peći.

— Da idem? — šaputala je. — Molim vas da prođem.

On ne odgovori ništa. Pozna strast, spletena s uspomenama mladićke ljubavi, zamuti razum čoveku. On je steže za ramena.

— Nedo! Znaš li da sam voleo tvoju mamu? Voleo sam je celog života i žalio za njom.

— Znam — prošaputa uplašeno devojčica obradovana što se u njemu budi samo uspomena na njenu sirotu mamu. — Kuma Anica mi je kazala. Ona žali što se mama nije udala za vas. Možda bi srećnija bila. Vi ste tako dobar otac, vi sada mene volite kao kćer.

— Volim te — šaputao je čovek — kao što sam tvoju mamu voleo. Ne znam da li to volim još nju ili tebe?

Ona se odmače od tog lica i tih očiju. Te reči nisu bile reči koje se govore kćeri. Ovaj čovek je buncao, on nije znao šta govori. I ona opet pokuša da ga spase od samog sebe, da ga urazumi, opomene da joj je on samo otac.

— Hvala vam, kume, što ste tako pažljivi prema meni zbog uspomene na moju dobru mamu. I ona bi vam bila zahvalna — suze joj se ukazaše na trepavicama i njene lepe oči se zamutiše.

Ali čovek nije video te suze. On je video samo dva velika tamna oka, dva divna oka njegove mladosti, koja su mu rastuživala ceo život. Te oči su bile tako blizu njega, mogao ih je gledati, ispiti im suze. Tako ga nikad nisu gledale oči njegove žene. One su uvek bile hladne, bezbojne, mrzovoljne. A pred njim je bila lepota, mladost, tek razvijeni cvet koji mu je u prvoj mladosti umakao iz ruke.

— Molim vas, da prođem! — ona htede da odgurne sto da bi se izvukla, ali ruke čoveka se kao gvozdeni obruč saviše oko nje. Zgrčena lica od užasa, devojka se izmače, ali čovek pijan od njene lepote i mladosti, ništa nije video. Dohvati joj glavu, privuče je sebi, i njegove usne zariše se u njene obraze, usne, oči. Sirota devojčica je ječala, trzala se, ali ruke izbezumljenog muškarca bile su jače, a ona nije mogla na usijanu peć.

— To je strašno! — jauknu ona. — Nikad to nisam mogla očekivati od vas. Vi ste za mene bili otac!

Čovek, kao posle zločina, kad udari žrtvu nožem, najednom malaksa, nasloni se besvestan i bled na zid, ne govoreći ništa, a Neda dograbi mantil i izlete kao van sebe. Osećala je na licu poljupce tog čoveka i usne s mirisom duvana. Užasavala se i gadila. Htela je u hodniku da se sruši, da zajauče od bola i razočaranja. Nije mogla da zakopča mantil, ruke su joj drhtale, pramenovi kose padali su joj po licu. Naslonila se na zid, ali se stresla na pomisao da taj čovek može da poleti za njom. On je lud, on ne zna šta radi. Izletela je na ulicu. Kiša je sipila i sva se ulica pretvorila u klizavicu. Ona uspori hod da ne bi pala. Ledene iglice su je šibale po licu i izrezu haljine. Nije se setila da prikupi mantil oko vrata. Išla je nekim drugim ulicama, u očajanju, s jednom jedinom mišlju: šta sad da radi? Zar može i dalje da ide u onu kancelariju? Zar može i dalje da gleda onog čoveka kao svog oca? On je oskrnavio najlepša detinja osećanja u njoj. Mislila je da je u njemu i njegovoj majci našla zaštitu. A on, onako gnusno, da pokazuje svoju strast. Nije ga mogla ničim opravdati, ni uspomenama na njenu mamu. Suze su joj klizile po licu i ledile se. Išla je mračnom stranom ulice. Osetila je svu pustoš svoga života. Sama, bez ikoga! Nigde ona neće naći zaštitu, a najmanje kod muškarca. Kad se njen kum mogao drznuti na nju, šta će tek raditi drugi muškarci? Ah, kako je ona malo poznavala ljude i život. Olga je imala sigurno više iskustva. Pogodila je kakav će biti njen otac. Nikad, nikad više ona neće ući u onu kancelariju. Žurila je i posrtala, vetar je šibao i kovitlao njene crne vlažne kovrdže.

Ušla je u kuću. Gospođica Zora je čekala.

— Gde ste se zadržali?

— Imala sam posla! Pisala sam.

— Vi ste plakali? — pitala je brižno devojka, kao mati.

Ona htede da porekne, ali mlaz suza pojuri i ote joj se vrisak iz dubine srca. Jecala je, ne govoreći ništa.

— Šta vam je, mala moja Nedo? Da vas nije neko izgrdio? Da nije Olga?

— Nije! Nije, ona. Nego, mladići na ulici. Uvredili su me zbog mame — lagala je, ne smejući da prokaže svog kuma. Sačuvala je tajnu svoga venčanja, pa će i ovo strašno veče ostati njena tajna.

— Pa, zar zato plačete? Bože, Nedo, pa vi ste pametna devojka. Zar se malo događaju slične stvari.

— Ne, gospođice Zoro, ja ne mogu da ostanem u ovoj varoši. Teško mi je. Sve me boli. Ona naša kuća, tatina banka! Svako jutro plačem kad prolazim pored moje kuće. Ne mogu više, gospođice Zoro! Ja ću da idem u Beograd.

Četiri dana ležala je Neda u postelji. Dobila je i grip s temperaturom i glavoboljom. Gospođica Zora se trudila oko nje kao mati. Učiteljica, njena stanarka, dotrčavala je svaki čas, dok je ona bila u pošti, da metne drva u peć da se vatra ne ugasi. Obilazila je i stara kuma, i njena snaha, Olga, Dušanka. Slali su joj i ponude kao bolesniku. Ali Neda je ostajala dugo sama sa svojim bolom i razočaranjem. Najstrašnije joj je bilo da on, oženjen čovek, otac dveju odraslih kćeri, nasrne na nju. Šta je očekivao od nje? I dokle bi sve to dovelo? Zar da ona postane ono isto što i devojke koje su zadavale bol njenoj majci? Zar je ona devojka koja bi se polakomila na bogatstvo starijeg čoveka, prezirući bol supruge? Da li je on srećan u braku? Neda nikad nije čula da se svađa sa ženom. Kakva je da je, ona je njegova supruga, i još više, mati njegovih kćeri, i mora je trpeti. Plakala je u očajanju, misleći šta sad da radi, šta da kaže i kako da se opravda što neće više da ide u trgovinu.

Šta će reći kuma, a šta svi ostali? Kako ju je divljački dohvatio? Setila se onog drugog poljupca, Bojanovog, i morala je priznati da od tog poljupca nije osetila gađenje već strah. To je ipak bio poljubac mladosti. Nedu je čudilo kako devojke mogu da oskrnave svoju mladost bacajući se u naručje zrelih, starijih ljudi.

Ležeći u postelji, nikako je nije napuštala misao o Beogradu. Tamo je imala jednu vrlo dobru maminu prijateljicu, gospođu Božić, koja se dopisivala s mamom, jer su se iz detinjstva poznavale. Bilo ih je mnogo sestara, devojaka, i jedna, mlađa, bila je mamina drugarica, i njihovi roditelji živeli su u velikom prijateljstvu s njenim dedom i babom. Posle se odselila u Beograd, neke sestre su joj poumirale, druge se poudavale, a ova, gospoda Božić, bila je udovica i živela u Beogradu, gde joj je sin bio lekar. Neda ju je videla poslednji put još u četvrtom razredu gimnazije. Dolazila je k njima u goste, a otada je više nije videla. Muž joj je bio neki inspektor. Posle mamine smrti Neda je dobila lepo, utešno pismo od nje, i zapamtila reči: „Ako ti, Nedice, zatreba štogod u životu i nađeš se u nevolji, uvek računaj na moju pomoć. Koliko god mogu, ja ću ti pomoći.”

„Eto, sad bi mogla pomoći. Ništa drugo, nego da mi nađe neko mesto vaspitačice u beogradskoj kući, ili činovnice u privatnom preduzeću, ili posao daktilografkinje. Mogla bih u Beogradu posećivati daktilografski kurs da bih se dobro izvežbala.”

Dok je gospođica Zora bila u pošti, ona je ustala, napisala pismo gospođi Božić, moleći je da se postara da joj nađe neko mesto. Opisala je kako joj je teško u ovoj varoši, kako je sve uspomene vređaju, i svet je drukčije gleda, kao da je i ona krivac zbog propasti banke.

Umirila se kad je to pismo napisala, i čekala je odgovor. U trgovinu nije išla. Izgovorila se da je bolesna i uvek bi legla u postelju kad bi naišao neko od kuminih. Iščekivanje pisma davalo joj je nadu da će se osloboditi ove varoši. Neda je s tugom osetila promenu kod svih drugarica. Koliko je ranije imala drugarica! A sad su se povlačile od nje, zvale su je, ali kao uzgred, ne navaljujući, s onim izveštačenim: „Pa dođi i ti, Nedo”, a ne kao ranije: „Nedo, nikako drukčije, moraš da dođeš, jer ću se naljutiti”. Sad došla ona ili ne došla, bilo im je svejedno. I dok su drugarice hladnele prema njoj, i otuđivale se kao da ona pripada drugom svetu, muškarci su postajali drskiji, bezobrazniji. Neda je osećala šta to znači. Ona je sama, nema nikog, slobodna je i bez nadzora, a za muškarce su bile najsimpatičnije baš te devojke, jer se ne pribojavaju ni oca, ni majke, ni braće — nikoga! Stoga su već šetkali nedeljom i uveče ispred njene kuće, pevušili, bacali kamenčiće ili cveće na prozor, sačekivali je po uglovima, glasno izražavali divljenje njenim „nožicama", očicama — što je vreċalo Nedu, jer je čeprkalo po njenim nezalečenim ranama.

A sad joj je pred očima neprekidno bio Beograd! I još je nešto bilo u njoj, što nije smela sebi da prizna, ali sve više joj se nametalo. Ona će pronaći „njega". On je već ukazao na jedan trag, na onu Dunju Mihajlović, u Aleksandrovoj ulici. Tu Dunju odmah će potražiti i doznaće ko je Bojan.

Kum je nije nijednom posetio. Grizla ga je savest i osećao je da je on krivac što je to dete palo u postelju. Ta griža savesti nije gasila osećanja koja su se razbuktala u njemu. Bio je sav potamneo, postao nervozan i ćutljiv. U kući je još i pričao, a u trgovini najviše je voleo da se zavuče u kancelariju.

U toj sobici sedela je ona, Neda, i njeno prisustvo je bilo kao zrak koji se provlači u tamnu odaju kroz neku pukotinu na zidu. Počeo je da se oseća u braku kao zazidan. Nešto ga je gušilo. Hteo je radosti, ljubavi, mladosti! I to, što to nije ostvario, bacalo ga je u tugu i gnev. Ta srdžba, kao protest na duge, besadržajne godine bračnog života, monotone, ravnodušne, u stanju je kod nekih ljudi da napravi čitav preokret u životu. To je trzanje, kao pred smrt, kad se biće bori sa životom. On je hteo život, i život mu se izmakao, i opet su oko njega bili tamni zidovi mračne ćelije. Ljudi koji ne prožive avanture u mladosti osete želju da se u starijim godinama naplate svima. I on je hteo svima da se osveti: i svojoj majci, koja mu je večito propovedala o vernosti; i svojoj ženi koja mu je uvek napominjala da je nadmoćnija. Hteo je da se osveti i samom sebi, da dokaže da i on može, kao svi ljudi, da vara, da voli i njega da vole.

Ali Nedine oči, koje su ga sa užasom posmatrale, gotovo s odvratnošću, uništile su mu najveću radost: „Ona me ne voli! Ona bi me mrzela! Ja sam joj odvratan!" U svojoj poodmakloj starosti, nije na tu najvažniju činjenicu ni pomislio. Sad je bio svestan toga i patio je. Patio je kao kakav gimnazijalac, jer je i on osećao svoju nemoć prema devojčici. Jedan nije bio sposoban da osvoji svojom nedozrelošću, a drugi je bio suviše zreo, i mladost mu je izmicala i plašila ga se.

U kući su mu pričali da je Neda bila bolesna, da joj je sada bolje, ali da još ne može da dođe.

— Pa neka je! Neka još poleži! — mirno je govorio, kao da ga se Neda ne tiče.

Pismo od gospođe Božić dođe posle nedelju dana. Pisala je vrlo nežno. Pozivala je Nedu da dođe malo u goste k njoj i obećala da će i ona i njen sin učiniti sve što mogu za nju. Nije mogla da kaže sigurno da li može da joj nađe neko uposlenje: „Vrlo je teško u Beogradu doći do mesta. Mlade devojke u unutrašnjosti misle da se može lako naći posao u Beogradu, ali toliko ga njih čeka. No, mi ćemo se potruditi za tebe, dete moje. Ja sam tako volela tvoju mamu, ona je bila drugarica moje pokojne seke, pa smo je svi voleli. Javi samo dan dolaska, pa ću doći na stanicu da te dočekam. Srdačno te pozdravlja i moj Kosta.”

Nedi je bilo dovoljno i ovoliko da bude srećna. Ali sad je bilo pitanje: da li da saopšti kumi da ide u Beograd. Pomislila je da će biti bolje da im kaže kako je ta mamina prijateljica zove u posetu. Stara kuma je patrijarhalna žena i može pomisliti: šta će sama u Beogradu? A da je ta dobra žena znala da Neda beži od njenog sina i da njeno čisto i čedno devojačko srce nije smelo da dopusti da se oskrnavi kumstvo i poštovanje koje je imala prema sinu i majci. Kakav bi to bio potres za kumu da je samo mogla da nasluti šta se odigralo u kancelariji. Ostati ovde značilo bi ili se zavaditi sa svima njima i raskinuti prijateljstvo, ili postati, u najgorem slučaju, ljubavnica njenog sina? Neda bi bila kriva, kao što je i ona osuđivala tatinu ljubavnicu. A ko zna da li i ta mlada devojka nije bila žrtva njenog tate?

Samo je gospođici Zori kazala da sasvim ide u Beograd. Sirota devojka tako se rastužila. Najpre je odvraćala Nedu, a posle je počela uviđati kako je i njoj dosadna ova varoš i kako bi bilo lepo da i ona pređe u Beograd.

Neda je prihvatila njena maštanja.

— Ćutite, gospođice Zoro! Možda ćete i vi dobiti Beograd. Ja ću moliti gospođu Božić, ako ima nekog u ministarstvu, da se zauzme za vas. Pa ćemo opet ovako da nađemo jednu sobu i kuhinju i udesimo lep život u Beogradu.

Činovnica je bila srećna. Raspredale su celo veče priče o njihovom životu u Beogradu. To je ostalo među njima, a kumovima je kazala da ide u goste. Samo je uzela sav novac, i ono od Amerikanaca, da bi sve ponela u Beograd. S gospođicom Zorom se dogovorila da joj ona pošalje neke stvari, ako nađe, kasnije, praznu sobu. Ona će ostati i dalje da živi u njenoj kući. Plaćaće joj dvesta dinara i s učiteljevom kirijom od petsto dinara svakog meseca će joj slati po sedam stotina u Beograd.

Neda je verovala da će ipak naći mesto u Beogradu! Imala je i malo gotovine i neće umreti od gladi.

Perićevima je saopštila da ide u Beograd malo u goste.

Svako od njih, na svoj način, protumačio je zašto Neda hoće u Beograd. Stara kuma joj je odobrila: „Pa neka je, neka malo izađe u svet? Ovaj Mitko nešto se dvoumi i hteo bi, i kao ne bi hteo. Sve je zapelo oko miraza." Baba Anica je bila ljuta na njega, i čisto se pribojavala da ne skovitla Nedu i ne obrlati je kao druge devojke i upropasti dete. Zato mu je pripretila: „Nemoj da te đavo nosi, da ti oko Nede kao oko drugih devojaka! Imaš da je gledaš kao moju unuku." A šta bi rekla stara gospođa Anica da je znala za ljubav svoga sina?!

Olga je cinično govorila: „Ide Neda u Beograd! Hoće da se provodi! Može joj se! Ima ta gospođa sina, doktora, valjda će je gledati kao brat. Upadati tako tuđim ljudima u kuću!" Ali u duši je zavidela Nedi što ide u Beograd, što će videti, možda, i njenog Luleta. U nekim trenucima dolazilo joj je da poveri Nedi da potraži Luleta, i raspita se o njemu, ali znajući kako je ona lepa, a Lule mangup, pomislila je da će se i prema Nedi ponašati kao i prema njoj. Olga je mrzela ovu palanku i više puta joj je dolazila želja da uzme veću sumu novca i da pobegne od kuće. Da joj samo taj Lule piše, ona bi pobegla k njemu u Beograd. Stalno je čeznula za nekom avanturom.

Dušanki je bilo iskreno žao Nede. Istina, i ona više nije pisala Niki. Ljubav s mora brzo se ugasi. Jedva da traje katkad koliko opaljenost kože. Čim lice pobeli i osećanja izblede. Jedan joj je poručnik sada zavrteo pamet i sva je bila luda da odlazi u oficirski dom na matinea i igra s njim. Već je počela da se ljubaka s njim i poljupci su se osladili maloj Dušanki. A sad joj se udvarao i jedan pravnik. Ona je uživala u ljubomori obojice. Te muške čarke i ljubomore ispunjavale su joj život.

Periću je vest o Nedinom odlasku pogodila kao grom. Ali fina devojka dođe da se oprosti sa svima uoči odlaska. Zahvaljivala je i njemu kao rođenom ocu:

— Hvala vam, kume, na vašoj dobroti. Vi ste mi se prvi našli u nuždi i mome bolu. Ja vam to neću nikad zaboraviti.

Kuma Vuka iziđe iz sobe, a kum je tiho i brzo zapita:

— Odlaziš li ti, Nedo, zauvek?

— Mislim, zauvek! Naći ću neki posao u Beogradu.

Čovek sede u stolicu i osta tu zagledan u jednu tačku. Sve se zgušnjavalo oko njega i kao da se gubila svetlost dana. Osvesti ga glas žene, suvoparan, ravnodušan, bezbojne oči i njene reči:

— More, udaće se Neda u Beogradu! Nemoj da se taj doktor zaljubi u tebe. On je momak!

— Ah, ja na to ne mislim nikad!

A čoveka obuze besnilo, dođe mu da skoči, da dočepa tu ženu što govori Nedi, da je baci na pod i uzvikne: „Ćuti! Ne govori! Nemoj da mi krvariš srce! Nikad nisi ni ti mene volela, ni ja tebe. Moja je ljubav sahranjena i ovo devojče odnosi moje srce.”

— Hoćeš li ti u radnju? — progovori žena.

— Hoću! — izgovori čovek.

— Ja se, možda, kume, neću više videti s vama. Zbogom!

Čovek zadrhta, priđe joj i naglo je pritisnu na grudi, poljubi u kosu, a ona se saže i poljubi mu ruku.

Izašao je na ulicu, a noge su mu bile teške, jedva ih je vukao. I kao da sâm oteža od svojih godina, kao da oseti da je star, da se nema čemu nadati, i da je mladost odbegla od njega i da ovo devojče odnosi poslednje drhtaje njegove snage.

Sutradan voz se lagano krete sa stanice. Neda je bila sama u kupeu, a na peron je izašla Olga, Dušanka i gospođica Zora. Presamićena preko prozora, Neda im je mahala rukom. Videla je kako gospođica Zora briše oči. Nedi su se krunile suze, ali voz je izmicao, zavio, izgubio se sa stanice. Osta samo varoš. Neda je jecala. Opraštala se sa svim uspomenama detinjstva i s grobovima svojih roditelja. Tamo oni počivaju, među onim belim i crnim krstovima, jedno pored drugog. Tu je sahranjen mamin bol i tatino neverstvo. Voz je jurio, varoš se udaljavala, gubilo se sve u prošlosti, a pred Nedom je vijugao crni gvozdeni put, koji je vodio novom životu i neizvesnoj budućnosti. Šta ju je očekivalo u tom velikom gradu? Da li će rasvetliti tajnu svog venčanja. Voz je tutnjao, dim se povijao, vetar ga je nosio i kidao, a kiša je sipila, februarska, hladna, i jeza se uvlačila u njeno srce. Jedan deo njenog života otkinuo se i sjurio u ponor. A da li će joj budućnost doneti radost i svetlost života?

DRUGI DEO

Sama na beogradskom asfaltu

— Beograd! Kako se lepo izgradio! — reče jedna gospođa u kupeu. Nedi zalupa srce. Zaista, kako je lep Beograd u sumraku, kako blešte hiljade pozlaćenih prozora, a sijalice žmirkaju u dugom nizu po ulicama kao zlatni venci o svečanostima. Nagnuta preko prozora, Neda je uživala u toj panorami čarobnog grada o kome snevaju tolike mlade devojke u unutrašnjosti. Viši i niži spratovi ocrtavali su se kao kule u sumraku. Voz je lagano usporavao. Videli su se već i tramvaji za Topčider. Jurili su automobili i huktali teški kamioni. Negde zapištaše sirene. Peron natkrili voz. Nedi zalupa srce. Osećala je bojazan. „Kako li će me dočekati?” Nije išla svojoj kući ili bliskoj rodbini već opet tuđinima. Na peronu je bilo mnogo sveta. Svi su iščekivali voz. Voz stade. Putnici dohvatiše kofere. S drugih prozora zovnuše nosače. Na peronu već su se bacali u naručje onima koji su ih čekali. Ljube se, rukuju, smeju. Neda je još uvek bila na prozoru. Gledala je gore-dole. Da li će je neko zovnuti? S jednog prozora neko povika: „Daro!” S perona se odazvaše: „Eno Dobrile!” Nedu niko nije zvao. Nikog da spazi. Gospođe Božić nije bilo. Uzela je brzo svoja dva kofera. Zaglavila se u hodniku s njima. Jedan uslužan mladić joj pomože da ih spusti na peron. Priđoše joj nosači tražeći kofere:

— Neka, posle ću, čekam jednu gospođu.

Okretala se pažljivo unaokolo. Niko joj nije prilazio. Gospođa Božić ju je poznavala, a i Neda nju. Hladnoća i strah obuzeše je svu. Svet se razilazio s perona. Jedan činovnik zastade i pogleda lepu devojku.

Pođe, pa se okrete. Drugi voz, spreman za polazak, bio je pun sveta. Iz njega su se smešili na nju muškarci. Sirota devojka nije ni obraćala pažnju na njih.

— Hoćete li da vam ponesem kofere? — upita je nosač.

— Uzmite — besvesno odgovori devojčica. Išla je za nosačem, a noge su joj klecale. Strah joj je ispunjavao srce. Kako joj je bio hladan i tuđ ovaj lepi Beograd. Drugi nosač na ulici dočeka njene kofere. „Fijaker!", nudili su je kočijaši. Ne, ona je odlučila da ide pešice. Rekla je ulicu nosaču. „A ako nisu kod kuće! Ako su otputovali, gde ću onda?" Imala je još jednu adresu jedne prijateljice, gospođice Gine, koja izdaje stan. Otišla bi k njoj. Najpre se uputila pravo kući gospođe Božić. Nosač pođe. Neda je žurila za njim. Jedva ga je sustizala. Ulice su bile prepune sveta. Kao da su se svi nekuda žurili. Da li su svi sami kao ona, ili imaju svoju porodicu?

Njoj je bio tuđ svet. Osećala je strah od auta, kamiona, čak i bicikla. Prešli su preko ulice. Ona je bila sva unezverena. Trčkala je uz nosača, jer je on znao put. Prolazili su pokraj lepih izloga i dućančića. Neda se čudila kako i ovde vise marame i džemperi kao i u unutrašnjosti. Jedan joj se muškarac nasmeši.

Neda se već zadihala za nosačem. Jedan mladić se čisto očeša i sudari s njom. Ona ubrza.

— Pardon, gospođice! — progovori taj lepi mladić. — Vi ste gospođica Lela iz Novog Sada!

— Nisam! — odgovori devojčica i nastavi put, a mladić pođe za njom.

— A tako ličite na gospođicu Lelu!

Devojka požuri i ne slušajući ga, a on nastavi:

— Jeste li vi iz Beograda?

— Nisam! — kratko odgovori Neda.

— Sad ste doputovali?

Neda vide da je to neki nasrtljivac. Ona još nije znala za trikove beogradskih mladića, ali je videla da je ta Lela iz Novog Sada samo izgovor. Požuri za nosačem preko ulice a mladić osta. Seti se stare kume kako ju je savetovala: „Dete moje, svakojakog sveta ima u Beogradu i svaka se čuda događaju. Priđe li ti ko nepoznat na ulici, odmah ga najuri."

„Kuda li me vodi ovaj nosač?", pomisli uplašeno.

— Znate li vi tu ulicu?

— Kako da ne znam! Već smo blizu.

Opet prelazi preko ulice i strepnja od tramvaja i automobila. Nosač se zaustavi pred jednom kućom. Neda spazi tablu *dr Kosta Božić*. Strah u njoj popusti. Samo kad je stigla do kuće.

— Ponesite mi gore kofere.

Popeli su se do trećeg sprata. Lift se dizao i spuštao. Stepenice su vijugale, a pored njih bile su plavičaste mermerne pločice. Po dvoja dvokrilna vrata, mrko obojena, s mesinganim posetnicama bila su na svakom spratu. „A, ovde je!" Spazi opet natpis: *dr Kosta Božić*.

— Da vam platim.

Nosač spusti kofere i udalji se. Neda uhvati za kvaku. Vrata su bila otvorena. Ona uđe u predsoblje. Unese kofere i spusti ih ukraj. Kucnu na jedna vrata. Niko se ne pojavi. Ona opet pritisnu kvaku. Nađe se u trpezariji. Zastade. Jedna vrata se otvoriše. Pojavi se kućna pomoćnica.

— Šta želite, gospođice?

— Je li gospođa Božić kod kuće?

— Nije. Ona je izašla. A treba li vam gospođa ili gospodin doktor?

— Je li tu gospodin?

— On je u ordinaciji. Hoćete li k njemu?

— Hoću.

— Onda izvolite levo! — učtivo je uputi devojka.

Neda uđe u čekaonicu. Nekoliko žena i devojaka sedele su u trskanim foteljama. Digoše glavu i sve pogledaše mladu devojku. Ona sede ukraj, na jednu stolicu. Pacijentkinje su je još posmatrale. Neda spazi mnogo „Ilustracija". Žene su ih uzimale i čitale. Pogleda redom sve te osobe. Dve su bile u drugom stanju. Jedna je bila jako široka ali je skrivala svoju krupnoću širokim mantilom.

— Vama je to drugo dete? — tiho je pitala dama koja je sedela pored nje.

— Da, drugo. Imam ćerkicu, a sad bih volela da bude sin. Svi mi kažu da ću sina da rodim. A vi nemate dece?

— Izgleda da ću sad imati. Zato sam i došla lekaru. Pet godina sam u braku, a nemamo dece, a ja i moj muž čeznemo za decom.

Jedna mlada žena uzdahnu. Opet svi ućutaše. Samo se čulo prevrtanje časopisa i tek poneki uzdah.

— Molim vas taj časopis! — reče jedna sasvim mlada drugoj, starijoj dami. Neda pogleda ovu što je tražila list. Videla je tako duboke plave kolutove oko njenih očiju. „Zašto li dolaze na pregled kod lekara?” Nije ni pročitala kakav je on specijalista. Vrata se opet otvoriše i pojavi se jedan mladić. Zasta iznenađen videći samo žene i brzo se povuče. Čulo se kako kuca na druga vrata. Neda poznade glas kućne pomoćnice. „Reći ću gospodinu doktoru da ćete doći doveče u devet sati.” Žene su osluškivale razgovor. Ona u drugom stanju šapnu nešto onoj drugoj. Ućutaše opet. I ponovo se začu jedan tihi uzdah.

Vrata na ordinaciji se otvoriše i izađe jedna mlada dama. Kao da je bila uplašena, ona zastade, uze tašnu, otvori je, izvadi pudrijeru i napuderisa malo nos i ispod očiju. Neda oseti da je vrlo toplo u sobi. Baš je sedela ispred radijatora. Okrete se, pipnu ga i trže ruku.

— Toplo je ovde! — reče do nje jedna gospođa.

— Vrlo toplo! — izusti Neda. Spazi čiviluk i skide kapu. Bila je vrlo vitka, lepo razvijena, da je sve dame pogledaše.

— A ovi radijatori nikad ne mogu da zagreju kuću. Da se smrzne čovek pored njih! — reče ona lepa mlada dama do Nede, želeći valjda da razgovara.

— Ovi lepo greju.

— Jeste, ovi dobro greju. A ja imam kod kuće etažno grejanje, pa da se posmrzavamo. Nema ništa bolje od peći.

Vetar nalete na prozore i zadrma ih.

— Ah, ova košava! — progovori ona s velikim trbuhom. Ona do nje, bila je otišla u ordinaciju.

— Beograd mrzim samo zbog košave! — reći će treća.

— Prošlog puta kad je duvala košava, kod nas su se srušili svi petlovi na odžaku.

I druge dame digoše glavu jer je tema bila opšta i trebalo je uneti malo razgovora u ovo dosadno iščekivanje do pregleda.

„Kako su lepe ove Beograđanke", mislila je Neda posmatrajući ih. Jedna je bila naročito lepa i elegantna. Ona je samo ćutala. Podiže i ona glavu i pogleda Nedu. Iziđe pacijentkinja iz ordinacije, a uđe druga. Dame su tiho razgovarale. Kao da ih je briga ili bolest približavala.

Čekaonica se već praznila. Ona ostade sama s onom mladom i elegantnom Beograđankom. Vrata na ordinaciji se otvoriše i pojavi se lekar u belom mantilu. Ona spazi jednog crnomanjastog gospodina s plavim očima. Neda mu se nasmeši, a lekar se samo zagleda u nju, malo nasmeši i ništa više.

— Je li vaš red? — zapita Nedu.

— Ja ću sada! — odgovori ona druga.

„On me ne poznaje, drži da sam pacijentkinja", mislila je Neda. „Kako li će me primiti? Ovako je simpatičan", sudila je po prvom utisku, ali je obuze strepnja i strah od tuđe kuće. Dohvati „Ilustracije" ali ih je rasejano čitala. Ču korake one dame. Ona otvori vrata. Lekar pozva Nedu kao pacijentkinju:

— Izvolite!

Neda prođe kroz jednu sobu, kao neku laboratoriju. Videla je samo jedan orman s raznim bočicama, i jedno kanabe. U ordinaciji je čekao lekar.

— Šta ste vi želeli?

— Ja nisam pacijentkinja — uzbuđeno je govorila mlada devojka. — Ja sam... Neda!

— A! Neda! — uzviknu veselo lekar. — Pa što sedite u čekaonici? Ne bih vas nikad poznao — veselo je nastavljao držeći je za ruku. — Neda?! Kolika ste devojka! Sećam se, video sam vas kada ste bili mali! Pazi koliko je porasla!

Nedi nešto spade sa srca, razblaži je, razneži, i dođe joj da zaplače zbog ovog srdačnog lekarevog dočeka.

— A gde je mati? Ona je kazala da će da izađe na stanicu.

— Nije bila na stanici.

— Kako da ne bude? U koliko ste sati doputovali?

Neda mu reče.

— Ona je mislila da ćete drugim vozom. Sigurno vas sada čeka na stanici.

— Tako mi je žao da se zbog mene uznemirava vaša gospođa majka.

— A vi ste već pomislili da vas niko neće dočekati — govorio je lekar unoseći se pogledom u njene velike tamne oči. — Kako ste postali lepa devojka! Nisam mogao verovati.

Da je bila neka ružna gošća, mladi se lekar ne bi tako veselio, ali imati u kući kao gosta lepu devojku, to je vrlo prijatno. A Neda je mogla od uzbuđenja da zaplače. „Ipak ima dobrog sveta. Ovaj lekar izgleda da je vrlo dobar čovek.”

— Hajdemo u trpezariju! Možda je mati došla. Da vidimo — on je obuhvati rukom preko ramena, familijarno, kao gošću, i uvede u trpezariju.

— Jedan vas je gospodin tražio i kazao da će doći večeras u devet sati — reče kućna pomoćnica i iznenađeno, iskosa, pogleda Nedu.

— Gabrijela, ovo je naša gošća, gospođica Neda. Znate, mati vam je govorila.

— Pa što mi gospođica nije kazala? Videla sam dva kofera u predsoblju, pa sam se čudila čiji su.

— To je naša Neda! Jeste li, Nedo, gladni?

— Nisam, jela sam u vozu.

— Gabrijela, skuvajte čaj! — naredi lekar. — Mati će doći. Izvinite me samo jedan čas da skinem mantil.

— Onaj gospodin mi je kazao da vam kažem — nastavi Gabrijela — da se zove Lule i da ga čekate u devet sati.

— Znam... znam! — kratko odgovori lekar.

„Lule?", zaprepasti se Neda. „Da nije to Olgin Lule? Mora da je i on nešto bolestan. Ali ovde su svi pacijenti — žene." Razgledala je po sobi. Bila je to lepa, moderna trpezarija, s niskim ormanima. U jednoj vitrini bilo je mnogo kristala i srebra. Osećala je i pod nogama debeo tepih, a stolice su bile tapetirane. Lekar se pojavi u odelu, vrlo elegantan.

— A sad mi pričajte, Nedo, malo o vašem životu. I mene i mamu potreslo je sve što vas je snašlo.

— Ja sam mnogo prepatila! — jedva je govorila devojčica, jer je osećala da će da brizne u plač. Pričala mu je o svemu, tiho, a njene lepe oči zamagliše se suzama. Videći je rasplakanu lekar okrete na veseo razgovor.

— Mi ćemo da se potrudimo da vam nađemo neko mesto. Istina, teško je, na svaku kancelariju navaljuju mladići i devojke. Traže mesta.

— Je l' se vi ne ljutite što sam se ja obratila vašoj mami?

— Kako da se ljutim? — uzviknu lekar i steže joj ruku. — Što god možemo, mi ćemo za vas da učinimo.

— A ja sam sve strepela da vam ne bude neprijatno što dolazim.

— Pravo ste dete! — veselo je govorio, uživajući u njenom detinjastom pričanju. Nudio joj je čaj i kolače, dodavao šećer u šolju, i Neda se, zbilja, osetila tako raspoložena zbog ljubaznosti ovog lekara, koji joj je od prvog trenutka prišao kao rođak. Ohrabrena, ona se raspričala kao i svaka mlada devojka, a lekar je pušio, ćutao i uživao gledajući ovo divno devojče.

Mati naglo otvori vrata, vide lepu, zarumenjenu devojku, s velikim crnim očima i svoga sina kako je posmatra i puši i kao da je nešto udari posred materinskog srca.

— O, Neda je došla! — ipak izgovori veselo. — A ja te čekam na stanici.

Devojčica skoči sa stolice, potrča gospođi Božić, ona je zagrli, a mlada devojka joj se obisnu o vrat, s onom čežnjom za materinskom ljubavi, kad se prislanja na grudi svake žene koja bi mogla biti mati devojčici lišenoj materinske ljubavi.

— Ona je došla prvim vozom, mama.

— A ja se okrećem kao luda na peronu. Pa mislim: bože, da li ja nju poznajem i da nije ona prošla pored mene, pa je nisam poznala?

— Ja, mati, ne bih poznao Nedu. Vidi kakva je devojka postala!

— Porasla i prolepšala se. Ali i sirota Ranka je bila isto ovako lepa! Dobro te si se setio za čaj! Sedi, Nedo, dušo moja. Da skinem i ja mantil i šešir.

— A ona je, mati, sedela u čekaonici među pacijentima. Mislio sam da je ona neka pacijentkinja.

— A kakav ste vi specijalista? — zapita ga Neda.

— Ja sam ginekolog.

Iz druge sobe, kroz staklena vrata, mati je posmatrala Nedu. „Kako je lepa!" Nije ni računala da će im u kuću ući jedna tako lepa devojka. Kao svaka mati koja sneva o budućnosti svoga sina i ženidbi s nekom bogatom devojkom — jer kao lekar on ima prava i veliki miraz da traži — njoj nije bilo najprijatnije da joj u kući bude jedna ovako lepa devojka, u koju bi se mogao zaljubiti njen sin. „Šta ćemo da radimo s njom? Gde da joj nađemo službu?" A sin je bio najljubazniji. Video lepo devojče i odmah mu se srce razmekšalo. Ipak je savladala sebe, sećajući se šta je sve izdržala ta devojčica. I ljubazno je govorila:

— Baš mi je milo što te vidim, Nedo!

— Ja sam se dugo dvoumila da li da vam se obratim i bila sam uzbuđena kad sam ušla u vašu kuću. Ali gospodin Kosta me je jako ljubazno dočekao.

— Kakav „gospodin"? Zovi ti mene, Nedo, samo Kosta — okrete on njoj „ti". — Vidiš, mati, kako su lepe devojke iz unutrašnjosti! Zdrave, prirodne. Nimalo ruža, ni pudera na njihovom licu.

Neda pocrvene od tih komplimenata, a majku opet obuzeše zloslutne misli.

Posle večere, dok su sedeli u trpezariji, u sobu najednom uđe jedan mladić.

— O! Lule! Ti si?

— Nešto imam, Kosta, s tobom da razgovaram.

Neda je pažljivo pogledala tog Luleta. Da li je to Olgin Lule ili, možda, u Beogradu ima još mnogo njih koji se tako zovu.

Ali i Lule zadrža malo duže svoje crne oči na Nedi.

Lekar spazi taj pogled, ali ne nađe za nužno da mu predstavi mladu devojku, već ga pozva:

— Hajdemo mi, Lule, ovamo.

Oni odoše u lekarevu ordinaciju, a Nedu pozva gospođa Božić.

— Ti si, sigurno, umorna? Možda bi htela da legneš?

— Pa i nisam mnogo.

— Evo, ovde ćeš da spavaš na otomanu u mojoj sobi. Izvini što ti ne ustupam svoj krevet, ali ga ja nikome ne ustupam. Kad promenim postelju ne mogu da trenem cele noći.

— O, ja ni sama ne bih htela da se vi uznemiravate. Meni će lepo biti na otomanu.

— Bojim se da nije kratak, ali ja ću ti dodati ovu stolicu i jastuče da se lepo opružiš. Ako ti je nisko pod glavom, evo ti i ovo jastuče — ona iz ormana iznese čaršav, koji je mirisao na sapun i čistoću i razvi ga.

— Dajte, gospođo, ja ću sama da namestim.

— Gabrijela će to sve namestiti. Ostavi ti!

— Mogu i ja! — htela je Neda da odmah nešto pomogne, da ne bi bila na teretu.

— Šta ćemo, gospođo, sutra za ručak? — zapita devojka.

— Neću sad ništa da mislim, nego sutra. Već mi je dosadilo to svakodnevno: šta ćemo za ručak? A Kosti se mora mnogo udešavati. Jedinac je više razmažen nego jedinica. I ti si bila jedinče tvoje mame. Kako te je volela sirota Ranka! Ali nije bila srećna u braku. Valjda si znala?

— Znala sam sve. A mama je bila tako dobra i nežna i volela je tatu.

— Svaka žena mora da trpi ponešto. I moja sestra Milka nije bila srećna. Srećom, on je umro, te joj ostavi penziju.

Neda začu da se negde otvaraju vrata. Posle dopre do nje razgovor. Zatim se neko udalji. Sigurno onaj mladić. Ona osta u spavaćoj sobi. Mati izađe u trpezariju. Uđe i sin. Nešto su tiho govorili, što Neda nije čula. Jedna rečenica dopre do Nede: „Ona će doći u šest sati". Neda se svuče i leže na otoman. Bio je malo kraći, ali ona skupi noge i ubrzo zaspa slatkim snom.

Sutradan je Neda rešila da potraži Dunju Mihajlović u Aleksandrovoj ulici. Čim je ustala, htela je da pomogne u kući. Sirota devojka svuda se trudila da ne bude na teretu. Iako su joj branili, ona je dohvatila i namestila postelje, izbrisala prašinu. Svetla i sveža od sna, bila je tako lepa da je lekar pažljivo pogleda za doručkom.

— Kako si, Nedo, spavala? — pitao ju je kao kakvu pacijentkinju.

— Vrlo dobro. Ja uvek dobro spavam. Čim legnem, zaspim.

— To je znak zdravih nerava.

— Ja nikad nisam bila bolesna. Sećam se samo da sam preležala male boginje u detinjstvu i ništa više. Mama je patila od glavobolje, ali ja ređe.

— Koliko imaš godina?

— Napunila sam devetnaest i uzela dvadesetu. Ne krijem godine.

— Zbilja, suviše imaš godina, pa treba da ih kriješ! Ja ti ni toliko ne bih dao. Za mlade devojke opasna je osamnaesta i sedamnaesta godina.

— Ja nisam nikad znala za opasne godine. Sad sam suviše ozbiljna.

— I treba da budeš ozbiljna.

— Vi kao ginekolog vrlo dobro poznajete žene i devojke.

— Kad ih mi lekari ne bismo poznavali, ko bi ih onda mogao poznavati.

— A da li ih vi opravdavate ili osuđujete?

— Mi smo lekari i moramo biti socijalni i sve razumeti.

— Vi ginekolozi ste ispovednici žena?

— Žena uvek mora nekom da se ispovedi, a najbolje je ako to čini onom koji joj može pomoći. A šta ćeš ti da radiš jutros?

— Hoću da idem da potražim jednu moju rođaku — slaga Neda.

— Voliš li operu?

— Oh, ja obožavam muziku! Ali nisam mogla često da je slušam. Samo kad sam dolazila s mamom u Beograd.

— Onda ću uzeti karte pa sutra da te vodim da slušamo *Madam Baterflaj*. Nisam skoro slušao tu operu, a ona se uvek može slušati.

— Tako ću se radovati! Nisam nigde dosad izlazila, ni u bioskop. Sve ono me je bolelo i vređalo.

— Vodiću te i u bioskop. Ove nedelje su u svim bioskopima lepi programi.

Mati je slušala taj razgovor i nije joj bio najprijatniji. Kao mati sina jedinca ona je prosto bila ljubomorna na mladu devojku, koja će jednog dana istisnuti nju, majku, iz srca sinovljevog i zauzeti njeno mesto u kući. A njoj se kao majci činilo da nijedna žena ne bi umela da ugađa njenom sinu kao ona. On je za nju uvek bio njeno dete, nejako i voljeno, čiju je svaku želju ispunjavala.

Kad je lekar otišao obuče se i Neda. Išla je lagano beogradskim ulicama zagledajući višespratne zgrade. Dan je bio lep, kakav može da bude ponekad u Beogradu u februaru. Košave nije bilo, sunce je grejalo asfalt, a seljanke su nudile ljubičice i visibabe. Jednom ulicom uđe u Aleksandrovu. Iznenadila se kad je ugledala travnjake, drvorede i visoke zgrade. Pogdegde sačuvala se i neka starinska kućica sa stepenicama na ulici i niskim prozorima. Kako su odudarale te stare telalnice, antikvarnice i piljarnice od višespratnica. Sve će se to jednog dana porušiti, i samo će se tek poneki stari Beograđanin sećati te i te kućice i te i te kafane. Išla je i čitala firme, gledala izloge. Svet je žurio. Svi žure u Beogradu. To je tempo velikog grada. Žurba, huka i tutanj tramvaja. Čitala je brojeve na kućama. Bila je dosta daleko od broja koji je tražila. Ali cifre su se povećavale. Ona je pažljivo zagledala tablice. Jedna višespratna zgrada nosila je broj koji je ona tražila. „Da li da potražim nadstojnika kuće? Sigurno mora da postoji." Ušla je u hodnik, popela se na prvi sprat. Jedan mladić je trčao niz stepenice.

— Pardon, gospodine, da li ovde ima nadstojnik kuće?

— Dole je, piše: nadstojnik.

Neda se vrati. Kako da ne spazi? Mladić uspori korak.

— Evo, ovde, gospođice.

Pođe u hodnik i okrete se. To lepo devojče krupnih crnih očiju zagolica njegovu pažnju. Ali se žurio i izgubi se. Neda zazvoni.

— Šta ste hteli?

— Molim vas, htela sam da se obavestim: da li u ovoj kući stanuje neka gospođa ili gospođica Dunja Mihajlović?

— Dunja?! — začudi se nadstojnik. — Ne znam da li u kući ima nekog ko se zove Dunja. Znaš li ti, Danice? — obrati se svojoj ženi.

— Sumnjam da ima kakva Dunja! Kako rekoste: Dunja Mihajlović?

— Jeste.

— Je li, Ivana, kod gospođe Jovanović stanovala je jedna studentkinja, da nije ona ta Dunja?

— Ona se, mama, zvala Desanka — umeša se devojčica. — Ali ona je jednom išla s jednom devojkom i ja sam čula kako ju je zovnula: Dunja.

— A kad je to bilo?

— Bilo je... prošle godine. Dugo je nije bilo ovde.

— A je li sada tu ta Dunja? — zapita Neda.

— Nisam je više videla. Nije ni ona studentkinja tu. Ona se odselila.

— A ko je ta gospođa kod koje je stanovala ta studentkinja?

— Gospođa Jovanović. Ona je na trećem spratu, udovica jednog majora.

— Da li biste mogli videti da li je studentkinja još tu ili da ja odem?

— Možete vi otići. Gospođa je gore. Baš se vratila s pijace.

Neda ustrča uz stepenice i zazvoni. Jedna ljubazna gospođa otvori joj vrata. Na Nedino pitanje mogla je samo da joj odgovori da je kod nje stanovala jedna studentkinja, da se odselila, ne zna gde sad stanuje, a ta Dunja Mihajlović je učiteljica i bila je došla u Beograd na nekoliko dana, pa je odsela kod studentkinje.

— A da li je dolazio i neki rođak Bojan? — zapita smelo Neda.

— Nisam čula za tog Bojana. Nemam pojma.

Sva utučena Neda se spuštala niz stepenice.

— Jeste li doznali, gospođice? — pitao je ljubazno nadstojnik.

— Jesam, hvala lepo! — odgovori Neda i izađe iz kuće. Ništa više nije znala sem da je Dunja Mihajlović učiteljica. Dovodeći sve u vezu, ona je izvodila zaključak: Bojan je seljak, a to je učiteljica u njegovom selu, i on je njoj dao da donese novac u Beograd i pošalje odatle da bi sakrio svoj trag. Tu njenu pretpostavku pokoleba onaj telefonski razgovor s njim iz Beograda. Što mu je, onda, trebalo da se krije pod drugim imenom i šalje novac?

Išla je rasejano, sva utučena. Nadala se da će makar kakav trag uhvatiti tom mladiću. A ova Dunja još više ga je zapetljala. Obuze je beskrajna tuga. Pored nje je prolazilo mnoštvo sveta. Zagledali su je mladići i devojke radoznalošću prolaznika, koji se zabavljaju i u prolazu sve pogledaju. Sva ta lica, tako tuđa, podsetiše je da je sama u ovom velikom gradu, da nikoga nema, ni rodbine, ni drugarice, da je sama samcita! Imala je osećanje da je u tuđini, među tuđim svetom. Zvona na nekoj crkvi zabrujaše i to je još više rastuži. Išla je, ne misleći, ali je videla da treba da se vrati. Spustila se jednom prečicom i ponovo pošla istom ulicom natrag.

Jedna od čestih drama devojačkog života

Oko pola šest posle podne reče joj gospođa Božić:

— Nedo, spremi se, pa da izađemo ti i ja. Imam da kupim platno za navlake pa da mi praviš društvo. Malo da prošetamo, pa ćemo svratiti i do jedne moje rođake.

Neda se brzo spremi i obuče mantil. Lekara nije videla. On je bio u ordinaciji.

— Ima li još pacijenata? — zapita gospođa Božić Gabrijelu.

— Nema. Poslednja dama je otišla.

Neda izađe s gospođom u predsoblje. Neko zazvoni. Gospođa otključa vrata. Jedna lepa plava devojka platinirane kose pojavi se na vratima. Uđe brzo i zatvori vrata.

— Je li tu gospodin doktor?

— Jeste. Tamo je. Čekajte, ja ću mu reći — mati se uputi u ordinaciju, a devojka baci uplašen pogled na Nedu. Bila je bleda i zbunjena.

„Jadnica, i ona je nešto bolesna!", pomisli Neda. Ali najednom joj dođe na pamet onaj Lule, njegova sinoćna poseta, ova devojka i ginekolog.

— Hajd'mo, Nedo — pozva je gospođa Božić. — Gabrijela, evo ti novac za bakalnicu. Hajde zajedno da pođemo, pa da zaključam kuću. Ti zvoni tri puta kad se vratiš, pa će ti gospodin otključati.

Neda je išla i razgovarala, ali joj je neprestano na pameti bila ona plava devojka. Kakve se sve tajne događaju u ordinaciji ginekologa? Videlo se da je mati bila upoznata sa stvarima i htela je da sve otprati od kuće, da bi lekar ostao sâm.

Pred Nedom se otkrivao život modernih devojaka. Znala je da i u njenoj palanci ima slobode, ali ovde, u Beogradu, sve je bilo tajanstvenije. Mogle su se mnoge tajne sakriti. Kopkalo je, kao mladu neiskusnu devojku, da sazna šta se sve događa kod ginekologa i s kakvim je ljubavnim dramama upoznat jedan lekar specijalista koji izučava sve tajne ljubavi i tajne ženskog organizma.

Išle su u trgovinu, otišle i do rođake, ali je nisu našle, onda su svratile u jedan bife i popile čaj. Kad su se vratile, devojka je bila kod kuće, a lekar se nije pojavljivao. Mati je išla u ordinaciju, vratila se, postavila za večeru i lekar se tek tada pojavio. Neda ga je s nekim strahom gledala. Da je bio internista, drukčije bi joj izgledao. Ali ginekolozi su uvek tajanstveni i žene ih se plaše, mada najviše vole da čitaju kad oni pišu o ženskom organizmu. Oni su najbolji poznavaoci ženske psihe i tela. Da li jedan ginekolog osuđuje devojke koje greše, interesovalo je Nedu, ali nije smela ništa da pita.

— A gde si ti išla, Nedo? — zapita je lekar.

— Ja i vaša mama lepo smo se provele. Išle smo u bife i pile čaj i razgledale slike pred bioskopima.

— To me ne čudi! Mama voli bioskop kao šiparica.

— Diraj ti mene, ali ja zaista volim bioskop. Ponesem ja moj lornjet, pa se nauživam.

— Sećam se da si i ti oplakala Rudolfa Valentina kad je umro — šalio se sin.

— Bože, Kosta, što da ne žalim jednog mladog čoveka? Mogla sam mu biti mati. Šteta, mlad da umre, tako lep, bogat, talentovan.

— Najvažnije je što je bio lep.

— Zar vi, Kosta, mislite da žene vole samo lepotu?

— Lepotu i bogatstvo.

— To je najprolaznije. Osobito bogatstvo. Šta ja imam sada od bogatstva? Ništa. Bolje da ga nikad nisam ni imala.

— Znači da ipak žališ za bogatstvom?

— Ne žalim bogatstvo, nego ne mogu da se pomirim s tim što me svi drukčije gledaju kad nemam ništa.

— Kako te mogu drukčije gledati? Lepa devojka ostaje uvek lepa. A to ti niko ne može oduzeti, ako budeš pametna.

— Zar ima nečega što može da sruši lepotu?

— Razume se da ima. Svaka lepa stvar treba da se čuva i neguje.

— Vi kao ginekolog mnogo znate.

— Ali ti ne treba da znaš to što ja znam. Gde si ti to jutros išla sama? Je li?

— Tražila sam jednu rođaku.

— Poznaješ li ti koga u Beogradu?

— Ne poznajem nikoga. Vi biste bili strog brat da imate sestru.

— Da, bio bih strog.

Zvonce na spoljnim vratima odjeknu. Lekar požuri. Nedi se učini da je to Lule. Uđoše u lekarev kabinet. Pola sata prođe. Zatim se mladić udalji, a lekar se vrati.

— E, mi ćemo da spavamo! A ti ćeš da čitaš, Kosta?

— Treba nešto da pročitam.

Lekareva soba bila je iza ordinacije.

Neda je legla i zaspala. Trže je neki šum. Auto se zaustavi pred kućom. Gospođa Božić ustade iz postelje. Nije palila svetlo. Ogrte se šalom i izađe u trpezariju. Neda htede da vidi šta se događa. Odškrinu brzo prozor. Čula je da su se spoljna vrata otvorila i zatvorila. Cipele gospođe Božić zaškripaše i udaljiše se. Kad čuje škripu brzo će pritvoriti prozor. Prvo spazi auto. Zatim žurno izađe onaj mladić Lule. Ona plava devojka se pomoli. „Zar je ona bila tu?", zaprepasti se Neda. Devojka se pope u auto, Lule sede za volan i auto iščeze. Neda pogleda budilnik na stoliću. „Pola dvanaest." Ta devojka je bila u ordinaciji od šest do pola dvanaest. Nedi poče da biva sve jasno. Strese se kao u groznici pri pomisli šta se sve odigrava u životu mladih devojaka. Da li one i posle imaju ljubav tih muškaraca i da li se udaju za njih? I kako mogu sve da sakriju od roditelja? Šta će reći ova devojka gde se toliko zadržala? U bioskopu ili pozorištu? Strašno! Drama se jedna odigrala, uništio se, možda, jedan život, oskrnavilo najlepše osećanje žene kao majke, a sutra će se ta devojka sama probuditi. Više nije ni devojka, ni žena, ni mati, već samo jedno biće oskrnavljeno u najsvetlijim osećanjima. „Ama, da li je ovo Olgin Lule?", pitala se neprestano Neda. Ako je, zaista, on, šta bi Olga radila da je ovo sve videla? A kako je pričala o njemu: otmen, inteligentan, voli je! Ovako bi isto uradio i s Olgom. Krišom dovodio ginekologu i krišom odvodio. Nedi se činilo kao da je došla do jedne strašne stranice u knjizi devojačkog života, i saznanje o svemu tome dalo joj je još više vere u samu sebe i ispunilo je radošću: „Ja nikad neću biti ovakva".

Mati uđe u sobu i leže. Lagano je prišla postelji da ne probudi Nedu. Tišina zavlada u kući i noć obavi još jednu tajnu devojačkog života.

Neočekivani susret u pozorištu

— Da li se u operu ide sa šeširom ili bez šešira? — pitala je doktora.

— Kako ko voli. Tvoja kosa je lepa pa možeš i bez šešira. Uhvatićemo tramvaj i sići pred pozorištem.

Sva uzbuđena, Neda je ušla u pozorište. Duga crvena zavesa u teškim naborima bila je spuštena, dajući svečani izgled sali. Gostovala je jedna inostrana pevačica i bilo je mnogo sveta.

Tužna melodija zatalasa se preko rampe. Najlepša i najtužnija ljubav male gejše. Neda je bila vrlo muzikalna i osećala je svaki ton. Svu je preplavi tuga i sva se uznese u neki prostor bolnog ushićenja. Muzika uvek izvlači bolno i slatko što se talasa u našem srcu. Lik Pinkertona i njegove ljubavne reči izazvali su kod Nede sećanje na avijatičara. Ali i uspomene kao da je raskidala neka jaka ruka tajanstvenog mladića sa sivim očima.

Njeno srce je treperilo, a grudi su joj se talasale. Sva se bila pretvorila u osećanja. Lekar je pogleda. Spazi zanos devojčice i njeno lepo lice. Neda nikog nije videla oko sebe. Pratila je svaki pokret male gejše i lepog marinca. Zavesa se spusti, odjeknu gromki aplauz i Neda se osvesti. Saže se da pročita program.

— Ja bih svakog dana mogla dolaziti u operu. Kako žalim što su mi prodali klavir.

— Šta? I klavir su ti prodali?

— I klavir. Iako je mama molila i plakala da mi ga ostave.

— To je nemilosrdno! Hoćeš li da izađemo u foaje? Ja bih popušio jednu cigaretu.

Neda ustade. Elegantna u crnoj toaleti, s izvanrednom linijom, Neda privuče mnoge muške poglede. U foajeu je bilo mnogo sveta i dim se talasao iznad glava i štipao za grlo.

Jedan mladić se progura i pozdravi ih.

— Šta, i ti si došao, Lule? — začudi se lekar.

— Moji su uzeli gore ložu i pozvali me, a ja sam te video odozgo, pa siđoh.

— Ovo je moja rođaka, gospođica Neda Pavlović.

— Ljubomir Milivojević — predstavi se mladić.

„On je! To je on! Olgin Lule!", prostruja Nedi kroz mozak. Olga je jednom kazala celo njegovo ime i prezime. Gledala ga je ne verujući. Kakva slučajnost! Da ga prvog dana sretne i da se baš s njim upozna!

— Vi niste iz Beograda?

— Ja sam iz unutrašnjosti. Ali vas poznajem. Još koliko su mi pričali o vama!

— Ko je mogao da vam priča o meni? Čisto se plašim šta su mogli da vam pričaju: lepo ili ružno?

— Vrlo lepo! Pričala mi je moja kumica Olga Perić. Ona se upoznala s vama u Herceg Novom.

— A, gospođica Perić! Da, ja sam se letos upoznao s njom i njenom gospođom majkom i sestrom.

— Ona je očekivala da ćete doći na njen žur! — nastavi Neda, u inat, videći da mu nije bilo najprijatnije.

— Jeste, obećao sam, ali sam bio sprečen nekim poslom — bilo mu je neprijatno što jedno ovako lepo devojče zna za neke njegove uspomene i doživljaje, koje je on sasvim zaboravio. Nije ni slutio da je baš slučaj hteo da Neda mnogo više sazna o njemu. On je bio dovoljan Nedi da sazna kakvi su mladići. I baš ovo, što je večeras u operi, a ona devojka, možda, leži iznemogla, s očajanjem, ili ljubavlju prema njemu, izazva neko gađenje kod Nede. Oskrnavio je jednu devojku i smelo dolazi u pozorište i upoznaje se s drugom.

Da li bi zakoniti muž tako što uradio i da li slobodna ljubav daje ženi garancije da će taj muškarac uvek biti njen?

Lekaru nije bilo prijatno ovo prisustvo mladićevo, jer ga je vrlo dobro poznavao i dva-tri puta je intervenisao u nekim težim slučajevima. Znao je da je bez skrupula, bogat i obesan, uz to i simpatične spoljašnosti, i sve je postizao što je hteo. Zato je rešio da izdaleka napomene Nedi da bude obazriva prema tom mladiću, jer je verovatno da će se on potruditi da je negde sretne na ulici. Lekar nije znao da je Neda bila vrlo pametna devojka i da je odmah ocenila ovog mladića.

— Je l' gospođica ostaje u Beogradu?

— Mislim, ako nađem neku službu.

— A šta ste svršili?

— Nemam nikakvu diplomu. Bila sam u inostranom pansionu, sviram na klaviru i znam jezike. Volela bih da budem vaspitačica.

Njeno pričanje o sebi dade još više hrabrosti mladiću. Takve devojke, koje nemaju ništa, najlakše se osvajaju.

— Ja ću Nedi potražiti neko mesto — reče lekar.

— Tako bih volela državnu službu. Da budem makar daktilografkinja.

— To bih vam ja mogao odmah naći — požuri mladić da obraduje devojku. — Znam jedno preduzeće koje traži daktilografkinju. Imam tamo jednog prijatelja.

— Ali ja još ne kucam dobro. Morala bih da svršim daktilografski kurs. Je l'te, Kosta, da se upišem odmah?

— Ne moraš odmah. Budi malo naša gošća.

— Ja sam već radila u jednoj trgovini, u kancelariji, baš kod mog kuma, Olginog oca.

— Da niste vi njihova rođaka, čija mati je onako tragično završila? One su pričale.

— Da... to sam ja.

Devojka ućuta. Gledala je neodređeno preko glava. I najednom kao da se nešto sruši na nju. Sva se strese, klonu, nasloni se na zid, gotova da se sroza na pod.

Preko mnogobrojnih glava dva oštra oka posmatrala su je nepomično, kao da su htela da je prikuju uza zid.

Bio je to avijatičar Branko. Nedu je pogodilo i što ga je videla, a još više što je stajao s jednom gospođicom. Iako je isto tako mogla biti ljubomorna i devojka s kojom je stajao, što onako uporno posmatra Nedu, ona nije umela da analizira tuđi bol, već je samo videla jednu bolnu sliku: avijatičar u pozorištu s jednom devojkom.

Da li je i on dobio istu predstavu o njoj, nije moglo da padne na pamet Nedi u ovom trenutku. Prvo joj besno zalupa srce i sva joj se krv izgubi s lica, pa joj posle ponovo jurnu u obraze i ona oseti da joj lice gori. Avijatičar joj se javi, pa se onda okrete i reče nešto onoj gospođici i oboje je pogledaše. Sve je bilo u tren oka, ali Nedinu zabunu opaziše oba mlada čoveka, i doktor i Lule. Kosta je nešto zapita, ona mu nesvesno odgovori, okrećući pogled sa mesta gde je stajao avijatičar.

I u tom trenutku kao da se raskinuše u njenom srcu svi njeni snovi, skriveni i tužni. Sad joj je bilo jasno da je želela i njega da vidi u Beogradu i nikad nije mogla da misli da će ovakav biti njihov prvi susret: ona s dvojicom mladića, a on s devojkom. A onda u njoj pobedi sujeta žene, gordost i čak mala koketerija. Kao da je htela da mu vrati žal i bol, nasmeši se i jednom i drugom kavaljeru, savlada se i mirno nastavi razgovor.

Doktor ju je ispitivao pronicljivim očima psihologa i setio se njenih reči: „Ne poznajem nikoga u Beogradu". A sada se uverio da poznaje. Sumnja se pojavi u njemu i želja da rastumači život ove devojčice bez ikoga. Zvonce objavi ulazak i on samo spazi kako se pogled mlade devojke i avijatičara opet susretoše. Njene oči kao da mu se osmehnuše kad mu klimnu glavom. Nije video kako on pusti devojku ispred sebe i ponovo se okrete.

Muzika je bila tako tužna i bol male gejše kao da raskravi srce Nedino. Kako muzika bolno deluje na dušu koja pati i koja je preživela nesreću! Lepi tonovi su se uvlačili u sve kutke Nedinog srca. Njena patnja slila se sa stradanjem male gejše. To nije patila Madam Baterflaj, to je patila Neda. A jedan bol je udarao u potiljak, jer je iza nje sedeo avijatičar, i nešto ju je peklo, kao da joj ta dva plava oka prodiru do mozga. Osetila je kako se muti i zamagljuje scena, razvlače likovi, trepere boje. Jedna suza joj kanu. Ona prinese ruku očima. Lekar spazi suze. Uze joj meko ruku i zadrža u svojoj. Kao da je osetio bol ove devojčice. Ta muška ruka koja je držala njenu osvesti je. Dođe joj nešto drugo opet bolno. Seti se svog kuma Perića. Da li je kod ovog Koste sažaljenje ili to opet muškarac sažaljeva? O, znala je ona da muškarac ne žali! Muškarac hoće da uteši grubo, nasilnički, i ta njegova uteha je i uvreda i poniženje. Ona lagano izvuče ruku i savlada bol.

Zavesa se spusti.

— Da požurimo u garderobu da uzmemo mantile — ona ustade i potraži očima avijatičara. On je još sedeo, a do njega jedan oficir. Gospođica iz foajea nije sedela do njega. Nedine oči zablistaše. „To je slučajni susret u pozorištu. Ako izađe i on, zastaću da mi priđe." Lekar je već dohvatio Nedin mantil. Pridržao joj ga. Avijatičar je bio na drugoj strani. Usporavao je hod. Okrenula se. Nije ga videla. Iz foajea spaziše da pljušti kiša.

— Uzećemo auto. Šofer! — viknu lekar. Neda se okrete, ali ne vide nikog. Lekar joj pridrža mišicu dok se pela u kola. Ona sede, okrete se, na vratima spazi avijatičara. Bio je sâm. Kao da je poleteo za njom. Zastao je kao ukopan. Podiže ruku prema kapi i osta gledajući u onaj prozor pozadi. Neda se okrete, vide ga kako gleda za njom, ali auto iščeze.

Devojka klonu u ugao. Avijatičar je osetio patnju što ju je video u autu s nepoznatim muškarcem. Njeno čedno srce se pitalo šta će avijatičar ružno pomisliti o njoj. Činilo joj se kao da joj je njegov pogled upućivao prekor.

— Ti si, Nedo, tužna? Je l' te muzika rastužila ili nešto drugo?

— Muzika na mene tako silno deluje! — trže se Neda. — A nisam je slušala odavno. Šta ste drugo mislili da me je rastužilo?

— Pa... ne znam. Mlade devojke uvek imaju svoje uspomene.

— O, moje su uspomene tako blede. Ja ih nemam — lagala je.

— Tim bolje.

Neda pogleda lekara. Uplašila se opet, kao onda kad je videla onaj čudnovati kumov pogled. I oči lekareve bile su joj čudnovate.

Auto stade. On plati. Otključa kapiju. Uđoše u hodnik i on pritisnu dugme. Električno svetlo sinu. Lekar je familijarno uhvati ispod ruke a Nedi bi tako neugodno od dodira njegove mišice. Pomislila je šta bi kazala njegova majka. Ali hrabro ga pogleda i reče mu:

— Uvek sam želela da imam brata. Kako je to lepo! Tako velikog brata kao što ste vi, Kosta.

— Pa, eto, ti me smatraj kao za brata, a ja ću tebe gledati kao sestricu.

Ona se nasmeši. Bila je tako srećna što su svi njegovi pokreti i pažnja samo izraz bratskih osećanja. Držala je rukavice u ruci i nije ih ni navlačila. Lekar joj podiže ruku i poljubi je.

— Vi ćete biti moj brat?

— Hoću. I ponosiću se mojom lepom sestricom.

— A je l'te, Kosta, da li bi onaj gospodin Lule mogao da mi nađe službu?

— Mani! Kakav Lule da ti nalazi službu! Slušaj, Nedo, tog mladića da izbegavaš ako ti priđe na ulici i počne da ti pravi komplimente.

— Nije potrebno da mi kažete. Moja je rođaka ludo bila zaljubljena u njega, a on se, izgleda, samo titrao njenim osećanjima.

— Titrao se on i s osećanjima mnogih devojaka!

— Nemajte brige, ja ću biti vaša poslušna sestrica.

— Nadam se da ćeš me kao iskusnijeg brata poslušati. A ko je onaj avijatičar? — zastade pred vratima da ih otključa i pripreti joj prstom.

— Pocrvenela si sva — otključa vrata i uđoše u trpezariju.

— Vama ću, Kosta, reći iskreno. Taj avijatičar me je voleo. Tako je bar govorio. Trebalo je da dođem na bal, da mu odgovorim hoću li da pođem za njega. Ali te večeri se... tata ubio... i posle smo se samo jednom sreli.

— A je l' ti posle ponovio svoje pitanje?

— Nije. Ja sam to i očekivala. Posle tatine smrti izgubila sam svaku vrednost za sve.

— Što da izgubiš vrednost? Vrednost izgube samo rđave devojke, a ti si dobra devojka.

— Hvala vam, Kosta, što me tešite. Vi ste dobri. Ja sam tako strepela da vam ne budem dosadna.

— Ludo dete! Što se plašiš? Zar jedna tako lepa devojka može biti dosadna! — on je nežno zagrli kao brat. — Hoćeš li jednu narandžu? Hajde, oljušti je — on uze narandžu iz zdele i pruži joj. Neda je ljuštila i govorila:

— Verujte, Kosta, tako je teško biti sama u životu. Ja ne želim da me gledate kao devojku, već kao čoveka, druga ili sestru. Jer, prema devojci niko nema sažaljenja. Ja hoću da radim, časno da živim, sama da se izdržavam. Da li ću uspeti? Pomozite mi, Kosta, samo neko mesto da dobijem.

Sedeći za stolom podlakćen, lekar ju je pažljivo slušao.

— Dobro, Nedo, potrudiću se. Budi uverena da ćeš u meni naći iskrenog prijatelja.

Njene velike lepe oči pogledaše ga zahvalno.

— Sad idem da legnem — brzo izgovori lekar, kao da nije želeo da ga više gledaju te oči.

— Ja ću lagano da uđem da ne probudim tetka-Maru. Kazala mi je danas da neće da je zovem „gospođom", već tetkom.

Legla je sasvim tiho i čula da lekareva mati spava. Nije mogla odmah da zaspi. Utisci su se komešali u njoj, praćeni raznim osećanjima. Iz te zbrke bol se ponovo izdvajao. I lik avijatičara. Videla je da taj lik mora potpuno da istisne iz srca. Ali ona je volela njegove plave oči. Oduševljavao je njegov let pod plavim nebom. Kako je teško iščupati prve snove iz mladog srca, koje još nije osetilo strasti ljubavi! Kroz njenu svest kao da su se preganjala dva bića: ovaj avijatičar i onaj tajanstveni mladić.

„Da li da sve kažem Kosti? On je tako dobar. Da mi pomogne, da me spase tog čoveka? A moja mati, njen greh?!" Ne, pričekaće do septembra. Tako je i on kazao. Uzdahnula je. Povukla je pokrivač preko ramena. Sa ulice je dopirao kikot i glasni razgovor. Negde zamjauka mačka, a odgovori joj druga. Čak se čulo i kako petao kukuriče. Petao u noći, usred Beograda! Onda dopre jedan pijani glas. Tutanj auta... truba i tišina. Nedi se sklopiše oči.

Ujutru za doručkam, lekar je pogleda.

— Ti si malo bleda, Nedo? Jesi li dobro spavala?

— Jesam. Osećam se sasvim dobro.

— Treba da izađeš malo na sunce. Ovde je u blizini park, otiđi do parka — govorio je kao lekar.

Neda mu je bila zahvalna što je tako pažljiv prema njoj. Bila je dobra i njegova mati, ali on je bio bolji. Majka je bila ljubomorna. Ona je odmah osetila moć mlade devojke. Ranije bi on uzeo kartu i vodio majku u pozorište, a juče se nije setio da je pozove, samo Nedu. Da li će je pozvati u bioskop? Ona se ponosila svojim sinom i osećala žalost da ga neka žena sasvim otrgne od nje. A Neda je bila vrlo lepa, čega se ona najviše plašila. Dok je Neda bila devojčica, i posle, kad su je poslali u zavod, uvek je razgovarala s njenom majkom i šalila se: „Ja imam sina, a ti ćerku, pa da se orodimo. Znam da je tvoja ćerka divna devojčica." Jednom, kad je Ranka došla u Beograd, razgovarale su o tome, i posle mu je mati vazdan punila uši samo o toj Nedi: te kako je dobro dete, devojka kakvu mati zamišlja za njega, lepo vaspitana, inteligentna. Ima i svoju kuću, imaće i miraz. Sin se smeškao, ne pridajući tome nikakve važnosti, verujući da će on uzeti ko zna koju devojku. Tako su se one dogovorile dok joj je otac bio u životu. A posle se sve izmenilo. Od tog braka nema sada ni pomena! Njen sin treba da uzme miraždžiku. A ona ovako da upadne u kuću! Da li je njoj to mati pričala, i da li je ona došla s planom da prosto ulovi njenog sina? Ta pomisao je mučila majku, a znajući kakve su danas devojke, i upoznata sa svim onim što se događa u ordinaciji njenog sina, verovala je da je i Neda s tom namerom došla. Stoga nije mogla prema njoj da oseća iskrenu ljubav, već se pretvarala. Da je jadna devojka to znala, bezobzirce bi pobegla. Lekar je to znao, on je sada video jednu lepo razvijenu devojku, koja nema ničega, ali ima sočnu lepotu i mladost. I u njemu su počeli da se bore savest i nagon.

Izveštaj o tajanstvenom mužu

Stiglo je veliko pismo od poštarke, gospođice Zore. Pisala je o svemu i svačemu. Neda je počela da čita s osmehom, ali je najednom pobledela.

„Da li je to moguće?", šaputala je. „Kakva smelost?" Brzo je čitala, kao da ne veruje, a onda je ponovo čitala ispočetka, sva uzdrhtala.

Bilo je sutradan po vašem odlasku oko osam sati uveče. Došla sam kući i taman da večeram, kad neko zakuca na vrata. Pitam: „Ko je?" Muški glas odgovori: „Jedan Nedin rođak". Otvorim i ugledam jednog lepog visokog mladića u seoskom odelu.

„Strašno! Seljak! Dakle seljak! I usuđuje se da dolazi", prošaputa Neda.

„Dobro veče", kaže on. „Je l' tu Neda?" „Nije", odgovorih ja. „Ona je juče otputovala u Beograd." Njemu je toliko bilo žao i poče da me ispituje. Zašto ste otputovali, kod koga, šta ćete tamo raditi?

Tako je brinuo za vas da me je to iznenadilo. Seljak, a tako inteligentan i žali vas. I brinuo se za vas. Ponudim ga da večera, ali on nije hteo. Bogami, više od sata je sedeo kod mene. Neki divan mladić, iako je seljak. Čudila sam se, pa mu rekoh: „Jesu li svi seoski mladići tako otresiti i pametni kao vi?" Posle sam ga pitala kakav ste rod, a on mi reče da je rođak vaše mame i da ga vi poznajete. Tražio je vašu adresu, ali ja je nisam znala, a on mi je rekao da će me kasnije pozvati telefonom i zamolio me da mu je dam kad saznam. I ja sam obećala da ću mu je dati. Bila je na stolu vaša slika. On ju je dugo gledao i zamolio me da mu je dam. Ali ja mu nisam mogla dati, jer ste je meni poklonili. Onda je na zidu video jednu vašu sliku, onu što ste kao pansionatkinja, i zamolio da je uzme. Ja sam mu je dala.

„Kako je to drsko stvorenje?", iščuđavala se Neda.

Posle, kad je on otišao, pomislila sam: eto, seljak, pa hoće da se rodi i da se brine o vama. Niste neki veliki rod, sigurno, a on se toliko raspituje. A moja rođena sestra me se ne seća. Razočarala sam se u nju. Sestra, kad se uda, samo misli na svog muža i svoju decu. Čak ja njima svima treba da ukazujem pažnju! Ja sam za nju i njene ćerke matora devojka. Žao mi je mojih sestričina.

Sećam se kako ste se vi oduševljavali da se ja lepo obučem, kupili ste mi somot za haljinu, i sve me udešavali. A one sve o meni s nekim bagatelisanjem. Što se ja, matora devojka, udešavam? One su mlade i lepe, one treba da se oblače! Kao da ja nemam srca. Jedino ste vi, Nedo, osetili, da i ja mogu nešto da vredim. Bože, da mogu da odem iz ove palanke! Dosadilo mi je! Nekad pomislim: još da mi je da dobijem Beograd! More, sad bih pamet u glavu! Našla bih i ja nekog, kao druge, a ne ovo devovanje celog veka! Već mi je prošlo trideset, a sve hoću da budem poštena, da mi svet ne zameri. A ne ume svaka devojka ni nepoštena da bude. I za to treba veštine! Ja bih uvek bila gotova da se žrtvujem za onoga koga volim. Ogorčena sam danas, pa bar vama da se izjadam. Dirindžim u pošti i radim za sve njih. A gledam, pre neki dan, došla jedna mlada, a oni svi oko nje. Čak i šef. Luda sam bila što nisam umela da živim dok sam bila mlada. Ala sam se ja raspričala! Stara kuma uvek žali za vama. Pitao me i vaš kum kako ste. Kaže da su dobili vaše pismo. A šta mi samo reče Mitko? „Recite", veli, „gospođici Nedi, taman sam hteo da se zaljubim u nju, a ona ode u Beograd. Nego", kaže, „ja ću je naći u Beogradu." I to je jedna lolčina! A što je Olga pakosna. Gadno je to stvorenje. Sretoh je, a ona pita za vas, pa će reći: „Tamo je jedan mladić, doktor, zato je Neda i otišla!" Tako mi je odvratna ta devojka!

Još mnogo sitnih novosti joj je saopštavala, ali Neda je samo mislila na onog mladića i mučile su je one reči: „On je rođak moje mame". Da li je on zaista rođak ili je hteo da sakrije šta je u stvari? Da li je on, zbilja, seljak, ili se tako oblači da bi se sakrio? Zašto je noću došao? Nije smeo po danu. Kakve tajne skriva o životu? I zašto ono tajanstveno venčanje noću?

Nije mogla sebi da objasni sve te događaje i karaker nepoznatog muža. Nije volela ni da muči sebe tim pitanjima, jer je bilo suviše patnji za njene mlade godine i pomislila je da je bolje da prošeta. I lekar joj je kazao da je bleda. Pogledala se u ogledalo i videla da su joj oči veće, valjda zbog bledoće i plavkastih kolutova, koji su činili da njene tamne dužice budu izrazitije i kao prevučene senkom tuge.

A napolju je sjalo blago februarsko sunce. Spuštala se Nemanjinom ulicom i zastajkivala pred velikim zgradama. Iznenadila bi je neka stara kuća. Još ih ima u svakoj ulici. Dole se videla stanica, a nad njom nebo, čisto, plavo. Tramvaji su tutnjali, dok je pokraj nje brzo prolazio svet. Uvek svi žure. A ona je išla korak po korak. Oko stanice još je bilo starih kuća i dućančića. Kakvi kontrasti: velike monumentalne građevine i ti kućerci. Staro još uvek prkosi novom!

Nešto je trže, užasnu, kad se približila Savi. Uplašiše je talasi. Takvi su talasi zagrlili njenu mamu i odvukli je u dubinu. Nesvesno pođe prema reci. Zašto ona živi? Što se bori? Traži posao, seljaka se iz varoši u varoš. Zbog čega sve to? Ima li ona kakav cilj u životu? Da li će nekog radovati njen uspeh? Hoće li je pohvaliti za njenu skromnost? Niko je se i ne seća. Eto i onaj avijatičar! Razgovara s jednom devojkom. S koliko je njih razgovarao i flertovao? A ona je i dan i noć snevala o njemu. Samo se još onaj nepoznati, tajanstveni, raspituje o njoj. Dođe joj da vrisne i poleti talasima. Sve joj se uskomeša u mozgu i u srcu. Besciljno je živela. Kako je lepa Sava. Zagrliće je, odvući u dubine.

Nešto je ludačko hvatalo. Nestaće sve: briga za budućnost, poniženje, tuga. Samo jedan skok! Talasi su imali magijsku moć, mamili su je...

Začuše se koraci iza nje. Jedan mladić... s blaziranim licem.

— A gospođica tako sama? Uživate u prirodi?

Neda ga oštro pogleda i ne odgovori. Kao da se osvesti. Magla joj se diže ispred očiju. Pođe brzo, a mladić za njom.

— Da li me primate u društvo, gospođice?

Ona ne odgovori. Zastade pred jednim izlogom, kao da nešto gleda.

— Pazi, bre, što je ženska! — uzviknu jedan nosač. — Ih! Što me ne pogleda?!

Neda se ne osvrnu nego požuri. Ali je onaj bezobraznik bio za njom.

— Hoćete li, gospođice, da se provozamo do Zemuna?

Mlada devojka je ćutala i ubrzala korak. Valjda će otići kad vidi da je dosadan.

— Što ja umem da ljubim! — šaputao je on iza nje.

Ona sva pocrvene zbog tih drskih reči. Kakvi su nasrtljivci u Beogradu!

Mladić je neprestano nešto šaputao za njom. Onda je obiđe i pođe ispred nje. Izvadi iz džepa i poče da gleda neku dopisnu kartu, onda je diže da je vidi i Neda.

Mlada devojka se strese. Bila je to neka pornografska slika.

Ona polete na drugu stranu ulice, a on za njom.

— Što ja ljubim! Nećete se kajati! — opet je šaputao. Ona spazi stražara.

— Gospodine, ako se ne odmaknete, odmah ću zvati stražara.

Mladić zastade, a ona ubrza pored kalemegdanskih bedema. Te reči i takva slika zaprepastiše Nedu. Kako ima pokvarenih tipova u velikoj varoši? Šta sve slušaju ove devojke i kako da ostanu čedne? Osetila je zadovoljstvo što je ona, ipak, pametna i ume da oceni svakog. Čak i onaj koga bi volela ne bi je mogao zavesti, kao što je onaj Lule zaveo onu plavušu i doveo je ginekologu.

Popela se stepenicama do glavne kalemegdanske aleje. Bilo je dosta mama s dečjim kolicima. A Sava izgleda još mirnija s Kalemegdana. Tek je malo nabra vetrić. Gledala je kako se spaja s Dunavom. Sitni talasići su mirno išli dalje. Jedan avion je leteo. „Da li je on u Beogradu?" Gledala je po alejama kao da ga očekuje. Kao da i on treba da iziđe, kao da zna da je ona ovde. Ne zbog vazduha i sunca, nego zbog njega je izašla. Da ga vidi! A njen muž se ljuti i želi mu zlo. Taj seljak! Ali nije on seljak. Tako ima dubok, prijatan glas. Kao školovan čovek. Seljaci drukčije govore. A možda je i on ovde, u Beogradu? Najednom se zapita: koga bi više volela da sretne? Njega ili avijatičara? Nešto iz podsvesti raspoloži je i nasmeši. Što je odjurio njenoj kući? Da li on misli na nju? Kakav će biti njihov susret u septembru? Nije ni opazila kako tuga i misao o samoubistvu polako iščezavaju i kako onaj nepoznati u mislima ide uz nju.

Mirisalo je proleće i bršljan. Mladići su galamili i išli joj u susret. Aleja je bila uzana.

— Što ima oči! Prostreliše me do srca.

Kad kompliment nije drzak ne može se ljutiti. Ona je žurila. Satić na ruci pokazivao je dvanaest i četvrt. Da ne zakasni? Ali oni ne ručavaju pre jedan. Čule su se mamuze iza nje. Ali on ne nosi mamuze! Tako je divan s onom kapom bez štita! Tri oficira je prođoše i okretoše se. Opet se jedan okrenu, a za njim i ona druga dvojica. Neda ih je ravnodušno posmatrala. Znala je: svi se mladići okreću, gledaju, dobacuju, uzdišu, a devojke su ipak nesrećne.

Požuri i uskoči u tramvaj. Sunce se provlačilo kroz prozor. Bilo joj je prijatno kao da je neka topla ruka miluje. Podne je i Beograd kipti. Velikovarošani su uvek u brzom tempu. Brzo se kreću, brzo misle, brzo zaljubljuju. Jedan mladić se prilepio uz vrata prednje platforme i netremice je gleda. Neda okrete glavu. Kroz prozor je čitala firme. Sve redom. Najednom kao da je nešto grunu u grudi, a srce joj besno odskoči u grudima.

Avijatičar je išao, opet s onom istom gospođicom iz pozorišta. Nagnut prema njoj, nešto joj je pričao i smešio se. I njene oči su bile podignute prema njemu. Nije ni spazio Nedu. Ona izgubi dah i osloni se na naslon. Zamutiše joj se firme, ljudi, sve. A bol je preli kao vrela voda. Zaboli je sve. Oseti kako je sama u životu. Kao da je on bio nešto što pripada njoj, pa se sad otkide zauvek. U svojim snovima nikad nije videla nijedno žensko obličje pokraj njega. On je uvek bio sâm, kao i ona, još usamljeniji, u visini, između oblaka i magle, ispod neba, sâm sa zvezdama, noću, jutrom. Tamo ispod oblaka nema korza, nema dvorana, devojaka, već prostor, vazdušast i čist. Tako ga je uvek zamišljala i bio je za nju neobično biće, nešto što nema veze s ljudima koji gaze po ulici, po blatu. Zamišljala je da u toj visini i on misli na nju. A sad ga je videla, na ulici, na zemlji, kao običnog čoveka koji voli, flertuje, možda vara i zbog koga pate. On, njen avijatičar, takav da bude! Tako joj je bila teška glava, kao da joj se spustilo nešto na teme. I opet ugleda reku, plavkastu, svetlu, mirnih talasa. Dođe joj da zaplače. Onaj mladić, što je bio prilepljen uz vrata, odmače se i stade uz njenu klupu. Nije ni obraćala pažnju na njega. Kako nijedan pogled nema moći, kad se oni, o kojima se sneva, smeše na drugu devojku. Taj jedan osmejak razvija čitav roman u srcu razočarane devojke. A ona je bila razočarana. Njen avijatičar se spustio na zemlju i postao običan. Da se njoj smešio, ona bi još uvek videla nebo u njegovim očima. Ali te nepoznate devojačke oči zamračile su plavo nebo avijatičarevo, i on je postao svakidašnji, kao svi muškarci. Zašto je sinoć potrčao za njom? A jutros opet šeta s ovom! Kako bi volela da sad ugleda Kostu. Skočila bi iz tramvaja i pozvala ga da prošetaju. Samo da prošetaju da i Branko vidi kako i ona ima kavaljera! Da i ona njemu zada bol. Ta želja za osvetom ohrabri je, ali samo za trenutak. Uzdahnula je: ona je izgubila roditelje, bogatstvo, a s tim i njega. Za njega je vredela samo kao kći direktora banke.

A šta je sada? Jedna od mnogobrojnih sirotih devojaka, koje lutaju da bi našle neko uposlenje.

Njena stanica. Sišla je. Išla je besvesno.

— Gospođice, auto! — viknu jedan gospodin. Ona se trže i odskoči.

— Dobar dan, gospođice! — pozdravi je neko iza leđa i izravna se s njom. — Opet imam zadovoljstvo da vas vidim.

Neda pogleda ko je to pozdravlja. Lule!

— Gde ste bili?

— Šetala sam malo.

— Je l' ostajete u Beogradu?

— Mislim. Samo treba da nađem službu.

— Ja sam vam sinoć kazao da jedan moj poznanik traži daktilografkinju.

— Ne znam. Treba prvo kurs da svršim. Kosta i njegova mama kazali su da će mi naći mesto. Mogla bih da budem i vaspitačica u nekoj kući.

— Ne bih vam savetovao da idete za vaspitačicu. Znate kako po kućama iskorišćavaju te vaspitačice. Uzmu ih da daju časove iz jezika i klavira, a posle rade sve domaće poslove — govorio je tako iskreno, kao neko ko sažaljeva i brine se za jedno siroto devojče.

Ali Neda ga preseče:

— Olga je mnogo patila zbog vas. Nije lepo što onda niste došli. Svi su vas očekivali.

— Zar je ona tako ozbiljno shvatila da ću doći?

— Devojke uvek sve ozbiljnije shvataju.

— Kako ste vi strogi! Nisam znao da gospođica Perić ima tako divnu rođaku!

— Zašto bi vam bilo potrebno da to znate?

— Onda bih sigurno došao.

— Da umesto jedne žrtve imate dve. Samo, ja bih vas bolje upoznala od Olge.

— Gle, kako ste strog kritičar! Ne izgledate nimalo strašni, ali izgleda mi da možete biti vrlo opasni.

— Po čemu?

— Jer imate opasno lepe oči! Odmah sam to opazio.

— A šta ste vi tražili kod ginekologa? — preseče ona njegove komplimente.

— Kosta je moj dobar prijatelj, imao sam nešto da ga pitam što nema veze s ginekologijom.

Njene crne oči su ga podsmešljivo gledale.

— Kako vi imate čudne oči!

Jedna seljančica im pritrča s ljubičicama.

— Uzmi, gospodine! — moljakala je. — Dinar jedan buket. Uzmi!

Mladić uze dva buketa.

— Izvolite, gospođice!

— Hvala. Neću da uzmem.

— Nećete cveće? Pa ja sam ga za vas uzeo.

— Odnesite svojoj kući.

— Ovo je smešno. Vidite kako nas one gospođice gledaju. Zar hoćete da mi se smeju — on joj spusti buketiće na tašnu. Ona htede da mu vrati, ali ih zadrža. Bilo joj je vrlo neprijatno što joj je prišao. Setila se lekarevih reči, a ona je i sama shvatila ono drugo. — Ja imam sestru vaših godina. Bila je u zavodu. Vratila se prošlog leta. Reći ću Kosti da vas dovede k nama na žur. Možete se upoznati i konverzirati nemački.

Neda mu pruži ruku.

— Zbogom. Ja sam već kod kuće.

Ušla je brzo i pela se stepenicama. Nije spazila da lekar stoji na prozoru. On je video kako joj kupuje ljubičice, prati je i nešto priča.

„Neću da kažem da mi je on kupio ove ljubičice", mislila je Neda. „Baciću ih." Ali joj dođe žao nežnih ljubičastih cvetića. Pomirisa ih. Podsetiše je na polja, žbunje. „Reći ću da sam ih kupila."

— Tetka-Maro, ovo sam vama donela.

— O, Nedo, kako si ti pažljiva. Kako su krupne! Baš ću da ih metnem u vazu. Ja mnogo volim cveće.

Neda spazi lekara.

— A vi ste, Kosta, već došli?

— Da, pre tebe. Ti si šetala?

— Prošetala sam malo. Lepo je vreme napolju.

— Čak si i ljubičice kupila za mamu?

— Jeste. I ja volim cveće.

Lekar je oštro pogleda. „Zar je ova mala tako lažljiva? Iako sam joj sinoć ono pomenuo, ništa nije vredelo. I nju zanose buketi, pokloni, auto. A taj je nitkov bacio oko na nju."

Ručali su, a lekar je bio vrlo ozbiljan.

— Što ti, Kosta, ćutiš! Nešto si neraspoložen?

— Nisam, mama, nego sam gladan.

Mati ga pogleda, a krišom pogleda i Nedu. Nešto je hladno taknu u srce. Osetila je da mora što pre ovom devojčetu da nađe neko mesto da ode iz njihove kuće.

— Ja bih, tetka-Maro, htela da svršim daktilografski kurs. Molim vas, znate li vi gde je ta škola?

— Ne znam. To će Kosta bolje znati.

— Što ti tako žuriš s tim daktilografskim kursom? Malo se odmori kod nas. Imaš vremena. Svršićeš ga lako.

Mati ga ozbiljno pogleda. Neda spazi taj pogled.

— Bolje da ja svršim. Jedva čekam da dobijem službu. Vi ste tako ljubazni, meni je vrlo lepo kod vas, ali ja moram da se pobrinem o sebi.

— Pa... jeste, Kosta, Neda lepo kaže: bolje da dete svrši taj kurs.

— Ne znam... gde je ta škola. Raspitaću se — suvo odgovori lekar.

Mati oseti njegov ton i diže se od stola s potajnom zebnjom i ljutnjom, da se ne bi što odala pred sinom.

Lekar je pušio i ćutao. Neda je valjala jednu lopticu hleba i gledala preda se. Osetila je kako je lekar posmatra. Nešto se smeškao pa izgovori ironično:

— A jedna devojčica maločas nije kazala istinu.

Ružičasti luk usta uzdiže se iznad blistavih zubića, krv joj zažari celo lice, a oči su zbunjeno gledale lekara, sjajne kao u deteta.

— Jeste... nije govorila istinu — ponovi lekar.

— Da... nisam — mucala je — je l' za one ljubičice? Otkuda znate?

— Video sam s prozora. Taj gospodin je stigao da te nađe i da ti odmah kupi cveće i ti si ga primila.

Ona povrati prisebnost.

— Verujte, Kosta, sreo me je kad sam sišla s tramvaja. Bilo mi je neprijatno da primim cveće, ali on mi ga je prosto gurnuo u ruke. Htela sam da ga bacim, pa sam pomislila da ga dam tetka-Mari. Ali ja pamtim ono što ste mi kazali i uvek ću vas slušati kao velikog brata.

— I treba da me slušaš. Ti nikoga nemaš, a ja dobro poznajem mladiće. Oni tako počinju: najpre s cvećem i komplimentima. Sigurno ti je opet govorio o postavljenju i zato hoćeš da požuriš da svršiš daktilografski kurs, da bi ti on našao mesto.

— Bogami nisam na njega ni pomislila. Najmanje bih želela da mi takav mladić traži službu.

On je uhvati za ruku.

— Moja sestrica mora biti pametna devojka — opet se raspoloži i s uživanjem je posmatrao čednu zbunjenost na tom lepom devojačkom licu.

Mati se pojavi i spazi zarumenjeno lice Nedino i sina kako je posmatra. Videlo se da su nešto govorili i da je ona zbog toga pocrvenela. Njeno materinsko srce se uznemiri. Jedna misao poče da je muči.

„Ovaj Kosta još može napraviti glupost i zaljubiti se u nju. Još danas odmah moram poći da joj vidim za mesto."

Setila se jednog rođaka u Glavnoj kontroli. Dobar čovek, svakom hoće da učini. Zamoliće ga da je uzme za dnevničarku. A naći će joj stan kod svoje prijateljice učiteljice, starije gospođe u penziji. Sama je, pa bi volela da uzme neku dobru, čestitu devojku da joj pravi društvo.

Tu bi joj najbolje bilo. Samo da je dalje od Koste. Ovo u kući je kao slama i vatra. On nikad nije bio veliki ženskaroš, a ona je lepa, bujna. Kakve su joj samo grudi, pa bedra! Lepo razvijeno, mlado, a u kući po ceo dan. A on treba da uzme miraz. I ona mu je našla devojku. Nije lepa kao Neda, šuška malo kad govori; mala je i debeljuškasta, ali ima pare! Sve kuće za rentu! A ova ništa.

I odmah posle podne mati se spremi da ode rođaku iz Glavne kontrole da ga zamoli za Nedu. Neda je ostala i pisala pisma, a jedno veliko za Meri i njenog brata Džona. Posle je ponovo uzela pismo gospođice Zore i pažljivo ga čitala.

Razmišljala je dugo o svemu, pa čak i o ovom Luletu. Kako je to gnusno: jedna devojka pati zbog njega, a on već stigao drugoj da se udvara. Olgu je obmanjivao, ovu zaveo, a Nedi pravi komplimente. A sigurno je da ga je ona iz ordinacije, kao i Olga, volela i patila zbog njega. Šta sve zna ovaj ginekolog i šta li se sve događa u njegovom kabinetu! Neda je bila radoznala da oslušne i upozna sve to tajanstveno što se skriva u životu današnjih žena i devojaka. Jednog dana pružila joj se takva prilika.

Tajne ispovesti u ordinaciji ginekologa

Lekareva mati morala je odmah posle ručka da ode svojoj sestričini. Zvala je, jer joj je bilo bolesno dete. Kazala je da se neće vratiti pre osam. Pitala je Nedu šta će ona da radi, a ona joj reče da treba da potraži jednu poznanicu gospođice Zore. I, zbilja, mislila je da ode tamo. Ali oko pola četiri predomislila se. U onoj sobi, između ordinacije i čekaonice, bio je jedan paravan. Tamo se mogla lepo skloniti, privući ga vratima i slušati.

Kad se radoznalost udruži sa lukavstvom, bolje uspeva. Tako je uradila i Neda. Obukla se kao da ide negde, ušla u čekaonicu, lagano se skrila iza paravana, a još je ranije odnela tamo jednu stolicu, da ne bi stajala. Nije dugo čekala. U čekaonici su već razgovarali. Lekar iziđe i pozva prvu damu. Najpre se čuo tihi govor, a posle su se čule ogorčene reči:

— Mrzim ga! Star je! Izmučio me. Zašto sam se udala za njega? Nije on ni za šta.

— Jesu li vas naterali? — pitao je blago lekar.

— Pa, kako se uzme. On je bogat i moji su govorili da ću biti srećna. Jadna mi moja sreća! Odvratan mi je, gnusan. Prevariću ga! Tako sam nervozna. Recite šta da radim?

„Šta li će joj Kosta savetovati?", uplaši se Neda. Laknu joj kad on poče da je umiruje, da joj preporučuje šetnju, dade joj nešto za umirenje nerava. „Bože, i zato dolaze ginekologu! Sad trpi kad si htela starijeg čoveka!" Baš je želela da je vidi. Ona brzo izađe i Neda spazi jako zarumenjene obraze.

Uđe druga pacijentkinja. Neda začu preklinjanje:

— Spasite me, gospodine! Ja ću se ubiti! Ali ja nemam novaca da vam platim. Mogu li na otplatu?

Lekar pristade, a ona je i dalje jecala:

— Voleo me je, obećavao brak. Prevarila sam se... otišla jednom k njemu. Kako je bio nežan prema meni, a posle sve gori, a ja sam bila sve luđa za njim. I tada sam opazila ovo. Išla sam kod jedne babice. Nisam smela da joj se poverim. On me je naterao da dođem k vama. Ali on nema visoku platu, ne može sve to najednom da plati. Užasno je to! Kako sam zamišljala ljubav. Moji ništa ne znaju, kao luda sam, dođe mi da popijem sodu! Spasite me!

Nedi su bile hladne ruke. Zar je to ljubav? Zašto se devojka toliko zaboravlja? Da li ona zna šta je očekuje, i da li bi učinila tako što da je mogla da prisluškuje ovako kao ona?

Lekar joj odredi dan i sat.

Ona iziđe žurno. Odmah za njom uđe treća.

— Kod mene ima nešto, gospodine doktore — zajauka žena. — Molim vas, pregledajte me! Ja ne znam šta je. Htela bih da se uverim. Ja ovo neću preživeti. On me je zarazio.

Potraja pauza u ordinaciji.

— Kod vas je, gospođo, gonoreja. Od koga ste je dobili?

— Od muža, gospodine! — jauknu žena. — Od njega! Bednik, upropastio me! A iz ljubavi smo se uzeli, volela sam ga više nego svoj život! — ridala je. — Zar da budem bogalj? Kako da ga gledam sada? Bolje da je crkô nego što mi je ovu nesreću doneo! Dve godine je bio tako dobar, a sad je poludeo. Juri svaku ženu, a ja nemam gde, moram da trpim. Ah, što ja nemam svoju službu? Pljunula bih ga posred lica, pa ostavila! Životinja jedna! Da me upropasti. A bila sam zdrava! I došla čedna u brak!

— Umirite se, gospođo. Morate se lečiti. Kad ste vi bolesni i on je bolestan. Možda se i on kaje.

— Ah, on se kaje, plače, preklinje me i moli da mu oprostim, ali ovakva se stvar u braku ne oprašta.

Lekar je blago govorio, tešio je i te reči umiriše ženu. Ona izađe i zasta u sobi ispred paravana. Uze ogledalce i puder i napuderisa se malo. „Jadnica, misli i na puder! Kako je bolna ova ispovest", sažaljevala je Neda.

Vrata se otvoriše i jedna dama zapahnu Nedu mirisom đurđevka. Veselo, sladak ženski glasić, govorio je lekaru:

— Hoću da me pregledate da se uverim da li ću biti majka. Ja i moj muž bili bismo najsrećniji.

Malo posle lekar izgovori veselo:

— Muža ćete obradovati, gospođo, imaćete bebu.

— Je l' moguće? Jaoj, što će on da bude srećan! Četiri godine otkako smo se uzeli, a nemamo dece. A tako smo srećni, samo nam je nedostajalo dete. On je činovnik u ministarstvu. Ja sam bila činovnica, pa sam napustila posao, on mi nije dao da radim. On ima tri hiljade mesečno i živimo vrlo lepo. Ja sve sama radim. Ništa mi nije teško — ispovedala se naivno lekaru. — Imate li telefon? Znate kako bih htela da mu odmah javim telefonom.

— Evo, ovde je telefon.

— Hoću samo da mu kažem: dobar dan, tatice!

Srećna mama opet pronese miris đurđevka, a Neda kroz rupicu od paravana ugleda jedan izazovan nosić i plave kovrdžice. Sve se na njoj smešilo: oči, kosa, nosić. Kako je to divno radovati se u braku dolasku deteta. Da li će i ona, Neda, dočekati kadgod takvu radost? Da li će je život lišiti svih ljubavi, i roditeljske i materinske? Zašto sve ove devojke ne sačuvaju sebe za ovakvu radost u životu?

Jedno bere promače i Neda spazi sasvim mladu devojku. „Šta će ovo devojče?", zgranu se ona.

— Gospodine doktore, došla sam... da me pregledate — poče da muca devojčica. — Ja sam... ne smem da vam kažem... — i briznu u plač.

— Šta, i vi? Tako mladi. Koliko vam je godina?

— Sedamnaest.

— Sedamnaest. Čekajte da vidim... — nastade tišina. — Da, mala, vi ste suviše poranili. A ko vam je ovo napravio? — čisto se naljuti doktor.

— On mene voli, gospodine. To je gazda naše kuće. On ima jednu veliku trospratnicu, a ja i mama smo stanovale u suterenu. Moja mama je udovica, ona radi kao dnevničarka. A gazda se zaljubio u mene.

— I vi ste odmah poverovali u njegovu ljubav? Je li on mlad čovek?

— Nije baš tako mlad. Ima četrdeset i devet godina.

— Oh! Pa to bi vam mogao biti otac! Zar vi, devojčica od sedamnaest godina, da gledate toliko starije?

— Ali on je tako elegantan i nije ružan i veliki je kavaljer! On će me uzeti. Samo, kaže, da je rano za mene, da sam mlada da budem majka. I on me je poslao k vama, koliko god tražite on će platiti. Verujte da će platiti! Samo me spasite. Moja mama ne zna ništa. On mi je rekao da ne kažem mami.

— Ne, mala gospođice, hoću da vaša mama dođe s vama.

— Moja mama?! Preklinjem vas, nemojte to da tražite. Moja mama bi me ubila! Ja sam krišom išla k njemu kad mama nije bila kod kuće. Htela sam da je iznenadim kad me on zaprosi.

— Da, vrlo lepo ste je iznenadili. Što vas ne isprosi sada?

— On hoće! Samo, kaže, da najpre ovo otklonite.

„Grešnica mala, kako ništa ne zna!", mislila je Neda. „Još se nada da će je uzeti. Stari, razvratni zavodnik! Ah, detence, tebi bi trebalo uši iščupati. Sirota mati u kancelariji, a kći, devojčica, ide u stan starim bećarima."

Devojčica udari u histeričan plač. Pretila je da će se otrovati, ako je lekar ne spase, i on je umiri rečima da k njemu dođe taj gospodin.

— Je l' da ćete me spasti? — jecala je kao dete.

— Videću! Ali je najbolje da obavestite mamu. Neka ona razgovara s tim gospodinom.

— Mama ga ne trpi i zove ga „keša matori"!

— Dakle, za vašu mamu je bio „keša matori", a za vas je šarmantni princ!

— Moj ukus se razlikuje od maminog! — žustro izgovori devojčica, uvređeno. — Ja ne volim balavce!

„Da si moja sestrica što bih te ja izbila!", govorila je Neda u sebi. „Teško toj majci!"

Za devojčicom uđe jedna devojka.

— Gle, opet vi? — iznenadi se lekar. — Pa vi ste već jednom tražili moju intervenciju.

— Ovoga je puta neću tražiti — energično izgovori pacijentkinja. — Hoću da rodim, u inat njegovoj porodici. On je dobar, voli me i uzeo bi me za ženu, ali njegovi ne daju, jer sam sirota devojka, a bolja sam od njegovih sestara. Nikoga nemam! Radila sam u jednoj trgovini kao prodavačica i bila čestita devojka. Verujte, gospodine, dok sam bila u trgovini za mene nije postojao nijedan muškarac. A jednoga dana, vi već znate, upoznali smo se, on se zaljubio u mene i ja u njega. Ne mogu da se potužim na njega. On je dobar, nežan. Davao mi je izdržavanje, imala sam svoju sobicu i kuhinju, samo sam za njega živela! Bili smo kao muž i žena. Ali nismo se mogli venčati. Sve me je uveravao: uzećemo se. Ja sam već imala jedan abortus kod vas. Sad sam kazala: hoću da rodim! I onda ću sa detetom da idem pravo njegovom ocu i majci. Ako me izbace iz kuće, skočiću sa detetom u Savu. Drugog izlaza nema za mene. A oni su mi već poručili da će me izbaciti! Pitam se nekad, gospodine, čime bih to ja obeščastila njihovu gospodsku kuću da im uđem kao snaha? Ja bih sve poštovala i volela, što su me sirotu primili. A ti bogati roditelji gledaju na nas, sirote devojke, kao na društveni izmet. Kako je žalosna naša sudbina!

Neda obrisa oči. „Jadnica!" Zar i ona, Neda, nije isto tako sirota? Zar i nju ne bi odgurnuli kao ovu prodavačicu?

— Možda će oni omekšati kad vide dete. Ko zna, možda će vas oni i zavoleti.

— A, to je neosetljiv svet! Ja verujem da bi oni više voleli da čuju da sam legla na šine, nego da budem njihova snaha. Čudim se, gospodine doktore, kako jedna majka može da zahteva od sina da se oženi po njenom ukusu.

— To je kod matera ljubomora. Svaka mati se boji, misli da joj sin neće biti srećan.

— Uobraženi su oni! Da ja imam jedno pola miliona, ne bi mi nikakve mane našli. Za njih je moje siromaštvo — porok. A on mi je pričao o svom ocu, da nije na pošten način stekao. Ali kad gospoda kradu milione, njima se klanja. A siromah kad ukrade hleb — oni ga oteraju u zatvor.

Kad je posle prolazila kroz predsoblje, Neda je ču kako teško uzdahnu. Prođe jedna lepa devojka. Brzo je govorila lekaru:

— Hoću, gospodine doktore, da me pregledate i da mi date uverenje da sam nevina.

— A što će vam takvo uverenje?

— Zato što mi on ne veruje da sam nevina. To je jedan činovnik koga ja volim, ali današnji mladići traže realnu ljubav, a ne platonsku. Možemo se uzeti tek za godinu dana, a on me neprekidno zove sebi u stan. Ali ja sam čestita devojka, gospodine doktore, i čvrsto sam rešena da mu ne podlegnem pre venčanja. Uzalud sam ga uveravala da sam nevina devojka, on mi ne veruje, i u poslednje vreme me toliko kinji tvrdeći da sam ja zgrešila i sad hoću samo da se venčamo da bi mu podvalila. I vazdan mi razvija svoje teorije kako devojka, ako iskreno voli mladića, treba da mu da dokaza svoje ljubavi, to jest... da budem njegova. A ja imam primer moje najbolje drugarice. Dala mu je dokaz svoje ljubavi i ostavio je. I zato sam se odlučila da mi vi date taj dokaz — lekarsko uverenje. Hoću da mu pokažem crno na belo da sam nevina.

„Ovo je pametna devojka!", mislila je Neda. Ipak ju je bolno razočaralo što su današnji mladići toliko nepoverljivi da jadne devojke moraju da traže lekarska uverenja o svojoj nevinosti. „Ja ga ne bih ni pogledala više, kad bi mi to zatražio.”

Bila je uzbuđena od svih ovih ispovesti. Pričekala je još jednu pacijentkinju.

Ona je govorila tiho, a zatim jače i Neda ču reči:

— On je oficir. Mi ne možemo da se uzmemo, jer ja nemam novaca za kauciju. A ja ga volim. Čini mi se, umreću za njega. On još neće da se ženi. I više volim što sam bila njegova, nego da se udam i žrtvujem svoju nevinost onom koga ne volim. Ako dođe jednom dan da se moramo rastati, ja ću se ubiti. I on vas je molio da me spasete, vi ga poznajete. Tako sam nekad nesrećna: voleti se… a ne moći uzeti se. Mučimo se oboje. I on pati i ja patim. A da nema te kaucije, on bi se sutra venčao sa mnom.

Lekar i njoj odredi dan, sat i cenu.

Kad je za njom ušla sledeća pacijentkinja, Neda se lagano diže i na prstima izađe. Nikoga nije bilo u čekaonici i ona brzo umače niz stepenice.

Sve te razne ispovesti ispunile su je bolom i zgromile njeno srce. Neke je osuđivala, druge žalila. Kao da je videla sve naličje ljubavi. Kako je velika sreća kad se zamišlja ljubav, a kako može biti gruba stvarnost! Sve su te žene volele i idealisale, sve su verovale u brak, čak i ona devojčica od sedamnaest godina. A ljubav ih je vrebala kao pauk i zgnječila im dušu i telo.

Šta sve jedan ginekolog ne sazna? Kako on pažljivo sluša njihove ispovesti. Zašto onda toliko grde ginekologe? Zašto ih osuđuju? Šta bi bilo sa svima ovim devojkama da ih oni ne spasu? Jedne bi popile sodu, druge legle na šine, ili uperile revolver sebi u srce. Zar društvo nalazi da više vredi život jednog embriona, nego svih odraslih devojaka? Osuditi ginekologa, znači dati za pravo muškarcu, koji može da upropasti, zavede i ostavi nezakonito dete majci. Zar tražiti od žene da čuva vanbračno dete i osuditi ginekologa, a tome vanbračnom detetu ne dati oca?

Plavi orao

Rasejano je išla ulicama poplavljenim plavom i crvenom svetlošću izloga.

Martovsko veče je bilo prijatno. Blesak sijalica u jednom izlogu trže je i ona zastade da gleda lepe boje svila koje su se prelivale kao vatromet. Bila je divna jedna crvena boja koja bi joj vrlo lepo stajala i odlazeći još je imala pune oči tog vatrenog treperenja.

Jedna muška silueta u uniformi pretrča joj put i kao, hotimice, čisto se sudari s njom.

— Sad sam vas uhvatio! — zabruja jedan sladak, poznati glas, od koga joj zadrhta svaki damar. Ona podiže zadivljene i uzbuđene oči i oseti kako je svu preplavi duboko plavetnilo očiju avijatičara Branka.

— Jeste li vi, gospođice Nedo, u Beogradu? Svuda sam vas tražio, ali nigde da vas vidim.

Mlada devojka još nije mogla da progovori, kao onaj što se zaleti iz daljine i izgubi dah, pa ne može da dođe do reči, samo je gledala te duboke, tamnoplave oči, i osećala da jedna muška ruka neprekidno drži njenu, podiže je, zavrnu rukavicu i spusti poljubac na njenu meku, belu kožu više članka.

— Da. Ovde sam, u Beogradu — jedva se pribra.

— Čudi me, kako da vas ne vidim? U pozorištu sam požurio za vama, ali sam video kako ste se odvezli autom! Pomislio sam da se niste udali?

— To je bio moj rođak, lekar, Kosta Božić. Kod njih sam u gostima.

— Vaš rođak! Ostajete u Beogradu?

— Ostaću. Gledam da nađem neku službu. A ja sam vas videla, vi mene niste. Bila sam u tramvaju.

— Gde ste me videli?

— Na Terazijama! Išli ste s onom istom gospođicom s kojom sam vas videla u pozorištu.

— To je moja rođaka! Jedna studentkinja.

Nešto nežno i toplo kao da preli Nedu. „Rođaka! Njegova rođaka!" Kako je slatko devojkama kad je rođaka ona koja im stvara bol.

— Kuda ste pošli? Smem li da vas vidim?

— Pošla sam... malo da prošetam. Ako vam je prijatno, možete me pratiti.

— Meni je uvek bilo prijatno da vas pratim. I da razgovaram s vama. Čini mi se da ste to zaboravili.

— Nisam zaboravila. Ali sam mislila da više nemate vremena da me se setite — govorila mu je s osmehom, a srce joj je ludo kucalo.

— Uvek sam na vas mislio, kad god sam bio u oblacima.

— Samo u oblacima. A na zemlji niste me se sećali? — smešila mu se slatkim osmehom, a mladićeve lepe oči bile su ozbiljne. Kao da mu nije bilo smešno njeno pitanje. Išao je i gledao je sa strane, a ona je osećala njegove poglede kao plamen koji joj prlji obraze.

— Čovek je najiskreniji kad je sam sa sobom. Gore pod oblacima mi ne mislimo o svakom. Tamo su s nama samo oni koji su nam simpatični, a svi drugi ostaju na zemlji.

Oko njih se širio miris proleća, koji se uvlačio u srce devojaka i budio čežnju. Zaboravila je u ovom času na ginekologa, na sve bolne i tragične ispovesti devojaka i žena; zaboravila je da su ovako isto slatke reči muškaraca mamile i očaravale sve njih. Ali što da i misli na to, kad je pored nje ovaj lepi plavi orao!

— Hoćete li da uhvatimo tramvaj, pa da odemo do Kalemegdana? Hteo bih da nešto s vama razgovaram.

— Možemo — prošaputa, ne misleći ništa. Osećanja su je obujmila i nosila kao talas. Mogao je da je vodi kuda hoće, išla bi s njim... i... išla; letela bi visoko do oblaka! Ljubav je sila koja uznosi, podiže; ona uvek teži da se ispne visoko, do ushićenja i radosti, a nekad se sruši i razdrobi jadno, napaćeno telo.

Stajali su u tramvaju jer je bio pun. Njeno rame je dodirivalo njegove grudi. Ljudi su se tiskali i ulazili, a oni su bili sve tešnje jedno uz drugo. Njoj su obrazi goreli. Nije smela da ga gleda; bila mu je okrenuta profilom, a on njoj licem, i svojim plavim očima milovao je njene lepe, rumene obraze. U mislima joj je ljubio oči, usnice, belinu vrata. U njemu je ostala čežnja za njom, sad je oživljavala, i on je želeo da je strašno stegne u zagrljaj.

„Šta ima to sa mnom da razgovara?", uzrujavalo je Nedu. Okrenula se i pogledala ga. I videla je tople, ozbiljne oči, one duboke muške oči koje zaluđuju srce devojačko.

— Da se spustimo ovim stepenicama — predloži avijatičar — da vidite onu aleju.

Išli su jedno pored drugog ispod tvrdih rimskih zidina uz koje su se vile žilice puzavica kao crne zmije. Tu se uvek osećao dah vlage koja izbija iz zidina, miris trave i gustog žbunja. Zapaljeni fenjeri kao lampioni bacali su svetlost sa zidina, kao da su ih tu postavili, ko zna pre koliko vremena, da osvetle svaku pukotinu i ciglu zida. Ispred te skamenjene prošlosti sedela je mladost sa svojim uzburkanim čežnjama. Klupe su bile do samog zida. Dva-tri para su sedela, šćućureni jedno uz drugo.

— Hoćete li da sednemo na onu klupu? — ponudi joj mladić.

Ona poslušno sede. Izgubila je moć govora i osećala je potrebu da sedne i sluša. Nije mogla da bude govorljiva, kao devojke kad su s kavaljerom. Njeno srce dvadesetih godina potislo je sve što dolazi iz svesti. Ćutala je i slušala, a on je pričao, okrenut njoj, sasvim blizu nje:

— Želeo sam davno da s vama razgovaram. Izgledalo vam je, možda, da sam se namerno povukao, da vam ne bih postavio pitanje i dobio odgovor koji sam želeo. Sećate li se? Trebalo je da mi date odgovor hoćete li biti moja žena? Još ni danas ne znam kakav je trebalo da dobijem odgovor te večeri.

Neda se najednom osvesti. Pitanje je probudi iz začaranog bunila u kome je bila ovih pola sata otkako je s njim. Seti se svega: svoje udaje, muža, tajanstvenog venčanja. Treba li da mu kaže ili da prećuti? Šta da odgovori sada? Tišina je uvek bila između njegovog pitanja i njenog odgovora.

— Neprijatno vam je da mi odgovorite? Znači, trebalo je da mi date negativan odgovor?

— Zašto me to sada pitate? Tako mi je teško da vam odgovorim. Ma kakav da je trebalo da bude moj odgovor, sada ne bi imao važnosti. Ja sam svesna toga.

— Po čemu mislite da ne bi imao važnosti? Ima osećanja jačih od svih odredaba zakona. Jedno želim da znam, Nedo: jeste li me voleli ili sam se ja varao?

— Pričajte mi nešto drugo — jeknu devojka. — Na to pitanje ne mogu da vam odgovorim.

— Zašto? — žustro je pitao i uhvatio je za ruku. — Ja hoću da mi kažete. Hoću da znam! Recite mi: volite li me?

Ona istrže ruku i čisto se odmače, kao da se nagla nad neki ambis pun cveća i mirisa ali opasan i strašan. Tako bi glavačke pojurila tome cveću, po cenu života. Mladić ostade na svom mestu, ozbiljan, i ona vide njegove rastužene oči. Govorio je kao da sa sobom razgovara:

— Možda sam se ja prevario. Zar se mnogo puta mi, mladići, ne prevarimo?! Vaše devojačke oči govore jedno, a srce drugo. Dakle, niste me voleli?

Nedine su usnice drhtale od bujice reči koje su se tiskale. Tako bi pričala o svojoj ljubavi, snovima, čežnji i bolu za plavim orlom. Gušilo ju je nešto u grudima i mogla je zaplakati; mogla mu se baciti na grudi s jecanjem i vriskom: čuvajte me! Uzmite me! Štitite me, tako sam sama u životu i strah me je te samoće! On skide kapu s glave i ona spazi tamni okvir guste kose. Ta lepa muška glava naže se malo k njoj, još bliže. Opet pruži ruku i uhvati je. Skide joj rukavicu. Stezao joj je prste, ljubio, prislanjao uz svoj obraz. Njoj su se talasale grudi, a suze mutile oči. Više nije imala snage. Zar mladost dvadesetih godina ima snage da se odupre magijskoj čari ljubavi? Osećala je da će mu pasti u zagrljaj?

Jedan par naiđe i mladić joj pusti ruku.

Čula je njegov ozbiljan glas:

— Nedo, vi znate da je nama, oficirima, potrebna kaucija za brak. Da nije te kaucije, ja bih se odmah oženio vama. Ja sam čuo da vi imate neke kuće? Vrede li one štogod? Da li bi to moglo poslužiti kao kaucija ako ih prodate? Ružno je u času najlepših osećanja govoriti o materijalnim stvarima, ali u životu ima više proze. I ta kaucija je proza bez koje ženidba nije moguća.

— Ono su stare kuće. Ne vrede više od pedeset hiljada.

— Pedeset? Treba, dakle, još trideset hiljada. Morao bih pokušati da ja nađem tih trideset hiljada.

Nedino srce je htelo da iskoči iz grudi.

— Hoćete li da me volite i da čekamo taj dan? Ja se neću ženiti. Pripadaću samo vama. Biću samo vaš: vodiću vas. Za nas vreme neće značiti ništa: godina, dve.

Ona je skočila s klupe kao luda. Osećala je kako joj se celo telo grči, gubi razum, osećala je slast tih reči. Opijale su je. Onesvestiće se od njih. Htela je da beži, da bude što dalje.

— Ne! Ne mogu! Ja bih patila... i vi biste patili... i jednog dana bismo se rastali — govorila je bežeći, a on je žurio za njom. — A ja nikoga nemam u životu. Kako bih izdržala da se razočaram, da me zaboravite. A to uvek dolazi! Ne mogu! Idite! Ostavite me! Nemojte mi govoriti — buncala je u bolu, gotova da se sruši, ali mladić je stiže, te njene uzdrhtale reči uverile su ga u njena osećanja. Ona ga je volela. Bio je srećan. Nije hteo da je pusti. Snažna ruka joj obuhvati ramena da je privuče sebi, da je pritisne na grudi. Strast je besnela u njemu.

— Nedo, vi me volite! Je l'te da me volite? Ja ću biti srećan! Mi ćemo se venčati! Ja vam se zaklinjem, biću vam veran! Jednog dana vi ćete biti moja žena.

Opet jedan par naiđe, i on je pusti. Ona pobeže na svetlost.

— Ne! Nikad! Nikad! To bi bila strašna patnja za mene!

— Zašto patnja, Nedo? Ako se volimo mi nećemo patiti. Vi se nećete razočarati u mene.

Ah, kako su bile slatke reči muškarca, kako su bile tople njegove ruke! Ali ona je bežala.

Zastala je, najednom je htela reći: „Znate li vi da sam ja udata? Hoćete li da me volite?" Ali je videla tople, duboke oči, koje su je nežno gledale, čula je šapat koji je rastapao njeno srce:

— Kako ćemo biti srećni! Mnogo ćemo se voleti!

A ona ga je gledala bez reči, bez daha. Da je bila mračna aleja, pala bi mu u naručje. Ali sijalica je izdajnički bleštala.

S njenih drhtavih usana otrže se:

— Reći ću vam u septembru.

— Zašto da čekam do septembra? Šta to znači? Treba li vam toliko vremena da ispitate sebe da li me volite? — pitao je rasrđeno.

— Tako mora biti! Onda ću dati mami godinu dana.

— Ja vas ne razumem. Da niste u nekoga zaljubljeni? Istina, onda ste bili s dvojicom mladića. Možda imate neku bolju partiju, pa velite: šta će mi ovaj avijatičar? Vi ste lepi, sigurno ste se dopali nekom. Sad mi je tek jasno! A ja sam uobrazio da me volite.

U očajanju ona ga ščepa za ruku. Stezala mu je prste.

— Nemojte da me žalostite. Zašto ste tako surovi? Moje je srce čisto. Ja nikoga ne volim. Ja sam samo vas volela. Znajte: vi ste moja prva ljubav! Ali do septembra, dok mami ne dam parastos, ne mogu vam reći — pošla je, ali on joj nije dao.

— Čekajte, kuda žurite? Da sednemo na ovu klupu.

— Ne, moram ići. Ne smem da zakasnim.

— Ja vam ne dam da idete. Odocnite! Nedo, nemojte da me mučite! Ostanite samo još malo! Ne dam vas. Slušajte, da se dogovorimo. Potražiću negde trideset hiljada, a vi prodajte kuću.

— Pustite me, Branko! Pašću.

A htela je da mu dovikne: „Ne, treba nam samo još deset hiljada!" Ali tajna, njena strašna tajna!? Da li bi je on kao oficir smeo uzeti? Ona bi bila raspuštenica. Ne, ona mu neće reći. Ona je bila srećna. On je voli! Šta ima lepše od ljubavi?

— Zbogom! Eno mog tramvaja.

— Nećete ići! — šaputao je stežući joj ruku. — Otkad sam želeo da s vama razgovaram. Neka ode tramvaj. Doći će drugi.

— Ne mogu. Nema smisla da me čekaju. Zbogom! — ona otrže ruku i uskoči u tramvaj, ali uskoči i on za njom.

— I vi idete?

— Hoću da vas pratim.

Sela je, a on preko puta nje. Sad je gledala na svetlosti. Njena dva velika, sjajna crna oka su plamtela, osenčena dugim trepavicama, bila su tako zanosno lepa od uzbuđenja. Sva duša čedne devojke prelivala se u njenim očima. A obrazi su bili kao ružičasti listići oko tamnih zenica. Usnice, kao zrela rumena trešnja, drhtale su nervozno. Nikad mu se nije dopala neka devojka kao ona. Voleo je njeno čedno rumenilo i uzbuđenje koje izaziva svaka reč muškarca. Mrzeo je blazirane devojke, koje umeju da se poigravaju muškarcima i uvek odgovaraju doskočicama ili u ironiji. Kod nje nikad nije bilo ironije. Sva je bila čisto osećanje i poezija.

Gledali su se. Ima trenutaka kada oči više govore od srca. Kako joj je bio sladak taj pogled. On je unosio svoje plavetnilo u tamnu tugu njenog života. Mogla je zaplakati od sreće. Suze su joj vlažile oči i one su bile još sjajnije. Okrenula je glavu prema prozoru, a okrete i on. Pogledi im se ukrstiše na onim bledim slikama na oknu. Posmatrali su jedno drugo. Čitavu svoju budućnost videla je u njegovim očima. Kako bi ga obožavala! Svaka njena misao pripadala bi njemu. Oh, biti njegova, imati svoj dom s njim, svoju porodicu! Seti se reči one mlade srećne mame: „Dobar dan, tatice!" Instinkt materinstva, koji se provlači kroz sva osećanja žene, dočaravao joj je sliku deteta s plavim očima. „Moliću kumu, ona će mi dati dvadeset hiljada. Da li bi mi i kum dao? Sigurno! Oni žele moju sreću."

„Možda bi mi ujak mogao dati trideset hiljada?", iskreno je mislio mladić. U ovom času želeo je da ona bude njegova žena. Bio je u jednom od onih raspoloženja kad mladić želi brak. Koliko puta kod mladića naiđe takav momenat, a posle se izgubi i smešno im izgleda. Video je onako slatku, sa sjajnim očima i napupelih usnica, i u svojoj uzbuđenosti ništa drugo nije želeo sem da ona bude njegova.

On se diže, morao je da ustupi mesto jednoj dami. Potiskoše ga oni sa sredine i dođe čak do vrata. Odatle ju je gledao i među onim ženskim glavicama njeno lice se izdvajalo u svojoj naivnosti. Naslađivao se posmastrajući je onako slatku i uzbuđenu.

A tramvaj je jurio. Večernji Beograd je sav blistao. Crvene, zelene i zlatne sijalice na reklamama gasile su se i palile i milele kao neke žive zmije. Svet se tiskao. Koliko je osmeha, radosti, bola i razočaranja bilo na ulici beogradskoj! Ali Neda je svuda videla lepotu. Kako je, zaista, u ovo veče Beograd bio lep! Činilo joj se da se sve smeši na nju. Čitav svet je videla u tim očima, svet njenih devojačkih snova.

„Ovde ću da siđem!" Ustade, nije htela da se vozi baš do njene stanice. Bojala se da je Kosta ne sretne.

— Ja ću sada sama — reče Branku.

— Zašto da vas ne dopratim do kuće?

— Nemojte! Tetka se može naljutiti kad vidi da me neko prati.

— Zar sam ja „neko" za vas, hoću li uvek biti samo „neko"?

— Vi to nikada niste bili. Ja vas oduvek zovem: plavi orao.

— Ako jednoga dana plavi orao pogine, hoćete li me žaliti?

— Zašto tako govorite? Ja ću se svake večeri moliti za vas.

— Ako budete iskreni u svojoj molitvi bog će je uslišiti. Hoćete li sutra da se nađemo?

— Ne mogu da vam obećam. Moje vreme ne pripada meni. Ako me tetka pozove moram ići s njom.

— Tetku više volite od mene. Znate da ja još samo sutra ostajem u Beogradu? Prekosutra putujem.

— A vi to ne kažete — rastuži se ona. Klonula je najednom. — Opet ćete odleteti?

— Ali ću vam doleteti ponovo.

— U septembru.

— Zašto taj septembar? — naljuti se mladić.

— Vi umete da se ljutite? — veselo je pitala, srećna što se on ljuti.

— Umem još kako! — ali se nasmešio, videći njene slatke oči. Stezao joj je ruku. — Sutra vas čekam kod „Londona" u šest.

— Nemojte! Ne znam da li ću moći izaći. Bolje da se oprostimo sada.

— Ja ću vas čekati sutra! — govorio je s upornošću mladića koji, pritisnut čežnjom, hoće po svaku cenu da vidi voljenu devojku. Kad bi ga takva želja uvek obuzimala! Zato su prvi časovi ljubavi najslađi i uznose devojku u snovima čak do neba. One su najsrećnije kad muškarci preklinju. — Doći ćete? — ponavljao je.

— Ne znam — otrgla se od njega i pobegla.

Nisu bili kod kuće ni gospođa Božić ni njen sin. Bila je srećna što je sama. Sedela je u spavaćoj sobi, kraj prozora, sa svojom srećom, u slatkim snovima. Stezala je ruku kao da je on steže. Ljubila ono mesto gde su bile njegove usne. Zamišljala je da ga grli, zavlači mu prste u kosu, pritiska na grudi, miluje po obrazu, ljubi mu usne. Sva je drhtala od ljubavi za njim. Zaboravila je i udaju i muža. To je bilo veče njene sreće, slatko kao ono kad je sanjarila u kući kraj peći očekujući momenat da pođe na bal.

Avijatičar je u tom času žurio. Razmišljao je kako da dođe do novca. On je voleo ovu devojku. Čak se raspitivao o njoj. Pre kratkog vremena dobio je pismo od jednog druga iz njene varoši, koji je znao za njegovu ljubav prema Nedi i on mu je najlepše pisao o njoj: da je divna devojka, skromna, nigde ne ide, ni s kim se ne zabavlja, radi u trgovini kod kuma, ali izgleda da je njegova ćerka Olga vrlo nepažljiva prema njoj i mrzi je. Podsećajući se toga pisma, avijatičar je zaključio da je ona zbog Olge došla u Beograd. One večeri, kad ju je video u pozorištu, bio je prosto zapanjen i razočaran. Osetio je bol. Bila je tako lepa, a u društvu dvojice muškaraca. Zabolelo ga je nešto, ali to nije hteo da joj prizna. Još kad je video da je sela u auto, osetio je gnevnu ljubomoru. Tražio ju je svuda po Beogradu i pomislio da se vratila u svoj grad. Pisao je drugu, pitajući ga da li je tamo i nije još dobio odgovor, a večeras ju je sreo. Nije voleo da ona ostane u Beogradu. Reći će joj da se vrati natrag. Beograd je opasan za mladu i lepu devojku. Video je kako je svi muškarci gledaju u tramvaju. Gledali su je i onda u foajeu. Dva oficira su mu čak napomenula: „Vidi što je lepa ona devojka!" Mladiću je prijatno kad je devojka koju voli lepa, ali ne voli da se drugi mnogo dive njenoj lepoti pred njim. „Sutra ću razgovarati ozbiljno s njom. Neka proda kuću, a ja ću zatražiti od ujaka trideset hiljada."

* * *

Bilo je četiri časa po podne. Neda je bila sva uzrujana: da li da ide ili da ne ide? Srce joj je šaputalo: idi! A razum je govorio: nemoj! Ti si udata! On će se razočarati kad čuje. Raščisti prvo s brakom. Tek sad je Nedi puklo pred očima, kako je ona sebe svirepo osudila štedeći onog mladića. Ona je mogla da ga otera na sud. I da se njen brak odmah poništi. Da li sve ono s maminom slikom nije prevara da bi zavarao svoj trag? Razne patnje su je rastrzale, ali u vihoru osećanja najjača je bila radost ljubavi: Branko nju voli i ona njega voli! Zar je on mogao biti drukčiji? Kako joj je bio svetao njegov karakter, kao nebo! „Ići ću! Hoću! Ništa me neće zadržati." Samo da ga vidi, da je uhvati za ruku. Još više: žudela je da sednu na klupu u senci rimskih zidina. Zašto nije ostala sinoć? Zašto je pobegla? Ruke su joj drhtale, kao da su mu se htele obaviti oko vrata. „Poljubićemo se! Njegove su usne tako slatke! Poljubiću mu oči, njegove plave, duboke oči!" A onda se trgla, uplašila sebe, svojih osećanja. „Ne, neću ići! Ne smem! Može se razočarati u mene ako me poljubi.” Šta znači za devojku prvi poljubac? Koliko radosti i straha! Ona ne bi htela da ide, a celo biće ju je gonilo. Oči su joj blistale, usne gorele, ruke su joj se grčile da mu se sviju oko vrata. „Idem! Idem!” Bilo je blizu pet.

Sva je bila blistava, umiljata. Svi su joj bili dobri.

— Gabi! Gabi! — zovnu nežno kućnu pomoćnicu. — Zašto vas zovu Gabrijela? Ja ću vas zvati Gabi.

— Vi ste dobri, pa mi tepate, a gospođe ne tepaju. Gospođice Nedo, jutros me je jedan mladić s prvog sprata pitao: „Ko je ona lepa gospođica kod vas?!” A ja sam rekla da ste rođaka gospođe Božić.

Neda se smejala što je Gabi tako govorljiva. Njoj je sve bilo smešno i svejedno. Svima da se dopadne, svi da joj prave komplimente, ništa je neće uzbuditi. Ali plavi orao! Njegove laskave reči bacale su je u ushićenje.

„Idem! Idem!” Tetka Mara nije kod kuće. Baš dobro! Da ne mora da izmišlja laž. Kosta je u ordinaciji. Neće je ni videti. Umaći će. Osećala je slatku tremu. To je trema pred sastanak. Ima u njoj i straha i slasti. „Obući ću kostim. On mi lepo stoji.” Izvadila ga je, očetkala. Prepravila ga je od jednog maminog kostima. Ali sad ju je nosio vihor ljubavi, prve ljubavi, najlepšeg i najčistijeg osećanja, bez razočaranja, bola, strepnji. Ona je volela i bila voljena. Obukla se. Sve novo, sve čisto, od čarapa do svilenog ružičastog kombinezona. Naparfimisala se. Pa i ona je bila malo koketna, jer je bila žena. Gledala se u ogledalu i nije mogla sebe da prepozna. Smešila se svojim očima i divila samoj sebi. U ovom trenutku zaljubljenosti bila je svesna da je bila lepa. Tesni crni žaketić fino joj je ocrtavao liniju. Ispod kratke suknje videla se divno izvajana noga. Stopala su joj bila mala i uzana. Stavila je šeširić, popravila kosu, prebacila tašnu preko ruke i zakopčala rukavice.

Bilo je pola šest. Za pola sata će stići.

Vrata su se otvorila, čula je korake. Spazila je Kostu. Bio je obučen, sa šeširom, u vrskaputu.

— Baš dobro! I ti si gotova. A ja sam baš hteo da te pozovem da idemo u bioskop. Kako si elegantna! — govorio je posmatrajući je. — Imaš i ugodan parfem.

Neda ga je gledala nemo. Kao da ju je šibala svaka njegova reč. „Ne mogu s vama, Kosta! Imam posla. Moram do jedne gospođe!", htede da mu kaže. Jaukalo je i grčilo se nešto u njoj. Ali zar je smela to da kaže? Zar on, lekar, ginekolog, koji poznaje žene, neće posumnjati?

— Je l' hoćeš?

— Hoću! — izgovori tupo.

— A kuda si se ti spremila?

— Da... prošetam.

— Onda bolje hajde sa mnom. Lepu sestricu ne smem puštati samu.

Ona se osmehnu da ne bi zaplakala. „On me čeka! Šta će pomisliti kad me ne bude? Razočaraće se." Ne. Reći će Kosti: „Onaj avijatičar me čeka. Juče smo se videli i razgovarali o braku! Možda se u ovom trenutku rešava moja budućnost."

Lekar se pipnu za džep.

— Gle, pošao bih bez novca! Idem samo da uzmem novčanik.

„Reći ću! On me čeka. Razočaraće se u mene. Moj lepi plavi orao!" U njoj se vodila borba. Očajna borba između srca i razuma. Proganjala ju je jedna misao: zar se odreći života, zar čuvati sebe za nekog ko se ne voli? Kako se divila onoj devojci koja je govorila: „Bolje pripadati čoveku koga volim, nego onome koga neću voleti". I ona, Neda, zavolela je, prvi put, svom silinom osećanja. Neka je uzme, neka je odvede. Pošla bi u ovom času svuda s njim. Reći će to Kosti. Ona ne da svoju sreću, svoju ljubav. Nikoga nema u životu, samo njega, samo je on voli!

— Možemo, Nedo — mirno je govorio lekar. — Tako si danas lepa!

Ona zausti da kaže: „Kosta, izvinite me! Ali ja sam obećala onom avijatičaru da ću izaći i on me čeka kod 'Londona'." Zausti ali ne reče, nešto ju je vuklo na dve strane, kao da joj je kidalo obe ruke i srce, i prošaputa pomirljivo:

— Možemo.

— Gabrijela, vi ćete reći mami da sam ja otišao s gospođicom u bioskop. Neka ona večera, mi ćemo kad dođemo — bio je vrlo pažljiv i nežan sin i nikad nije propuštao da obavesti majku.

Na ulici pogleda u sat.

— Imamo vremena. Predstava počinje u sedam. Da prošetamo malo! Hajde da se spustimo do ulice Miloša Velikog. Mrzim ovu gužvu na Terazijama.

Neda je besvesno išla pored njega; slušala ga je, a nije imala snage reč da progovori. Išla je kao slepac koga vode tuđe oči. Bila je za sve slepa: za prolaznike, zgrade, ovog lekara, samo je osećala svoje srce koje je kidao bol i jedan prekor: „Ti ne treba da dopustiš da te on čeka". U jednom momentu je obuze srdžba na samu sebe. Zar je ona ovoliko bez volje, da svako može da je vodi i ćuška? Jedan je nasilno odvede pred oltar i venča se s njom, a ovaj lekar je ovog časa otrže od onog za kojim je drhtao svaki njen damar.

— Što si se tako ućutala? Ja volim da mi pričaš. Nešto si neraspoložena.

— Nisam baš nimalo, nego razmišljam. A vi ste umorni. Ceo dan vam pričaju pacijentkinje.

— Kad sam s tobom, ja nisam umoran. Naprotiv, prijatno mi je da te slušam. Ti me osvežavaš — pogledao ju je meko, ali ona je gledala preda se i nije spazila njegov pogled. „Sad on čeka!" Satić na njenoj ruci pokazivao je šest. Osetila je najednom kako tone u neku gustu maglu. Oh, da može da se otrgne. Možda će kod Akademije sesti u tramvaj, ili poći gore ka „Londonu". Onda bi ga videla, pritrčala mu i izvinila se. Kako je devojačkom srcu teško kad voljeni čovek čeka, a nešto joj sputava svaki pokret i misli. Nedi se činilo kao da je u snu i hoće negde, žuri se, a ne može.

— Da prošetamo gore, pa ćemo kod bolnice uhvatiti tramvaj. Ovu ulicu najviše volim. Kad bih našao podesan stan, preselio bih se ovamo. Samo su dosadni automobili. Neprekidno jure, a šoferi su nemilosrdni s trubama.

Dve dame mu se javiše i pogledaše Nedu. Spazio je da je mladići gledaju. Bilo mu je vrlo prijatno što ide s lepom devojkom, kao zrelom momku, koji je već zašao u trideset šestu godinu, ali još uvek ima uspeha kod mladih devojaka. On je znao da kao lekar i neženja uvek interesuje devojke. Ali nije hteo da ih privlači njegov položaj, već on sâm. I kod starijih mladića uvek ima sujete kao i kod starijih devojaka, samo s tom razlikom što situirani ljudi vole da biraju najlepšu i najsvežiju mladost, misleći da im njihov položaj na to daje prava, a starija devojka prima ono što joj se ponudi.

Tramvaj je tutnjao s prskalicom i dve ogromne vodene lepeze šibale su mlazeve čak do travnjaka. Zamirisa trava i prašina.

— Moja sestrica stalno razmišlja? — dirnu je lekar.

— Sad ne mislim ni na šta nego posmatram zgrade. Kako ima lepih građevina! Svaka kuća je u drugom stilu!

— U tome i jeste lepota Beograda, što se ne izgrađuje po šablonu, i kuće ne liče na kasarne. Takmiče se kućevlasnici.

— A vi nemate svoje kuće?

— Još sam siromah! Mogao bih se zadužiti, ali neću da se ubijam otplaćujući interes.

— Lekari lepo zarađuju.

— Nije baš slavno, ali može se živeti. Svuda je nastala hiperprodukcija, pa i među lekarima. A, evo i tramvaja! Možemo tramvajem, pa ćemo se skinuti kod Spomenika.

Sedoše na Nedinu nesreću levo. A jedna grupa ljudi ulete u tramvaj kod Akademije i zatvori joj vidik s desne strane do „Londona”. Kao da se sve zaverilo protiv nje! Bilo je šest i dvadeset. „Da li on čeka?”, nije mogla da vidi. Poslednji plamičak nade ugasi se. Više ga neće videti, a on sutra putuje. Da li joj je ovaj Kosta učinio dobro ili zlo? Možda je bolje, ali njeno srce to nije htelo da prizna. Iz očajanja pala je u tupu ravnodušnost. Miki Maus i Paja Patak su vazdan izvodili na platnu, svi su se smejali, i lekar se smejao, a ona je ćutala. Videla je samo šare, crno i belo, ali je nije ništa interesovalo. Njen orao je odleteo i kao da su sve njene misli odletele s njim.

Lekar opazi njenu tugu. Pomisli da je žalost za mamom ili se setila nečega iz srećnih dana što je rastužuje, i nežno je uhvati za ruku.

— Hoću da budeš veselija — držao joj je ruku i nije je puštao. Ona se jadno osmehnu da bi mu učinila po volji i ostavi svoju ruku u njegovoj. Nije ni osećala da je to drži ruka muškarca, iako je ta ruka bila topla i meka.

Kupio joj je čokolade, ponudio i čaj, ali je ona odbila. Videći toliku ljubaznost s njegove strane, kao da se prenula i osvestila, misleći da kao gošća u njihovoj kući ne sme toliko da misli na svoju tugu. A prošao je i čas sastanka, on je otišao i njoj kao da laknu. Smirila se i posmatrala film, mada nije imala osmeha u očima.

Kad su izašli iz sale, lekar je pozva da idu pešice.

— Možeš li da pešačiš?

— Kako da ne mogu.

— Onda ćemo Aleksandrovom ulicom. Ja uvek izbegavam centar. Ovde čovek mirno razmišlja i ne guraju ga laktovima.

Ulica je bila tiha, ali i tu projuri tramvaj-prskalica. Sa Dunava je ćarlijao sveži vetar a skele na crkvi svetog Marka fantastično su se ocrtavale u noći.

— Sad mi moraš reći, ne možeš ti od mene da sakriješ, zašto si neraspoložena? Nisi nikad bila tako tužna kao večeras — uhvati je ispod ruke i privuče njenu mišicu sebi. — Zar nećeš da kažeš svome velikom bratu? Ja volim kad si iskrena.

— Možda sam i tužna, ali to je prošlo. Šta da vam pričam?

— Baš hoću da mi ispričaš. Šta je to što mi ne smeš reći?

— Ništa. Neću da vam kažem.

— A ja hoću da mi kažeš. Da te nije mama ožalostila?

— Kakva mama? Molim vas, nemojte da me pitate! Ja sam jaka i mogu sve sama da podnesem.

— A ja hoću da podelim s tobom tvoje neraspoloženje. Kad se polovina prenese na drugog, onda je lakše — šalio se lekar i naginjao se ka njenom licu. — No, hoćeš li mi reći? Dakle, moja sestrica ima tajni koje se ne smeju poveriti!

— To nije tajna koja se ne bi mogla poveriti. Baš kad želite, ja ću vam reći: večeras mi je kod „Londona", u šest sati zakazao sastanak onaj avijatičar koga sam videla u pozorištu.

Ruka doktora olabavi njenu mišicu. Sve je očekivao drugo, ali ne njen sastanak s onim lepim avijatičarem.

— To je, dakle? — promrmlja. — Pa što mi nisi kazala? Hm! Dosađivala si se sa mnom i bila neraspoložena sve vreme, a nisi mogla reći da te jedan avijatičar čeka!

Neda oseti ironiju u njegovom glasu i nastavi živo:

— Nisam se, Kosta, dosađivala s vama. Neću da to kažete. Meni je vaše društvo tako prijatno. Vi ste mi kao brat, ja tako osećam. Nego ja sam se i sama lomila da li da idem.

— A kad si se videla s njim da bi ti on mogao zakazati sastanak?

— Juče... šetala sam i on me je sreo. Reći ću vam sve. Pitao me je koliko vrede moje kuće, zbog kaucije.

— Dakle, govorili ste o braku? Pa koliko vrede tvoje kuće?

— Mislim... oko pedeset hiljada.

— A on bi našao još trideset — muklo izgovori lekar. Pustio je njenu ruku.

— Jeste. Tako je kazao. Ali ja se još ne bih udavala.

— Zašto? Ako ga voliš i on tebe voli, šta te sprečava da se ne udaš za njega? Ti ga voliš?

Ona sva klonu. Reč „voleti" izazva sećanje na njeno venčanje. Dođe joj da sve ispriča lekaru, ali taj novi talas osećanja uskomeša se i sukobi u njoj kao onaj šok od injekcije, kad špric pogodi u žilu, i ona se nasloni na drvo.

— Moj je život, Kosta, tako tragičan. Mnogo je bola u meni.

On je stajao pred njom i gledao to nežno, nejako biće, koje je život tako nemilosrdno šibao. I lekar se sažali nad tom lepom, malom devojkom, stvorenom za ljubav i nežnost. Blago je uhvati ispod ruke i privuče sebi.

— Nemoj da tuguješ. Ti ćeš se udati. Samo mi je krivo što si sakrila od mene da imaš sastanak. Meni je neprijatno ako si patila zbog toga.

— Bolje je što nisam otišla.

— Ti ćeš ga videti sutra. Hoće li on izaći?

— On sutra putuje.

— A da li te on iskreno voli? Jesi li u to ubeđena?

— Ne znam. Vi, kao ginekolog, najbolje znate koliko muškarci vole.

— Ti nećeš nikad dopustiti da se o tvojoj ljubavi ispovedaš ginekologu.

— Nikad! Verujte, Kosta, nikad! — razumela je šta je hteo da kaže. — Mene je nesreća zadesila i žalost u životu pre vremena napravila zrelom. Ja umem da razmišljam, jer moram sama o svemu da mislim.

— Onda, dopusti, da odsada i ja za tebe mislim.

— Hoću. Vi ste moj brat! Vidite, kako sam vam sve iskreno ispričala!

— Ipak nisi sve priznala. Nisi mi kazala voliš li avijatičara?

— Ja još ne poznajem ljubav. Da li može devojka da oseti da voli ako je s momkom samo dva-tri puta razgovarala? On je simpatičan, učtiv, uz to avijatičar. A vi znate da devojke vole avijatičare. Ali ja se neću udavati... ne mogu.

— Zašto ne možeš? — iznenadi se lekar.

— Ne mislim na udaju. Hoću sebe da osiguram — lagala je.

— Za tebe je, ipak, najbolje da se udaš.

— Da li biste mi vi odobrili, kao veliki brat, da se udam za avijatičara?

— Ako je pošten i zdrav mladić, zašto da ti ne odobrim? — išao je pokraj nje, držeći je ispod ruke, okrenut njoj licem i dugo je posmatrao. Ona oseti taj pogled, okrete se, nasmeši mu se, ali njegove oči ostadoše ozbiljne.

— Vi ste, Kosta, tako dobri! — progovori veselo, želeći da popravi njegovo neraspoloženje što ga je prevarila. — Večeras ste imali tako dosadnu sestricu i praštate joj. Ja sam mu tako i kazala da ne znam da li ću moći da dođem pošto sam u tuđoj kući.

— Zar ti je naša kuća tako tuđa? — zapita prekorno lekar.

— Ah, vaša je kuća meni tako mila! I vi i tetka Mara ste me kao rod dočekali, ali ja se moram pokoravati pravilima života vaše kuće i neću da pravim sastanke krišom od vas.

— Ali, da sam ja došao samo pet minuta kasnije, ti bi otišla na sastanak? Pogađam li?

Ona je ćutala. Kazao je istinu i nije smela da to porekne. Išla je pognute glave, a lekar je ništa više nije pitao. Najzad je prošaputala:

— Ja nikakve radosti nemam u životu. Recite, Kosta, da li sam zgrešila, što sam poželela da imam i ja jednu radost u životu!

U njenom glasu bilo je tuge i topline, treperila je mladost željna života, mladost ugušivana očajem, i on joj diže ručicu i pritisnu na nju usne. Ona je osetila, kroz taj poljubac, da joj on prašta i da je razume. Tek posle izgovori:

— Jadna Nedo, moraš znati da devojke skupo plaćaju svoje radosti života.

— Znam... i ja neću nikada takva biti. Je l'te, Kosta, sad ću nešto da vas pitam, ali iskreno da mi kažete: da li su vama, ginekolozima, žene odvratne?

— Odvratne? Zašto? — iznenadi se lekar.

— Pa vi žene poznajete i mora da su vam odvratne.

— A zar ti ne poznaješ svoje oči, uvo, nosić? I jesu li ti odvratni? Lekar gleda svaki organ u ženi, kao što ti gledaš svoje oko, uvo, nosić. Pravo si dete! — nasmeja se načas. — Zar bi ti mogla biti jednom ginekologu odvratna? Sve što je lepo, zdravo i normalno i lekar voli kao i svaki muškarac kad je to izvan njegove profesije. A na poslu on je samo lekar. Ti, dakle, misliš da smo mi ginekolozi ženomrsci?

— Nisam mislila da ste ženomrsci... ali sam verovala... da vam je antipatična žena, jer ona za vas nema nikakvih tajni.

— A ti si prva večeras imala jednu tajnu i sakrila je od mene.

— Pa to sam mogla reći ili ne reći. To je lično moje, što nema veze s vama.

— A ti zaboravljaš da si moja sestrica.

— Jeste, imate prava! Kao sestrica nisam bila dobra. Ali sestre uvek imaju svoje male tajne.

Taj razgovor je malo raspoložio, i nije smatrala da je nepristojno što je drži ispod ruke. Imala je čista osećanja prema njemu, a tako joj je bila potrebna jedna muška mišica. Nije mogla ni pomisliti, u svojoj naivnoj duši, kako je njena fina, topla mišica bila prijatna lekaru i da u ovom trenutku on nije imao najčistija bratska osećanja, jer se njena kovrdžava kosa meko talasa oko obraza, a u noći, dva velika oka bila su tamna i meka kao somot, dok se jedno vitko, mlado telo, graciozno gibalo pored njega.

Mati ih je dočekala u trpezariji. Plela je šal, sedeći kraj postavljenog stola.

— Ah, mi smo se mnogo zadržali, tetka-Maro. Izvinite! — uzviknu devojčica i poljubi nežno tu lepu gospođu, prosede, blago talasave razdeljene kose.

— Pa ništa... bili ste u bioskopu — ravnodušno izgovori mati, ne pokazujući ni srdžbu, ni raspoloženje. — Hajde, Gabrijela, donesite večeru.

— A kako, mama, tvoja žuč?

— Ućutala se! Vidiš, uvila sam šal i metnula crepić. Kad mi tu stoji nešto toplo, umine mi. Meni, Gabrijela, samo šolju mleka — ona uzdahnu, kao zbog žuči, ali u tom uzdahu bilo je i ljutnje na sina, što će da osujeti njene planove o ženidbi s bogatom devojkom. — Danas sam, Kosta, bila kod Miloševićevih. Pozdravili su te. Čude se što tako dugo nisi bio kod njih.

— Ima vremena! — odgovori hladno sin. To je bila porodica bogate devojke. Lekar je znao vrlo dobro zašto mu to mati govori i bi mu neprijatno. Snuždi se i Neda. Prefinjenom ženskom psihologijom shvatila je da ona majci nije mio gost. Samo je Gabrijela bila vesela i sa uživanjem posmatrala lepu Nedu.

— Ove kolače mesila je gospođica! Probajte, gospodine! — nudila je lekara.

— Neda? E, onda moram da probam. Ja volim kolače.

— Vrlo su dobri — primeti mati. — I ja sam jedan pojela, pa šta bude s mojom žuči. Ali s puterom su i neće mi škoditi.

— O, izvanredno, Nedo! Nisam znao da ti znaš i da mesiš.

— Ja sam u zavodu učila domaćinstvo, a i pored mame sam mnogo naučila.

— Bogami, i treba da znaš! — pohvali je mati.

— Kazala sam tetka-Mari, kad ona ode jedno jutro ja ću s Gabrijelom da skuvam ručak.

— E, mati, moramo probati taj ručak.

— Šta, da se petljaš po kuhinji? Neka, ja ću sama.

— Pusti je, mama! Ako pokvari, nećemo joj zameriti.

— Baš neću pokvariti! — veselo odgovori devojka. Lekar je pogleda i vide dva velika, blistava oka oko kojih su drhtale duge trepavice. Seti se avijatičara i njene simpatije prema njemu i ućuta. Dođe mu nešto krivo.

Posle večere on ode u svoju sobu. Nije dugo legao. Šetao je i stajao kraj otvorenog prozora. Ljutila ga je mati. Šta ima da ide kod tih Miloševićevih kad on ne misli da uzme tu devojku. Šta im daje nade? On je osećao da je već vreme da treba da se ženi. Zalazio je u one godine kad mladić postaje već mator momak i smešno izgleda da se posle ženi i pod starost da stvara decu. Sada je baš bilo vreme i treba da se ženi. Ta misao o ženidbi nekako mu se počela neprestano nametati otkako je Neda došla u kuću. Da li zbog toga što mu je mati ranije punila glavu da treba da uzme tu devojčicu, ili što ju je video. Dok mu je ona govorila o njoj, nije obraćao pažnju. Mislio je da je ona mala palančanka, neka glupa pansionatkinja. Ali, prvog dana kad se pojavilo pred njim ovo lepo devojče, visoko, bujno, inteligentno, kao cvet s čistog i mirisnog polja, on je osetio uzbuđenje. I neprekidno ju je osećao u kući, čuo njene korake, smeh, gledao njene oči, talasavu kosicu. Motrio je kako pomaže mami u sobi, u kuhinji. Osećao je da bi mu, zaista, mogla biti divna žena, kakvu on voli. Sviđalo mu se njeno vaspitanje, maniri. I kao zrelog muškarca uzbuđivala ga je ta sveža, čedna mladost, puna temperamenta.

I večeras da čuje ovo o avijatičaru! Da nije to kazala, još ne bi zavirio u svoje srce. Sad je po ljubomori osećao da mu je vrlo draga ova devojka. Bilo mu je krivo da pored njega ona misli na sastanak s drugim. Muška sujeta bila je povređena, tim pre što je znao kako su ga devojke rado gledale. Čuvao se da ništa ne oda pred njom od svojih osećanja, i predstavljao se kao brat, ali mu je suviše bila slatka ova devojka te nije mogao da ostane samo brat prema njoj. Uvideo je da bi ona bila najpogodnija snaha za njegovu majku. Jer nije želeo da odvoji majku od sebe kad se oženi. Nadao se da će ovo Nedino umiljavanje i njena nežnost omekšati mamu, ali video je večeras da nju samo novac može da omekša. Pušio je kraj prozora, uzeo novine, pročitao ih, pogledao spisak pacijentkinja, nešto sabirao i uzeo jednu knjigu. Zastade posle pred ogledalom. Nije bio lep kao avijatičar, ali bio je dopadljiv i snažan muškarac, i nije se morao bojati dvadesetogodišnje mladosti.

Samo da mu je da mamu smekša. Što ga neprestano napada: nađi joj službu? Neka još bude kod njih. Ništa im ne smeta.

Zaista, lakaru Neda nije smetala u kući. Mogla je sedeti koliko god hoće. Osetio je, štaviše, da je sva kuća lepša, življa i svežija otkako je ovo lepo devojče u njoj. Osećao je uvek zadovoljstvo kad posle ordinacije uđe u trpezariju i vidi je za stolom. Ona bi mu donela kafu, prinela pepeljaru, pratio je sve njene pokrete, i shvatio da je potrebno da se ženi. Stiče neke staračke navike i postaje suviše pedantan. A on je bio u onim godinama kad muškarac posle dugog momačkog života, ne znajući ni sâm šta se to zbiva u njemu, reši najednom da se ženi. Izgleda da je i kod njega nastao taj momenat, čega on još nije bio svestan, ali mati je predosećala. Grdila je samu sebe što mu je punila uši ovom Nedom. I ta njena ljutnja izlivala se kroz jadikovanja u spavaćoj sobi dok je pričala Nedi:

— Išla sam u Glavnu kontrolu do moga rođaka. Bila sam i u Državnom savetu i tamo molila za tebe, pa ništa! Svuda me uveravaju kako nema mesta. Teško je danas dobiti službu.

— Znam da je vrlo teško! — šaputala je Neda, i sakri glavu pod pokrivač da joj se ne bi otrgao jecaj. Plakala je.

* * *

Gospođa Božić je zamolila Nedu da ode i kupi joj vunice. A ona ponese i pismo za avijatičara da ga preda na poštu. Vratila se brzo jer je mislila da će kiša, pa je uhvatila tramvaj. Skinula je mantil i pomislila da su došle „Ilustracije". Htela je da ih najpre pročita ona, pa posle pacijentkinje. Bilo je tek deset sati pre podne.

Uđe, uze ih, i najednom ču prepirku između majke i sina. Mora biti da su bila odškrinuta vrata na ordinaciji, jer je jasno čula glasove. Htela je da se povuče da ne prisluškuje, jer je sin govorio majci:

— Iznenađuje me kako si bezdušna žena!

— Ja bezdušna žena? Natovario si mi bedu na vrat, pa ja bezdušna! Gde da joj nađem službu? Ti nećeš ni da mrdneš. Voliš da je tu, pored tebe.

„To se na mene odnosi!", pretrnu Neda sva. „Ja sam njima beda u kući." Oseti kako joj nešto hladno i puno jeze prođe kroz telo. Nije mogla ni da se makne.

— A što si toliko zapela za njenu službu? — nastavljao je sin. — Pa neka posedi malo kod nas. Vidiš, ona je vredna devojka, hoće sve da ti pomogne u kući. Nije ti nimalo na dosadi.

— I ti želiš da ona i dalje bude kod nas? Šta to znači, Kosta, i šta ti misliš s njom? Vidim ja šta je tu posredi. Znala je ona zašto je došla k nama, nije to badava.

— Ostavi, mama, molim te, takve razgovore! Zar ti ne osećaš sažaljenja prema toj devojci? Ona nema nikoga. Sama je na svetu. Ti si bar humana dama, radiš vazdan u nekim humanim ustanovama, pa trebalo bi da imaš više srca prema njoj. Pa i da joj nađem službu, kako da je pustimo samu kad nikog ovde ne poznaje?

— Jeste, ja sam humana žena, ali ovde je u pitanju tvoja sreća... i ja neću da pravim gluposti, kad si ti sav gotov na svaku glupost.

— Na kakvu sam ja glupost gotov? — izbrecnu se sin. — Neću da se ženim kako ti hoćeš, i ti si se uplašila što je Neda u kući. A ja ti kažem: bila Neda u kući ili ne bila, onu tvoju Miloševićevu neću uzeti. Ti samo misliš na bogatstvo, a ne pitaš se zašto joj je brat kretenast? Pa da ja, lekar, iz takve porodice, gde ima kretena, uzmem devojku! Zato oni i daju dve kuće. Mogu oni dati i deset kuća, ja je neću uzeti.

— Nećeš da je uzmeš? Tebi baš i liči devojka kao što je ona, od dvadeset osam godina. A s kim misliš da se ženiš? S balavicama.

— To je moja stvar. Kad se rešim da se ženim izvestiću te.

— Rešio si se ti, vidim ja, zato je ona i došla baš nama u kuću. Nije ona došla kao rodbina, nego joj je kazala njena mati da smo mi razgovarale da se vas dvoje uzmete. I uspela je: ulovila te je već.

Neda se nasloni na zid. Bila je bleda kao slonova kost. „Mama mi to nikad nije kazala. Ah, da sam znala!"

— Pa dobro, mama, i da uzmem Nedu, zar ne bi imala divnu snahu?

— Strašno! To je strašno! Kako zreo mladić može da poludi! Ja sam uvek mislila da ćeš ti umeti pametno da se oženiš, da osiguraš sebe za starost. Znaš li ti šta to znači?

— Znam, mama, šta znači. To znači da neću da imam kretenastu decu u braku.

— Nije to istina! Laže svet! Kakav kreten? Nije on hteo da uči školu, razmažen, jedinac. A svet priča: kretenast! Krivo im je što su bogati. Na bogataše je uvek povika! Ali ti ćeš se kajati. Uvalio bi se u takvo bogatstvo. Ali, gde nam ovo dođe u kuću? Otkako je ona došla, ti si se preobrazio. Ama, ja sam luda, luda po sto puta! Nije trebalo da je primim u kuću. Ah, što sam ti ranije pričala o njoj!

— Naprotiv, ti si najpametnija bila kad si mi o Nedi pričala kako je divna devojčica. I ja sam se uverio da je to istina.

— Pa šta ako si se uverio? Reci mi, Kosta, iskreno: šta ti misliš?

— Šta mislim zadržaću za sebe. Čekaću dok pregoriš bogatstvo Miloševića.

— Ja da pregorim bogatstvo? Kao da ga ja želim za sebe. Imam ja moju penziju i mogu divno da živim. Ali tebi sam dobro želela. A ti me sad ismejavaš. To mi je zahvalnost! I zaslužila sam to.

— Molim te, mama, prestani. Ja mislim da sam u svakom pogledu bio nežan sin prema tebi, ali kad je u pitanju moja ženidba, sâm ću birati devojku.

— I koju ćeš da izabereš?

— Zar ne bih mogao onu o kojoj si mi ti napunila glavu?

— Dakle, to je ozbiljno kod tebe? Ti hoćeš Nedu?

— Šta bi ti falilo da ti ona bude snaha? Pa ti si je volela, ne znam što si sad toliko protiv nje?!

— Ne boj se! Još danas ću joj naći službu, pa je ti nećeš više videti u kući.

— Mama, jesi li čula — viknu joj sin — ti moraš prema toj devojčici biti pažljiva. Bilo bi gadno od tebe da ona oseti kako ti je krivo što je u kući.

— Znam ja šta ću raditi.

— E, nećeš ti ništa raditi. Pokušaš li ma šta, sutra ću se venčati s njom. U inat tebi i svoj onoj porodici Miloševića, kretena i sifilističara!

— Dobro. Videćemo! Reći ću ja njoj da se još danas spakuje i da se vrati odakle je došla.

— Neće se ona vratiti! Ja joj ne dam. Naći ću joj stan, pa ću joj ga plaćati. Hoću i ja tebi da pokažem svoju volju. Nisam ja balavac da me ti ženiš nego ću se ja ženiti kako se meni sviđa! Pa ako hoćeš, živi sa mnom, a ako nećeš, imaš svoju penziju, pa traži stan.

Neda je stajala sva užasnuta naslonjena na zid. Uši joj zaglunuše i magla joj se spusti na oči. Čula je krik i plač majčin i sinovu viku. Htela je da pobegne, ali nije mogla da se makne. Čula je kako su tresnula vrata, pa žurne korake, otvaranje drugih vrata, i jedno razgnevljeno lice ukaza se pred njom. Mati zasta kao gromom ošinuta. Kriknu:

— Nedo! Otkuda ti tu, što si takva? Ti si sve čula?

Tutanj koraka ču se za majkom i izlete doktor. On shvati šta se dogodilo. Uplaši ga smrtno bledo lice, poplavele usnice i jurnu ka devojci.

— Nedo, nemoj da se uzrujavaš. Ti si čula... je li? Ali nemoj to da primiš srcu. Mama samo tako govori, ona te voli.

Sirota devojčica je bila sva ukočena, stegnutih vilica, raširenih očiju. I kao da je najednom nešto ožive, elektrizira, vrisnu u grčevit plač, previ se preko stolice, zajeca. Sva se tresla od plača.

— Ja ništa nisam znala. Nisam, bogami! Mama mi nikad ništa nije kazala. Ja sam vas kao brata volela. Nikoga nemam. Svi me mrze. Šta sam kome učinila? Zašto ja živim? Ne, ja neću da živim. Nije mi potreban život. Ja sam tako nesrećna. Oh, kad biste vi znali!

— Ti si dobro dete! Tebe svi vole. Ko tebe može da mrzi? I mama te voli. Nemoj da plačeš. Umiri se.

Mati, i sama potresena, i možda stideći se i kajući, milovala ju je po ramenima.

— Nemoj, Nedo, na mene da se ljutiš. Ja sam mati. Treba da me razumeš. Život je težak, pa brinem za Kostu.

— Ne ljutim se ja, tetka-Maro — odgovori Neda naglo. — I vi me nećete mrzeti i nećete me se bojati kad čujete nešto. Nisam ja došla s tom namerom da vas, Kosta, uhvatim! Da sam znala samo da je tetka-Mara o tome razgovarala s mamom, nikad ne bih ni došla u vašu kuću. Ja sam gorda! I nemate se čega bojati. Reći ću vam nešto što sam dosad krila, to je jedna strašna tajna, ali vi je morate čuti: ja sam venčana!

Kod tih reči je ponovo briznula u plač, sva se tresla, oplakivala je i sebe, i svoju mamu, i onu strašnu noć.

Mati i sin se zaprepašćeno pogledaše. Da li ona govori svesno ili besvesno? Doktor se naže, podiže joj glavu.

— Kad si se udala? Za koga si se udala?

Ona nije mogla da odgovori od jecaja. Glas joj se kidao.

— To je tajna... tajna... strašna tajna. Ima tu nešto što ja ne znam. Neki greh... koji ja moram da iskupljujem.

— Pa ko je tvoj muž? — iznenađeno je pitao lekar.

— Ne znam. Ne znam ni kako se zove. Ni šta je. Ništa ne znam. Jedna strašna noć, noću smo se venčali. Oteo me je. Prisilio.

— To je zločin! — uzviknu lekar. — Kakav je on zlikovac? Što to nisi odmah kazala. Hajdemo u spavaću sobu da nam sve ispričaš. Ako je tebe neko prisilio, ništa lakše nego da se poništi taj brak. Hajdemo u sobu.

— Budi bog s nama! — krstila se mati. — Da se tako venča — ali malo se umiri kad ču da je Neda udata. Doktor je obuhvati oko pojasa i uvede u spavaću sobu. Donese joj čašu vode, sede pokraj nje i natera je da im sve po redu ispriča. Ona je pričala, s grcanjem, onda nastavi dalje o životu u Perićevoj kući. Kad je počela, bar sve da iskaže, neka čuju, kako je ona svuda u kući „beda". Nije htela da prećuti ni za kuma i njegova nasrtanja.

Lekar je slušao namršten i tek bi mu se otrgla neka reč srdžbe i zaprepašćenosti. Mati je bila prikupila šal oko pojasa, kao da joj se žuč uznemirila. Sve te bolne reči koje su se kidale sa usana uplakane devojke bile su prekor i njoj. Trže se kad joj Neda upravi pitanje:

— Je l'te, tetka-Maro, recite mi, ako znate, da li je moja mama imala kakav greh?

— Ja ne znam, Nedo, živ mi Kosta! Kakav bi greh tvoja mama mogla da ima? Ona je bila idealna devojka, skromna, čestita.

— To je neka vucibatina! Kakav greh on izmišlja? Odmah ćemo ga prijaviti sudu. Pronaći će njega policija. Našao tebe, dete, da te zaplaši! Odvukao te u crkvu kao apaš i prisilio na venčanje! O, boga mu, takve se stvari događaju, a policija ne može da uhvati takve pokvarenjake!

— A da nije, Nedo, neki greh tvoga oca? On je mnogo grešio u životu. Da nije nekome zaveo sestru, pa se ovaj mladić osvetio na tebi? — pitala je gospođa Božić.

— Šta ima da se sveti venčanjem? On bi našao drugi način da se osveti, onako kao i njen otac, ako je upropastio njegovu sestru — umeša se doktor.

— Gospođo, došla je gospođa Ranković — pozva Gabrijela doktorovu majku.

— Zatvori, mama, ova vrata.

Mati izađe iz sobe, a doktor je ćuteći šetao po sobi. Priđe otomanu i sede pored Nede.

— Sad hoću da znam kako izgleda taj mladić?

— Pravo da vam kažem nisam ga dobro ni videla. Visok je. Ima sive oči. Ali je inače smeđ.

— Zašto si ćutala i nisi ga prijavila?

— Nisam htela, ako je neki mamin greh, da se iznosi u javnost. O tati i njegovim avanturama se već toliko pričalo, pa sam htela da sačuvam čistu uspomenu na mamu. Nju su svi cenili, i ako ona nije htela da se nešto zna iz njenog života i kad je to sakrila, nisam ni ja htela da se posle njene smrti to sazna.

— Pa to je ludost, Nedo! Jedno je nasilje izvršeno nad tobom, prisilio te je na venčanje i ti iz nekih razloga, koje je taj mladić možda i izmislio, kriješ sve to. Svi obziri prestaju kad je u pitanju tvoja budućnost i tvoja čast! Možda je on tebe i upropastio... deflorisao? On te je narkotizirao.

— On mi ništa nije učinio. Bio je učtiv!

— Otkuda ti znaš? Treba da te pregledam.

Nedi obrazi buknuše.

— Nije on meni učinio ništa! Toliko sam svesna. Ja bih umrla od stida da me vi pregledate.

— Koješta! Zašto da se stidiš od mene, lekara? Bolje da te pregledam.

— Neću, sramota me je! Ništa on meni nije uradio. Ja sam nevina.

— A posle, kad ste se venčali, je li bio učtiv? On ti je tada bio muž.

— I onda je bio vrlo pažljiv. Kao da je samo hteo da se venčamo i ništa više.

— Ne razumem! — progovori lekar. — Tu se nešto krije.

— U septembru ću doznati šta je!

— Zašto do septembra da čekaš? Još ti i rok postavlja, a ti ga možeš odmah sutra prijaviti.

— Neću da ga prijavljujem sudu.

— Zašto nećeš? Onda znači da ti se dopao? — ljutito je govorio doktor.

— Ja na njega ne mislim, ali ne volim da se od toga stvara senzacija preko novina. Pričekaću do septembra i onda će se on pokoriti kako ja želim.

— A šta ćeš ti uraditi tada? — naže se lekar k njoj.

— Ne znam... Sad mi je najvažnije da nađem neko mesto. Udata ili neudata, svejedno mi je. Sutra idem iz vaše kuće. Imam adresu jedne činovnice, kod nje ću dobiti stan! Imam kiriju sedam stotina dinara. A imam kod sebe, u koferu, dvanaest hiljada. U prvo vreme moći ću da živim.

— Ja ti ne dam da ideš. Mama samo tako priča, a ona je u suštini vrlo dobra. Ti moraš ostati kod nas.

— Nikako, Kosta. Vi ste, zaista, divan čovek! Čula sam kako ste govorili o meni lepo, sažaljevali ste me. Nikad vam to neću zaboraviti. Ali ja smetam u vašoj kući, a ja sam osetljiva i gorda. Vi ne znate kako je to strašno osećati se kao nemio gost u tuđoj kući. Zašto da stvaram razdor između vas i majke? Ona vas voli i želi vam dobro i sreću. Vi treba da uzmete tu bogatu devojku.

— Dakle i ti mi želiš dobro i sreću, je li? Hvala ti, Nedo! — govorio je ironično. Naglo je uhvati za ruku i steže. — A kako ti misliš da živiš sama u Beogradu?

— O, ne bojte se za mene, Kosta! Gorčine u mom životu naučile su me i mogu da ocenim svet. Glavno je da nikome ne verujem. Uostalom, ja sam udata žena — nastavi s osmehom — i ostaću verna svome mužu.

— Vidim da si se ti u tog seljaka zaljubila. Devojke vole romantične avanture. Ko zna, možda je on neki bogataški sin. I treba da ga čekaš! Dakle, nećeš ništa preduzimati preko policije?

— Neću.

— I nemoj, to ti je pametno.

— Kosta, vi se ljutite na mene? — nežno mu se obrati Neda. — Ja ću vas uvek voleti kao brata.

— Ljutim se što sam mislio da kao pametna devojka umeš bolje da rasuđuješ. A sad vidim da si i ti sentimentalna kao sve devojke, zbog čega one i propadaju u životu. Kad misliš da se vidiš s mužem?

— U septembru. Tako mi je kazao preko telefona.

— Dok on sredi svoje prilike. Sigurno zato. A jesi li pomislila da bi, možda, mogao da bude vođa razbojničke družine, koja pljačka i ubija? I jednoga dana ga izvedu na osuđeničku klupu, a pored njega i tebe, njegovu ženu — govorio je jetko.

Devojka je ćutala, ali suze kao rosa, ovlažiše joj lepe zenice.

— Zašto mi sve to govorite? Zar nemate više sažaljenja prema meni? Tako ste strogi. Niko me ne voli — spustila je glavu na jastuče i zaplakala. On sede kraj nje, diže je i privuče na grudi.

— Zato baš govorim što te žalim, i krivo mi je što te je jedan nepoznati mladić vezao uza se brakom.

Ona mu se izvi iz naručja, bojeći se da ne naiđe njegova mati. Lekar osta na divanu, zapali cigaretu i zamisli se.

— Ti imaš kombinaciju i za brak s avijatičarem?

— Dok ne vidim šta će biti u septembru, ne mislim na brak ni sa kim. Zbog toga sam se juče i dvoumila da li da idem na sastanak ili ne.

— Jesi li avijatičaru ispričala za venčanje?

— Nisam. Ovo samo vi znate i tetka Mara. Ako hoćete da mi nešto učinite, Kosta, silno biste me obradovali da mi nađete neku službu. Ali da se ja prvo upišem na daktilografski kurs.

— Razmisliću. Ako nemaš dovoljno novca, ja ću ti dodavati svakog meseca.

— Od vas neću ništa da primim. Pre bih umrla od gladi.

— Zar ni kao od brata?

— Hvala vam. Imaću dosta. Sutra ću već da nađem stan.

— Dobro! A da li ću smeti da te posećujem? Hoćeš li da iziđeš neki put sa mnom?

— Razmisliću. Imajte na umu da sam udata, a on mi je kazao da želi da ne čuje ništa ružno o meni, jer je i on pošten mladić.

Lekar se ponovo diže i stade kraj prozora. Lupkao je prstima u okno.

— Žene su sve iste — govorio je kao za sebe. — Dakle, ti ga voliš? — okrete se najednom.

— Ne mogu ga voleti kad ga ne poznajem. Ja sam vam već kazala da još nisam upoznala ljubav u životu. Šta sam i mogla da znam? Došla sam iz zavoda u avgustu, a u januaru sam ostala bez oca. Moje srećno devojačko doba bilo je od avgusta do januara, a tada nisam imala nikakvih doživljaja.

— Nikakvih doživljaja! — šaputao je doktor gledajući je pravo u oči.

— Moji doživljaji su bili samo tragedije.

— Slušaj, Nedo, obećaj mi nešto! — žustro izgovori i uhvati je za ruku. — Hoćeš li da se rastaviš s njim?

— Zašto mi unapred tražite obećanje, kad još ne poznajem tog mladića.

— Ja želim da se rastaviš s njim! — naglasi on jače.

— Videću u septembru — izvukla je naglo ruku. Čula je da se njegova mati oprašta s gošćom.

Neda izađe brzo u trpezariju.

— Ovo je kuma Juca... Ima unuku, u drugom je stanju. Prvo joj je dete, pa te je molila, Kosta, da je pregledaš, doći će posle podne. Nedice, nemoj da se ljutiš na mene! — sažali se najednom.

Neda joj se obisnu o vrat i pritisnu svoje sveže usnice na njen obraz.

— Ne ljutim se, tetka-Maro. Bogami vas volim i razumem vas. I ja sam Kosti kazala da se oženi tom devojkom.

— Hvala ti, Nedo! Reci mu opet! To je dobra devojka. Zato se ja i ljutim na njega. Nije da ja tebe ne volim. Volim te, bogami! Plakala sam kad sam čitala za sirotu Ranku i posle dobila tvoje pismo. Šta ćeš, svaka majka želi da joj se sin što bogatije oženi. Lekari ne rade kao nekad što su radili. Još Kosta i bože pomozi! Ali ima sirotinje među njima. Sada i ja dodajem moju penziju, a kad ja umrem ostaće samo na svojoj zaradi. A koliko staje stan? Pa sam u ljutini sve ono govorila. Nemoj, srce moje, da se ljutiš na mene! — govorila je iskreno i nežno, ali ta njena iskrenost je dolazila i od saznanja da je Neda udata. Nije ona marila mnogo kad bi on s njom živeo, provodio se. On je ginekolog, lako mu je da sve otkloni. Ali da se zaljubi, a ona je videla da se on veoma zagrejao za Nedu, to je nju uplašilo. Ali ova njena udaja došla je sada kao tuš! Rashladiće se i on!

— A hoćete li da me volite, tetka-Maro, makar malo? — nežno je pitala. — Ja nemam nikog.

— Bože, dete moje, pa kako da te ne volim? — rasplakala se najednom i ona i poče da je ljubi. — Zar da ne volim tebe, Rankino dete? Pa mi smo bile najbolje prijateljice, kao jedna porodica. Gospod me ubio! Otkuda sve ono da kažem i ti da čuješ?!

— Bolje što sam čula. I lakše mi je što sam i ja vama sve kazala. Rekli ste da ćete jutros nešto da mesite. Dajte da ja mesim kolače!

— Hajde, mesi — raspoloženo je govorila. — Šta god hoćeš, umesi. Ima i čokolade, i putera, i šećera. Ne znam samo da li je Gabrijela kupila jaja. Ali, jeste. Juče je uzela.

Lekar je zamišljeno slušao taj razgovor i uverio se koliko divno srce ima ova devojka i kako bi to bila slatka i umiljata ženica. „Omekšaće mama prema njoj i zavoleće je", tešio je sebe, jer je vrlo dobro poznavao srce svoje majke.

Na mansardi

Iako je gospođa Božić posle one scene sa sinom bila vrlo pažljiva prema Nedi, ona nije želela da se više zadržava u njihovoj kući. Odmah sutradan, pošla je da nađe onu činovnicu iz ministarstva, prijateljicu gospođice Zore, i da vidi može li je primiti u stan.

Bila je nedelja pre podne i Neda uđe u jedno uzano dvorište kroz koje se protezalo uže, a s obe strane bili su stanovi. Nešto teskobno i zagušljivo osećalo se u tom uzanom dvorištu nad koje su se s obe strane natkrilile dve visoke zgrade kao kule. Uže se protezalo po celom dvorištu, s jednog kraja na drugi, i na njemu su visili mali i veliki kombinezoni, gaćice, navlake i čaršavi. Saksije s kržljavim cvećem zelenele su se u prozorima, a iz česme nasred dvorišta šibao je mlaz ispod kojeg je jedna mlada devojka, u plavim papučama, držala kantu. Razni mirisi širili su se iz kuhinje. Iz jedne je izlazio dim zagorelog mleka.

— Gospođice, da li je kod kuće gospođa Vera Milivojević? — zapita Neda onu devojku na česmi.

— Jeste, eno je! Ona što trese ćilim.

Neda požuri, a gospođa Milivojević zasta na pragu s ćilimom u ruci, čuvši da neko pita za nju.

Neda spazi jednu simpatičnu ženu velikih crnih očiju i visoka čela. Bilo je nečega bolnog u njenom pogledu, kao kod žena koje su patile i imale briga u životu.

— Dobar dan, gospođo! Ja sam Neda Pavlović.

— A, vi ste gospođica Pavlović! Znam, pisala mi je gospođica Zora.

— Tražila sam vas nekoliko puta, ali ste uvek bili u kancelariji.

— Rekli su mi već ovde u avliji. Izvol'te unutra! Ali, izvinite: ja istresam sobu. Baš sam ribala patos. Još je mokar. Kad dođe nedelja, ne znam šta ću pre.

— Neću da vam gazim! Mogu i ovde u predsoblju.

— Čekajte, samo da prostrem ćilim. Sedite vi i izvinite jedan čas — činovnica brzo prostre ćilim po podu i pozva Nedu u sobu. Lepa je bila sobica, s dva sastavljena kreveta, njena bračna soba, jer je bila raspuštenica, dva ormana, otoman, jedan sto i stolice.

— Tako mi je žao! — poče činovnica. — Vi ste zbog stana došli? A ja imam jednu činovnicu. Uzela sam je pre mesec dana. Jutros nije kod kuće.

— Uh, i meni je žao! A da li biste, možda, znali gde bih mogla naći sobu.

— Čekajte. Znam... jednu krojačicu. Meni šije. Vrlo dobra devojka. Ona i majka. Izdaju jednu sobu. Baš mi je onomad kazala da gledam da joj nađem nekog. Na mansardi stanuju, ali lepa je i svetla sobica. Daju sa stvarima i bez stvari.

— Da li biste mi mogli dati njenu adresu?

— Mogu. Nije daleko odavde. Treća ulica. Vi biste mogli privremeno kod njih, pa posle ako se ova činovnica uda, ona ima verenika, ja ću vas uzeti. Gospođica Zora mi je tako lepo pisala o vama i o svim vašim nesrećama i životu.

— Da, ja sam mnogo preživela — uzdahnu Neda.

— Šta ćete, takav je svuda život. I ja sam se rastala. Jedanaest godina sam bila u braku, a posle rata moj muž ni da čuje za mene. Naučio u ratu sâm, pa mu dosadila žena. I ja se nađem na ulici bez ičega.

— Čula sam. I posle ste morali da učite školu.

— Svršila sam, moja gospođice, privatnu trgovačku školu. Bila sam udata žena, ni pomislila nisam da ću učiti školu posle jedanaest godina braka. Nije to bilo lako. Ne ide u glavu. Sve u svoje vreme. Ali ja legnem na knjigu. Učila sam i dan i noć. I hvala bogu, svršim školu, dobijem službu, sad sam i razvrstana. Ali šta sam sve prepatila! I svakoj majci kažem: školujte žensku decu! Ja imam ćerku, i neću da prođe u životu kao ja. Dala sam je u učiteljsku školu i stalno joj govorim: uči, vidiš moj primer!

— Blago njoj kad ima majku! Sve je lakše u životu podneti kad se ima mati. Nego, objasnite mi, gde je ta ulica. Da vas ne zadržavam, vi imate posla.

— Neka, svršiću! Ceo dan je preda mnom. Nedeljom i ne izlazim. Puno se nakupi poslova. Meni je i nedelja radni dan. Dakle, evo ovako ćete da idete...

Objasnila joj je i rekla broj, i Neda se vrlo srdačno oprosti s njom. Žurno dođe do jedne velike kuće. Prođe kroz hodnik, betoniran i hladan. Pope se do prvog sprata. I u tom su se hodniku osećali razni mirisi.

„To je na mansardi! Imaš još da ideš. Ovo je prvi sprat... drugi... treći. A, ovuda se ide na mansardu." Dođe do jednih vrata. Pojavi se jedna devojka tridesetih godina, s lepim plavim očima.

— Dobar dan, gospođice! Mene je poslala gospođa Vera Milivojević. Kaže da imate jednu sobu za izdavanje.

— Imamo — brzo prihvati devojka. Za njom se pojavi lice materino sa sličnim očima. — Mama, gospođa Vera je poslala gospođicu zbog sobe.

— Imamo, imamo! — živo je govorila i mati. — Jeste li vi studentkinja?

— Nisam. Došla sam iz unutrašnjosti da ovde nađem službu.

— Nemate službe? — malo razočarano izgovori mati. Neda oseti da se ona možda plaši za kiriju.

— Ja imam kiriju od kuće, a nikoga nemam, pa bih htela još nešto da zaradim. Moj otac je bio direktor banke, ali je... umro. Nemam nikoga, i mati mi je umrla. Možete pitati gospođu Milivojević o meni.

— Dobro! Dobro! Pa izvolite, ako vam se dopadne soba! Zdrava je i svetla. Celo posle podne je greje sunce. Između nas je kuhinja.

— A koliko staje?

— Pa... dvesta dinara. I trista smo dobijali, ali vama ćemo dati za dvesta. Imate čistu postelju, umivaonik, orman.

Nedi se sobica svidela. Niska, ružičasto obojena i svetla.

— Dopada mi se, gospođo. Mogu li se sutra odmah useliti?

— Možete i sad ako hoćete — govorila je brzo mati, bojeći se da ne ode, pa da se ne vrati više, kao što se često događa. Dođu, vide, pogode se i ne vide ih više.

— Sutra ću doći. Mogu odmah i kiriju da vam platim.

— Kako vi hoćete! — raspoloženo je govorila mati.

— Evo, baš imam dvesta dinara! — pruži im novac.

— Hvala... veliko hvala! I bolje unapred da se plati. Pravo da vam kažem: koliko nam je njih odnelo kiriju? Čekaj jedan mesec, čekaj drugi, sve velim: sirotinja, da ne isteramo, a i mi smo vam sirotinja.

— Vi ste krojačica?

— Jeste... ali teško se živi. Nekad ima posla, nekad nema. Mušterije sve čekaju, pa kad se natrpa, ne mogu glave da dignem, a posle sedim besposlena i po mesec dana. A šta vi mislite da radite u Beogradu? — pitala je krojačica. Osetila je malo nepoverenje prema ovoj lepoj devojci, koja je tako došla u Beograd. Da nije od onih što hoće lako da žive?!

— Ne znam ni ja kako da se uposlim. Bila sam u zavodu. Govorim nemački, francuski, sviram na klaviru. Volela bih da budem vaspitačica. A sad ću se upisati na daktilografski kurs.

— Da li dobro govorite nemački?

— Vrlo dobro.

— Mama, sad se setih: gospođa Anđelković je otpustila guvernantu Nemicu. Kaže, neće više da drži guvernantu u kući, nego bi uzela neku devojku koja bi govorila nemački s njenim devojčicama. Jedna je u prvom razredu gimnazije, a druga u trećem. Vrlo su joj zlatne devojčice.

— Oh, pa to bih ja mogla! — uzviknu Neda. — Kako bih se radovala!

— Ja ću nju da pitam. Idem odmah po ručku. Inače imam da probam haljinice njenim devojčicama. To je vrlo dobra gospođa. Muž joj je direktor nekog akcionarskog društva. Ima lepu kuću, baštu. Sutra ću već znati da vam kažem.

— Kako bih vam bila zahvalna.

— Vi se nećete cenkati zbog plate?

— Neću! Kako da se cenkam? Koliko god mi daju: treba samo da vam ispričam o sebi, da bi gospođa znala.

— Sedite, gospođice! Stojimo i razgovaramo. Mama, skuvaj kafu. Doneću slatko od šljiva — bile su uslužne i mati i kći, jer je to vajdica, dvesta dinara mesečno. Za ovu mansardicu plaćale su pet stotina. A nije lako jednoj krojačici da spremi toliku kiriju.

Neda im je ukratko ispričala ceo svoj život. Obe su zaplakale, i mati i kći. A Neda je jecala. Ta ispovest ih je približila kao duše koje su prošle kroz stradanja u životu. I ona, mati krojačice, bila je nekad činovnička žena. A muž joj je umro mlad i ostala je bez penzije. Jedva joj je do zanata stigla kći. Odmah joj je kupila mašinu da radi po ceo dan. Išla je i po kućama i šila, a donosila je i kući. Životarile su od njenih deset prstiju. Mladost se gasila i majci i kćeri. Samo brige za kiriju, za hranu, ogrev. Ispile su ih te svakidašnje brige. Dva puta je maštala devojka o udaji. Ali ništa! Još su je iskorišćavali. Davala bi i džeparac od svoje sirotinje, pozivala na ručak, večeru, a jednoga dana samo se izgube. Sad je legala na posao. Sva joj je radost ona hrpa štofova, mekih svila. Sve su radile, jeftino šile, prepravljale, krpile — samo da se zaradi.

— A gde ćete da se hranite? — zapita mati Nedu.

— Ne znam ni sama. Morala bih u kafani, a ja nikad u kafanu ne ulazim sama.

— I ne treba, gospođice!

— Da li bih mogla kod vas da se hranim? — zapita Neda.

— Pa... mogli biste... kad biste pristali da jedete što i mi. Ne hranimo se rđavo, a ne hranimo se baš ni gospodski. Desa je malokrvna, pa pazim na njenu ishranu. Sve što zaradimo, to pojedemo.

— O, ja nisam probiračica! Pristajem, što god vi jedete, ješću i ja. Ništa vi za mene ne morate naročito spremati.

— Dobro, gospođice. Kad ste takvi mi ćemo se truditi da budete zadovoljni.

— A koliko da vam plaćam još i za hranu?

— A šta ti misliš, Deso? — pitala je majka kćer.

— Ne znam ni ja — kći poćuta. — Je l' možete da platite trista dinara? Deset dinara dnevno. Za tih deset dinara imaćete doručak, ručak i večeru. Dakle, sve skupa, hrana i stan, pet stotina.

— Nije mnogo! Čim dođem sutra, daću vam još trista dinara. Baš se radujem. Imala sam sreće da vas nađem — raspoloži se Neda. Osetila je najednom simpatiju prema majci i ćerki. Bile su iskrene i predusretljive, kao siromašan svet, namučen i sažaljiv za svakoga.

— Vi ćete se osećati kod nas kao kod svoje kuće. Imale smo ranije jednu prodavačicu. Ali pravo da vam kažemo: njen život nam se nije dopadao. Hajde, da je imala jednog, pa neka je đavo nosi. Danas svaka devojka vodi ljubav. Ali ona ih je svakih petnaest dana menjala. Jednom je pijana došla kući. Autom je neki dovezli. Savetovale smo je ja i moja Desa: šta će vam ti bogataši? A ona se naduri jednog dana, izgrdi nas, kako ova kuća nije za nju, kako ona neće više da bude prodavačica, našla je ona stan u palati! „Jadna joj palata!", kažem Desi. Sedeće u palati dok je mlada, a posle će svako da je rita nogom! Moja Desa je poštena devojka! Siroti smo, ali pošteni!

— Vi ćete biti zadovoljni mnome i mirni. Ja nikog ne poznajem u Beogradu, sem doktora Kostu Božića i njegovu majku. Kod njih sam sada u gostima.

Sva srećna Neda se oprosti s njima i mati i kći je ispratiše do stepenica.

Kad se Neda udaljila kći polete i zagrli mamu:

— Zamisli, mama: pet stotina dinara! Samo još sto dinara, pa ceo mesec da ne brinemo za hranu. A mnogo mi se dopada ova devojka. Nešto se skromno vidi na njoj! Tako je lepa! Pa lep stas, lepa noga, kosa. Baš je divna! Posle podne odmah idem do gospođe Anđelković da pitam za časove njenim devojčicama.

— A svrati i do gospođe Vere. Raspitaj se o ovoj devojci. Ona će ti najbolje reći. Mene celo jutro svrbi levi dlan, a ja znam, kad me zasvrbi levi dlan, moram da dobijem neki novac. Kad ono, vidi, pet stotina dinara! Jaoj, samo da ovim krvopijama kiriju plaćamo svakog prvog. Sve što sad zaradiš, da ostavimo za kiriju. Ovih pet stotina ću za hranu, dosta će nama to biti, a ostalo ostavi za kiriju. Kao da nemaju, pa hoće oči da iskopaju, ako im čovek ne odnese odmah kiriju!

— Ćuti, mama! Sad smo se osigurale. Da požurim ove haljinice da završim. Što su slatke! A što im stoje! Ona mi uvek lepo plati i ne cenka se. A onoj Protićki, mama, neću više da šijem. Koliko me je secala dok mi je platila. Te ne valja ovo, te ne valja ono! Pa šta ja mogu? Ćerka joj je kao motka! Ni grudi, ni kukova!

— Nesreće su oni! I njena služavka se žali na njih. Kaže, gladuje kod njih. Sve joj podgrevke daju da jede!

— Ala ćemo mi lepo da se hranimo! Šta ćeš prvog dana da skuvaš?

— Videćeš. Hoću i tebe da iznenadim.

Krojačica namota konac i poče da štepuje pevušeći. Bile su srećne i ona i mati.

* * *

Bila je to lepa, jednospratna kuća s visokim parterom, velikom baštom i puno cveća i voćaka. Neda i krojačica uđoše u lepo predsoblje. Osećao se miris kuće u kojoj vlada čistoća.

Jedna lepa gospođa, bledunjava, vrlo finih, kestenjavih očiju, s kaniranom kosom boje mahagonija, pojavi se i odmah se zagleda u lepu devojku.

— To je gospođica Neda Pavlović.

— Vrlo dobro što ste došli. Ovde su i Radmila i Gordana.

Uvede ih u trpezariju, potpuno modernu, bledokestenjastu, sjajno poliranu, s čipkanim čaršavom na stolu, vazdušastim zavesama od tila i umetaka. Videlo se srebro, porcelan, kristal. Svuda su bile male vaze pune cveća. Na stolu je stajao jedan akvarijum od narandžastog stakla sa zlatnim ribicama. Velike saksije s hortenzijama uveseljavale su sobu svojim velikim cvetovima kao od hartije. Pod nogama je bio debeli žanilski tepih, a parket se presijavao kao sjajna kora hleba. Bila je tišina u kući, samo se čulo da negde kuca veliki časovnik. Sva vrata su bila otvorena i videla se elegantna spavaća soba s velikim, valjkastim jastučetom od čipaka, i treća soba, s dvema sofama od tamnocrvenog, prugastog somota.

— Radmila! Gordana! — viknu ih mati. Dve slatke devojčice uđoše brzo, pokloniše se i pozdraviše. Jedna je bila kestenjasta kao mati, a druga sasvim crnomanjasta, s tamnijom kožom.

— Eto, ovo je gospođica koja će vam predavati nemački, i preslišavati vas. Ja bih volela, gospođice, da ih preslišavate i školske predmete, pored nemačkog i klavira. Dolazićete svako posle podne ili pre podne, udešavaćemo kad su one obe slobodne. Plaćaću vam četiri stotine dinara mesečno. Jeste li zadovoljni tom platom?

— Zadovoljna sam — odgovori mlada devojka sva rumena. Šta je ona znala da li je to mnogo ili malo? Samo jedno je znala: da će imati još četiri stotine dinara. — Ja ću s njima da radim, vi ćete biti zadovoljni.

— Hajde, pitajte ih nešto nemački? — reče mati. Htela je da vidi kako Neda govori. — I ja znam dosta dobro nemački, a i moj muž. Ja sam iz Vojvodine, pa smo u kući uvek govorili nemački, a one mi sve iskreću na srpski. Zato vas molim da uvek govorite nemački. Ded, da čujete kako one znaju.

Neda im uputi jedno pitanje na nemačkom. Devojčice odgovoriše. Ona ih zapita dalje. Umeša se i mati, vrlo zadovoljna videći da Neda lepo govori. Razveze se nemačka konverzacija. Devojčice su milo gledale ovu lepu devojku. Ona im se odmah svidela. Ona ranija bila je stroga, a Neda im je bila nekako blaža. Starija, Radmila, zapita je:

— Kako se zovete?

— Neda! — odgovori ona.

— Neda? Nisam čula za to ime.

Krojačica nije razumela nemački, ali je bila puna sreće što je baš ona našla Nedi mesto, i što je čula kako ona lepo govori ovaj strani jezik. Po licu gospođinom videla je da je zadovoljna. A juče se ona obavestila o Nedi i s tim preporukama je došla ovamo. Ispričala je tragediju ove devojke, i gospođa Anđelković se odmah uverila da je devojka iz dobre porodice i bilo joj je milo što će s njenom decom biti jedna čestita i vaspitana devojka.

— Ja bih mogla odmah da održim čas s njima.

— Možete. One su slobodne. Preslišajte ih i francuski. Možete i klavir. Hajde, odsvirajte vi nešto.

Na klaviru su stajale sveske s etidama. Gospođa joj pruži jednu svesku s klasičarima. Nađe Šopena.

— Nisam tako davno svirala. Sigurno su mi kruti prsti — ona poče lagano, pa brže, prsti joj se zagrejaše, postadoše elastičniji i tužna melodija ispuni sobu.

— Lepo svira — šaputala je krojačica.

— Vrlo dobro! — prošaputa gospođa.

Devojčice su stajale kraj klavira. Ona starija se divila Nedinoj lepoti. U početno doba puberteta ona je shvatila šta znači lepota. Gledala je Nedinu kosu, trepavice, obrve i izvela zaključak: da je lepa kao filmska glumica.

Krojačica ode kući jer je imala posla, a Neda će se preseliti sutra. Još taj dan je ostala kod gospođe Božić da ih obavesti o svom uposlenju. Radila je s devojčicama skoro sat i po. Svirale su joj etide, konverzirale nemački, preslišavala ih je srpskohrvatski i istoriju.

Mati donese svima parče hleba s puterom.

— Eto, u ovoj sobi ćete raditi. Ovo je njihova soba.

„Tako je lepa!", uzdahnu u sebi Neda. I ona je imala svoju sobu, i njoj je mama udešavala, nameštala, vezla jastučiće.

Mala Gordana donese da pokaže Nedi lutku, obučenu kao markiza, koja je stajala u uglu, na njenoj sofi.

— Dala sam joj ime Violeta!

— Gle, kako lepo ime! Gde si našla to ime?

— U jednom feljtonu.

— Zar ti čitaš feljtone?

— Čita kad ja ne vidim. Počela je i romane — prekori je mati.

— I ti čitaš romane. Što onda meni braniš?

— Zato što romani još nisu za tebe.

— Sve moje drugarice čitaju. Još kako se grabimo za romane. Čitamo ih ispod klupe.

Neda je pogleda. To je bila već razvijena devojčica, napupelih grudi, svetle kože i čežnjivih očiju.

— Kako znaju, gospođice?

— Moraćemo malo više da radimo gramatiku i sintaksu.

Neda im se obrati na nemačkom.

— Tako! Odmah vi njima nemački. Nemojte nikako srpski. I budite strogi. Naročito prema Gordani. Ona je nestašna i rasejana. Stalno misli na drugo.

Crne oči vragolasto su se smešile. Bila je temperamentnija od sestre, dok je kod Radmile bilo više sentimentalnosti, što se osećalo i u njenom pogledu.

Neda se zadržala skoro dva sata. Ali umela je s devojčicama. Pričale su, pregledala im je ručne radove, crteže, vežbanke. Stalno su nemački govorile. Mala Gordana bi ponekad htela i srpski, ali odmah je ponavljala nemački. U Nedi je bilo i suviše ljubavi za decu, a njeno osetljivo nežno srce, koje nije imalo ničije ljubavi, tako se iskreno otvaralo ovim zlatnim devojčicama.

Kad je otišla, devojčice su odmah izrazile svoje divljenje. I za ručkom ushićeno su pričale tati:

— Pa što je lepa, tata! Ima tako lepu kosu i velike crne oči, kao filmska glumica!

Mati nije govorila o devojčinoj lepoti, već o njenom trudu. Poznavala je ona vrlo dobro svog muža. Imala je svega i svačega u kući: elegantan stan, lep nameštaj, dobru služavku, auto, toalete, ali je bila nesrećna žena, jer ju je muž varao. U tom bolu supruge, ona je nalazila utehe samo u deci i sva se posvetila njihovoj nezi i vaspitanju. Bila je slične sudbine kao Nedina mama. I zbog muža nije smela da drži guvernantu u kući. Imala je teška iskustva s tim guvernantama i svojim mužem. Stoga je rešila da uzme vaspitačicu na sat i da je uvek dovodi u ono doba kad njen muž nije kod kuće. Još mlada i lepa žena, ona je strahovito patila, a volela je muža. Volela je decu, ugodnost kuće, njegov položaj i nije htela da raskida svoj brak. Svim silama se trudila da sačuva muža, jer su ga mnoge htele oteti. Udešavala se, elegantno oblačila, najmodernije korsete kupovala, maserka joj je stalno u kuću dolazila, masirala joj lice i celo telo. Najfinije kremove i pudere je uzimala. Pa opet muž je varao. Varao je sa svakim: s damama, činovnicama, krojačicama, pa čak i sa služavkama. Punokrvan, snažan, senzualan, on nikad nije bio dovoljno sit žena, a ova fina, osećajna, nežna žena, bila mu je zalogaj samo na jedan zub. Čak nije voleo ni tu njenu finoću, ali je podnosio, jer je ona strpljivo i taktično podnosila sve. Ali joj se zato svetio i uvek tražio bestijalne, proste žene, samo ženke, od krvi i mesa, koje bi napustio pošto bi se zadovoljio i bogato ih obdario. Ushićeno pričanje ćerkica o toj Nedi zainteresovalo je i njega da je vidi.

* * *

Kod kuće je zatekla poruku gospođe Božić da hitno dođe kod njih. Kad je navratila ona je ljubazno i uzbuđeno obavesti da je čeka veliko iznenađenje.

— Šta to može biti? Da niste čuli štogod za mog muža? — pitala je sva usplahirena i bleda.

— Ah, kakav muž! Ovo je bolje od muža. Novac si dobila! Ček iz Amerike. Šezdeset hiljada dinara!

Neda je ukočeno gledala sva bleda i mucala:

— Ček! Od Meri! Moje male Meri! — uzbuđenje je tako savlada da briznu u plač, a gospođa Božić je nežno prigrli u naručje.

— Vidiš, dete moje, dobar je bog! I o tebi se stara. Je l' ti to ona tvoja drugarica iz zavoda?

— Jeste. Ona! Kako me je volela! Ona je bila svedok mamine smrti. Što su ona i njen brat plemeniti! Kazala je tada da će mi poslati. Bože! Pa to je čitavo bogatstvo! Šezdeset hiljada!

„Ja sad imam za kauciju", munjevito joj sinu misao. I obuze je radost, luda, detinjasta, sa smehom i suzama.

— Kako su oni to poslali?

— U dolarima. A moj Kosta je izračunao da je to šezdeset hiljada. Možemo ići zajedno da primiš, pa odmah da odneseš u banku. Nikako s tolikim novcem da ideš kući.

— Imam ja kod sebe još dvanaest hiljada.

— Pa što to čuvaš? Daj u banku. Ide ti interes. Sedi, dušo moja! Evo, baš sam skuvala kafu da mi praviš društvo. Pa ostani kod nas i da ručaš. Što se ti otuđuješ od nas? — milo je govorila. — Ja se pojedoh živa zbog onoga što je bilo. I Kosta me stalno grdi: „Ona je ljuta na tebe, neće da dođe".

— Nisam, bogami, tetka-Maro. Ja vas volim.

— Pa... nije, kažem ja njemu, ona je dobro dete. Razume ona mene kao majku. Ali digla sam ruke od te njegove ženidbe. Govorila sam mu za tu devojku, pa sam se sad i ja popišmanila. Istina je, ima jednog kretenastog brata. Zar jedan mladić zna kakvih sve bolesti ima u porodici devojačkoj? A šta ja želim, nego da se on oženi, pa da ima dečice! Kažem mu: dosad sam ti ja tražila devojku, a sad traži sâm. Je l' ti slatka kafa? Čini mi se da ti piješ slađu. Dodaj ovo parčence šećera! Uh, gospod ga ubio, šta to kipi? Supa! Ne dam ti da ideš kući. Hoću da kod nas ručaš.

— Oni će me čekati na ručak.

— Neka čekaju. Čekaće, i onda će ručati. Najzad, poslaćemo Gabrijelu da im javi. Voliš li, Nedo, u supi knedle ili rezance?

— Meni je svejedno, tetka-Maro.

— Samo ti reci! Kosta voli knedle. Njemu sve moram da ugađam. On je razmažen, kao neko dete. I sad se mazi kao da je mali! Dođe, pa me poljubi. Svuda me poziva da iziđemo zajedno. Nije kao što ima sinova i kćeri, pa se stide roditelja. Voli i da se ja obučem, da sam elegantna. I ti se lepo oblačiš, Nedice. Sve na tebi lepo stoji. Pita me pre jedna moja rođaka za tebe: „Ko beše ona divna devojčica, što je išla s tobom?" A ja joj kažem. Tako si joj se dopala. A je li ti lepo kod Anđelkovićevih?

— Vrlo lepo mi je, tetka-Maro! Ona je divna žena i zlatne su joj devojčice.

— I ona tebe hvali.

— Zar se vi poznajete s njom?

— Poznajemo se. Videla sam je kod neke gospođe Milivojević. Pa znaš ti onog Luleta! Onaj mladić što je dolazio jedne večeri. To je njegova mati, a oni su kumovi s Anđelkovićevima. E, Nedice, ne mogu čudu da se načudim od tih tvojih Amerikanaca! Šezdeset hiljada! Nego šta mi Kosta reče: ti voliš nekog avijatičara, pa ti je nedostajala kaucija?

— Jeste, jedan avijatičar je hteo da me veri dok su tata i mama bili živi, a posle me više nije pitao.

— More, ostavi, kakav avijatičar! Vidiš kakve se nesreće događaju. Pa neki rat da dođe, oni će najviše da ginu! Traži ti muža koji je na zemlji. A onaj, je l' ti se javio?

— Pisao mi je i poslao hiljadu dinara.

Ona zastade s mućenjem jajeta za knedle.

— Pa šta ti piše?

Neda se osmehnu:

— Piše kako me voli i jedva čeka da me vidi!

— Nemoj ti to da slušaš! Kakvo voljenje! Naterati silom devojku na venčanje i ne javiti joj se više! Ko zna kakva je to mangupčina?! Ti treba da se udaš za ozbiljnog, pametnog čoveka! Nemoj ti da on tebe obrlati. Treba da pomisliš da je muž za ceo život.

— Verujte, tetka-Maro, i ne mislim na udaju. Ja sam srećna, kad sam našla ovo mesto kod gospođe Anđelković. Ali ipak brinem. Bolja je državna služba! Moram da svršim daktilografski kurs.

— Lako ćeš za taj kurs! Koliko je sati? Jedanaest! Znam da će i Kosti biti milo što sam te zadržala na ručku. Dođi ti uvek! Pa da iziđeš s Kostom! Idite u bioskop, u pozorište!

Nedu je iznenadila ovolika ljubaznost s njene strane. Da li se ona kajala što je ono govorila, pa je htela da se popravi? Ili se više nije bojala Nede, pošto je udata? Ali ovo što je predložila da ide s njim u bioskop i pozorište, začudilo je.

Po prirodi umiljata, Neda je zaboravila na sve njene uvrede, koje joj je onda uputila raspravljajući se sa sinom. I volela ju je iskreno kao svoju rođenu tetku.

Dođe i sin. Obradovao se kad je ugledao Nedu.

— A tako... ti si nas zaboravila! Jedno po podne hteo sam da te posetim, pa sam pomislio: ona ne mari da me vidi.

— Baš bih se radovala da ste došli.

— Kad bi se radovala, ti bi došla da me vidiš! Ljuta si na mamu, pa i na mene!

— Nisam, Kosta, bogami. Tetka-Maro, čujete li šta govori: da sam ljuta na vas — ona nežno zagrli doktorovu majku i poljubi je u oba obraza. — Ja vas volim.

— Zato što i ja tebe volim! — govorila je mati, ljubeći je isto tako. Čisto joj oči zasuziše!

„Mama se raznežila za Nedu!", mislio je sin. „Ima ona dobro srce. Hvala bogu te me je ostavila na miru sa onom Miloševićevom." Nije se mogao uzdržati, nego reče mami:

— Je l' da je Neda dobra i lepa devojka?

— O njenoj lepoti neću ni da govorim! To se odmah vidi. Ali je volim što je ovako umiljata. Nju i da izgrdi čovek, ona se odmah odobrovolji. Takva je i sirota Ranka bila... kao devojka. Znam, mi sestre se pozavadimo, pa oči da povadimo jedna drugoj, a ona nas sve miri. Je l' da, Kosta, da se Neda popravila?

— Jeste! Popravila se i prolepšala! Što si tako malu šniclu uzela? Moraš i ovu da pojedeš.

— Jaoj! Pa vi hoćete da se ja ugojim!

— Ti još možeš da se ugojiš! Lepše je kad je devojka lepa, jedra i rumena! Sad Neda, mama, ima kauciju! Hoćeš li odmah da javiš avijatičaru? — pitao je doktor s finom ironijom.

— Ama, kakav avijatičar! Neće ona za avijatičara da se uda. Ako me poslušaš kao majku, ti nećeš za njega.

— Ne možeš ti, mama, da zapovedaš Nedinom srcu!

— Moje je srce ravnodušno. Neću ni za koga da se udam.

— Gospođo, hodite da vidite nešto! — zvala je Gabrijela. Gospođa Božić se udalji.

— Dakle, jesi li sada srećna, Nedo? Hoćeš li da pišeš odmah avijatičaru?

— Neću mu pisati! Zašto da mu pišem kad sam udata? Mene bi sada ponižavalo da mu pišem i javljam: imam gotovu kauciju, dođite da me uzmete! Za jednu devojku nije dovoljno da joj muškarac govori o ljubavi kad je nasamo s njom, već da joj piše i misli na nju kad je daleko od nje. A možda me se on i ne seća više.

— Da ga vidiš, ti bi drukčije mislila. Dosta je da devojka vidi neke lepe oči, epolete, plavi koporan, pa da opovrgne svoje misli i ubeđenja.

— Ja nisam takva, Kosta! Iako sam mlada i neiskusna, mnogo zrelije mislim.

Doktor je šetao, zastao kraj njene stolice i posmatrao je. Njeni obrazi su bili rumeni kao ruže, a oči pune mladalačkog sjaja i tamnine. Oko rumenog lica njihale su se lepe kovrdže. Ona se dopadala na prvi pogled. To je bila lepota sa seksepilom, koja odmah uzbuđuje muškarca. I shvatajući opasnost od te njene lepote, doktor tiho izgovori:

— Ja se bojim, Nedo, za tebe, što si tako sama u Beogradu! Ti si suviše lepa da možeš ići nezapažena. A muškarci traže svoj plen.

— O! Kosta! Ja se nimalo ne bojim za sebe. Nikakva laskanja ne bi me zaludela.

— Ima momenata kad se zaludi, i kad devojka izgubi svu moć da vlada sobom. Muškarci su uvek jači od žena i veštiji!

— Meni, možda, ostaje još samo četiri meseca da živim u Beogradu.

— Zašto?

— U septembru će doći moj muž.

— A ti jedva čekaš taj dan!

— Više sam radoznala da rasvetlim tu tajnu.

— A ako ti se on dopadne? Hoćeš li ostati s njim? — brzo je pitao prilazeći sasvim uz njenu stolicu.

— Ne znam! — prošaputa Neda. Osećala je kako joj sve više gore obrazi, i oborila je nisko glavu, zagledajući redom svoje noktiće.

— Zašto ne znaš? — ču jedan šapat uz svoje uvo. — Pogledaj me, pa reci!

Ona naglo skoči sa stolice. Bila je prosto zbunjena od tog tihog šapata čiji je dah osetila na svom licu. Da li ju je to ovaj doktor uzbudio, ili uopšte, muškarac, i njenih dvadeset godina, kad je krv mlada, a usne čeznu za poljupcima? Je li to bila moć zrelijeg muškarca, ozbiljnog i iskusnog, čije reči imaju mnogo više dejstva nego reči i komplimenti balavaca?

Neda pobeže u kuhinju, a oči doktorove bile su čudno svetle. Bio je sav uzbuđen.

— Nedo, hoćeš li da idemo večeras u operu? — zapita je pred majkom.

— I ja joj kažem, Kosta, da treba s tobom da izađe.

— Ne mogu, Kosta, večeras!

— Zašto ne možeš?

— Obećala sam gospođici Desi da ću joj pomoći da završi neke haljine.

— Koješta! — naljuti se doktor. — Da pomažeš krojačici, da sediš i da njenim mušterijama šiješ haljine?

— Ali one su, Kosta, tako dobre prema meni, i mati i kći! Kazala sam, ne mogu da je slažem. Ona, jadnica, jedva čeka da završi haljine i da dobije novac! Sutra bi joj odmah platili.

Doktor je zastao i s nekim čuđenjem posmatrao ovu devojku! Ona prva ljutina splasnu.

— Dobro, onda hoćeš li sutra?

— Hvala vam, Kosta. Ali ne mogu. Bolje da ne izlazim s vama. Ja sam udata.

On kroči dva koraka i zastade. Gledao ju je oštro nekoliko trenutaka i izgovori žustro:

— Da. Ti si udata. Ja to zaboravljam. Izvini! — i ljutito se udalji u ordinaciju.

„Šta je ovom Kosti? Što je ovakav?", mislila je devojčica. „Ne! Ne! Ja neću s njim da izlazim." Ona je i sama maločas osetila onaj njegov dah na obrazu i uplašila se i njega i sebe.

Kad je Neda otišla, mati uđe kod sina.

— Kosta, ja ti odobravam — govorila je sinu — ako hoćeš da uzmeš Nedu. Ona je zlatna devojčica. Ako ti nećeš, ja ću da je pitam.

— Sad nema smisla da je pitaš. Ona je osetljiva devojčica i shvatiće da tvoje raspoloženje prema njoj dolazi zbog ovog čeka iz Amerike.

— Kosta, sine, pa zar je to nešto ružno, ako i devojka donese nešto u brak?

— Nije ružno, ali ona se meni dopadala od prvog dana i bez čeka, a ti tek posle čeka uviđaš njenu vrednost.

— Ako tako misliš, sine, to je i za njenu sreću kao i za tvoju. Lepo bogami, ona! Jutros sam je ispitala: za kuću može da dobije šezdeset hiljada. A ima ovde šezdeset... ne... sedamdeset. Ima ona još dvanaest hiljada kod sebe. To je u gotovom: sto trideset hiljada. Mi imamo plac, pa da se zadužimo još sto hiljada i da lepu kuću sazidamo, parter i sprat.

— Jesi li i Nedi sve to kazala? — ljutito je pitao sin.

— Nemoj, Kosta, da me sekiraš! Šta ti je? Ja mislim sve što je najbolje za tebe, a ti svaku moju misao izokreneš.

— Ja bih voleo da si tako govorila ranije.

— A šta ti smeta sada? Neće, Neda, valjda za tebe? Jest'! Neće mačka slanine! Doktor si, imaš dosta pacijenata. Mlad si, lep! Sve bi devojke u Beogradu poletele da se udaju za tebe! Nego ja hoću tebi po volji da učinim, jer vidim da ti se ona dopala! I, zato, ja ću sve s Nedom da svršim.

— Znaš, mama, ja izgledam glup samom sebi kad ti tako govoriš. Ti ćeš da svršiš s Nedom? Neda voli avijatičara! I sad ima kauciju. A možda voli i svog muža!

— Videćemo mi koga će ona da voli! Bolji si ti sto puta od avijatičara.

— On je mlađi i lepši!

— A što, ti valjda nisi lep?

Sin se nasmeja i zagrli mamu, na šta se ona zaplaka:

— Kažem ti, sine, baš iskreno: volela bih Nedu za snahu! Dobro je dete! Ja ne bih mogla svaku snahu da trpim, a ona mi se baš dopala.

Sin je opraštao mami jer je znao da ga ona voli i misli na njegovu budućnost.

— Mama, hoću da te zamolim nešto, i to moraš da mi učiniš: ništa nećeš govoriti Nedi o meni. Čekaćemo do septembra. Ako se ona razvede s tim njenim mužem, ja ću je uzeti. Ti moraš prema njoj da budeš pažljiva da te ona zavoli, jer ne zaboravi, ti si nju dosta teško uvredila. Eto, budi ovakva kakva si danas bila. Tako sam te voleo danas, što si pažljiva prema njoj, ali ne treba da Neda oseti da je ta promena kod tebe zbog čeka iz Amerike.

— Nije, Kosta, živ mi ti, zbog čeka, nego sam se i sama pokajala.

— Znam ja, mama, da si ti dobrog srca. A sad me ostavi. Sigurno ima nekog u čekaonici.

Mati se udalji i prva pacijentkinja uđe lekaru.

Tajanstveni mladić dolazi u Beograd

Iznenadila se Neda kada je sutradan ušla u sobicu na mansardi. Čist, izriban pod, lep pokrivač preko postelje, jedna nova prostirka na podu, pa čak i cveće u vazi.

— Kako ste lepo namestili! — obradova se. — Meni će ovde biti vrlo prijatno.

— Daj bože! — obradova se i mati. — Desa vam je metnula ovaj novi tepih. To čuvamo, pa ponekad o prazniku metnemo u našu sobu. Jer ne vredi svakog dana. Gaze mušterije, pa konci i otpaci na sve strane. A vi ćete ga čuvati.

— Ja ću odmah da poručim moje ćilime. Ali i sad je tako lepo — izvadila je iz kofera svoje haljine, poređala rublje u fioku u ormanu, imala je i ručne radove, vez i pletivo. Sve je stavila na svoje mesto i onda se spremila za čas kod gospođe Anđelković.

— A jaoj! Slatka gospođice Nedo! — uzviknu krojačica. — Hoćete li da mi prevedete s nemačkog iz ovog žurnala? Muku mučim s tim mojim neznanjem jezika, pa sam se juče obradovala kad sam čula da govorite nemački i francuski. Ljubim vas da mi ovo prevedete. Nezgodno je da pitam mušterije. Znate kakve su, kazaće: krojačica, pa ne zna šta je u žurnalu nego mi da joj pokažemo.

— Dajte, to je bar lako. Sve ću da vam prevedem — uzela je žurnal, prelistavala ga i prevodila. Mati je stajala na pragu i slušala i ona s uživanjem.

— Vidiš, Deso, sama nam je sreća poslala gospođicu Nedu.

Ali i Nedi se učinilo da je i njoj sreća poslala ove dve dobre i iskrene duše. Zahvalila je gospođici Desi:

— Ja vama moram biti zahvalna što ste mi našli mesto. Tako je lep utisak ostavila na mene gospođa Anđelković.

— To je jedna otmena i vrlo blagorodna žena! Ja poznajem mnogo gospođa iz otmenog sveta. Ima ih svakojakih. Poneka se pravi otmena, a svuda gleda da vam zakine. A ovo je dobrota od žene! Ponekad me posebno počasti kad joj se svidi kako sam joj sašila. Verujem da ćete i vi dobiti poklon od nje. Ona obožava svoju decu. Divna je mati i čestita žena. Vi sad idete k njima?

—Jest'. Sad ću da pođem. Ljubim ruku, gospođo — obrati se majci.

— Hodite da vas poljubim! — materinski je pozva dobra žena. — Kako je ona lepa! — poljubi je u obraz, a Nedi dođe da zaplače. Ona je malo imala ljubavi a ovaj simpatični svet tako joj je iskreno otvarao svoje srce.

* * *

Bila je na času s devojčicama Anđelković.

One su svirale na klaviru svoje etide. Baš je svirala mala Gordana. Zastade jedan čas jer su se čuli glasovi. Dva muška glasa su razgovarala u trpezariji.

— To je Lule! — uzviknu veselo devojčica. — Gospođice Nedo, samo da otrčim da vidim da li mi je doneo čokoladu.

— A ko je taj Lule?

— Lule... naš kum. On mi uvek donosi čokoladu.

Odskakutala je kao vrapče, a Neda oslušnu.

— A... znam zašto si dotrčala! — govorio je Lule. — Zbog čokolade! Zamisli, zaboravio sam da ti kupim.

— Onda neću da te volim! — govorila je mala Gordana.

— Gledaj ti nju — viknu mati. — Kad god kum Lule dođe treba da ga košta. Ako, baš volim što joj nisi doneo. Kao da je beba... da joj donosi čokolade. A kupuju ti čokolade svakog dana.

— Ne volim te! — uzviknu devojčica.

— Dobro! Dobro! A nisi pipnula moj džep.

— Doneo si — ciknu kao beba. — Karamele! Mama, karamele! Gospođice Nedo, doneo mi je karamele! — vikala je čak iz trpezarije.

— Ded, da čujem kako sviraš. Sad ću da pitam gospođicu Nedu znaš li štogod, pa ako ne znaš, ništa više nećeš dobiti od mene.

— Hvali me gospođica Neda. Ona me voli. Kaže da sam ja njena mala devojčica.

Vrata se otvoriše i ulete devojčica s kesom karamela, za njom na pragu pojavi se Lule, a iza Luleta Gordanin tata.

— Dobar dan, gospodice! — pozdravi je mladić. — Došao sam da vas pitam kako uči moje kumče? Je li poslušna?

— Kaže da lepo učim! Ona me voli — umiljato je govorila devojčica, a crne nestašne očice htele su da ubede mladu devojku da potvrdi njene reči.

— Nemoj ti ništa da pričaš. Hoćemo da čujemo gospođicu.

— Danas je naučila lekciju, moram da je pohvalim.

— Vidiš! — govorila je likujući mala Gordana i sladila se karamelom. — Hoćete li karamelu? — nudila je Nedu.

— Hvala, neću sada.

— Uzmite! — navaljivala je umiljato, kao dete dobrog srca, izručujući karamele i na dlan svojoj sestrici.

— Vi se ne date videti, gospođice! — nastavljao je Lule.

— Pa, gotovo nigde ne izlazim!

Videla je i njihovog tatu koji je stajao na pragu, snažan, crnomanjast, širokih ramena; odavao joj je utisak nekog ogromnog bika. Želela je da odu, jer nije imala poverenja ni prema ovom vitkom, elegantnom Beograđaninu, niti prema mužu ove nežne žene koja je bila nesrećna!

— A vi ste tu? A ja donela kafu! — čuo se glas ženin, koja je nosila tri šoljice kafe.

— Pa popijte je ovde! — uzviknu Gordana, koja je volela da malo otkine od časa i vrebala svaki trenutak za razgovor.

— Uđi i ti, Dobrivoje — pozva žena muža. — Donela sam samo tri šoljice.

— Neću ja, gospođo, kafu. Ne volim je tako mnogo. A mi treba i da nastavimo čas! — govorila je ozbiljno, gledajući Luleta, jer je znala da će supruzi biti prijatno da njen muž čuje kako ona ne mari mnogo za njegovo društvo.

— Ništa, pridružićete nam se kad mi popijemo kafu — uporno nastavi mladi Beograđanin, želeći da malo uživa posmatrajući ovu vitku, lepu devojku, krupnih, crnih očiju. — Da čujemo kako Gordana svira.

— Neću ja da sviram! Neka svira gospođica.

— Kad tvoj kum želi, moraš da ga poslušaš! — reče Neda nemački. — Evo, ovo ćete svirati.

— Ali ja neću.

— Kako smeš da kažeš neću? — prekori je otac, opet nemački.

— Hoće ona, samo tako govori. Sedite! — naređivala je Neda kao stroga vaspitačica, prelistavajući jednu svesku s etidama. — Svirajte ovo!

— Da uzmem samo još jednu karamelu.

— Zar se mora jesti i svirati? — nasmeši se mati. — Ona je pravo dete.

Dve devojčice sedoše za klavir i njihove lepe glavice, podšišane kose, bile su kao dva tamna cveta. Neda je stajala kraj klavira, okrenuta profilom, u bluzici od crne svile, ispod koje se isticao svaki mišić njenog gipkog stasa i biste. Pravilan fini profil osenčavale su tamne vijuge kose, koja je zaklanjala skoro polovinu obraza. Ozbiljno je posmatrala njihove prstiće i pratila note.

Muž je snažno udisao dim duvana, raširenih nozdrva, i kao da je s dimom hteo da udahne svu lepotu i svežinu mladosti ovog devojčeta.

Ona ga nijednom ne pogleda. Videla je da ga žena posmatra i namerno se okrete da je ne bi video.

— O, vrlo lepo svirate — pohvali ih Lule.

— Gospođica Neda je stroga. I dosta sviraju — hvalila je mama.

— Nije ona stroga. Ja nju volim! — zaljubljeno je govorila starija devojčica. — Tata, mama je kazala da će i gospođica Neda s nama za Uskrs kod staramajke. Idemo na salaš.

— Samo ako hoće gospođica. Ja, inače moram na jug, zbog posla, a vi o Uskrsu idite kod staramajke.

— Ja nisam ni pitala gospođicu Nedu hoće li, ali nadam se da neće odbiti. To je salaš u Bačkoj. Piše mi mama da je divno. Htela bi da provedu Uskrs na salašu. To je tatino imanje, imaju lep salaš, pa bih i zbog njih dveju volela da budu desetak dana na vazduhu.

— Hvala, gospođo! Vrlo rado ću poći. Bačku nisam videla. Samo sam jednom vozom proputovala s mojom pokojnom mamom.

— Što volim da idemo! — radovala se Gordana.

— A mene ne zoveš da idem s tobom? Tako! Ti mene ne voliš — dirao je kum.

— Hajde i ti s nama! Mama, da pođe i Lule? Ima mnogo gusaka! Ali ja ih se ne plašim. Staramajka kaže da su se dve krave otelile! Pa ću da milujem malo tele. Voliš li ti tele?

— Volim sve što je lepo! — smejao se mladić i pogleda Nedu, kao da je hteo da joj stavi do znanja da se ono „volim" odnosi na nju.

— Kad ode u selo ona prosto poludi, samo bi trčala. Ova beogradska deca baš su željna prirode.

— I mi matori smo željni! — upade muž. — Hoćeš li opet da izađemo do Avale u nedelju? Trebalo bi svake nedelje da pravimo izlete — nežno je govorio muž, gledajući ženu, ali u toj njegovoj nežnosti skrivala se želja da pozove i ovo devojče, a to nije smeo da kaže.

— Hajde, mojim autom da idemo u nedelju. Tata je kupio novi. Jedva sam ga naterao da se rastane s onim starim. Prodali smo ga jednom šoferu. A bilo bi mi zadovoljstvo da i gospođica pođe s nama. Hoćete li? Ima mesta za sve.

— U nedelju sam zauzeta! — brzo slaga Neda. Setila se Kostinih reči. — Javila mi je iz unutrašnjosti jedna moja rođaka da dolazi, pa moram da je pričekam. Vi je znate, gospođica Perić!

— Ona dolazi? — hladno izgovori mladić i uvuče se u sebe, ne govoreći ništa više. Kao da mu postade neprijatno. Ubrzo ustade. — Moram da idem.

A muž se lagano diže sa stolice, kao da je žalio što mora da ide. Gospođa ih isprati. Posle časa uđe u sobu.

— Da vam pokažem šta sam sve dobila od muža — pokazala joj je jedan prsten s dijamantom i biserom, svile za haljinu, penjoare, razne materijale deci za haljinice. — Tako je dobar ponekad. Ne mogu ni da kažem da je rđav, samo što voli da vrda i da mi stvara bol, a sve mi čini. Što god hoću da kupim nikad mi ne bi prebacio kao drugi muževi: „Šta će ti to? Ti mnogo trošiš!" Ovo poslednje vreme mnogo je dobar! Izgleda da se razočarao u svim tim nevaljalicama koje ga love. A zašto nećete u nedelju s nama na Avalu? Ovo je naš kum. On je krstio Gordanu. Vrlo dobar je mladić. Pričao mi je da se upoznao s vama i da bi želeo da vas vidi. Pa i vi treba malo da izađete. Mlada ste i lepa devojka, ne možete da čamite.

— Meni nije dosadno, verujte. A sem toga, ja sam tako mnogo izgubila u životu da mi je prijatnija samoća nego provod. Vrlo sam srećna što sam u vašoj porodici. Volim Radmilu i Gordanu. Obe su zlatne. S radošću dolazim na čas — govorila je iskreno, kao siroče, kome je dovoljno malo tuđe nežnosti, pa da mu se srce razneži. Volela je i ovu finu ženu, čiji je život podsećao na život njene mame. Njena iskrenost je stvorila toplo prijateljstvo kod Nede. Njen muž joj nije bio simpatičan. Osećala je u njemu nešto divljačko, grubo, nasilničko, iako je uvek bio fin. Znala je onu uglađenost njenog tate i slatkorečivost u ženskom društvu, pa se sva uvlačila u sebe i bila hladna kada bi srela ovog čoveka.

Njenu hladnoću osećala je i supruga i zbog toga ju je volela. Ova njegova galantnost, nežnost, neprekidni izleti bili su joj sumnjivi. Predosećala je šestim čulom žene da je to možda zbog ove lepe devojke. Bila bi srećnija da je to neka neozbiljna devojčica. Ali ova ozbiljnost joj je ulivala poverenje i mirila se s tim: neka pari oči, ali neka bude samo pored nje i neka ne gleda na drugu stranu. Obradovala se što je opazila Luletovo interesovanje za Nedu. To bi odstranilo svaku opasnost od njenog muža. Htela je prijateljstvom s ovom mladom devojkom da se osigura protiv muža, a da u isto vreme uvek ima nekoga ko će da ga interesuje, a da ne može da je osvoji. Do sada ništa nije videla kod ove lepe devojke što bi izazvalo njenu bojazan, a opazila je da je muž vrlo nežan i tim je iluzijama zavaravala sebe.

Sutradan jedan dečko donese Nedi korpu crvenih ruža i veliku kutiju bombona. Dečko nije znao ko šalje.

— A, gospođice Nedo, bogami to je od nekog kavaljera. Vi ste lepi, mora da se neko zaljubio u vas.

— Ne znam ko bi se u mene zaljubio! Nikog i ne poznajem.

— Ako vi ne poznajete, možda su vas videli!

— Ništa, mi ćemo ovo cveće da podelimo.

— Nemojte, neka ta korpa stoji kod vas.

— Šta će mi? Uvenuće! Samo u vodu da ga metnete. Evo vam nekoliko ruža. Dajte, ja ću da vam stavim u vazu.

— Što su lepe ruže! Ovo je skupo. Sad još nema ruža. Sigurno su uvezene. Ala mirišu!

— Da vidimo i bombone! Što su fine! Probajte, gospođice Deso.

— Mama — zvala je krojačica majku. — Mama, da vidite što su lepe bombone.

— E, kad je neko lep i mlad dobija i bombone i cveće.

— Samo mu ne vredi ništa što šalje. Ali mi ćemo da se sladimo — smejala se Neda. — Uzmite! Čekajte, ja ću da vam izvadim — dala je skoro pola kutije krojačici, a ostalo unela u svoju sobu. Prisećala se ko li joj to šalje? Kosta joj sigurno ne šalje. Jedino gospodin Anđelković ili

Lule. Smešila se u sebi. Kako su ludi muškarci! Misle da mogu svaku devojku da osvoje poklonima.

Neda je posmatrala ruže. Tako su bile lepe, kao od somota. Obuze je tuga. Setila se ruža u njihovoj bašti. Jedna je bila ista ovakva. Najviše je volela jedan ogroman bokor na tankom stablu. Bio je pun cvetova tamnih kao usirena krv. Sve je rastuživalo; svaki dan je donosio uspomene. Ta bolna sećanja su se izvlačila iz mirisa, iz povetarca, pesme na ulici, radija, čak i iz cvrkuta ptica. Svuda u prirodi bio je bol, jer je njeno srce nosilo duboku, pritajenu tugu.

Jedan muž kao mnogi beogradski muževi

Već je petnaest dana kako odlazi na časove. Devojčice su je tako zavolele, a i njihova mati. Trudila se da im sve pokaže i mati je priznala kako oseća da napreduju i u nemačkom i u klaviru. Neda je donosila kući i njihove udžbenike, čitala, preslišavala se prvo ona, da bi posle mogla njih da preslišava. Sve predmete je radila, čak i matematiku. Mati je često sedela u njihovoj sobi s ručnim radom, dok je ona podučavala devojčice. Pratila je kako uče i koliko znaju i Nedi se svidela ta briga materina, jer je i njena mama s njom isto tako radila. Opazila je samo da gospođa nije uvek vesela. Ponekad je bila tužna i njene fine crne oči imale su neki setan izgled. Takav izraz tuge često je imala i Nedina mati.

— Vi, gospođo, niste raspoloženi? — usudi se jednom da je zapita.

— Nisam, gospođice! Nešto mi je teško — zaćutala je, jer nije htela da govori pred devojčicama. Ali jednog dana uzdahnu: — Kad se udate, gospođice, videćete da nije sve ružičasto. Može žena biti najbolja, ali muževi to ne umeju da cene — izbrisala je suze ne mogavši više da se uzdržava. Dok je mogla, krila je. Krila je svoje razočaranje, ljubomoru, patnju. A šta to vredi kriti, kad ceo svet zna i ceo svet vidi njenog muža, čas s ovom, čas s onom. Jedna suza izazivala je drugu. Deca još nisu došla iz škole, i bar da se naplače. Neda se ražalosti.

— I moja mati je bila nesrećna, pa i ja sam bila nesrećna zbog nje. Tata je varao mamu, imao je ljubavnicu, jednu mladu devojku.

— I moj muž je takav! — otkide se ženi. A kad se otkide prva rečenica, dođoše i druge. Plakala je i pričala, kako ga hvata jedna mlada devojka, čak mu predlaže da se razvede i oženi njome, a ona će mu doneti i miraz. — Uhvatila sam jedno njeno pismo. Strašno je to, gospođice! Samo on to neće da uradi, jer voli decu. Meni su teška sva ova poniženja. Ubila bih se da nemam ovo dvoje dece. Ali kad njih pogledam pomislim da moram da trpim. Zar da se ja ubijem, a da im on dovede maćehu? Ko bi njih voleo kao ja? — plakala je, a i Neda je plakala. Ta ispovest je sprijateljila mladu devojku i ovu nesrećnu suprugu.

Jednog dana oko četiri sata zamoli je mati:

— Gospođice Nedo, hoćete li s njima da prošetate jedan sat? Gordana neće da jede, nešto je bleda, pa mi je doktor rekao da treba da šeta. Idite malo do Karađorđevog parka, pa se u pet vratite. Ja ću posle da idem nešto da kupim, a vi kad se vratite užinajte s njima, pa posle ih preslišavajte dok se ja ne vratim. Hoću da im sašijem nove jorgane, pa bih kupila atlas i pamuk. A imam jednog jorgandžiju koji radi po kućama.

Devojčice su bile srećne da prošetaju s Nedom. Uhvatiše je ispod ruke, a i ona se osećala tako prijatno s tim malim, nežnim dušama. Razgovarale su nemački, bile su vrlo poslušne i nisu smele srpski da govore. Bilo je prijatno popodne i već toplo, a u parku je bilo malo sveta. Našetale su se i vraćale se kući. Bilo je četvrt do pet.

— Eno tate u autu! — uzviknu mala Gordana.

— Tata! — viknuše obe i jedan auto se zaustavi. Devojčice mu pritrčaše, a Neda je lagano išla za njima.

Posle pozdrava on joj se obrati:

— One mi toliko pričaju o vama svakog dana, da se radujem što su vas tako zavolele. A kako uče?

— Vrlo su vredne i poslušne. Sve što zadam, nauče.

Čovek je blistavim crnim pogledom obuhvatio mladu devojku. Imao je tako streljačke oči, da Neda skrete pogled.

— Hoćete li da vas provozam do Topčidera? — ponudi Nedi i devojčicama.

— Hoćemo, tatice! — prihvatiše one radosno. — Hajdete, gospođice Nedo.

— Ne, mi ne možemo! — razočara ih Neda. — Imamo još četvrt sata do povratka kući. Mama je kazala da dođemo u pet.

— Ne mari ako malo odocnite, ja ću vas opravdati! — navaljivao je gospodin.

— Hvala, ali ne smemo dopustiti da nas gospođa čeka. Ona će se uplašiti. Neće znati da smo s vama.

— Najzad, gospođica ima prava. Žao mi je, gospođice, što ne mogu da vas provozam, ali vi ste korektna vaspitačica.

— A što nećete? — plačno je govorila mala Gordana.

— Neka, vozićeš se drugi put! — umirivala ju je Neda. Pokloni se gospodinu i udalji se s devojčicama.

Kad su devojčice ispričale mami da Neda nije htela da se vozi, mati je pohvali:

— Gospođica je pametna. Ja bih, razume se, brinula gde ste.

Još joj je bila simpatičnija ova devojka što je odbila poziv njenog muža. Znala je da ih on nije zvao u Topčider zbog kćeri, već zbog ove lepe devojke. Tako je radio i s ranijom guvernantom. Odvede decu i nju u Topčider, pa puste decu samu, a oni se po šipražju ljubakaju. „Neće mu poći za rukom da ovo devojče zavede, jer je i ona imala ovakvog oca.”

Jednog dana se rešila i pozvala Nedu na ručak. Neka je gleda i razgovara, neka napari oči, ali ništa neće uspeti. Volela je da ga proučava. Kad bi bio u društvu lepih devojaka ili žena, sav bi se rasplinuo od nežnosti prema njoj. Kao, hteo je da pokaže kako je nežan suprug, dobar muž, fini čovek, jer nekad i to pali kod žena i devojaka. Svaka zaželi da ima takvog muža, a od te želje do ljubavi nije veliko odstojanje.

Sedeći s njima za stolom, Neda je dobila utisak da je on vrlo obrazovan čovek. Bio je, zaista, vrlo pažljiv, veseo, šalio se s devojčicama, i nikad se ne bi moglo reći da je on neveran muž. Ali, gledajući ga onako krupnog, snažnog, s ramenima atlete, snažna vrata, crne kose i očiju, a uz njega onu nežnu, bledunjavu, finu ženu, ona je pomislila sa strahom da ovaj čovek može da je slomi jednom rukom. Da li ga je ta fizička snaga gonila i u neverstva, a opet mu laskala ova fina i nežna žena koja ga je tako volela? Oni su fizički bili sušti kontrast, i možda ga je ona zato i volela. Imao je uz to ogroman apetit: jeo je, pio, nutkao i decu, i bio pun raspoloženja. Smejao se širokim osmehom, i sve mu je lice bilo nasmejano. Neda je slušala pažljivo i uzimala učešće u razgovoru, ali je izbegavala da ga gleda. Bila je veoma ozbiljna.

Posle ručka napravili su izlet do Avale. Šetali su, Nedu su devojčice držale ispod ruke, a muž je nežno držao suprugu. Išli su jedno pored drugog kao zaljubljeni par. Ta šetnja i to nežno držanje ispod ruke stvarali su radost ženi. Iako je mogla pomisliti da je ta nežnost prema njoj reakcija kakvih drugih osećanja, ona je zavaravala sebe samoobmanama i odmah je prihvatila njegovu ruku, naslanjala mu se na snažnu mišicu, i uživala što će se videti kako je on voli i moći će zapušiti usta svetu, koji voli da sažaljeva nesrećnu ženu, a u tom sažaljenju je u stvari više zluradosti. U njoj je bila i ona velika ljubav čestite žene, koja voli muža i prašta mu, pa bi htela čak da mu i drugi oproste i da ne misle da je on tako pokvaren. Svesna da je ona nežna i da nije onakva ženka kakva bi njemu bila potrebna, ona mu je praštala i volela ga; volela ga i patila istovremeno.

Muž joj je nežno držao ruku, ali je ispred sebe video ovo raskošno lepo devojče, bujne kose, nežna vrata, finih, devojačkih bedara i grudi, i što god ga je više poduzimala toplina od mladosti i bujnosti ove devojčice, sve nežnije je stiskao uza se ruku svoje žene.

Pri povratku dovezli su Nedu do njene kuće i oprostili se s njom. Nju je čekalo jedno preporučeno pismo.

— Došlo vam je ovo preporučeno pismo. Donela ga je kućna pomoćnica gospođe Božić, Gabrijela.

Neda uđe u sobu i otvori pismo. Iz koverta ispade hiljadarka. Brzo je pogledala potpis i zaigra joj namah pred očima: „Vaš Bojan".

Čitala je brzo. Pisao je kako misli i čezne za njom, i jedva čeka da se sastanu. Od jedne rečenice ona zadrhta: „Slatka moja mila, lepa ženice, ja sam silno nesrećan što sam tako daleko od vas". Neda je bila sva zbunjena. Izašla je iz sobe, razgovarala, ali nije umela da misli. „Zar nju taj njen muž voli?" Došla joj je najednom misao da je on nju, možda, poznavao, bio u nju zaljubljen, i hteo po svaku cenu da je priveže brakom.

Ali kad je voli zašto ne kaže svoju adresu? Zašto ne dođe i ne predstavi se ko je i šta je?

Dobila je pismo i od avijatičara. Bio je ljut i hladno joj je pisao, kao muškarac koji nije mogao da očekuje ljubav od današnje devojke, jer su sve one nestalne i prevrtljive. „Napominjem vam", dodavao je u pismu, „da vama nije potrebna kaucija, jer je kirija od vaših kuća dovoljna, samo da se položi tapija i uverenje o vrednosti imanja. Ali vi mene ne volite, uverio sam se, i svejedno vam je sve ovo što vam pišem."

Neda je čitala, ali bile su ipak jače one reči: „Slatka moja mala ženice!" Šta joj vredi što zna sve ovo što joj je avijatičar napisao, kad je udata?! Uzbuđivale su je reči njenog nepoznatog muža. A kako da ne uzbude dvadesetogodišnje srce željno ljubavi? Ona ništa nije mogla da odgovori Branku dok ne vidi ko je Bojan. Razmišljajući o jednom i o drugom, noću joj se razbio san, prevrtala se po postelji, bilo joj je suviše toplo, i stalno je čula šapat: „Slatka moja mila, lepa ženice". To je unelo raspoloženje u njen život i postala je svesna da je udata, da ima muža, da će se on pojaviti sa svim supružanskim pravima. Zadrhtala je od pomisli da on ima prava... i činilo joj se da se ona ne bi ljutila kad bi on izjavio da hoće da ima prava nad njom kao muž.

Na salašu

Uskrs je bio krajem aprila i proleće je blistalo od zelenila, cveća i sunca. Ravna bačka polja bila su kao more. Nedi je bila nepoznata i nova ova priroda, bila je navikla na planine, šume i gajeve u selima oko njenog rodnog kraja. Sada se našla pred pučinom zelenila iznad koje su se izdizale vetrenjače i đermovi kao jedrilice na moru. Malo dalje je bio šumarak, i ona je najviše volela da tu šeta s devojčicama. Sve su obišle već prvog dana i Gordana joj je pokazivala telad, guščiće, plovčiće, ćuriće. Nije bilo staje gde ona nije zavirila. Jedna ogromna livada protezala se ispod kuće i trava je nabujala od kiša. Bila je sva sočna i puna raznobojnog cveća. Trčeći neprestano po vazduhu i suncu bile su sve malo opaljene, i Neda i devojčice. Obešene o njenu ruku, one su svuda išle zajedno, šetale po livadama, kroz šumarak, pored obale reke, a i majci je bilo vrlo prijatno, jer ona nije volela mnogo da se kreće. Uživala je što može da se naodmara u domaćoj haljini, bez korseta i bez šminke, jer muž nije bio tu i nije morala da se udešava za njega.

Sutradan po Uskrsu pojavi se u autu muž.

Žena se veoma iznenadi:

— Ti? Zar si već svršio posao? Kazao si da nećeš moći da dođeš.

— Kazao... ali svršio sam i hteo sam da te iznenadim. Šta, ti se ne raduješ što sam došao? — govorio je kao bajagi ljubomoran.

— Kako da se ne radujem? Nego si me iznenadio.

— I hteo sam da te iznenadim! — nežno je govorio, privlačeći je sebi. — I dugo mi je bez tebe. Sva mi je kuća pusta.

Kako muževi umeju slatko da lažu i kako su žene katkad naivne i veruju! Ta fina žena, iako je poznavala muža, verovala mu je u ovom času i naslanjala mu se na grudi.

Nastala je divna zaljubljenička šetnja. Muž je držao ženu uza se, cveće je na livadama mirisalo, a vazduh, pun svežine širokih bačkih polja, talasao se donoseći miris mlade pšenice.

Neda je osećala strah od ovog čoveka. Bežala je od jutra s devojčicama i krila se, kao da se preslišavaju, i trudila se da bude što manje u njegovom društvu, sem o ručku i večeri. Imala je sobicu, iznad njihove, svetlu, belo okrečenu, s velikim drvenim krevetom i debelim perinama. Sva je upadala noću u perje, i spavala je kraj otvorenog prozora, jer je preko jorgana prebacivala i perinu. Vazduh na selu ju je opijao i budila se kad bi zraci sunca već duboko ušli u sobu i proširili svoje velike zlatne snopove. Tada su se sakupljali na doručak, onaj obilni bački, koji je čitav obed, sa šunkom, kobasicama, sirom, jajima. Ogromni bački hlebovi, s tvrdo pečenom korom, ali u sredini meki i lisnati, natopljeni mirisom komlova, tako su bili ukusni, da se moglo najesti samo suva hleba.

Već tri dana kako je muž bio tu i žena je bila presrećna. Nikad je Neda nije videla tako veselu. I ona je bila srećna zbog te radosti ženine i počela se kolebati u mišljenju o njenom mužu. Možda ponekad i žene preuveličavaju greške muževa. Žena kad pati, sluša svaku reč koje joj drugi dostavljaju. I iz tih reči razvije se čitav roman o muževom neverstvu.

S tim mislima pošla je u šumarak s devojčicama. One su bile razdragane. Ponele su knjige da ih Neda presliša, i jedno ćebe da ga prostru po travi pa da ozbiljno uče. Ali mala Gordana je volela da se istrči. Neka je ptica bila na drvetu i htela je da je vidi.

— Radmila! Hodi da vidiš šta je pečuraka!

— Nemojte da ih berete možda su otrovne! — zabranjivala je Neda.

— Nisu otrovne. Staramajka ovde bere. Tata voli pečurke.

Otrčaše obe, a Neda osta sedeći na ćebetu. Prelistavala je njihov udžbenik. Najednom ču kako šušti lišće pod nogama i pucaju grančice.

Okrete glavu i uplaši se. Njihov tata je išao. Brzo joj priđe. Neda skoči s ćebeta. Htede da pođe za devojčicama, ali čovek je zaustavi:

— Zašto bežite, gospođice? Zar sam tako strašan? Kao da me se plašite?

— Zašto da se plašim? Htela sam da vidim gde su Radmila i Gordana. Otišle su da beru pečurke.

— Ostanite! — zapovedi joj čovek i priđe još dva koraka bliže. — Znate, gospođice, zašto sam došao?

Ona ga je zabezeknuto gledala, ne odgovarajući.

— Samo sam zbog vas došao. Vi mi se dopadate! Nijednog časa ne prestajem da mislim na vas. Zašto da se mučite i dajete časove? Ja bih vas osigurao. Imali biste sve što zaželite. Vi ste divni! Devojka kakva mi se dopada: temperamentna, lepo razvijena. Ja volim takve žene. Slušajte, hoćete li da se nađemo jednom u Beogradu? Mnogo bih imao da razgovaram s vama. Nemojte biti nesavremena. Treba shvatiti život. A vi ste neosigurani. Meni vas je žao. Ja bih mogao da vas učinim srećnom. Nemojte misliti da bi to bila kratkotrajna veza. Ja umem da volim. A vi ste slatko devojče. I vi morate osećati potrebu za muškarcem. Vi biste mene zaludeli i bio bih potpuno vaš. Čovek bi vas pojeo, tako ste slatki! Ništa ne bih žalio da učinim za vas. Hoćete li? Odgovorite mi! Vodio bih vas svuda sa sobom. Ja često putujem. Uzeo bih vam elegantan stan, nameštaj...

— Ćutite! Ne govorite više! — otrže se devojci sa usana. Sva je bila pobledela od gnušanja. — Kako ste bedni! Ja vas sažaljevam i žalim ovu divnu ženu koju imate! Varate se, gospodine, ako mislite da biste me osvojili svojim novcem. Posle ovih vaših reči, ja vas prezirem! — pojurila je za devojčicama, a čovek osta stegnutih zuba i pesnica, kao bik spreman da se ustremi na žrtvu.

Za stolom Neda je bila fina i taktična kao i uvek. Razgovarala je kao da ništa nije čula od svega onoga u šumi. Muž izjavi:

— Ja se danas vraćam. Moram da idem. Čekaju me hitni poslovi.

Posle podne je otišao. Neda se rukovala s njim, žena ga nežno poljubi. Čula je posle kako pevuši. Bila je srećna i uverena da je muž voli.

Dugo je Neda bila budna te noći i razmišljala da li da prestane da ide njihovoj kući ili da ide i dalje. Najzad reši da nastavi s časovima. Ovde joj nije pretila nikakva opasnost. Bila je u kući s decom i nije joj mogao ništa. Baš treba da tom čoveku pokaže kako je energična, karakterna devojka, koja može sama da ide kroz život. Jer oni su njegovi drski i bestidni predlozi, tako neočekivani i bez ikakvog povoda s njene strane, dokazivali da je taj čovek navikao da na taj način osvaja, i da su njegove primamljive reči o životnoj ugodnosti tako pobeđivale mlade devojke, lakome na novac i provod. Baš nije htela da se povuče, a on, sigurno, neće biti smeo i drzak pred ženom. Jer ti nesrećnici su ponekad i kukavice pred ženama. Ostaće, u inat njemu, i naučiće pameti tog drskog i nevernog muža.

Opet onaj tajanstveni

Vratila se sa salaša iz Bačke s punom kutijom svakojakih bačkih specijaliteta: dali su joj jaja, kobasica; sve joj je to zapakovala mati gospođe Anđelković, vrlo nežna kao i kći i tronuta sudbinom ove mlade devojke.

— Zadržite vi ovo, dete moje, za vas — kao odbijala je majka krojačice.

— Neću, mama — govorila je Neda nazivajući je „mama". — Neka ovo bude kod vas i tako ćemo zajedno pojesti.

Tek je ušla u sobu i presvukla se, a krojačica dotrča.

— Gospođice Nedo, imam jednu novost da vam kažem: dolazio je jedan vaš rođak i tražio vas trećeg dana Uskrsa.

Neda poblede.

— Moj rođak? Kako se zove?

— Bojan!

Ona sede na postelju, jer oseti kako joj klecaju noge.

— Znam... jeste... To je moj rođak. Seljak? U seljačkom odelu?

— Kakav seljak? Jedan elegantan mladić u civilu. Imao je fino sivo odelo!

— On je nosio seljačko. Valjda je promenio. U civilu kažete?

— Jeste. U civilu. Ali što je lep! Visok, pa što ima lepu glavu! Pravilne crte lica i sive oči s velikim zenicama. Jaoj, da sam malo mlađa, zaljubila bih se u njega. Vidi se neki ozbiljan, fin mladić. Ja sam ga sve vreme samo gledala. Kako da vi ne kažete da imate tako lepog rođaka? Nikad nam o njemu niste pričali, a on da se pojede živ što ste otputovali. Znate, hteo je da dođe za vama u Bačku. A ja nisam znala gde je taj salaš, nisam umela da mu kažem. On se toliko jedio. Pravo da vam kažem, i ja i mama smo pomislile da to nije neki mladić zaljubljen u vas. Toliko se jedio, ulazio je i u vašu sobu, zagledao svaku stvarčicu, raspitivao se kako živite.

— Da... On je moj rođak, pa me žali što sam izgubila roditelje — mucala je Neda, a srce joj je lupalo. Htela je sve da čuje, da se raspita, da sazna što više o svom tajanstvenom mužu.

— Zadržale smo ga jednom i na ručku.

— Pa koliko dana je bio u Beogradu?

— Tri dana. Dvaput je dolazio k nama.

— A ja sam imala lep ručak jednog dana. Takvu sam pitu sa sirom umesila! — hvalila se mati. — Pa kažem Desi: da ga zadržimo! Slatko je jeo! Mora da je on neki gospodski sin.

— Pravo da vam kažem ja i ne znam njegove roditelje. Bila sam u zavodu, retko sam ga viđala. On je, sigurno, svršio kakvu poljoprivrednu školu. Tako mi se čini.

— Mora da je nešto učio. Ne liči na seljaka. Pravi je gospodin! Neprestano se raspitivao kako živite.

— Ali što smo vas hvalili! Kazala sam mu da se takva devojka retko nalazi: sama bez roditelja, bez ikoga, a pametno i pošteno dete.

— Ali ona njegova kosa! Kao kesten, pa talasava — uzbuđivala se kći. — Gledala sam mu ruke! Nisu to seljačke ruke. Imao je sivo odelo, sivu košulju, a plavu svilenu mašnu...

Neda je uletela u svoju sobu s glavom punom njihovih hvala o njenom mužu. Nije mogla dugo oka da sklopi. Ponavljala je njihove reči da bi prizvala njegovu sliku. Nije onda ni stekla pravi utisak o njemu. Strah se mešao s užasom i odvratnošću i on joj je bio grub, neosetljiv, ciničan, a to je sve davalo drugi izraz njegovim crtama; njegovo psihičko biće joj je izgledalo odvratno i ružilo njegovu spoljašnost. Sad se magla skidala s tog lika, i ona je htela da vidi tu kestenjavu, talasavu kosu, taj sivi pogled u senci trepavica, tu lepu glavu.

Okrenula se ljutito u postelji na drugu stranu, grdeći samu sebe: šta to nju ima da uzbuđuje? Zar samo zato što su kazale da je lep? A svi njegovi postupci su bili ružni. I ovo što je opet skrio sebe. To mu nikad neće oprostiti. Kao da je neki princ, pa čuva svoj inkognito. A možda je običan seljak! Ona nije mrzela seljake, ali je sanjarila da joj muž bude intelektualac. Šta li je on? Setila se da je ulazio u njenu sobu i pomislila da nije šta odneo. U jednoj kasetici, na stolu, bilo je mnogo fotografija: njenih i porodičnih. Skočila je, upalila svetlo i uzela kasetu. Znala je sve slike. „Gle, jedne nema?! Uzeo je!" To je bila njena najlepša fotografija i poslednja... na jednoj dopisnoj karti. Ona, cela, u lepoj, štofanoj haljini, tesno pripijenoj uza stas. „Kako on to drsko uzima moju sliku? Da nije ostavio kakvo pismo?" Prelistavala je nervozno sve knjige, ali ništa nije našla. Malo se rastužila, kao da je očekivala njegovo pismo i adresu. Zabolelo ju je što nije bio pažljiv, mada se htela nasmejati samoj sebi što je on toliko interesuje. Bilo je još nekoliko njenih slika u kaseti. Ona ih izvadi. Htela je sve da ih složi. Jedna dopisna karta ispade i ona sva poblede. Uze je u ruke sva uzbuđena. Priđe još bliže svetiljci. Srce joj je lupalo. Čudno osećanje! To je bila fotografija njenog muža. „On? Zar je moguće da je ovo on? Kako je divan!" Na tamnoj pozadini slike izdvajao se jedan pravilan klasičan profil. Duboke oči zamišljeno su gledale nekud. Fine obrve izduživale su se čak do slepoočnica. A kosa se slivala u talasima iznad visokog čela. Tako mu je bila lepa kosa i inteligentan oblik glave! Posmatrala je svaku crtu: usne mladićke, pune i fino ocrtane, bradu, potiljak, rame. Bio je u civilu. Okrenula je poleđinu. Pisalo je *Nedi — Bojan.* „On je zaista lep mladić. Nije izmučen kao onda." Podsećala se ranijeg lika. Imao je upale obraze. Izgleda da se popravio. Njena osetljiva duša devojke bez ikoga čisto se razneži. Sedela je na postelji opuštenih bosih nožica, u plavoj pidžami, razbarušene kose i neprestano gledala njegovu sliku. Dopadao joj se. Proučavala mu je karakter po slici. Izgledao je vrlo energičan. Izmakla je dalje sliku i posmatrala je. Šaputala je: „Tako, vi ste se usudili da mi pošaljete sliku? Znate da ste lepi i hoćete da mi se dopadnete." Bujica ljutnje opet se izli, što je bila tako sentimentalna. „Ne, baš vas neću gledati. Iako ste se ovako udesili, ništa vam ne vredi." Ostavila je brzo sliku u kasetu, ugasila svetlo i pokušala da zaspi. Ali srce nije htelo da je posluša i rasterivalo joj je san. U mraku je pred njom bio taj lepi profil i zamišljene oči. Odbacivala je tu sliku i zazivala avijatičarevu. Nastade u njoj dvoboj ta dva lika. Skočila je ponovo, dohvatila njegovu sliku i upalila svetlo. Ležala je i gledala je. Slika joj klonu na jastuk, a oči joj se sklopiše. Trgla se: „Jaoj, svetlo gori! Ako vidi Desina mama! Ona, sirota, plače zbog računa za elektriku." Brzo je ustala da ugasi svetlo. Spazila je sliku na jastuku kraj sebe. Pogledala je ponovo. Nije bilo ljutnje u njoj. Razbuđena raznaženo ga je gledala: „Ti si moj mužić! Ali ti nisi dobar kad možeš da budeš toliko bez mene." Ostavila je sliku u kasetu i san je brzo uhvatio.

Otišla je na čas devojčicama gospođe Anđelković. Služavka joj otvori vrata na predsoblju.

— Gospođa vas je molila da pričekate. Ona je otišla u trgovinu da kupi nešto Radmili i Gordani, pa će ih posle voditi frizeru da ih podšiša. Vratiće se za jedan sat.

— Dobro, pričekaću ih. Sviraću na klaviru — htela je da malo vežba.

— Samo ću vas zamoliti, gospođice, da zaključate vrata. Gospođa ima svoj ključ. Moram da idem da platim struju. Ako dođem pre gospođe, zazvoniću. Vi izvadite ključ. Eno, onde ga kačimo, na onaj ekserčić.

— Dobro, Anka, idite vi.

— Možda će gospođa doći ranije. Danas je navala na šalteru za struju, pa da uhvatim prva da platim.

Služavka ode. Neda zaključa vrata i obesi ključić. Uzela je note, sela i svirala. Prsti su joj bili mnogo elastičniji. U sobi je bilo tako prijatno. Na jednom stočiću, u mlečnoj vazi, mirisali su ružičasti karanfili. Violeta, lutka Gordanina, raširene suknjice i ruku, naslanjala se između jastuka u uglu i smešila se onim lutkastim, začuđenim osmehom, uzdignutih obrva. Neda joj se osmehnu; obećala je maloj Gordani da će joj sašiti novu haljinu i promeniti joj toaletu. Ona je kazala da hoće crvenu, jer Violeta ima crne oči, kao i Gordana. Njihove knjige i vežbanke sve su bile u redu. To ih je mama učila da sve moraju same da uređuju po stolu.

Zaneta sviranjem nije ni čula da se otvaraju spoljna vrata. Tek kad su se i na sobi otvorila, trgla se i akordi umukoše. Na pragu je stajao gospodin Anđelković. Nije se s njim videla od onog susreta u šumi i sva je pocrvenela, kao da se zastidela onih njegovih drskih predloga.

— Dobar dan, gospođice! Zašto ste prestali da svirate? Nastavite, ja volim da vas slušam.

Neda ne odgovori ništa. Samo joj prolete kroz svest da je sama u kući s ovim čovekom. Uplašila se toga, ne zbog sebe, već što bi taj čovek mogao, možda, ponovo biti drzak i da njegova žena ne naiđe, a ona nije htela da stvara bol njegovoj dobroj supruzi.

Učtivo je odgovorila:

— Svirala sam. Gospođa je kazala da je pričekam. A Anka je otišla da plati struju. Ali pošto ste vi došli, ja ću ići malo da prošetam, pa ću se vratiti kad oni dođu.

Pošla je vratima, ali direktor stade ispred vrata i prepreči joj put. Nije pokazivao nikakvu drskost, već najučtivijim tonom nastavi:

— Zašto da idete? Pričekajte ih! One će doći za pola sata. Ja sam došao poslom. Nešto sam zaboravio — lagao je. On se namerno vratio, jer je o ručku čuo kad je žena u kuhinji kazala služavki: „Neka nas ona pričeka". Izračunao je kad će one otići, a kad će devojka doći i požurio da je uhvati nasamo.

— Ne, moram da idem! Imam nešto i ja da kupim.

— Vi se, valjda, plašite mene? Zar sam vam tako strašan, gospođice? Lepim devojkama nikad ne bih zlo učinio.

— Ali činite zlo svojoj ženi, a ja ne želim da i najmanje doprinesem bolu vaše gospođe. Ona je divna žena!

— Ne osporavam vaše mišljenje. Ali šta vi znate šta se sve skriva u braku? Možda ja nisam srećan muž.

Mlada devojka ga oštro pogleda.

— Vi ste vrlo srećan muž, ali ne umete da cenite svoju sreću. Vi ste isti kao što je bio moj tata. I on je pričao da nije srećan pored moje mame, iako je ona bila najbolja žena. Kad su vama, muževima, potrebne avanture, onda izmišljate da niste srećni. Ja nikad ne mogu da zaboravim one vaše drske predloge u šumi. Ne, ja idem! Molim vas, sklonite se, hoću da prođem.

— A ako ja neću da se sklonim?

— Od vas me ne bi čudilo ni nasilje. Ali treba da pomislite da ste otac, a ja siroče bez ikoga. Pomislite da i vaše devojčice mogu jednoga dana ostati same u životu.

— Vi ste, zaista, prava mala tigrica! — govorio je gledajući je sjajnim očima, uzbuđen njenom lepotom, a ne njenim dirljivim rečima kojima je želela da ga osvesti. — Ja ne mislim nikakvo nasilje da upotrebim. Ništa ja silom ne tražim od žena. One su i same pametne i umeju da osete ko ih voli. Izgleda mi da ste suviše nesavremena devojka, ili se pretvarate. Ženama se ne može verovati.

— Zaista, čovek kao što ste vi, morao je izgubiti poverenje u svaku ženu.

— I kad bih hteo da imam više poverenja, njihova lepota sve demantuje. Vi ste jedno slatko, temperamentno devojče. A moja žena je hladna. Šta biste vi radili da se udate, pa zaželite da vas muž mazi, miluje, ljubi, a on se izgovara kako mu nije dobro ili mrzovoljno prima vaša milovanja?

Ona je okrenula glavu od njega i tih njegovih bestidnih reči kojima je otkrivao tajne bračnog života. Ipak je umela da mu odgovori:

— Ako vi varate svoju gospođu, a tražite njenu nežnost, sasvim je razumljivo što vam njeno uvređeno srce ne može da oprosti.

— Šta ona ima meni da prašta, kad joj ja sve činim?

— Vi onda mislite da je žena kao ova Gordanina Violeta i da joj je dosta da je obuku i nakite. Vaša gospođa je fina žena i tako vas voli. Vi ne zaslužujete njenu ljubav.

— Žene često samo rečima vole, a mi muškarci hoćemo opipljivu ljubav, hoćemo da osetimo da ona drhti u našim rukama. Jeste li dobili moje ruže i bombone? — oči su mu još više gorele, a lice mu je bilo crveno. Neda je mislila kako bi umakla. On se odmače nekoliko koračaja od vrata i kao da se zagleda u one karanfile. „Moram da pobegnem. Nipošto ne smem dopustiti da ona naiđe i zatekne me samu s njim. Kako je odvratan!" Stegla je zube i da je mogla dobacila bi mu najgrublje reči u lice. U dva skoka našla se kraj vrata i uhvatila za kvaku, ali i čovek se stvori kraj vrata i osloni se na njih.

— Hajde, iziđite! — govorio je, ali se svom težinom oslanjao na vrata.

— Gospodine, ovo je drsko s vaše strane. Ja sam, zaista, iznenađena vašim postupkom. Uzalud ste mi slali ruže i bombone.

— Kad biste me hteli malo razumeti, opravdali biste me. Slušajte, vi, lepo dete! Nemojte da me dražite! Vi mi se dopadate! Još i više: volim vas! Vi ste stvoreni za milovanje. Uzbuđuju me te vaše grudi i nožice, sav bih se rastopio pored vas. Vi ne znate šta je život! Zar je ovo život da dajete časove? Stanujete kod neke krojačice! Ja bih od vas napravio damu!

— Gospodine, pustite me! Vi ste strašni.

— A vi ste divni. Samo jedan poljubac da mi date, pa idem... odmah idem! Ali hoću da vas ugrizem za te slatke usnice! Vi ne možete pobeći. Ja sam jači od vas. To vas ništa ne staje. Hajde, cakano moje, poljubi me! Ludo mala, nećeš da uživamo zajedno! Svu bih te slomio, izljubio, izgrizao!

Sva užasnuta od tog lica, raspomamljenih očiju, ona se odmicala kao da joj preti smrtna opasnost. Ali čovek joj se približavao, kao zver, najpre lagano, oprezno, pa onda jurnu na nju. Ona polete. Bežala je oko stola, preturala stolice, optrčavala klavir. Čovek je sav izbezumljen stiže, dočepa je svojim ogromnim šapama, privuče joj glavu sebi. Ona je vriskala, udarala ga pesnicama po glavi, grebala noktima po licu. On ništa nije osećao. Podiže je u naručje. Ali ona se izvi, pade na pod, kleknu. Ponovo je dočepaše one šape i usne sa zubima zariše joj se u njena nežna fina ustašca. Oseti kako joj gruba muška ruka steže nagu butinu. Ona vrisnu:

— Puštajte me! U pomoć! U pomoć!

Na njen krik odgovori drugi krik, vrata se treskom otvoriše i ona oseti kako je one ručerde pustiše.

Na pragu sobe stajala je žena, bleda kao smrt, a iza nje prestravljene dve dečje glavice. Žena nije mogla reč da izusti, samo je pritiskivala srce, a čovek se diže razbarušen, crven. Mucao je.

— Ništa... ništa nije. To je šala... malo sam se šalio... a ona luda... vrišti — oteturao je u drugu sobu, a žena je još uvek bila kao mumija. Neda vrisnu i polete joj.

— Gospođo, zaklinjem vam se grobom moje mame, ništa nisam kriva! Kako ja vas volim! Kako vas žalim! Čekala sam da vi dođete... a on je naišao i napao me. Htela sam odmah da idem, nije me pustio. Slatka moja gospođo, kako vas žalim! Vi ste divni! On vas ne zaslužuje. Umirite se! Jaoj, kako ste bledi. Sedite!

— Srce... ne mogu da dišem! Vode!

— Mama! Mamice! Mamica će da umre! — vrisnuše devojčice. Neda izlete u kuhinju i donese vode. Prinese joj ustima. Muž se pojavi na pragu kao iznenađen.

— Šta ti sad od toga praviš dramu?

— Idi mi ispred očiju! — prošaputa žena. — Idi! Ostavi me. Znam ja tebe dobro. Šalio si se! A da li bi dopustio da ja takve šale izvodim! Znam, gospođice, da vi niste krivi. Zato je on i bio dobar, pretvarao se samo i smišljao svoj pogani plan. Ah, što ja sedim ovde? Zašto ne uzmem svoju decu i ne odem roditeljima? Uvek će on biti ovakav — briznula je u plač, jecala je ona, jecala je i Neda, plakale su i devojčice.

— Mamice, nemoj da plačeš! Tata je rđav. Ja ga mrzim. Ti sve plačeš zbog tate. Idem da ga izgrdim — govorila je starija Radmila.

— Ne. Ti ne smeš da ga grdiš! Ne dajte joj, Nedo. Zar ovakve scene deca da gledaju?

— Samo nemojte na mene da se ljutite, ja vas molim, gospođo. Ja razumem vaš bol, jer sam i ja patila pored moje mame.

— Nemam na vas šta da se ljutim. On je razvratnik!

— Ja neću više, gospođo, da dolazim. Nema smisla, a s takvim sam poštovanjem ulazila u vašu kuću.

— Mama, zašto gospođica Neda da ne dolazi? — udari u plač mala Gordana. — Ja je volim. Mama, kaži joj da ostane.

— Zašto da ne dolazite? On se prema svakoj vaspitačici ovako ponašao. Ne smem ni mlade služavke da držim. Na svaku nasrće. I prema drugoj će biti takav. Među nama nema više života. Ovako se samo krpari brak. Daje mi novac, tobože galantan muž! A vara me na najbestidniji način!

— Mama, eno tata ode.

— Neka ide bestraga! Kamo sreće da se nikad nisam udala. Nego su me ova deca vezala! Trpim, trpim, ali ću jednog dana učiniti svemu kraj.

— Umirite se, gospođo — milovala je Neda i ljubila. — Nikad neću ostajati sama u vašoj kući. Što sam ostala danas?!

— Koliko je on prepreden, gospođice! On je danas morao čuti da ćete me vi čekati, pa je pojurio da vas nađe samu. A ona luda Anka otišla odmah. Ja sam joj kazala da ide da plati struju kad se ja vratim. Ali šta je ona znala? Dajte mi još malo vode. Sedite i preslišavajte decu ako možete. Idem da legnem. Užasno me zaboli glava.

— Lezite ovde na sofu! Ne dam vam da budete sami u sobi.

— Mamice, lezi pored Violete.

Ona se spusti na sofu, sva smrvljena. Mala Gordana je nežno poljubi. A taj poljubac još više rastuži nesrećnu ženu.

Neda se pribra, poče da preslišava decu rešena da učini nešto. Čim ode kući, napisaće pismo avijatičaru Branku. Reći će mu da ima kauciju, da će prodati skuplje kuću, da će joj pored osamdeset hiljada ostati i za nameštaj. Neće reći da je novac dobila od Amerikanaca. Pozvaće ga odmah da dođe da se vere i utvrde dan venčanja. Za kuću je imala kupca, kako joj je pisala stara kuma. Neće ona čekati ni ovog muža. Poništiće taj brak! Krije se godinu dana i treba da čeka njegovu milost i da je muškarci ovako napadaju.

Kad je došla kući, odmah je napisala pismo i pošla da ga spusti u sanduče.

— Gospođice Nedo! — zovnu je krojačica. — Hoćete da vidite kako vam se dopada ova haljina na gospođici? Gospođica je učiteljica na radu u ministarstvu prosvete.

„U ministarstvu prosvete", sinu Nedi kroz glavu. „Pa ona bi me možda mogla obavestiti u kom je selu učiteljica ona Dunja Mihajlović."

— Je l'te, gospođice, htela sam nešto da vas zamolim. Ja imam rođaku, učiteljicu, zove se Dunja Mihajlović, ali ne znam u kom je selu. Da li biste me vi mogli obavestiti o tome?

— Mogu. Ja ću inače opet doći na probu prekosutra, pa ću vam reći.

— Biću vam veoma zahvalna — pošla je da baci pismo, pa je zastala. Da li da ga baci ili da priček dok se ne obavesti o toj Dunji? Jer preko Dunje će možda doznati ko je Bojan.

Stajala je u sobi i molila se: da li da baci pismo ili da čeka odgovor ove učiteljice? Sujeta žene pobedi: „Zar da ga ja prosim i molim da dođe, a on sâm i ne pomišlja da to učini. Ko zna, možda voli drugu; možda su kod njega bila samo trenutna raspoloženja." Nije to kod nje bila uvređenost što ćuti, već ravnodušnost. Devojka uvek ide za tokom svojih osećanja i sugeriše u mašti ljubav muškarcu koju on ne oseća. „Ne! Neću da šaljem pismo." U tren oka pismo se pretvori u parčad. „Tako! Možda je ovo moja sreća ili nesreća. Ali najpre ću upoznati Bojana."

Nestrpljivo je čekala učiteljicu.

— Gospođice Nedo! — zvala je krojačica Desa. — Hodite! Gospođica se obavestila.

Ona ulete u sobu. Bila je mirna, a da je mogla obisnula bi se o vrat učiteljici. Kao da je u tom trenutku onaj tajanstveni mladić iskrsavao iz neke tmine.

— Doznali ste? — govorila je mirno.

— Jesam. Zabeležila sam — ona izvadi hartijicu i pročita joj ime sela.

— A gde je to selo?

Učiteljica joj objasni.

— Hvala — rasejano je govorila. — Je li to daleko od Beograda? Kako se putuje?

— Vozom, a posle morate i kolima. Ja sam prošla jednom kroz to selo. Vrlo je lepo. Kao letovalište. Znam jednu porodicu koja je tamo išla na letovanje. Ima reka gde se kupaju, a ima i šuma. Bogato je selo. Ta vaša rođaka morala je imati dobru protekciju kad je dobila ovo selo.

— Pa... jeste... imala je. Sigurno da sama nije mogla sebe protežirati — govorila je tek da nešto kaže. — Da pribeležim selo. Još danas ću pisati mojoj rođaci.

Ušla je u svoju sobu da bi mogla da razmišlja. Ceo dan se dvoumila da li da odmah napiše pismo Dunji Mihajlović? Bar neki trag mu je uhvatila. Rešila se i napisala. Molila je da je izvesti gde se nalazi Bojan. Kazala je da je dobila novac, koji joj je ona poslala u ime Bojana i molila je da joj kaže šta je ona Bojanu i sve što zna o njemu. Zatvorila je pismo i najednom je došla na misao: da li će joj ona odgovoriti? Možda ta učiteljica nema pojma o onoj uputnici. Iznenadiće se, a možda će je on naučiti kako da napiše. A može se desiti i da joj ne odgovori. Putem pisma ona neće ništa doznati. Osećala je želju da je neko nauči, posavetuje. Kako je teško uvek biti sâm sebi savetodavac! Nije mogla da se odluči, a nikome nije htela da se poveri. Kosti? Možda! Ne! On bi je osudio. On je uvek osuđuje. Muškarac ne može da shvati bojažljivost i osećajnost ženskog srca.

Dva dana se rešavala. I jedne večeri, iznenada, kao da joj ta misao pade u glavu odnekud spolja, iz atmosfere, kao elektricitet, ona se strese i prošaputa: „Ići ću sama u selo da sve ispitam Dunju Mihajlović".

Ta odluka, u prvi mah bojažljiva, postade smelija. Njeno nežno biće kao da ojača volja. Samoj sebi izgledala je zrelija i laskala je što će sama umeti da se bori kroz život i da prima i dobro i zlo. Puno je razloga bilo koji su je podsticali da što pre krene. Nije htela da ga čeka do septembra, već je htela da se sama uveri: ko je on i kakav je?

Drukčije je kad neko o sebi priča, a sasvim drukčije kad se iz prikrajka posmatra i rasuđuje o nekome.

Donela je i drugu odluku: da nikome ne kaže kuda zapravo ide. Reći će, zbog svojih kuća, pa će posle reći da ide u selo do svoje rođake Dunje. Strepnja i radost kovitlale su se u njoj. Razjasniće tajnu svoga venčanja i osloboditi se možda toga čoveka. Uzela je njegovu sliku i posmatrala je. Te lepe crte i duboki zamišljeni pogled bili su joj nekako poznati. Gledajući svakog dana tu sliku, ona se srodila s njom i navikavala se da u njemu vidi bliskog poznanika. Još nije mogla reći: muža! Taj naziv joj je bio tuđ, plašila ga se, jer nije znala kakav je život tog mladića. Iako je pomišljala da ga se oslobodi, nije bila svesna da li će to zaželeti kad ga upozna. Nekad iznenadni susret odlučuje sudbinu mlade devojke. Vide se, na prvi pogled se zaljube i sklope brak. A ovaj mladić je upleten u njen život već godinu dana.

Uzela je kalendar i pregledala datume. „Pa ja treba da idem, jer će se škole skoro raspustiti.”

U njenoj glavici sad se krojio fantastični plan. Treba li ona da se pojavi kao Neda Pavlović, ovako u crnini, ili pod tuđim imenom, kao sasvim nepoznata osoba, koja je došla da letuje na selu, jer je čula da je to selo lepo? Mogla bi reći da je bolovala od malarije, oporavila se i hoće mesec dana da provede na selu. Taj plan je oduševio svojim romantizmom. Ali setila se najednom: ako je Bojan u tom selu, zar je neće odmah prepoznati? I šta bi onda uspela? Ništa! A ona hoće da ga posmatra i dokuči sve o njemu.

Brzo je pregledala svoje devojačke haljine. Bila ih je donela. Imala je plavih, belih, od platna, piketa, bile su još nove, jer joj je mama šila čim je došla iz zavoda i mogla ih je sve nositi. Bilo bi zgodno da se ne pojavi u crnini. Jer, inače će Dunja odmah znati ko je ona. Ići će u svetloj haljini, s velikim šeširom, kao pansionatkinja. Obuzimala je veselost što će tako da izvede svoj plan. Gledala je sebe u ogledalu i videla dva lepa, velika oka koja su joj se smešila. Razgovarala je sama sa sobom u ogledalu kao što često rade žene: „Tako, ja ću vas nadmudriti, Bojane.

Iako sam slaba žena, umeću da vas pronađem. Samo da doznam vaše selo, pa ću vas i tamo pronaći."

Bila je sve spremila za put. Oprostila se s gospođom Anđelković. Otišla je i do Koste i njegove majke. Mati je bila vrlo nežna prema Nedi, i čak je napomenula kako bi želela takvu snahu kao što je ona. Iz celokupnog njenog ponašanja Neda je osetila da bi ona želela da se ona uda za njenog sina. Njoj je Kosta bio simpatičan, ali ga nije volela. A kao sve devojke htela je da doživi ljubav u braku. Htela je da voli, da je neko ludo zaljubljen u nju, da joj piše nežna i strasna pisma, da pati zbog nje, pravi joj ljubomorne scene. To je za nju značilo voleti i biti voljen. Htela je da doživi lep roman, a ona je sama doživljavala svršetak strašnog i tajanstvenog romana.

Vraćajući se kući, kupila je još neke sitnice za put i prošla pored jednog velikog frizerskog salona. Lutke s plavim frizurama stajale su u izlogu. „Bože, kad bih ofarbala kosu, niko me ne bi poznao! Što da to ne učinim?"

I krojačica joj je kazala: „Vi biste bili divni s plavom kosom, s vašim crnim očima i belim licem". Ali farbati se, a izgubila je majku i oca!? Šta će pomisliti o njoj i ova krojačica. „Neću!" To „neću" nije joj bilo dovoljno da je ubedi. Nešto je gurkalo da to ipak učini. Ušla je u salon.

— Da li bi mi lepo stajala plava kosa? — zapita frizera.

— Zar još pitate? Vi imate ten plavuše. Bili biste kao anđeo.

— Kako frizeri umeju da laskaju. A kad bih htela da povratim boju moje kose?

— Ništa lakše! Metnem vam kanu vaše boje i posle vam izraste vaša kosa i ne vidi se razlika.

— Ništa, razmisliću! — nije htela odmah. Još malo da razmisli. Ona se navikla da nikad ne učini ništa po prvoj odluci. Videla je već sebe: plavuša s velikim šeširom, u beloj haljini. Pošla je, pa se vratila frizeru. — Htela sam da vas zamolim, metnite mi jednu periku uz lice, da vidim kako će mi stajati. Zbilja lepo!

— Izvanredno, gospođice! Što nećete da vam je stavim odmah?

— Neka, doći ću sutra. A mogu li ja sama da oksidišem, kad mi izraste moja kosa. Znate, ja ću biti u selu.

— Razume se! Uzećete okside, pa premažite po razdeljku.

„Ništa, ofarbaću se! Rešila sam. Sutra idem. Šta imam da se bojim šta će ko misliti! Promeniću boju!" Utvrdila je dan polaska, spremila i popravila haljine i uzela jednu sumu novca iz banke.

TREĆI DEO

Gospođica Božana Marić

Sunce se već koso spuštalo i na seoskom drumu prašina je treperila u zraku. Sa polja je mirisao požnjeven ovas ili bi dopro miris mlade šume i starih bukava. Fijaker se kotrljao po drumu, a u kolima je sedela jedna lepa plava devojka. Zraci sunca su se mrsili u njenoj kosi, i svako joj je vlakno treperilo kao da je od zlata. Na licu joj se video refleks tog zlatnog prelivanja i stapao se s rumenim obrazima. Prolazili su kroz šumu. Drum se beleo u zelenilu, a šumski vazduh, hladan i svež, kao da se lepio uz lice! Svuda su bila polja, livade, šume, bregovi. Nizale su se slike pred njom kao film. Priroda je ličila na ustalasalo zeleno more. Sećala se Bačke i njenih ravnica, a ovde se pogled nigde nije mogao pružiti u beskonačnost. Uvek ga je nešto zaustavljalo, neka nova slika, drukčiji oblik. Negde je voćnjak klizio nizbrdo, na drugom mestu zabran se penjao uz breg, pa onda livade, kao zelena prostirka, utisnuta među zlatno klasje njiva nepravilnih geometrijskih figura. Sve su kuće bile lepe, čiste. Seoca raštrkana, razvučena, skrivena u voćnjacima, kao da nigde nema puteva, ni sokaka, već se ide iz šljivika u šljivik, preko jaruga, kroz gajeve. Lepe crne oči s oduševljenjem su posmatrale prirodu. Osetila je i tugu. Tornjevi crkava i manastira nadvisivali su sela i visoke seoske školske zgrade. Približavali su se jednoj planini i njeno zelenilo je postajalo jasnije. Izgledalo je da je blizu, a ona je bila još uvek daleko, a iza njenog tamnog zelenila bledeli su drugi ogranci, kao oštre bordure, bledosive, utapajući se u večernje plavetnilo neba.

— Je li ono tamo manastir?

— Jeste. Tu ima jedan čudotvoran izvor gde idu seljaci da zahvataju vodu i leče se njome. Često i iz varoši dolaze gospoda u taj manastir.

Ona je pažljivo posmatrala: gusta šuma skrivala je zidine manastira, samo je virio toranj. Nešto joj je bilo poznato. Tako je i one noći išla kroz šumu. Da nije to manastir u kome se ona venčala? Ah, da nije ovako kasno, svratila bi.

— Koliko ima odavde do onog manastira?

— Pa, ima pola sata.

— Izgleda tako blizu! Kao da nema više od četvrt sata. Volela bih da svratimo do tog manastira.

— Kasno vam je sada. Treba nam još sat do sela. Kad zavijemo iza ove okuke, videćete selo.

Miris planinskog predela bio je sladak. Mirisala je mahovina i suvo lišće.

„Da nije to Bojanovo selo? Kako ne mogu da poznam kraj?” Sećala se samo šume i ničeg više. Nije videla ni ovu planinu. Možda je drugim putem išla? Zna da je išla kroz šumu za manastir. Ali, svi su manastiri u šumi.

Seoska kola škripala su ispred njih. Projuri neki automobil.

Sunce se gubilo iza planine a iznad planine se zarumenelo nebo kao zlatni veo. Jedan oblak procepi veo i raširi svoju fantastičnu senku oivičenu zlatom. Konji su se spuštali nizbrdo.

— Eno, vidite, ono je vaše selo!

Ona vide šćućurene bele kuće u gomili, a malo dalje, po brežuljcima, rasule su se i druge. Lepa školska zgrada nadvisila je selo. Crveneo se krov i jedne kuće na dva sprata, skrivene visokim drvećem. Reka je vijugala i drvoredi vrba, utapajući grane u vodu, pokazivali su njen tok kroz polja.

Preko zlatnih polja, koja su se protezala pokraj reke, treperili su odsjaji sunca. Ili su se to odbijali zraci od onog zlatnog vela iznad planine. Sve je bilo u nekom ružičastom sjaju. Jedna livada se talasala.

Vetrić je njihao travu s margaretama i bulkama i kao da se nešto živo, sveže, nestašno preganjalo preko livade.

— Ono je kafana!

— A da li ima soba u kafani?

— Ima. Lepa je kafana. Dovozio sam goste iz varoši i noćili su u kafani. Na Petrovdan je sabor. Slegne se mnogo sveta. Dovezô sam pre nedelju dana i neke geometre. A došli su i inženjeri, jer tu će da se proseca pruga, pa premeravaju zemljište.

Fijaker skrete s glavnog druma i poče da odskače po seoskom putu. Kupinovo šiblje i bagrem širili su grane s obe strane. Dvokolice su im išle u susret. Skretoše udesno, da bi prošao fijaker. U kolima je sedeo stariji sveštenik i jedan mladić.

— Pomaže bog, gospodine popo! — pozdravi kočijaš sveštenika.

— Bog ti pomogô!

Čeze odjuriše, a mladić u čezama okrete se da pogleda ovu divnu devojku zlatne kose i krupnih crnih očiju.

— To je popa, a ono je njegov sin. Svršio je za apotekara, pa otac hoće da mu ovde u obližnjoj varošici otvori apoteku — objašnjavao je kočijaš koji je poznavao celu okolicu, jer je u svako selo dovozio goste. — Ono je popova kuća — pokaza kočijaš jednu lepu zgradu s velikom baštom ispred kuće i mnogo ruža, a pozadi se protezao voćnjak i staje. — Gazda je pop! Ima para. Udao je jednu ćerku za oficira, a jedna mu uči u Beogradu. Ako! Kad ima para neka školuje decu. Ja sam moje sve na zanat dao — pričao je kočijaš, razgovoran kao i svi kočijaši.

— Hoćete li vi mene da dovezete do kafane?

— Jakako! Vala sam ožedneo — napominjao je ne bi li se ona setila da ga počasti. — Omorina! Biće kiše. Odande dolaze oblaci i kiša! Eno ga, zacrneo se. Samo da ne bude grȁda!

Fijaker se zaustavi pred kafanom. Kafežija, suvonjav i koščat seljak, priđe kolima.

— Gazda Lazo, imaš li ti neku sobu za ovu gospojicu?

Kafedžija se počeša po potiljku.

— Ama da ste juče došli, imao bih. Nego mi uzeše indžiliri. Ovde im je na putu, pa začas trknu odavde i premeravaju. Nego, gazda-Obrade — okrete se jednom starijem seljaku — bi l' ti dao onu tvoju sobu? Prazna ti zvrji. Lanjske godine si davao pod kiriju.

Seljak se lagano diže i priđe kolima, s rukama u džepovima čakšira.

— Ako begeniše š sobu, možemo da se pogodimo. Okrečila baš moja snaha... ko veli, doći će mi neko na zavetinu.

— Mogu li, gazda, da odmah pođem vašoj kući?

— Ako ti je volja — moš!

— Onda sedite u kola.

— Gde ću ja u fijaker!

— More sedaj pa se vozi, da te fijakeralno dovezem do kuće — smejao se kočijaš. — Častićeš me onom tvojom ljutom! Imaš ti uvek dobru prepečenicu.

— A hoćete li vi nešto da popijete? — priseti se Neda. — Da li biste pivo?

— Što godi ima, neka donese. Daj pivo! Baš sam žedan!

— Izvoljevajte pred me'anu! — ponudi kafedžija. — Je l' po volji i vama nešto? Imam malinu, pravu domaću!

— Mogla bih jednu malinu!

— Sedite! Sedite i vi, gazda-Obrade.

— A je l'te, gde se ovde može hraniti? Da li bih mogla kod vas?

— Možeš, što da ne možeš. Imamo, 'vala bogu, živine, jaja i smoka! Petljaju i kuvaju oni ženskaći u kući — dobrodušno je govorio otresiti seljak. — Lanjske godine mesec dana mi je sedela gospoja iz varoši s njene dve ćerke. Ovako se pogojiše. Samo od pilića i jaja. A vode koliko hoćeš! Petrovače jabuke već stigle. Ako ti je po volji, mi se pogodismo — govorio je seljak, vrlo radostan, jer za seljaka svaka para mnogo znači, a prošle godine je lepu paru dobio od one gospođe. Bolje prodati kuću, nego potegnuti na obramicu pa četiri sata hoda do varoši. Da crkne dok proda. Više opanaka iscepa ženskadija nego što uvajdi.

Gazda Obrad se uvali u fijaker, gospodski, i kočijaš potera. Tri mladića u sportskim pantalonama i košuljama premeravali su nešto. Zastadoše sva trojica da vide lepu devojku. Ispod njenog crnog šeširića talasale su se plave kovrdže. Oči su joj u ovo predvečerje bile još veće i crnje, a lice, malo oprljeno suncem, bilo je zajapureno i toplo. U seoskoj samoći, kad se pojavi ovako lepo devojče, prava je senzacija!

Neda je gledala svuda unaokolo, kao da očekuje da će videti i Bojana. Umalo da zapita ovog seljaka: poznajete li vi učiteljicu Dunju Mihajlović? No, priseti se da nema smisla, i da ne sme odmah da pita. Nego, polako, kao slučajno, doznaće ona sve.

— Je li ono škola?

— To je naša škola! Pre dve godine smo je zidali! Mučila se deca u jednoj straćari. Umal' da im se krov sruši nad glavom. A mi seljaci povikasmo: drž'! i podigosmo školu.

— Koliko imate učitelja?

— Imamo tri.

— Ima li i koja učiteljica?

— Ima jedna devojka i jedan momak. Upravitelj je dugo godina u našem selu. Vole ga seljaci.

Neda htede još da pita, ali ne smede. Za danas je bilo dosta. Najedared se preseče: da Bojan nije učitelj? A ona Dunja njegova koleginica? Tako je gorela od želje da pita, ali se uzdrža. Fijaker se zaustavi pred jednim vratnicama iza kojih se protezao voćnjak, a u voćnjaku su se belele dve seoske kućice.

Uđoše u voćnjak čija su krupna stabla bacala senke tamnoljubičaste boje. Nedin mantil se slio s tom bojom, samo joj se kosa svetlucala kao bele šljive. Negde se čulo cilikanje točka na bunaru i kakorenje kokošiju koje uzleću na svoja legla.

Pređoše preko trave u voćnjaku i uđoše u prostrano zatravljeno dvorište. Zelenilo se sve unaokolo. Belo okrečene kućice bile su još belje ispred prostirke od trave. Jedna lepa seoska devojka, varoški obučena, zalivala je kantom cveće. Osećao se jak miris bosiljka i šeboja. Malo dalje, u drugom dvorištu, ograđenom vrljikama, muzla je jedna žena kravu.

— Grozdo, evo, vodim ti gošću!

Devojka spusti kantu i priđe Nedi.

— Gospojica bi htela da joj izdamo sobu. Ovo je moja unuka. A kako se vi zvaste?

— Božana Marić.

— Ja sam Grozda Petrović — otresito izgovori seoska devojka, pruži ruku i pozdravi se s Nedom.

— Milo mi je! — osmehnu joj se Neda, na prvi pogled očarana ovom lepom devojkom.

— Imamo lepu sobu! Prošle godine je stanovala kod nas jedna gospođa. Hajde da vidite. Mamo! — zovnu onu ženu što je muzla kravu. — Odider amo!

Mati požuri, brišući ruke o kecelju. Bila je povezana šamijom u čijem se okviru ocrtavalo pravilno lice seljanke, ali već dosta izborano napornim radom.

— Čujem ja! Gospojica 'oće sobu. Može! Lepa je soba. Grozda je baš okrečila i udesila. Nadamo se da nam o zavetini neko dođe. A odakle si? — pitala je mati Grozdina.

— Iz Skoplja! — slaga Neda, izvalivši ime varoši koja joj prva dođe na pamet.

Svidela joj se sobica. Postelja pokrivena ćilimom a unaokolo vezeni jastuci: ružice raznih boja, od aleve i rujeve do plave i zelene. Šaren ćilim na podu, čaršav fitiljaš na stolu. Uštirkana zavesa mirisala je na čistoću. Na jednoj pločici bile su jabuke i osećao se njihov miris. U uglu ikona i trojički venčić.

Miris skoro okrečene sobe mešao se s mirisom jabuka i vunenih ponjava. A spolja je ulazio slatki miris bosiljka i orahovog lista čije su grane, račvaste i ogromne, dodirivale čak i prozor. Videla je i voćnjak i drvorede raznog voća, čija su se stabla nazirala i u sutonu.

— Vrlo je lepa soba. Ima i čiviluk.

— Daću vam čaršav da pokrijete haljine. Deka je obećao da će da kupi orman.

— Obećao sam da ću jedno svinjče da ugojim, pa da joj kupim taj vraški orman! Probi mi glavu moja Grozda!

— Ima i umivaonik.

— To je moj Milija napravio od drveta.

Neda je ugledala jedan stočić, prosečen kao dubak, taman lavor da se utisne, primitivan, ali daska se žutila kao dunja.

— Koliko tražite za sobu? — zapita Neda gazda-Obrada.

— Pa kol'ko bi vi dali?

— Ne znam, kažite vi.

— Neće vam biti mnogo petnaest banki?

— Sto pedeset dinara?

— Jes' vala!

— Neće biti mnogo.

Gazda Obrad ode zadovoljan da saopšti svojoj domaćici. Petnaest banki! Zauvar za ovo vreme. Gde seljaku da mesečno toliko padne?

Grozda donese sveže vode, napuni bokal, donese i testijicu hladne vode s bunara. Voda je bila pitka, kao izvorska. Neda izvadi sve svoje haljine, okači ih o čiviluk i pokri ih čaršavom. Umi se, začešlja, obuče drugu haljinu i izađe u baštu.

Sva porodica je već bila na okupu. Imali su dugačak sto pred kućom i sedoše da večeraju. Gazda Obrad je imao sina, Stojana, a on dvoje dece: Grozdu, osamnaestogodišnju devojku i Miliju, lepog momka, koji je prošle godine odslužio vojsku i sad su hteli da ga žene. Bili su svi visoki, zdravi, dugih obrva i opaljene kože. Milija se učtivo pokloni lepoj devojci, jer je već prošao kroz školu vojske i varoškog života.

— Ako je po volji, gospojice, sedi s nama da večeramo — ponudi je staramajka Grozdina, čije je lice bilo lepo i pored dubokih bora.

— Ja bih mogla samo mleka.

— Imamo, vruće je — Milija skoči i donese punu činiju.

— Da li biste mogli da mi ostavljate po litar mleka?

— Samo ako hoćeš. Mi sirimo, a za tebe ćemo da ostavljamo.

— A imate li sira?

— Ima. Milija, donesi onog mladog za gospojicu.

Opet je Milija skočio, lak i visok, u seoskom odelu, i malo se zastide, kao seoski kicoš, što nije bio u svojim lepim haljinama od šajaka. Svi su zadivljeno gledali njenu plavu kosu, meku i talasavu.

Napraviše joj mesto za stolom.

— Dajder ono jastuče!

Grozda brzo donese.

— Metnite, gospojice, da vam bude mekše.

— Hvala, šta će mi jastuk? Lepo mi je na stolici.

Ali seljaci su svojom gostoljubivošću nastojali i dalje da gospođici bude meko kad sedi.

Neda se čisto čudila, kako joj je prijatno među ovim seljacima, koje je prvi put videla. Slatko je večerala sira i mleka. Oni su jeli čorbu od boranije, a starom gazda-Obradu ispekli su krompire. Ljuštio ih je i solio, i tako ih jeo sa zelenom paprikom.

— Da li bih ja mogla od vas da dobijam hranu i da sama kuvam na vašem štednjaku?

— Što god nam je bog dao, daćemo i mi tebi. Živine smo dosta zapatili, 'vala bogu.

— Nose one u varoš, pa kupuju drangulije za njih. Bolje prodajte gospojici, nego da cepate opanke po varoši — govorio je deda.

— Ti, matori, sve gunđaš što mi idemo u varoš! A kako bi se odevali, da ne prodamo? — dirala je baka deku.

Tako su se zadirkivali i šalili za stolom, junska noć se spuštala, puna zvezda a polumesec se valjao po nebu. Nežne senke protegoše se po voćnjaku, a muškatle i žuti šeboj dobiše tamnu boju. A bosiljak je još jače zamirisao. Negde su groktale svinje i iz daljine je dopirao miris pokošene trave.

— Nemo' ti da se plašiš, gospojice, u sobi! Grozda će da spava u onoj drugoj sobici, a Milija uvek spava napolju. Sad će on njegovu slamaricu da iznese, pa pod onaj trem gde su kola.

— A čija si ti? — pitala je stara baba Spasenija.

— Moj otac je potpukovnik! Ja sam bolovala od malarije, a kažu da je ovde vrlo zdrav vazduh. U Skoplju ima dosta komaraca, nisam smela da ostanem... nego sam rešila da ovde provedem mesec dana.

— Jes' ovo je zdravo selo. Nema boleština kô drugde. Ovo je prava vazdušna banja! — dodavao je unuk Milija trudeći se da fino govori.

— Kad jednom dođeš, ti ćeš i druge godine! — hvalila je selo mati Grozdina, Jegda.

Posle večere Neda ode u sobu, a Grozda uđe da joj namesti postelju. Donese čist čaršav, imali su i jorgan, jastuke nabijene vunom, i navlake s umecima.

— Jeste li vi učili školu, Grozdo?

— Svršila sam četiri razreda. Bila sam najbolji đak.

— Vi ste kod učiteljice učili?

— Jeste. U selu uvek ima po jedna učiteljica.

— A kako vam se zove sadašnja učiteljica?

— Gospojica Dunja Mihajlović.

Nedi stade srce. Htede žurno da je nešto zapita, ali se savlada. Nastavi tek posle:

— Je li dobra učiteljica?

— Vrlo je dobra. Samo je bila bolesna. Sada nije ovde.

Neda klonu.

— Od čega je bolesna?

— Imala je zapaljenje slepog creva, pa su je odveli da je operišu. Ima već tri nedelje kako nije u školi. Ja mislim, gospojice Božana, da će vam lepo biti u postelji. Čista je. Sama sam je prala i štirkala. Što imate lepe haljine! I ja sam sašila svilenu. O Petrovdanu što je lepo kod nas! Dođe i banda iz varoši i mnogo gostiju.

Neda je slušala rasejano i samo je mislila jedno: Dunja Mihajlović nije ovde! Ali ona je mora pronaći. Nesvesno je vadila iz kofera ručne radove. Ponela je i jedan goblen.

— Što je to lepo! Znam, to je goblen — govorila je Grozda, želeći da pokaže ovoj finoj gospođici kako ona nije prosta seljanka.

Neda leže. Ta Dunja joj je bila neprestano u pameti, ali je savlada san. Kroz san je čula kako negde ćurliču dvojnice, neprekidni lavež pasa i natpevanje petlova. Prozor, na kome su bile šipke, bio je otvoren i ubrzo ju je uspavao vazduh natopljen mirisom bosiljka i sveže pokošene trave.

Kosač na livadi

Probudilo je sunce. Provuklo se kroz prozor i uprlo baš u njeno lice. Slatko se protegla. Kako joj je bila prijatna ova prva noć na selu!

Jedan prozor je gledao u njihov kućerak, drugi u voćnjak, treći u baštu. Tri prozora na tri strane. Svuda je imala lepu sliku. Majka Grozdina, Jegda, hranila je živinu. A iz kuće se čuo razboj: tak-tak! tak-tak! Pas je lajao, a Grozda ga grdila: „Šta si zaurlao? Gospojica spava!" Prikačila mu je lanac oko ogrlice i odvukla ga pod trem, jer je bio opasan i samo noću su ga puštali. Drugi, mirniji, šetkao je po dvorištu, opuštena i načičkana repa i hvatao muve. Milija je nosio kosu na ramenu i udaljio se od kuće. Neda ga je gledala kroz zavesu: „Kako je lep momak!" Imao je na nogama lepe čarape i kaiševi od opanaka su mu se presijavali. Mora da je nove čarape obukao.

U bašti je sve blistalo, ali bilo je i puno hlada. Vetrić je ćarlijao. Videla je kako lako treperi lišće u voćnjaku. Taj povetarac je donosio miris polja. Udahnula je duboko, ali je osetila i tugu. Setila se mame. Prošle godine je s njom isto ovako bila u selu. Njena tuga se nije nikad gasila. I sad je obuze bol, razočaranje, dosada života. Odbaci ipak te pomisli i izađe u dvorište. Kupila je od domaćina jedno pile, Grozda će da ga očisti i ispeče s krompirima. Jedna jabuka je bila puna petrovača. Uzela je kilo. Nije htela ništa badava, iako su oni bili gostoljubivi.

Bilo je posle podne. Neda je pošla da šeta. Izašla je iz voćnjaka i uputila se drumom. Od druma put je savijao kroz livade. Lepa staza bila je utapkana, a oko nje je bila trava. Stabljike su bile visoke, pune soka, a u zelenilu šarenile se bulke i bele rade. Jedna seljančica je dolazila.

— Pomaže bog!

— Bog ti pomogao! — odvrati joj Neda. Slatka seljančica gledala je Nedu plavim očicama. — Jesi li ti đak?

— Jesam.

— Koji razred učiš?

— Sad ću u drugi.

— Kako ti se zove gospođica?

— Gospojica Dunja.

— A, gospođica Dunja! Je l' ona ovde?

— Bila je bolna, nije dolazila u školu.

— Pa je li još bolna?

— Nije, ozdravila je, došla je kući.

— A gde je njena kuća?

— Tamo preko reke!

— Gde je reka? — pitala je Neda sva srećna.

— Eno, tamo! Vidiš one vrbe?

— A, vidim!

— Ona velika kuća!

— Je li to kuća gospođice Dunje?

— Jes' njena!

Nedi dođe da poljubi slatku seljančicu.

— Hoćeš li da ti dam neku paru da kupiš bombone?

Seljančica se kao zastide, ali dohvati dva dinara i pobeže.

Neda se uputi dalje. Sunce se već spuštalo. Kosi zraci bili su rumeniji i titrali su po cveću. Jedna ogromna livada se ukaza. Bila je ograđena visokim i gustim bagremom. Iza bagremara bila je putanja, osenčena prijatnim hladom bagrenja. Koračala je lagano u pravcu onih vrba. Na livadi su bili kosači. Kose su se munjevito provlačile kroz travu, blistajući na suncu kao žeravica. Prilazila je sve bliže, ali ju je bagremar zaklanjao od kosača. Bili su joj okrenuti leđima. Tela su im bila povijena, a ruke su ritmički razmahivali. Padali su otkosi trave. Sad ih je videla s profila. Zastade. I najedared htede da krikne! Nešto joj zaigra pred očima kao užarena kosa! Zanjiha se sva u uzbuđenju i dohvati se rukama za grane bagrema da se ne sruši! Gledala je i nije mogla očima da veruje.

Tamo, na livadi, s kosom u ruci, visok i snažan, sa svojim lepim profilom, talasavom kestenjavom kosom, sav obasjan suncem, bronzan, stajao je on... Bojan. Njen muž! Nekoliko trenutaka kao da se odmarao i on i kosači! Smešio se gledajući negde neodređeno, kao da se smeši suncu, prirodi, planini u daljini. Imao je na sebi sportske pantalone, a sandale su mu se gubile u visokoj travi. Ispod tanke košulje drhtali su njegovi snažni mišići pri zamahu kosom. Pramenje kose talasalo mu se na glavi i nestašno padalo po čelu. Načas bi zanjihao glavom kao da je hteo da odbaci pramenje s čela ne dižući ruke s kose. Bio je tako lep i veličanstven s tom kosom, u blesku purpurnog sunca, i tako moćan nad onom livadom, čije su stabljike padale pod njegovim snažnim zamasima.

Neda je jedva disala. Nije znala šta oseća u tom času: da li mu se divila, ili ga je prezirala, da li joj se dopadao ili ga je mrzela. Ne! Nije ga mrzela! Bilo je sve tako lepo kod njega, snažno, i on, sav u mirisu prirode, kao neki mladi bog polja, koji juri s kosom preko livada. Došlo joj je najednom da se rasplače, sruši na zemlju i vikne iz sveg glasa: Bojane!

Ali, onda, nešto drugo je razočara: prva slika, tako lepa, sjajna i snažna, iščeze, a ono, što ju je stalno bunilo, ponovo se vrati i ona prošaputa gledajući ga: „To je, dakle, istina: mi se razlikujemo, on je seljak!"

Nije mogla da kroči dalje. Ta slika je imala nešto lepo, privlačno. Setila se onog seljaka, Milije, gazda-Obradovog unuka. Nisu oni isto. Ovaj je ipak drukčiji. Ovo visoko čelo, zabačena talasava kosa, inteligentan profil i pogled! „Moj muž!", prošaputa bojažljivo. „Kosi i smeši se." Obuze je tuga, ne što je seljak, već što se smeši, što mu vidi zadovoljstvo u očima, što nema onaj izmučeni izgled koji je zapamtila onog jutra kad ga je gledala. „Zadovoljan je, a ja sam sama, bez igde ikoga! Zbilja, divan muž!" Zabole je nešto do srca. Kao da oseti ljubomoru što se on smeši ovoj prirodi, što kosi livadu, priča sa seljacima, gleda ih. „Ne, ja ću raskinuti brak s njim. Neću ga! Neka kosi svoje livade. Sebični stvor!" Grizla je usnice, a vrela joj se suza skotrlja niz obraz. Šta se skrivalo u toj suzi, nije ni sama znala. Da li što je ovako divan na livadi, pun snage, života, ili što je mogao živeti u ovoj lepoj prirodi bez nje, svoje žene?

Kosači su se pomerali sve bliže bagremaru iza koga je stajala, i ona pođe lagano, korak po korak. Odmakla se, pa opet zastala. Sunce je titralo na njegovoj kosi, a rumeni zraci davali su ružičasti odsjaj njegovom crnpurastom licu. Nasmešila se opet. Oči su joj bile vlažne, ali osmeh joj je lebdeo na usnama. Izmicala je nesvesno, a za njom je išla kao sen slika s livade. Put pored bagremara savijao je i išao dalje i ona spazi jednu stazu koja je vodila vrbama. Iza vrba, kod reke, bila je kuća Dunje Mihajlović.

Najčudnovatije joj je bilo što je u selu Dunje Mihajlović našla i Bojana. Kakva je veza između njih? „Da nije ovo selo u koje me je doveo one noći?" Okretala se na sve strane da bi se makar čega prisetila, ali sve joj je bilo nepoznato: ove vrbe, reka, livada. Ničega se nije sećala. Došla je do vrba. Reka je bila bistra i zelenkasta. Senke vrba utapale su se u vodu i davale joj tamno zelenilo i činile je još dubljom. Jedna utapkana putanja vodila je obalom provlačeći se kroz visoku travu. Noge su joj dodirivale stabljike trave, a svuda se širio miris požnjevenog ovsa i trave. Čuo se slatki žubor reke. Ponegde bi ubrzala, kao da žuri, preskačući kamenje, a posle, na dubljim mestima, pritajila bi se i tekla mirno. Tu se osećala tišina i čulo se kako lišće šušti od ptičjeg skakutanja. Leteli su leptiri i začulo bi se zujanje neke bube, pa bi opet bila tišina. Kakva poezija u ovoj tišini, na bujnim poljima! Ali i tuga. Sva je bila pod pritiskom tužnih misli. Tišina ju je podsetila na samoću njenog života. Sagla se i uzbrala nekoliko margareta i bulki s jedne njive. Prošarala ih je požutelim klasjem pšenice. Dodajući sveže cvetiće svome buketu, išla je napred. Ali sve je zastajkivala, kao da on treba da prođe i vidi je. „Da li bi me poznao?" Ona je njega poznala po slici. „Lep je!", nasmešila se u sebi. I to joj je jedino bilo prijatno što je lep.

Spazila je jedan mali most. Pređe ga i na drugoj strani opet ugleda ugaženu putanju. Putanja je vodila kroz šumicu. Ušla je u nju i počela da se penje uzbrdicom. Šuma je bila puna sunčanih zraka. Kao zamršena vlakna srme. Išla je ne osećajući umor. Spuštala se i najednom spazila krov jedne kuće. „To je kuća Dunje Mihajlović." Ali šta je to? Je li moguće? Ona se ne vara. Zna dobro. Ovaj zid joj je bio poznat! Eno i onog oraha! „Bože, pa ovo je ona strašna kuća iz one noći!" Gledala je unezvereno kao da preživljava onaj isti strah: „To je Bojanova kuća! A i Dunjina kuća! Da on nije oženjen?" Pošla je još nekoliko koračaja stežući svoj buket u naručju. Zaklonila se iza jednog debelog hrasta i posmatrala. Na kući je bio nov crep, kao da je skoro pokrivena. Bila su dva sprata. Jeste, samo sada je sve bilo sveže, novo. Ona nije išla gore, na sprat. Gledala je jedan veliki prozor. Tanke zavese klobušile su se kao jedra.

— Brankice! — viknu jedan ženski glas. — Gde si?

— U sobi. Hoću da pustim radio. Šta ćeš?

— Daj mi knjižicu s receptima za kolače!

— A gde ti je knjižica?

— U kuhinjskom ormanu... u fiočici. Vidi: levo ili desno.

— Nije ovde!

— Ama kako da nije? Tu sam je ostavila.

— Ah, evo je!

— Hodi i ti da mi pomogneš da umutimo tortu.

— Sad ću. Vojo! Hodi, molim te, pusti radio.

— Čekaj dok naberem jabuka!

— Ostavi sad jabuke! Hodi, sad će da počne koncert.

— Ti ćeš opet da mi teraš one sevdalinke. Daj neki simfonijski koncert.

— Kakve simfonije? — govorila je Brankica. — Hoću sevdalinke.

„Ovde je njih troje!", šaputala je Neda. „Da li da uđem?" Pošla je, pa zastala. Ako je ovo Bojanova kuća, i ako oni ne znaju za njihovo venčanje? „Ne, ne! Nikako! Ja ovde ostajem Božana Marić."

Jedan seljački glas otrže se iza zida:

— E-ej! Slavu li ti tvoju! Vidi kako se rita! Prevrnuće mi vedricu. Ama, moram ja tebe, da opaučim. Ajd'! Ajd'! Još malo, pa ću da ti pustim tvoje dete.

„Ona grdi kravu, a govori o detetu, a to je tele!" Čulo se kako tele muče, kako mu kravlji glas odgovara. Neda se nasmeši. „Imaju i kravu. A ko je taj Voja? Čitava porodica je u toj kući, a onda nije bilo nikoga."

— Stanojka, je l' gori šporet? Nemoj da mi se ugasi vatra, treba tortu da pečem.

— Razgorela se, vala, možeš ovna da ispečeš.

Neda ču kako se muti torta. „Bojan jede čak i torte. Ko li to mesi?" Glasovi su bili mladi i sveži. Razleže se sevdalinka. „I radio imaju! Gle, gospodska kuća!"

Sevdalinke prestadoše i začu se orkestralna muzika. Snažni tonovi su se razlivali preko polja i uvlačili se u mirisnu šumu, u kojoj je stajala Neda! Nešto je rastuži. U toj kući je bio život i mladost, svi su možda srećni, samo ona nikog nema.

Vraćala se brzo, tužno i s nekim razočaranjem. A muzika se stišavala i još su tužniji bili ti utišani zvuci koji bruje i iščezavaju kao zvona preko polja. Išla je istim putem i došla do one njive na kojoj je brala cveće. Čula je lavež pasa. Okrete se i spazi jednog ogromnog vučjaka koji zaurla i jurnu k njoj. Ona ciknu i polete preko njive. Zaplete se u klasje i pade s vriskom. Ču tutanj i sva premre od straha. To je bio pas! Udaviće je! Kako je strašan!

— Gospođice, nemojte da se plašite! On samo voli da laje, ali nije strašan.

Dubok muški glas kao da osvesti Nedu. Isti glas, iz one strašne noći. Glas, koji bi poznala u stotini. Htela je da se digne, ali nije mogla. Veliki šešir joj je pokrio celu glavu i pao na teme kao klobuk.

— Vi ste se uplašili! — dve tople muške ruke spustiše joj se na ramena. Ona se trže, saže se kao da je htela da izbriše suknju, okrenuta njemu leđima. I onda se brzo okrete i nađe se lice u lice sa svojim mužem. Brzo izgovori da se ne bi osetilo uzbuđenje u njenom glasu:

— Hvala vam! Uplašila sam se. Moj tata mi nije kazao da u ovom selu ima pasa — pruži mu ruku i izgovori: — Božana Marić.

Mladić ništa nije govorio, već ju je posmatrao ukočenim, širokim, sjajnim zenicama. Neda ga pogleda pravo u oči, u te lepe oči, sive i tamne od gustih trepavica.

— Bojan Mihajlović! — kao da se seti mladić da treba da se predstavi. Na njegovom licu bilo je ogromno iznenađenje. Možda bi takvo isto iznenađenje bilo i na Nedinom licu da ga nije maločas videla.

— Vama, seljacima, mi varošanke moramo izgledati smešne. Plašimo se svakog psa.

— Niste navikli da živite u selu? — tiho izgovori, ali njegove sjajne velike zenice i dalje su se upijale u njene oči.

Ona skide šešir s glave, rasu joj se zlatna kosa, uze svoj buket margareta i bulki, nasmeši mu se i klimnu glavom:

— Zbogom!

— Zbogom! — pokloni se mladić. Udaljavala se preko livade kao zlatni cvetić, a mladić je stajao još uvek na istom mestu i gledao za njom. Kosa mu je ležala malo dalje, on kroči nekoliko koraka, uze je, stavi je na rame, ali još uvek je gledao za onom belom i zlatnom vizijom koja se gubila, a zraci sunca su je gonili.

„Božana Marić", prošaputa on i pođe. Prevuče rukom preko čela i kose. Zasta, ali zlatna glavica se izgubi u moru zelenila.

Ko je taj tajanstveni muž

U drukčijem raspoloženju došla je Neda kući. Tako je bila vesela. Učinilo joj se da ju je poznao. Bila je zadovoljna što je onako lepo umela da se savlada. „Božana Marić, on me nije poznao. Ali kako me je gledao! Da li on voli žene? O, dragi mužiću, ja ću vas kao Božana Marić upoznati. Ako se budete udvarali Božani, izneverićete Nedu. Sad ću ja vas proučiti!"

Svukla se, legla, otvorila dva prozora i naslađivala se mirisom bosiljka i žutog šeboja. Htela je već da zaspi, a odnekud nalete jedna misao: „Ako me je poznao, pa se pravi da me ne poznaje? Onda on ne voli što sam došla. Ako me je poznao, zar nije trebalo da poleti k meni? Onakvo je pismo pisao: 'Slatka moja mala, lepa ženice', a sad me je samo ukočeno posmatrao. Možda sam pogrešila što sam došla?" Razna osećanja počeše da je muče. Da li čežnja ili tuga što je niko ne voli, pa ni on?!

Okrenula se dva-tri puta u postelji i zaspala. Spavala je... i spavala. Čudila se i sama kako se u selu može mnogo spavati. Nije pogledala u sat kad se probudila, ali je poznala po šarama sunca da su mnogo dalje otišle nego juče. Juče su bile na postelji, u njenoj kosi, milovale je, a sad su ispod postelje, a preko lica je bio hlad. I u dvorištu je bilo puno glasova: kikotanje, kukurikanje, lavež i još neki glasovi. Protegnu se u postelji i izvi oble ruke više glave. Nešto je lepo doživela juče. Tako je prijatno buditi se s prijatnim sećanjem. Taman da počne da razvija film u svojoj svesti, a spolja, kroz otvoren prozor, dopre muški, dubok, melodičan glas:

— Je l' to ona kruška, što sam ti je kalemio?

„On? Došao? Kad pre? On me je poznao!" Skočila je iz postelje, ali nije smela da se odmah približi prozoru. Lagano, sasvim lagano, iz dubine sobe, razbarušene kose i sanjivih očiju, približavala se da ga vidi.

U bašti, ispod oraha, stajao je jedan mladić u svetlosivom odelu. Na košulji iste boje lepršala se plava mašna. Glatko obrijani obrazi bili su mrki, opaljeni i mladićki sveži. Bio je okrenut licem prema prozoru i ona se još više uvuče u dubinu sobe, ali je otvorenim očima gledala ta dva velika siva oka, sjajna i oštra. Oseti kako pravo u njen prozor pada svetlost tih sjajnih sivih zenica i nekakva je trema obuze.

„On?! Kako je elegantan! Bože, pa on nije seljak?! Ala se udesio!"

Ta je slika bila tako lepa da se nasmešila pritiskajući ruke na grudi, kao da grli onaj svoj buket margareta, bulki i klasja.

„Koliko se popravio! Onda je bio izmučen, a sad je snažan, zdrav. Šta je onda bilo u njegovom životu, šta ga je mučilo, a šta je na njega uticalo da se ovako prolepša, ojača?" Pogled joj je klizio po celoj njegovoj figuri, od ramena, onih lepih muških ramena na kojima se zategao kaput od širokih muških grudi, a ne vate krojačeve. Gledala ga je s pažnjom radoznalo, svaku pojedinost na njemu, stas, vitkost, prave noge, sve do mrkih cipela.

Mladić je pričao nešto Miliji i njegovom dedi, ali stalno je bacao poglede u Nedin prozor. Nedi se učini da nešto pita za nju. Spazi kako oba seljaka, i unuk i deda, pogledaše u njen prozor, i ču kako gazda Obrad govori glasno:

— Otac joj je potpukovnik! Iz Skoplja. Bila je bolesna pa došla da se oporavi.

Neda se slatko osmehnu. Vide kako mladić sede, zamisli se i zapali cigaretu. Sunčev zrak pade na njegovu srebrnu tabakeru i ona zablista. Ponudi Miliju i dedu cigaretama i oni zapališe na njegovom upaljaču.

Sad je ćutao, kao da se zamislio, a stari seljak je nešto živo pričao o pčelama. Grozda donese kafu.

— Kako si ti Grozdo? — zapita je Bojan.

— Hvala bogu, dobro. Imamo gošću. Dobra i lepa devojka. Tako priča s nama kao da je u selu odrasla. Prve večeri smo zajedno večerali. Kao da je odrasla kod nas. Jede ti ona iz čanka mleko, a dopala joj se i proja.

— A ti si, Grozdo, gospođica.

— Nemojte da me ismejavate, gospodine Bojane!

„Gospodine Bojane!", prošaputa Neda. „Ona ga zove gospodinom, znači da on nije seljak, on ima neko drugo zanimanje."

— Šta te ismejavam? Vidiš da se varoški nosiš.

— Nosim se varoški, ali svi nas varošani smatraju za seljančure.

— A šta je tebi zapalo oko za varošane? Ti ćeš, blago meni, za Luku Marinog — reče joj deda.

— Vala neću, deko, za njega, makar se nikad ne udala. Da im argatujem u kući... onoliki narod! Pa će i ono najmlađe tražiti da ga slušam! Gospod da ga ubije, deko, onog tvog arambašu ćemo da zakoljemo. Vidi kako se tuče. Ubi onog zelenog petlića.

— Ne smeš da mi dirneš u mog arambašu! Poznajem mu glas noću u stotini. Najgrlatiji je! Odi ti svom deki! Šta mi oni tebe grde!

Jedan veliki petao s crvenom krestom, duga repa s mnogo boja, šepurio se, kokorio i kao da je znao da to njemu deka tepa.

Bojan se smešio, ali rasejano, i svaki čas poglédao u Nedin prozor.

„Kad bih ga sad zovnula: Bojane!" Njene usnice su se pokretale i izgovarale njegovo ime, ali glas se nije čuo.

— Šljive su ti dobro rodile. Ove godine biće šljiva — govorio je Bojan i priđe prozoru.

„On baš hoće da me vidi! Ali neće me videti. Godinu dana ste se krili, sad ću i ja da se krijem." Ali joj je bilo vrlo prijatno što obilazi oko prozora. Videla ga je sasvim blizu, a on nju nije mogao da vidi. Sad je posmatrao njenu zavesu.

„Ima lepe oči!", čisto uzdahnu Neda. A njen raznežen i rastužen pogled kroz zavesu stapao se s tim lepim sivim očima sjajnih zenica, ali on nije mogao da vidi ove meke, tople, crne oči i zlaćanu glavicu.

Setila se opet njegovih reči: „Slatka moja mala, lepa ženice", i bi joj tužno što on ovako obilazi oko prozora. Neprestano joj se nametalo: da li ju je poznao? „Bojan Mihajlović", šaputala je, „šta je njemu ona Dunja? Sestra? Ili? Čim ode odmah ću se obavestiti." Njemu kao da se nije išlo. Čula je kako razgovara s ovim seljacima o njihovim poslovima kao pravi seljak. Odoše i do konjušnice. Milija izvede konja. Dlaka mu se presijavala kao svila. Drhtale su mu sapi. Bojan ga je milovao i nešto objašnjavao seljacima. Nije čula šta govori, ali je opazila da opet gleda u njen prozor. Još pola sata je šetao, zastajkivao, kao da je iščekuje, i najzad se oprosti i pođe polako kroz šljivik. Videla je njegov visok stas kako se gubi između voćaka i kestenjavu kosu na lepoj muškoj glavi. Zastao je, kao da gleda nešto na jednoj voćki, i pogledao ponovo u njen prozor. Ali Neda uporno osta iza zavese. Nije ničim htela da pokaže da je u sobi.

Bila je strahovito uzbuđena. Sad se mora obavestiti ko je on. Brzo se umi, obuče i izađe u baštu.

— Što sam se ja uspavala jutros! Nikad ovoliko ne spavam — govorila je Grozdi i njenom dedi.

— Ako, spavajte, gospođice, samo ako vam je lepo u sobi. I ja bih, bogami, ponekad spavala — govorila je Grozda — ali mora da se rani. Leti se nikad ne ispavam, pa kažem mami: jaoj, mama, jedva čekam zimu!

Razgovarali su o svemu i svačemu i Neda nije htela odmah da je pita. Tek posle, sasvim ravnodušno, izgovori:

— Ovde ima i varošana. Videla sam maločas jednog mladića u gradskom odelu? Je l' to učitelj?

— Nije to učitelj. To je naš Bojan. On je hteo da bude seljak kao i mi seljaci. Sila od čoveka! Mlad, ali pametna glava. Celo selo ga voli.

Takvo čeljade se retko nalazi. Gospodin, a hoće seljački da živi i radi — hvalio ga je gazda Obrad.

— Je l' on seljak iz vašeg sela?

— Nije on seljak, gospođice — umeša se Milija. — On je svršio prava. Pre dve godine je završio, ali neće u državnu službu, već hoće da živi na imanju i radi svoju zemlju kao i mi seljaci.

Neda ništa drugo nije shvatila samo ono: „On je svršio prava". Srce joj je lupalo, a obrazi se zarumeneše kao božur.

— Ah, što lepo miriše bosiljak! — izgovori nemarno i saže se da otkine jednu grančicu da bi sakrila uzbuđenje. Protrlja listić i miris se raširi, blag i prijatan kao izmirna. — Čudnovato, da jedan svršeni pravnik živi u selu? Je l' on ovde rođen?

— Nije, ali mu je ujak dugo živeo u našem selu. I mnogo je uradio za naše selo. Prvo je došao kao inženjer, pravio je drum, pa mu se dopalo naše selo, kupio imanje i tu je živeo petnaest godina. Bio je jedno vreme i narodni poslanik, a posle se povukao. Bio je dobar čovek. Voleli su ga seljaci kao rođenog.

„A, zato je u onoj biblioteci bila *Egipatska arhitektura*", sinu Nedi. „Njegov ujak je bio inženjer!"

— A taj mladić, što kažete da se zove Bojan, je l' dugo u vašem selu?

— Ima dve godine. Otkako mu je umro ujak. Nasledio je lepu kuću i imanje od ujaka.

— Ja sam šetala juče, pa sam videla preko reke jednu lepu kuću, kao vila, da nije to njegova kuća?

— Jest', to je!

— Tamo je neka porodica. Čula sam ženske glasove.

— Ima on dve sestre i jednog brata. Naša učiteljica, gospođica Dunja, to mu je sestra. A jedna mu sestra uči za učiteljicu. Brat mu je svršio poljoprivrednu školu.

— A imaju li majku i oca?

— Nemaju. Majka im je umrla, a otac poginuo u ratu. On je bio sestrama i brat, i majka, i otac. Sve ih je školovao. Dobar mladić! Pošten! Bolji, vala, nego naši đilkoši u selu.

— Zar je tako skroman?

— Bogami ti kažem, gospojice, pošteniji je od seoskih momaka. Poludeše seoske devojke za njim. I popova ćerka ga rado gleda. Ona studira. Pop bi mu sutra dao ćerku.

— Pa i jedna naša miraždžika u selu polude za njim. Šalje mu jabuke, kolače, poklone, a on ni da čuje. A ima veliko imanje! Otac joj je bio truli gazda, a ona sama u majke. Sve bi mu donela.

— Deko, ne bih je ni ja uzeo, a kamoli Bojan. Uobražena, gospojice, a glupa koliko je uobražena! — govorio je Milija, valjda ljut što ona ne gleda seoske momke. — Ima neku tetku u varoši, pa ide često u goste u varoš i hvali se po selu kako svi varoški momci pocrkaše za njom!

— Pa što je ne uzmu ti varoški momci? — nasmeja se Grozda. — Luda jedna! Sve ona prezire seljake i zove ih „geaci". Kakve haljine samo nosi! A njena majka sve se hvali: moja ćerka je gospojica. Naljutila se pre na jednog seoskog momka: „Što ti mene zoveš Bosiljka? Nisam ja tebi Bosiljka, nego gospojica Bosiljka."

— Što je ne uzme taj Bojan kad ima toliko imanje? — zapita Neda.

— On je školovan čovek, neće glupaču. Bogami, naša Grozda je pametnija od nje. Bojan sad hoće da podigne strugaru. Zakupio je šumu. Ovde je planina, ima dosta drveća. Šta je sve on za ove dve godine uradio u našem selu! On, pop i učitelj osnovali su nam potrošačku, stočarsku i mlekarsku zadrugu! More, da samo hoće on, selo bi ga izabralo za predsednika opštine. Ali on neće. Kazao je da će da se primi samo za delovođu. Hoće da nam uredi opštinu. I ako još uspe da nam dovede lekara, mnogo bi vredelo. Zdravo je selo, ali ima i boleština, kao i svuda. A varoš nije blizu. Dok dovedemo bolesnika do varoši, on umre. On nagovara Mitu popovog da uzme apoteku u varošici do našeg sela. Nema jedan sat odavde, pa da dovede i lekara u selo, da ne brinemo ako se razboli neko.

— Vrlo energičan! — hvalio ga je unuk, koji je otresito govorio. — Retko je da školovan čovek voli selo kao on i da hoće da dođe u selo da živi. Da ga vidite, gospojice, kako kosi i žanje! Zato ga i vole seljaci. Nije da se on nešto ustručava i pravi važan, nego sve po naški. A kad progovori, imate od njega šta da naučite! Sve on razume. Svršio je prava, ali, kaže, da je nabavio mnogo knjiga iz poljoprivrede. Zna on kako se pčele pate, kako se kalemi, đubri, seje. On nam je kalemio onu krušku. Seljak ne može sve te knjige da pročita, a u selu je potreban školovan čovek da ga pouči. Ja ga pre pitam: „Zar vi, gospodine Bojane, ne žalite što ne živite u gradu? Vidite koliko je naših seljaka koji beže iz sela?" A on se smeje, pa kaže: „Državnu službu ne volim. Više volim prirodu i ova polja, nego da gutam kancelarijsku prašinu."

Seljaci se raspričaše i još bi hvalili Bojana, ali Neda je htela da pobegne da bude sama i razmišlja o svemu onome što je čula. Radovala se, čudila i ljutila.

Spustila se kroz voćnjak pa nastavila seoskim putem kroz njive i zabrane. Bio je divan zabran, koji je odmah pronašla, čim je došla u selo, i uputila se tamo da ispod gustih grana bukava i hrastova razmišlja. Bila je srećna što on nije seljak. Zar bi mogao jedan seljak da učini ono što je učinio Bojan? Kako da ne dođe do sada na tu pomisao? Seljak bi ukrao seosku devojku. Zar bi se usudio da otme jednu varošanku? „Svršeni pravnik!", šaputala je. „Pa vidi se po njegovom licu da je inteligentan." Sela je, pa ustala. Koračala je po zabranu. Nešto ju je gonilo da se kreće. Razna osećanja su se isprepletala u njoj. Čudila se: zašto on sve to radi iako je inteligentan mladić? Što je sebe okružio takvom tajanstvenošću? Pa da je došao, ili da joj je prišao onda, kad ju je video kraj reke i kazao: „Gospođice, hoćete li da pođete za mene, ja sam pravnik, volim vas", ona bi, možda, i pristala. Ali zašto je on sve to učinio? To nije mogla da objasni. Prikupljala je sve što su joj ovi seljaci kazali, da bi možda u tome pronašla objašnjenje svog tajanstvenog venčanja. Kazali su da mu je ujak bio inženjer. A u kući toga inženjera bila je mamina slika. Znači da između toga inženjera, njegovog ujaka, i njene mame ima neke veze. Kakva je to mogla biti veza? Nikad mama nije spomenula nikakvog inženjera. Tu je bio čvor koji Neda nije mogla da razmrsi. Išla je uzbrdo kroz zabran i došla do vrha. Odatle je lepo videla u daljini krov Bojanove kuće. Rastužila se: on ima sestre, brata, svi su veseli, on ih voli, i nije nikad pomislio da je ona sama u Beogradu. Šta je njega sprečavalo da joj kaže svoje ime? To ju je naljutilo, rastužilo, i došlo joj je da mu priđe i uzvikne: „Ja sam Neda. Znam ko ste vi, ali i pored svih pohvala koje sam čula o vama, ja neću biti vaša žena." Mislila je ogorčeno, ali još nije bila svesna da li bi mu sve to kazala. Pred njom se ocrtavao onaj lepi pravilni profil, sive, duboke oči i visok stas. „Kako ga ovi seljaci hvale da je pošten", razblaži je misao. „I vole ga devojke, a on neće da se ženi. Neće ni popovu ćerku." Nije osećala ljubomoru, već radoznalost. Ljubomora se javlja kad se voli i kad se oseti da muškarac pruža svoju ljubav, pa se boji za tu ljubav. Oni nisu poznavali njihova osećanja: ni ona njegova, niti on njena. Nešto tajanstveno ga je moralo nagnati da se oženi njome i možda mu je ona i mrska, možda zato nije hteo ni da se pojavljuje, niti da kaže svoje ime. Šta se njega tiče da li ona pati, šta oseća, i kako živi? One reči: „Slatka moja mala, lepa ženice" pokolebaše njena razmišljanja. I onda se pojavi u njoj želja za osvetom: da se on zaljubi u nju, da pati, a ona da ga muči. Ah, tako bi volela da ga muči i da vidi kako on pati.

Lišće zašušta iza nje. Ona se okrete. Spazi jednog mladića. Poznala je popovog sina, što ga je videla u kolima, onog svršenog farmaceuta. Okrete se i pogleda ga, ali nastavi da posmatra prirodu oko sebe. Koraci su se približavali. Mladić je bio sasvim blizu. Zastao je. Čula je kao da lomi neku granu. Nije se okretala, ali osećala je da je on blizu. Sad ga spazi. Mladić skide šešir. Neda hladno klimnu glavom.

— Oprostite, gospođice, što sam ovako slobodan da vam priđem. Video sam vas u kolima. Vi ste došli na letovanje u naše selo, kaže mi Milija.

— Da... ovo je selo vrlo romantično.

— Vrlo je lepo! — potvrđivao je farmaceut. — Dopustite mi da vam se predstavim: Dimitrije Aleksić.

— Božana Marić. Već su mi pričali o vama.

— Sigurno Milija. To je dobar mladić.

— Da, on. Kaže da biste želeli da uzmete apoteku u blizini njihovog sela.

— Pa tako će nešto i biti. U septembru ću već imati svoju apoteku.

— A sad i vi letujete ovde?

— Ja sam kod oca. On je sveštenik. Mada mi je ponekad dosadno u selu. Romantika je lepa kad ima društva, a ponekad je očajno dosadno.

— Meni nikad u selu ne bi bilo dosadno.

— A jeste li živeli dugo u selu?

— Pa... ovako... preko leta sam dolazila... i uvek mi je bilo prijatno. Tako je mnogo utisaka na selu koji osvežavaju.

— Za mesec dana, a posle sve postaje obično.

— Vi ne volite selo?

— Volim, ali ne toliko da bih mogao živeti u selu.

— A ja bih između kakve male palanke i sela pre izabrala selo.

— Niste dugo živeli u samoći, pa zato tako govorite. Vi ste, gospođice, iz Skoplja?

— Da, iz Skoplja — lagala je Neda.

— Divno je živeti u Skoplju. Posle Beograda prvo bih izabrao Skoplje. To je mali velegrad. Imao sam jednu koleginicu iz Skoplja, gospođicu Desanku Stojanović? Da li je slučajno poznajete?

— Ne poznajem je. Skoplje je velika varoš, ne poznaju se svi.

Neda pomisli kako bi bilo lepo da naiđe Bojan i da je vidi s ovim mladićem. Želela je da vidi njegov izraz lica.

— I vi imate sestru studentkinju, pričali su mi.

— Da, ona studira filozofiju. Polagala je sada ispite, pa se vratila. Upoznaću vas, ako dopustite, s mojom sestrom. Mi u selu uvek volimo društvo — u sebi je pomislio: „Ovako lepo društvo kao što ste vi”. Njegove crne oči posmatrale su netremice lepu devojku s onom pažnjom kojom se prvi put gleda nešto što je lepo. Odmah su ga privukle njene velike crne oči. Zlatna kosa, crne oči i sedefasta boja lica bili su interesantan kontrast. Opazio je i njen lepi profil, duge trepavice, mala rumena usta. Bilo je malo sete u njenim velikim očima što im je davalo još više lepote i tajanstvenosti.

— Kakva je ono lepa kuća? — zapita Neda, pokazujući na krov Bojanove kuće. Pomislila je da će on nešto reći o njemu.

— Tu stanuje jedan svršeni pravnik s porodicom. On bi hteo da bude seljak i ideališe da inteligencija treba da se vrati u narod.

— A vi se s tim ne slažete?

— Ja verujem da će se i on razočarati.

— Pa kako se ne razočara vaš otac, sveštenik?

— On mora da živi sa seljacima, pa prima od njih i dobro i zlo. Prekalio se, pa će ovde i umreti.

— To je pametno.

— Pametnije je živeti u velikom gradu.

— Vi ste se otuđili od sela.

— Ja ne pripadam ni selu ni seljacima i sasvim je prirodno što volim veliki grad.

— A ja ne volim veliku varoš. Dosadni su mi tramvaji, automobili, velike kuće kao kule. Kako je leti strašno u velikoj varoši. Sve usijano, vrelo. Zar nije divno u selu? Šta bi velikovarošani dali da imaju ovakav zabran! A ovo selo je divno. Ima reku, brežuljke, voćnjake. Vidite, kao talasi dižu se i spuštaju brežuljci — ućutala je najednom, setivši se da nema smisla izražavati svoje prisne misli pred nepoznatim mladićem. On je vatreno posmatrao.

— Šta ste vi svršili, gospođice?

— Sedam razreda gimnazije. Posle sam bila bolesna od malarije i nisam produžila školovanje.

— I ovako ste sami došli u selo? — čudio se mladić.

— Moj otac je savremen čovek. On voli da ja naučim samostalno da idem kroz život. On ovo selo poznaje još iz rata. Onda je bio poručnik i uputio me da dođem ovamo. Kaže da je zdravo mesto, a za malarične potrebno je selo i planina. A ovde ima svega toga — čudila se u sebi kako laže.

— Niste se bojali da dođete sami?

— Čega se imam plašiti? Osim pasa. Samo sam se od jednog psa uplašila, prvog dana, kad je pojurio na mene. Mislila sam rastrgnuće me.

— Onda bi trebalo da uvek imate nekog pratioca kad šetate.

— Devojke su naučile i bez pratioca da idu kroz život.

— Ipak je prijatnije u društvu. Ja vam se uvek stavljam na raspoloženje da vam pokažem sve lepote sela. Vidim da vas oduševljava seoska romantika. Još ćete i na mene preneti vaše oduševljenje! Vas treba neko da čuva.

— Od koga?

— Pa od... pasa... A i od seoskih momaka. I oni umeju da ocene lepotu.

— Lepotu sela?

— Ne, nego lepotu devojaka.

— To im ne vredi. Uopšte, treba ceniti karakter, a ne lepotu.

— Ali svako prvo ceni ono što vidi. Da ste samo čuli s kakvim je pesničkim oduševljenjem pričao Milija o vama.

— Milija? Gazda-Obradov unuk? On je tako učtiv.

— I ja ne sporim da je učtiv. Samo ima i estetskog osećaja u sebi. Seljak živi u ovako lepoj prirodi pa ume da oceni sve što je lepo. Bogami, opasno je kad se gospođica iz varoši dopadne nekom seljaku. Zato treba neko da vas čuva.

Nedi se učini da on unosi malo više slobode u svoj govor i odgovori mu kratko:

— Umeću ja sama sebe da čuvam — pošla je, a i mladić pođe.

— Da li dopuštate da vas pratim?

— Ako vam nije dosadno?

„Možda će me videti Bojan.”

— Hoćete li da vam pokažem jedan drugi zabran? Još je lepši, nije daleko.

— Možete — dobila je volju da šeta s ovim farmaceutom. Zašto je otišao Bojan? Kao bajagi muž, a samo obilazi oko prozora. Muž koji voli uleteo bi u sobu.

Neda je umela da bude i tužna i vesela, a i duhovita, i videla je da je njeno društvo vrlo prijatno ovom mladiću. On je bio slobodan, izdašan u komplimentima, mladić koji je sigurno dugo živeo u velikoj varoši i patio što na selu nema društva i jedva dočekao društvo jedne devojke. Samo što se prevario. Uzbuđena onim što je doznala o mužu, Neda je primila njegovo društvo jer je to bila utvrđena taktika mlade devojke, ili bolje reći udate žene, koju je muž, i to ovako lep i školovan, zanemario godinu dana. Zato je želela da se dopadne i ovom mladiću i videla je da je ostavila na njega dobar utisak.

Vraćali su se. On je dopratio do šljivika ispred njene kuće. I tada Neda opazi kako seoskim putem, koji je vodio pored šljivka, ide Bojan.

Samo da je pričekala dva-tri minuta, sreli bi se. Nije htela. Pružila je ruku farmaceutu:

— Zbogom!

— Kad ću vas opet videti?

— Ne znam... kad me vidite!

— Hoćete li šetati sutra?

— Možda — nasmeši se ona i brzo odskakuta kroz šljivik. Nije htela da se okrene. Šta ona zna kakav je ovaj Bojan? Utrčala je u svoju sobu da bi gledala kroz prozor.

Bojan priđe Miti. Usiljeno se smešio:

— Gle, s kim ti to šetaš?

— Zar je ti nisi video? Jedno devojče iz Skoplja, došla na letovanje. Otac joj potpukovnik. Došla je kao poručena. Hteo sam da provrištim bez devojčica. Došlo mi je da bežim. A što je lepa! Samo da je vidiš! Ama sa svake strane — zgodna!

— Kako to sa svake strane? — pitao je Bojan i gledao ga oštro.

— Onako... obla... ima šta i da pipneš.

— A ti već misliš na takve stvari? — zubi su mu blistali ispod tamnorumenih usana kad je to izgovorio.

— A ti, bajagi, ne misliš na takve stvari!

— Ja ne mislim.

— Nemoj da mi se praviš svetac! Kao bajagi ne bi hteo! Došla ovamo sama, čak u selo! Odmah tu stvar treba ispitati.

— A čega tu ima sumnjivog?

— U selu nema provoda. A što smo mi u selu?

— Bolje reci: šta si ti? Jer ti si seoski laf.

— Ja laf? A sve za tobom pocrkaše. Nego ovde ne smeš da pristupiš. Ovde ću ja da razvijem akciju.

— Što, da nisi već osetio da ćeš imati uspeha?

— Osetio sam da je ovo temperamentno devojče. Po očima se poznaje i onako je, sve nabreklo. Ali u početku one su sve tvrđave, a kidišeš li samo na njih — sruše se kao paravan. Nego, druže, da se ja i ti dogovorimo: ovo devojče da prepustiš meni! Ti si malo dalje, preko reke, a ja sam blizu, u komšiluku. Ne možeš joj se ni dopasti kad ne kidišeš.

— A kad sam ja kidisao na devojke?

— Ama, znam ja, one kidišu na tebe. Osete li još da si bogat, odmah postaješ njihov tip! Video sam onda na saboru. Ja se siromah slomih oko onih dveju Beograđanki: kupujem im limunade, licidarske kolače, a one tek meni: „Ko je onaj lepi, visoki, plavi?" Nisam bre ni znao da si toliko lep! Hteo sam da ospem grdnju na tebe: kakav lepi, visoki, plav? Tada sam tek video da si ti, zbilja, lep — šalio se Mita.

— I bio si ljubomoran?

— Razume se! Onoliko ih častio i sve badava! Ali da si čuo kako ti pravim reklamu? Pitaju me one šta si, a ja velim veleposednik!

— Što ti krupno lažeš!

— Što, zar ono tvoje imanje nije posed? Koliko ti oni voćnjaci vrede? Pa onoliki orasi! A ona šuma? More, pametan beše tvoj ujak. Pokupova jeftino zemlju i ti sad imaš da uživaš.

— Ima mnogo i da se radi!

— Ali treba i da se provodiš. Nego da čuješ samo. Rekoh, im: veleposednik, kad ti se one uzvrpoljiše, pa samo ukokotile očima u tebe. A ja još jednom: nije oženjen! Posmatram ih ispod oka, a one odmah otvoriše tašne, pa ogledalce, ruž. Misle, sad ćeš u njih da se zaljubiš i padneš u nesvest! A meni dođe krivo za ono moje čašćenje, pa pomislih: „Čekajte, ribice, sad ću ja vama jedan hladan tuš!" Smrtno je zaljubljen u jednu devojku, kažem im.

— Je l' ja?

— Ti, pa o tebi je reč. Htedoh da rashladim ženske. Čim čuše da si veleposednik i one se obe smrtno zaljubiše u tebe. Dok će jedna ironično: „Ako, uopšte, muškarac može da bude zaljubljen!" I tako ti se moje Beograđanke malo rashladiše. Ali ja te osuđujem! Ne umeš da živiš. Što ti nemaš prijateljice?

— Da mi se neka prikači, pa posle da ne mogu da je se otresem. Ja sam familijaran čovek.

— Ama, imaš ti s njom ugovor da napraviš. Ih, sad ti idu svi na more, a ti sâm kod kuće! Ja bih otišao u Beograd, pa doveo najlepše devojče. Prethodno bih je vodio na lekarski pregled. Ne verujem više ni familijarnim ženama. Mene je, još kao studenta, opekla jedna familijarna.

— Ne ide to. Ne volim ja kojekakve žene da dovodim u svoju kuću.

— Kako kojekakve! More kad čuju da imaš imanje, najbolje devojke će ti doći. Idu žene na letovanje? Vole provod i život. Još kad si kavaljer: daš im stan, hranu, platiš podvoz, neki poklon. Ali imaš odmah da se ogradiš: neću da se ženim! Ima koja hoće da hvata za brak, a više ih je koje hoće novac.

— Odvratno je sve to! Tako se već stvaraju veze koje imaju posledica. A ja sam vrlo osetljiv i pošten. Nisam ja imao nikad takvih avantura. Moj je ceo život bio borba.

— Pa zato sad treba da proživiš. Bre, vidi kakav si! Stasit, lep! Ja bih na tvom mestu samo menjao, dok se ne bih nauživao, pa bih onda svima kazao: marš! I tek onda bih se ženio. A ti ćeš da se zacopaš u neku i odmah da se ženiš.

— Ostavi se ti tog razgovora. Nego, šta si uradio s apotekom?

— Kupiću ono što sam gledao. Apotekar je umro, a apotekarica hoće da se uda. Ona u početku ne htede da proda, nego da budemo zajedno: apoteka da bude na mom imenu, a ona da bude kompanjon. Ali hoću da budem samostalan. Hajde jednog dana da idemo zajedno da vidiš apoteku. Kao bombonjera! Lepo je uređena.

— Možemo.

— A kad će tvoja strugara da počne?

— Za mesec dana.

— Da napravimo jednom izlet tamo u planinu. Ali da povedemo i ovo devojče.

— A kako si se ti to odmah upoznao s njom? — ozbiljno je pitao Bojan.

— Šetao sam, pa joj priđoh. Milija mi je još juče pričao o njoj. Oca mu seljačkog, da čuješ kako je opisuje: „Kosa joj kao sunce, a oči te prostrele do srca". Gedža se zaljubio na prvi pogled. A znaš mangupčinu! Služio vojsku pa sve sa sluškinjama vodio ljubav. Čak je video i kako su joj male i lepe noge. „Ovolišno stopalo! U šaku da ga stegneš! A stražnjice samo poigravaju."

Bojan izvadi češljić i poče da prevlači preko kose. Zakačiše mu se zupci za jedan talasavi pramen, a on trže i otkide puno vlakana. Skide ih s češlja i baci u travu.

— Zdravo! — izgovori hladno. — Žurim kući. Bio sam do opštine. Dođi do mene.

— Moram da dođem da mi daš neku knjigu za čitanje. Od dosade čitam romane. Imaju sigurno Dunja i Brankica.

— Dođi!

Bojan se žurno udaljavao. Neda je sve vreme stajala iza zavese i pratila njihove izraze lica. Nije mogla da vidi jasno, ali je naslućivala da farmaceut priča o njoj. Gledala je za Bojanom da li će da se okrene. Nešto je rastuži, a bilo joj je krivo što nije mogla da vidi da li je ljubomoran. Pogleda po svojoj seoskoj sobici. Grozda je izribala pod, bio je kao limun, a na stolu, u čaši, stajao je buket cveća: šeboj i bosiljak. Cela soba je mirisala na bosiljak.

Susret u šumi

Bojan ulete u svoje dvorište i zalupi kapijom. Hektor, njegov veliki pas, polete mu u naručje. Bojan je bio njegov ljubimac. Osetio bi ga izdaleka i uvek lajanjem objavljivao njegov dolazak.

— Bato, hodi da nam pomogneš da rešimo ove ukrštene reči — govorila je mlađa sestrica, Brankica, vrlo slična svome bratu, s plavim očima i crnim trepavicama.

— Ne mogu sad, Brankice! Umoran sam nešto. Tako me boli glava.

— Hoćeš li jedan aspirin?

— Neću. Ništa mi se i ne jede. Hoću malo da prilegnem.

Brankica ga je brižno gledala kao nežna sestrica. Oni su svi voleli svog Batu. On je uvek bio veseo, raspoložen, uvek ih je bodrio, služio im za primer. Sestre su ga obožavale. Njihov Bata je bio najidealniji mladić, uvek je govorila Dunja. Ona se ponosila svojim bratom.

Brankica dotrča s Dunjom.

— Šta je tebi, Bato? — pitala je Dunja.

— Ama, ništa mi nije! Boli me glava. Nisam gladan.

— Kako nisi gladan? Da vidiš što smo umesile kolače! Htele Brankica i ja da te iznenadimo. I novost jedna: izlegli se pačići! Dvanaest! Što su slatki! A ona bela kokoška se raskvocala. Nasadiću je — govorila je Dunja. — Dosad nam se šezdeset pilića izleglo. Zaklali smo danas dva, od onih prvih.

— Bato! — upade Voja. — Jaoj! Da znaš što sam video jednu lepu devojku. S plavom kosom. Šetala je s Mitom kroz Stojanov zabran. Crne oči, a plava kosa. A onaj mangup je odmah pronašao. Jesi li je ti video? Čuo sam da stanuje kod Obrada. Ćerka je pukovnika iz Skoplja. Kaže, ostaće ovde celog leta. Baš ću se i ja upoznati s njom.

— Šta ti imaš odmah da juriš za devojkama? — izbrecnu se brat. — Postaješ i ti neki ženskaroš. Imaš sutra da ideš u šumu da vidiš kako se izgrađuju one barake. Ne mogu sve ja da stignem.

— Dobro, ići ću — razočarano izgovori mlađi brat, jedan simpatičan crnomanjasti mladić, svršeni đak poljoprivredne škole. — Ja sam i onomad išao. Ne moraš uvek ti da ideš.

— Ti znaš da tamo uvek neko treba da bude.

— Bato, da vidiš ovaj čaršav za čaj što sam izvezla. Kako ti se dopada? — pitala je Brankica, koja je sve morala poveriti i pokazati svome bratu i on je u sve trebalo da se razume: da li je lepa haljina, da li je ukusno jastuče, je li lep čaršav za čaj.

— Vrlo lepo! — govorio je rasejano.

— Ovo će biti za tvoju kuću, kad dođe Neda.

— Znaš, Bato — poče Dunja — ja se ljutim na tebe: što ti meni ne daš Nedinu adresu. Ja bih njoj pisala. Meni je nje žao, ona je siroče, nema nikoga. Već si mogao da je dovedeš. Sve je uređeno.

— Neću da ti dam adresu. Ostavi me! Znam ja kad ću je dovesti.

— Ona je, kako sam čula, vrlo dobra devojčica.

— Imaš li jedan aspirin, Brankice?

— Imam. Kazala sam ti odmah da uzmeš aspirin.

— Nije me nikad ovako bolela glava.

— Hajde malo da ručaš, pa će da te prođe.

Posle ručka Bojan ode u svoju sobu na spratu, izvadi jednu fotografiju i dugo ju je gledao. Onda skoči, uze dvogled i izađe u dvorište.

Peo se uzbrdo. S jedne uzvišice video je celo selo. Tražio je jednu kuću. Ona mu se približi. Raspoznavale su se sve staje. Ali nikog nije bilo u dvorištu. Vratio se u sobu. Nije imao mira. Čitao je nešto, pa odbacio knjigu. Glava ga je malo popustila, ali je želeo da izađe u polje. Bilo je već pet sati. Stade kraj prozora. Opet pogleda kroz dvogled.

U daljini, jednom putanjom, spazi belu, gradsku priliku. Poznao je zlatnu kosu. „Božana!", nasmeši se u sebi. „Ide. Da vidim kuda će." Ona se uputi pošumljenom brdu. Bojan spusti dvogled u džep. Brzo presvuče pantalone. Obuče i čistu sportsku košulju sa izvezenim okovratnikom. Zagladi kosu, pogladi obraz. Bio je gladak jer se to jutro brijao, i izađe.

— Kuda ćeš, Bato? — zapita ga Brankica.

— Imam posla. Treba da nađem radnike da kose onu livadu kraj reke.

— Dođi ranije, doći će Cana popova, a možda i Mita.

— Gledaću, ako stignem.

Žurno je išao da mu Božana ne bi izmakla. Video ju je i pustio da ode dalje. Hteo je da je gleda iz prikrajka. Kroz zelenilo šiblja provlačila se njena lepa, vitka silueta u beloj haljini. Imala je veliki poljski šešir na glavi, s resama, kao što se nosi na plaži. Ispod boda virili su njeni plavi uvojci. Naslonio se na jedno drvo i posmatrao je kako ide. Ona se pela i zastajkivala kao da posmatra kroz granje predeo unaokolo. Mogla je videti daleke planinske lance, zelene, plavkaste i sive, kako se gube u daljini. Šuma je bila gusta i visoko drveće, ukrštajući granje, širilo je hlad, i vlaga se dizala, ona prijatna šumska vlaga od trulog lišća. Zarubljeni panjevi bili su pokriveni mahovinom, ličili su na taburete. Neda spazi jedan lepo zaravnjeni panj i sede. Iz torbice izvadi ručni rad. Video je kako uvlači konac u iglu, kvasi vrh prstima, zakida ga, i počinje da veze. Provukla je nekoliko bodova pa zastala, kao da se zamislila. Video ju je s profila. Bila je tužna. Onda se podlaktila i pokrila lice rukama. „Mala Božana nije vesela", smešio se Bojan. Gledao ju je blistavim očima, sav uzbuđen. „Slatko dete! Treba da je razveselim." Oprezno se prikradao, jedva da se čuo šum njegovih koraka po suvom lišću. Hteo je da je iznenadi, da vidi njen izraz lica, ali se čuvao da je mnogo ne prepadne. Žene su plašljive i osećajne. Poznavao je svoje sestre, bio nežan prema njima i imao nežnosti i pažnje za svaku ženu. A mala Božana mu se mnogo dopadala. Bio je kao ris besan kad je video s Mitom. Rešio se da dvogledom vreba svaki njen korak. Već je bio blizu nje. Ona je opet provlačila konac kroz svoj vez, ali oči su joj bile melanholične i s tugom su pratile ružičaste bodove. On kroči jače, da bi ga ona čula. Ona se trže.

— A, to ste vi! — ciknu i pade joj vez s krila.

— Izvinite, gospođice Marić. Jesam li vas uplašio?

— Da. Malo. Bila sam se zamislila — zbunjeno je govorila, a krv joj jurnu u obraze. Bila je sva rumena kao cvetić što je vezla. Tako rumena ličila mu je na jabuku oko koje se mrse zraci sunca. I njena kosa je bila kao sunčani zraci.

— A vi volite seosku prirodu? Šetate uvek?

— Pa šta bih drugo radila? Odmarala sam se posle ručka, samo nisam imala šta da čitam, jer nisam ponela knjige, a tako bih rado čitala.

— Hoćete li da vam ja nabavim knjige?

— Bila bih vam vrlo zahvalna, samo ako imate.

— Ja čitam svoje stručne stvari, pravničke i poljoprivredne knjige, ali vidim da moje sestre uvek čitaju romane. I škola ima svoju biblioteku, a moja starija sestra, učiteljica, uvek uzima iz škole knjige. Mogu preko nje dobiti i za vas.

— Veliko vam hvala. Koliko imate sestara?

— Dve i jednog brata.

— A jeste li nežan brat?

— Mislim da jesam — stajao je dok je govorio, a onda, bez pitanja, spusti se na suvo lišće malo dalje od njenog panja. Zaćutao je i vrebao je netremice. Oči su mu bile nežne i tople. Ona se pravila da ga ne vidi, već se udubljivala u vez. Ali rumenilo s njenih obraza nije iščezavalo, već se pojačavalo.

— Čudo da ste se vi rešili, gospođice Marić, da dođete u naše selo? Zar vas ne privlače plaže i društvo?

— Ni najmanje. U selu je tako lepa tišina kao poezija, ja sam vrlo srećna. A kako vi živite u selu? Vi ste pravnik?

— Otkud znate?

— Pričali su mi seljaci kod kojih sam odsela.

— A povodom čega ste razgovarali o meni? — ispitivao je mladić.

— Pa... vi ste dolazili jutros.

— Jesam. Ali vas nisam video. Jeste li vi mene videli?

— Ne... nisam. Upravo, jesam. Tek sam bila ustala i videla kako odlazite.

— A ja sam obilazio oko svih vaših prozora, ali zavese su bile spuštene.

— Ja se nisam ni sećala da treba da ih podignem — nasmeši se i pogleda ga.

On nije ništa odgovorio, ali je stalno posmatrao; ona se zbuni i zagnjuri lice u vez.

— Koliko ostajete ovde?

— Ne znam. Dok mi ne postane dosadno.

— A osećate li da će vam brzo dosaditi?

— Tek sam došla i još mi je sve novo i prijatno.

— Vi u Skoplju živite?

— Jeste.

— Bio sam jednom u Skoplju. Lepa je crkva Svetog spasa. Monumentalna građevina!

— Da, monumentalna — prošaputa i ona.

Mladić se osmehnu, ali ona, udubljena u vez, nije videla taj osmejak.

— I onaj ikonostas je lep u crkvi?

— Da, vrlo je lep.

— Tu crkvu je zidao sveti Sava?

— Jeste! — ona ga pogleda i trže se videći njegove duboke, sive oči koje su je gledale i smešile se. „Da li sam se štogod uplatkala? Ko je zidao tu crkvu? Ako još počne da me pita o Skoplju, videće da lažem." Brzo je provlačila končić kroz belo platno, čuvajući se da ga ne pogleda. Ču mladićev tih i dubok glas:

— Samo jednom u životu video sam tako lepe oči kao što su vaše.

Ona kao uvređena diže glavu, pogleda u pravcu jedne planine i zapita, ne gledajući ga, ali sva crvena u licu:

— Kako se zove ona planina?

— Samo jednom sam video tako lepe oči i nikad ih nisam zaboravio, ali ću ih zaboraviti gledajući vaše.

Ona je osećala kako joj srce lupa, ali je hrabro išla dalje za svojim mislima ne odgovarajući i ne gledajući ga.

— Ovde je sva okolica lepa. Ima svega: tu je i ravnica, reka, potočić, brda, šume.

— Samo nema tako lepih očiju kao što su vaše! — nastavljao je još tiše.

— Koliko sam ja videla, seoske devojke su vrlo lepe, i imaju još lepše oči! — smešila se i govorila ne dižući oči sa svoga veza. — Štaviše, čula sam kako sve seoske devojke luduju za vama.

— Ali ja ne ludujem za njima — ućutao je, a kako se malo duže oteže to ćutanje, ona ga pogleda. Nije je gledao, bio joj je okrenut profilom, i ona vide njegov pravilan profil i lepu glavu pod gustom talasastom kosom. Zamišljeno je gledao negde u daljinu i trepavice su mu se ocrtavale na kapcima, a jedan dugi, lepi luk obrva spuštao se do slepoočnica. Ugrabila je ovaj trenutak da ga pogleda. „Moj muž! Ovo je, dakle, moj muž!" Srce joj je lupalo, a njeni pogledi kao da su milovali njegovu lepu glavu. Da li je on osetio njen pogled, ili je hteo da je uhvati, okrete se najednom i spazi kako ga posmatra. Ona se zastide, kao krivac uhvaćen na delu, ali je dosta bilo dve-tri sekunde da se stope sive i crne oči. Sive oči su bile strašne, a crne zbunjene i postiđene. Ipak, mlada devojka se pribra.

— Vi ste srećni što živite u selu? Svršili ste prava, a hoćete da budete seljak?

— Ovde sam kao gorski car. Volim ova polja, njive, zabrane i volim seljake. Zar vi, gospođice Marić, ne biste mogli živeti u selu?

— Ja mislim da bih mogla, jer još nisam stekla mondenske navike da moram živeti u gradu, pored pozorišta, barova i bioskopa.

— To nedostaje selu i asfalt — nastavljao je mladić — ali ima mnogo lepših stvari nego u varoši.

— Znam. Leti je lepo. A kako živite zimi?

— Onda imam lov, saonice, skije. Dve zime sam proveo ovde i nije mi bilo dosadno.

— Bili ste srećni?

— Srećan ne mogu reći da sam bio. Ima momenata sreće koje čovek stvara sâm. Ali ima sreće koje treba da dođe od drugoga. A u kući, kad je čovek sâm, a zaveje mećava, zaželi se neko nežno biće kraj sebe.

— Pa jesu li vaše sestre s vama?

— Samo je jedna sa mnom, učiteljica. Ali kad su mrazevi, ona ostaje u školi i tamo noćiva. Jedno vreme bio sam potpuno sâm, kao monah. Imamo dvoje slugu, muža i ženu, koji mi kuvaju, ali nisam imao ni od koga razgovora, ni nežnosti. Bio sam uz to još i slabunjav od gripa.

Neda je spustila vez u krilo i gledala ga dok je govorio. U njenim lepim očicama bilo je tuge. Nežno žensko srce rastuživalo se. Htela je da uzvikne: „A zašto meni niste javili da dođem? Ja bih vas negovala, čuvala, mazila. I ja sam tako očajno sama."

Mladić podiže lepu glavu i pogledi im se opet ukrstiše. Spazi tugu u njenim očima i brzo joj upravi pitanje:

— Je li vam žao što sam bio tako usamljen?

— Pa... vi ste sami sebe osudili na samoću.

— Da... ali ona je teška — on se razveseli kao da htede da odbaci te tužne misli i dodade veselo: — I lepo je što je jedna tako lepa devojka došla da poseti naše selo. Samo me je jedan gospodin preduhitrio da se pre mene upozna s vama!

Ona ga pogleda.

— A... to mislite na onog apotekara?

— Na njega. Šta vam je pričao? On je veliki laskavac.

— Ne sećam se šta je pričao. Da, toliko samo: da on ne voli selo i čudi se vašoj ljubavi za selo i seljake.

— A ako vam se on svideo?

— Ne poznajem ga da mogu donositi sud o njemu. Onako, koliko sam ga videla i razgovarala, mogu reći da je učtiv i simpatičan mladić.

Pogleda ga i htede da vidi kako će da primi te njene reči. On je bio ozbiljan i kao od kamena.

— Dopuštate li da pušim?

— Izvolite!

Zapalio je cigaretu, pušio i dugo nije ni reč izustio.

„On je ljubomoran!", likovala je Neda. „Lepi mužiću, tako se radujem što ste ljubomorni", mislila je nestašno. Nastavila je da veze, a on je ćuteći pušio. Njene misli i osećanja razvijali su se. Pogledala ga je krišom, a on je još uvek bio okrenut profilom, ćutao i pušio. Dođe joj nešto krivo. Kakav je to hladan muž. Ne pokazuje nikakvo uzbuđenje. Puši, ćuti i razmišlja. A ovamo joj priča o njenim lepim očima! Ona je toliko bila željna ljubavi. Snevala je poljupce, grlila svoj jastuk, ljubila svoju mišicu kao da su to usne muškarca. Nekakva malaksalost je obuze i spusti rad na krilo. Ruka joj klonu na suvo lišće. Nije ni videla kako je on posmatra, samo oseti kako jedna topla ruka poklopi njenu ručicu. Sva je uzdrhtala.

Povukla je naglo ruku iz njegove, ali on joj još jače steže prste. Zagleda joj sa strane dlan:

— Vi ste se ogrebali?

— Brala sam ruže, pa me zagrebao jedan trn — pokuša ponovo da izvuče ruku sva zbunjena. Krv joj jače udari u lice, ali on kao da nije mislio da joj pusti ruku već pruži i drugu, obuhvati njenu desnu i obe zarobi u svojim snažnim, toplim muškim rukama.

— Imate male i lepe ruke! — saže se i poljubi joj i jednu i drugu. I najednom Neda vide, sva obamrla, kako spusti glavu na njeno krilo. U njoj se sve uskomeša i zamagli pred očima, a lepa glava zatvorenih očiju ležala joj je na krilu, i ču samo šapat.

— Tako bih voleo da me neko mnogo voli i mazi!

— Gospodine, šta je s vama? — ciknu. — Kako se usuđujete? Mene to vređa! Šta to znači — pruži ruke da obuhvati njegovu glavu i digne je sa svog krila, ali taj topli dodir lica, kose, elektrizira je svu, dođe joj da se sruši s panja. „On je drzak. Hoće da me kuša, da vidi kakva sam." Prikupi snagu, odgurnu ga, skoči s panja, a mladić osta sedeći na suvom lišću. — To me iznenađuje! — mucala je. — Tek sam vas drugi put videla, a vi se tako ponašate. Ne znam šta mislite o meni kad se usuđujete tako nešto.

On je ćutao, i ustade lagano, kao u bunilu. Teško je izgovarao reči:

— Oprostite, gospođice Marić, ako sam vas uvredio. Ne znam šta mi je bilo. Priznajem, zaboravio sam se. Treba da me razumete. Živim u selu, u samoći. Nisam nasrtljivac, već, prosto, željan ljubavi.

— I vi ovo nazivate ljubavlju: svakoj devojci koju prvi put sretnete, spustite glavu u krilo i želite da vam ona odgovori na tu vašu ljubav! — ljutito je govorila.

— Ne želim ja od svake devojke ljubav! — žustro on odgovori. — Svaka devojka me ne interesuje. Ali vi ste me tako uzbudili. Zaboravio sam se. Kazao sam vam da sam video jednom isto tako lepe oči kao vaše.

— I to sećanje vam je dalo slobodu koju niste smeli imati prema meni.

— Da. To sećanje. Hoćete li da mi oprostite? Šta ćete, ja sam seljak, grub, ali, možda iskren.

— Takva iskrenost se ne može dopustiti prema nepoznatim osobama. Ne bi me iznenadilo takvo ponašanje kakvog velegrađanina, ali se zaista čudim da u selu sretnem takvog mladića! Možda ste vi neki seoski donžuan?!

— Donžuan nisam nikad bio i nemam vremena za to! Kajem se što sam bio ovako slobodan i primam sve ostale vaše prekore. Nadam se da sam zaslužio vaš oproštaj i da nećete biti suviše strogi prema meni. Da ne bih mislio da ćete me mrzeti, dajte mi vašu ručicu da se izmirimo.

— Ne dam! Ako mislite da opet sebi takvu slobodu dopustite, ja vam ne opraštam.

— Dajem vam časnu reč da neću više nikad biti tako nevaspitan. Video sam da vas to vređa i zapovediću sebi da ne smem toplo ni da vas pogledam.

Ona je osetila malo gorčine u tim njegovim rečima i mekše izgovori:

— Opraštam vam. Verovaću da ste se zaboravili i da niste ono što su drugi mladići.

— Sad ste pravični. Ja sam se nadao da ste vi nežni i odsada ću biti najučtiviji. Toliko učtiv da ćete se možda i naljutiti.

— Šta bih imala da se ljutim što ste učtivi? Naprotiv, bićete simpatičniji.

— A da li bih ja mogao da vam budem makar malo simpatičan?

— Vi opet postajete slobodniji. Želite da proučavate moja osećanja.

— A koji mladić ne bi želeo da zaviri u žensko srce?

— Žao mi je! Ali nećete ništa doznati. Ja sam došla da se oporavim i ne mislim ni s kim da se zabavljam, niti sam verovala da ću ovde naći kakvo društvo.

On je stajao pred njom, gledao je, i kao da lako uzdahnu. Njegove tople oči zamračiše se i izgovori hladno:

— Imate pravo, gospođice! Vi ste došli da se oporavite, i zato treba malo više da šetate. Zašto sedite ovde? Hoćete li da prošetamo kroz šumu?

— Ne, ja ću da se vratim. Kuda da idemo? Još nagore?

— Malo više da se popnemo. Vidite kako je lepa ova staza! Vijuga sve kroz hrastovu i borovu šumu. Da vam pokažem jedan izvor. Voda je tako hladna da se ne može popiti više od pola čaše. To je najbolja voda u selu.

— Ovde je, uopšte, dobra voda, to sam zapazila.

— Da, zdrava voda. Ovde je sve lepo u selu — gledao je opet toplo.

„Da li on mene voli ili je drzak?", pitala se Neda. Osećala je toplinu svojih obraza i ljutila se što je tako uzbuđena.

Mladić je posmatrao to lepo lice i pitao se: da li je još uvek ljuta? Jer bila je jako crvena. A Nedu je uvredila i uzbudila njegova sloboda. Ako je to učinio kao muž, ima pravo. Zar muž ne sme da spusti glavu u krilo svojoj ženi? Ali, sećajući se Perića i onog Anđelkovića, učinilo joj se da su to postupci svih muškaraca, isti, drski, bez ljubavi. Taj nagli, smeli fizički dodir jednog još nepoznatog mladića tako ju je uzrujao da nije znala da li je uvređena ili srećna?

— Dakle, hoćete li?

— Je li to daleko?

— Treba da idemo još četvrt sata.

— Dobro. Hajdemo! — osetila je zadovoljstvo da ide s njim. Najzad, zabavljalo je da li ju je prepoznao ili nije? Ako je on slobodan prema Božani Marić, on ne voli Nedu i vara je. Uvek joj se obraća kao gospođici Marić. Onda je on drzak. Zašto da ide s njim? On je ovoga časa varao Nedu i on će je uvek varati. — Ne, ne mogu da idem. Hoću kući.

— Zašto sad menjate odluku?

— Dosta sam sedela u šumi.

— Šta ćete tako rano kući? Niko vas ne čeka. Tek je šest časova! Do sedam ćemo se spustiti.

— Ne znam — stajala je i uvijala svoj vez. — Jednog mi klupčeta nema! Mora da mi je tamo palo.

— Kakve je boje?

— Zeleno.

— Sačekajte, ja ću ga potražiti.

Gledala ga je kako traži po suvom lišću. Bio je tako lep i simpatičan. „On je moj muž”, razneži se. Osećala je da ima nekoga u životu, da nije sama, da bi ovaj lepi i snažni mladić mogao da je štiti i voli. „Kako bih voleo da me neko mnogo voli i mazi! On je znači željan ljubavi kao i ona, ne živi, nema avantura, usamljen je u kući, sasvim sâm.” Srce joj zalupa dok ga je gledala kako sagiba svoje vitko telo i traži klube.

— Našao sam ga.

— Hajde, pokažite mi taj izvor — govorila je blažim tonom. „Ja treba njega da upoznam i da vidim kako će se ponašati. A nemam čega da se bojim, on je moj muž.”

— Videćete kako je tamo lepo i kad probate vodu svaki put ćete dolaziti.

— Zar smem sama da idem kroz šumu?

— Ne morate sami. Kad god hoćete, ja ću vas pratiti.

— Vi imate posla. Neću da vas uznemiravam. Šta sve radite?

— Ima leti mnogo poslova na imanju: kosidba, vršidba, branje voća. Brata sam poslao u šumu do buduće strugare, a i ja tamo odlazim svakog dana.

— Zato ste vi tako opaljeni suncem, kao da ste došli s plaže. Mislite li uvek da živite u selu?

— Mislim. Zašto bih se selio u varoš? Možda ne bih ostao u selu da nisam nasledio imanje svoga ujaka, i to još lepo uređeno imanje. Treba da vidite kakav je voćnjak podigao. To je pravi rasadnik najraznovrsnijeg voća. Odatle svi seljaci uzimaju kaleme i u našem selu ima izvrsnog voća. Ja ću dogodine na jednom delu imanja da podignem moderan rasadnik, gde ću kultivisati neke biljke na najracionalniji način.

— Mora biti interesantno živeti u prirodi, u šumi, među voćkama! Imate li pčele? Moje gazde imaju.

— Imam veoma veliki pčelinjak! Moj ujak je zasadio dosta lipa i imamo pravog lipovog meda. Volite li med?

— Volim.

— Onda ću vam poslati. Med je vrlo hranljiv.

— Hvala! Nemojte da se trudite, mogu ja da kupim.

— Zašto da kupujete? Ja prodajem trgovcima, ali vama ću poslati i meda i voća — govorio je sasvim lepo i učtivo i Nedi je bilo prijatno njegovo društvo.

„Da li on mene želi da upozna, da li se pravi da me ne poznaje? Ovo je divno! Pravimo se oboje da ne znamo da smo muž i žena. Moj muž!" Ta reč ju je stalno uzbuđivala. Osećala je da između njih postoji zakonita veza koja ju je privlačila k njemu. On je, ipak, učtiv i ume da se savlada. Neda je osećala, kad bi bila muškarac, da bi i ona bila isto tako drska.

— Eno izvora!

Ona spazi tanak mlaz vode koji je lagano curio iz jedne cevi usađene u kamenu ploču.

— Moj ujak je napravio ovaj izvor. Kažu da je voda i lekovita. Možete rukom da zahvatite.

Neda se saže, opra ruke i napuni šaku vodom.

— Zbilja, tako je hladna ova voda! I čisto sladi.

— Vidite, nisam vas badava doveo.

— Niste. Kako je lepo ovde! Tišina. Samo izvor žubori. Kuda ova voda otiče?

— U reku. Jeste li se kupali u reci?

— Nisam još. Ali mi je Grozda kazala da će me voditi. A vi se kupate?

— Svakog dana. Ako ne ujutru, ja odem uveče.

— Ne plašite se noću sami u reci?

— Čega da se plašim? Ovde sam ja svuda kao kod svoje kuće.

— Vas vole seljaci.

— Jer i ja njih volim. Ko ume da razume seljaka, on ga voli. A među seljacima treba živeti i upoznati ih. Ima svuda seljačkih položara, ali ovde je pošten svet. Mnogo pošteniji nego u varoši. Hoćete li da još do gore odemo, pa ćemo se spustiti drugom stazom. S one druge strane još je lepša šuma.

— Kad sam pošla, vodite me.

U susret je išao seljak sa sekirom.

— Mene je strah — prošaputa Neda. — Onaj seljak nosi sekiru.

— Strah vas je? — nasmeja se mladić. — Nemojte da se plašite. To je pošten seljak.

— Ali nosi sekiru.

— Pošao je u šumu da odseče neko drvo. Ima on tu svoj zabran. To je pošten gazda.

— Pomaže bog, gos'n Bojane!

— Bog ti pomogao, gazda Ostoja! Gde si to bio?

— Posekô sam jednu staru bukvu. Već se sasušila! Pa neka sutra dođe moj Ilija da dotera drva.

— A gde ti je Ilija?

— Danas je na vršalici. Naše žito se vrše.

— Kakvo ti je žito?

— Mnogo ima urodice. Trebismo i čupasmo ali se izlegô korov kô napast. Dogodine, živi bili, ne sejem dok ne provejem žito. A kuda si ti pošao?

— Hteo sam da pokažem gospođici ovaj izvor.

— Ako, ako! Tvoj ujak, bog da ga prosti, napravi nam česmu. On nas nauči da gajimo voće. Ona mi je kruška bogato rodila, što sam kalem uzeo od tvog pokojnog ujaka. Savile se grane do zemlje. A kakva je unutra! Crvena kô lubenica. Nisam verovao da kruška može unutra da bude crvena.

— To je takva naročita vrsta.

— I one tvoje niske jabuke volim! Nema ih aršin od zemlje, a pune jabuka kao čičak. I ja ću da kalemim na jesen.

Seljak se raspriča ali se Bojan oprosti:

— Zdravo, gazda Ostoja!

— U zdravlje, gos'n Bojane!

— Je li vam popustio strah? Ne bi vama od seljaka nijedna vlas na glavi falila. Sad ćemo da se spuštamo.

— Je li mnogo strma ova stazica? Da li ću moći da se spuštam s visokim potpeticama?

— Ja ću vam pomoći. Dajte mi ruku. Ići ću napred.

— Neka, ja ću sama. Samo vi idite napred.

— Ne smete da mi date ruku. Je li i to drskost s moje strane?

— Nisam to mislila, nego hoću da pokušam sama. Kad drugi put budem išla sama, niko mi neće pomoći. Vidite, baš mogu.

Bojan je išao ispred nje, ali se okretao da ona ne padne. Ona je iskretala nogu, jer nije mogla pravo da je pruži. Jednog trenutka se saplete, a Bojan je brzo dočepa za mišicu. Pod svojom toplom rukom oseti finu, oblu, meku mišicu. Dođe mu opet da je stegne, ali se savlada. Pusti joj ruku. Pođe opet lagano ispred nje, okrećući se svaki čas. Njoj je bila prijatna ova pažnja. Od koga je ona imala nežnosti u životu? Ni od koga! Večito sama! Svuda neosetljivost i nasrtljivost muškaraca. A on je sada baš učtiv. Ovako je simpatičniji. Bolje što je ona maločas bila stroga. Ona još ne zna šta oseća prema njemu, niti ga poznaje. A, zbilja, lep je! Kako ima lepu glavu! Kako su mu snažna ramena! Bože, da li ona ovo sanja, da li je sve istina što se odigralo u životu između nje i ovog mladića? Zašto se morao onako venčati s njom? Kakva je to bila tajna? Ko bi pomislio da je onaj surovi mladić u onoj noći i ovaj sada pažljivi i učtivi jedan isti. Setila se najednom njegovog revolvera i njegove pretnje da će je ubiti. Stresla se, kao da to ponovo preživljava i naslonila se na jedno drvo.

On se okrete i spazi njene uplašene oči.

— Šta vam je? Vi ste se umorili? — nežno je pitao. — Hoćete li da se odmorite?

— Nisam se umorila. Posmatram šumu. Lepo je ovde — krila je oči od njega. On ju je gledao s divljenjem.

— Kako ste se zarumeneli! Imate zdravu boju! Vama će prijati selo. Ali vi se spremate da odmah bežite? Treba da ostanete celo leto. Hoćete li?

— To je mnogo! — veselo izgovori ona. Strah joj iščeze. — Obično se letuje samo mesec dana.

— Ja se nadam da ćete vi malo duže ostati. Kad bih vas ja, na primer, zamolio da duže ostanete, da li biste mi ispunili želju? Oprostite! Eto, opet sam slobodan. Postavljam takvo pitanje. Vidite, plašim se svake svoje reči.

— Bolje je. Onda nećete dobiti nikakav prekor.

— Dopustite da sada ne zaslužim prekor za ovo pitanje. Šta biste mi, dakle, odgovorili? — zastao je da opet potraži njene meke, slatke oči.

— To ne zavisi od mene. Ako mi moji kod kuće narede da dođem kući, ja se moram vratiti.

— Šteta što ne poznajem vaše roditelje! Ali, svakako, oni žele da se što bolje oporavite. Vi ste bili bolesni od malarije? Znate li da se dugo nosi u sebi sklonost za malariju. Poznavao sam jednog gospodina kod kojeg su malarični bacili oživeli u organizmu posle dvadeset godina! Nije se lečio kako je trebalo. Žalosno je da bolujete. A sad ste tako zdravi.

Neda se morala nasmešiti.

— Kako ste slatki kad se smejete! A bili ste maločas suviše strogi. Zar vam nije žao? Ne bih cele noći trenuo da mi niste oprostili. Bogami, misliću na vas. Dopuštate li mi? — govorio je kao dete koje voli da se umiljava.

— Ne dopuštam vam. Sutra, možda, morate da kosite livadu i treba da budete odmorni.

— Kako vi brinete za mene? Ali ima slatkog umora koji je čoveku potreban.

— Ja ne znam da može postojati sladak umor? Umor nije prijatan. Kakav je to vaš slatki umor?

— Slatki umor je kad se cele noći ne spava, a misli se na neke lepe očice koje neće da pogledaju nežno i ljute se za svaku sitnicu.

— Vi se nikad nećete popraviti. Ostaćete uvek kao maločas.

— Takav ću biti uvek kad sam pokraj vas. Šta mogu? Hoćete li da me kaznite?

— Hoću.

— Gle! A kakvu ćete kaznu smisliti?

— Sasvim običnu: nećete me skoro videti.

— Zaista, vi umete da smišljate osvete. Ali, nemojte zaboraviti: kad muškarac želi da vidi devojku, pronaći će je makar se pod zemlju sakrila. I ja ću vas pronaći, ma gde se sakrili.

— To ćemo videti.

— Čini li vam zadovoljstvo da me ne vidite?

— Ne da vas ne vidim, već da vas popravim.

— Uviđam već. I mrzite me, pa hoćete da bežite.

— Zar sam bežala? Naprotiv, ostala sam. Vidite i sada stojim i razgovaram s vama.

— A šta to treba da znači?

— Opet smo došli na ono isto pitanje?

— Da, ja želim da zavirim u vaše srce. Ali pošto mi vi to ne dopuštate, ja ću se zadovoljiti da zagledam u vaše lepe oči.

— Pa šta ćete pročitati u očima?

— Dopuštate li mi da vam kažem šta čitam u vašim očima?

— Recite, ako ste našli ma i jednu rečenicu.

— Jesam.

— Zbilja?

On joj se zagleda u oči vatrenim sivim zenicama. Ona oseti kao da je nešto protrese kroz celo telo. Dođe joj da sklopi oči. Brzo okrete glavu.

— Zašto krijete pogled? Nećete da vam kažem šta sam pročitao?

— Pa šta ste pročitali?

— Da me... mrzite?

— Onda mi pridajete rđave osobine. Zašto bih vas mrzela kad sam vas videla dvaput? Upoznala vas juče a danas da vas mrzim?! Gle! Eno puno društva! Ima i žena! Neki mladići i devojke.

On pogleda niz put koji je vodio u podnožje šume.

— To su moje sestre i brat. A farmaceuta Mitu poznajete. Ono je njegova sestra. Hoćete li da vas upoznam s mojim sestrama?

— Hoću!

On pođe zamišljen pored nje.

„Njegove sestre i brat. Blago njemu! On ima porodicu”, uzbuđeno je mislila Neda. „Kako je mogao godinu dana da me ostavi samu?”, opet odjeknu bolno u njoj.

Mlade devojke upraviše ljubopitljive poglede u Nedu. Ona spazi da jedna liči na Bojana. Imala je oči kao on, sive, s krupnim zenicama, koje su se širile svojim tamnim po dužici i s finim gustim resama trepavica davale oku čežnjiv pogled. Kod njegove sestre je bilo to čežnjivo sentimentalno, ženski nežno u toj sivoći dužica, a kod mladića toplo, strasno, čas oštro, čas usplamtelo i zavodljivo.

— Da vam predstavim gospođicu Božanu Marić iz Skoplja! — veselo izgovori mladić, obraćajući se sestrama. — Ovo je moja starija sestra Dunja, učiteljica, a ovo mlađa, Brankica, učenica učiteljske škole.

A ovo je moj brat, svršeni agromaturant. Gospođica Cana Aleksić, studentkinja — predstavi on i treću devojku.

— Ja se već poznajem s gospođicom! — izgovori farmaceut Mita, koji se smeškao, a u sebi psovao Bojana.

Svršeni učenik poljoprivredne škole ushićeno je posmatrao ovu lepu devojčicu, i neprestano tražio po glavi šta bi kazao zanimljivo i duhovito, da privuče na sebe pažnju ovog plavog devojčeta s crnim očima.

— Celo selo priča o vama, gospođice — izbaci agromaturant.

Brat ga oštro pogleda ali se posle nasmeši.

— Pričaju o meni? Zašto? — iznenadi se Neda i pogleda Bojanovog brata.

Maturant se zbuni, ne zbog njenog pitanja, nego zbog onog toplog, mekog, sjajnog pogleda koji se zaustavi na njegovim očima.

— Pa kad jedna lepa devojka dođe u selo, celo selo mora da je zapazi i priča o njoj! — odgovori Mita farmaceut umesto mladića. Pogleda potom Bojana, jer je u inat njemu hteo da kaže taj kompliment. Sive oči blesnuše, a vilice se lako stegnuše. Ali se ipak nasmeši:

— On je veliki laskavac, gospođice! Uvek ima mnogo komplimenata za sve devojke.

— Izvini, ne za sve. Vidite kako me kleveta, gospođice. Krivo mu je. Strašno je ljubomoran na mene.

— A kad sam ja to bio ljubomoran na tebe?

— Ti to kriješ, ali ja sam osetio. Ne smeš nigde da me vodiš sa sobom.

— To znači da i gospodin Mihajlović ima uspeha kod gospođica.

— Bata je baš ozbiljan! — uze u odbranu mlađa sestrica svoga brata. — Da ga mi ne teramo da izađe s nama, on bi se sav predao radu na imanju.

Neda uzdahnu kad ču reč „bata". Kako je divno imati brata! Milo je pogledala njegovu plavu sestricu.

— Vi ličite na brata! — primeti Neda.

— Svi kažu da ja i Bata ličimo. Samo se prepiremo ko je lepši? Ja kažem da je on lepši!

— Brankice, nemoj molim te da govoriš o njegovoj lepoti. Još će da se uobrazi! Kako da je on lepši od tebe? Nalik gajde na muziku! — ismejavao je u šali Mita Bojana.

— Nemoj ti moga Batu da ismejavaš — nežno je govorila Brankica i uhvatila ga ispod ruke. — On se dopada svim mojim drugaricama.

— A u kom ste razredu, gospođice?

— Sad sam završila treću godinu učiteljske škole.

— A vi ste učiteljica? — okrete se Dunji. — Govorila je sa osmehom, ali je osetila kako joj one reči „svim mojim drugaricama on se dopada" stegoše grlo kao stipsa.

— Jeste, ja sam u ovom selu učiteljica — hladno odgovori devojka, okrete joj se i spazi njen lepi profil, ali spazi i kako je Bojan ushićeno posmatra. Dođe joj strašno krivo.

— Vi ste iz Skoplja? — upade opet maturant. — Kako ste pronašli ovo selo? Čak iz Skoplja da dođete ovamo?

— Pa zar ti ne znaš da je naše selo nadaleko čuveno! Ako ni zbog čega drugog, ono zbog Bojana. Moj tata te smatra za fenomen našeg sela. Prosto bi želeo da i ja otvorim apoteku u selu.

— Ne boj se! Doći će dan kad će i sela imati apoteke, kao što imaju lekare. Svi ste vi apotekari pojurili u varoš! — govorio je Bojan. — U jednoj ulici su sve apoteke i sve drogerije! Nije čudno što kukaju na krizu.

— A čime bi seljak kupovao lekove? Da mi donese, valjda, kilo krompira i pasulja? Ispali bismo kao vodeničari. Živeli bismo od ujma.

— Dobro, videćemo da li ćeš se obogatiti u varoši.

— Jeste li videli, gospođice Marić, koliki je zanesenjak ovaj Bojan. On sneva o nekom progresu sela i zamišlja da će on izvršiti to čudo-preporod na selu. Ne znaš ti kako je tvrdoglav seljak! Moj otac se bakće s njima tolike godine, pa šta je uradio i unapredio u selu? Ništa ne vidim od tog progresa moga oca, tvoga ujaka, i sada tebe! Isti su seljaci kao što su i bili.

— Ti, valjda, zamišljaš da će seljak da diže trospratnice i asfaltira ulice?!

— A da znaš, Bato, da u Vojvodini ima asfaltiranih sela! — uzviknu svršeni maturant, sav srećan da i njegovu reč čuje ova slatka plavuša s crnim očima.

— Znam da ima. Ali neću da pođem od asfalta, nego od mnogih drugih stvari koje je seljak naučio. A tvoj otac priča da je, kad je došao u selo, bilo svega nekoliko štednjaka u celom selu. Pa je unapređivao voćarstvo, pčelarstvo, zadrugarstvo napreduje. Ne možeš više da kažeš seljaku: ovo je crno, a on da aminuje: crno! Zna on šta je i crno i belo, kao što zna šta mu koristi, a šta mu šteti. Kad mu neko govori svakog dana šta valja, a šta ne valja, on nije glup da ne primi dobro, ako je u mogućnosti. Nego, gospođici Marić će biti dosadni ovi naši razgovori — okrete joj se Bojan.

— Naprotiv, volim da vas slušam.

— A s kim se vi slažete, gospođice? Sa mnom ili s Bojanom?

— Ja još ne poznajem seoski život da bih ocenila ko je u pravu, ali sam čula kako gazda Obrad hvali gospodina Mihajlovića. Izgleda da vas vole seljaci.

— Neka ga vole seljaci, samo devojke da ga ne vole! Ali čuli ste: ceo Brankičin razred je zaljubljen u njega. Ja sam prosto očajan — govorio je veselo i videlo se da je, ipak, bio simpatičan mladić koji je voleo da se našali s drugom.

— Nemojte mu, gospođice, sve verovati! — branio se Bojan. — Taj Brankičin razred nisam ni video.

— Kako se on uvek pravi naivan! — ironično je nastavljao farmaceut, koji nije mogao oprostiti Bojanu što je kroz šumu šetao sâm sa ovim lepim devojčetom. I valjda u vezi s tim mislima okrete se Nedi: — A je li vam pokazao izvor u šumi?

— Jeste! — živo prihvati Neda. — Tako je hladna ta voda.

— Da... da... ta je voda vrlo hladna — on pogleda Bojana, kao da mu htede reći: „Bitango, išao si čak do izvora. Znam šta si tamo tražio!"

— Ja ću sad kući! — izgovori studentkinja Cana, koja je sve vreme ćutala i slušala kako njen brat i Bojan vode dvoboj rečima samo zbog ove plavuše. Čisto joj pripade muka i zamrze i svog brata koji je toliko važnosti pridavao ovoj devojci. A niti je znao ko je, ni odakle je. Možda je i neka belosvetska. Zar nema svakojakih devojaka? Pa čak i Voja! Gledala ga je krišom kako neprestano pilji u nju. Mora da su sva trojica osetili da je to neka laka roba, pa se svi okomili na nju. Studentkinja je zaključila da ova devojka nije poštena, i uvređena htela je da se povuče. Nije htela da prizna sebi: nikakav drugi zaključak nije mogla da donese o ovoj devojci osim da je izvanredno lepa. I tu je bio čvor svih njenih jada ovog momenta, kad je uvređeno izgovorila da ide kući!

— Pa i ja ću kući! To je put i za moju kuću.

— Ja ću vas, gospođice Marić, ispratiti — brzo se ponudi Bojan.

— Možemo svi da ispratimo gospođicu — upade i Mita. — Hajde, Cano, prvo da ispratimo gospođicu, pa ćemo posle i mi kući.

— Ne, ja idem pravo kući, a ti idi s Bojanom i otpratite gospođicu — govorila je hladno.

— Onda ću i ja s tobom! — mrzovoljno pristade brat.

— Mi ćemo s Canom — hladno dodade Dunja. Bilo joj je krivo na brata.

„Njegove sestre me ne vole", tužno je pomislila Neda.

„Šta se napela ova Cana, pa neće da je svi pratimo!", ljutio se agromaturant, koji je video da i on mora da ide da prati Canu, a on bi tako rado ostao još koji trenutak u društvu ovog slatkog devojčeta. Čisto je zavideo Bojanu, mada Bojan nije bio umešan oko žena kao on, a opet su ga sve devojke rado gledale. One je zbog toga ispitivao u čemu je uspeh njegovog brata kod devojaka i izveo zaključak: Bojan ne trči za ženama, i što god muškarac manje trči one ga više traže. Tešilo ga je što je Bojan oženjen, ima Nedu, dovešće je, iako je možda ne voli. Mita je mangup, a on je lepši od Mite, i ispašće na kraju da će ovo devojče njemu da padne u deo. A, neće on sutra na strugaru, nego će malo da prošvrlja oko gazda-Obradovog šljivika. Poneće i svoju gitaru.

Neda je bila tužna što su njegove sestre tako uzdržane. Nije osetila nikakvu ljubaznost s njihove strane. A obe su bile tako ljupke i mlađi brat simpatičan. Kako bi ih ona sve volela! Najednom spazi Grozdu.

— A, eno Grozde! Ja ću sad s njom. Grozdo — viknu je — pričekaj me!

Bojan se natušti, a Mita osmehnu. Laknu i agromaturantu, a Canu popusti ona muka ispod grudi. „Baš volim! A on poleteo da je prati. Tako mu i treba!"

Kad su se vraćali kući, Bojan obgrli rukama obe sestre.

— Šta ste se vas dve ućutale?

— Ništa. Pričale smo danas celo poslepodne, pa sad ćutimo — odgovori Dunja.

On se veselo zagleda u oči i jednoj i drugoj, jer je video da se u tom ćutanju nešto skriva.

— A gde ti nađe ovu? — zapita prva Dunja.

— Pošao sam kroz šumu do zabrana Živka Ostojića, pa sam je sreo.

— I tu ste se upoznali? — uplete se brat, koji je išao za njima i deljao jedan prutić.

— Video sam je još onomad. Spasao sam je od jednog psa, kad je naleteo na nju.

— Ih, što si neiskren! A ja pričam o njoj, a ti se praviš kao da je nisi video.

— A ti si kao hteo da ti se ispovedam!

— Nemaš šta da mi se ispovedaš, nego sad mi je jasno da si udesio s njom u šumi sastanak.

— Pazi malog: udesio sastanak! A što, da nisi ti hteo sastanak?

— Pa meni to kao mladiću i liči. A ti si oženjen.

— Ćuti, balavče jedan mali!

— Šta? Ja balavac? Još kakve devojke mene gledaju! Prošle nedelje kad sam bio na onom saboru, jedna se studentkinja treće godine sve vreme nije odvajala od mene.

— Da je imala boljeg kavaljera, odmah bi te ostavila.

— Baš zato i kažem, što je tu bio i jedan potporučnik, ali njoj se ovaj bata dopao, a ne potporučnik. I kartu sam dobio od nje. Slušaj samo: „Neću nikad zaboraviti ono prijatno popodne koje sam provela s vama”.

— Zato si ti meni ukrao dva lista za pisma. Njoj si pisao! Imala sam tri lista, kad sad, imam samo jedan! — ciknu Brankica.

— Sigurno si razvezao veliko ljubavno pismo — dirao ga je Bojan.

— Ne boj se! Umem ja s devojkama. Što god više trčiš za njima, sve te manje gledaju.

— Oho! Gde si to naučio?

— Bato, ja sam mu našla jedan noteščić pun aforizama o ženama.

— Ali nećeš mi više naći moju hartiju za pisma. Sakrila sam je. Je li, Bato, ko je ova devojka?

— Čuli ste ko je. Ništa više ne znam ni ja o njoj. Je l'te da je lepa i simpatična?

— Što se ti interesuješ za njenu lepotu kad imaš Nedu? — prekori ga Dunja.

— Zar ako imam Nedu, ne smem da pogledam nijednu devojku? Priznaćete obe, da je ovo vrlo lepa devojka.

— Mene ti pitaj da li je lepa. Ako tražiš da ti one priznaju da je lepa, one će reći da je ružna. Žene su sve pakosne kad vide drugu ženu lepšu od njih — dobacivao je maturant poljoprivredne škole.

— Šta ti sad: pakosne! Ona je vrlo lepa, ja to ne osporavam, ali meni je krivo zbog Nede. Ja volim Nedu, a ko zna ko je ovo? Pusti ti nju Miti! Zar nisi video kako mu je krivo što ti ideš s njom?

— A što da je pustim Miti? Što ne kažeš da je pusti meni? — naljuti se maturant.

— Vidi, što se ovaj uspalio! Čekaj da te dočepam. Hajde da se porvemo.

— Hodi, da vidiš da sam jak.

Braća se dočepaše u koštac, iz šale, ali agromaturant se sav upeo da obori brata. No, ovaj, viši i snažniji, savlada ga i obori.

— Tako! Hoćeš žene? Kad ojačaš i oboriš me, onda ću ti ih ustupiti! Sad neću!

— Ja se, Bato, čudim šta ti govoriš. Pravo da ti kažem: bilo mi je krivo kad sam te videla kako izlaziš iz šume s njom. Sva je bila zajapurena.

Bojan se slatko nasmeja.

— Je l' da joj je to lepo stajalo: onako rumena, a zlatna kosa.

Dunja, čestita i osećajna devojka, zastade najednom i okrete se bratu:

— Slušaj, Bato, hoću da mi daš Nedinu adresu. Hoću da joj pišem.

— To još nećeš dobiti. Ja ću Nedu da dovedem kad bude vreme.

— A sad hoćeš da flertuješ s ovom?

— Zar ja nemam prava da flertujem s devojkama? I još ovako divno devojče! Pazi kakve su mi one! Kao dve male tašte. Svakog dana slušam isto: Neda! Neda! A šta ti, Brankice, misliš?

— I ja se slažem s Dunjom! — napućeno je govorila. — Treba da dovedeš Nedu. Meni je mnogo žao.

— Ako mene Neda ne voli? Ona ne samo da me ne voli, nego me, možda, mrzi.

— Da ti odeš i da joj sve ispričaš, ona te ne bi mrzela.

— Ići ću. Ali sad još imam posla. Dok proradi strugara.

— Ja bih dao glavu da se on zaljubio u ovu Božanu Marić — jetko izgovori brat.

— A šta bi to bilo ružno ako se i zaljubim? Zar se oženjeni ljudi ne zanimaju i ne zaljubljuju?

— Ja te ne volim kad tako govoriš — ljutnu se Dunja.

— Opet Neda, je li? Ta Neda i ne zna da me dve tašte čuvaju. Ja vam dajem reč da ću ostati veran Nedi. Je li vam to dosta?

— Nije dosta! Ti treba da je dovedeš. Mi svi moramo da se potrudimo da nas ona zavoli. I kad misliš da je dovedeš?

— Čim se vi vratite s mora, ja ću je dovesti. Vi idete za petnaestak dana, a posle toga ja ću Nedu da dovedem. Nego sad hoću da mi nešto date. Obećao sam gospođici Marić da ću joj nabaviti romane za čitanje. Video sam da vi imate neke romane. Hoćete li da mi ih date da joj odnesem?

— Ti da joj nosiš romane? Baš ne dam! Nek joj nosi Mita.

— Ne dam joj ni ja! — odgovori ljutito Brankica.

— A ja ću da joj odnesem! — ponudi se Voja. — Ukrašću ja od njih dveju, ali da joj ja odnesem.

— Možeš — izgovori mirno brat — ali ona kaže da ne voli balavce.

— Ona ti je čak i to kazala? Onda ste vi daleko otišli u razgovoru — gunđala je Dunja.

— Što ste vas dve strašne! — smejao se brat i zagrli ih još jače. — A vidite kako sam ja dobar: ne ljutim se! Znam da ste vi moje dobre sestrice i da kao vaspitane devojčice nećete dopustiti da vaš brat nešto obeća, pa posle slaže.

— Ti znaš našu ljubav prema tebi, pa hoćeš da je iskoristiš. Ali to nije lepo da varaš Nedu! A ja vidim da si ti večeras nešto naročito raspoložen, a to je zbog ove devojke. Ja ću je omrznuti. Zar na tebe može da utiče jedna devojka i da ti se odmah dopadne samo ako je lepa!

— Ali, Dunjice, ona je vrlo fina devojka i ozbiljna. Iz razgovora s njom ocenio sam da je to vrlo dobro devojče.

— Vidiš da ti se dopala! To je još opasnije što je fina. A zar Neda nije fina? Pre si je hvalio.

— Što ste večeras dosadne s tom Nedom! Samo Neda i Neda! E, baš zato što ste me tako napale, hoću da se zabavljam. Neću da mislim na vašu Nedu. Ne misli ni ona na mene.

— Šta kažeš? Ti moraš na nju da misliš! Ona je tvoja žena.

— Dobro, recimo da moram, ali me ostavite sada na miru. Imam, valjda, i ja prava i slobode kao svi muškarci da se zabavljam s devojkama. Dakle, o tome nećemo više da govorimo: hajde, hoćemo li da se trkamo? Ko me stigne dobija od mene deset dinara. Što ste vi tako kiseli? A ja sam veseo! Večeras sam, zaista, vrlo veseo.

— Vidimo mi da si ti veseo i znamo zašto — jetko je govorio brat.

— Meni se ne trči — hladno je govorila Dunja.

— Brankica hoće. Je li, Branče? Ti nisi ljuta na njene? Ti si moja dobra sestrica, koja je uvek uz mene.

— Misliš da me potkupiš s deset dinara, da bih ti povlađivala za ovu devojku? I meni je krivo na tebe.

On udari u glasan smeh.

— Tako, večeras ste svi ljuti na mene. A ja sam baš veseo, zato što ste vi ljuti. Vojo, hoćeš li da zaradiš deset dinara?

— Hvala ti! Nisam ja balavac da trčim.

Bojan se i dalje smejao, kao da je uživao što se svi ljute. Izvadio je deset dinara:

— Branče, pazi: jedan, dva, tri!

Devojčica se kolebala i smeškala. Znala je da će joj dati deset dinara i ako ga ne stigne. Najzad, deset dinara! Što da ih ne dobije? Bojan opusti korak. Ona polete za njim. Kosica joj se lepršala, on je bežao, ali i ona je bila hitra. Njene nožice kao da nisu stajale na zemlji. Znala je ona metu. Još malo. Do onih vrba. Tu je! Osećala je da on želi da ona zaradi deset dinara, usporavao je trku, ona ga stiže i dočepa ga za ruku.

— Daj sada deset dinara!

On joj pruži. Jedva je disala. Voja i Dunja su išli, svako sa svojim mislima. Dunja je bila brižna. Volela je beskrajno brata i cenila ga, ali ovo njegovo večerašnje ponašanje nije joj se svidelo. Zar on može da zaboravi Nedu? Zar je i on, njen brat, kao i svi drugi muškarci? On je za nju bio idealan, bolji od svih drugih, a večeras je videla da i on podleže iskušenju kao i drugi. A posle se najednom rastuži: oni su svi sebični, uvek od njega traže žrtve. Za njih se žrtvovao i oženio. Još pod onakvim okolnostima. Zar će ga Neda voleti? On sigurno to zna; možda mu je i kazala da ga mrzi. Zato je on toliko puta bio sumoran; vezao se brakom s devojkom koja ga ne voli, niti on nju voli. Žrtvujući se uvek za njih on se lišavao svih mladićkih radosti. Večeras su svi bili rđavi. Dođe joj žao brata: kako je bio veseo, a one hoće to da mu uskrate. Pa ona je lepa devojka, dopala mu se, možda se i on njoj dopao, najzad on je muškarac. Znala je, ipak, da je njen brat pošten i da neće ostaviti Nedu ako ona njega ne ostavi. On nikada ništa ne priča šta mu je u srcu. Uveravao ih je da je Neda vrlo mila i da će je on voleti. A šta je ovo večeras? Ništa se ona ne bi ljutila da to bude flert. Ali ako se on zaljubi? Šta će biti s Nedom?

Te misli su celo veče mučile njeno čestito srce. Došla je do zaključka da mu oni ne smeju uskraćivati radost, kad je on tako dobar prema njima i sve žrtve bi podneo za njih.

— Brankice, jesi li ti svršila onaj roman? — upitala je kad su ušle u sobu da legnu.

— Jesam. Što pitaš?

— Da damo Bati, neka odnese onoj devojci. Ako je obećao, nema smisla da je slaže. On je možda video da je ona devojka za provod. Što da mu držimo pridike?

— Daću mu. Ja sam pomislila isto. Šta nas se tiče, neka se zabavlja. I mi smo lude: sve ga devojke vole, a mi mu neprestano ponavljamo: Neda! Neda! Šta misliš: da li Neda njega voli?

— Kako da ga voli kad ga i ne poznaje, a naterao ju je da se venča s njim? — uzdahnu Dunja. — A ova Batina je lepa! Bata bi se vrlo lepo oženio da nije morao da uzme Nedu. I ova ga Cana voli. Jesi li opazila, večeras se naljutila što je Bata išao s Božanom?

— Cana mi se ne sviđa. Ona je uobražena u svoj fakultet. Verujem da joj se dopada Bata, ali ona se njemu nimalo ne sviđa. Bila bi lepa da nema onako dugačak nos. Baš je nos kvari. A na ovoj Božani sve je lepo. Evo mu dva romana. Neka joj nosi.

— I ja mislim da mu damo. Nije on balavac, i zna da je oženjen. Nemoj više ništa da mu govorimo o Nedi. Nego, da mu pretresemo sve džepove, da vidimo ima li neko njeno pismo. Samo da mi je njenu adresu da doznam. Znaš li šta bih radila? Kad pođemo na more, ja bih našla Nedu pa bih je povela s nama na more. Ništa da mu ne govorimo, već pravo s Nedom, pa pred njega! Što bi to bilo divno! Da li se on s njom dopisuje?

— Ne znam. On je tako zatvoren i ništa ne priča. Voja bi se već izbrbljao. Ali Bata je kao stena.

— Zimus mi ga je bilo žao. Strašno je bio utučen. Nikad mi nije hteo reći zašto. Ja mislim da on ne voli Nedu i pati što mora da je dovede. On bi se lako mogao zaljubiti i u ovu Božanu. Nego, znaš, Brankice, ako mi vidimo da mu se ona dopada, mi ćemo da napomenemo ovoj Božani da on voli jednu devojku i da će se oženiti njome. Ti ćeš to da kažeš, Brankice.

— Hoću. A što je Miti krivo! On sve kao u šali dira Batu, a pakostan je jer Batu uvek više gledaju devojke. Jaoj, ona luda Bosiljka! Samo mu šalje pisamca, pa sve u stihovima. I to prepisuje iz nekih pesmarica. Misli, ako je obukla varoške haljine, sad će sva gospoda da polete za njom. Sve su mi druge devojke u selu simpatičnije od nje. A ču li, Dunjice, kad reče Cana da će Dara da im dođe. To je ona studentkinja, njihova rođaka. Ona voli nekog avijatičara Branka.

— Cana kaže da će se za njega udati. Ona to priča već godinu dana, pa se ne udaje. Možda je vara taj avijatičar. Ja bih rekla da ona živi malo slobodnijim životom. U Beogradu sam je videla s tim avijatičarem. On je lep, plav mladić.

— Znaš koliko je ta Dara gledala Batu? Izgleda mi sva izveštačena.

— A taj avijatičar Branko je rođak Caninog zeta?

— Neki daljni su rod. Iz iste su klase u akademiji. Canin zet ga hvali da je dobar mladić. On i Canina sestra gledaju da se stvar povoljno svrši za Daru.

— Ima li ona kauciju?

— Kaže da ima kuću.

— A da ne dođe i taj avijatičar za njom?

— Ona se prošle godine nadala, pa nije došao.

— A šta tebi piše Miloje?

— Kaže da jedva čeka da se vrati u selo. Sad me ozbiljno pita hoću li da se udam za njega?

— A šta ćeš ti da mu odgovoriš?

— Šta bi mu ti odgovorila?

— Ja bih se udala. Ti učiteljica, on učitelj, baš ćete lepo živeti! On je inteligentan mladić i lep: tako je feš! I Bati se dopada. Vi biste stanovali u školi?

— Dabome, u školi! Meni je samo žao da Bata sâm ostane. Ali dotle će i Neda da dođe. Kako će ona da uživa u ovoj kući, samo ako ume, ako voli selo. To me plaši: možda ne voli selo? A šteta bi bila prodavati imanje. Ja tako volim ovo selo! A! a! a! — zevnu Dunja. — Što mi se spava.

— I ja sam živa zaspala. Što je dosadan Mita. I meni se udvara. Kaže: što imaš lepo plavo okce!

— Mangup je on veliki! I meni se udvarao. Miloje je bio ljubomoran! A ja mu očitam jednog dana. Nije mi više nijedan kompliment napravio. Dođe u selo, pa misli: učiteljica će jedva dočekati da joj on izjavi ljubav! Sad će on da obleće oko one Batine! A ja bih više volela da ona ide s njim nego s Batom.

— A jesi li čula Voju? I on bi potrčao za njom.

— Jaoj, znaš li ti kakav je on đavo! Da ga čuješ samo kako zadirkuje seljančice. Onog Marka dućandžije žena samo pilji u njega, a i on u nju. Kazala sam Bati i oboje mu podviknemo: hoćeš li da ti Marko isprebija rebra!? Sad je više ne gleda. To je jedna nevaljalica! Koliko je Bata ozbiljniji od njega. A Voja bi na svaku mogao da naleti. A, a! — zevala je opet Dunja. — Čuješ li, to Bata nad nama korača. On još nije legao. A mi da spavamo. E, laku noć.

I selo ima moderne devojke

„Baš neću posle podne da izlazim nigde", mislila je Neda. Sećala se jučerašnje šetnje s Bojanom kroz šumu, i neko slatko osećanje ispunjavalo joj je srce i htela je da to očuva, da ne izlazi, da ne dođu drugi utisci, koji bi pokvarili ovo lepo u njoj. Kroz to lepo provlačilo se i bolno. Žensko srce puno je nepoverenja. Šta je sve bilo u njegovom životu, nije mogla da dokuči iz onog kratkog razgovora. Kakva tajna se uplela u njihovo venčanje? Da li je ženskaroš, da li je skroman? Ništa, upoznaće ona njega. Samo mu neće trčati u susret. Neka on trči za njom. Jutros ga nije videla. Već je tri sata po podne, a njega nema. Možda će tek doveče doći, a možda i neće. Sestrama se njegovim nije svidela. To ju je neprestano tištalo. Tako su hladne! I ona studentkinja je hladna i gotovo ljuta. Nedu nešto zaboli. Oseti najednom miris pečenog hleba iz kuhinje. To je snaša Jegda mesila velike hlebove za sutra jer će imati žeteoce. Neda pomisli da bi mogla da umesi kolače. Brzo strča u kuhinju. Kupi od njih malo masti i kiselih jabuka. Grozda ode u bakalnicu i donese joj vanilu i šećer u prahu. Radovala se da gleda kako će Neda da mesi kolače. Pomagala joj je i ona, ljuštila i seckala jabuke. Dođe i baba Spasenija da vidi.

— Nauči i ti, Grozdo! — savetovala je unuku. — Seljak bi bolje živeo ali ne ume. Gledaj kako to ona radi! A imaš i jaja, i jabuke.

Malo posle oseti se miris kolača. Kuhinja zamirisa na vanilu i pečeno testo. Rumenela se gornja kora. Neda odnese tepsiju da iseče kolače na doksatu. Tu je bio stočić i jedan krevetac gde je ponekad

Grozda spavala, kad Milija spava napolju. Odvoji prvo njima jedan tanjir.

— Bogami, ovo bih i ja stara mogla da jedem! — šalila se baba Spasa.

Bilo je pet sati. Čuli su se muški koraci. Okrenula se tek kad ču da se koraci penju uz kamene stepenice doksata. Okrete se i sva planu.

Došao je Bojan.

— Oprostite, gospođice Marić, ako sam vas uznemirio. Vidim da imate posla. Ali obećao sam vam romane, pa sam uzeo od mojih sestara — on spusti na kraj stola tri romana. — Kad pročitate, nabaviću vam druge.

— Niste zaboravili? Veliko hvala! A moje ruke su od kolača. Izvinite me jedan čas, samo da ih operem.

— Šta da perete?! — govorio je svojim dubokim ali mekim glasom. — Naći ću ja mesto koje nije od kolača — uhvati joj ručicu i poljubi je više članka. Taj njegov poljubac još je više zbuni. Nosio je i jednu korpicu uvijenu u beli papir. — Ovo sam vam doneo voća iz mog voćnjaka. Jabuke i kruške. Ima i ranih bresaka. To su prve.

— Kako vam je lepo voće! Kao slika! — zadivi se Neda. — Zaista, kao slika! Što je divna i ova korpica!

— Doneo sam vam i voće i korpicu.

— O, pa korpu neću da uzmem. Samo voće.

— Uzmite slobodno. Ja ću drugu isplesti.

— Zar ste vi ovo pleli?

— Zimus je ovdašnji mladi učitelj priredio za seljake pletački kurs, pa sam i ja išao i naučio da pletem korpe.

— I to ste čak naučili?

— To je vrlo zanimljiv posao! I za seljake je od koristi, jer su im uvek potrebne korpe, a imaju u selu i dosta pruća.

— Kako ste divnu dršku izradili! Neka sve stoji u ovoj korpi kako ste i namestili.

Bila je uzbuđena zbog njegove pažnje. On je ipak dobar. Nije zaboravio na romane, a doneo joj je čak i voća!

— Sedite, molim vas. Izvolite na ovu stolicu. Da ostavim ove kolače, posle ću ih iseći.

— Ne, ja baš volim da vas gledam kako sečete. Molim vas, nastavite posao.

— Dobro, ali i vi morate probati moje kolače.

— Vrlo rado. Ja volim kolače i moje sestre mi uvek mese. Jeste li izlazili danas?

— Nisam nigde. Uzela sam da sašijem Grozdi jednu haljinu. Eno je onde, na krevetu.

Mladić se okrete.

— Šta, zar vi i šijete?

— Učila sam u... — htede da kaže u zavodu, pa se popravi — kod kuće. Mama zna da šije, pa mi je uvek pokazivala. A gledam ove seoske krojačice, tako ih unakarade, pa rekoh, da joj bar sašijem jednu jednostavnu haljinu. Sva je srećna Grozda! Smeje se jutros, pa mi kaže da hoću i drugima da šijem, imala bih mnogo posla!

Mladić je ćutao i sa uživanjem slušao njeno pričanje i netremice posmatrao lepo zarumenjeno lice i bele prstiće koji su sekli kolače. Ona je gledala u pitu, govorila, a nije smela na njega da digne pogled. Osećala je instinktivno da je one duboke sive oči posmatraju. Brzo je otrčala u kuhinju i donela jedan tanjirić za njega. On ju je gledao kako trči. Okrenula se i kad se izgubila u kuhinji on se podlakti i pokri oči. Ćutao je zaklopljenih očiju, kao da tone u neko osećanje koje mu stvara i bol i radost. Digao je ruku s očiju kad je čuo njene korake. Ona mu je stavljala kolače, nudila ga, pričala sa uzbuđenjem i nervozom, a on je samo ćutao.

— Zašto vi sve vreme ćutite? — postavi mu najednom pitanje. On kao da se trže, pogleda je i pogledi im se ukrstiše. Spazi njegove sjajne i tople oči.

— Prijatno mi je da ćutim i da vas slušam. Pričajte još.

Prevuče rukom preko kose i Nedi se učini kao da bi hteo nešto da kaže, a neće ili ne može. Njeno srce ludo zalupa.

— Probajte kolače!

— Neka, posle ću. Smem li da pušim?

— Kako da ne smete?! Skuvaću kafu. Donela sam kafe, a imam i svoj primus.

— Neću ništa da se trudite. Molim vas, sedite! Pričajte mi jeste li zadovoljni u našem selu?

Ona sede poslušno.

— Vrlo sam zadovoljna. Ne osećam dosadu, a svakog dana pronađem poneko lepo mesto.

— Jutros ste bili dole u zabranu. Dugo ste tamo sedeli.

— Jesam. Otkuda znate? Vi niste tuda prošli.

— Nisam, ali sam vas video.

— Kako ste mogli da me vidite?

— Želeo sam i video sam vas — nasmeši se mladić. Nije hteo da kaže da ju je dvogledom gledao. Ona ućuta. Zagleda se u korpu s voćem i okrete je sebi.

— A šta ste vi danas radili?

— Brali smo jabuke. Jedan trgovac je došao i odneo ih. To su ove prve, rane.

— A vi prodajete voće?

— Da. Ima jedan trgovac, izvoznik, koji uzima sve moje voće. Samo jedan deo ostavljam za kuću. A posle sam bio u mlekarskoj zadruzi. Sad smo je osnovali, jer ovde ima dosta stoke, a varoš je malo dalje, pa seljaci ne mogu da prodaju mleko. Oni svi sire na primitivan način, a mlekarska zadruga će uzimati mleko i proizvoditi sve vrste sireva. Dobijaćemo i puter. Moje sestre se raduju svežem puteru zbog kolača. Doneću i vama.

— Ja volim puter. Kupovaću ga stalno.

— Ja ću vam ga doneti. Zar nećete od mene da primite?

— O, vrlo ste pažljivi, ali ja ne želim da zloupotrebim vaše kavaljerstvo. Naučila sam da sve platim što uzmem.

— Vi ste se sad slučajno našli u narodu koji je gostoljubiv i nećete odbiti naše gostoljublje.

— Zaista, ja sam opazila da su seljaci vrlo gostoljubivi.

— Seljak je gostoljubiv prema strancu i kad skoro ništa nema. Ako ništa drugo, jabuku će mu ponuditi.

— A ima li ovde siromašnog sveta?

— Kako da nema. Seljak sve daje u bescenje. Mnogo truda uloži, a malo koristi izvuče. Od voća prilično dobijaju. Mlekarska zadruga će ih pomoći, ako budemo pravili razne sireve.

— Kako to da vas pravnika sve to zanima?

— Ja se kajem što nisam studirao agronomiju. Ali nisam mogao.

— A možete li u selu da iskoristite i svoje pravničko znanje?

— Još kako. Svaki čas mi dolaze da im pišem tužbe ili molbe. Seljak se uvek parniči.

Jedan ženski glas viknu u dvorištu.

— Grozdo! Ej, Grozdo!

— Čujem — odazva se Grozda. — Odi, Bosiljka, ovamo, čekam te.

„Da to nije ta Bosiljka, što su joj pričali za Bojana?", pomisli Neda. Pogleda ga. On je sedeo mirno ne okrećući glavu na taj glas. Neda spazi jednu devojku, varoški obučenu, guste crne kose, sa očupanim i ispisanim obrvama, jako narumenjenih jagodica. Imala je okruglo, bucmasto lice i bila je krupna. Da je bila u narodnom odelu, mogla bi da bude lepa, sa svojom rasnom seljačkom lepotom. Varoško odelo je isticalo njenu nezgrapnost. Kukovi su joj neprirodno odskakali ispod lakovanog pojasa. Ona zastade u dvorištu i pogleda na doksat. Spazi Bojana. Njeni crni i teški pogledi padoše na Nedu kao dve kamenice.

— Dobar dan, gos'n Bojane! — pozdravi ga glasno. — Otkud vi ovde?

— Došao sam da posetim gospođicu — odgovori hladno mladić i ne gledajući je.

„To je ta Bosiljka, miraždžika, što ga voli." Devojka uđe u kuću, ali je Neda spazila kako gleda kroz prozor. Bilo je nečega pretećeg u njenom pogledu. Prijatno raspoloženje rasplinu se kao magla. Dođe joj teško. „On možda ima nešto s njom. Otkuda sad da dođe? Najzad, on je slobodan.” Pogleda ga i trže se opet od njegovih dubokih, sjajnih očiju koje su je gledale. Izdrža hrabro njegov pogled bez uzbuđenja.

— Imate li mnogo posla u mlekarskoj zadruzi?

— Biće posla. Zimus smo morali da pripremimo ledenice. Zidali smo trapove za led. Jer bez leda se ne bi mogli održati mlečni proizvodi.

— A ko je to pravio?

— Seljaci zadrugari. Hoćete li da prošetamo, gospođice Božana?

Ona spazi onu devojku pred kućom. Opet je gledala neprijateljskim očima na doksat.

— Večeras ne mogu. Hoću da šijem Grozdinu haljinu.

— Zar je to tako žurno? Imate i sutra ceo dan!

— Grozda se tako raduje da joj što pre svršim. Ona mi pomaže oko ručka i prala mi je belu haljinu, pa hoću da joj sašijem. Tako je simpatična devojka! Seljanka, ali pametna i s njom mogu da razgovaram kao s drugaricom.

— Vrlo je pohvalno što ste pažljivi prema jednoj seoskoj devojci, ali potrebno je da i drugom poklonite malo pažnje.

— Vrlo rado bih poklonila i vama, samo me sada izvinite.

— Onda, hoćete li sutra?

Neda htede da kaže: „Pa dobro! Mogu!”, ali se one preteće oči pojaviše ponovo na prozoru. Kako ta devojka ima prava da je ovako neprijateljski gleda?

— Ne znam da li ću izaći — dođe njen odgovor kao reakcija na one poglede.

— Zašto ne znate? Nemate nikakvog naročitog posla. Hoćete li da vas čekam u šumi ili da dođem ovde?

— Nemojte! Ako budem raspoložena, ja ću izaći.

— A šta može da prouzrokuje vaše neraspoloženje? Niko vas ne jedi.

— Pa... može me zaboleti glava.

— Ako je samo to, ja ću za svaki slučaj poneti jedan aspirin. Imam čitavu ručnu apoteku kod kuće. Dajem i seljacima lekove, pa zašto ne bih i vama. Dakle, izići ćete?

— Ja nikad unapred ništa ne govorim, jer ne volim da ne održim obećanje.

— Time hoćete da kažete kako niste sigurni da biste i prema meni održali obećanje. Znači, to vaše neraspoloženje će se stvoriti sutra samo zato što ja želim da vas vidim.

— Zašto vi moje raspoloženje dovodite u vezu s vašom ličnošću?

— Pretpostavljam da još niste zaboravili moju jučerašnju nekorektnost. Zar je to bilo tako strašno?

— Naprotiv! Trudim se da to zaboravim.

— Samo se trudite, ali još niste uspeli i da zaboravite. Mislim da sam se sada popravio?

— Osećam... i vrlo ste pažljivi! Onako lepo voće ste mi doneli, još i tri romana. Jedva čekam da počnem da ih čitam.

— Onda mi je krivo što sam ih doneo. Sutra ćete sigurno imati veće zadovoljstvo da čitate romane nego da mene vidite? Ja ću vas čekati na onom istom mestu gde ste sedeli.

— A ako ja ne dođem?

— Vratiću se kao što sam i došao.

— Što je vama toliko stalo do toga da ja izađem?

On je pogleda svojim dubokim zenicama:

— Zato što sam ženskaroš i volim da trčim za ženama.

— Vi to u ironiji govorite o sebi.

— Pa kad mi vi postavljate tako ironično pitanje. Sigurno mislite da volim sa svakom devojkom da šetam. Mislim da ste mi to već i kazali.

— Samo malo drukčije. Valjda niste ženskaroš?

— Kazao sam vam da nemam vremena za avanture.

— A kako imate vremena da šetate sa mnom? Sigurno da imate mnogo poslova.

— Imam. Sutra baš imamo voćarsko-kalemarski kurs. Ima desetak mladića koji dolaze i brat i ja im držimo kurs, jer uskoro će početi kalemljenje, pa treba što pre i što bolje da nauče.

— To mora da je interesantno.

— Ne, u ovom času je interesantnije što vas gledam i što ne mogu da shvatim: zašto ne volite sa mnom da šetate?

— Kako ste vi uporni! Onda neću izaći, da bih vam dala prilike da više razmišljate o meni — smešila se i gledala ga pravo u oči, a lice joj je bilo rumeno kao Grozdine ruže. On otkide jedan listić bosiljka iz saksije na doksatu, protrlja ga prstima i osta zamišljen, mirišući listić. Ona je radoznalo pratila sve promene na njegovom licu. Setila se one njegove upornosti i oštrine uoči venčanja, ali ovog puta je bio blaži, mekši, nežniji, mada nije mogla da mnogo pročita na njegovom licu, sem ono što je blistalo u njegovim zenicama. Zaćutali su oboje. Ona se prisećala šta da kaže, da bi prekinula ovu pauzu. — Vaše sestre su tako simpatične i obe su lepe.

On je pogleda, kao da nije čuo te njene reči, i kao da je išao za drugim tokom svojih misli. Tek posle izgovori:

— Glavno je da su dobre devojke. Ne pripadaju generaciji današnjih modernih devojaka. Ja sam ih tako i vaspitavao.

— Zar ste vi bili njihov vaspitač?

— Da, kao stariji brat. Mati nam je umrla, otac je poginuo u ratu još dok smo bili mali, i one su me uvek slušale.

— Kako je divno imati brata! — otrže se iznenada uzdah Nedi. Ali se priseti da o porodici ne sme da govori da se ne bi štogod odala.

On otkide i drugi listić i dalje zamišljen. Neda je opet izmišljala pitanje videći da on ćuti.

— Putujete li kuda?

— Nisam skoro nigde putovao. Bio sam samo u Beogradu, proletos. Moje sestre i brat uskoro idu na more. Još nisu videli more i raduju se.

— A hoćete li i vi s njima?

— One me teraju. Volele bi da ja idem, a mlađi brat da ostane na imanju. Ali ja više volim da on ide na more. Raduje se i on. Zasad još ne znam, možda ću ići i ja.

Brzo je pogledao i uhvatio jedan iznenađujući pogled i poluotvorene usnice. Ona brzo obori oči i zagleda se u onu korpu s voćem. On ju je gledao i milovao joj pogledima lepe trepavice i rumene obraze. Nehotice mu se otrže uzdah. Ona to nije čula.

— Kako je lepa ova breskva! Ovako sam velike viđala na Sušaku. To su iz Italije?

— Ovo je još moj ujak kalemio.

— A šta je bio vaš ujak?

— Inženjer, a bio je i narodni poslanik.

— On je dugo živeo u selu?

— Petnaest godina. Bio je originalna priroda: dobar čovek, ali osobenjak.

— A ličite li vi na vašeg ujaka?

— Nisam osobenjak kao on, ali volim da radim. Selo me sve više zanima. A vi ne volite selo, gospođice Marić? — naglasio je naročito ono „Marić".

— Otkuda vam to mišljenje?

— Pa... ne volite da šetate, a selo treba upoznati.

— Zar samo zato što sam kazala da sutra neću izaći?

— Nećete vi ni drugog dana izaći.

— Izaći ću, ali me vi možda nećete videti.

— Pronaći ćete neku putanju gde me nećete sresti? Ja ću vas, ipak, sa moje osmatračnice videti.

— Vi, dakle, imate osmatračnicu odakle me gledate?

— Svakako. Moja kuća je na takvom položaju da se vidi celo selo i svaka kuća u selu. Ujak je kao inženjer umeo da izabere lepo mesto. Izbegao je da nas reka plavi, jer se ona izlije kad su velike kiše.

— Je li ovo plodan kraj? Videla sam da ima mnogo njiva.

— Ima svega ovde: i njiva, i voćnjaka, i šuma. Lepo je selo i dosta imućno.

Iako je bio sumoran, ipak joj je rado odgovarao, a nju je tako zanimalo da ga pita.

— Ja volim da se upoznam sa seoskim životom. Ima u njemu mnogo zanimljivosti.

— Samo ako vas sve to zanima. Šetnju, vidim, ne volite.

Ona se nasmeja naglas.

— Što vi sve oko moje šetnje?

Nasmeja se i on.

— Zato što ste me ražalostili.

— Ne vidi se na vama da ste tužni.

— Pa ja umem da trpim.

— Zar vi imate kakvih duševnih patnji?

On otkide treći listić bosiljka, pogleda je i nasmeši se:

— Nemam. Muškarcu ne priliči da pati. Samo žene pate.

Ona se uozbilji. Taj njegov gordi odgovor je ražalosti.

— Zato su muškarci uvek srećniji, jer sve patnje pripadaju ženama, a oni uživaju i zaboravljaju da su im zadali bol.

— A je li vama ko zadao bol? — brzo je pogleda i nije skidao svoje usplamtele zenice s njenog lica.

Ona se nasmeši i odgovori isto tako kao i on:

— Niko mi nije zadao bol. I ja se trudim da nikad ne patim.

— Vi ste srećno dete: imate roditelje, oni vas vole, zadovoljni ste — govorio je tiho, sve reč po reč, i gledao je.

— Da... srećna sam — prošaputa ona jedva čujnim glasom. — Ah, ova osica napala na ovo voće! Da ga sklonim — brzo je uzela korpu i unela u sobu, kao da je htela da pobegne. Osetila je da joj se muti pred očima i da se prikupljaju suze.

Spustila je korpu na sto i zagledala se ukočeno u voće. Suza joj ovlaži oko. Začula je njegove korake. On se pojavi na pragu, zastade, pogleda je...

— Što ste se rastužili? — naglo je pošao i ušao u sobu. — Vi plačete? — dve muške tople ruke spustiše joj se na ramena. — Recite, jesam li vas ja rastužio? — bilo je topline i nežnosti u njegovom glasu.

— Ali ja ne plačem! Otkud da plačem? — nasmejala se i otrgla.
— Molim vas da izađemo na doksat. Nema smisla. Šta će ovi seljaci pomisliti.

On je još uvek stajao na istom mestu, opruženih ruku i gledao je. Tek posle izgovori:

— A zar ne mogu da vidim vašu sobicu? — gledao je unaokolo.
— Tako je lepa i svetla.

Ona spazi kroz prozor, koji je gledao u dvorište, Bosiljku, kako čisto istrča iz kuće i pogleda na doksat. Spusti se niz stepenice i dođe do sredine dvorišta.

— Molim vas, izvolite na doksat. Vidite kako se ona devojka zaprepastila gde smo mi.

— Šta se mene tiče što se ona zaprepastila? Samo ako vama nije neprijatno što sam vam ušao u sobu.

— Nije mi neprijatno, ali neću da ovi dobri ljudi pomisle štogod ružno o meni. Oni će se sigurno čuditi otkuda da me vi posetite.

— Ništa, recite da ja poznajem vašeg oca, da sam doznao da je on bio prijatelj moga ujaka.

Neda ga pogleda začuđeno. „Da nije, zaista, njegov ujak poznavao moga tatu?”

— Zbog mene ne morate ništa reći. Zar ja ne smem da posetim jednu gospođicu iz grada?

— A je li vi uvek posećujete gospođice iz grada kad dođu u vaše selo?

— Vi ste prva koju sam posetio.

— Prošle godine je ovde stanovala jedna porodica.

— Jeste, jednom sam ih video kod crkve, ali njih nisam posećivao. Vi me još ne terate, a vidite kako sam dosadan. Ne mislim da odem.

— Zašto bih vas terala, ako vam je prijatno?

— Da. Meni je vrlo prijatno. I što god sam više s vama, sve vas više upoznajem.

— Šta ste me mogli upoznati?

— Kako šta? Pa mesite ovako ukusne kolače! Jednu devojku je mnogo lepše videti kad seče kolače koje je sama umesila, nego kad leži u naručju muškarca na igranci.

— Nikad nisam posećivala igranke. A vi? To muškarci danas cene. Sve vrline žena dolaze na drugo mesto. Glavno je da devojke pristaju da se zabavljaju s njima kako oni hoće.

— Nisu svi muškarci isti. Čak i ti, koji to traže od devojaka, promene mišljenje kad se žene.

— Čudo što se vi niste oženili?

— Nisam se još zaljubio. A kad se zaljubim, oženiću se — stajao je i govorio, a Neda je sedela. Nešto šušnu ispred prozora, koji je gledao u baštu i ruže i Neda vide Bosiljku. Zagledala je muškatle, ali je i osluškivala njihov razgovor. Jedan trenutak se ispravila, pa se opet sagla i sigurno osluškivala, jer su prozor i vrata na sobi bili otvoreni.

— Grozdo, hoćeš li da mi daš pelcer od ove muškatle?

— Otkini ako ima — vikala je Grozda.

Devojka se ispravi i pogleda u sobu. Mladić je stajao na pragu, u profilu. Ona se, kao u inat, obrati mladiću:

— Jeste li videli, gos'n Bojane, kako je lepa ova muškatla?

— Jesam! — hladno odgovori mladić.

— Pogledajte i ovu ružu!

On se i ne okrete.

— Moja mama je htela da vas zamoli da nam date kalem od one vaše ruže što je žuta i roze. Bila je kod vas, pa kaže, nije videla lepše ruže.

— To zamolite Voju, on će vam dati. Može i da vam kalemi.

Devojka ućuta, a Neda spazi opet ona dva pogleda kao dve kamenice. Mladić se odmače od vrata i sede.

— Ovo nije seljanka?

— Ako sudite samo po haljinama. Inače je prava glupača.

— Zašto ste tako strogi? Ona lepo govori.

— Ti mešanci u selu najgori su. Osobito kad seljanka hoće da bude gospođica. Ona postaje karikatura i u duhovnom pogledu.

Opet je zapalio cigaretu.

— Zbilja, ne nudim vam duvan. Pušite li?

— Ne pušim.

— A ova gospođica seljanka puši. Kaže, ne može bez duvana. I, kako ona prezire seljake! Čudim se da dolazi Grozdi — pogleda Nedu. — Vi ste još tužni?

— Nisam.

— Da vam nije neprijatno što ja sedim?

— Što se vi bojite da mi je neprijatno?

— Ja sam vas zadržao. A vi biste mogli šiti. Neću više da sedim. Sve ste tužniji i ja to dovodim u vezu s mojom posetom.

— Pa nisam tužna. Možda su samo moje oči takve.

— Vaše lepe oči umeju i da se smeše. Zaista, čovek bi neprestano gledao vaše oči!

— Onda ne dam da ih gledate — ona se nasmeja i pokri lice rukama kao dete. Čudila se kako joj nije krivo što joj pravi te komplimente.

— A ja ću onda gledati vaše rumene obraze. Danas ste još rumeniji nego juče. S tom pantljikom i zabačenom kosom ličite mi na devojčicu. Koliko imate godina?

— Sad ću napuniti dvadesetu.

— Dvadesetu! A ja bih mislio da vam je tek osamnaest.

— A koliko vi imate godina?

— O! Ja sam već mator. Dvadeset sedma mi je godina!

— Zar imate toliko?

— Još malo, pa ću uzeti dvadeset osmu! Omatorio sam.

— Koketirate sa svojim godinama. Sad ste zašli u najlepše doba. Balavci nisu interesantni.

— Čuvajte se da to ne kažete pred mojim bratom. On je veliki kavaljer i udvara se devojkama.

— On je simpatičan dečko.

— Dobar je i poslušan.

— Vi se lepo slažete u kući?

— Zašto se ne bismo slagali? Oni mene smatraju kao oca i svi me slušaju.

— A jeste li strogi?

— Kad vidim da nešto greše, strog sam. Ali to se retko događa.

— Muškarci koji odrastu sa sestrama uvek su nežniji.

— I ja sam nežan! Ali nema nikog ko bi prema meni bio nežan.

— Kako da nema! A vaše sestre? One vas moraju voleti.

— Da, one me vole, ali me drugi ne vole — gledao ju je opet kao da govori: „Vi me ne biste voleli". Njoj je srce opet zalupalo i sakri pogled. — Idem! — izgovori naglo mladić i ustade.

— Imate posla?

— Nemam, ali idem! Postajem nervozan! Zar nećete da me oterate?

— Neću! Gost se ne sme terati.

— Vi ste ljubazni. Strpljivi ste bili sve vreme.

— Zašto bi mi bilo potrebno strpljenje, ako mi je bilo prijatno da s vama razgovaram.

— Neću više da zloupotrebljavam vaše vreme, jer će me i Grozda omrznuti što joj ne šijete haljinu. Zbogom, gospođice! — poljubi joj toplo ruku. Držao joj je ruku i govorio: — Sutra ću biti u pola šest na onom mestu. Ne tražim vaš odgovor. Možete doći i ne morate doći. Samo vam kažem: sutra ću biti tamo!

— Vi sutra imate posla.

— Svi moji poslovi otpadaju kad ste vi u pitanju. Zbogom!

— Zbogom! — prošaputa ona malaksalo. Na ruci je još uvek osećala toplinu njegove šake.

On se brzo spusti niz kamene stepenice. Uletela je u sobu da ga vidi s prozora. Ona Bosiljka je još uvek bila u bašti i gledala za njim. „Ovo je opasna devojka", pomisli Neda. Iz bašte Bosiljka je ponovo utrčala u kuću. Neda je gledala za Bojanom i videla da se okrenuo na kraju voćnjaka. Gledao je pravo u njihovu kuću. Videla je najednom tri mladića koji su s nekim spravama ušli u gazda-Obradov šljivik. Iz šljivika uđoše u dvorište. To su, sigurno, bili geometri. Bojan je još uvek bio na istom mestu.

Hteo je da vidi da li je ona na doksatu. Nje nije bilo. „Mala Božana je skromno devojče!" Bi mu vrlo milo što je ne vidi. Odmače se dalje i sakri se iza jednog drveta. Uze dvogled i privuče njen prozor. Zavesa je bila spuštena. Dođe mu krivo što se oni geometri vrzmaju oko njenih prozora. Znao je da još nisu došli do gazda-Obradovog imanja. Nemaju tu nikakvog posla, samo hoće da nju vide. Seti se Vojinih reči: „Celo selo priča o vama". „Sigurno će je i on obilaziti. Moram da pripazim i na njega." Krenu dalje, ali mu je nešto tutnjalo u glavi. Namah mu dođe da se vrati. Zastao je i oklevao: da li da se vrati? Kao da ga je lomila groznica. Pred očima su mu neprestano blistala ona dva velika topla crna oka. Video je suze u tim očima. „Idem natrag!" Pođe, pa zasta i zakloni se opet iza jednog stabla. Spazi Bosiljku. Smejala se i pričala s geometrima. Nije mario da vidi tu devojku. Jednom joj je kresnuo u oči: „Sve ste primili ono što nije lepo u varoši! Očupali ste obrve, pušite..." Znao je sav njen život i bila mu je odvratna. I valjda zbog njegove hladnoće ona se baš okomila na njega. Pisala mu je, izjavljivala ljubav, slala provodadžike. A one su govorile: „Samo bi se za tebe udala". Jer nije volela selo, već da bude gospođa u selu. S nekima se ljubakala, druge sa visine gledala. I za inženjera bi se udala. Neki bi se i polakomio na njeno imanje, ali pošto bi je izljubili, odlazili bi smejući se. Ona nije osećala poniženje, već kao da je ona njih ponizila, govorila je: „Nijedan nije ni za moj malić". Motao se oko njene kuće i Mita farmaceut. U selu nije bilo žena, a ona je bila „moderna" devojka. I za majku su joj isto pričali. Bila je udovica i uvek imala ponekog. Pa i ćerka joj je bila takva. Još je čuvala poštenje. Tako je bar ona pričala. A dolazili su joj mladići u posetu, a na selo se nije obazirala. Niti je se ticalo šta će seljaci reći. Besna je bila danas. Da on ne gleda nju, Bosu miraždžiku! Nego ovu, ko zna kakvu. Da je mogla, raščupala bi joj tu njenu plavu kosu. Ali neće joj ona ostati dužna.

Izletela je kad je videla geometre. Muškarci su, a ona je volela muškarce. Znala je da su svi bacili oko na njeno imanje. A to je sve sitnež: geometri! Ona je htela samo za onog koji je svršio velike škole. Zato je malo s njima porazgovarala, pa pošla. Zavirila je u sve prozore da vidi Nedu. Bacala je krvničke poglede. Neda je spazila i ustuknula. Nije više videla Bojana. Sedela je u sobi, nije htela da izađe dok su u dvorištu geometri. Čudilo je samo zašto se Bojan drži ovako kao da je ne poznaje. Ili je zaista ne poznaje? Spazi Bosiljku kako razgovara s Mitom farmaceutom. Držao je za ruku, a ona se kikotala.

S Mitom je Bosiljka mislila da tera inat Bojanu. Rešila se i da ga kleveta. Veselo je govorila:

— E, zakasnio si! Trebalo je da požuriš, pa da vidiš šta ja videh! Ono dvoje posvršavaše posao.

— Koji dvoje?

— Bojan i ona plava kod Obradovih.

— Kakav posao?

— Posao! Kô da ne znaš kakav posao. Zatvoriše ti se njih dvoje u sobu.

— Pa kad pre, tek su se upoznali? — pitao je malo ljubomorno Mita.

— Onakve se ne izmotavaju mnogo. Kako da ti ne stigneš pre njega?

— Pa ja uvek mislim na tebe.

— Marš, životinjo! Misliš na mene! A lunjaš svuda. Neću ni da te pogledam više.

— Hoćeš, Bosice, srce moje! Što ne iziđeš, bolan, malo uveče u tvoj voćnjak? Čekao sam te sinoć.

— Neću da izlazim. Kidišeš ti na mene kô pas.

— Pa kad te volim! Samo kad vidim te tvoje grudi, svu bih te izujedao.

— Ujedaš ti! Znam ja kako ujedaš. Sve nosim modrice od tebe. Gori si nego onaj moj Packo. Jesi l' i ti pošao do gazda-Obrada? I geometri upadoše. Nanjušili ste svi da tu lako ide. Idi! Idi! Ali Bojan te preteče.

— A tebi je krivo zbog Bojana. Još uvek gineš za njim. A on te i ne gleda. Što si luda?

— Ne gleda me što ja njega neću da gledam! Imam ja u varoši još kakve prilike! Jednog doktora, pa jednog oficira. Samo da hoću! Oficirka ću ja da budem! Imam ako hoću i tri kaucije da položim.

— Ali nećeš moći mene da zaboraviš.

— S tobom se samo šalim. Znamo se odavno! Ali za tebe se ne bih udala... nikad.

— Ne tražim ni ja da se udaš, nego onako, da se malo pošalimo. Ti voliš muškarce. Vala, što umeš da ljubiš!

Ona ga udari po ramenu i zakikota se:

— Nesrećo jedna! Pokvaren si kô mućak.

— Boso, nemoj da me ljutiš. Večeras ću da dođem u tvoj šljivik. Ti znaš da ja cenim tvoje poštenje. Ako ne iziđeš, uskočiću ti kroz prozor. Packo neće na mene, poznaje me. Zato nemoj da uskačem. Iziđi.

— Moram da razmislim.

— Nemaš šta da razmišljaš. Jaoj, što bih te ujeo!

— Dobro, da izađem, ali ne smeš ni da me pipneš. Da sedimo samo i da razgovaramo.

Ona se udalji, a farmaceut se ironično nasmeja. Pogleda je sa sažaljenjem. Ne bi je nikad uzeo da ima još jednom onoliko imanje. Svaki je gospodin u selu mogao da je drpne. Stajao je dok se nije izgubila i pošao ka Obradovoj kući. Mučilo ga je ono što mu je kazala. Da li je iz nje govorila ženska pakost? Nije verovao da je sve onako bilo. Ali možda se Bojanu dopala. To mu je dalo hrabrosti da i on bude energičniji. Ako je to laka roba, onda i on može doći do cilja. Onako nešto vredi imati. A ovo? Glupača! Kakav joj je samo rečnik, da se smuči čoveku. A zamišlja da je fina i otmena. Ona plava zamršena kosica izađe mu pred oči. Dođe mu krivo na Bojana. Izveo je zaključak da su žene materijalisti. Videla je njegovo imanje. A šta je on, Mita? Još ništa. Ali kad on stekne apoteku, drukčije će ga gledati žene. Pomišljao je nekad: kako bi bilo da uzme ovu Bosu? Dosta je veliko imanje, da ima i za napolicu i da proda za apoteku. Ali otkako se ljubakao s njom i ne samo ljubakao, nego svašta je bilo, ogadila mu se. Otići će poštenu mužu, a gora je nego ona koja je izgubila nevinost. Videlo se po njoj da je prošla kroz mnoge muške ruke. Ovako, kad nema drugih žena, dobra je i ona. Ali ono plavo devojče! Šta se ona vrzma po njihovom selu? Bilo mu je krivo i zbog njegove sestre, jer je osetio da i ona simpatiše Bojana. I otac pre nekako reče: „Takvog muža da nađeš, kao što je Bojan". Sad ima i strugaru, izvoziće drva, a kasnije i građu i parket. Razviće čitavo šumsko preduzeće. Energičan je, uspeće. Valjda mu se dopala ova Božana. Ljutnu se: „A što joj se ne bih i ja dopao?" Švrljao je oko šljivika gazda-Obradovog i mislio kako da uđe i šta da kaže. Najednom spazi Voju. Išao je i nosio gitaru.

— Ej, kuda ti s tom gitarom? Da praviš serenade? Mora biti tamo — pokaza kuću Obradovu.

— Vide li ti što je slatko devojče! — ushićeno je govorio svršeni maturant. — Dopada li se i tebi?

— Dopada mi se, ali tu i ja i ti treba da se čistimo: tu je tvoj Bata razapeo mreže.

— Otkuda znaš?

— Znam. Bio je celo poslepodne kod nje.

— Majke ti? Je l' istina?

— Bogami, Bosa ga je videla. Bila je kod Obradovih, i veli: Bojan i ona zatvoriše se u sobu.

Mladić mahinalno spusti gitaru.

— Nemoj da se pokrivaš s bratom. Ne vredi tebi ništa tvoja gitara. Bata ti je lepši! Ono, nisi ni ti ružan. Ali Bojan je gazda kuće i imanja. A ti si žutokljunac! Hajd'mo na drugu stranu. Hvataj ti ono malo Ilijino. Jesi l' je video? Vatra devojče! Tako nešto i ja volim. Mlado i đavolasto! Sto mu vragova viri iz očiju. Kako ono ume da govori! Ti njemu jednu, ono tebi deset. Ove seljančice se modernizuju. Nijedna da obori oči i pocrveni. Nego upilje u tebe očicama. Gle, ti ćeš da plačeš. Evo ti maramice.

— Što si smešan! Kakvo plakanje! Sedi ovde. Vidi kako je lepa trava. A posle ću da zasviram. Da zovnemo i Miliju.

— Ostavi, šta će ti on. Hajde, odsviraj nešto.

— Neću još. Ali, bolje bi bilo da idem na drugu stranu. Je l' istina da je Bata danas dolazio kod ove Božane?

— Ja te lažem, ako je i mene slagala Bosa. A ona kaže da ga je videla.

— Jest', on je uzeo dva romana i odneo joj. Tražila je.

— Tražila baš od njega? Valjda onda u šumi? Ništa od mene i od tebe. Gde se tvoj Bata pojavi, mi da se sakrijemo.

— E, baš nije tako. Sad ću da zasviram u inat! Hajd'mo bliže. Da vidiš da će da se pojavi.

— Čekaćemo! Izgledamo kao dva trubadura koje lepotica ne gleda, već prima kroz tajna vratašca, a mi ispred prozora dreždimo i sviramo, dok se njih dvoje smeju.

— Što ti možeš da budeš banalan! Slušaj samo dok počnem — Voja poče da svira. Izvodio je najlepše melodije, ali niko da se pojavi.

— Vidiš, lepotice nema. Batali ti tvoju gitaru! Idem ja da večeram. Ubi me ovo selo. Šunjam se kao pas oko plotova. Brate, život ti je u varoši. Biraš koju hoćeš. Svaka te slatko gleda i kao očima da te zove. Odvedeš je u poslastičarnicu i bioskop, pa posle bioskopa možeš kuda hoćeš. Pametne devojke! Nema mnogo da se cenkaš i tvrdiš pazar. A kako ti, Vojo, uživaš?

— Na strugari sam povazdan. A brali smo i jabuke danas.

— Vi dobro s voćem prolazite?

— Prilično. Znaš da idemo na more?

— A kuda?

— Kuda reše Dunja i Branka. One bi htele u Petrovac. A ja sam čuo da tamo ide i studentska kolonija. Biće devojaka koliko hoćeš. Sama mladež.

— Ideš li s gitarom?

— I sâm znaš koliko gitara pali kod ženskinja!

— Večeras ti ne upali!

— Ne brini ti! Pronaći ću ja nju.

— Kad da je pronađeš, kad ćeš na more? A Bojan tako: sve će da vas isprati, a on će sam da ostane oko Božane.

— Provešću se lepo i ja! Idem sad odmah da je potražim. Večeras moram da je izljubim!

— Hajde, blago meni! Izljubi je!

— A je l', šta ti misliš, ti si već poznavalac žena: je l' poštena ova Božana?

— Sve su žene poštene kad govore o sebi.

— Ne pitam šta ona govori o sebi, nego šta ti misliš o njoj.

— Ništa ne mislim! Lepo devojče. Prvoklasni seksepil!

— To sam i ja osetio! — raspaljivao se Voja. — Baš kao što ti kažeš, puna je seksepila. A da li su poštene te žene što imaju seksepila? Znaš, one uzbuđuju svakog, a da li one ostanu ravnodušne na ta muška uzbuđenja?

— Kako koja. Neka voli da se uzbudi, a pravi se da nije uzbuđena.

— A treba li muškarac onda da kapitulira?

— Kakva kapitulacija! Samo napred! Ako kapituliraš, onda nisi muško!

— Jest', ja sam baš to opazio. Kad sam drzak, imam mnogo više uspeha. Ako uzdišem, ona mi se smeje. I ja više ne uzdišem, nego prelazim u ofanzivu.

Neda je mislila da li da sutra ide na sastanak s Bojanom. Neće ići, donela je tu odluku. Neka on dođe. Ako ode, neće znati šta on oseća. Što da ide. Ona je mnogo patila, a on se krio godinu dana. Možda je pogrešila što je došla. Ništa nije dokučila o njegovim osećanjima. On je u njoj gledao nepoznatu gospođicu i hteo je tako da je gleda. I kad je već došla u selo, ne treba da trči za njim. A opet je bilo nešto lepo i toplo u njoj. Sve su stvari bile lepše oko nje. Slika Bojanova neprestano je lebdela pred njenim očima, i nije joj dala da zaspi.

Prva poseta muževoj kući

Sutradan nakon Bojanove posete, presedela je Neda na doksatu. Nigde nije išla, niti ga je videla. Očekivala je da će doći, ali on se nije pojavljivao. To ju je malo rastužilo. Oni nisu bili mladić i devojka, nego muž i žena. Zašto on da se ljuti ako ona nije došla na sastanak? On je muž i treba da dođe da je vidi. Taj dan joj je bio tužan. Mogla je i da zaplače, ali zbog bola javljala joj se i odluka da nigde ne izlazi, ako je on ne pozove.

U nedelju ujutru obukla je svoju marinskoplavu haljinu, veliki beli šešir i beli pojas, i pošla u crkvu. Odstojala je službu i lagano pošla vratima. Blizu vrata pogleda u portu i srce joj ludo zalupa. Bojan je stajao u lepom sivom odelu, gologlav i razgovarao s dvojicom seljaka. Gledao je pravo u crkvena vrata, kao da ju je očekivao. Ona mu se malo nasmešila, klimnula glavom i zastala, kao da je čekala da joj on odmah pritrči, ali on osta sa seljacima. Nju to zaboli od srca, brzo se okrete da ide kući i spazi Mitu s dvojicom geometara.

— Dobar dan, gospođice! Nisam se nadao da ću vas danas videti i vrlo sam srećan! — poče on smelo, u inat Bojanu, jer je video kako je on iskosa posmatra. Prišao je Nedi, a i ona dvojica se približiše.

— Dopustite da vam predstavim gospodu. Baš su želeli da se upoznaju s vama. Gospoda su geometri. Ovo je gospodin Bogdan Živković. Inače Šumadinac i vrlo opasan mladić. Moram to da vam napomenem, jer se začas zaljubi. U deset seljančica se već zaljubio.

— Gospođice, nije istina. On ima opasan jezik. Nisam se još ni u jednu devojku zaljubio. Do sada nisam, ali ne znam šta će biti odsada.

— Vidite, već vam izjavljuje ljubav, a ja vidim da se naš knez sav narogušio. Da vam predstavim, gospođice Marić, Sergeja Feodoroviča, istinskog kneza.

— Bio sam to nekad, a sad je to prošlo. Sad sam jugoslovenski građanin i geometar.

— A vi ste Rus? — zapita Neda i pogleda ga u inat Bojanu. Volela je malo da nasekira svog muža, koji je bio tako gord. — A crnomanjasti ste kao Srbijanac.

— Ja sam sa Krima, a tamošnji Rusi su crnomanjasti.

— I to su najlepši Rusi — dobaci Mita. — Ruskinje iz Petrograda uvek su išle na Krim da se zaljubljuju u ovako lepe južnjake.

— Ali ja nisam imao prilike da vidim te lepe ruske dame. Ja sam bio dete kad su moji roditelji došli u Jugoslaviju i postao sam Jugosloven.

— Izvanredno lepo govorite srpski.

— Hvala, ovde sam se školovao.

— A gde ste vi, gospođice? Nisam vas video tri dana — upitao je Mita.

— I mi vas, gospođice, nismo videli, iako smo juče bili ispred vaše kuće. Jeste li bili kod kuće? — pitao je Šumadinac.

— Bila sam. Nešto sam šila. I sad žurim kući da dovršim neki posao.

— Zar da nas odmah ostavite? — tužno je govorio Mita. — Gospođice iz varoši su nemilosrdne kad dođu u selo. Ne znaju da mi ovde očajavamo bez društva lepšeg pola.

— Neće čak ni da izađu na prag! — jadikovao je Šumadinac.

I dok su njih dvojica obasipali Nedu raznim pitanjima, Rus je ćutao i netremice i uzbuđeno posmatrao lepu devojku.

— Poznajete li, gospođice, gospodina Mihajlovića? — zapita Rus. — To je inteligentan i ozbiljan mladić. Treba samo njegove voćnjake da vidite! Nešto što nikad nisam video!

— Upoznala sam ga — promuca Neda — ali nisam videla voćnjake.

— Eto, šta je Rus! — uzviknu Mita. — Nas trojica ovde, a on hvali četvrtog. Što ne pričaš o sebi? Je l'te da je lep?

— Ja nisam interesantan. Nemam šta da pričam o sebi. Lepota nije toliko važna.

— Kako da nemaš? A tvoja balalajka? Gospođice morate ga čuti! Tako osećajno svira na balalajci i peva ruske pesme!

— A još lepše mesi piroške.

— To nije ništa neobično! Svašta sam bio i svašta radio. Moj otac je imao bife. Rusi su svi, znate, mlekari i bifedžije. I naučio sam da mesim piroške. Ali ne treba da me hvalite pred gospođicom za piroške. Srpkinje ne vole muškarce koji rade u kući. I mene će kad se oženim žena slušati. Ruskinju neću uzeti za ženu. Samo Srpkinju.

— Jeste li čuli kako se posrbio ovaj naš Serjoža?

— Ja uvek govorim da su srpske devojke divne!

— Ali vi ćete, kneže, ipak dopustiti da gospođica proba vaše piroške.

— S najvećim zadovoljstvom. Ja ću vam ih sâm doneti, i to još vruće.

— A ima li ovde dosta geometara? — zapita Neda.

— Nas smo trojica. Treći naš drug je ostao da kuva ručak.

— Sami kuvate?

— Sami, grešnici! Devojke neće da nam pomognu. I neće da se udaju za geometre. Ne žele da se povlače po selima. A mi ovako, jadnici, po ceo dan skačemo od plota do plota, a uveče spremamo hranu. Jedva nas je pustio naš drug. Hteo je da mu pomognemo — šalio se Šumadinac. — Još kad mu kažemo da smo se upoznali s jednom gospođicom, biće besan. Ostajete li, gospođice, dugo ovde?

— Mesec dana! — reče Neda gledajući u pravcu Bojana. Bio joj je sada okrenut leđima i razgovarao je sa seljacima, kao da ga ništa nije interesovalo što ona priča s ovim mladićima. Njena koketerija iščeze i dođe joj teško što ne može da mu vidi lice. Pruži ruku da se oprosti s mladićima.

— Hoćemo li imati zadovoljstvo da vas opet vidimo? — pitao je Šumadinac.

— Kad izađem u šetnju. Ali ja se više sunčam kod kuće i šetam po voćnjacima.

— I ja idem na tu stranu — reče Mita. — Treba da odem do jednog seljaka — hteo je u stvari da je otprati. Njoj ne bi pravo. Bojan je još uvek bio okrenut leđima. Miti ne umače kako ga ona gleda. Smeškao se. A, doskočiće on Bojanu! Hteo bi ovakvo devojče! Ako ništa drugo bar da ga malo najedi. Okrete se i spazi kako ga on gleda. Mahnu mu šeširom. Neda vide da se nekom javlja. Pogleda i spazi da je to Bojan. Klimnu i ona glavom.

— A kuda vi idete?

— Na onu stranu.

— Ja mogu preko ovog voćnjaka.

— Pa i ja ću s vama. Zar mi ne dopuštate ni nekoliko trenutaka razgovora? Mislio sam sve ovo vreme na vas. U selu mladić postaje sentimentalan. Čitam romane i još ću početi da pišem pesme. Zaista, vi biste mogli inspirisati muškarca da postane pesnik! — udario je Mita u sentimentalne i pesničke žice, i usjaktelim očima gledao njene fine oblike tela.

— Nisam do danas ni od koga dobila pesmu. I sumnjam da mladići devojkama pišu pesme.

— Oni u srcu nose poeziju.

— Bolje recite: grubu prozu.

— Jeste li doživeli kakvo razočaranje kad tako kažete?

— Ne! Ja nisam imala nikakvog razočaranja u životu. Niti ću ga imati.

— Zar nikad niste ni voleli ni patili?

— Nisam.

— A ja bih mogao da patim! — skrušeno je govorio Mita. — I kad gledam jednu devojku, a ona me ne gleda, ja već patim. I ovog trenutka patim! A vi to ne osećate.

— Ne osećam i ne vidim! — nasmeja se ona.

— Zbog vas sam došao u crkvu. Video sam vas kad ste ušli u portu. Jutros ste neobično lepi! — uzdahnu on kod tih reči.

— Ja sam već došla do moje kuće — progovori ona praveći se da nije čula njegov kompliment.

— Hoćete li posle podne da šetate? Kažite mi, pa da i ja izađem.

— Ja nisam došla u selo da pravim sastanke.

— Je li to odgovor samo za mene?

Ona pocrvene. Osetila je njegovu drskost.

— To je odgovor za svakog muškarca. Kome bih mogla dati drukčiji odgovor?

— Ima ovde jedan lepi, visoki, plavi — reče on uz mali podsmeh.

— Vi mislite na gospodina Mihajlovića?

— Na njega. On mi uvek preotme devojku.

— Zar je on tako veliki donžuan?

— On ima sreće da se dopada devojkama. I bogat je: veleposednik!

— Kakav veleposednik?

— On ima vrlo lepo imanje, imaće i šumsko preduzeće.

— To nisu osobine koje treba da stvaraju dopadljivost.

— Zar vi ne volite bogatstvo, gospođice?

— Ja cenim karakter i dušu mladića.

— A kako ste mene ocenili?

— Vi, sigurno, volite sve devojke, volite da se udvarate i svima laskate.

— Pogodili ste da volim devojke. Ne bih bio muškarac, kad ih ne bih voleo, ali pri tome biram.

— A bira li gospodin Mihajlović?

— Šta ste me to pitali? On vas interesuje? Priznajte!

Neda je bila sva uzbuđena.

— Ne, ne interesuje me on, nego me, uopšte, interesuje drugarstvo među muškarcima. Vi ste sigurno dobri drugovi, pa bih htela da znam da li muškarac ogovara ili hvali svog druga. Jer među devojkama obično nema prijateljstva.

— Dakle, vi me kušate, i ako bih ja nešto ružno kazao za gospodina Mihajlovića, vi biste držali da sam neiskren drug i rđav karakter. A treba znati da postoji i ljubomora kod muškaraca i kad bih najlepše hteo da kažem, ne mogu, jer se bojim da će ga devojka pretpostaviti meni. A ja se baš toga bojim i čini mi se da sam već u pravu. Vi mu dajete prednost.

— Iz čega ste mogli izvesti taj zaključak?

— Čuo sam nešto.

— Šta ste čuli?

— O tome neću da govorimo.

— Ne, recite, šta ste čuli?

— Ono što i vi znate.

— Ne krijem, gospodin Mihajlović je dolazio onomad k meni i doneo mi dva romana za čitanje. Ima li u toj njegovoj poseti nečega ružnog?

— Ima. Zato što nisam ja imao sreću da dođem k vama u posetu i donesem vam romane. Jeste li ih pročitali? Hoćete li da vam i ja donesem knjige.

— Neću. Ne bi imalo smisla da svi mladići iz sela dolaze i donose mi romane.

— Nego samo jedan. Divan je taj Bojan! I srećan čovek! Ja nisam te sreće. Još malo pa da vam izjavim ljubav, a vi i ne slušate, nego sve o Bojanu. I ime mu je lepo! Moje ime ne valja! Mita! Ipak, da vam jednog dana dođem u posetu?

— Možete uvek doći. To nije moja kuća.

— Ali vi ćete se zatvoriti u svoju sobu i nećete izaći.

— Možda.

— Omrznuću Bojana.

— Vi ste, ipak, karakteran drug, ništa ružno niste rekli o njemu!

— Nisam hteo da vas razočaram, a mogao sam — zadirkivao ju je. — Mnoge stvari bih mogao da pričam o njemu — jedio je mladić devojku.

— Možete vi pričati što god hoćete — ravnodušno je govorila Neda, krijući svoja osećanja.

— A vama bi bilo sasvim svejedno da čujete da je zaljubljen u neku devojku?

— Isto toliko kao kad biste mi i vi kazali da ste zaljubljeni. Vi ste za mene nepoznati mladići i ne interesuje me vaš život.

— Zar vas tako malo interesuje u koga sam ja sada zaljubljen?

— Ne interesuje me.

— Onda ću ugušiti svoj bol.

— Vi ste apotekar. Naći ćete lako sebi leka.

— Bol ljubavi ne može nijedan lekar da izleči. Samo tako slatka devojka, kao što ste vi, mogla bi da izleči moje srce. Lek za moje srce u vašim je rukama.

— Onda ćete umreti, jer vam neću dati lek — nasmeja se slatko devojče. — Zbogom!

On je snažno steže za ruku.

— Gospođice, ja osećam da ćete me vi mučiti! Jeste li, zbilja, tako nemilosrdni? — ona povuče ruku, ali on je čvrsto držao. — Volite da se igrate s muškarcima, jer smo mi kao siročići u selu: nemamo društva i nema ko da nas voli. Prosto ćemo se pokidati zbog vas.

— Uverena sam da ćete se vi utešiti i nikog nećete pozvati na dvoboj — reče i istrže ruku.

— Bojana ću sigurno pozvati! Omrznuću ga, iako smo dobri drugovi!

— Zbogom! — nasmeja se ona i pobeže.

Ona je bila pametna, iako neiskusna, i videla je da je ovaj Mita veliki mangup. Svidelo joj se kod njega što ipak ništa ružno nije kazao za Bojana! Kako je drugarski odnos muškaraca sasvim drukčiji nego devojaka! Žene bi odmah klevetale, nisko i podlo, pisale anonimna pisma i najgore stvari pričale o svojoj prijateljici. Iako je ušla nasmešena u sobu, osetila je tugu: zašto joj nije Bojan prišao? Razmišljala je o onim Mitinim rečima: veleposednik! Da li ga ismejava ili je zaista bogat? To što je bogat, nije ju raspoložilo. Naprotiv, bojala se toga.

Bogati mladići uvek imaju slobodniji život. Da li u kakvoj mladićkoj obesti nije izvršio njenu otmicu i venčao se s njom? Da nije to bila neka opklada? Ko zna da li mu je prijatno što je ona došla u selo? Ta misao ju je sve više ubeđivala da on ne voli što je ona došla i da se zato pravi da je ne poznaje. Rastužila se: devojka od dvadeset godina, a još nije osetila ljubav. Sva ova lažljiva udvaranja muškaraca bila su joj odvratna. Ovaj Mita je kao onaj trgovac Mitko. Svi bi hteli da se provedu. Video je da je došla sama u selo, a njima je potreban flert. Pričaju o nekim svojim osećanjima, kao da su devojke lude da u to veruju. Dva puta je video i već pati! Smešno, zbilja!

U dvorištu su preko motaka bili prebačeni Grozdini ćilimovi, koje je tkala za sebe da ponese kad se bude udavala. Svetlele su se razne boje: žuta, modra, zelena. Eto, ona je seoska devojka, pa je srećna. Voli i voljena je. Ima majku, oca, dedu, babu, brata. Svi je vole. Rastuži se nad svojim životom i samoćom. Čula je smeh i veseo žagor u dvorištu.

— Gospođice Božana! — zvala je Grozda. Ona izađe na doksat. — Da vidite ovu moju drugaricu u seljačkom odelu. Vi volite seljačko odelo.

— Pa zar nije, Grozdo, ovo lepše? Kako je divan ovaj jelek. Baš bih se jednog dana i ja obukla u seljačko.

— Ako hoćete ja ću vam dati moje odelo. Lepša je ona haljina što vi meni šijete. Pričala sam im, a one hoće da je vide. Hoćete li da je pokažete?

— Hoću. Samo imam još kragnicu da prišijem i pojas.

Ona iznese haljinu.

— Što je divna! — uzviknuše četiri seoske devojke. — A ona Jela nas nakaradi. Pojas mi je spustila do kukova. Iako sam seljanka, ja znam da ona ne valja, a ona mi silom tvrdi da je lepo.

— Vi ste seoske devojke najlepše u svom odelu.

— E, gospođice, ne vole više ni naši mladići seljačko. Kažu: sirota, nosi seljačko, nema šta da obuče. A kad obučemo svilu, kažu: bogata!

Neda je posmatrala ove devojke. Tako su bile sveže, bistre, tako su lepo govorile.

— Mi idemo u manastir. Što vi ne biste pošli s nama?

— Hvala, Grozdo, mogu drugi put. Danas ću da ti dovršim haljinu. A kako idete?

— Pešice. Da donesemo čudotvornu vodicu. Njenu majku bole oči. Samo da se umije tom vodom.

— Zar vi u to verujete? Bolje da ona ide lekaru.

— I ja kažem, gospođice — umeša se Milija — da oni nju vode očnom lekaru, a oni hoće vodicu. To su žene pronašle u manastiru čudotvornu vodicu. Ima tamo dva lepa kaluđera.

— Šta, kaluđeri? Pa i ti ideš s nama.

— Moram da vas čuvam!

— Zar vi sami sa četiri devojke?

— Idu još dva momka. Samo ćemo da navratimo do njih. Da idemo kolima, ja bih i vas pozvao, gospođice. Ali vi ne možete da pešačite. Skini i ti, Roso, te cipele! Bolje da si u opancima. Nemoj da mi zajaučeš: žulj!

— A kad sam ti ja zajaukala zbog žulja?

— Jesi, onda u kolu! Stadoh ti ja na nogu, a ti vrisnu: žulj! Seljanke nisu znale za žuljeve, dok ne počeše da nose cipele. A sad svaka ima žulj na nozi. Nije za seljačku nogu cipela.

— Jeste li vi, Milija, za varoško ili seljačko odelo? Vidite kako njoj lepo stoji ovo seljačko.

— Mi smo za ono što jeftinije staje. Ali se one sve digle na modu pa posle gledaju varošane, a mi im seljaci ne valjamo!

— Gospod ga ubio što laže! — viknu jedna i udari ga. — A ona Malvina da presvisne za tobom, iako nosi varoško. Ovo je, gospođice, veliki lola! Laže sve devojke po selu.

Neda se smešila, slušajući kako i one pate od svojih momaka i grde ih. Oni se veselo udaljiše. Osta kod kuće samo baka i majka Grozdina. Deda i otac nisu bili kod kuće. Neda uđe u svoju sobicu. Spremila je ručak. Svukla se. Obuče jednu belu haljinicu još iz zavoda. Jedva joj je pokrivala kolena. Izgledala je samoj sebi kao devojčica. Metnu čaršave na prozor, da bude hladovina. Kroz otvoren prozor vetrić je pirkao i nadimao zavesu. Ona je pogledala: da ne naiđe Bojan? Ali njega nije bilo. Uzela je roman da nastavi, pa posle da ruča. Bilo je mnogo rečenica podvučenih olovkom, sve o ženama i što nije bilo lepo o ženi. Ko li je ovo podvlačio? Da li njegove sestre? Bojan ne čita romane. Pročita nekoliko stranica i rastuži se. Svuda je unaokolo bila tišina, ona slatka i bolna seoska tišina kad se oseća kako nikoga nema, samo cvrkut ptica i zujanje pčela.

Začu se kucanje na vratima. Tiho, pa jače. Ona skoči.

— Slobodno!

Vrata se otvoriše.

Na vratima je bio Bojan! Svetlost jurnu kroz otvorena vrata, a sa svetlošću uđe i on i zatvori tiho vrata.

— Vi plačete, gospođice? — brzo je pitao i prilazio.

— Ah, onako! Čitala sam nešto pa sam zaplakala — okrenula se prozoru da izbriše oči da on ne vidi suze, a tada spazi da je bosa, u suknjici do kolena, sva razbarušena. Zastide se. — Izvinite, ja sam tako neobučena. Samo cipele da navučem — nije smela ni da ga pogleda, sagla se da uzme cipele.

— Nemojte da se uznemiravate, gospođice, vidim da ste lepo obučeni. Ali zašto ste plakali? Recite mi!

— Pa kažem vam, zbog romana. Otkuda vi sada da dođete?

— Je li vam to neprijatno?

— Nisam mislila da ćete doći.

— Niste me ni očekivali. Ali vi ste tako mnogo plakali. Još imate suze u očima? — nežno je govorio. Ljubomora s kojom je došao, jer je video Mitu da je prati i ne vraća se, pa je pomislio da je ovde i dojurio da se uveri, iščeze pred ovim lepim rasplakanim očicama. Prišao joj je blizu i gledao je pravo u oči. Ona je krila suze obarajući oči.

— Sedite, gospodine!

On je stajao pred njom. Ona se odmače i spusti se na ivicu postelje.

— Zašto ne sednete?

— Hoću da znam zašto ste tužni. Da vas nije ko uvredio?

— Nije niko! Ko bi mogao da me uvredi?

— Da vam nisu roditelji štogod pisali? — stajao je opet ispred nje i pažljivo je pratio svaki pokret njenog lica.

— Ništa mi nisu roditelji pisali! — jedva čujno je izgovorila. Ta reč „roditelji" svu je potrese. Kroz grudi joj je navirao krik, gotov da pređe preko njenih usana. Htela je da vrisne, da mu se baci na grudi kao dete bez ikoga, samo, izgubljeno, bez zaštite.

Ali ona je bila gorda. Nije htela da on oseti kako je njen život velika patnja. Ona nije htela njegovo sažaljenje. Nije htela ljubav zbog sažaljenja. Videla je da je ozbiljan i rastužen. Kao da su ga potresle njene suze. Nasmešila se:

— Zašto ne sednete?

On uzdahnu, ali ona ne ču taj uzdah. Podiže jednu obrvu, a druga osta spuštena nad lepim plavim okom. Okrete se da uzme stolicu ispred stola i prinese je bliže k njoj. Spazi njen skromni ručak: dva parčenceta piletine i parče sira.

— Jeste li ručali?

— Nisam još. Posle ću.

On pogleda ona dva mala parčenceta mesa i sir i seti se svoga ručka kod kuće. Obrva mu se još više spusti. Uze stolicu i sede. Posmatrao je to mlado, lepo devojče, čija mladost traži obilniju hranu. „Možda nema novca." Ljubomora mu se stišala i nešto ga razneži. Posmatrao ju je svu. Spazio je dva fina okrugla kolena, koja je suknjica jedva pokrivala. Krišom je vukla suknjicu da pokrije kolena. Čedna stidljivost svu je uzbudi. Osećala je i svoje pramenje kose oko obraza, videla je bose noge, nage ruke i bilo je stid od ovog muškarca, iako je on bio njen muž, iako je imao prava da sve to vidi, da uživa u njoj, da joj priđe, zagrli je, poljubi. Uzbudilo je što je ovako s njim u sobi, bojeći se da joj ne kaže: „Nedo!", uplašila se od toga kako bi joj pristupio kad bi prvi put rekao: „Vi ste moja ženica!"

Ali on je učtivo sedeo na stolici. „On me poznaje. On zna da sam Neda." Srce joj zalupa kao da će se istog trena nešto dogoditi.

— Šta ste juče radili?

— Juče? Šila sam Grozdi haljinu. Jeste li me čekali u šumi?

— Što je važno da li sam vas čekao?

— Naljutili ste se. Sigurno ste me čekali.

— Nisam ljut. Nemam prava. Znao sam da nećete izaći. Šta se vas tiče seoski mladić koji čeka u šumi!

— Vi niste običan seoski mladić! Vi ste gospodin!

— Kad sam u selu, ja sam seljak. Pa je l' gotova Grozdina haljina?

— Još malo, pa ću je završiti.

— Znate li da vas nisam video tri dana?

— Tri dana! Prekjuče smo se videli. Mnogo bi bilo godinu dana, a tri nije dugo.

— Godina je očajanje! Tri, nervoza!

— Zar ste vi nervozni?

— Katkad jesam kad šetam po dva sata i čekam, a neko neće da dođe.

— Zašto mi niste jutros prišli kod crkve?

— Imali ste tri kavaljera koji su vas lepo zabavljali. Video sam da se smejete.

— Mogli ste baš i vi prići da budete četvrti.

— Da budem zanimljiv ili dosadan kao oni?

— Oni nisu bili dosadni. Čak smo razgovarali i o vama.

— Kad Mita priča o meni, znam već šta govori.

— Ovoga puta nije pričao gospodin Mita. Rus vas je hvalio da ste inteligentan i ozbiljan mladić i da imate lepe voćnjake.

— Koje nisam ja podigao već moj ujak. Dakle, to nije moja vrednost, ako se, uopšte, može mladić ceniti po lepoti voćnjaka. A posle, kad vas je Mita pratio, šta ste razgovarali?

— Zašto me ispitujete?

— Možda sam ljubomoran.

— Vi, ljubomorni? — pitala je ustreptala i pogledala ga pravo u oči.

— Je l' se ljutite što sam ljubomoran? Da ste juče izašli, ne bih bio ni ljubomoran ni nervozan. Zašto dozvoljavate da se takva rđava osećanja razvijaju u meni?

— Nisam mogla misliti da toliko pridajete značaja tome da li ću ja izaći?

— Čak se i čudite što sve ovo govorim?!

Ona ućuta. Nije smela da ga pogleda, jer bi video da sve razume šta je u njemu. Videla je opet svoja kolena. Ah, ta kratka suknjica! Pa ovo je sramota što sedi ovakva pred njim. On je ugrabio trenutak da je svu posmatra. Video je i lepi obli vrat, oborene trepavice, devojačke grudi, obla, bela, fina kolena. Ćutao je i proždirao je pogledima. Nju zbuni ovo ćutanje.

— Koliko je sati?

— Četvrt do dvanaest. Treba li da idem? Vi ste gladni?

— Nisam. Sedite, ako vam to čini zadovoljstvo. Šta rade vaše sestre?

— Spremaju se za more.

— A hoćete li i vi s njima?

— Hoću.

Ona ga pogleda iznenađeno, otvorenih očiju.

— Kad putujete?

— Za nekoliko dana.

— A koliko ostajete na moru?

— Mesec dana. Je l' volite što idem?

— Zašto da ja volim ili ne volim?

— Vama je svejedno?

Ćutala je.

— Ako kažete: nemojte ići na more, ja neću ići! Ostao bih zbog vas. Dakle, šta ćete reći?

— Neću ništa da kažem. Vaše sestre sigurno vole da putuju s vama. One bi se naljutile ako bi vas neko odvratio od puta, a osobito jedna devojka. Nemam prava da menjam vaše odluke.

— Kako uvek taktično govorite! A ja sam uvek netaktičan.

— Vi ste muškarac.

— I kao muškarcu praštate mi sve?

— Ne sve!

— Ono u šumi niste mi još oprostili.

— Zaboravila sam.

— Ja nisam zaboravio. Bilo je tako lepo kad sam spustio glavu na vaše krilo.

Ustao je naglo i prošetao po sobi. Kao da ga je nešto mučilo što je hteo da kaže. Zastao je u jednom uglu sobe i posmatrao je. Glavica joj je bila povijena i video joj se profil kroz talasavo pramenje kose. Lagano joj je prilazio. Zastao je kraj nje.

Ona nije umela reč da izgovori. Osećala je samo kako je sva obamrla.

— Kakav je ovo roman što vas je rasplakao? — uze sa postelje knjigu.

— Vrlo je lep. Nisam ga čitala ranije.

— Ko je sve ovo podvlačio?

— Ne znam. Tako ste mi doneli.

On prevrte dva-tri lista. Čitao je podvučene redove.

— Ovo je sigurno podvlačio moj brat.

— Volite li svoga brata?

— Kako da ga ne volim?! On je dobar dečko. Odlično je završio poljoprivrednu školu i vrlo je poslušan. Znate da sam vam pronašao dosta romana kod jednog seljaka?

— Zar seljaci imaju biblioteku?

— Jedan ima dosta veliku biblioteku. To je abadžija u selu. Vrlo načitan seljak. Treba samo da razgovarate s njim. Ne bi niko rekao da nije svršio maturu. Samo je, jadnik, nesrećan. Umrla mu je žena, pa mu umro i sinčić. Potpuno je sâm u kući. Inače vrlo je otresit i inteligentan seljak. Češće dolazi k meni na razgovor. Ja ga veoma volim.

— Dolaze li k vama seljaci?

— Dolaze. Slušaju radio. Zimi skoro svaki dan, a leti samo nedeljom.

— Pa vi niste usamljeni kao što kažete?

— Imam uvek društvo seljaka. Ali to je ipak izvesna samoća. Da ste vi samo u društvu seoskih momaka i devojaka, da li biste zaželeli društvo varošana?

— Sigurno da bih zaželela.

— Ne želite vi. Vama je važnije da šijete Grozdi haljinu.

— Hoćete li stalno da me prekorevate?

— Neću. Pomiriću se s tim. Hteo bih sad nešto da vam predložim: hoćete li da pođete sa mnom na ručak? — pogledao je njena dva mala, jadna parčeta piletine i mučilo ga je da on obilno ruča, a ovo slatko devojče samo parčence sira i mesa.

Stajao je ispred nje i susrete njena dva velika začuđena oka.

— Otkuda vam ta pomisao?

— Zar je moj predlog toliko čudnovat? Je li to drskost?

— Nisam to mislila. Vi ste gostoljubivi, ali ne mogu da primim vaš poziv. Vaše sestre bi se iznenadile da im upadnem u kuću na ručak.

— Ne bi se moje sestre ništa iznenadile, jer znaju da ja ne bih pozvao nekog ko ne bi bio dostojan da uđe u našu kuću.

— Hvala vam. Vi ste ljubazni, ali ne mogu da primim vaš poziv.

— Hoćete li uvek tako da govorite: ne mogu?

— Kad god nađem da nešto nije umesno.

— I šetnja nije umesna?

— Pa, ako hoćete i nije! Tek sam došla u selo, vi me dovoljno ne poznajete, čak me nećete ni ceniti ako odmah pristanem da se sastajem s vama po šumi.

— Da li biste svakom muškarcu tako govorili?

— Svakom bez razlike.

— A ja, vidite, ne bih svaku devojku pozvao. I ako želim da izlazim samo s vama, onda me ne treba ubrajati u sve ostale muškarce koji žele da šetaju sa svakom ženom.

— Opet ste se naljutili?

— Nervozan sam malo! Zaista, tako sam nervozan! Hoćete li da izađemo posle podne.

— A gde da šetamo?

— Gde vi hoćete.

— Dobro. Onda me čekajte u šumi. Doći ću.

— Sad ste dobra devojčica. Voleo bih da proučim vaš karakter. Jeste li kapriciozni?

— Nisam. Niti sam inadžija.

— Jeste li umiljati?

— Ne znam. Ni s kim se nisam svađala.

— Vi ste dobro i umiljato dete. Vidi se po vama. Ja sam rđav.

— Zašto ste rđavi?

— Zato što kad nešto hoću, moram to da postignem. Uporan sam.

— To je lepa osobina. Znači da ste energični.

— I tvrdoglav.

— Šta ima još rđavo u vama?

— Puno koječega: ljubomoran sam.

— Jeste li voleli? — usudi se da ga pita.

— Nisam nikada imao neku veliku ljubav.

— Pa kako možete znati da ste ljubomorni?

— Osetio sam sada.

Seo je na stolicu i posmatrao je.

„On je, ipak, učtiv", mislila je Neda, osećajući njegov pogled. „Nijedan drzak gest!" Uzbuđenje je svu preplavi: ova blizina čoveka koji je njen muž, a koji sâm sebi uskraćuje sva prava, te polusuton sobe, miris cveća.

— Šta ste sada mislili? — pitao je naginjući se bliže k njoj.

— Ništa.

— Hajde, baš bih želeo da znam: šta u ovom trenutku mislite?

— Ništa, kažem vam — ustala je s postelje, uzbuđena tim dubokim sivim očima koje su gledale netremice. — Vidite, još imam vašeg voća.

Tako je ukusno! Ove su vam kruške slatke. Korpu ću da sačuvam. Omotaću jednu pantljiku oko drške.

On je slušao njene reči i ćutao. Video je jedno slatko devojče, u kratkoj suknjici, belih nogu, razbarušene kosice i ništa drugo nije mogao da vidi i ništa nije umeo da misli. Obuzimalo ga je pijanstvo.

— Ja idem! — ustade najednom.

— Idete?

— Da vas pričekam posle podne. Sutra i prekosutra biću na strugari. Dva dana se nećemo videti. To je ponedeljak i utorak. A u sredu, hoćete li da dođete našoj kući? Zvale su vas i moje sestre. Vi im se veoma dopadate.

— Jesu li vam one kazale da me pozovete?

— Baš su mi kazale: pozovi gospođicu Marić da jedno posle podne dođe k nama.

— Ako su me one zvale, onda ih pozdravite i recite da ću doći. U sredu?

— Da, mi ćemo vas čekati. Je l' sigurno da ćete posle podne izaći?

— Dala sam vam reč!

— Hoćete li uvek da budete tako dobri?

— Kad ste vi korektni i ja ću biti dobra.

— Dakle, sve zavisi od moje korektnosti i vi ćete osuditi i najmanji moj nekorektni gest. Je li samo to uslov vaše blagonaklonosti?

— Zašto svako pitanje raščlanjavate?

— Jer ste i vi komplikovani. Hoću da znam šta volite, a šta ne volite, da ne bih pravio greške.

— Jeste li imali pogrešaka u životu?

— Jesam. Jednu ogromnu pogrešku sam učinio.

— Šta je to bilo? — tiho je pitala.

— Zavoleo sam jednu devojku koja mene ne voli.

— Ona vas je odbila?

— Mrzi me.

— Pa što se niste potrudili da je pridobijete?

— Nisam imao načina.

— Ona vas je ostavila?

— Tako izgleda.

— Gde je ta devojka?

— Nije ovde. Uvek je daleko od mene.

— Vi ne izgledate mnogo nesrećni!

— Neću da izgledam. Hoću da se borim.

— Za šta da se borite?

— Da pobedim njenu mržnju.

— Ja sumnjam da jedna devojka može da mrzi. Devojke su osetljive i nežne.

— Dajete mi utehe.

— Da ne biste bili nesrećni.

— Kako ste dobri! I vi verujete da ona može da me zavoli?

— Kad bih poznavala tu devojku i razgovarala s njom, ja bih vam kazala da li vas može zavoleti. Ovako, napamet, ne mogu da govorim.

— Niste me utešili! Bolje da idem. Zar nisam neučtiv? Stalno govorim da idem, a stalno ostajem. Prosto mi se ne ide iz ove vaše sobice.

— Zašto?

— Ne znam.

Stajao je ispred nje. Njoj se sve mutilo i ljuljalo u glavi. Kao da joj se tlo pod nogama ljuljalo. Činilo joj se da će se ove dve muške ruke obaviti oko njenih ramena. Ali samo jedna muška ruka uhvati njenu, tople usne se spustiše na meku ručicu i začu jedno tiho: zbogom! Otvoriše se vrata, sunce opet zablista, iščeze, a iščeze i visoka muška figura.

Nepomično je stajala na istom mestu. Čula je njegovo silaženje niz stepenice, korake kroz baštu i opet zavlada tišina. Samo su negde odjekivale dvojnice.

„Zašto je otišao?”, bolno je šaputala. Lagano je prišla postelji i legla. Nije osećala ni glad, samo malaksalost. Oči su joj bile pune njegovih slika. Sve je treperilo pred njom. Čula je svaku njegovu reč! Iz daljine se izvlačio onaj drugi lik u seljačkom odelu, iz one noći, surov, s revolverom. Ali taj lik je iščezavao, gubio se, kao da ga je gonila ova druga slika, nova, lepa, topla. Kao da je ovo bio drugi čovek: fin, uglađen, obrazovan. Da li će ga zavoleti? I da li on nju stvarno voli? Digla se naglo i sela na postelju. „Možda je on mene voleo ranije, poznavao me, i hteo da se oženi mnome? Gde me je mogao videti?" Zaželela je da bude tako: da ju je voleo, oteo, hteo da se venča s njom. Pa što bi bio ljubomoran, što bi odlazio svaki čas, slao joj novac, dolazio čak u Beograd? Osetila je radost od tih misli, a posle je uvidela da to nije moguće. Nešto se drugo krilo. Mora da oni svi znaju da je ona Neda i hoće da se izvesno vreme prave da ne znaju, da bi se njihova osećanja razvijala. Bila je načisto: on se njoj dopada. Osetila je to po uzbuđenju koje ju je neprekidno držalo kad god bi bila s njim. „On mora da je nežan! Mora da ume da voli." Zaklopila je oči i dugo ležala. Prikrao joj se san. Zaspala je. Čak je sanjala kako sama sedi za stolom punim pečenja, kolača, a priča joj njegova mlađa sestra pa kaže: „On vas ne voli, udajte se vi za avijatičara!" A kao i njegova sestra voli avijatičara. Ali Nedi nije krivo što ga ona voli i kaže joj: „Pa ako ga volite, udajte se vi za njega! Vama brat može dati kauciju." A onda je došao Bojan i rekao: „Ja ne dam moju sestru avijatičaru. Ja ga mrzim!" Posle je došao njegov brat i svirao na gitari: „Gospođice, ja vas volim!", šaputao je Nedi. Ona je bila sva uplašena da to Bojan ne čuje i govorila mu: „Ja volim vašeg brata! Ja sam njegova žena!" Onda je prišao Bojan i zagrlio je: „Jeste li vi moja ženica?" Ona ga je ljubila, ljubila, milovala mu kosu, i osećala kako je on steže u naručju i grli.

Trgla se i probudila. Nešto je strašno puklo! „Bože, koliko sam ja ovo spavala? Pola četiri! Šta se ovo zamračilo?" Soba je bila kao u sutonu. Podigla je zavesu. Strašni oblaci su se približavali i mora da je zagrmelo.

„Kako ću da idem u šumu? Sad će kiša! Strašni su oblaci! Pa i on neće ići kada vidi da je kiša." Osetila je glad i tek sada je sela da ruča. Bilo joj je malo ručka. Pomišljala je šta bi sad mogla da jede. I sve su joj izlazila pred oči lepa jela: musaka, pa pečeno prase, pita od mesa!

Sve bi to mogla da jede. Bila je mnogo gladna. „Možda me je on zato i pozvao na ručak, što je video ova dva parčenceta mesa." Zastidela se svog ručka. Bila je gorda i pre bi umrla od gladi, nego što bi otišla k njima na ručak. Dohvatila je Bojanovo voće i dobro mu se naplatila. Sklonila je tanjir. Spazila je kokoške kako beže pod ambar. I one su osećale kišu. Pilići su se podvukli pod kvočkina krila. Jedno je još švrljalo, a ona je kokorila i kao da ga je zvala. Grozdina mati, Jegda, unosila je žurno ćilime. Neda izađe na doksat.

— Što će kiša!

— Samo da ne bude gràda! Mi smo ove godine bili srećni, te nas bog poštedi tog zla!

— A kako će oni doći iz manastira?

— Sekiram se kud' odoše! Ona Rosa zapela da ide po vodicu! Ali oni još nisu pošli otuda. Samo što će Grozda da upropasti cipele!

Krupne kapi kiše zatutnjaše po lišću. Munja sevnu. Jedna... druga... Počeše da presecaju nebo, kiša ubrza, pa se izli provala. Mlazevi jurnuše na doksat. Neda skide čaršav sa stola, odmače sto, stolice i ulete u sobu. Pozatvarala je sve prozore. Gromovi su grmeli. Tutnjalo je kroz oblake i groktalo. Sva je drhtala od straha. Šćućurila se na postelji i uplašeno gledala kako munje sevaju. Zadrhtala bi od svakog bleska i očekivala sa strahom da li će grom ili grmljavina. Kiša je lila da se sve zamaglilo unaokolo. Na jedan metar se nije videlo ispred prozora. Kao da se spustila neka vodena zavesa. Silna voda se izli, kao da se sjuriše s neba potoci, reke i slapovi, pa posle usitni. Nebo nikako da se razvedri. Sivi oblaci se razvukoše, izgubiše se oni crni, a nebo je još uvek bilo naoblačeno i puno kiše. Cveće je poleglo od silne vode. Kroz travu su tekli potočići. Između cvetnih aleja izdubili su se jarkovi puni mutne vode. Po travi je ležalo opalo lišće od voća. Kapi su blistale i šuštale po dvorištu.

„Neću moći da idem! Ništa, sad imam opravdanje. Moj mužić se neće ljutiti. Neću ga videti dva dana. Sve do srede. Baš ću da idem k njima. Da vidim kako će njegove sestre da me dočekaju." Kiša je još uvek padala. Lagano se spuštao suton. U vazduhu je lebdeo miris ozona. Ona je osećala glad. Uzeće sira od njih. Ima i mleka. Tako bi jela kolača. Sutra će da mesi. Spremiće mnogo jela da se dobro najede.

— Mamo! — viknu veselo Grozda. — Mi dođosmo živi.

— Jaoj, a ja brinem!

— Što da brineš? Mi ti, bogami, kolima iz manastira. Bio Aleksa Jovin sa ženom, pa nas sve potrpa u kola! Pogledaj, ništa se nismo ukaljali. Malo samo cipele.

— Sa ženskaćima neću, mama, više da idem! — jadao se Milija.

— Rosa je jedva dogegala do manastira. Morala je da skine cipele i da ide bosa. 'Oće gospojica cipele, a stiže bosa u manastir! Ih, što je pala kiša! Ovde nije bilo grȁda, ali tamo je sve smlatio! Bio je, mamo, jedan seljak pa nam priča da je grȁd kod nji' sve potukô. Ni strnjike na pšenici nije ostalo.

Kad uđoše u kuću, majka im je šaputala:

— Bojan je opet dolazio kod naše gospojice. Nešto mnogo obigrava oko nje.

— Šta te se tiče! Takve su sve varoške devojke — govorio je Milija. — Kod nji' dolaze momci i noćivaju, a idu i one kod momaka pa noćivaju. Moj mi je poručnik uvek naređivao: „Imaš da mi izglačaš parket, sve da sija!" A kad mi kaže da idem da mu donesem deset najlepših kolača, ja znam da će da mu dođe neka ženska.

— Kuku! Nije ih sramota! Gospod ih ubio! — govorila je Grozda. — Muškarcima da dolaze! I ova Bosiljka je takva. Njoj idu muškarci. Ako ona spazi Bojana, raščupaće ovu našu.

— Valjda da njoj ide Bojan! Ova je lepša! Neka ga! Našao je čovek žensku!

— Bog je ubio, baš je lepa!

Milija uzdahnu. Zavideo je Bojanu! I on bi još i te kako umeo da poljubi i zagrli. Kakva je snaga u njemu! Da se porve s Bojanom, ne zna se ko bi koga oborio. Te varoške žene su slatke. Bele, čiste, pa sve mirišu! Uh, samo da mu je jednom da joj zavuče ruku u nedra i stegne!

— Grozdo! — zvala je Neda. — Ovde je mnogo vode na doksatu. Treba da se pokupi.

— Ja ću, gospojice — požuri Milija. — Prao sam ja kasarne, umem i patos da izribam, a kamoli cigle — dojuri s krpom i poče da briše pod i cedi krpu preko doksata. Uživao je da može s njom da razgovara i nisu mu promakle njene oble, bose nožice.

Već se smrkavalo. Jedno seljače se pojavi s jednom korpom.

— Je l' tu gospojica Božana?

— Ja sam — odgovori Neda.

— Evo, poslali vam.

— Ko je to poslao?

— Gos'n Bojan.

Neda se zbuni od Milije, uze korpu i unese brzo u sobu.

— Mali, čekaj — viknu ga. — Uzmi ovo! — dade mu tri dinara. Dečko brzo odskakuta.

Ona diže peškir s korpe. „Jaoj, šta mi je sve poslao!" Izvadi malu činiju kajmaka, parče putera, šunke, teglu meda. Bilo je još i dvadeset jaja, i mnogo voća. Na dnu je bilo pisamce. Brzo ga je otvorila i pročitala:

Tako sam ljut na kišu, jer znam da ne možete izaći, a mene ne bi sprečili ni gromovi, ni provale oblaka, samo kad bih vas mogao videti. Šaljem vam malo naših domaćih proizvoda i biću slobodan da vam ih i dalje šaljem. U sredu vas čekamo. Toplo vas pozdravlja vaš Bojan.

Ova pažnja ju je potresla, kao i potpis: „vaš Bojan". Kako je lepo u životu kad neko voli. Da li je on zaista voli, ili je samo sažaljeva? Pogledala se u ogledalo, da bi malo uživala u sebi. „Vaš Bojan!", šaputala je. „On mora da je nežan i dobrog srca." Kako brine da ne bude gladna! Veselo je posmatrala sve ono na stolu. Zbilja je bila gladna! Dohvatila je hleb i premazala ga puterom. Kako je svež! Oni ga prave u mlekari. Uzimala je od svačega. Šunka je bila ukusna i još ukusnija zato što ju je poslao njen mužić.

Kroz prozor, najednom, spazi Bosiljku. Žurno je ušla u njihovu kuću. Neda je stajala kraj prozora s kriškom hleba i šunke. U drugoj ruci je držala pismo. U tom trenutku bila je srećna.

Nije mogla čuti Miliju kako pecka i jedi Bosiljku. Jer i on je bio momak, a ona ga nije gledala. Hteo je da joj se sveti.

— Znaš, Boso, da se Bojan zaljubio u našu gospojicu? Dolazio joj danas u posetu, a maločas joj poslao korpu voća i puno koječega.

— Kad je dolazio? — pitala je sva bleda.

— Danas u podne. Ništa ti ne vredi što ga voliš. Bolje ti gledaj seljačke momke.

— Što si bezobrazan, Milija! Što vi svi meni uz nos Bojana? Ne gledam ni ja njega! Neka je izigra, pa će da je ostavi. Imam ja jednog oficira!

— Crče ti za Bojanom! — nastavljao je Milija zadirkivanje.

— Crkoh za njim koliko i za tobom! Moje imanje više vredi od njegovog. S mojim imanjem ja ću da nađem muža kakvog hoću! Prodaću ga, pa ću u varoši četvorospratnicu da sazidam, pa da na sve redom odozgo pljujem! Baba Spaso, tražila ti mati ono tvoje brdo. Sutra će da dođe Živana da nam uvodi i da mi tka garnituru za ručavanje.

— Evo ti brdo! — pruži joj baba Spasa.

— Idem da me ne uhvati opet kiša.

— 'Oćeš da te ja prenesem? — peckao je i dalje Milija.

— Marš, bitango jedna!

Žurno je istrčala iz kuće s punim srcem mržnje prema Božani. Mora se ona njoj osvetiti i najuriti je iz sela.

Verenica njegovog ujaka

Došla je sreda. Neda se spremala da ode Bojanovoj kući. Dva dana ga nije videla. Bila je sva uzbuđena, što će ponovo ući u tu kuću posle one strašne noći. Da li on hoće da je uvede u kuću i da je tu nazove svojom ženom?

Htela je da bude lepa, da se svima dopadne, da je odmah zavole. A što se tiče nje, ona će umeti sve da ih voli, jer nije imala sa svojom porodicom da deli ljubav, već samo s mužem. Nije mogla da shvati kako mogu snahe i zaove da se ne trpe. Ako Bojan voli svoje sestrice, ona će ih isto tako voleti. Voleće ih još i više, da bi je on voleo i zbog toga što je pažljiva prema njegovoj porodici. Iako neiskusna, mislila je da su sve te ljubavi — prema svekrvi, zaovama, deverima — veza koja još više spaja ženu sa srcem muževim. On kao brat, krvno srođen s porodicom, ne može nijedno osećanje da iščupa iz srca, i ona bi mu ga raskrvavila ako bi ga odvajala od onih koji su mu dragi.

Obukla je tanku svilenu belu haljinu, crni pojas, beli šešir. Očistila je bele cipele i obukla ih preko kratkih čarapa. Oprala je kosu, osušila je na suncu, i njeno lice uokvireno zlatnom maglom, bilo je tako nežno, ljupko i čežnjivo. Osetila je da će doživeti mnoga uzbuđenja kad prekorači prag te kuće, ali je hrabrila sebe da bude snažna, da se ne uzbuđuje, da ne oda prva da je Neda, nego da čeka da joj on to kaže. Bojan joj se dopadao i bila je rešena da ne raskida brak. Uzburkanost srca koju je osećala kad god bi ga ugledala bio je predznak da će se u njoj javiti dublja osećanja. Sve ono što je čula o njemu, odgovaralo je njenoj predstavi o idealnom mužu koji stvara svaka devojka. Svi su govorili da je čestit, ozbiljan, inteligentan. Nije ga upoznala u dansingu, na korzou, već ga je prvi put videla na livadi, s kosom u ruci pri zalasku sunca. Da li je i njegov karakter isto tako svetao kao oni rumeni zraci koji su se prelivali na njegovoj kosi? Činilo joj se da će ga još bolje upoznati kad uđe u njegovu kuću. Devojka se najbolje upoznaje u svojoj kući, a kuća, isto tako, najbolje prikazuje život mladića i porodične odnose.

Žurila je preko polja i što se više približavala njegovoj kući noge su joj sve više klecale. Usporavala je korake da se pribere. Zastala je kad je ugledala njegovu kuću. Da li će moći da živi stalno na selu? Pri toj pomisli ne oseti nikakvu tugu već radost. Zašto da ne živi na selu? Okretala se oko sebe i gledala njive, livade, visoke kukuruze, topole, voćnjake, zabrane. Milovao ju je čist vazduh; udisala ga je punim plućima, i pred tom beskrajnom lepotom prirode osetila se sama uzvišenija, bolja, srećnija, nego u zagušljivim ulicama, na vrućem asfaltu, sa koga se viju oblaci prašine.

Požuri kao u nekom svečanom raspoloženju i tremi. Uhvati za kvaku velike kapije, a ona kao da se sama otvori.

Bojan ju je čekao i otvorio kapiju.

— Uplašio sam se da ćete se predomisliti i da nećete doći, pa vas čekam čitav sat. Tako ste mi veliko zadovoljstvo učinili.

— Kad sam obećala, nisam vas htela prevariti — uzbuđeno je promucala, jer je osećala kako je nešto guši. Pogledala je unaokolo, njegove sestre nije videla, ali je videla kuću, orah, voće.

— Moram odmah da vam opravdam svoje sestre i brata. Danas su morali da odu u varoš. Mislili su da idu sutra, ali danas su dobili kola, sutra ne bi mogli, a moraju nešto da kupe za more. Sestrama je mnogo žao što su morale otići i molile su me da ih izvinim.

Nju štrecnu nešto hladno u srce. „Nisu htele da me dočekaju." Zastade, neodlučna i malo rastužena.

— Zašto me niste obavestili? Mogla sam doći drugog dana — zastala je kao da je htela da se vrati, i sva radost i uzbuđenje zbog nameravanog susreta u njegovoj kući, s njegovom porodicom, iščezoše.

— Bio sam tako srećan što ćete doći i činilo mi se suviše dugo da odlažem vašu posetu. Zar je vama neprijatno što sam sâm kod kuće?

— Vi ste sami?

— Da, potpuno sâm. O, ja sam domaćin i umem da dočekam svoje goste. Zašto ste neraspoloženi? Pa zar vas to vređa? — uhvatio je za ruku i poljubio.

„I onda ih je sve poslao nekud! Ali zašto sada?" Bila je malo uvređena.

— Nisam nikad u životu dolazila u posetu jednom gospodinu.

— Ali ja nisam „jedan gospodin", niti je ovo garsonjera! Ja sam otac porodice, familijaran čovek.

— Otac? — raspoloži se ona.

— Pa to su sve moja deca. O njima se staram kao otac i mati. Hoćete li da sednemo pod onaj orah?

Ona pođe pored njega i vide lep sto prekriven vezenim čaršavom i zelene stolice unaokolo. Odmah se videlo da ima ženskih ručica u kući. Čaršav je bio išaran cvećem i bio je lep ukras u ovoj lepoj bašti.

— Kako je divna vaša bašta! Što imate cveća!

— Ove dve poslednje godine lepo smo se uredili. Brat neprestano donosi nove kaleme ruža.

— Čitav park! Sigurno uživate?

— Zanima me sve to. Posvetio sam se poljoprivredi. To je bila želja moga ujaka, da ostanem na imanju. Podižem strugaru, koju ću kasnije pretvoriti u šumsko preduzeće — u tih nekoliko reči hteo je da joj se predstavi.

— I vi ćete uvek živeti na selu?

— Imam nameru, ali ne znam šta se sve može dogoditi. Naiđu nekad događaji koji preinače ceo čovekov život.

— Vi treba da ostanete na selu! Ovu baštu ne bih dala ni za najlepšu palatu u gradu.

— Zar biste i vi mogli da živite na selu? — živo je prihvatio, a oči su mu toplo milovale njeno lice.

— Mogla bih — osećala je da je on srećan što je to kazala i očekivala je da će joj reći: „Nedo!”, ali se trže kad on izgovori:

— Vi ste možda, gospođice Marić, jedina devojka koja tako govori.

Nju uvredi ono „gospođice Marić” i malo hladnijim tonom odgovori:

— Mislim da ima dosta devojaka koje vole selo. Svako mora da voli prirodu, ako ne celog života, ono bar mesec dana — morala mu je tako reći, da ne bi odala svoja osećanja. Videla je kako ju je pažljivo posmatrao kao da je hteo da otkrije njenu pravu misao.

Njene oči lagano su se kretale s predmeta na predmet, podsećajući se slika koje je videla one noći i jutra. Sve je bilo drukčije, sveže, novo, nabujalo. Kao da je ova kuća oživela od njihove mladosti.

— Je li ovo nova kuća?

— Ne, ima deset godina kako je zidana, samo sam je renovirao. Ujak je živeo sâm, kao osobenjak, i najviše su ga zanimali njegovi voćnjaci.

— A gde su vam ti voćnjaci? Je li ovo voćnjak?

— O, to je samo jedan deo! Ima čitav kompleks zemljišta zasađen voćem. Hoćete li da vam pokažem? Ali treba najpre slatko da donesem. Vidite da ipak ne umem da budem domaćin. Sve sam spremio u trpezariji. Hoćete li da uđemo u trpezariju?

— Šta ćemo u trpezariji? Više volim da posmatram cveće.

— Želeo bih da vidite i kuću. Ali prvo voćnjake da vam pokažem.

Išli su kroz čitavu šumu voća. Divila se uređenosti voćnjaka, niskim jabukama i ogromnim kruškama. Mnoge voćke imale su etiketu od emajla sa stručnim podacima. Ogromne breskve bile su kao jabuke. Jedan deo voćnjaka bio je zasađen samim orasima. Drveće se gospodstveno širilo, a zeleni plod već je tamneo i poneka kora već se raspukla. Bio je divan hlad, i milina je bila šetati ispod oraha. Dalje je videla voćne sadnice. On joj je objašnjavao naziv voćke, kad rađa, kako se gaji. Jedna kućica je bila u dnu.

— Tu stanuje čovek koji čuva voćnjak — on je grabljama kupio lišće. Osećao se miris jabuka i njihov plod je bio lep kao cvet. Neda je zadivljeno posmatrala. Nikad se nije našla u tako ogromnom voćnjaku.

— Zbilja, bila bi šteta da sve ovo napustite i odete u grad!

— Zamislite da budem pisar u sudu ili u policiji ili advokatski pripravnik!

— I ja da sam na vašem mestu nikad ne bih ostavila selo.

— Vidite kako se slažemo. Vi biste me osudili da odem u varoš?

— Svako bi vas osudio. Nije ni lako održavati sve ovako lepo. A kad padne grȁd? Da li vam se to događalo? To mora biti strašno!

— Strašno je, ali sve se nesreće u životu prežive. Ima možda nečeg što je bolnije od toga — pogledao je, ona se pravila da ga ne shvata. — Kad bi me neko pitao: da li bih više voleo da mi grȁd potuče sve voćnjake ili da vi odete i više da vas ne vidim, ja bih žrtvovao sve voćnjake. Da li osećate koliko sam srećan otkako ste vi došli?

Ona naglo pođe nekoliko koračaja, jer je osetila kako joj srce lupa i nije htela da on vidi njeno uzbuđenje.

— Ne znam!

— Da, vi to ne možete znati.

— Ne mogu! Gle, s druge strane kuće imate mali balkon! Sigurno je lep izgled odande?

— Zašto uvek želite da skrenete razgovor na drugu temu kad govorim o svojim osećanjima? A ja bih samo o tome govorio. Kako ste danas lepi!

— Vi znate šta ste mi obećali u šumi?

— Znam i ostajem pri svojoj reči. Neću nikad biti drzak, jer vas to vređa. A devojka je uvređena kad ne trpi jednog muškarca. Bojim se da sam vam mrzak.

— Zašto da mi budete mrski? — uzbuđeno je zapitala i gledala ga pravo u oči. Izdržala je njegove strašne poglede i čula tihe reči:

— Dakle, nisam vam mrzak?

— Ni najmanje!

Ščepao ju je za ruku, iako je pokušala da se otrgne, i dugo je ljubio stežući je meko.

— Vi ste, gospođice Marić, najslađa devojka koju sam ikad video!

Ona naglo otrže ruku i odmače se od njega. To „gospođice Marić" je prosto zabole do srca. Što on izigrava ovu komediju? Zaboravljala je da je sama sebi dala ovu ulogu.

Opet je bio miran i lagano pođoše alejom između voćaka.

— Hoćete li da vidite kuću?

Oklevala je trenutak.

— Hoću.

Peli su se stepenicama. Popeše se na terasu. Izgled je bio vrlo lep. Svuda su mirisale sveže boje.

Znala je: desno je bila soba u kojoj se probudila ono jutro. Bila je sva u nekom čudnom uzbuđenju. Ali nije osećala strah. Zaista, nije bilo nimalo straha, već nešto drugo, što ni sama nije mogla da protumači. Bilo je tuge u tom osećanju, kao kad prošlost naleti, ispunjena raznim doživljajima, tragedijom, očajanjem, i refleksi bolova zatrepere, pa se ugase, potisnuti novim osećanjima.

On otvori vrata.

— Ovo je soba mojih sestrica.

Bila je bela, svetla, s dve postelje i vezenim čaršavima preko kreveta.

— To je njihova „kosovska soba" — kako je one zovu.

— Da, ovo je sve kosovski vez. Same su vezle? Kako je divno! — belina sobe potisnu njene uspomene.

— Sve to one su same radile.

— Šta je jastučića! Ovo je izvanredno! Ja volim ručni rad — nagla se i zagledala jastučiće da bi prikrila i rasterala svoje uzbuđenje. On je lagano išao pored nje, udišući njen parfem. Ćutao je. Kao da ni sâm nije umeo da pribere misli, jer ga je obuzela bujica osećanja. Opijala ga je ljupkost ove devojke, a nije joj smeo ništa reći iz bojazni da ne bude suviše nagao, smeo ili grub u svojoj uzbuđenoj strasti.

— Zaista, divna soba. Vaše sestre su vredne. Vi se sigurno svi slažete?

Mladić se povrati, kao da ga te meke, nežne reči, koje dolaze sa ženskih usnica, oživeše.

— Svi smo kao jedna duša u kući!

— Kako je to lepo! — otrže joj se kroz uzdah. Gledala je slike tražeći maminu, ali nje nije bilo u sobi, a znala je mesto gde je stajala. Pođe vratima. — A šta je tamo?

— Trpezarija.

Vrata su bila otvorena i ona poznade onu sobu. U njoj je stajao isti onaj veliki sto, samo prekriven vezenim čaršavom; iste visoke stolice obojene crno, starinski orman takođe osvežen crnom bojom i kao nov. Soba je bila puna svežeg, jasnog zelenila od zelenih zidova, da je tako bilo prijatno sedeti u tom zelenilu, koje je pojačavalo i ono drvo, ustreptala lišća, kao duša devojačka, kao srce Nedino. Svuda je ulazio miris voćaka, polja, trave, cveća, da se nije mogla nadisati. Videla je i onu staru, veliku sliku *Bosansko roblje*. Starinski nameštaj bio je sada još lepši. Na divanu bilo je mnogo jastučića raznih oblika i boja.

— Kako je kod vas sve lepo namešteno.

— To moje sestre udešavaju! — govorio je vrlo srećan što joj se sve sviđa.

Na stolu je stajala velika torta i poslužavnik sa slatkim od oraščića.

— Bože, šta ste vi sve spremili! Treba da vam zahvalim. Šta ste mi sve poslali u onoj korpi! Veliko vam hvala.

— To je sitnica! Hoćete li da se poslužite?

— Hvala. Htela bih prvo da vidim sve ove radove. Kako je svaki kutić lep — posmatrala je kao devojka koja ima ukusa i ume sve da zapazi, što je njemu pokazivalo da se razume u kuću i red u njoj.

— Idem da donesem hladne vode — uzeo je bokal i istrčao. Ona ostade da razgleda.

„U ovoj sobi sam večerala. Tada je bio veoma ljubazan.” Gledala je po sobi. Ni tu nije bilo mamine slike. Senka od jasikinog lišća drhtala je na podu kao čipkani zastor.

— A! Ti si došla, Stojanka?! — govorio je Bojan u dvorištu.

— Jesam, gospodine! Samlela sam žito. Puno je naroda u vodenici. Je l' vi imate goste?

— Došla je jedna gospođica.

„Jedna gospođica", prošaputa Neda. Da li on ne sme nikom da me predstavi?

Mladić utrča u sobu. Služio ju je i gostoljubivo nudio.

— Torte ne mogu sada. Vidim da je divna, ali uzeću je malo kasnije.

— Hoćete li da vam pokažem gornji sprat?

— Imate i gore odeljenja?

— Dve sobe. Upravo soba i predsoblje. To su moje odaje. Leti samo, a zimi sam u svojoj sobi, kraj radija. Čekajte da uključim radio. Šta volite?

— Ostavljam vašem ukusu da izaberete.

— Da vidimo šta je u Beogradu. A, ovo je lepo! Orkestar! Izvolite, gospođice! — propusti je ispred sebe. — Ja ću sada napred — ustrča uz stepenice i otvori vrata. Muzika ih je pratila.

— O! Kako je odavde veličanstven izgled! Celo selo se vidi i koliko planinskih ogranaka. Zbilja, božanstveno! Vidi li se moja kuća?

— Na dvogled se vidi.

— Dajte mi dvogled.

On ga donese i podesi joj daljinu.

— Čekajte! Onu kuću poznajem. Ah! Ono je gazda-Obradova kuća. Kako se sve vidi! Jegda je u dvorištu. Eno i Grozde — ona odmače dvogled. — Pa vi i mene uvek vidite na dvogled?

— Kad god iziđete u dvorište.

— Zato vi znate gde sam ja bila — smešila se. — Čekajte, sad ću da vidim gde se mogu sakriti da me ne vidite.

— Zar vam je toliko stalo da se sakrijete i da vas ja ne vidim? — pitao je malo povijen nad njom.

— Zašto me morate videti svakog dana? Možda nisam uvek obučena. Kao onoga dana kada ste ušli. Bilo me je stid.

— Onda ste bili najslađi. Uvek bih voleo da vas onako zateknem.

Ona se odmače, jer se on približio, i pruži mu dvogled sva crvena.

— Imate lepu biblioteku.

Ćutao je, jer je, kao i uvek, odmah skretala razgovor na drugu temu kad joj počne praviti komplimente. Čekala je njegov prekor, ali on ne reče ništa. Sunce je buktalo u sobi i velike snopove bacalo na jedan crveni široki divan. Blistavi snopić pade na njenu siluetu. Zarumeni se bela svila na njoj i zablista joj kosa.

„Evo *Egipatske arhitekture*.” Gledala je knjige, a on je gledao nju. Nešto mu zamrači pogled, kao da i njega ispuni bol. Ona spazi taj sumorni izgled na njegovom licu.

— Što ste se tako uozbiljili? Postali ste najednom neraspoloženi.

— Zar uviđate? Ja sam uvek neraspoložen, samo to prikrivam.

— Otkuda to? A ja dobijam utisak da ste vi vedar i veseo mladić.

— Kad sam s vama i s mojima. A kad sam sâm, onda moje raspoloženje nije tako blistavo. I kad vi odete večeras, ja ću sedeti ovde i biću sumoran.

— A ja ću stati na prozor moje kuće i dobaciću vam da muškarcima ne stoji lepo kad su melanholični. Nasmešite se! — veselo mu je govorila.

— Ne mogu.

— Onda ću ja da budem vesela.

— Još samo to može da me raspoloži. Volim kad ste veseli u mom društvu. Da vidite i ovu sobu.

Ona priđe vratima. Bila je ispred njega. Zastade najednom, kao da nije smela da kroči. Srce joj steže strahoviti bol i kao da joj iščeze svaka kap krvi iz lica. Besvesno pođe napred, i nešto toplo poče da joj se penje u glavu i sve se okrete oko nje. Otvori usta da udahne vazduh i brzo priđe prozoru da ne gleda što ju je tako potreslo.

Na zidu, iznad jedne široke bračne sofe, visila je slika njene mame, ona ista, samo još veća, u bojama, lepa mamina devojačka slika, s mekim, toplim pogledom. Oči mamine susretoše se s njenim, i nju nešto zaboli do srca, kao da je surva u neki ambis. Ali te oči su se smešile, bile su tako nežne, bez prekora, kao da se nisu ljutile što je ona ovde, već su joj odobravale i milo je gledale. Drugo iznenađenje Nedino bila je još jedna slika, isto tako velika, pored mamine, portret nekog mladića. Taj mladi čovek bio je sličan Bojanu, samo mekših crta, bez one odlučnosti koja je izbijala iz svake crte Bojanovog lica i davala mu lepu mušku energičnost, koju je pojačavao i pravilni profil.

Stajala je kraj prozora, kao da nije smela da se okrene. Iznenadila je i ona široka, bračna sofa. Je li on ovo spremio sebi za bračnu sobu? Koga li on želi da uvede u ovu sobu? Nju ili neku drugu? Bio je sasvim nov nameštaj, prostirka na podu od meke žanile, lepe zavese od čipaka, stočić, dve stolice.

— I odavde imate lep izgled — jedva je prošaputala ne gledajući sliku. Trudila se da se savlada i da vrati mirnoću svome glasu. Reči joj se jedva odlepiše i oseti kako su joj usta suva. On ju je posmatrao kao da je hteo da uhvati svaki pokret njenog lica. — Ove se jabuke mogu dohvatiti rukom! — to je bila ona ista jabuka s prvog sprata koja je visoko izdizala svoju krunu i rumeni plodovi su zavirivali u sobu.

Malo pribrana, okrete se, pogleda po sobi i zaustavi oči na maminoj slici:

— Čija je ovo slika? — pitala je mirno.

— To je bila verenica moga ujaka. A ono je moj ujak.

Mogla je sve drugo očekivati, ali nikad te reči. Lupi je opet nešto po glavi i sred srca i brzo se okrete prozoru. Jedna stolica je bila pored prozora, i ona se spusti na nju da se ne bi srušila.

— Je li vaš ujak bio oženjen? — pitala je tupo i osećala kao da joj glas dolazi iz daljine. Pištalo joj je nešto u ušima. Mogla je da vrisne, ali on je stajao pred njom, ona je bila Božana Marić, a on se nije trudio da joj pokaže da zna da je Neda i zato ostade samo Božana.

— Nije bio oženjen. Nikad se nije ženio.

— A zašto se nije ženio kad je imao ovako lepu verenicu?

— Ona je umrla.

Kći podiže svoje oči prema mami. Gledala je i pitala: zašto si ti umrla za njega? Tu je tajna zbog koje sam se ja morala venčati. Htede da kaže: „Bojane, pričajte mi sve! Kakav se tu roman skriva? Ja nisam nikada čula da je mama imala drugog verenika sem moga tate. Zašto je ona to krila? Zašto je bila nesrećna u braku? Je li tata znao za tog verenika? Vaš ujak je bio vrlo simpatičan. Je li bila ljubav posredi?" Ali nije imala glasa, sva je klonula, naslonila se na prozor i tupo gledala jabuke. „Koliko je jabuka!" Podlaktila se i ostala kraj prozora. Prosto se izgubila u svojim preživljavanjima. Jedna zavesa se malo odškrinula s maminog života. „To je mamina devojačka ljubav. Zašto mi nikad nije pričala? Bila sam dete i nije htela. Sirota moja mamica! Ona je patila mnogo, a ko zna šta se sve skrivalo u njenoj patnji?!"

— Gospođice Marić, vama je teško? Tako ste se promenili!

To „Marić" je uvredi, zaboli, osvesti.

— Nije mi teško! Zašto mislite da mi je teško?

— Vidim po vašem licu. Hoćete li da izađemo?

— Zagledala sam se i uživam u vašem lepom voćnjaku.

„Ja sam gospođica Marić. On neće da prizna da sam Neda!"

— Kod vas je sve namešteno s ukusom.

— Sviđa li vam se ova soba?

— Vrlo je lepa. A zašto ste uzeli ovu široku sofu? Ovo je bračna sofa.

— Tako sam i namestio, jer ću uskoro da se ženim.

— I treba! Zašto da živite sami u selu?

— Samo se bojim.

— Čega se bojite?

— Da moja devojka neće voleti selo.

— Zavisi od toga kakvu devojku izaberete. Morali ste je prvo pitati.

— Šta vi mislite: da li će joj se svideti ovde i da li će moći da živi u selu?

— Otkuda mogu da vam odgovorim za neku osobu koju ne poznajem?

Brzo je izašla iz sobe, zadovoljna što mu nije odgovorila. Ali najedared joj sinu u svesti: da li on, zbilja, nema neku devojku koju voli?

Uđoše ponovo u trpezariju i Neda je morala da proba tortu. Sumnja iščeze.

— Vi mene nudite, a zašto vi ne jedete? Morate i vi uzeti jedno parče.

— Ne mogu. Ništa ne mogu sada — podlaktio se i gledao je. Ona je stavila parče torte u usta, ali je osećala da ne može da ga proguta. Jedva joj je prošlo kroz grlo. Taj lepi sivi pogled ju je opijao. Činilo joj se da samo čovek koji voli može tako da gleda. Spustila je kašičicu na tanjir. Šaputao je:

— Recite mi: jeste li kadgod voleli u životu? Ali iskreno mi kažite.

— Zašto me ispitujete?

— Zar ne smemo da razgovaramo kao drugovi? Voleo bih da budem vaš drug, nežan i dobar drug, i da mi sve poveravate.

— A da li biste vi meni sve poveravali?

— Bih. Pitajte me, pa ću vam reći.

— Dobro! Jeste li vi voleli?

— Imao sam jednu gimnazijsku ljubav. Bila je to đačka ljubav, sentimentalna i platonska. Kao student nisam imao nijednu veliku ljubav. Nisam imao bezbrižan život. Mladić koji ima porodicu na vratu ne može bezbrižno da flertuje. Za ljubav treba biti raspoložen i imati materijalnih mogućnosti.

— A vi ste mi pre kazali da ste učinili pogrešku i zavoleli jednu devojku.

— Ali nisam odredio vreme: u prošlosti ili sadašnjosti. Možda je to pogreška iz najskorije sadašnjosti. Muškarac mora jednom ludo da voli — uzdahnuo je i pokrio oči, kao da se utapa u tu svoju ludu, strasnu ljubav, koja je kiptila u njemu u ovom trenutku, a on nije smeo da joj da oduška. — A jeste li vi voleli?

— Nisam. Samo sam jednom simpatisala jednog oficira.

— Kom rodu vojske je pripadao?

— To je sporedno. Neću se za njega udati.

— Zašto, je li zbog kaucije?

— Nije, zbog kaucije, nego tako... neću!

— Je li vas kadgod poljubio taj oficir?

— Ah! Što me to pitate? Zbilja ste čudni. Ne cenite me, čim mi takva pitanja postavljate.

— Ne smatram da je poljubac nepošten. Samo sam radoznao. Oprostite! Recite mi!

— Nije me poljubio, niti sam se ma s kim poljubila.

On ju je posmatrao i videlo se kako je veoma uzbuđen. U mladićkom žaru nije mogao da se savlada, dohvati joj ručicu koja je ležala na stolu i pritisnu svoje usne na nju. Nije mogao da odvoji tu meku, belu ruku od svojih usana. Neda oseti kako je svu zapljusnu topli talas. Glava joj se povi kao da je htela da se sruši na sto. Nesvesno ruka joj se podiže da se zavuče u njegovu kosu. Mlado srce, koje još nije poznavalo zagrljaj ni usne muškarca, drhtalo je i lupalo, a na usnama su treperile reči, samo da se izgovore: „Bojane! Volite li me? Ja sam vaša Neda!”

— Dunja, jesi li tu? — viknu ženski glas, i u predsoblju iz kojega su se videli njih dvoje i povijena Bojanova glava koja ljubi Nedinu ruku, pojavi se studentkinja Cana sa svojom rođakom iz Beograda, studentkinjom Darom.

Ta devojka, koju spazi s Canom, bila je ona ista koju je videla u foajeu sa avijatičarem Brankom za koju je kazao da mu je rođaka.

„Ako je pozna? Možda joj je Branko štogod pričao”, uplašila se Neda. Rešila se da sve odrekne i odmah je razuveri: „Prevarili ste se, gospođice!” Htela je po svaku cenu da još malo sačuva svoj inkognito. Na sreću, začu Bojanov glas:

— Uđite, gospođice! Dunja i Branka nisu kod kuće. Otišle su u grad zbog nekih kupovina i kod krojačice.

— Pa šta ćemo kad one nisu tu! — zategnuto je odgovarala studentkinja Cana.

— Izvolite malo! — usiljeno ih je nudio Bojan. — Da vam predstavim gospođicu Božanu Marić iz Skoplja.

Studentkinja, gošća Canina, uđe prva i predstavi se. Ništa ne reče. Nedi laknu. Nije ju poznala. Sele su, samo zbog Nede, i radoznalo je pogledale. Obe su bile razočarane. Za Canu je ovo bio snažan udarac, jer su se sve njene nade rasplinule kao mehuri. U podsvesti nadala se, mislila je, ozbiljan je, treba ga ohrabriti da se izjasni. I posle takvih iluzija za devojku je najteže kad mladić za koga misli da se zbog ozbiljnosti i neodlučnosti ne rešava na izjavu, najednom natrči na drugu devojku i očigledno pokaže da mu se sviđa. Jasno je tada da je njegova neodlučnost bila ravnodušnost. Ova mu se dopala na prvi pogled, a ona, Cana, dve godine je očekivala njegovu izjavu ljubavi i ponudu za brak! Nešto je steže u grlu kao da joj se pela neka loptica. Iz razočaranja pojavi se preziranje. Prezirala je i njega i nju. „Nevaljalica! Došla mu je kad nikog nema u kući."

Nelagodna pauza oseti se za stolom. Svi su mislili šta da kažu, jer se nikom nije govorilo.

Prva otpoče Beograđanka, studentkinja Dara.

— Vidi, Cano, kako ono drvo ima lepo lišće! Kao srebro!

— Jasika! — prošaputa Neda. Beograđanka je za tren pogleda i nastavi:

— Baš je divno ovo selo, gospodine Mihajloviću! Jesu li porasli vaši voćnjaci?

— Da, mnogo više nego ja.

— Zbilja, interesantno je imati kuću okruženu šumom! Ličite na šumsko biće. Kao Pan! Zimus ste bili sasvim sami?

— Sam kao Verter!

— Sigurno treba imati hrabrosti za samoću. Meni bi bilo dosadno. Zašto niste došli u Beograd? Zar vas ne interesuje velegradski život?

— Da sam bio besposlen, možda bi me interesovao. Bio sam u Beogradu o Uskrsu.

— O Uskrsu?! Pa zašto nas niste posetili?

— Žurio sam. Nisam imao vremena.

Ona ustade, priđe prozoru i pruži ruku da otkine jednu grančicu jasike. Posmatrala je lišće, a ispod oka gledala Nedu. Videla je njen fini profil i velike oči s dugim mirnim trepavicama. Lepe crne oči nepomično su posmatrale sliku na zidu. „Iz Skoplja, a došla čak ovamo da lovi.” Spazila je da je i Cana vrlo utučena i htela je da unese u razgovor duhovitost i koketeriju, s onom sujetom mlade devojke koja dolazi iz velikog grada u selo i oseća da je nešto viša od svih njih, jer je velegrađanka. Posmatrala je baštu kroz prozor, iskazujući divljenje, kao da je samo priroda interesuje, a ne i ovaj lepi mladić, koga se sećala još od prošle godine, kao sveže, zdrave voćke koju bi tako rado zagrizla svojim oštrim zubićima. Priroda je davala još više draži ovom mladiću. Iako je znala da ga Cana simpatiše, mislila je da okuša i svoju moć. Ti usamljeni mladići su sirovi, sveži, strasni; očuvani u lepoj prirodi, oni umeju da vole. A nju je uvek mučila čežnja za muškarcem, bili su joj dosadni svi oni iz salona, sa žureva, fakulteta. Fakultet joj je bio razonoda, ali je teško polagala ispite. U toku studentskog života izgubila je nevinost, i očajanje i ljubavna veza usporavali su svršetak njenih studija. Došla je sada razočarana u selo. Čovek koga je volela, avijatičar Branko, kome je bila i prijateljica, ali on joj nije bio prvi muškarac, oklevao je s brakom, iako je već stekao pravo. Sumnjala je da ne može da joj oprosti što je pre njega imala muškarca, i razočarana gledala je da uhvati prvog koji joj se bude svideo. Ovaj šumski bog bio je divan, i prisustvo ove lepe devojke nije je zbunilo. Brbljala je, duhovita i inteligentna, što joj se nije moglo osporiti, navijala je radio, šetkala od stvari do stvari, što je sve nerviralo Bojana, proklinjao ih je što su došle i kajao se što nije zaključao kapiju. Ponudio ih je tortom, samo da bi što pre otišle.

Cana ne htede da jede, a Dara uze. Vrhom kašičice je stavljala parčiče u nakarminisana usta: uhvatila je njegov ushićen pogled, koji je klizio preko Nedinih rumenih obraza. To ju je naljutilo. Izgubi malo hrabrosti, ali je zagolica da zapita nešto ovu ćutljivu lepoticu.

— Je li lepo u Skoplju, gospođice?

— Vrlo lepo.

— Imate li komaraca?

— Pa nema mnogo.

— Nema više. Isušene su sve bare! — umeša se Bojan. — Nema više ni starih turskih kućerina. Kakve su se palate podigle u Skoplju! Gospođicu je ipak ujeo jedan komarac i dobila je malariju.

Neda ga zahvalno i milo pogleda. „Da li je hteo da me spase da se ne uplatkam u razgovoru, ako zna da sam Neda, pa odgovara umesto mene?"

— Skoplje se vrlo lepo izgradilo — nastavljao je Bojan. — To je varoš velike budućnosti.

— Ne bi čovek poznao Skoplje — osmeli se i Neda nešto da kaže, malo upoznata s prilikama u Skoplju.

— Kad ste vi, gospođice, došli iz Beograda? — upita Beograđanku Bojan.

— Juče.

— Rešli ste opet da dođete?

— Mogla bih svake godine posećivati vaše selo.

— Toliko vam se dopada?

— Zbilja mi se dopada! — koketno ga je gledala i mladić skrete pogled na malu Nedu. Ona je posmatrala studentkinju. „Dakle, to je Brankova rođaka, da li joj je kazao istinu?" Čudila se kako ravnodušno misli o Branku. Zažalila je što ne može da joj postavi takvo pitanje, samo da vidi Bojanovo lice. Kako je umeo da razgovara s devojkama, i bio gostoljubiv, ali je svaki čas nju pogledao. Canu su ubadali u srce ti pogledi kao nož.

— Napolju je lepše! — jedva je izgovorila. — Hoćeš li, Daro, da vidimo voćnjake, pa da idemo.

— Kako hoćeš.

— Hajdemo.

— I ja idem! — prošaputa Neda.

— Zašto da idete, gospođice? Ostanite još malo! — brzo je odvratio mladić.

One pođoše prve, a Neda za njima. Bojan ugrabi momenat, dohvati joj prstiće i steže. Trgla je ruku uplašena da one ne vide. U njenoj ozbiljnosti bilo je i tuge. Ženskim instinktom osetila je da Cana simpatiše Bojana. Možda joj je davao nade. Drugi put se susreću i ona uvek ćuti. Čak na Nedu i ne obraća pažnju i neće da govori s njom. Da je mogla da pogodi njene misli, Neda bi bila zgranuta. Cana ju je smatrala za jednu od onih devojaka koje imaju anđeosko lice a pokvareno telo i dušu, i zbog kojih se mladići ne žene poštenim devojkama.

Beograđanka malo zastade želeći da ide s Bojanom, ali on se zadrža kraj Nede, koja je stajala ispred jednog velikog bokora ruža. Cana je povuče.

— Hajdemo napred! Vidiš da vole da su sami! — ljubomora ju je pekla.

Neda je rasejano govorila gledajući ruže.

— Ah, kako su divne ove ruže! — naže se da ih pomiriše i oseti meke, kadifaste listiće na usnama. Bili su još topli od sunca.

— Vi ste lepši od njih — šaputao je Bojan. — Tako sam ljut što su došle! — otrže mu se ono što ga je mučilo.

— Kakav ste vi domaćin! Ne volite goste? Zar vam nije prijatno društvo obrazovanih devojaka?

— Danas posle podne nisam želeo da iko dođe. A vi volite što su došle? Jedva čekate da odete!

— Nema smisla da ostanem kad vaše sestre nisu ovde. Hajdemo za njima. Zaostali smo.

— Kako pazite na sve sitnice! A mene se baš ništa ne tiču! Božana, tako ste slatki!

Brzo je pošla ispred njega. Otvorila je usta da udahne svež vazduh. Bašta je bila prošarana mekim rumenim zracima. Kroz poslednje zrake dolazili su hladniji talasi vazduha s planina i svežina od reke i još se jače osećao miris cveća.

— Ukrala sam vam jednu krušku! — dobaci studentkinja Dara, zagrizavši krušku zdravim zubima.

— Naberite koliko god hoćete!

— Nećemo vas oštetiti?

— Kakva šteta, kod ovolikog voća?!

Cana je išla ispred nje, da bi bila na što većem odstojanju sa svojim očajanjem, i odbacila bol koji joj je stvorila ova devojka s krupnim očima. Šaputala je s osmehom i žuči u srcu:

— To je njegova ljubavnica. Mita baš kaže da je on nju doveo u selo, jer mu sestre i brat idu na more. A kako je bio potuljen! Tako mi je sada odvratan! Dovesti ljubavnicu u selo!

— A što ti to da dopustiš? Zašto ga nisi lovila?

— Da ga lovim? Kako? Je li kao ona? Došla mu je čak u selo. Vidiš, bio je u Skoplju i sigurno se tamo upoznao s njom. Strašne su devojke: doći čak iz Skoplja u selo jednom mladiću!

— Lepa je. Da li je voli?

— Voli je kao što svaki muškarac voli pokvarenu devojku.

— Nemoj tako da govoriš! Ne poznaješ život. A ovakve se prilepe uz muškarca kao polipi, pa jednog dana pred oltar! Baš si luda: jedina si obrazovana devojka u selu, a on dovodi drugu iz Skoplja! Da sam bila na tvom mestu, uhvatila bih ga ja još i te kako! Je li on bogat?

— Kako da nije?! Vidi šta ima voća. Silne pare dobija za voće. To je čitava renta. A šta ima šuma! Ujak mu je ostavio i novac i imanje. S tim novcem je kupio šumu. Nekoliko vagona drva ima da proda. Još se trasira pruga, a on već pravi uski kolosek do glavne pruge za prenošenje drva. Ali u selu živeti! Baš ne marim! — govorila je Cana, kao lisica, kad nije mogla da dohvati grožđe pa uzviknula da je kiselo.

— Čekaj da uzberem ovu breskvu. Baš su slatke! Vidi kako se pravi kao madona! On je zgodan mladić! — zagrizla je snažno breskvu, kao da je na njoj htela da iskali svoj jed. Uzdahnula je: — Ovo je pravi muškarac! Taj ume da zagrli! — ali njih dve su danas videle da je ova nadmoćnija. Okrenula se na peti i pošla brzo, smejući se: — Cano, sigurno joj izjavljuje ljubav! — trgla se jer je videla Canino lice. —

Nemoj da se sekiraš. Bolje za tebe. Kad je otprati, razočaraće se u nju, pa će uvideti koliko ti vrediš. Voliš li ga?

— Bio je simpatičan. Ostavljao je na mene utisak vrlo ozbiljnog karakternog mladića.

— Nemoj zaboraviti da je muškarac. Potrebna je čoveku žena! Ali ti si luda! Devojci je teško u Beogradu da sačuva mladića, jer ga hvata stotinu njih, a ti si mogla njega da uhvatiš kao leptira i da ga držiš u ruci.

— Trebalo je da mu se podam kao i ova?

— A zašto da mu se ne podaš? Moraš mužu da doneseš nevinost! Jest', i on će tebi doneti nevinost!

— Zar bi ti mogla to da uradiš? — pitala je iako je verovala da je ona tu brigu već prebrinula.

— Ja imam svoje poglede na život! Hoću da živim, da se provodim, i znam da ću se opet udati. Ako mi se neko svidi, ne boj se, žrtvovaću mu i nevinost.

— Tako govoriš, ali i ti patiš zbog Branka.

— Ne patim! — lagala je. — Valjda je on jedini muškarac! Provela sam se s njim, pa se možemo i rastati. Osećam da ne mogu dugo da volim jednog muškarca — obmanjivala je i Canu i sebe, a očajavala je zbog Branka. Bila je od onih devojaka koje nikad neće da priznaju svoj poraz. Volela je što joj se Cana divi. Cana joj je čak i zavidela, ljuteći se na samu sebe što ne može da bude ovakva kao ona. Sputavalo je patrijarhalno vaspitanje, a primeri oko nje ukazivali su joj na nov put života kojim idu mnoge devojke. Ako imaju očaja, imaju i radosti. A ona samo tugu i razočaranost. Ozbiljnost ovog mladića pojačavala je kod nje ubeđenje da treba da ostane poštena devojka. Verovala je da mu se dopada. Danas se strašno razočarala. On je nepošten i uhvatiće ga nepoštena devojka. „Ej, luda Cano! Ti sediš i čekaš da ti izjavi ljubav i zaprosi te, a ova došla da mu se baci u zagrljaj i da mu uzvikne da se mora oženiti njome."

— Hoćeš li se udati za Branka? — pitala je Daru da bi našla utehe u njenom neuspehu.

— Ne znam. Imam još jednu priliku. Bogat je, samo stariji. Veruj mi, nisam u Branka ludo zaljubljena. Bila sam, ali me je prošlo. Glavno je: hoću da se udam! On je lep mladić, dobar i nežan. Samo sam se jednom razočarala u njega. Bili smo u pozorištu, ja sam bila s mojima, on je tada bio na odsustvu i dogovorili smo se da dođe. Dok smo stajali u foajeu, on ugleda jednu lepu crnomanjastu devojku. Sav se promenio kad ju je video. Javio joj se, i rekao mi da je to jedna gospođica koju je poznavao iz grada gde je ranije bio sa službom. Ništa, ja sam mu poverovala. Kad se svršila opera, požurim za njim, kad on izleteo već da vidi onu devojku, ali ona uđe u auto s jednim gospodinom. Sutradan sam ga napala i priznao mi je da je voleo tu devojku. Sad, kako da veruješ muškarcu: da li voli tebe ili još koju? Jaoj! Šta je oraha! Je li ovo sve njegovo?

— Jeste.

— Uh! Što ja volim mlade orahe! Luda moja Cano, ne umeš ništa. Zašto ovo sve da ne bude tvoje?

— Pa i ti ne umeš!

— Ali ja se ne jedim. Bar sam se provela. Ako malo i patim, ja se tešim. Sad i ja varam Branka, da mi ne bude krivo ako se rastanemo. Pravo da ti kažem: šta ti je oficirska plata? Ne bih nikad imala život koji imam kod oca. Ta plata ne znači ništa za mene! Da je prebrojavam svakog meseca i da lupam glavu kako da rasporedim novac! Ja volim ugodan život, a sa svojim prihodom on ne može da mi pruži takav život! Ti si sva utučena! More, nemoj da patiš! Otići će ova, pa ti onda pamet u glavu!

— Mani! Što misliš da patim?

— Što kriješ? Vidim ja. Čekaj, sad ću da ga zovnem. U inat njoj! Gospodine Mihajloviću, hoćete li da mi uzberete jednu krušku? Visoko je, ne mogu da dohvatim.

Požurio je, a Neda uspori i zasta.

— Eno, onu žutu! Prosto me mami. Cano, hoćeš li i ti jednu?

— Neću.

— Što vas ova Cana štedi! Ona je najskromnija devojka koju sam ikad videla. Stid je jednu krušku da vam uzbere.

— Zašto, gospođice Cano? Molim vas uberite koliko god hoćete.

— Zar sam ja željna voća? Ne mogu! Imamo i mi pun voćnjak.

— Bogami, mi smo u Beogradu željni. Obrstila bih vam sve voće kao koza.

— Samo ako možete, obrstite! — nasmeja se Bojan.

— Što je divan hlad pod onim granama! Zamisli Cano: ćebe, jastuk i knjiga — potrčala je. — Šta je ovo, gospodine? — zvala ga je opet.

— To je leska!

— Ima lešnika! Puno leski imate. Šta radite s tolikim lešnicima?

— Nešto prodam, a nešto ostavljamo za kuću.

— Dabome! Ova torta što sam jela bila je s lešnicima.

Bojan se okrete. Neda je bila dosta daleko.

— Pardon! Gospođicu sam ostavio samu.

Pođe joj u susret. Cana se naljuti:

— Što ga zoveš? Ispadamo smešne. A ona se pravi važna kao da je dama, a ko zna kakvo je đubre! Hajdemo, molim te! Vidiš, njemu je neprijatno što smo došle. Pokvarile smo im sastanak.

Sunce se spusti iza brda i izgubiše se zraci u voćnjaku. Zelenkasta boja dobi tamniji ton.

— Mi idemo! Pozdravite Dunju i Brankicu. Neka dođu sutra do mene.

— Dobro, reći ću im.

— I ja ću kući — progovori Neda.

— Zašto ne ostanete? Sad je najlepše u bašti.

— O, pa već je sunce zašlo. Ja sam došla ranije. Idem!

— Ljutim se što ne ostanete — šaputao je. Lice mu se smrači. Pogledao ju je prekorno. Izađoše na drum. Stada ovaca su se vraćala i čule su se medenice. Iz daljine je dopirala tužna, razvučena pesma. Daleka planina je tamnela.

— Mi idemo ovim putem! Zbogom! — oprosti se Cana. Bilo joj je jasno da im njihovo društvo smeta. „Pravi se poštena, a došla u kuću kad mu sestre nisu tu." Ona uhvati rođaku ispod ruke i odoše žurno.

— Što ste i vi morali da idete? Mislio sam da večeramo zajedno.

— Zar prvi put došla u kuću, pa da večeram?

— U selu nema varoških etikecija. Ko god dođe, on nam je mio gost i zadržimo ga na večeri. A vi ste mi, eto, najmiliji gost! Tako sam se radovao vašoj poseti, a one baš danas naišle!

— One su simpatične i školovane devojke. A vi niste bili baš naročit kavaljer prema njima i gospođica Cana je otišla uvređena!

— Kako sam mogao biti bolji kavaljer? Nisam valjda mogao vas da ostavim i da njima pravim društvo! Ali zašto idete? Hajde da se vratimo. Hoćete li, gospođice Božana?

Nju štrecnuše i uvrediše te reči.

— Ne, idem kući! Ne morate da me pratite. Sama ću.

— Zašto najednom takav ton? U ovom trenutku ste se nešto naljutili. Šta sam, gospođice Marić, kazao što vas je moglo naljutiti?

— Ništa! Apsolutno ništa! Kakva ljutina? — pogledala ga je širom otvorenih očiju, ali u njima su se kupile dve potajne suzice.

Dograbio joj je ruku:

— Ne dam da idete! Hoću da se vratite, da večeramo, da porazgovaramo.

— Neću da se vraćam! Sestre vam nisu tu. Zar bi imalo smisla? Ne bih ni došla da sam znala da nisu kod kuće.

— Nije vam stalo da me vidite? Recite iskreno! — išli su putem pored bagremara čije su guste grane bacale senku. — Zašto ne odgovorite? Ne volite da me vidite i jedva čekate da me ostavite — prišao joj je još bliže i naglo joj obavio ruku oko ramena i privukao je sebi. Pokušala je da se izvuče, ali je on čvrsto držao. — Hoćete da me naterate da vas uzmem u naručje i odnesem kući! — divljačkom snagom je privuče na grudi. Pesma se razleže sasvim blizu i odjeknu topot konja. Seljak projuri na konju. Neda se odmače od njega.

— Kako se to ponašate? — govorila je kao uvređeno, a tako je malaksala odmila da se mogla srušiti.

— Neću više da budem učtiv! — strasno je šaputao.

Pojaviše se žeteoci. Pevali su i nosili klasje u ruci. Momci i devojke zajedno su išli i pevali. Pesma se razlegla, tužna i široka: *Ječam žnjela Koviljka devojka*. Topla narodna pesma, slatka i melanholična kao ljubav. *Ja te žnjela, a ja te ne jela, svatovski te konji pozobali...*

— Dakle? Baš hoćete kući?

— Moram. Šta ste vi hteli?

— Da ostanete još kod mene. Ah, prosto sam lud! Zaista, lud! — gledao je neodređeno u visoke planine. Sveži vazduh s planina pirkao je oko njih. U prvom večernjem sumraku njegovo lice je bilo još tamnije. Tek sad se videlo kako je opaljen suncem. A beli šeširić je pokrivao plavu toplu kosu i oči su joj bile pune devojačkih čežnji. Bela svilena haljina meko je padala. Osećalo se ispod nje mlado, vitko telo. Mladić se strese kao u groznici. — Ne dam da idete! Jeste li čuli, ne dam! Hoću da se vratite sa mnom.

— A ako neću? — začikavala ga je, a srce joj je treperilo. Oh, trebalo bi malo da ga muči, jer je zaslužio. A tako je bio sladak! Smešila se nestašno i gledala njegove zamračene, ozbiljne oči. — Gle! Sad su vam crvene oči. Kako imate velike zenice...

— Koje vi ne volite...

— Nisam o tome razmišljala.

— A potrebno vam je da mnogo razmišljate?

— Zar vi ne razmišljate?

— Ne! Ovog trenutka ne mislim već osećam da bih sto čuda mogao napraviti!

— Što ste tako uzrujani? Volim kad ste taktični i kad lepo razgovaramo.

— Taktičnost je nekad glupa i smešna. U ovom trenutku je vrlo smešna. Tražite da budem taktičan, a ja bih ovog momenta mogao drvo da iščupam.

— Iščupajte, da vidim koliko ste jaki!

— Opažam nešto: vi se igrate sa mnom!

— Nisam ni pomislila! Bogami! Samo hoću da vas umirim — izgovori ona tužno.

— Ironijom da me umirite? To je najopasnije.

— Gospodin Mihajlović! — viknu jedan glas s ruskim akcentom. — Dobro što sam video gospođicu! Tražio sam vas kod kuće. Vruće piroške sam vam doneo. Žalim što niste bili kod kuće. Samo za vas sam nosio. I Bogdan mi je pomogao.

Bojan sav klonu od ljubomore, ali se, ipak, osmehnu.

— Gospođica je bila kod nas u poseti, pa je pratim kući.

— Ako nas primate u društvo, poći ćemo i mi s vama.

— Hteo je još i balalajku da ponese da vam svira — govorio je Šumadinac, geometar.

— Žalim što ne poneh. Sad bismo mogli da sednemo na onu livadu i da sviram. Drugo veče. Vi nećete biti ljubomorni da sviram gospođici? — obraćao se Bojanu.

— Zašto bih bio ljubomoran! Gospođica voli vaše društvo. Baš mi je kazala!

Neda ga iznenađeno pogleda. Da li ovo u ljutini govori? Oh, njen mužić je strašno ljubomoran! Ako! A da li je pomislio da i ona može biti ljubomorna zbog onih dveju devojaka i one Bosiljke. Baš i neka bude! Sve zaobilazi: „Gospođica Božana!" Nikako da kaže: „Vi ste moja slatka mala ženica, morate se vratiti našoj kući, jer je to i vaša kuća". Ponaša se kao da je zove u garsonjeru. Nežno je pogledala Rusa:

— Gospodine Sergije, imate li vi oca i majku?

— Nemam nikoga. Samo jednog brata u Rusiji. Roditelji su mi umrli. Ja sam potpuno sâm. Zar to nije žalosno? Jeste li videli voćnjake gospodina Mihajlovića? Kakva lepota! I gospodin Mihajlović je lepotan. Devojke ga obožavaju.

— Čula sam da ga mnogo vole devojke i da on voli njih.

Bojan je usplamtelo pogleda. Da li je mala Božana ljubomorna? Nasmešio joj se.

— Ne znam da li ih on voli. Ne mogu grešiti dušu da to govorim u društvu gospođice. Ali znam da ga one obožavaju.

— Vidite, gospođice, da nisam ženskaroš — Rus ga je raspoložio svojom iskrenošću. — Gospodine Sergije, što me ne posetite?

— Ne mogu, gospodine Mihajloviću, imali smo mnogo posla. Danas sam ostao da umesim piroške ali, ne za tebe — okrete se svom drugu, Šumadincu — nego za gospođicu.

— Zahvaljujem vam što ste se zbog mene trudili.

— To je malenkost. Možemo li doći jedno veče s balalajkom?

— Pravićemo jedan izlet u planinu, pa onda ponesite vašu balalajku! — pozva ga Bojan ne dopuštajući Nedi da govori.

— To je još bolje! I gospođica da pođe na izlet. Pevaću vam i svirati.

Šumadinac, geometar, ćutao je i puštao Rusa da govori, jer je odmah shvatio situaciju i već se povlačio, dok Rus nije mogao da shvati da jedan mladić, ako voli devojku, može da joj zabrani da joj se i drugi divi i obožava je. Rus je osetio istinsko divljenje prema ovoj lepoj devojci.

Dopratili su je do šljivika i Bojan nije mogao više s njom nasamo da progovori. Kad je ušla u sobu, posle svih preživljavanja, opet je nadjačao bol: mamina slika kad je bila verenica, muž koji neće da je pozna, a kao bajagi voli je. Legla je i plakala. Kroz suze se sve filtriralo i san je dolazio, pa se prekidao, slatka misao ga je proganjala, srce joj je drhtalo. Osećala je da ima nešto lepo u njenom životu, neko misli na nju, to je njen muž, ona neće preživljavati bojazan, razočaranje: da li da se uda za njega. Predosećala je da će se odigrati nešto veliko i lepo u njenom životu. Naslućivala je ljubav kao snažni miris planine, polja, cveća. Htela je da zaspi, ali je gonila san. Slatko joj je bilo da misli na njega. Osećala je samu sebe, svoje telo, grudi, oble mišice. „Ah, zašto on ovaj čas nije ovde?"

Najedared je začula neki šušanj kraj prozora. Kao koraci koji su se prikradali. Zadrhta u postelji. Nije to bio strah, već drugo uzbuđenje, slatko, opijajuće. Nešto meko pade na pod. Kao hartija. Ona pritaji dah. Opet se čuše koraci, a zatim se više ništa nije čulo. Ona se lagano diže s postelje. Opipa rukama u mraku po podu. Nađe jednu hartiju.

Stegla je hartijicu, pritisla je na grudi i skočila ponovo u postelju. Nije htela da pali lampu. Možda je on tu i gleda iz prikrajka. Nije htela da joj vidi lice. Kako joj je bilo slatko u tom trenutku. Nije znala šta je ljubav i sve je bilo novo za nju: poseta njegovoj kući, topli zagrljaj, nežne reči. Zaboravljala je tragediju života; tuga se razilazila kao teški oblaci i u ovom času videla je ispred sebe život pun svetlosti.

„Da li da pročitam? Neka me vidi! Ne, neću! Kako je divan! Nije mogao da izdrži da mi ne pošalje nekoliko reči. Možda kaže: Nedo! Ah, ja sam Božana! Kako sam smešna. Mislila sam da me neće poznati jer me je video jednom i zaboravio. Kako sam ja njega odmah poznala?" Podvukla je pisamce pod jastuk i čekala da se malo razdani. A noć, za inat, nije mislila da iščezne. Uvukla se u sobu, u svaki kut. „Ah, mi ćemo biti srećni! On je dobar! I kako je sve u redu kod njega! Svaka stvarčica je na svom mestu." Nije hteo dve postelje, nego jednu, široku. Mogla je biti i manja, sasvim mala, da se priljubi uz njega. Bila joj je vrućina i ona baci pokrivač. Napolju je šuštalo lišće. Kao da su žuborili sitni talasi mora. Siva boja se uvlačila u sobu. Ranije je uvek patila kad se probudi u sivo svitanje dana.

Nešto joj teško, mučno ispuni grudi. Uvek je plakala, jer je znala da joj novi dan neće doneti ništa lepo već samo novo buđenje bola. Svitalo je! Iz postelje videla je zarumenjeni krajičak neba. Sveži vazduh je lebdeo oko nje. Dvorište se budilo. Skočila je. Prišla je prozoru. Razvila je hartiju i počela da čita: „Je li mogućno? Ko ovo piše? Strašno!" Gledala je bleda slova pisana olovkom. Nije verovala svojim očima.

Varaš se ako misliš da ćeš ga uloviti. Ako ti i priča o ljubavi, laže te! On je samo moj i ostaće moj. A tebe će izigrati i ostaviti. Zato čisti se iz sela dok ti je čitava glava, jer možeš zlo proći.

Nesvesno je pogledala kroz prozor. „On je moj, samo moj." Nešto iščeze u njoj kao najlepši san, i ponovo se pojavi stvarnost, i isti bol, koji ju je razdirao godinu dana, svako jutro u sivo buđenje dana. „Ne, ne! Ovo je kleveta. On nije takav. Šta ima da me izigra? Moj muž! Ko li ovo piše? Cana ili Bosiljka? One ga obe vole. Zar može jedna studentkinja ovako da preti? A zar se u ljubavi ne preti? Obrazovana devojka može da smisli osvetu kao i najneškolovanija." Zgužvala je hartiju i bacila je. Zgadila se. To je držala pod jastukom i sanjala o ljubavi! „Ko zna, možda je imao kakvih veza? Muškarac je! I sad mu je teško da ih raskine." Svakako je to glavni razlog što se pravi da je ne poznaje. Ne sme da je predstavi nikome, jer i njemu svakako prete. Zašto je to radio, kad je znao da je oženjen? „Čisti se dok ti je glava čitava!" Obuze je strah. Ne od smrti, nego da je ne unakaze, osakate. Pre će biti da je to od one Bosiljke. Setila se njenih pretećih pogleda. Šta zna jedna seljanka? Dođoše joj na pamet kriminalni događaji po selima o kojima je čitala: „Ubila žena ljubavnika. Napala ga sekirom! Zaklala!" Stresla se i podvukla pod jorgan. „Izbegavaću ga! Neće me videti nekoliko dana." Osetila je da će ga tako najbolje upoznati. Ovo pisamce treba da sačuva. Ustala je brzo, uzela ga i stavila u kofer. Slatka maštanja su iščezla. Kao da ju je obuzela groznica koja izaziva bol. Gnusne, prljave reči kao da su uprljale ono svetlo što je bilo oko nje. Mislila je da se on prikrada njenim prozorima. A možda je neko vrebao s kamenicom, revolverom. Moraće pozatvarati noću sve prozore. Neće nikome ništa da priča. Umorna, uvali glavu u jastuk. Oči joj se zatvoriše. Bol je bio težak kao neki teški pokrivač koji joj je pritiskivao glavu i srce. Zaspala je sva u suzama.

Sestra smišlja plan

Stanojka je veselo pričala, kao da želi da im saopšti radosnu novost:

— Dolazila vi jedna lepa gospojica! Ama, znaš kakva je! Oči joj ovolike! Kô u teleta! I kako joj ono plava kosa? Kô kudelja! Ja dođo' iz vodenice. Gospodin mi ne reče ništa. Sedeli su gore u sobi.

— A! U sobi su sedeli?

— Jeli su tortu!

— Ako! — ravnodušno je govorila Dunja. — A je l' dugo bila?

— Ne znam vi reći. Sunce već na smiraju beše kad se vrnuh iz vodenice.

— A što si ti danas išla u vodenicu?

— Gospodin Bojan me posla: idi, kaže, samelji ono žito! A na njoj bela haljina! Sva u belo! I šešir joj beo.

— Lepa je ona.

— A ko je to?

— Iz Skoplja je. Otac joj je potpukovnik.

— Pa što je došla u naše selo?

— Da letuje.

— A 'oće l' dugo da ostane? — zapitkivala je Stanojka kao prosta žena koja je u stanju sto pitanja da postavi o jednoj stvari.

— Ne znam.

— Ama, naš gospodin je nešto mnogo gleda.

— Gleda je? A gde si ti to videla?

— Onamo! Kod one ruže. Miriše ona ružu, a crvenija od ruže. Oborila oči, a gospodin joj nešto šapuće. A, treba gospodin Bojan da se ženi. Da sam ja muško, ne bi' joj našla mane.

— A jesi l' ti kao ocenila da mu se ona dopada?

— Što da mu se ne dopada? Gospod je ubio, kako je lepa! Sva je jedra! Baš su stvoreni jedno za drugo.

— A ko je to jedno za drugo? — upita Brankica, koja upade u kuhinju.

— Božana i Bata!

— Otkuda Stanojka zna Božanu?

— Dolazila danas u posetu! — odgovori Dunja i značajno je pogleda.

— A, zato smo mi morali da mu umesimo tortu.

Dunja je preseče očima da ćuti.

— A zar vi on nije kazao da će ona da dođe? — pitala je Stanojka.

— Jeste! Jeste? Znale smo mi. A ti si ocenila da mu se ona dopada?

— Jes'! Bogami! Dolazila je i Cana i ona njena rođaka što je lanjske godine dolazila. Ali gospodin ni da ih pogleda! Trče one same kroz voćnjak, a on sve uz nju i nešto šapuću.

Dunja i Brankica se opet pogledaše. Dunja uzdahnu.

— Hajd'mo, Brankice! Vojo — zovnu brata. — Znaš li ko je danas dolazio Bati?

— Ko?

— Božana! Zamisli: udesio da mi odemo i nju doveo.

— Bože, što ste vas dve šašave! A što da je ne dovede? Pa takve žene se dovode kući!

— Ćuti ti! Nismo mi šašave, nego pametne! I vodimo računa o njegovoj časti.

— Ha! Ha! Ha! — udari brat u smeh. — On je devojčica pa da mu čuvate nevinost!

— Ne mislim ja na njegovu nevinost, nego na njegov karakter. Obojica ste jednaki!

— I ja bih je doveo da me ostavite samog. Bato, molim te, da ti nešto kažem.

— Šta ti imaš da mu kažeš? Ja ću da mu kažem — naljuti se Dunja.

— Šta se vi to prepirete? — pitao je Bojan, pušeći i sedeći za stolom u bašti.

— Strašno su se uplašile za tvoju čednost!

— Zašto su se uplašile?

— Pa Božana ti je dolazila!

— Gle, čuli ste već? Sigurno vam je Stanojka kazala. Jeste, dolazila je.

Dunja sede i podlakti se. Gledala je oštro brata.

— Reci mi, Bato, samo ovo: ceniš li ti nju? Hoću to da znam.

— Zašto da je ne cenim? Slatka devojka, ozbiljna, pametna, vrlo lepa, vaspitana...

— Vidi se da je vaspitana. Zaista, vrlo vaspitana! Došla ti na noge. Mogao si je odvesti u šumu, nisi morao kući da je dovodiš, da čak i Stanojka vidi kako joj šapućeš. Nisam mogla verovati da si takav!

— Ha! Ha! Ha! — nasmeja se i on. — Vojo da l' me i ti osuđuješ?

— Ja sam im kazao da su obe šašave! Šta se njih tiče koga ćeš da dovodiš. Boga mu! Pa to je divno. Zavidim ti, Bato! Blago tebi!

— Zavidiš mu što je došla u kuću! Samo se čudim kako je nije stid?

— Zašto da se stidi? Ona nije došla na moj poziv, nego na vaš!

— Kako na naš poziv? Kad smo mi nju zvale?

— Ja sam je pozvao i kazao da vi želite da vas poseti i da se osobito radujete da je vidite u svojoj kući.

— Skandal! Jesi li, boga ti, tako kazao?

— Časti mi, jesam!

— Ne vodiš ti računa o svojoj časti kad tako što radiš.

— A šta je tu nečasno?

— Zato što znaš dobro kakve obaveze imaš. Zašto nas, Bato, sekiraš? Zar možemo sad spokojno da odemo na more, kad znam da ti se ona uvlači u kuću. Ti zaboravljaš Nedu!

— Jaoj, opet Neda! Molim te, Vojo, spasavaj me od te Nede!

— On tebe da spasava? — naljuti se Dunja. — Neda je tebe spasla! Ti, Bato, zaboravljaš da si mogao otići u zatvor! A ona, znaš dobro, ništa nije htela da oda šta se desilo. Ne znam, kakva je da je, zaslužuje da je dovedeš u kuću kao svoju ženu.

— Jesam li ti ikad kazao da je neću dovesti?

— Nećeš! Sad vidim da ti imaš neke razloge što je ne dovodiš. Otkako je došla ova Božana, ti si se sav promenio. Misliš da mi ne znamo kako joj šalješ pune korpe?

— Zašto da ne budem kavaljer prema jednoj devojci kad ima svega i svačega u našoj kući?

— A šta ti imaš, kao oženjen, da budeš prema njoj kavaljer! Šalješ joj voće, sir, jaja. Čak si naredio Stanojki da ti očisti jednu plovku. Kažeš za radnike u barakama, a sve nosiš njoj i ona to prima.

— Šta ti misliš, Vojo, o njima dvema i o svemu ovome?

— More, ostavi ih! Lude su obe! Ne razumeju one život i nas muškarce. Ja znam da joj ti šalješ, ali ti nikad ne bih zamerio. Možeš uvek meni da daš da joj ja odnesem. Pričao mi je Milija: propade, veli, tvoj brat pored ove plave, a Bosiljka da se pojede od muke!

— Ti je, dakle, i posećuješ?

— Bio sam dva puta kod nje.

— Mene samo čudi kako mirno govoriš kao da teraš inat s nama. Žalosno je to! Ništa! Podnesi tužbu za razvod braka i oženi se ovom! Ali znaj, iako si mi brat i ludo te volim, ne bih ti kućnog praga prekoračila!

Bojan je naglo zagrli i poljubi.

— Divna si ti, Dunjice! Samo zbog tebe neću ostaviti Nedu.

— Zbog mene? Što zbog mene? Valjda zbog sebe! Ti znaš šta se sve odigralo u njenom životu. Nemoj da zaboraviš smrt njene mame! — zajecala je.

— Pusti je neka plače! — šalio se Voja. — Ženama ništa lakše nego da se rasplaču. Ali nikad nemoj da pridaješ velike važnosti ženskim suzama.

— I tu sam ti rečenicu našla u notesu — tek tada progovori Brankica. Ćutala je sve vreme i pustila da Dunja govori bratu. U njoj je bilo i sažaljenja prema Nedi, ali i žalosti prema bratu, što je morao tako da sklopi brak.

— A šta ćeš ti da radiš kad je mi vidimo, pa se napravimo da ne znamo da je dolazila? — zapita Dunja brata.

— Vi ćete joj se lepo izviniti, kazaćete da vam je žao što niste mogle biti kod kuće, već ste morale otići u varoš. Tako sam joj ja objasnio vaše odsustvo.

— Mi da joj se izvinjavamo? Oprosti! Takvima se mi ne izvinjavamo.

— Ćuti, Bato, ja ću umesto njih da kažem.

— A, ne, one će reći! Znam ja njih. Imaju one dobro srce i vole me. Šta ste kupovale u varoši? Niste mi ni pokazale. Je li ti, Brankice, lepa haljina?

— Jeste! — hladno je odgovorila sestrica.

— Zar nećeš ni da mi je pokažeš?

— Sutra ću ti je pokazati. Umorna sam. Hoćeš li, Dunja, da idemo da legnemo?

— Možemo!

— Stanojka — zovnu Bojan — je li lepa ona gospođica? Kako ti se dopala?

— Da sam muško, ne bih joj našla nikakve mane. Vala, kažem gospojici Dunji: baš onako oboje ličite jedno za drugo! Majka Bosiljkina se neprestano raspituje za vas. Ali nije ona njena Bosiljka za našu kuću. Kako samo grdi majku! Svojim ušima sam čula kako joj kaže: „Marš džukelo!”

— A ova je lepa, je li?

— Nešto vi njoj mnogo šapućete! A ona sva crvena kô ruža.

— Sutra ustani ranije, Stanojka! — umeša se Dunja.

— Onako nešto da uvedete u kuću! — oduševljavala se Stanojka. — Samo da nije lenja! Mrzim ti žensko čeljade kad je lenjo!

— Vredna je ona, Stanojka! Ne znaš ti kako je vredna! — ironično je govorila Dunja. — Jesi l' joj pokazao celu kuću? — pitala je brata.

— Celu. Tako se divila vašoj kosovskoj sobici. I dobile ste obe kompliment od nje da ste vrlo lepe devojke!

— A šta je kazala za mene? — interesovao se Voja.

— Kazala je da si simpatičan dečko!

— Dečko? Ja sam mladić! A! Dok samo ja odem na more! Furore ću da pravim! Dalmatinke su vatrene i kažu da sve imaju lepo telo. O, ova Batina ima lepo telo!

— Divi joj se! Samo joj se divi i ti! Idi zaprosi je sutra za Batu.

— Čuješ li ih? Šašave su, bogami. Mislite da smo mi muškarci kao vi žene: čim se zaljubite u nekog, odmah biste htele da se udate za njega. Mi se zaljubimo u deset njih, pa nijednu ne uzmemo! Devedeset devet devojaka treba upoznati, pa se tek stotom oženiti.

— I to je iz zbirke tvojih aforizama!

— A ti si, Brankice, sve aforizme naučila napamet!

— Zato što su i njoj potrebni. Ona sve to guta!

— Te gluposti ja ne gutam. Čitam mnogo pametnije stvari.

— Osećaš li, Bato, da smo mi u kući dva fronta: ja sam uz tebe, a njih dve protiv nas.

— Osećam.

— Samo što smo nas dvojica jači!

— Jači ste što ste pokvareniji!

— Zar i ja, Dunjice! A kako me svuda hvališ: moj bratić je idealan! — dirao je Bojan.

— Bio si nekad, sad nisi. Uostalom, radi kako znaš! Zreo si mladić i nije ti potreban tutor. Hajd'mo Brankice!

— I ja ću da spavam. Ti nećeš, Bato? — pitao je Voja.

— Neću još. Ne spava mi se.

— Hoćeš da sanjariš o Božani. Zaista, idealna devojka.

Dunja žurno pođe u kuću. Bila je sva ogorčena. Nije videla ni ovu meku noć, ni ruže koje su se belasale u tmini. Crno joj je sve bilo u duši kao one crne planine bez mesečine. „Ah, znam ja šta ću da radim? Otpratiću ja nju iz sela, sva će bezobzirce otići."

Obukla je dugu košulju i prišla prozoru. Videla je svetlucanje bratove cigarete. Veliki orah ga je pokrio svojom senkom.

— Šta gledaš, Dunjice?

— Batu gledam. On je zaljubljen, Brankice.

— Jeste. Jadna Neda! — uzdahnule su obe. Saznanje da je njihov brat neveran stvaralo je i njima bojazan da su svi muškarci neverni, pa i oni koje njih dve vole.

Iznenađenje

U kući gazda-Obradovoj bila je živost celog jutra. Bio je sabor u selu, došla im rodbina iz drugog sela. Snaša Jegda je mesila gibanicu, Milija je okretao jagnje na ražnju; cvrčalo je i kipelo na štednjaku u kuhinji; razni mirisi su se širili po celom dvorištu. Rođake, devojke i Grozda peglale su haljine. Neda im je obećala da će ih sve nakolmovati. Umile su se mirisavim sapunom. Rublje je mirisalo na sapun i čist vazduh. Ženske svilene haljine lepršale su se napolju pokraj muških čakšira i vezenih čarapa. Milijini opanci su bili dugi, sa izvijenim vrhom, kao gondola. Kaiševi crni, lakovani. Bio je kicoš, i sestra ga je udešavala. Samo on se obukao kao seljak, a ona kao gospođica. Svi se dive njenoj haljini što je Neda sašila. Neda ju je udešavala kao sestru. Dala joj je i svog finog pudera. Savetovala je da se malo puderiše i da se ne karminiše mnogo. Ručala je i ona s njima, dali su joj i za večeru, ali nije htela da ide na sabor. Bojana nije videla dva dana. Krila se. Ono pismo joj je pomutilo sva osećanja. A njega nije bilo. Kušao je i on njena osećanja i ona njegova.

— Strašno me boli glava, Grozdo! Leći ću, ne mogu na sabor. Doći ću tek predveče, ako budem mogla — htela je da vidi da li će on opaziti da nje nema i da li će se setiti da je potraži. Devojačko srce izmišlja načine da dokuči osećanja muškarca. U prvoj zaljubljenosti najviše se pati, jer se nema iskustva, jer ništa ranije nije bilo u životu da bi se moglo reći: tako me je onaj voleo, ovako ovaj. Ne zna se šta je laž, šta istina, i šta će se dogoditi.

Svi su otišli. Samo je ostao jedan sluga u kući i stara baba Spasenija. Nedu je, zaista, bolela glava. Dosadna i teška ženska glavobolja. Ležala je, pa ustala. Izašla je u voćnjak i spustila se u jedan zabran. Odatle je mogla da vidi kuću i ko dolazi. Sve je očekivala da će se pojaviti Bojan. Ponela je jedan roman. On joj je nabavio još četiri. Svakog dana joj ponešto pošalje, ali ne dolazi. Mislio je da je ženskom srcu dovoljno da ima namirnica i voća. Čudila se što nije došao dva dana. Malo je bila ljuta. Jer njoj je priličilo da se sklanja od njega. Davala mu je prilike da trči za njom. A kako ona da trči za njim?

U zabranu je bilo tako lepo. Trava, malo požutela od žege, pa još jače miriše, kao seno. Pogledala je u pravcu kuće.

„Ah! On!" Srce joj zalupa. Došao je! Traži je. Penje se uz stepenice, kuca. Stoji na doksatu. Govori nešto baba-Spaseniji. Neda ne čuje šta baba odgovara. Nije ju videla u zabranu. Spazila je kako prilazi prozoru i zaviruje unutra. „Traži me!" Bilo joj je tako milo, htela je da ga stigne, da mu pođe u susret, da ga zovne, a nešto ju je sputavalo. „Da li me voli? Zašto sam došla u selo?" Podigla se, pa opet sela. „Ah, on odlazi! Ne, seda na doksat, čekaće me. Nema smisla da ga ostavim samog. Mužiću slatki, vi mislite na svoju ženicu."

„Ko je ono opet? Mita? Šta će Mita? Gle, penje se uz stepenice! Baš je drzak! To mi je samo trebalo", naljuti se. „Moj mužić će misliti da njega čekam." Odjednom zamrze Mitu. „Sad neću da idem! Samo bih volela da znam šta će on tu? A, dragi gospodine, vidim ja kakvi ste vi! Mislite da sam došla u selo, pa ću se zabavljati s vama. Zanimalo bi me da čujem šta razgovaraju? Gle, odlaze zajedno! Mužiću, bogami, ja se i ne sećam Mite. Nemojte da budete ljubomorni! A zašto, neka bude malo? Šta li su njih dvojica razgovarali? Dobro je što nisam bila u sobi!" Neda je bila setna. Da li da ide na sabor? Čak u zabranu je čula vašarsku buku. Treštala je banda, razlegale se dvojnice.

„Da li da idem?" Odlučnost, s kojom se rešila da ne ide, popuštala je. Raznežila je njegova poseta. Krivo joj je i zbog Mite. Nešto joj namah dođe slatko, bezumno. „Idem, pozvaću ga, reći ću mu: 'Što mi igramo ovu komediju? Znate li vi ko sam ja?' Hoću! Danas ću da se predstavim svome mužiću. Ne mogu više! Teško mi je bez njega! Idem! Idem." Uletela je u sobu i počela da se oblači sva uzbuđena.

Koračala je žurno seoskim putem, prešla preko jednog šljivika i uputila se putanjicom kroz livadu. Eno porte! Gužva od sveta, šarenilo, buka, talasanje kola. Živi talas njihao se desno i levo, napred i nazad. Zastala je ispod jedne lipe da bi videla gde je Bojan. Ko će ga videti u onoj gužvi od naroda? Seoske devojke, zajapurene i užarenih očiju, igraju ili razgovaraju sa svojim momcima, zadirkuju se, smeju, drže se za ruke. Svila im se prilepila od znoja uz obla leđa. Noge nabrekle u lakovanim i kožnim cipelama. Miris venjaka širi se od skoro ubranih grana. Kolačari i sladoledžije viču: „Sladoled! Limunade! Sveži kolači!"

Neda pođe još nekoliko koraka. Zagledali su je seoski momci. Smejali su se i pričali nešto na njen račun. Njoj je bilo sasvim svejedno. Ne osvrnu se ni na varošane, koji je spaziše. Samo Bojana da vidi. Osetila je tremu, ali je bila srećna. Odmah će mu reći: „Znate li ko sam?" Ako se napravi da ne zna, šapnuće mu: „Divno, ne poznajete svoju ženu!" Kolo je potisnu i ona se odmače. „Ah, gde li je on? Da nije našao društvo? Videću, mužiću, kako se zabavljate bez mene. Ah! Pobogu! On! Otkuda on? Ju, ako me vidi?" Brzo se skloni iza jedne lipe. „Nisam ni sanjala da bih ga ovde mogla videti. Gospode bože! Još će me poznati!" Izmače se i sakri iza jedne grupe seljaka, jer nije mogla da dođe sebi od čuda. Sad je lepo videla: avijatičar Branko je stajao s Beograđankom, studentkinjom Canom, još jednim oficirom, a s njima Bojan i njegove sestre, još jedno lepo devojče i jedna gospođa.

Posmatrala je zaprepašćeno avijatičara, ali u toj zaprepašćenosti nije bilo uzbuđenja, već iznenađenje što ga vidi ovde i gledajući ta dva muškarca osetila je kako joj je mio muž. Što je avijatičar u ženskom društvu, što razgovara, smeje se, bilo joj je svejedno. Ali ono drugo: što Bojan razgovara s jednom lepom devojkom, zabole je do srca. Gledala je i jednog i drugog i saznala da ono što je osećala prema Branku nije isto što sada oseća prema Bojanu. „On je rođak one studentkinje. Da li je to istina? Kako ga ona gleda! Ne, oni nisu rođaci! Onako devojka nikad ne gleda svog rođaka. Možda ju je slagao. Zar i avijatičar ne može da slaže?" Volela bi da je slagao, jer i ona njemu nije kazala istinu o svom životu. „Pa zar jedan avijatičar nije mladić kao i svi ostali? Nije on ni božansko biće, niti svetac. Gle, ona ga je uhvatila ispod ruke! A da li Bojan laže?" To je bilo važnije. Nije nju zabolelo što je jedna devojka uhvatila avijatičara ispod ruke, nego što je saznala da muškarac laže i da je možda pravilo da svi muškarci lažu. Prema tome i Bojan mora lagati.

Gledala ga je svetlim očima, toplim kao sunce koje zalazi. Sestra Brankica mu je nešto govorila. On se smejao. Pođoše, pođe i ona lepa devojčica. Kuda li će? Do šatora s licidarskim kolačima. Kupovao je i jednoj i drugoj. Devojčica ga je gledala i smešila mu se. Neda ugrize usnice: „I on laže. Bar sad znam!" Ponudio joj je još jedan kolač. „Da, to ste vi, onaj mladić što priča da nikad nije voleo. Baš volim što je došao Branko! Kad bude kazao svoje ime, moraće pomisliti da je to njen avijatičar." Zašto se smeje? Vidi se da je raspoložen. Svejedno mu je što je u selo došao ovaj avijatičar. Čak se i ne seća da pomisli da ona njemu, možda, piše, da mu je kazala gde je, pozvala ga. Gle, odvojio se od sestre one devojčice. Kuda li će? Gledao je po saboru kao da nekog traži. Bio je namršten. Jedan seljak mu priđe. Priđe mu i drugi. „Kako je ozbiljan! Da neće opet do moje kuće, da me potraži. Gle, kako gleda avijatičara! Ah, on zna da sam ja Neda. Ali Cana razgovara s avijatičarem. Da nije ljubomoran na Canu?" Noge joj se ohladiše i srce kao da zamre i utiša se. Prigušivala je jecaj i grudi joj zadrhtaše. Šta je sve u duši jednog muškarca? Što ne može to da sazna? U ovom trenutku ništa drugo nije znala sem da ju je nešto strašno zabolelo. Da li ona voli Bojana? „Volim ga", šaputala je sama sebi. Ta slatka reč: „volim!" bolna je kad nema odjeka. „Strašno će biti ako ga zavolim, a on ne oseća ništa za mene. Što se onako namrštio?" Opet je gledao avijatičara. Seljaci su ga pitali, on im je odgovarao, ali ih nije ni gledao... Meta njegovih pogleda bio je plavi orao. Nju je mučilo što je Cana s njim neprestano razgovarala. Je li bio namršten zbog Cane? Onda je Branko rođak Beograđanke. Ipak joj je istinu kazao! Ali ta istina je nimalo nije tešila, jer ju je mučio namrgođeni pogled Bojanov koji je šibao avijatičara. „Ništa ne znam! I neću da stojim više. Ja sam ovde nepotrebna.” Setila se njegove pretnje: „Pronaći ću vas i pod zemljom da se sakrijete!” A što me ne pronađe sada? Čak i ne pomišlja da se makne s mesta. Osetila je da nema sreće u životu, a najmanje u ljubavi. Pojurila je, gurajući se između seljanki. One su bile još rumenije jer im je rumen niskog sunca padala na lica. Osećala je mirise jeftinih sapuna, kolonjske vode, opanaka, prašine, ugažene trave. Jedne su kočije na drumu digle prašinu i kroz nju su se provlačili zraci sunca, obojili je i ona se njihala kao magla. Žurila je drugim putem, utrčala u sobu i zaključala se. Neće ga pustiti u sobu. Može samo da obilazi oko kuće. Vašarska huka se stišavala, vraćali su se, pevali, podvriskivali. Škripala su volovska kola, zveckali praporci, vrištali konji. Gosti su odlazili iz sela. Njihovo dvorište je bilo puno rodbine. Oni će noćiti, pa tek sutra odlaze. Izašla je da vidi seoske devojke. Sve su bile razdragane, s punim rukama venčića od kolača i licidarskih papučica. Dobile su i prstenčiće od srme. Došaptavale su se i pričale, a Milija im se prikradao da čuje i dirao ih. Zvali su i Nedu da večera, ona im je zahvalila, bila je sita i bolela je glava. Čule su se samo dvojnice i pevanje seoskih momaka koji su još švrljali oko devojačkih kuća.

Tanak srp meseca iščezao je. Nebo je bilo svetlo i nisko. Vazduh mirisan i svež. Nije palila lampu. Presvukla se i obukla spavaću košulju. Osećala je jezu. Ne od slabosti, nego od bola. Prva groznica ljubavi, ali ne slatka groznica. Nešto joj je bilo gorko. Iako se krila od njega, bolelo je što se nije potrudio da je nađe. Zaklopila je oči, ali joj se nije spavalo. Ustala je da pije vode, jer joj je grlo bilo suvo. Pogledala je kroz prozor što gleda u šljivik. Nešto svetlucnu. Svici! Bilo ih je mnogo. Proletali su kao varnice. Zagledala se pažljivije. Svitac kao da je stajao u vazduhu. Nije se micao! Spusti se, ali malo, pa se opet digne. „To je cigareta! Ko li je to?” Seti se pretećeg pisma. Da je neko ne vreba?

Bosiljku danas nije videla. Jest', to je neki čovek. Ako je on? Strah popusti. „Čekaću!" Svitac se približi. Nije se čuo nikakav korak. Bio je mrak i u daljini nije raspoznavala figuru koja se približavala.

„On!" Stegla je ruke na grudi u ushićenju kao da je htela da zaustavi udarce srca. Sklonila se, ali ga je videla. Silueta je prilazila lagano prozoru, kao da se prikrada.

„I njega nije strah ovako noću da ide sâm!" On je zastajkivao, pa opet išao lagano. Pas strašno zalaja, ču se njegov tutanj, dolete do Bojana, ali se namah umiri. Poznao ga je i umiljavao mu se oko nogu. Sad je lagano koračao. Ona se smešila u ushićenju. Što je to divno kad se neko prikrada devojačkom prozoru i kad je to muž! Zaboravila je na ljubomoru. Već je bio blizu prozora. Odmakla se malo, ali ga je videla. „Šta će sad da radi?" Zastao je. Naslonio se na jednu šljivu. „Šta li čeka? Da nije i on ljubomoran?" Pri pomisli na njegovu ljubomoru, slatko se smešila. Sve je treperilo u njoj od radosti. Lagano stade ispred prozora. Svetla spavaćica zabelasa se. On se nađe u tren oka ispred prozora. Gledali su se... i ćutali. Posle stanke on zapita:

— A vi još niste legli?

— Legla sam, pa ustala da pijem vode i videla da se neko prikrada.

— Jeste li nekog očekivali?

— Koga bih imala da očekujem?

— Šta znam? Ima ovde dosta sveta. Zašto niste izašli danas?

— Bolela me glava. Zar vam je palo u oči da nisam izašla?

— Slučajno, palo mi je — govorio je kao bajagi ravnodušno. — Dolazio sam da vas pozovem da izađemo zajedno.

— Ja sam vas videla.

— A gde ste bili skriveni, kad vas ja nisam ugledao?

— Na dnu zabrana.

— Jeste li se od mene sakrili?

— Od vas? Kazali ste da biste me pronašli i pod zemljom da se sakrijem, a niste se potrudili da me pronađete.

— Nisam, jer sam hteo da osetim da li želite da me vidite. Niste želeli. Možda ste voleli drugog da vidite. I Mita vas je tražio. Šta će on kod vas? Je li dolazio i ranije?

— I ja se čudim šta će on! Htela sam da vas zovnem, ali sam odustala kad sam njega videla.

— Da mu ne biste zadali bol? Kako ste osetljivi prema njemu!

— Jeste li vi došli da me vređate? Što ste večeras takvi?

— Ima mnogo razloga! Bolestan sam.

— Od čega? Vidim da ste potpuno zdravi.

— To je bolest koja se ne vidi na licu.

— Kako se zove ta vaša bolest?

— Zove se: Božana!

Ustuknula je u sobu, ali se bela silueta kao vizija ocrtavala iza prozorskih rešetki. Bojanova se ruka spusti na gvožđe.

— Ništa mi ne odgovarate i ne mislite da me utešite.

— Videla sam da ste se utešili. Još kupujete licidarske kolače.

— Za vas sam ih kupio. Evo ih u džepu — on izvadi dva paketića i spusti ih na ram prozora.

— Vi ste prema svima kavaljer. I drugima ste kupovali.

— Sestrama.

— I jednoj lepoj devojci.

— Gde ste je videli?

— Na vašaru.

— Dolazili ste?

— Jesam. Opet me niste videli. Bili ste u društvu i ja bih bila izlišna.

On provuče ruku kroz šipke prozora i dograbi joj ručicu. Izvuče joj ručicu kroz rešetku i pritisnu na nju usnice.

— Mogli ste da izdržite dva dana da se ne vidimo?

— A koja je ono devojka što ste joj kupovali kolače? — pitala je tiho i povlačila svoju ruku.

— Naša rođaka. Došla nam u goste za sabor s majkom.

Mala ruka malaksalo osta u njegovoj.

— Što niste sačekali da vas nađem? Zbog čega ste se krili?

— Nisam se krila. Došla sam i vratila se.

— Da vidite ko je sve došao. Bilo je mnogo sveta. Čak i jedan avijatičar je došao. U njega je zaljubljena Beograđanka. Čuo sam da će se udati za njega! — mala ruka je bila sasvim mirna u njegovoj. On joj steže prste. Osetila je da ne sme da ćuti i ravnodušno izgovori:

— Videla sam dva oficira.

— A mene niste videli?

— Kako da nisam! Pa rekoh vam da sam videla kad ste kupovali kolače.

— Ja bih hteo da me drukčije gledate, kao i ja vas. Slatki ste, mala Božana! Kad vas ovako gledam u noći, sećam se da sam tako u detinjstvu zamišljao vile u dečjim pričama. Tako sam lud! — on pruži ruke kroz šipke i obuhvati joj mišice.

— Pustite me! Šta vam je večeras?

— Besan sam i lud. Polomio bih ove šipke! Što se izmičete! Ja vas neću pustiti. Priđite bliže.

Otimala se, ali je osećala kako malaksala pada na šipke prozora. Grlio ju je kroz to hladno gvožđe, ali njeno lice nije mogao da dohvati. Glava joj je bila povijena unazad kao iskošeni cvet.

— Volim vas, slatko srce moje! — šaputao joj je, stežući joj ramena. — Iziđite! Ili otvorite vrata da uđem. Ne mogu! Razboleću se, Božana!

„Božana" je opet osvesti. „On me ne poznaje? Zašto mi u ovom času ne kaže: Nedo!" Odmače se i klonu na stolicu pokraj prozora.

— Zašto ste pobegli?

— Zato što vidim da me ne cenite! Hoćete da vam otvorim vrata ili da mi uskačete kroz prozor. Nisam ja takva.

— Mala moja, šta to govorite? Ja vas volim, a kad vas volim i cenim vas. Recite mi: da li sam vam simpatičan? Ovakvo vaše ponašanje razbija mi sve nade. Čini mi se da sam vam odvratan. Da li ste zato pobegli od mene? Odvratan vam je svaki moj dodir. Mrzite me! — lice mu je bilo naslonjeno na prozorske šipke i ona je videla velike oči, tamne u noći. — Recite mi nešto! Zar nećete da me utešite?

Ćutala je, ali srce joj se uzburkalo i ruke uzdrhtale. Htela je da mu ih pruži. „Zariću mu ih u kosu!" I taman da to učini, a hladan glas progovori:

— Dobro. Idem! Neću milostinju od vas! Izvinite što sam došao. Vi ste sigurno drugog očekivali večeras. Kakav sam glupak! Već sam se razboleo. Zbogom! — odmače se, zasta, kao da čeka nešto, i vide njeno malo, belo lice s dva velika crna oka priljubljeno uz četvrtasti okrvir između šipaka. On se naglo okrete i vrati. — Ne mrzite me? Varam se, je l'te? Recite! — ispinjao se na prste i nađe se u visini njene glave. — Slatka devojčice! — privuče je na šipke, kao da je hteo da je pritisne na grudi. Obuhvati joj glavu. Ona pokuša da se izmakne, ali njegove ruke su bile čvrste i snažne. Nije imala moći da se brani. Osetila je samo hladno gvožđe na svom licu i reči koje su dolazile s toplim dahom muškarca: — Volite li me? Hoću da znam da bih bio srećan!

Nije imala glasa, nije imala snage, samo se spustila obamrla na stolicu.

— Volite li me? — šaputao je strasno i pružao ruku kroz prozor da je dohvati. Cimnu gnevno šipke. — Božana, što ćutite?

— Idite! — kriknu ona prigušeno. „Što uvek Božana? Zašto me muči?" Diže se sa stolice i baci se na postelju. Teško je disala a u slepoočnicama joj je nešto snažno udaralo. I srce je čula kako joj kuca.

— Božana! — klizio je šapat kroz sobu kao listić ruže, ali odziva nije bilo. — Vi me ne volite? — šaputao je taj isti glas.

Ona pritisnu srce. Htede da poleti vratima, da ih otvori, istrči, da mu se baci u naručje i jaukne od ljubavi: „Vodi me našoj kući! Voli me! Uzmi me!"

— Zbogom! — prošaputa ljupki glas. Figura se izmače od prozora, a ona zagnjuri glavu u jastuk. Plakala je. To su bile suze ljubavi, suze velikih uzbuđenja, kad devojačko srce oseća da prvi put voli i boji se da iskaže svoju ljubav, boji se da nešto ne stvori bol, da se ne razočara, jer je sve bilo tako božanstveno. Osetila je da voli i da je voljena. U tom trenutku plavi orao je bio tako daleko. Neka i on voli, neće mu zameriti, jer mu nije ni dala nade. Možda je bio iskren samo u jednom trenutku, a možda i lažljiv. Svi su muškarci isti. Samo da Bojan ne laže. Kako bi mu večeras prošaputala da ga voli samo da nije saznala za laž avijatičarevog srca. Je li on lagao nju, Nedu, ili ovu drugu koja ga sigurno voli? Šta bi radila da sazna da je i nju pozvao na sastanak? I Cana voli Bojana, a voli ga i Bosiljka. Je li ona simpatičnija od njih? Da li one pate zbog nje, Božane? Želela je ljubav, ali da niko ne pati zbog ljubavi koju bi ona dobila i dala. Avijatičar neće patiti zbog nje. A da li Bojan pati zbog avijatičara? Neće da prizna! Zašto ona njemu da prizna da ga voli? Ah, sasvim je pametno uradila što mu nije kazala. Kako je želela njegove usne. Zagnjurila je glavu u jastuk i zagrizla ga. Kad bi ljubav uvek bila slatka kao u ovom trenutku! Da tako ostane večno, da treperi uvek ovim istim uzbuđenjem, da se stisne uz njegove snažne muške grudi, da drhti od svake njegove reči, pogleda, dodira.

„Malo moje, on je tužan otišao kući!" Nežno žensko srce se ražalostilo. Zašto je stvorila bol čoveku koga voli?

Kad je ustala ujutru rešila je da ne izlazi nigde da se ne bi srela s avijatičarem. Bila je rešila ako joj priđe i oslovi je: „Gospođice Nedo!", da odgovori: „Nisam ja gospođica Neda!"

Jedan dečko joj donese korpu punu voća, sira, putera i jedno pečeno pile. Bilo je i pisamce s nekoliko reči:

Iako me ne volite, ja ću vas voleti. Neću vam više dosađivati i dolaziti. Ako želite da me vidite, napišite mi nekoliko reči i pošaljite po ovom seljačetu. Vaš Bojan.

Zadržala je dečka, da bi razmislila.

— Gospođice Božana! — upade Grozda. — Hoćete li da idete s nama u selo do moga tetka. Nemamo posla, pa da odemo vi i ja s Milijom. Uzećemo kola, ima dva sata vožnje. Da vidite njihovo selo. Još je lepše od našeg!

„Ah, ovo je divno! Ići ću."

— Vrlo rado, Grozdo! Hoćemo li odmah?

— Za jedan sat.

Brzo je napisala Bojanu:

Danas me je pozvala Grozda da idem s njima u selo do njihove rodbine. Ostaćemo dva dana u selu. Biće mi vrlo prijatno misliti da me volite. Zahvaljujem vam na poklonu. Božana.

„Tako! Vrlo dobro sam napisala: prijatno mi je da me on voli, ali ne kažem da li i ja njega volim. Čim mi je prijatno, znači da i ja njega volim. Ako ume da oseti, razumeće. Da li da napišem 'vaša Božana'? Neću. Hoću! On je moj muž i imam prava tako da se potpišem.” Smešila se, napisala drugo pismo i potpisala s „vaša Božana” i dala ga dečaku.

Seljače odjuri, ali se zadrža kod stolara, zaviri u dućan, zasta pred mehanom, čitav sat ostade u selu, a Bojan, sav slomljen, uzjaha konja i odjuri u planinu. Seljače stiže odmah potom.

— Je l' gos'n Bojan kod kuće?

— Nije. A šta će ti?

— Da mu dam jedno pismo.

— Daj ga nama! Mi ćemo mu ga predati.

Seljače se počeša po glavi, ali ne sluteći ništa, dade pismo Dunji.

— Od koga je ovo pismo?

— Od one gospojice što je kod Obrada.

— Dobro, idi! Brankice, hajde da pročitamo! Brže u sobu! Vidi, može da se otvori — grozničavo otvoriše pismo, razviše i ostaše zaprepašćene.

— „Vaša Božana” — šaputala je Dunja. — Ovo se nikad nisam nadala od Bate.

Od gneva obe zaplakaše:

— Kazala sam ja tebi, Brankice, da će ona njega da uhvati. Čula je da ima imanje! A on, da zaćori, odmah! Sirota Neda! Ali on mora Nedu dovesti! Prosto je lud za ovom Božanom. Jesi li ga videla juče? Sve je bežao od društva. Cana ga nešto upita, a on jedva odgovori. Samo je zverao po saboru ne bi li video gde je ona.

— Ja je nisam videla.

— Nisam ni ja. Takve se kriju od sveta. Valjda se s njim po pomrčini sastaje. I opet joj je slao! Kako je nije stid da prima?! Toliko ga je zaludela. Zato je jutros Stanojka pekla pile. Ja mislim da je hteo za sebe. Još probudio sinoć ženu i naredio joj da do šest sati ima pile da bude pečeno! Vidiš po tome da je nevaljalac! Sigurno joj i novac daje! Ah, ne bila ja Dunja, pokazaću ja njoj šta znam!

— Sinoć je Bata došao oko jedanaest.

— S njom je sigurno bio. To je jasno da se zaljubio u nju. Čim je nepoštena ima ona načina da osvoji muškarca. A još je i vrlo lepa, a nevaljala, i on će zaboraviti Nedu. Jadnica! Tako mi je žao. Mislila sam, bogami, da je kao sestru primimo u našu porodicu — Dunja poče da plače. — Mi smo se svi mučili i gladovali, a ona nas je spasla. Pa ako je i ne voli, treba da joj bude zahvalan!

— Hoćeš da iscepamo ovo pismo?

— Neću, što da ga cepamo? Zalepi ga i metni gore na njegov sto! Pravićemo se da ništa nismo pročitale. Neka ga! A ja znam šta ću da radim. Pusti ti samo mene.

— A što je lep onaj avijatičar Branko! Jesu li on i Dara vereni?

— Nisu, ali kaže da će se veriti. Ona ga voli, to se vidi.

— A ja bih rekla da on nju ne voli mnogo.

— Da je ne voli, ne bi došao. I ta Dara je kao Božana. Samo što je ona familijarna i pravi se otmena! Tako ti danas ceo svet živi! Nas je Bata vaspitao da budemo najčestitije, a on, vidiš, trči za jednom nevaljalicom, a Nedu, čestitu devojku, hoće da zaboravi. Jesi li opazila da se Bata potpuno promenio otkako je ona došla?! Čak je i oslabio. Ali neću da se jedim. Vidi kako brzo uvenuše ruže u vazi. Hoćeš li druge da nabereš? Kako su lepi ovi čaršavi kad se operu i ispeglaju. Baš sam ih lepo ispeglala. Idi pusti radio. Posle da mesimo. Doći će rođake moga upravitelja. Neka vide kako nam je kuća lepa. Metni na sto u trpezariji onaj čaršav što si ga vezla. Ti vezeš za Nedu, a možda će se ovde šepuriti Božana. Neka radi šta hoće!

— Ja opet mislim, Dunjice, da Bata nije tako nekarakteran. Možda hoće da se provede. Možda je neka sirota i šalje joj namirnice! Možda joj otac i nije potpukovnik.

— Đavo će je znati! Nemamo nikog u Skoplju da napišemo i pitamo za nju.

— Nemamo!

— A jesi li zvala avijatičara da nam dođe s Canom i Darom?

— Nisam. On se danas posle podne vraća. I on i Canin zet. Možda bi bila ljubomorna. A prekosutra pravimo izlet u planinu.

— Da ne pođe i Božana?

— Sigurno će je Bata pozvati. Ništa, mi ćemo da budemo fine, ali ću ja njoj fino i da kažem posle. Neću otići na more dok nju ne otpratim.

— Evo Bate!

— Trči, ostavi mu gore ovo pismo. Što se odmah vratio? Jesi li videla kako je poludeo za njom? Ode, pa se odmah vraća. Sve Voju tera da ide u strugaru.

Brankica ustrča uz stepenice da ostavi pismo, a Dunja otrča u kuhinju.

* * *

Celo društvo bilo je sakupljeno u porti. Troje kočije i jedne čeze stajale su na drumu. Bile su tu rođake upraviteljeve, Beograđanka Dara, dva geometra, Dunja, Branka, Mita, Voja i još jedna devojka. Čekali su Bojana.

Cana, ogorčena i već na kraju strpljenja da prikriva pred njegovim sestrama, progunđa Dunji, nadajući se da će se i ona složiti s njenim mišljenjem:

— Moramo nju da čekamo. Velika dama! Ko je ona, Dunja?

— Ne znam. Bata je hvali!

— A kako se tebi dopada?

— Pravo da ti kažem, nisam s njom nikad razgovarala — čuvala se ma šta ružno da kaže o svom bratu koga je toliko volela, a nije htela ni da se složi s Canom, čije je simpatije prema bratu osećala, a znala je da joj to ništa ne vredi.

— A gde je gospodin Mihajlović? — zapita Rus.

— Otišao je da dovede lepu plavu gospođicu u koju ste se vi, Serjoža, zaljubili. Ali vam skrećem pažnju da se čuvate da budete suparnik Bojanu — peckao ga je Mita.

— Kakav suparnik? Gospodin Mihajlović zaslužuje ljubav svake gospođice. Slažete li se sa mnom, gospođice Cano?

— Zavisi od toga da li ga svaka gospođica želi.

— Onda se i mi drugi možemo nadati da će se i za nas naći koja milostiva gospođica.

— Zar još sumnjate, Serjoža? Zakleo bih se da Brankica misli na vas — šalio se Mita malo slobodnije, jer tu nije bio Bojan.

— Gospodin Serjoža je vrlo simpatičan — odgovori Brankica — ali možda i ja imam nekoga na koga mislim.

— Brankice, da nisam to ja? Što bih bio srećan! — uzdahnu Mita.

— Taj na koga mislim, daleko je.

— Ja sam nesrećan, gospođice! — rastuži se Rus. — Mi ovde ne vredimo ništa. Zato Bogdan kaže: Ovo selo ne valja. Sve gospođice su zauzete.

— O! A ko nas je to zauzeo? — nasmeja se Cana. — Vi muškarci ste uvek zauzeti, a ne mi devojke.

— Verujte, gospođice, moje srce je tako prazno da sam nekad očajan što u mom srcu nema neka devojačka slika.

— A kome si juče pisao? — dirnu ga Šumadinac.

— Jednoj poznanici, Ruskinji. Mi smo drugovi. Ali nikad se neću oženiti Ruskinjom. One su vrlo sentimentalne, ali nemaju temperamenta kao srpske devojke. Srpkinje su tople kao vatra!

— Samo se čuvaj, jer mogu i da opeku!

— Što ti kvariš, Mito, mišljenje gospodinu Sergeju? Srpkinje su temperamentne, ali i one su sentimentalne i vole iskrenog muškarca. Samo što takvih nema. Možda ste vi Rusi najbolji muškarci!

— O, veliko hvala, gospođice! Tako, Bogdane, da crkneš od muke! Mi Rusi smo najbolji! Istinu je kazala gospođica, Rus ume da voli.

Cana je rešila da koketira sa Serjožom da bi videla da li će to pasti Bojanu u oči. Osetila je i bol zbog njegovih sestara, nijedna da ga napadne zbog Božane! Ona ih je tako volela, a one sasvim mirno očekuju da im brat dođe s onom. „Bednici jedni!" Nije mogla da otrpi i okrete se Dari, koja je ćutala i bila zamišljena, jer je odleteo njen plavi orao.

— Baš se kajem što smo pošle! A ti!

— Meni je svejedno! Ti si kazala da idemo. Čekamo onu? Luda si ti, kazala sam ja tebi. Čekaćemo ih dok se oni naljube!

Cana oduži lice, a Dara se pokaja što to reče i htede da je uteši:

— Ćuti, ohladiće se on! Nemoj da se sekiraš! Ovaj Rus je lep! Pogledaj što ima divne oči! Je li uistinu knez?

— Jeste.

— Šteta što nema i sada kneževske privilegije. Ili bar da je svršio univerzitet.

— On je počeo tehniku, pa napustio. Pogledaj, eno onih dvoje! Ima pola sata kako ih čekamo. Sva se crveni!

— A šta tebi treba da živiš po selendrama? Kao nastavnica udaćeš se lako.

— Ostavi, ja i ne mislim na udaju. Svi su muškarci pokvarenjaci!

Božana priđe i pruži ruku prvo Dunji. Sestra ravnodušno prihvati vrhove njenih prstiju. Brankica joj se malo osmehnu, a Voja ju je kao i uvek gledao zadivljeno. Rus prvi otpoče razgovor, a Mita se upletao s peckanjem.

Neda se opet okrete Dunji svojom uobičajenom ljupkošću:

— Tako mi je bilo žao što ste morali da odete u varoš. Divila sam se vašem vezu i lepoj kući. Imate divnih ručnih radova, i sve je s ukusom kod vas.

Dunjino lice je bilo zategnuto, ali plavi oštri pogledi bratovi gledali su je i ona razumede da on očekuje njen odgovor, onakav kakav je poručio, i odgovori ravnodušno, ali malo omekšalih crta na licu uz bled osmejak.

— I nama je bilo žao! Morale smo da odemo do krojačice i kupimo neke stvari za more.

Brankica je sa smeškanjem slušala njene reči i gledala Božanu, želeći da učini bratu po volji. Samo Voja dobaci iznebuha:

— O, da smo znali da ćete vi doći, mi ne bismo išli!

Dunja ga preseče pogledom i odgovori živo:

— Pa mi smo znale da će gospođica doći, samo ti nisi znao! Pozvale smo po Bati gospođicu! — volela je da izgleda da su je one pozvale, jer su joj tako manje nade davali. Voja oseti svoju grešku i ugrize se za usne. Bojan se osmehnu, a Brankica je mislila: „Baš nema ni trunke pameti! Ovako da nas uplatka!”

— Videla sam i voćnjake. Ali što mi se dopao onaj hlad pod orasima! Sigurno sedite u tom hladu?

— Samo ja sedim, gospođice — umeša se opet Voja — a one dve se uvek zavuku u sobu i spuste zavese.

— Kad je vrućina! Mene boli glava od jakog sunca, a Voja i Bata mogli bi po ceo dan da se peku na suncu.

— Zato su obojica i crni kao da su došli s mora.

— Što ću ja da pocrnim na moru! Videćete. Kupili smo i orahovo ulje! Doći ću kao Egipćanin!

— Neka mu je gospođica kazala da voli crnomanjasto lice, pa sad se samo sunča — dirao ga je Bojan.

— Muškarcima lepo stoji kad su crni. I vi ste, gospodine Bojane, dosta crnpurasti.

Pogledi im se susretoše i Dunja se sva ohladi videći usplamteli bratov pogled. „On je voli! Užas!” Ljutila se na sebe što nije energičnija, što nema volje da joj kaže da ona nije za njenog brata. Klonula je sva što je morala da prizna sebi da je vrlo umiljata i slatka, i da bi možda baš ona bila žena za njenog brata.

— Hoćemo li da krenemo — zovnu Mita, koji ih je sa odstojanja posmatrao, ne želeći da se utrpava, jer mu je situacija bila jasna: ovo je njegova ljubavnica! Ali nije mogao da otrpi da ne pljesne Bojana po ramenu. — Bravo! Čestitam ti! Pametniji si nego što sam mislio! Preduhitrio si moje savete.

— Na šta misliš?

— Pa na ovo devojče! Ti si je znao odranije? Priznaj!

— Možda!

— Što si potuljen! Vidi ti šta on zna! A ja sam samo lajav na jeziku, a ništa! Lajem na vetar! Samo drž' se onoga što sam ti kazao.

— Ostavi! Ovo je čestito devojče! Nije ono što ti misliš!

— Onda si obrao bostan! Najzad, imaš ukusa! Čestitam ti!

Pogleda svoju sestru, studentkinju Canu, pa ono slatko rumeno devojče, njene grudi, bedra, i dođe mu žao sestre. Video je da ona jadnica mora da izgubi.

Dunja je gledala kako će da sednu u kola i gde će Bojan da smesti Božanu.

On je došao čezama. Izgleda da je baš hteo da dođe čezama, da bi bio nasamo s njom. Nije se prevarila.

— Gospođice Božana, vi ćete sa mnom u čezama.

Rus uzdahnu i nežno je pogleda. Ponadao se da će bar zajedno sedeti u kolima i da će je gledati.

— Gospodine, Sergije, hajdete vi s nama! — pozva ga Cana. Viknula je glasno da bi je čuo Bojan, ali on se i ne osvrnu. — Rusi su najsimpatičniji! — pogledala ga je nežno, ali Serjoži bi bilo milije da su ga tako pogledale one velike crne oči.

— Brankice, hajde i ti s nama! — pozva brat sestru, jer su čeze bile široke i bilo je mesta za troje. Voleo je da sede utroje, da Božana bude u sredini i da se stisne uz njega. Hteo je da i njegova sestrica bude pored Božane, da ih sprijatelji i da sluša njihov razgovor. I da Miti, tom mangupu, pokaže da je ovo idealna devojka.

— Penjite se, gospođice! — već je sedeo u čezama i držao uzde, ali pruži ruku da uhvati njenu.

— Ja ću s kraja, neka gospođica Branka bude u sredini.

— Zašto nećete u sredinu? Bolje je!

— Volim s kraja! — odgovori i nestašno ga pogleda.

— Kako hoćete! — odgovori on hladno i uhvati sestru za ruku, pa posle pruži i njoj. Lice mu postade tvrdo, a pogled oštar.

— Kako je lepo u čezama! Nisam se nikad u njima vozila — uhvatila je Brankicu ispod ruke.

Dunja je videla da ona seda s kraja i bi joj drago. Zašto da svi vide kako ona sedi pored njega? Ipak je pametna. Tu je i Brankica. Nije volela da se kaže za njenog Batu da je mangup, kao što se govorilo za Mitu.

Voja se strpao u kola s devojčicama, ali mu bi krivo što se i Mita tu utrpao. Voleo je da samo on bude kavaljer, a jedna upraviteljeva rođaka, gimnazijalka, bila je vrlo simpatično devojče. Dva prednja zuba bila su joj rastavljena i uvek je šuškala kao beba. Sedeći natraške video je da su Batine čeze ostale poslednje. Samo se ljutio što se u sredinu utrpala Brankica. Često su ga poduzimali žmarci, misleći kako bi bilo divno sedeti do Božane i osećati je svu uz svoje telo. Zavideo je Bati. Ružica, ta mala gimnazijalka, brbljala je, a Mita, kao iskusni mladić, voleo je ove neiskusne devojčice koje trepere od svakog pogleda i stiskanja. To je, ipak, za njega bilo nešto lako, površno, zabavno. Tek da se provede vreme. Božana je bila nešto drugo. Ume da govori, ume da pogleda, i nešto je tajanstveno, toplo i strasno bilo u njenom pogledu.

Bojan besno ošinu konja i on se prope. Obuze ga bes, ali se brzo stiša, pogleda ih obe i nasmeši im se.

— Brankica voli da se vozi čezama, a vi, gospođice? Pogledajte kako je priroda veličanstvena! A biće još lepša dok dođemo do planine. Videćete i moju strugaru. Svratićemo do nje, tu ćemo ostaviti kola, a mi ćemo pešice u planinu.

— Ja sam htela da ponesem nešto za jelo, a gospodin Bojan mi nije dao.

— O! Što vi da nosite? Mi smo dosta poneli. Biće i za vas.

— Je l' se radujete što idete na more?

— Verujte, ne mogu noću da spavam od radosti što ću na more! Nikad ga nisam videla. A jeste li ga vi videli?

— Jesam! Išla sam nekoliko puta.

— Sve zamišljam kako izgleda more. Zatvorim oči, ali nemam predstave. Jedna devojka kad je videla more toliko je bila uzbuđena da je plakala. I ja ću sigurno plakati!

— Ali pazi da ti suze kanu u more! Biće još veće! — šalio se brat.

— On voli da me zadirkuje. Uvek se ja i on trkamo. Znate da ja brže trčim od njega? Bila bih odlična atletičarka.

— Brže trčiš što te ja pustim! Ne bi nikad mogla da me stigneš, ali ja hoću da dobiješ nagradu.

— Kakvu nagradu dobijate? — interesovala se Neda, koja je uživala da sluša razgovor između brata i sestre. Tako je mogla bolje da ih upozna.

— Deset dinara!

— Zar samo toliko?

— O, Bata nama mnogo daje. Sprema nas na more, a on neće da ide. On je mnogo dobar! Moj zlatni bratić! Ja i on se oduvek lepo slažemo.

— A gospođica Dunja i gospodin Bojan?

— I oni se divno slažu. Samo je Dunja ozbiljnija, a Bata kaže da sam ja derište.

— Pravo derište! Zar nije, gospođice?

— Ona je vrlo slatka. I ja sam je zavolela. A volite li vi mene? — zapita Neda Brankicu.

— Zašto da vas ne volim? — rasejano odgovori Brankica. — Ja ne umem nikoga da mrzim.

— Izgleda da ste vi nežni i da volite jedno drugo — uzdahnu Neda.

— Samo se ponekad s Vojom svađam. On me sekira. Tako voli da ukrade pisma mojih drugarica i da ih čita. I uvek uživa da me prska vodom.

— Zadirkuješ i ti njega. Oboje ste prava deca! Ti mu čitaš noteščić s aforizmima.

— Aforizmi? Da nije on podvlačio u romanima neka mesta o ženama?

— Sve on podvlači i beleži! I vrlo je zaljubljiv!

— A jesi li ti zaljubljiva? — dirnu je brat.

— Ja o tome ne pričam!

— Znam da i ti imaš jednu malu tajnu.

— Kad svršim učiteljsku školu onda ću ti je reći.

— A hoćete li meni da kažete vašu tajnu? — pitala je Neda.

— Vama bih kazala.

Čeze se nakretoše i Neda ciknu.

— Sedite vi, gospođice, u sredinu! — ponudi joj Bojan. — Vi se plašite.

— Ne plašim se! Treba da se naučim — nije htela uz njega da sedne, jer je osetila da je Dunja sve ono silom kazala i Voja ih je izdao da nisu ni znali za njen dolazak. To ju je tištalo: zašto nije smeo da je pozove kad su oni kod kuće? Da li je ona bila nepoznata svima, ili je, ipak, svi znaju pa im je neprijatno što je došla u selo? — Dakle, vi imate svoju tajnu? A ima li tajnu gospodin Bojan?

— Ne znam! To Bata najbolje zna, a on ne priča mnogo o svojim osećanjima.

— A zar nisam glasno izrazio svoje mišljenje o gospođici Božani! De, reci!

— Jesi! Ali mislim da nemaš pravo u prisustvu gospođice da govoriš o tome.

— Nije ništa pohvalno kazao, je l'te?

— Naprotiv, vrlo pohvalno!

— A slažeš li se ti, Brankice, s mojim mišljenjem o gospođici Božani?

— Ja gospođicu dobro ne poznajem, ali vidim da je vrlo zlatna! Jeste li videli onaj čaršav što sam izvezla? — brzo je prešla na drugi razgovor, jer nije htela mnogo da hvali Božanu. Oni su je oboje kušali, ali ona je bila verna Nedi i nije imalo smisla da je uverava kako Bata lepo misli o njoj. Ovoliko je još mogla da kaže, to je učtivost, ali da ona nju hvali, to nije mogla! Malo su je oneraspoložila bratova zapitkivanja. Iako je još bila devojčica, bila je psiholog i učinilo joj se da Bata voli Božanu. Zabašurivala je odmah razgovor i skretala na druge stvari, mada je Bata razgovor okretao sve oko Božane.

— Je l' se verila gospođica Dara s avijatičarem? — pitao je Bojan sestru.

— Ona ga predstavlja kao verenika. Ne znam jesu li pravi verenici.

Bojan puknu bičem nad glavom konja, on naćuli uši i polete. Bojan pogleda Nedu. Ona je nasmešenih očiju gledala unaokolo.

— Kako je ovo lepa šuma! Ah, divnog drveća! Već se oseća hladnoća.

— Doveče će biti još hladnije. Dobro je što ste poneli mantil. A vi ste hteli da idete samo u haljini. Uveče je u selu hladnije. Eno i moje strugare! Tu ćemo se zaustaviti.

Siđoše svi s kola. Jedan seljak u poluvaroškom odelu pritrča Bojanu.

— To je nadzornik.

— Šta je drva umetrenih! A za šta su ova stabla?

— To je za daske, a ona tamo će se upotrebiti za pragove na pruzi.

Tri barake su bile sagrađene. Nove daske su se žutele na suncu. Sa oborenih stabala, čije su se grane sušile, osećao se miris lišća koje vene. Testere su cikale i fijukale. Čuo se tupi udarac sekire. Mirisala je građa i rasečena stabla. Zarubljeni panjevi gdegde bili su suvi, a neki su još bili sirovi i videlo se sveže drvo sa svim prstenovima starosti.

— Zar nije žalosno seći šumu? — uzdahnu Neda. — Drvo raste, raduje se suncu i obore ga. Zar ono ne oseti bol?

— Mlado drveće se ne seče. Vidite, šta je mladica! Sad ću da vam pokažem ceo jedan prostor sa šumskim sadnicama. Hodite sa mnom — izdvojiše se njih dvoje i uputiše jednom stazom. — Pogledajte ove mladare! To su rasadi! Još ih je ujak zasadio. To se drveće svuda rasađuje. Pošumićemo ona mesta gde nema šume ili je posečena. Koliko je već posečeno šume, a još uvek ima dosta drveća, kao da nije ni sečeno.

— Zaista! Ja volim šumu. Zašto ne napravite ovde jednu poljsku kućicu od balvana.

— Mislim da napravim. Zasada još neću. Dok se ne proširi posao. Da li biste mogli stanovati u šumi?

Naslonila se na jedno stablo i posmatrala ustreptalo mlado zeleno lišće. I njeno lice je bilo isto tako ustreptalo.

Stajao je kraj nje malo nagnut i prošaputa:

— Vaša kosa lepše miriše od šume. Zašto niste hteli da sednete do mene? Bio sam ljut na vas.

— Nisam htela. Tako! Što da dajem povod raznim razgovorima? Da li biste cenili svoje sestre da se pripijaju uz mladiće?

— Ne bih cenio i ne bih dopustio kad ih ti mladići ne bi voleli.

Pogleda ga, očekujući da nastavi, ali on zaćuta. Tek posle duže stanke produži dubokim glasom:

— Samo sam zbog vas napravio ovaj izlet. Ovo je bio moj predlog.

— Hvala što ste tako pažljivi. Zbilja, priredili ste mi divno uživanje.

— Lepota prirode vas oduševljava? Znao sam da ću se ja sasvim izgubiti u toj prirodi i biti nevidljiv!

— Kako da budete nevidljiv? Vi, tako visoki?!

— Vašim očima sam nevidljiv. Vi sve vidite oko sebe, samo mene ne vidite. Ja vas zadržavam ovde, a mnogo je simpatičnih mladića koji žele da vas gledaju. Je li vam žao?

Stajala je nepomična i tužna. Ruke su joj bile opuštene, a pogledi su mirno počivali na ustreptalom zelenom lišću. On se priljubi uz drvo, prebaci ruku oko stabla i vrhovima prstiju dotače njeno fino rame.

— Božana! Slatka mala!

— Hajd'mo! Nema smisla da stojimo ovde i izdvajamo se! — suze joj zadrhtaše na trepavicama. „Božana!" Oh, ta Božana joj je bila tako mrska. Da je kazao: „Nedo!", bacila bi mu se u naručje, ali to „Božana" uvredi je do srca.

— Vidite da sam u pravu! Što bežite? Dosadno vam je sa mnom?

— Vrlo mi je prijatno s vama, ali čekaju nas vaše sestre.

— Uvek predrasude! One su vrlo podozrive. Ljute me i žaloste.

— Ja uopšte nemam predrasuda! Ali u ovom času mislim da treba da se vratimo u društvo.

— I da ja treba da budem i ostanem učtiv mladić — naglo joj steže mišicu. — A ako neću da budem učtiv? Devojčice slatka! Volim vas!

Ona potrča da pobegne od njega, od sebe, da pobegne s radošću, da ga ne bi zagrlila, vrisnula od radosti, ljubavi. Putanja je išla nizbrdo i ona polete, nemajući moći da se zadrži, noga joj se izvi, ona pade, jauknu.

On se stvori kraj nje, diže je, uplašen što je jauknula.

— Ništa, ništa! Malo mi se izvila noga.

— Da je niste uganuli?

— Nisam. Ništa nije! — pođe ali oseti bol u nozi. Savlada se. Išli su lagano. Dođoše do društva. Sad kretoše svi u planinu. Putanja je vijugala između bukava i hrastova. Bilo je svih vrsta drveća. Veverica je skakutala na jednoj grani. Sakri se i izgubi u lišću. Neda je zastajkivala. Noga ju je sve više bolela. Hrabrila je sebe i išla polako. Prisela je na jedan panj, pa opet pođe.

— Šta je s vama? — zapita je Dunja.

— Ne znam! Maločas sam potrčala, pala i izgleda da sam uganula nogu.

— Kako da uganete nogu? — začudi se Dunja. — Možete li da idete?

— O, mogu — ustala je i lagano koračala. Čuvala se da se mnogo ne oslanja na desnu nogu.

Išli su ispod svoda od zelenila. Grane su se ukrštale. Tek kroz neki malo veći prorez probijalo se sunce i bacalo zlatne pege po autu.

— Vama je teško, gospođice? — brižno je pitao Bojan.

— Nije nimalo! Mogu da idem.

— Uhvatite me ispod ruke, ako vas boli noga!

— Hvala. Mogu sama — prihvatila se za mladice i stabla i lagano išla. Ali bol joj je smetao. Stezala je zube, a smešila se. Kako tako čudno da padne i ugane nogu?! Ah, mora ozdraviti! Nije mogla da žuri i bili su poslednji. Izgledalo je kao da se pretvara i zastajkuje. Cana reče Dari:

— Jaoj, vidi je što se prenemaže! Noga je kao bajagi boli? Hoće da ostane s njim sama. Malo joj je kod kuće, nego hoće i ovde!

Dunji je bilo neprijatno. Obradovala se videći je kako je u čezama sela sa strane, a sad joj je bilo neprijatno. Rus je nešto pitao, a ona je utonula u misli. Rešavala se šta da radi. Kako da je otprati iz sela pre no što odu na more.

Mita se rašćeretao s onim devojčetom što šuška. Kad god mu je izgledalo da idu dosta uzbrdo, hvatao je za mišicu. Slatko devojčence! Voleo bi da ga malo opipa. Rus je išao s Canom, nije ga puštala, malo je zastajkivala da Bojan čuje njen smeh.

— Avion! — viknu Voja.

— Daro, da nije Branko gore? — dobaci Mita.

— A, on je sada daleko!

Naslonjena na drvo da se odmori, Neda je čula taj razgovor. Mirno je gledala kako avion leti nad šumom. Bojan je išao za njenim pogledom.

— Što me ne uhvatite ispod ruke?

— Neću!

— A ako ja vas uhvatim?

— Vi to nećete uraditi. Vaša sestra Dunja će se naljutiti. Ona me ne voli.

— Dunja vas ne voli? O, da vi znate koliko vas ona voli! Evo, sad ću da je pitam.

— Molim vas, nemojte!

— Sad ja hoću, baš zato što vi nećete. Dunjice, hodi nešto da te pitam! Gospođica Božana kaže da je ti ne voliš!

— Zašto to govorite? Tako mi je neprijatno. Ja sam onako kazala. Pa zar mene gospođica mora voleti?

— Otkuda vam takvo mišljenje, gospođice? — iznenađeno je pitala Dunja.

— Hteo sam da uhvatim gospođicu ispod ruke, jer je noga boli, uganula je, a ona ne sme da mi to dopusti zbog tebe. Zar je moja sestrica tako strašna? Da vi znate kako ona ima divno srce!

Iako gnevna, Dunja nije mogla da se odupre volji svoga brata koji je uvek umeo tako ljubazno i nežno da nametne svoje mišljenje.

— Uhvatite, gospođice, mene ispod ruke. Žao mi je ako ste stekli takvo mišljenje o meni.

— Učinilo mi se. Ne znam zašto. Oprostite! Vi ste tako simpatični, a u životu se retko sreću iskrene devojke.

— Ja nisam neiskrena — govorila je Dunja držeći je ispod ruke. — Sve bih kazala šta mislim. Laž ne volim. Mada to nije dobro za život. Ne umem da se pretvaram. Neko je slatkorečiv, a lažan. A zašto se vama tako učinilo? Brankica je umiljatija od mene i nju odmah svi zavole.

— Ali kad Dunja nekog zavoli, nikada neće prekinuti svoje prijateljstvo — hvalio je brat.

— Sad sam upoznala sve članove vaše porodice. Samo ne poznajem dobro gospodina Voju.

— Čekajte, sad ću i njega da zovnem.

Voja dotrča kad ga brat viknu.

— Znaš, Vojo, gospođica Božana te ne poznaje, a želi da celu našu porodicu upozna, pa joj ti ispričaj nešto o sebi.

Priđe i Brankica i tako se svi četvoro okupiše oko Nede.

„Šta ovo znači? Da ne misli da me predstavi porodici, ili želi da ja što bolje upoznam sve njegove?"

Oseti strašan bol u nozi i steže zube da ne jaukne. Ljupko se osmehnu:

— Ogovarala vas je, gospodine Vojo, Brankica da čitate pisma njenih drugarica.

— Priznajem da čitam. Ima jednu drugaricu koja samo piše o ljubavi. Tako blesava pisma!

— Blesava? Što ne piše da tebe voli! A kad tebi piše neka devojka, onda ne kažeš da je pismo blesavo. Krivo ti je što te nije pozdravila. Ona drugog voli!

— Ih, baš mi je stalo do njenog pozdrava!

— Stalo bi ti da znaš kako je ona lepa devojčica! Gospođice Božana, nisam vam pričala kako je Voja plašljiv.

— Šta, plašljiv? Ako sam skočio iz postelje i viknuo: „Ko je?", uobražavaš da sam plašljiv. Zavukla se, gospođice Božana, jedne noći pod moj krevet da me uplaši. Uvila se u beli čaršav. Kao fantom! Odmah sam znao da si ti.

— Nisi znao! Priznaj, uplašio si se!

— Ja da se uplašim? Hoćeš da se kladimo da mogu sâm da zanoćim u šumi! I ded, imaš li ti hrabrosti sama da zanoćiš? Ništa ti nije onda upalilo! — nasmeja se i obrgli je oko ramena.

Neda se okrete i nasmeši. Bili su kao dva vrapčića koji se svađaju. Ah, kako je divno imati porodicu! Milo je pogledala Dunju. Videla je njen pravilni profil i ozbiljne oči. Jauknu i prigušeno zasta.

— Vas boli noga?

— Malo! Sad me zaboli.

— Uganuli ste je sigurno.

— Može li gospođica da ide? — pitao je Voja. — Hajde Bato, da ukrstimo ruke i da je ponesemo.

— Mogao bih ja i sâm da ponesem gospođicu.

Dunja ga prestravljeno pogleda.

— Ne brinite, mogu da koračam. Dokle idemo?

— Mislili smo do vrha, ali ako ne možete, sešćemo negde. Vi idite, a ja ću da ostanem s gospođicom Božanom. Sedećemo i čekaćemo vas.

— Neću ni ja da se penjem do vrha. Brankica i Voja mogu. Ja sam se pela dva-tri puta. Onde, Bato, da sednemo. Vidi kako je lepa trava!

Išli su polako. Božana se naslanjala na Dunjinu ruku. Bila je kivna na samu sebe. Kako da ugane nogu? Dunjina ćutljivost ju je uznemiravala. „Ne voli me! Misliće da se pretvaram. Ljubazna je, ali možda zbog brata. Ne sme od njega da pokaže da sam joj nesimpatična." A Dunja je prekorevala sebe što je drži ispod ruke, i što su se svi okupili oko nje? „Bata nešto izvodi s nama? Sve nas je okupio oko nje. Valjda da nas pridobije." Nije mogla da izvuče ruku, a bila joj je teška. Pa dabome, bili su smešni! Canu je poznavala, najzad, to je bila čestita devojka, studentkinja, bolje da je njoj pravila društvo, nego ovoj.

— Je l' vam teško? — ču kako Bata govori Božani. Čak vide kako podvuče svoju ruku ispod njene. — I ja ću vas voditi ispod ruke.

Voja je munu i namršti se, kao da je hteo da joj kaže: „Što ste vi žene pakosne! Pa neka je vodi ispod ruke." Uzdahnu i s uzbuđenjem prvog mladićkog daha posmatrao je Nedu. I njega je uzbuđivalo što ju je Bata držao ispod ruke, kao da ju je i sâm držao.

— Što vodite gospođicu? — nasmeja se Mita. — Vi hramljete?

— Gospođica je maločas potrčala, pala i izgleda da je uganula nogu. Mi nećemo ići dalje. Ostaćemo ovde, a vi idite do vrha.

— Šta ćemo i mi dalje? Možemo svi tu da ostanemo.

„Bogami što je lukavo devojče!", pomisli Mita. „Kako se samo napravi da je uganula nogu!"

— Gospođice, dajte da vam vidim nogu. Imate li otok? Bojane, onaj Svetozar Petronijev ume da namešta uganutu nogu. A mogu i ja, gospođice.

— Hvala, to će proći — videla je kako je studentkinja Cana ironično posmatra.

— Ali kako nogu da uganete? — tronuto je pitao Rus. — To je žalosno. A mogli biste ići gore! Kakva je tamo panorama! Ponećemo vas, gospođice! Hoćemo li mi dalje?

— Vi ostanite, gospodine Sergije, i pravite njima društvo, a ja idem sama — govorila je Cana. Bila je jetka. — Možda će gospodin Bojan ići?

Rus se okrete.

— Ja vas neću ostaviti, a oni su seli. Lepo su mesto našli. Vi poznajete gospođicu Božanu? Tako je mila i lepa devojka!

— Ne poznajem je — nešto je štrecnu u srce. Obuze je u ovom trenutku pakost, iako nije bila pakosna devojka. Zamrze i Serjožu. Ne mogade da otrpi i izgovori, iako je bila svesna da nije lepo to što čini. — To je prijateljica gospodina Mihajlovića!

— Prijateljica? Kako prijateljica?

— Njegova ljubavnica! — izgovori žučno. „Kad je glupan, i ne razume, moram mu reći.”

— To nije ništa neobično! I devojke vole život kao i muškarci.

— A vi to odobravate? Sigurno da i vi više cenite takve devojke.

— Ja o devojkama ne volim da govorim ružno. Svaka živi onako kako se njoj dopada.

— Ali i vama se dopada njihov život i sigurno vam se sviđa i gospođica Marić? Znam da ste joj nosili piroške!

— Vaš brat Mita je pričao kako mesim piroške i kazao da treba da joj nosim. Zar je to velika pažnja: odneti nekome piroške? Nisam joj izjavio ljubav.

— Ali spremali ste se da joj izjavite? Onda se čuvajte gospodina Mihajlovića.

— Ne treba ja da se čuvam, ne mislim da konkurišem gospodinu Mihajloviću. Ima još mnogo simpatičnih devojaka — pogledao je toplo Canu, ali ona nije osetila toplinu toga pogleda. Pa ipak, u svom gnevu i ljubomori, volela je što je Serjoža pored nje. Obuze je najednom luda misao: da koketira, da se ljubaka, da bude i ona kao Božana. Svi njeni pošteni pogledi na život bili su pokolebani, samo što je uobrazila da je Božana Bojanova ljubavnica. Padala je u zabludu u koju padaju mnoge devojke, verujući da druga nije čestita, čim ga je osvojila, jer ona, poštena Cana, nije mogla da pridobije Bojana. Dolazila je do pogrešnog zaključka: da devojka treba da bude nepoštena pa da osvoji mladića. Svašta je mogla u ovom času da učini iz inata, pakosti i osvete prema samoj sebi, što nije ona umela da pobedi Bojanovo srce, nego jedna došljakinja.

— Hajd'mo sasvim gore, do vrha! Ja mogu da pešačim! — pozvala je Rusa. Za njima su išli Bogdan i njena rođaka Dara. Cana je odmicala od njih, da bi rastojanje bilo što veće. Htela je da bude sama u šumi s ovim crnomanjastim Rusom. Ne bi se udala nikad za njega, ali ovog časa bi mu dopustila da je zagrli, poljubi, steže joj ruku. Ali Rus je učtivo išao pokraj nje, pričao o svemu i svačemu, zastajkivao da se divi prirodi, što je nju sada vređalo i dolazilo joj da krikne: „Budalo jedna!" Zataškavanje ljubomore bilo je uzaludno. Sela je najednom, zagledala se u daleki horizont i planinske litice i došlo joj je da zaplače. Ne ume ona ništa. Čak ne ume ni ovog Rusa da navede da bude drzak! Pričao joj je o Rusiji, o Krimu, a ona ga više nije slušala. Kako da nju sada interesuje Krim, kad oni dvoje dole sede? Kroz bol se provlačila pakost, svakog bi uvredila u ovom času, celo društvo joj je bilo odvratno. Spazila je i Voju s jednim devojčetom. Bili su oboje rumeni i nestašni. Rus se okrete, pogleda devojčicu i osmehnu joj se. Cana uhvati taj osmejak. Zaboli je to. Ona nije imala uspeha. Da li zato što je pametna, što je mnogo učila, trudila se da uvek vodi inteligentne razgovore s muškarcima? Njima je to, valjda, dosadno?! Ili ih ona ne inspiriše za ljubavne razgovore. Niko joj do sada nije izjavio ljubav, vatrenu, veliku, kako to zamišljaju devojke. Nije bila lepotica, ali je, ipak, bila dovoljno simpatična da se dopadne. Trudila se da nadoknadi duhovnom kulturom ono što joj nije dao fizički izgled. Pa opet ništa! Viđala je ružne devojke koje imaju uspeha. Zašto onda nije ona imala? Zašto joj čak ni ovaj Serjoža ne govori o ljubavi?

Videla je Daru kako se smeška i ide sa Šumadincem. Poznala je po njenom izrazu da joj je pričao nežne stvari. Zamrze i nju. Ima onako divnog avijatičara, a sa svakim voli da koketira. On je sigurno neće uzeti. Njoj je kazala: „Predstaviću ga danas da je moj verenik". No na kraju uzeće je, jer ona ume, videla ih je kroz staklena vrata kad su se ljubili! Ali ona nema s kim ni da se poljubi. Poštena devojka!

— Cano, hoćemo li da se spuštamo? Ja sam tako gladna!

— Gladni? — prekori je Šumadinac. — A ja pokraj vas nikad ne bih osetio glad!

— Ne biste osetili glad pokraj mene?

— Da, ne bih. Ali bih za vama mogao umreti od gladi! — prošaputa Šumadinac, ali dosta glasno, da čuje i Cana.

— Pazite, vi ćete da padnete! — Cana se okrete i vide kako je pridržava za mišicu. Pođe brzo ispred Rusa da on ne bi video njene suzne oči. Zaplakala je od ljubomore i čežnje za ljubavlju; zaplakala je od gneva na svoje poštenje.

Vraćali su se u sumrak. Nedi je malo otekla noga.

— Vi idite, a mi ćemo polako za vama.

Teška srca Dunja se okrenu. Htela je da ostane, ali bojala se da se Bata ne naljuti. Nije imala prava da mu kontroliše postupke. Odmakoše. Zraci sunca su se gubili iz šume, a siva boja se uvlačila u grane ispod kruna.

— Vi ne možete da koračate? Dopustite da vas ponesem.

— Neću. Mogu i sama. Kako da me nosite?

— A zašto da vas ne nosim? Snažan sam i nećete mi biti teški. Muškarac je zato da nosi ženu kroz život.

— Nose se žene i same kroz život. One više nemaju potporu muškaraca.

— Kad bih ja zaželeo da budem vaš zaštitnik, da li biste pristali?

— Morala bih dugo razmišljati.

— Video sam da umete da razmišljate i da umete da dajete smišljene odgovore. Jedva sam čekao da dobijem vaše pismo, a vi mi odgovarate: prijatno mi je što me volite! Drugim rečima: ne ljutim se što me volite i možete me voleti koliko god hoćete, ja ću primati to sa strpljenjem, ali vam neću reći da i ja vas volim! Priznajte: nikad mi nećete prošaputati te reči!

Zastala je da se nasloni na jedno stablo. Noga je zaboli, a malo srce se uzburkalo.

— Nećete mi reći? Što mi ne odgovorite?

— Neću da odgovorim!

On je dograbi za ručicu. Stezao je. Onda joj spusti ruku, nasloni se i sâm na drugo stablo i muklo mu se otrže:

— Znao sam da mi to nikada nećete reći!

Bila je sva malaksala, oslonjena na stablo i činilo joj se da će pasti.

— Mene život nikad nije mazio i znam da ću biti nesrećan!

— Zar vas da ne mazi život? Imate tako slatke sestrice i brata koji vas vole!

— Ali me vi ne volite! Vi! A ja bih hteo da me vi zavolite, ludo da me volite, do zaborava, kao što bih ja vas voleo!

— Zašto želite odmah da vam kažem? Pustite me da razmišljam i ispitam sebe — malo lukavo žensko srce iako je drhtalo od ljubavi uživalo je da izvlači što više strasnih reči sa usana zaljubljenog muškarca.

— Dobro, čekaću.

— Volim kad ste strpljivi!

— Upravo volite me kad sam glup. Vi ne možete da koračate. Ja ću da vas ponesem.

— Neću! Sama ću! — pošla je, povela se i poletela na jedno drvo. Dve snažne ruke je dočepaše i uzeše u naručje. — Nema smisla, mogu sama! — šaputala je, a osećala je kako gubi svest u njegovom naručju. Utonula je u neku slatku besvesnost, a njena glava bila je naslonjena na njegove grudi. Osećala je kako mu snažno udara srce. Muške mišice pritisnule su je na grudi. Zatvorila je oči i htela da kaže: „Vi ste moj mužić koga volim, mnogo, mnogo. Vi ste divni, karakterni, volite svoje sestrice, selo, narod. Nisam vas upoznala u dansingu, nego u prirodi, na poljima s kosom preko ramena.” Kao bujica navirale su joj reči, a ona ih je zaustavljala. Osetila je opet onaj isti stisak ruku oko svoga tela. I onda opet iskrsnu ono bolno i ljutito pitanje: „Zašto mi ne kaže da me poznaje?” Osvestila se odjednom. — Pustite me! Sad ću sama.

— Neću da vas pustim. Ne mogu da vas gledam kako se mučite pri hodu.

— Ali, teška sam!

— Ja vas i ne osećam. Ovako bih vas nosio neprestano — podiže je licu i nagnu se nad njom. — Vi ste moja slatka devojčica! — zastade i prisloni jedno koleno na drvo, da bi je lakše držao i gledao njene lepe oči.

— Pustite me! Umorili ste se! — izvi se, otrže, povredi nogu, jauknu i uhvati se za drvo. On je odvoji od drveta i privuče na grudi.

— Zašto bežite od mene? — šaputao je, a njegov dah joj je milovao lice. — I one večeri ste pobegli, a ja sam kao lud došao kući. Zar vi ne osećate ništa prema meni? Jesam li vam mrzak? — topli opaljeni obraz nasloni se uz njen fini, kadifasti. Bila je kao u pijanstvu, bunilu, nesvesna prostora, vremena. Osetila je kako zavlači svoju ruku u njegovu kosu, mrsi je, privlači glavu sebi na grudi. Nešto skoči s grane na granu i odlomi se grančica. Ona se trže.

— Šta je to? Strah me je!

— Čega se plašite kad ste sa mnom? — besvesno je obgrli rukama. Topli obruč sklopi se oko njenih ramena. Osećala je vrelo muško lice uz svoje; osećala je usne koje traže njene, izvijala je glavu, kao da se boji tog prvog poljupca koji očekuje i sama, i koji treba da kaže sve.

— Bato, gde ste vi? Kako je gospođici? — ču se Dunjin glas. On pusti Nedu, ali je zadrža u naručju, ne ustručavajući se što je tu sestra.

— Gospođicu Božanu boli noga, pa moram da je nosim.

Dunja nije mogla više ni da progovori. Sva je obamrla od bola. Videla je kako je drži zagrljenu. Dakle, s Nedom je svršeno! On je vara! Htede da poleti, da vikne, pa makar je ubio: „Gospođice, vi se ljubakate s njim po šumi, a znajte da je on oženjen, ima suprugu, voli je, a vi ste mu samo zabava!" Ali se uplaši da oda bratovu tajnu koju su svi čuvali. Ali naći će ona načina da najuri ovu devojčuru!

Strčala je niz stazu, a oni ostadoše za njom. Bojan je šaputao Nedi:

— Gospođice, moje sestre idu na more prekosutra. To je četvrtak. U petak posle podne doći ću k vama. Imam nešto s vama da razgovaram. Vrlo ozbiljno. Hoćete li da me primite?

— Dođite!

— Dotle vam ostavljam da razmišljate o onome pitanju što sam vam ga maločas postavio. Sećate li se?

— Sećam se!

— Dakle, u petak?

* * *

Sedela je na doksatu i vezla. Noga joj je bila bolje. Još iste večeri po povratku sa izleta Bojan je doveo jednog seljaka, koji joj je izmasirao nogu, žila joj je bila uvrnuta. Dao joj je i burov oblog i to jutro, u sredu, dobro se osećala. Mogla je da se preda slatkom uzbuđenju, kad devojačko srce iščekuje nešto lepo, nedoživljeno.

Tepala mu je u mislima i podsećala se svake njegove reči. Sumnja da je voli, iščezla je. On je voli! Zato je bilo sve lepo oko nje: bašta, drveće, ptice, živina, dobri seljaci. Sreća je lebdela nad svim stvarima kao svetlost. Prepatila je mnogo, ali će imati lep život u budućnosti. Pa i sestre njegove zavoleće je. Možda je njima teško što će on svu ljubav dati njoj. Ima ljubomore i kod sestara, jer brat više neće moći da bude za njih ono što je do sada bio. Uvek će više misliti na svoju ženicu, nego na njih. Ali ona će ih voleti, biće pažljiva prema njima. Zlatne su obe! Dunja joj je pridržavala ruku. Ljubazno su se s njom oprostili svi. Jedino se Cana nije rukovala. „Jadna ona, ako ga voli!", sažali se njeno malo srce. Nije znala za pakosti u životu, ni neiskrenosti. Živela je sama, bez drugarice, rodbine, ikoga. Nije umela da mrzi, već je o svakom imala lepo mišljenje. Nije joj dolazila nikakva drugarica da joj napriča zle priče niti je imala ljubavnih očajanja, poniženja. Sad joj se srce otvaralo za veliku ljubav i čednošću svojom osećala je da će se sva dati voljenom čoveku, oprostiti mu sve i truditi se da oboje budu srećni.

U petak će joj reći „Nedo", a tek je sreda! Kako je to daleko! Slavuj se uvukao u lišće i pevao. Pilići se rasturili po travi kao žute loptice. I ona će biti jednog dana mati i imati svoju dečicu. To će biti njeni mali, zlatni pilići.

Pogledala se u ogledalu. Bilo je okačeno na stubu doksata. Milija se ogledao na njemu. Kosa joj je bila kao sunce. Imala je još toliko oksižena da bi mogla biti plavuša najviše mesec dana. Jedva je čekala da postane crnka. Nije volela ništa veštačko. Sigurno to i Bojan ne voli. „Ako me nije poznao? Koješta! On me poznaje. Bolje je ovako: upoznali smo se. Zato je i ćutao.” Bio bi joj tuđ da je odmah uveo u kuću kao ženu. Ne bi imala vremena da mašta o njemu. „Oh, kako ga volim! Slatki moj plavi dečko.”

— Dobar dan, snaša-Jegdo!

— Dobar dan, gospođice! — ču Neda razgovor. — Otkuda vi?

— Je li kod kuće gospođica Božana?

— Jeste! Eno je na doksatu!

„Dunja!”, začudi se Neda. „Šta će ona?!” Nešto je hladno taknu. Podiže se sa stolice.

— Izvolite, gospođice! Kako je lepo od vas što ste me posetili!

— Da, baš sam kazala: idem danas — zbunjeno je govorila Dunja. — Boli li vas još noga?

— Pomalo. Samo kad više koračam. Izgleda da sam žilu uvrnula. Masiram je.

— Šta to vezete?

— Milje za sto.

— Vrlo lepo! — hladno je govorila Dunja.

— Kad putujete?

— Sutra. Poći ćemo rano ujutru. Treba da svratimo do krojačice po naše haljine — poćutala je. — Ja sam htela nešto s vama da razgovaram. Možemo li da uđemo u sobu?

— Izvolite! — začuđeno odgovori Neda. — Sedite! — sela je i ona na postelju i opustila ruke u krilo, očekujući da Dunja počne. Osećala je da nema ništa prijatno da joj kaže, jer je krila pogled i sve u stranu gledala. Ne dižući oči, ona najzad poče lagano i zbunjeno:

— Želela bih, gospođice, da me razumete i da se ne naljutite na mene zbog ovog što ću vam reći. I da ne shvatite to kao uvredu, već da me razumete kao sestru koja voli svog brata i želi mu dobro. Ja sam mogla videti, tako mi se čini, da vi simpatišete moga brata. Da li imam pravo?

— Vaš gospodin brat je vrlo simpatičan i ozbiljan mladić. Mislim da se takav mladić može dopasti svakoj devojci i da za vas, kao sestru, to ne može biti uvreda!

— Istina je, gospođice. Meni je milo što vam se moj brat dopada i što ste ga ocenili kao simpatičnog mladića. On je vrlo častan mladić! I baš zbog toga što ga poznajem kao vrlo časnog, ne bih želela da napravi pogrešku koja bi mu se svetila. Recite mi samo nešto, gospođice, da li vam je govorio o svojim osećanjima? Upravo, da se obično izrazim: da li vam je izjavljivao ljubav? Ja sam juče videla kad vas je zagrlio i, pravo da vam kažem, iznenadio me je taj postupak moga brata.

— Vi ga osuđujete? — pitala je Neda pomodrelih usnica. „Da li ona zaštićuje Nedu, kad napada mene — Božanu?”

— Osuđujem ga, jer ne treba da vam daje nikakve nade. Kad bi on samo flertovao s vama, ne bi mi bilo krivo. A možda je i on za vas samo razonoda: došli ste na letovanje i dosadno vam je.

— I mislite da treba da flertujem s vašim bratom? — uvređeno izgovori Neda.

— Ne mislim, gospođice. Ali jedna devojka, ovako u seoskoj samoći, oseti dosadu i zaželi društvo mladića. Takva blizina je opasna i tu se najlakše razvija ljubav.

— Je l' se vi bojite da se ja ne zaljubim u vašeg gospodina brata ili on u mene?

— Ne bojim se ja za njega, nego za vas. Možda biste vi više patili. I zbog toga sam naročito došla da vam kažem da treba da se rastanete.

Neda htede da uzvikne: „Da se rastanem? Kako da se rastanem, kad sam ja Neda?! Zahtevate li razvod braka?” Stišala se, da bi se sve razjasnilo. Dunja ju je poznavala. Možda je Bojan poslao? Zašto su se svi pravili da je ne poznaju? Znači, da Neda treba da se razvede s Bojanom.

— Želite li da otputujem iz sela?

— Ja bih vas to molila. Ne bih imala mira na moru ako vi ostanete u selu.

— A zašto se toliko bojite za svoga brata, kad kažete da je karakteran? Ja se sa svoje strane ne bojim, jer poznajem svoj karakter.

— Nisam mislila da vam to kažem, ali najzad reći ću: moj brat voli jednu devojku. To je njegova davnašnja ljubav — lagala je Dunja misleći na Nedu. Nije smela da spomene venčanje.

— I on će uzeti tu devojku?

— Uzeće je. Treba samo da se venčaju. Zato sam došla, gospođice, da vam to kažem i da vas upozorim da ni mom bratu ne poverujete, ako bi vam govorio o svojim osećanjima. Nije mi prijatno da to kažem za svoga brata, ali vas uveravam da on iskreno voli svoju devojku, i nije iskren prema vama ako vam priča o ljubavi. Ne želim da patite, bolje da odete iz sela bez razočaranja. Možda se moj brat malo zagrejao za vas, vi ste lepa devojka, ali neće moći nikakve obaveze da ispuni prema vama. Vi se neminovno morate rastati.

„Dakle, zato on godinu dana odlaže da me dovede u selo i krije se. Pa i njegova sestra ovako uvijeno govori.” Lagao ju je, a ima svoju ljubav. Zar je drukčije i moglo biti? On je imao svoj život, a ona je samo prošla pokraj njega. Još se nadala ljubavi. Počela da plete snove o budućnosti! Zašto ju je onda oteo, venčao se s njom? Je li to karakternost? Ponos se uzbudi u njoj. Sve je, dakle, laž u životu, a najveća laž je ljubav muškarca.

— Možete, gospođice, potpuno spokojno ići na more. Ja ću prekosutra, u petak, otputovati. Ne želim da budete nesrećni, niti da steknete rđavo mišljenje o meni. Zahvaljujem vam na vašoj iskrenosti. Ne bi bilo nikakvo čudo da mi se svideo vaš brat. Neću kriti: možda mi se više sviđa nego što treba. On mi ništa nije spomenuo o toj devojci. Jeste, rekao je samo da je napravio jednu pogrešku i zavoleo jednu devojku. Je li to ta?

— Ne znam na koju je mislio, ali držim da moj brat to ne shvata pogreškom. Ona je vrlo simpatična devojka.

— Sigurno gospođica Cana.

— Izvinite, ne mogu vam reći ko je. Možda je i ona.

„A, dakle, ona je!" Venčao se s njom, ali sestre mrze Nedu. One bi htele Canu. Studentkinja, otac sveštenik, ima sigurno i miraz.

— Vi se ne ljutite na mene, gospođice, što sam vam sve ovo kazala? — bojažljivo je pitala Dunja.

— Zašto da se ljutim? Bolje je što ste mi razjasnili karakter vašeg brata.

— Bojim se da ste vi rđavo protumačili njegove reči.

— Šta imam da ih tumačim? Nikakva tumačenja nisu potrebna. Postoji istina ili laž. Ako shvatate sve kao laž, onda vam muškarac ne može izgledati sjajan. Sestra će naći opravdanja, ali devojka ne može. Ima reči koje se ne traže, već se nude, nameću. Ima devojaka koje silom nagone na brak, iako ne vole muškarca.

„Bojan je njoj pričao o Nedi", shvati Dunja njene reči.

— Vi valjda ne mislite da mi brata silom hoćemo da oženimo. Verujte, on voli jednu devojku! U njegov brak mi se ne mešamo. Više sam rada da vas spasem zablude.

— Što se mene tiče, gospođice, sama sebe umem da čuvam od svakojakih zabluda. Hvala vam što ste mi sve ovo kazali — htede da doda: „Samo me čudi što sve tako uvijeno govorite. Vi znate da sam ja Neda!" Grudi su joj bile pune gorčine. Zamrze i Dunju. Kako ju je nemilosrdno šibala! A ona ih je sve zavolela. Bila bi im ne snaha, nego sestra. Strašno je zaboli srce. Svaki bol i udarac života teži je kad je neko bez zaštite. A ona je bila jadno siroče, bez ikoga! Zavolela ga je svim srcem i sad ga otržu od nje. Možda je i on poslao sestru? Ko zna šta bi joj kazao u petak? Verovatno to isto, pa ga je sestra preduhitrila. Ili ju je sâm poslao? Osećala je da će vrisnuti od bola, i htela je da ova nemilosrdna devojka što pre ode da bi se isplakala sama. — Dobro, gospođice. Otići ću iz sela. Vi putujete sutra, a ja ću u petak.

„Petak! Toliko očekivani dan", zadrhtaše joj grudi. Zajeca i pade na jastuk.

— Gospođice, zašto plačete? Vi ga volite? Zar ste ga tako brzo zavoleli? Šta vam je on sve ispričao?

— Šta se to vas tiče šta mi je pričao! — nije mogla više da se savlada, već joj grubo odgovori: — Idite! Idite! Ostavite me samu! Valjda uživate što ja plačem! Vi ste srećni, a ja sam tako nesrećna! Ali mi ne treba ni vaš brat! Ne bojte se! Ženite ga s kojom god hoćete. Jesam, zavolela sam ga, ali ću ga iščupati iz srca!

Osetljivo Dunjino srce rastuži se. Da li će i njen Bata ovako da pati? Šta je ona učinila? Oni se vole. Zar bi ovako jecala? Prišla joj je i spustila joj ruku na kosu. Milovala je po glavi.

— Meni je teško što patite. Ali biste još više patili. Ovo je tek početak. Osuđujem svoga brata što vas je toliko zaneo. Nemojte, gospođice! Utešite se! Vi ćete se udati. Tako ste lepi. Smirite se! Nemojte na mene da se ljutite!

Neda podiže uplakano lice:

— Ne ljutim se! Bogami se ne ljutim. Nisam mogla da sakrijem svoja osećanja. Izvinite ako sam vas uvredila.

— Obećajte da me nećete zadržati u ružnoj uspomeni — molila je Dunja.

— Ne umem ja nikoga da mrzim. U petak odlazim iz vašeg sela.

— Hvala vam, gospođice. Zbogom!

Izašla je iz kuće kao pijana. Sve joj je bilo zbrkano u glavi. Pitala se da li da kaže Bati za svoj postupak. Koliko se lomila dok nije došla. Ne, ne! Bolje da mu ne kaže ništa. Pametno je uradila. One njene suze nisu zabadava. Zaljubila se?! Ko zna šta je sve smišljala i ko zna šta je i odakle je? Došla protuva u selo, videla njenog brata, imanje, ovakvu kuću, pa drž' da ga uhvati i venča se s njim. Pa da se i ne venča, ne bi ga lako ispustila iz ruku. Šta da radi posle? Da se spanđa s njom, a Neda? Neka ide odakle je došla. Malo joj se razbistrilo u glavi i sažaljivost iščeze. Znala je da su devojke lukave. Što ona njoj ne reče da ide sutra.

Bila bi mirna tek kad je vidi na stanici. Valjda nije toliko pokvarena da ostane? Dala joj je reč! Dosta joj je kazala. Ako ima ponosa, trebalo bi odmah da se čisti! Plače za njim? Plače za imanjem! Tek je došla u selo, i već se toliko zaljubila da plače za njim. Žurila je da ispriča sve Brankici koja je nestrpljivo očekivala njen povratak. Zatvorile su se u sobu i pričale. Krile su od Voje. On bi bio na Batinoj strani. Umirile su se obe. Ali je bilo i strepnje u njima. One suze! Devojka kad plače, voli. Ako voli da li će ga lako zaboraviti? I kad je došlo dotle da ona plače, mora da su daleko otišli.

* * *

Malo umirenije u četvrtak sedoše u kola. I Bata pođe s njima da ih otprati. Uveče će se vratiti kući. A hteo je dosta toga da kupi. Nisu ga ni videle kad je išao po trgovinama, jer su bile kod krojačice, a Voja kod svog krojača. Otpratio ih je na stanicu oko pet, pa nastavio kupovinu. Sestre bi pale u nesvest da su videle šta kupuje on, muškarac. Nakupovao je svile za ženske toalete, tri fina kombinezona, svilene čarape, čokolade, bombone, puder, parfem, i sve spakovao u jednu veliku kutiju. Bio je u takvom ushićenju i celog je puta pevušio. Zamrkli su na drumu. Bila je sveža julska noć. Pokraj puta žutele su se strnjike. Kukuruz se njihao i šuštao. Dizale su se krstine pšenice. Pređoše reku. Žuborila je tiho. Skinuo je šešir s glave. Vetrić je pirkao i rashlađivao mu visoko čelo. Sutra Stanojka ima da skuva finu večeru. Kolača ima dosta! Sestrama je kazao: „Bez kolača ne smete da me ostavljate. Hoću da imam za nedelju dana.” Kupio je hladnjak i donosio led iz ledenice. Velika torta se hladila na ledu. „Idem rano ujutru na strugaru. Izdaću naredbe i dva dana ne moram ići!” Pevušio je. Bio je srećan. „Lepa moja mala! Sigurno spava.” Poduzimala ga je slatka jeza. Čeznuo je do ludila za njom. Osećao je bujnost njenog tela, video dva velika crna oka, čuo njen melodični glas. „Skromno devojče.” Motrio je na svaki njen pogled. Drhtao od ljubomore. Sav je bio izlomljen od strasti.

Jedva je čekao da sestre i brat odu. Noću ga je stalno lomila groznica. Samo da ona što pre bude kraj njega. Izludeće! Jurio je na strugaru, zamarao se jahanjem i sav slomljen bacao se u postelju. A ona se opet pojavljivala, bela, topla, slatka. „Što ću je izljubiti!", šaputao je dok su se kola kotrljala drumom.

Skrenuli su na seoski put što vodi u njegovo selo. S puta se videla gazda-Obradova kuća. Na njenim prozorima nije bilo svetla. „Zaspalo je moje devojče. Sutra neće spavati! Neću joj dati da zaspi. I ona mene voli." Bio je sav razdragan i grozničav.

Ujutru je ustao, popio sâm crnu kafu i odjurio do strugare. Vratio se tek u jedan sat. Okupao se u reci, odmarao se, obrijao. Bilo je već tri. Šetao je po bašti.

— Gospodine Bojane — viknu Stanojka — zaboravila sam jedno pismo da vam dam! Jutros ga donese Grozda. Ja se zamajala, a ono stoji na polici.

— Pa gde je pismo? Daj ga odmah!

Iscepa koverat. Grozničavo je preleteo redove. Dođe mu da krikne. Ulete kao lud u kuću. Izlete ponovo.

— Radojica! — vikao je Stanojkinog muža. — Preži čeze! Samo brzo!

— Šta li mu bi? — zgranu se Stanojka.

— Šta stojiš tu? Odmah preži! — uleteo je ponovo u kuću. Obuče sivo odelo, uze novac, mantil. Konj je u dvorištu rzao. Radojica ga je držao i tapšao. Bojan izlete iz kuće. — Moram da idem! Možda se neću vratiti dva-tri dana. Pazite na kuću! — uskoči u čeze i besno ošinu konja. On polete kao pomaman. Pucao mu je bičem kraj ušiju da bi neprekidno kasao. Pena izbi konju po sapima. Kod jedne uzbrdice popusti dizgine. Izvadi pismo i ponovo ga pročita.

„Kakvu je glupost Dunja napravila! Da je otera iz sela! Jadno moje malo devojče! Kako mi je tužno otišlo! Ako, budala sam! Glupan! Tako mi i treba." Ispeše se na brdo i konj ponovo pokasa. On izvadi sat. „Neću stići. Ona će da umakne." Pucao je bičem, sav razgnevljen. Oblak prašine vitlao se za čezama. „Otputovala je jutros. A ja budala na strugari. Što nisam odmah jutros otišao? Šta sam čekao? Sinoć je trebalo da joj kucnem na prozor. Sve bi bilo drukčije. Kako je tužna! Jadno moje malo!"

Ošinu konja, sapi mu zadrhtaše i on jurnu kao vihor. Letele su čeze po drumu kao da će se rasprštati. Najednom se isprečiše kola sa senom i zakrčiše put.

— Skreći levo ili desno! — vikao je Bojan. Volovi ni da mrdnu. Poguraše seljaci, psujući sve do boga i udarajući jadnu stoku. Svaki minut bio mu je skup. On skrete levo, točak čeza kliznu u jarak. Zamalo da se sjuri. Konj se prope, polete i izbegnu opasnost. Oblak prašine dizao se za njim. Prolete auto. „Da mi je auto! Stigao bih začas." Na drumu je bila seoska mehana. Pred njom je stajao auto. Jedan gospodin je pio pivo. Zaustavi i on čeze. Pade mu srećna misao: da zapita gospodina može li i on ovim autom. Platiće. Priđe učtivo krupnom gospodinu inteligentna lica:

— Gospodine, biću slobodan da vas zamolim nešto. Žurim na voz u varoš, pa sam hteo da vas pitam da li bih mogao ovim vašim autom?

— Nemam, gospodine, ništa protiv. Sporazumite se sa šoferom.

Sa šoferom je stvar bila odmah uređena. Bojan zamoli kafedžiju da uvede u konjušnicu čeze i kola. Jedan seljak se javi:

— Gos'n Bojane, ja se vrćem u selo! Kako bi bilo da ti poteram čeze natrag?

— Vrlo dobro, Ljubomire! Baš si kao poručen! Možda se ja neću odmah vratiti. Kaži Stanojki i Radojici: ako ne dođem noćas, neću se vratiti dva-tri dana. Je l' vi polazite, gospodine? Da vam se predstavim.

I gospodin se predstavi; bio je to narodni poslanik.

— Putujete li u Beograd? — pitao ga je Bojan.

— Ne, samo do varoši. Imam neke prijatelje da nađem.

— Hoćemo li stići na voz?

— O, imaćete vremena i da sednete na stanici i da ga čekate.

Bojanu laknu. „Neće mi umaći. Brži sam od nje." Ah, Dunja!

Poslanik se skide pred jednom kafanom i plati šoferu. Bojan produži autom na stanicu.

— Je l'te, ako bih se ja odmah vratio u selo, da li biste me povezli natrag?

— Kako da ne bih, gospodine. Koje je vaše selo?

Bojan mu reče.

— A, znam! Vozio sam tamo. Dobar put. Treba li da vas čekam ispred stanice?

— Čekajte, ne brinite, lepo ću vam platiti. Ako stignemo kasno, možete prenoćiti kod moje kuće pa u zoru da se vratite — ostavi šofera i ulete u stanicu. Prođe kroz hodnik, izađe u baštu, pogleda svuda, ali je ne vide. Nešto mu pritisnu grudi. „Gde li je?" Išao je i zverao desno i levo. „Sigurno je otišla da kupi kartu." Zaviri u odeljenje gde se izdaju karte. Zastade uzbuđen. „Srce moje malo, eno je!" Stajala je u redu pred šalterom, video je njeno tužno oko s profila: besvesno se pomerala, gledajući netremice u jednu tačku, kao da nije bila tu, već negde daleko. Bojan se smešio i posmatrao je. Bila je još daleko od šaltera i uživao je da je gleda naslućujući šta se u njoj zbiva. Voleo je i njenu tugu, a bilo mu je i žao. „Siroče moje malo!" Lagano je prilazio. Prostor je bio slobodan s leve strane. Dođe do poslednjeg reda, pa se pomače, prikrade se uz nju, pruži ruku i uhvati je ispod ruke.

— Večeras ima još jedan voz, ne morate ovim da putujete.

Ona se strese od dodira te ruke i glasa, poblede i nesvesno mu se osloni na ruku. Gledala ga je, ali nije mogla reč da progovori, kao da ju je paralizovalo njegovo prisustvo.

— Hajdemo u baštu! — tiho nastavi mladi čovek. Nije umela ništa da kaže, niti ruku da izvuče. Išli su jedno kraj drugog kao par koji se voli. On ju je držao nežno ispod ruke; osećala je kako joj čvrsto pritiskuje ruku uza svoje grudi kao da se boji da joj ne pobegne. — Eno jedan prazan sto! — posmatrao je njene široko otvorene oči u kojima je bilo toliko pitanja i čuđenja, i video sklopljene usnice, koje nisu umele ništa da pitaju. Ne obazirući se što su neki sedeli oko njih, on uze njenu ruku poljubi je, trepavice joj zadrhtaše... i ona pokri oči rukom. — Tako, dakle, hteli ste da pobegnete od mene?

— Pa i vi ste želeli da odem.

— Ko to kaže? Zar je moja sestra tako nešto kazala?

— Meni je dosta bilo što je napomenula da volite jednu devojku i da treba da se oženite njome. Molila me je da otputujem odmah i da se rastanem s vama.

— Kako ste vi to primili srcu! Zar je za vas bilo važno šta moja sestra kaže? A zaboravili ste da sam molio da dođem u petak k vama. Što me niste pričekali?

— Nisam htela, jer sve je tako zamršeno.

— Zamršeno kao vaša lepa kosica. Ali ja bih umeo i zamrsiti i razmrsiti vaše kovrdžice. Moja mala devojčice! Pa jeste li bili tužni? Jeste, priznajte!

— Nisam baš nimalo! — sakrila je oči, ali joj se kroz prste skotrlja jedna suza. On progovori uzbuđeno:

— Hoćete li da sednemo u auto da se provozamo? Gde su vam stvari?

— Dala sam ih nosaču. Eno ga!

Bojan zovnu nosača, uze stvari i stavi ih u auto. Još nikako joj nije rekao: Nedo! „Kakva je ovo komedija?" Dođe joj da brizne u plač.

— Kuda mislite da idemo? Ja putujem.

— Pa i ja putujem. Vi ćete za Skoplje, a ja ću u Beograd. Možete i doveče. Ispratiću vas. Hoću da opravdam svoju sestru za njen nekorektni postupak. Ne bih želeo da odete uvređeni iz našeg sela. Provozaćemo se i svratiti pred neki hotel i večerati.

Pomože joj da uđe u auto. Reče nešto šoferu i sede pored nje. Bila se spustila u ugao sva uzrujana. Podsetila se one noći kad je s njim bila u autu. Kako vlada njenom voljom. Osetila je da se naginje i ćuteći gleda joj tamne oči. Tiho je govorio:

— Ne volite me. Jedna reč moje sestre bila je dovoljna da me ostavite.

— Vaša sestra me mrzi.

— Mrzi vas, ne odričem.

Ona se odmače još više u ugao kao uplašena od onoga što ču.

— Ali Dunja ima divno srce! — govorio je brat.

— Svakako. Ona vas voli i želi vam dobro. A zašto mene toliko mrzi?

— Ima jakih razloga. Nije vam sve ni kazala: ja sam oženjen, gospođice Božana!

— Oženjeni? Pa gde vam je gospođa?

— Rastavljeni smo. Silom okolnosti morali smo se rastati.

— Jesu li i vaše sestre za taj razvod braka?

— Nisu — uhvatio je za ruku i stezao je. — One su, prosto, lude za mojom ženom! Toliko je vole! I kad su videle vas i osetile... da počinjem da bivam lud za vama, kao što su one za mojom ženom, rešile su da vas oteraju iz sela da bi me naterale da vratim svoju ženicu. A ja sam, vidite, postao neveran muž i neću da čujem za moju ženu. Hoću da se rastanem s njom! Samo zbog vas, gospođice Božana. Eto, takva je borba između mene i mojih sestara.

Gledala ga je kao da nije mogla sve da shvati. „Gospode, bože, pa da li on mene, zaista, ne poznaje?”

— Šta onda vi hoćete od mene? Hteli ste u petak nešto da me pitate. Danas je petak. Dakle, slušam vas.

— Dobro, slušajte! Ali hoću iskren odgovor od vas. Evo šta želim: hoćete li da budete moja žena?

— Vaša žena? A ta druga?

— O njoj neću da mislim. Ne volim je. Tražiću razvod braka.

— Hoćete li da mi kažete kako se zove vaša žena?

— Šta će vam njeno ime?

— Baš hoću da znam.

— Pa... Neda se zove.

— A tu Nedu vi ne volite?

— Ne volim je.

— A kako izgleda?

— Ništa naročito. Nije lepa kao vi. Ako ne pristanete da se udate za mene, čuda ću napraviti!

— Kakva čuda?

— Odvešću vas svojoj kući.

— Da vi mene već ne vodite svojoj kući? — nastavljala je sa osmehom. — Kuda mi idemo?

— Našoj kući.

— Zašto našoj? To nije moja kuća!

— Ako budete u njoj, staviću vam je na raspolaganje i moliću da je smatrate kao svoju kuću. Mi se ne možemo odmah venčati. Treba da dobijem razvod braka. Nudim vam zasada samo svoju ljubav, ali ime ne mogu.

„Šta je ovo? On me, zaista, ne poznaje?" Okrenula je glavu prema jastučetu i ćutala. Nešto je rastuži, iako ju je u prvi mah zabavljao ovaj ton. Nije osetila sentimentalnost u njegovom glasu. Više bi volela da je kleknuo, grlio i šaputao: „Moja mala Nedo!", a on sve s humorom kao da je ljubav šala i igračka. Htela je da ga malo uvredi, rastuži, da oseti njegov bol. Divno je kad muškarac pati. Slađi je bio u šumi, kad ju je grlio. Zato žustro izgovori:

— Molim vas, recite šoferu neka vrati auto. Večeras moram da putujem. Dala sam reč vašoj sestri, a ona je sigurno celu stvar bolje prosudila od vas.

On se naže da joj zagleda oči u sutonu, i istim tonom odgovori:

— Neću da vraćam auto. Morate sa mnom — bio je sasvim uz nju i pruži ruku da je obgrli oko ramena. — Što okrećete glavu? Jesam li vam mrzak? Hajde, budite iskreni.

— Niste.

— Volite li me?

Više nije mogla da se pretvara. Žensko srce se raznaži i rastuži. Ljubav ima svoje izlive suza. Zagnjuri mu glavu na grudi i zajeca:

— Što ste takvi? Što se pretvarate? Mučite me. Ne znam šta mislite. Znate li ko sam ja? — podigla je uplakane oči da bi videla utisak na njegovom licu. Smešio se.

— Znam ko ste! Zar ste mogli i pomisliti da ne znam?!

Još je sumnjala, htela je da čuje svoje ime.

— Ne znate! Kako se zovem?

— Vi se zovete: moja slatka ženica. Najlepša i najmilija ženica! N... e... d... a! — prošaputao joj je na uvo i poljubio njenu toplu, ružičastu školjku. — Neda! Neda!

— Pa što ste me mučili ovoliko? Što mi niste kazali ko sam?

— Kakvo ste dete! Mislili ste ako ste obojili kosu da vas neću poznati. Još onog trenutka, na livadi, poznao sam vas! Zaprepastio sam se, ali sam bio lud od radosti! Nikada u životu nisam osetio radost kao onda kada sam vas ugledao na livadi.

— Je li to istina?

— Zar može biti drukčije?

— A zašto mi niste kazali: vi niste Božana nego Neda?

— Želeo sam da saznam zašto se krijete pod drugim imenom. Imao sam mnogo više razloga da sumnjam u vaša osećanja. I sada sumnjam. Niste mi kazali da me volite. Eto, ni sad mi to niste kazali.

— Zar je potrebna reč da se čovek uveri?

— Kad ne postoje dela, potrebne su reči. Zašto ih ne izgovorite?

— Čekala sam prvo vas da čujem.

— Čuli ste, dakle? — pritisnuo joj je glavu na grudi i nagnuo se njenim usnicama. Bile su sočne i tople. Kako su se strasno stopile s njegovim usnama!

— Ti si mi sve u životu! Zato sam došla da te upoznam. Htela sam da vidim ko si, šta si, kakav si čovek! Sve je bilo tako tajanstveno. Reci mi zašto sam morala da se venčam s tobom?

— Reći ću ti kad stignemo kući. Pusti me, sad hoću da osetim samo tebe uza se. Izmučen sam mnogo! Celu godinu dana sam patio zbog tebe. Kako su to bili strašni dani!

— A kad si me ugledao? — pitala je želeći sve da čuje.

— Onda sam osetio koliko sam srećan. Ali i uplašen. Mislio sam: došla je da se raspita o meni, pa da me ostavi. Zbunilo me je i da bih sebe i dalje zavaravao da ćeš me voleti, nisam hteo da se odam da te poznajem. Opažao sam da te to vređa i ta činjenica mi je bila prva nada da me simpatišeš. Posle sam mislio: ti si sama, bez ikoga, nevino devojče, tebi je potrebna ljubav, zaštita, ti ćeš me zavoleti, biću ti sve, kao što sama kažeš. Bio sam ponekad očajan — prešao je na „ti" i ne osećajući, došlo je spontano, iz saznanja da ona pripada svim osećanjima njemu i da mu je već bliska, njegova. — Hteo sam da doletim noću tvojoj kući, ali bi me opet osvestio onaj strah: da li me voliš?

— A tvoje sestre nisu znale ko sam?

— Niko nije znao. Bile su očajne zbog Nede kad su videle da mi se dopada Božana. Pravile su mi scene po kući: Neda! Neda! I samo Neda.

— Je l' moguće? — govorila je sva ushićena.

— One te obožavaju! Slatko su kuvale za Nedu, kompote za Nedu, pekmeze. Brankica je izvezla čaršav za čaj za Nedu! Videćeš Dunjino lice kad joj kažem: ovo je Neda! Nedu da prevarim? To ne bih smeo ni da pomislim.

— A jesi li me varao?

— Nikad. Moje srce je samo tebi pripadalo.

— Ti me nisi odmah zavoleo. Mrzeo si me.

— Jesam. Mrzeo sam te dok te nisam upoznao. Kad sam te video prvi put, znaš, onog dana, kad si vezla na livadi, osetio sam da ću poginuti, ako se moram venčati s tobom.

— Zašto si morao da se venčaš?

— Ostavi, to ću ti reći kad dođemo kući. Malo moje! — zagnjurio je lice u njenu kosu. — Ja ću ti biti sve, je li?

— Sve. Koga ja imam?

Pritiskivao ju je na grudi i grlio svojim snažnim, muškim rukama. A iznenada dođe mu misao.

— Je li, a onaj avijatičar? Reci mi: da li ovaj avijatičar Branko nije onaj tvoj Branko?

— Jeste.

— Znaš da sam pogodio! Hteo sam da izludim. Mislio sam da je došao zbog tebe i da si mu pisala.

— Nisam ga ni videla. Upravo jesam, na saboru.

— Zašto si pobegla?

— Nisam htela da me pozna, jer bi me odao.

— Nisi patila?

— Zašto da patim? Udata sam žena i nisam mogla misliti na njega.

— A mislila si?

— Kao devojčica! Pre tebe. Priznaću ti: on me je prosio, a ja sam ga odbila.

— Nije važno što si ga odbila, nego da li ga još voliš?

— Ni najmanje. Razočarala sam se u njega: kazao je da mu je ona Dara rođaka, a on ju je verio.

— Gde si ih videla?

— U pozorištu.

— S kim si išla u pozorište?

— S jednim doktorom.

— To je doktor kod kojih si stanovala. Je li ti on rod?

— Nije mi rod.

— Da ti se nije i on udvarao?

— Jeste. Prosio me je. I on i njegova majka.

— A ti?

— Odbila sam ga. Njima sam ispričala da sam udata. Samo su oni znali.

— Šta su kazali?

— On je odmah hteo da prijavi policiji, ja nisam dala. Htela sam da te upoznam.

— Došla si u selo da me upoznaš, pa ako ti se ne budem svideo, da se udaš za doktora. Misliš li ti da bih ja dopustio da se ti udaš za drugog?

— Zašto je tebi toliko stalo do mene? — pitala je, tražeći njegove oči, jer je htela da čuje slatki šapat: „Zato što te volim”. Šapat nije čula, ali je osetila tople usne na svojim očima, obrazima, usnicama, vratu.

Auto ih je nosio kao one noći. Sveži povetarac je ulazio u kola i meko lepršao njene plave vlasi. Oboje su bili u uglu, priljubljeni jedno uz drugo. Ona se izvi.

— Moja mati je bila verenica tvoga ujaka!

— Jeste. Bila je to velika ljubav. Četiri godine su se voleli.

— Zašto se nisu uzeli? Molim te, reci mi. Na slici sam videla da je tvoj ujak bio vrlo simpatičan. Liči na tebe, ali si ti lepši!

— Jesam li ja lep? — umiljato je pitao.

— Još kako lep! Ali ti si i dobar. Videla sam da voliš sestre. Hoćeš li i mene da voliš kao njih?

— Tebe ću više voleti. Te dve ljubavi se ne mogu porediti. Ženi se čovek sav daje, ona može da bude gospodar i njegovog duha i tela.

— Samo ja neću biti gospodar-žena.

— Suviše si nežna da bi mogla biti takva. Ti si stvorena da budeš nežna, slatka ženica, koju čovek mazi i miluje.

— A ti ćeš biti moje razmaženo dete! Ali, pričaj mi za mamu! Hoću sve da znam.

— Ostavi sada bolne stvari! — izbegavao je. — Jesi li gladna?

— Nisam.

— Proći ćemo pored jedne mehane, pa možemo svratiti da večeramo. Neću da moja mala ženica bude gladna.

— A mogao si ženicu godinu dana da ostaviš! To me najviše boli: zašto si se tako dugo krio?

— Hteo sam nešto da stvorim, pa da mogu doći i predstaviti se. Najviše sam želeo da nešto stvorim s eksploatacijom mojih šuma.

— Zar misliš da ti to daje veću vrednost u mojim očima? Svršio si prava, to je dovoljno. Priznajem, bila sam srećna kad sam čula da si svršeni pravnik. Nisi nikad ličio na seljaka. A seljačko odelo si samo obukao, je li?

— Jeste, onda! Inače ne nosim seljačko. Da zavaram trag, jer je ono postupak za koji sam mogao biti osuđen.

— A ja nisam htela da te prijavim.

— Zašto?

— Ne znam ni sama. Upravo, bojala sam se da mama nije imala nešto u životu što se nije smelo iznositi u javnost. Jesam li u pravu?

— Donekle.

— Znači da je moja mama nešto mnogo zgrešila? Reci mi!

— Kod kuće ću ti sve ispričati.

— Što izbegavaš? Je li veliki greh učinila moja mama? Oh, reci mi!

— Nije to tako strašan greh!

— Je li moja mama imala nešto s tvojim ujakom? Je li bila... njegova ljubavnica?

— Nije. Umiri se! Čekala si godinu dana, pa možeš još jedan sat. Evo kafane. Tu ćemo večerati.

— Ako zbog mene hoćeš da večeramo, nisam toliko gladna. Koliko ima do našeg sela?

— Do našeg sela i do naše kuće ima još tri četvrt sata. Volim što si kazala: naše selo!

— Kako ne bih volela tako divno selo! Onda, znaš šta: da popijemo nešto, žedna sam, a da večeramo kod kuće. Ali uznemirićemo Stanojku.

— Ne treba nam ona. Ali, ona je kao zec. Može da ustane u svako doba noći. Moja slatka Nedice! Ne! Ovo je Božana. Gospođice Božana Marić! Ići ćemo u manastir gde smo se venčali.

— Jesmo li se istinski venčali?

— Pokazaću ti našu venčanicu.

— A što ti je bila potrebna venčanica?

— To je u vezi s tvojom mamom i mojim ujakom. Ali budi strpljiva. Hteo bih da budeš vesela.

— Je l' nije vesela priča koju bi mi ispričao?

— Mi smo sada mnogo veseliji. Šofer! Zaustavite auto, popićemo nešto! Ima svetlosti u kafani. Još je rano. Tek je pola devet!

Auto se zaustavi pred mehanom i oni siđoše.

Šta je zgrešila njena mama

Sedeli su na divanu u predsoblju. Svetlost lampe bacala je zrake svuda unaokolo, ali su uglovi bili tamni. Jedan zlatan krug se ocrtavao oko lampe na stolu. Bili su u polusutonu. Vrata na balkonu bila su poluotvorena i u daljini se videla tamna planina čije su se konture ocrtavale na sivkastom nebu.

Mladi čovek je pričao:

— Moj ujak je bio na tehnici, a tvoja mama studentkinja filozofije. Upoznali su se na svetosavskoj zabavi. Tvoja mama je bila jedna od najlepših studentkinja. Igrali su celo veče. Ujak je bio predratni mladić, inteligentan, ali siromašan. Njegov otac, moj deda, bio je činovnik i jedva mu je slao toliko da kao student može životariti. Zbog toga je žurio da završi školu, a posle poznanstva s tvojom mamom još i više. To je bila ljubav koja odmah za cilj postavlja brak. Verili su se godinu dana posle poznanstva na svetosavskoj zabavi.

— Ah, sad znam zašto je mama plakala kad sam se spremala na prvi bal. Meni se činilo da se setila nečega što je bilo lepo u njenom devojačkom životu. Sigurno je to bio taj bal!

— Možda, jer ona je žalila za njim, kasnije, kad se udala.

— A zašto se nije udala za tvog ujaka?

— Nije ga volela više. Zaboravila ga je.

— Moja mama je mogla da zaboravi? Zar ona, tako nežna, osećajna?

— Žena nije uvek nežna! Može da bude i najslađa, ali i najneosetljivija. Moj ujak je osetio njenu bezdušnost.

— Čudim se. Zar je moja mama mogla biti bezdušna?

— Nisu bili zajedno. On je pre nje svršio i otišao u unutrašnjost za inženjera. Nastavili su prepisku iz koje se vidi kako ga je svuda pratila njena slika.

— Postoje li ta pisma?

— Da. Tvoja mama ih je vratila. Ovde su. Najbolnija su ona kad je počela sve ređe da mu piše. Mučile su ga sumnje, ljubomora, očajanje. Jednog dana tvoja mama je prestala da mu piše.

— A ranije, je li mu nežno pisala?

— Pročitaćeš. To su vrlo topla, inteligentna pisma jedne predratne devojke. Ali su jednog dana prestala da stižu.

— Zbog čega?

— Tvoja mama je zavolela tvoga oca.

— Zašto da zaboravi tvoga ujaka, kad kažeš da je bio tako dobar?

— Ujak je bio siromašan. Mala plata jednog inženjera, a siromašna porodica. A tvoj tata je bio lep, bogat, iz bogate kuće.

— Mamu je, dakle, zanelo bogatstvo — pogledala je u mračne kutove sobe kao da će se otuda pojaviti mamin lik. Strašno joj je bilo saznanje koje je otkrivalo maminu dušu iz devojaštva. Zar svako ima poneki tamni kut u svojoj duši? Zar je i mama bila kao današnje devojke koje bi žrtvovale za bogatstvo i ljubav i čast. Uzdahnula je. — Pa šta je bilo dalje?

— Tebi je teško da slušaš. I nemoj! Ostavimo ovaj razgovor. Hajdemo na balkon. Pogledaj kako je vedra noć. Izneću stolice. Samo je dosta sveže. Trebalo bi da se ogrneš. Ti drhtiš? — stegnuo ju je na grudi.

— Ne! Ne! Ne drhtim od hladnoće. Sve je tako tužno. Prosto ne mogu da verujem.

— Misliš li da ja izmišljam?

— Ne to, nego ne mogu da verujem da je moja dobra mama bila tako neosetljiva.

— Ne treba da se čudiš. Ono što se danas događa, događalo se uvek: novac pobeđuje! Uz to je i tvoj tata bio lepši čovek. Njoj je sve laskalo. Shvati da je bila činovničko dete, nije imala sjajan život u kući, i očaralo je bogatstvo.

— A šta je ona prepatila u tom bogatstvu! Tatini su roditelji postradali. Istina, imao je veliku platu kao direktor banke, ali koliko je davao drugima! — htela je reći: svojim ljubavnicama, ali je ućutala. Osetila je bol što mrtve roditelje osuđuje. — Je li, a kako je tvoj ujak primio kad je moja mama prestala da ga voli?

— Doznaćeš iz njegovih pisama. Ona mu ih je vratila.

— A kad se mama udala?

— Desio se još jedan strašan događaj posle venčanja.

— Šta? Strašan događaj? Nikad nisam čula da se nešto strašno desilo u vezi s mojom mamom — ruke su joj bile hladne kao led. On joj uze ručice i poče da ih ljubi.

— Kako su ti hladni prstići! Nemoj da se uzbuđuješ! Zato nisam hteo ni da ti pričam.

— Molim te, nastavi!

— Ti mene ne bi ostavila, je li?

— Vidiš da te nisam ostavila. Mene bogatstvo ne privlači, jer sam upoznala i sve rđave strane novca. Jadna moja mama! Žalim je što se ogrešila sama o svoj život i mogla da zaboravi tako dobrog mladića s kojim bi bila srećna. A šta se to strašno zbilo?

Ogromna ptica prolete kroz noć. Neda se strese kao od utvare. Oseti njegovu ruku oko ramena.

— Da svega toga nije bilo, mi večeras ne bismo sedeli u ovoj noći.

Osetila je kako se njegova ruka zavlači u kosu i miluje joj lice.

— Ti si lepa kao tvoja mama. Kad sam te video, razumeo sam zašto je moj ujak patio. Ima nečega u tebi što tako moćno osvaja, uliva poverenje, ali dovodi i do ludila — privukao je na grudi i osetio da je sva topla, iako su joj ruke bile hladne.

— Dovrši ono što si počeo!

— Hoću, samo obećaj da se nećeš uzrujavati. Dakle, na dan venčanja tvoje mame, moj ujak je došao. Bio je skriven u gomili sveta koja je pred crkvom očekivala da izađu mladenci. Imao je revolver i hteo je da je ubije, ali nije imao hrabrosti! Ljubav je nadjačala želju za osvetom. Mislio je da je bolje da se sebi osveti, nego njoj. Oni su otišli na svadbeni put u jedno letovalište, a on se uputio za njima. Tvoja mama ga nije videla, jer se krio. Jedne večeri oni su sedeli na klupi i uživali kao mladi bračni par, opijeni ljubavlju. A on je sedeo na drugoj klupi. I tada se razlegao pucanj. Tvoja mama je vrisnula, pritrčali su i drugi posetioci. Svet se sakupio, izneli su ga na svetlost, bio je i lekar u blizini, upitali su ga kako se zove. Mogao je samo da izgovori: „Svetislav Stanojević!” Svi unaokolo prihvatili su to ime i pitali poznaje li ko ovog Svetislava Stanojevića? Čula je to i tvoja mama. U toj gužvi ujak je razabrao njen glas kako govori: „Ne poznajem ovog čoveka! Hajd’mo, Dušane! Ovo je strašno!”

Velike crne oči ukočeno su gledale Bojana, a kroz stisnute zube kidale se reči:

— Mama to da učini... tako neosetljiva da bude, a da pred njom leži krvav čovek koga je volela...! Ali ona nije znala da će on doći... on se nije ubio?

— Nije. I samoubica ima strah. Valjda mu je taj strah oduzeo sigurnost pokreta. Njegova sreća! Odneli su ga u bolnicu. Nadao se da će ona doći da ga vidi, ali ona nikad nije došla.

Neda pokri lice rukom. Plakala je.

— Eto, rasplakala si se. Nije trebalo da ti pričam.

— Plačem zbog mame. Ona se, ipak, morala celog života sećati toga događaja.

— Sećala se. Kasnije, mučena, valjda, grižom savesti ispričala je tvom ocu sve.

— Misliš?

— U jednom pismu priznala je to mome ujaku.

— Zar mu je i posle toga pisala?

— Čak je i tvoju sliku poslala. Bilo ti je pet godina. Bila si mala slatka devojčica. Tu sličicu uvek nosim u mojoj beležnici.

— Je l' mogućno? Čuvaš moju sliku? A zašto je mama posle pisala?

— U očajanju. Tvoj tata je već posle pet godina varao tvoju mamu. Bilo je i kod njega razočaranja, kad mu je priznala da je onaj mladić hteo da se ubije zbog nje.

— Zašto mu je priznala?

— Možda je bila kakva scena, i u ljutini, ili očajanju, priznala je da su i nju voleli. Možda i zbog griže savesti!

Cvrkut ptica se začu u jednom gnezdu. Lišće zašumori tajanstveno. Ruže su mirisale. Zvuk medenice zaleluja se kroz noć. Hektor zalaja, pa ućuta.

— Je li dugo bolovao tvoj ujak?

— Prilično. Celog života nije bio snažnog zdravlja. Zato je i živeo na selu. Bio je i dalje inženjer, pravio je jedan tunel i most, imao je još nekih većih poslova, jer je bio vrlo spreman i posle je kupio imanje na selu. Selo ga je oporavilo i posvetio se seoskom gazdinstvu.

— Nije se ženio?

— Nije. Bio je malo osobenjak. Na njega je sve uticalo, jer ranije nije bio takav. Čak je postao i ženomrzac. Nikako žene nije trpeo. Sâm je živeo, imao je jednog slugu sa ženom, koji su ga dvorili. Ni nas nije voleo, iako smo se mučili. Slao nam je pokatkad pomoć i izgleda da je mene najviše voleo. Kad god je trebalo da idem da polažem ispit u Beogradu, on mi je davao novac, jer mi smo bili sirotinja i živeli smo od časova koje sam ja davao. Otac nam je poginuo u ratu i mati se strašno zlopatila dok nas je školovala u gimnaziji, kao i sve ratne udovice koje su živele od invalidnine i držale đake na hrani. Ujak nam je slao, ali ne svakog meseca, a kad nam je majka umrla bio sam gord i nisam nikada hteo da tražim, ako se on sâm ne bi setio da pošalje.

— Zar si ti bio tako siromašan pored ovolikog imanja?

— Ovo nije bilo moje imanje. Posle mamine smrti meni je sve troje dece ostalo na teretu: Brankica i Voja u gimnaziji, a Dunja u učiteljskoj školi. Svi su dobro učili, ali trebalo ih je hraniti, odevati, kupovati knjige. Moja mladost prošla je u strašnoj borbi da zaradim samo za hleb. Više smo bili gladni nego siti. Nije mi bilo za mene, ali sam očajavao gledajući Brankicu i Dunju. Prosto mi se srce cepalo kad bi mi Brankica kroz plač kazala: „Bato, ja sam gladna!" To su očajanja kad čovek mrzi ceo svet oko sebe, kad ide ulicom i dođe mu da gađa kamenjem visoke zgrade, prepune izloge, kad proklinje i sebe i društvo. Mrzeo sam sav svet oko sebe, jer nisam mogao da nahranim moje siročiće.

Nežne ruke sklopiše mu se oko vrata, a muška glava spusti joj se na rame. Milovala ga je po kosi i šaputala:

— Jadno moje! Životne patnje više ubijaju nego žalost — u njegovoj patnji osećala je toplinu duše i karakter. Patio je i nije znao za radosti života. Zato su, valjda, uvek bolji siromašni mladići. Tople usne spustiše joj se na ručicu.

— Ti si moja mala, zlatna devojčica. Razumeš moj život? — obuhvatio joj je glavu rukama i zagledao se u njene oči. Bile su tople i meke kao letnja noć. Koliko uspomena i osećanja je treperilo oko njih i sve se stapalo u neku čudnu baštu punu mirisa što razveseljava i rastužuje.

— A zašto si me oteo? Zbog čega si morao da se venčaš sa mnom?

— To je sad drugi deo ove priče. Kad je moj ujak umro, otvoren je njegov testament. Mi nismo verovali da ćemo biti njegovi naslednici. Ima ljudi osobenjaka koji sve imanje zaveštaju drugima. Iznenadili smo se kad je otvoren njegov testament. Zapravo smo se zaprepastili.

— Zašto?

— Jer je on sve imanje ostavljao meni, ali da ga primim tek onda kad se budem venčao s tobom. Ako se ne venčam s tobom u roku od tri godine, imanje je imalo da pripadne dobrotvornim društvima, da se proda i novac razdeli... Testament je ostavio kod jednog svog prijatelja, advokata, koji je morao da ga drži u tajnosti, a smeo je da ga saopšti tek posle ujakove smrti.

— Kakav testament! Ti si se sa mnom venčao zbog imanja? Zbog bogatstva si me oteo? — otrgla se, ustala i naslonila se na balkon. To što je sada saznala, bilo joj je gnusno.

— Nedo, zar sam ja nešto kriv? Čovek osobenjak ostavio je takav testament! Ali treba da znaš da se u tom testamentu još uvek osećala ljubav prema tvojoj mami. Ja nisam tražio ovo imanje.

— Ako je on osećao ljubav, sad znam da me ti nisi nikad voleo, već si se oženio da bi se dočepao nasleđa!

— Nasleđa! Malo moje, nemoj tako nepravedno da govoriš — ustao je i stao pored nje. — Kako si mogla verovati da sam te voleo, kad te nisam video? Ja te volim, zaista, od onoga dana kada sam te prvi put video, ali pre toga nisam bio zaljubljen u tebe, jer te nisam poznavao.

— Nisi ti ni sada zaljubljen — uzdrhtalo je govorila. — Zašto igraš ovu komediju? Ah, sad mi je sve jasno! Nametnuli su ti mene i nisi mogao godinu dana da me vidiš! Imanje si voleo, ovu kuću, voćnjake, livade, i njive, i pravio si se da me ne poznaješ. Zaista, to je ljubav! A ja sam mislila da me makar malo voliš!

On je strašno steže u zagrljaj i pritisnu na grudi.

— Ja te sada, zaista, volim. Nikome te ne bih dao. Koliko sam patio i mrzeo ujaka kad sam saznao za zaveštanje, toliko ga danas volim i osećam da mi ništa lepše nije mogao zaveštati nego tebe! Morao je on tebe videti i znati koliko si slatka i dobra, inače mi ne bi dao za ženu neko čudovište!

— To su samo tvoje priče! Pusti me! Ne verujem ti! Muškarci su svi materijalisti. Novac je za njih glavno, a ne žena. Ala sam ja luda! — nervozno se nasmeja. — Verovala sam u ljubav, a bila sam ti samo sredstvo da se obogatiš.

— Ne, ti ne misliš tako! Treba da se umiriš i onda ćeš sve shvatiti. Uzrujana si! Sve te je iznerviralo: i ono o tvojoj mami i mom ujaku. Ti si moja dobra ženica, razumećeš me. Zar bi ti volela da sam ja gladovao sa svojima?

— Razumela bih te da si došao k meni, ispričao mi sve to i zamolio me da se venčamo da bi došao do ovog imanja.

— A ako sam ja pokušao sve to?

— Kad si pokušao?

— Ti ne znaš ništa. Naravno, tvoji ti nisu pričali. Ja sam išao tvojim roditeljima. Bila si još u zavodu. Prvo sam otišao tvome ocu i sve mu ispričao.

— A moj tata?

— Izbacio me je iz banke. Razume se, bio sam bedan, siromašan mladić, nimalo elegantan, u iznošenom odelu, dripac koji se usuđuje da traži ruku ćerke direktora banke! To mi je i dobacio. Još kad je čuo ko je moj ujak, pao je u takvu jarost da je bio u stanju i fizički da me napadne.

— A što nisi otišao mojoj mami?

— Bio sam i kod nje. Ona me nije primila grubo, već vrlo hladno, jer, rekla je, ništa nije mogla protiv volje svoga muža. Ti si bila njeno jedino dete, zamišljala je da te lepo uda i da to ne mogu biti ja, ma kakvo nasleđe primio. Za njih nije bilo primamljivo selo. Šta su to njive, livade i voćnjaci, kad sam ja bio bedan i bez ikakve titule? Šta sam tada mogao? Rešio sam da po svaku cenu spasem moje siročiće i da te ukradem, prisilim na venčanje i posle te vratim, zatražim razvod braka i dam ti odštetu za pretrpljeni strah i nasilno venčanje.

— Zašto to nisi uradio, kad me nisi voleo?

Privukao je na grudi, zagnjurio lice u njenu kosu! Osetila je uzdah posle reči koje su dolazile kao dah noći:

— Neću da verujem da si ti prema meni nemilosrdna kao tvoja pokojna majka prema ujaku. Nisam se mogao rastaviti s tobom, jer si mi se dopala.

— Samo dopala?

— Pa, da. Trebalo je da mi se dopadneš, da bih te zavoleo. A onda je došla i smrt tvoje mame. Samo sam ti ja ostao.

— Znala sam ja to. Sad si priznao da je u tebi bilo samo sažaljenje prema meni. Nisam imala nikoga i osećao si se obavezan, jer si možda bio svestan da si i sâm doprineo smrti moje mame — osetila je kako su se njegove ruke odvojile s njenih ramena i spustile na naslon balkona.

— Svestan sam. Još i više: ja sam ubica tvoje mame! I ipak tražim da me voliš. Ne, ti si u pravu. Imaš i zakon uza se. Idi, optuži me, reci: on je ubio moju mamu, ovaj odvratni mrski mladić, koji me je iz koristoljublja oteo, a moju mamu nagnao u smrt. Da, ja sam ubica! I treba da me mrziš. Hteo sam bogatstvo! Usudio sam se ja, bednik, da se nazovem gospodarom imanja. Crknite svi vi sirotinjo od gladi! Vi nemate pravo da živite, već da gladujete, jer ste bedni! — srušio se na stolicu i spustio glavu na ogradu balkona. Ptica opet prelete i zakrešta, očajno, kao glas savesti. Mala ruka, uzdrhtala, spusti se na oborenu glavu.

— Nisam ja tako svirepa, ali i ja sam izmučena.

— Oprosti mi! Bio sam grub! To je zato što te volim, jer sam i ja sebe izmučio grižom savesti, što sam ti zadao toliki bol, tebi, jednom nežnom detetu. Kako sam strahovito patio posle one strašne noći našeg venčanja! Pao sam u postelju. Čini mi se bilo bi mi lakše da si me tužila, uložila makar kakav protest. Ali tvoje ćutanje, i pored tragedije tvoje mame, otkrili su mi tvoju dušu. Da sam bio samo ja u pitanju i to nasleđe, odrekao bih se svega i nikad ne bih ono uradio. Ali u pitanju su bili Brankica, Dunja, Voja! Ja sam im bio i otac i mati, oni su od mene sve očekivali. Da sam ih ostavio svi bi propali! Kako su oni sada svi srećni, kako te vole! Ali ja želim da i ti budeš srećna. Ako sam te prisilio na venčanje, ne prisiljavam te da budeš moja žena. Od tebe zavisi hoćeš li da ostaneš sa mnom, ili da tražiš razvod braka! Veruj, ja te silno volim sada, ali osećam da nemam prava da gospodarim tvojim životom. Ništa neću silom. Ostani kod mene koliko hoćeš. Ovo je tvoja kuća koliko i moja, ispitaj sebe i reci mi hoćemo li biti muž i žena ili ćemo se rastaviti. Tvoja mati se ogrešila o mog ujaka, jer je volela bogatstvo, a ja sam se isto tako ogrešio o tebe. Ali nisam voleo imanje zbog provoda, uživanja, razuzdanosti, nego da spasem moje siročiće.

Disala je teško, a noć se skupljala oko njih, sveža, puna očaja. Kao da su svuda proletale uspomene kao aveti. Stresla se i uhvatila ga za ruku.

— Tebi je hladno! Treba da legneš i da se odmoriš. Hajde da upalimo lampu u sobi — pošao je u sobu, a ona za njim. U njegovim rečima i pokretima bilo je mirnoće. Kao da se u njemu ohladila strast. Da li se i on razočarao u nju kao ona u njega? Ili čeka da mu se ona baci u zagrljaj? Nije htela.

— Imaš vode ako hoćeš da se umiješ. Pokrivač i čaršavi su u fioci. Tu je i jastuk. Ja ću spavati u predsoblju na divanu. Nemoj da se plašiš — stajao je kao da čeka njen krik ljubavi! A ona je ćutala i gledala kroz prozor u noć. Zvezde su sitno treperile kao varnice i šuštalo je lišće puno tajanstvenih glasova, kao da je svako drvo imalo svoj život i osećanja.

— Je li te strah?

Oklevala je. Nešto ju je uzdizalo kao da je stajala na talasima, a oni se propinjali da je bace negde daleko.

— Nije me strah! Mogu sama.

„On se zbog nasleđa oženio mnome. Novac! Samo novac!"

— Onda, laku noć — prigušeno progovori mladi čovek i steže pesnice. Grudi mu zadrhtaše, srce se strese. Htede da joj jurne, ali ščepa kvaku kao da je hteo da slomi gvožđe. Izašao je u predsoblje. „Ja sam ubica njene mame! Ona me mrzi." Stajao je na balkonu i spustio glavu na ogradu. Stezalo mu je nešto slepoočnice i u glavi udarao težak bol. Sav mu je život izlazio pred oči: sirotinja, poniženje, brige, ali ovo večeras je bilo najbolnije. Doći do nečeg lepog, nežnog, pa sve izgubiti i biti okrivljen i osuđen. Mrzeo je sebe zbog one strašne noći. A zar je mogao drukčije da uradi? Da li je ovo osveta njemu, ako je on ubica njene mame? Ili i u njoj ima majčine neosetljivosti? To ga je stezalo, seklo, dovodilo do očajanja. Zar ona ne može da oseti njegov život? Zar ne oseća koliko je voli i kako bi bio srećan s njom? Izgubiti je, bilo mu je strašno kao sav jad i sirotinja prošlosti. Kako je njegov ujak morao da pati? Zar je njima obojici suđeno da pate zbog majke i kćeri? Odbacivao je sve njene osude. Hteo je da veruje da je nežna i osećajna. Da, on je zadao bol jednom detetu. Oskrnavio je njena najbolja osećanja i snove. Bedno, s revolverom, priveo je oltaru. Stalno vidi svoj gnusni lik iz te noći. A ona je tako slatka i mila. Sav je goreo kao u groznici i dolazilo mu je da porazbija, pokida sve. Teška mu je bila i ova noć, a kako ju je očekivao, drhtao! Ne, on ovo ne može da izdrži. Učiniće svemu kraj. Revolver kojim je pretio njoj, upraviće na sebe. Osigurao ih je sve. Imaće imanje, živeće lepo na njemu. Daće i njoj! Neka svi budu srećni. Tako mora biti. Ujak se nije ubio, ali njegova ruka biće sigurnija.

Ustao je sa strašnom odlukom. Prišao je lagano vratima. Osluškivao je svaki šum. Voda je pljuskala. Zatim se začuše sitni meki koraci bosih nogu kako tapšu po podu. Njemu krv udari u glavu. Fioka se otvori. Osetio je kako ona namešta jastuk, rasprostire pokrivač. On zatvori oči i steže ruke. Vide je svu. Osetio je kako se svlači svila preko njenog tela. Nesvestica ga zanese. Poludeće! Koraci, slatki, nežni, kao da se kotrljaju listići, privlače se tiho, sasvim tiho do vrata. Čuo je dah, ona je bila tu, s druge strane vrata.

Ruka mu zadrhta, htede da gurne vrata, ali se trže: „Ona gleda u meni ubicu svoje mame". S druge strane kao da se telo naslonilo na kvaku, steže je, otvori lagano vrata. Plava vizija ustuknu i stade. Velike crne oči su ga gledale, očekivale, obećavale. Snažni talas osećanja kao da ih oboje zahvati i baciše se jedno drugom u zagrljaj. Muškarac je buncao, stezao je, pritiskivao na grudi, milovao. Nežne, meke, tople ruke obavile su mu se oko vrata i vitko telo se pripijalo uz njega, davalo mu se sve.

Jutro ljubavi

Umila se i češljala kosu. Nesvesno je podizala ruku i posle svakog pokreta ruke zastajkivala, malaksala od slatkog uzbuđenja.

Prišla je prozoru. Muž je stajao u bašti. Gledala je njega i njegovu svetlu kosu koju je milovalo sunce. Očekivao ju je da siđe i šetkao od voćke do voćke, a pas Hektor je u stopu išao za njim.

„Moj muž!", šaputala je u zanosu. Ta jedina reč postojala je u tom trenutku sreće. Bio joj je mio i lep kao sunce, sred drveća s teškim plodovima i cveća još vlažnog od rose.

„Moj muž!", uzdisala je od sreće koja se dodirivala s bolom, jer joj je čežnja stalno lomila mlado telo. Oko nje kao da su bile ruke, snažne, vrele muške ruke.

„Kako ću ga voleti!", šaputala je kao da mu još miluje kosu, ljubi duboke plave oči, njegov dah na usnama, njegovu lepu glavu na svojim grudima.

Šetao je i zastao pred prozorom. Hektor mu je naslanjao glavu na kolena i gledao ga vernim očima. I njene oči su u tom času bile tako verne, predane, oči žene koja bi u ovom trenutku ljubavi dala i svu svoju krv za čoveka koga voli. Kako je iščezla samoća oko nje. Odvukla se kao teški oblaci i sada je blistalo sunce, plavilo se jutarnje nebo, svetlele krunice cveća, nevine i čiste.

Mahinalno je obukla belu haljinu. Htela je da bude u belom, svetlom, čistom kao njeno srce, njena ljubav i njeno telo.

„Oh, kako te volim! Ti ne znaš koliko si mi mio!", mazila ga je još. Oko nje su kao roj lepršala njegova tepanja, nežnosti. Zar može nekad biti drukčije? Zašto ljubav nije kao sunce, uvek svetla? Zašto nije večna, kao one ogromne planine koje se nikad ne pomeraju?

Mamin pogled joj se smešio. Popela se na sofu, gledala mamu i spustila usnice na hladnu sliku.

— Ja ga volim, mamice! I ti si srećna što ga ja volim? Smešiš se i blagosiljaš me.

Koraci su se čuli ispod prozora. Slatki mužić je bio nestrpljiv. Podigla je zavesu i pogledala ga. Nestašnom rukom otkinula je jednu rumenu jabuku i bacila mu. On je dohvati, poljubi je i ponovo joj baci. Kao loptu.

— Kako si lepa! Lepša si od svih ruža — otkide jednu i baci joj. Ona je pridenu na grudi. — Eto me gore! — zakrckaše stepenice i zatutnja cela kuća. — Slatko srce moje — šaputao je — ostavio sam te da spavaš. Znaš koliko je sati? Deset! Sad ću te predstaviti Stanojki.

Pošli su zagrljeni, osećala je kako je nosi. Malaksalo mu se opustila na grudi. U predsoblju je bilo puno sunca. Sva je ustreptala, blistala joj je i kosa, i oči, usne. On je seo na divan i privukao je na kolena.

— Ljubavi, ja bih se ubio, kad bih te izgubio. Veruj, nisu to samo fraze, nisu to samo reči koje se govore u prvim časovima ljubavi. Osećam da si ti sve za mene. Možda je tako snažno osećanje ljubavi u našoj porodici. Moj ujak se nikad nije ženio zbog tvoje mame. Moja mati se udala iz ljubavi i posle očeve smrti nikad se nije udavala. Jedan stric moje majke zakaluđerio se zbog ljubavi. Mi smo porodica kod koje se snažno provlače osećanja ljubavi i nose nas životu i smrti. Hoću život s tobom, snažan, topao, nežan, kao što su tvoje oči i tvoje telo — privukao ju je sebi kao da je hteo da se stopi s njenim osećanjima, da postanu jedno telo, jedna krv, jedno srce, jedna misao. — Srećo moja! — mazio ju je, skoro obamrlu, opuštenu u naručju, opijenu prvom ljubavlju kad sve iščezava i nestaje unaokolo.

Podigao ju je, pošli su i ponovo je zastajkivao i utapao svoje usne u njen beli vrat, mirisavu kosu, kadifene obraze; uživao je u njenoj slatkoj obamrlosti, kad se oslanjala na njega, nežna i nevina kao dete, a topla kao cvet obasjan julskim suncem.

Izašli su na balkon.

— Ti si moja mala vila, koju sam ukrao u šumi i doveo je u ovaj dvorac šumskog cara. Mi smo sami sred prirode oko nas! Pogledaj kako su lepe planine! Osećam njihovu snagu, ponos i večnost. Uvek ćemo ih gledati, samo ja i ti. Daleko od nas biće svet, huka, prašina, laž, podlost. Mi ćemo živeti s voćkama, cvećem, stoletnim drvećem, pticama — obavio joj je ruke oko ramena i pritiskivao je na grudi. — A ti si moja ptica koju sam uhvatio. Pevaćeš mi uvek! Daj mi oči tvoje! Kako su lepe, tople kao noć, kao tvoje milovanje. Plačeš? Ti plačeš? Zašto?

— Od sreće, od radosti! Nisam mislila da će me ikad neko voleti.

— Godinu dana te volim, čitavu godinu te grlim i vapim za tobom. Ti si moj život! Lepa moja devojčice! Znaš da sam sebičan. Volim što nikoga nemaš, što si samo moja, što niko neće oteti ni atom tvojih osećanja. Ljubavi moja, kako ti umeš da voliš!

Buncao je od ljubavi kao muškarac lišen života, bez avantura, usamljen u porodici između neba i zemlje, drveća i prostranih polja, pun snage kao planinske bujice. U mladićkoj razdraganosti dohvatio je u naručje i pošao s njom niz stepenice.

Stanojka, koja se baš pojavila na terasi, zasta kao da je neko ošinu. Zastide se u svojoj primitivnoj duši, kao žena koja nikad nije pred svetom pokazivala svoju nežnost prema mužu i kad je bila mlada. Pocrvene i htede da se skloni, da ne vidi takvu bruku. „'Valimo te, bože! Zar gospodin Bojan ovako, bez stida i srama, nosi nepoznato žensko čeljade kroz kuću? Ih! Ih! I ona došla u kuću!" Okrete se da pobegne, sva crvena od stida, a Bojan je zovnu:

— Stanojka, hodi ovamo! Znaš ko je ovo?

— Pa... znam... ona gospojica što vi je jednom dolazila.

— Nije ovo više gospođica. Ovo je moja žena. Juče smo se venčali u manastiru.

Seljanka osta iskolačenih očiju i otvorenih usana... Jedva izgovori:

— 'Valimo te, bože! Venčali ste se! A zašto krijući? A ja mislila da vi igram na svadbi, da bude veselje!

— Nije to više moderno, Stanojka. Koliko bi imala posla! Zar nije lepa moja ženica?

Neda joj priđe i pruži joj ruku.

— Da se pozdravimo, Stanojka. Čula sam da si vrlo vredna i dobra.

Umiljate reči raskraviše seljanku, saže se da joj poljubi ruku, ali Neda trže ruku, zagrli je i poljubi u obraz:

— Ti ćeš i mene da voliš kao Dunju i Brankicu, je li, Stanojka?

— Kako da neću, gospođa! Ja bih oči svoje dala za gospodina Bojana i njegove sestre i brata. Ama samo, što ovako da se venčate? Pa ni gospojice nisu ovde.

— A zar ti nisam kazao da ću se venčati jednom i niko neće znati da sam se venčao.

— Jes' bogami! Kazali ste! Ali ja to nisam verovala, mislim: šalite se! A ono, gle; ja dobi' gospoju! Ako, gospodine Bojane, neka ste živi i zdravi i srećni! Voleću ja i vašu gospoju. Lepa je, slave mi! Kako sam je videla, begenisala sam je... Kažem mom Radojici: ama ovo bi bila devojka za našeg gospodina Bojana! Eh, eh! Kad on čuje! More, pričala je meni snaša Jegda: „Okapa, kaže, tvoj gospodin Bojan kod naše gospojice".

— Znao sam ja nju još i ranije.

— Ama, šta kažete?

— Bili smo mi vereni i ona je zato došla u selo, samo nismo hteli nikom da kažemo.

— A zna li gospojica Dunja i Branka da ćete vi da se uzmete?

— Kako da ne znaju. Samo nisu htele da pričaju. Je l' da je lepa?

Seljanka je snažno zagrli.

— Lepa je, a mora biti i dobra.

— Nego daj ti sada doručak! Mi smo gladni.

— 'Oćete l' vi doručak ili ručak? Skoro će podne.

— Prvo ćemo da doručkujemo. Donesi sve što imaš. Kasnije ćemo ručati. Šetaćemo kroz voćnjake.

Stanojka otrča kao bez glave. Sve joj se činilo kao neverica. Da je ne lažu? Ama zar će njen gospodin da laže! Što jest', jest' — dopala joj se.

— Znaš, Radojice, odmah me zagrli i poljubi. Cana me popova nikad nije poljubila! — užurbano je spremala po kuhinji, razgovarajući s Radojicom i samom sobom. Samo joj je bilo žao veselja. Celo selo bi se provelo, a ona je naročito volela svadbe. Trčkarala je od kuhinje do stola u bašti, raspričala se, uživala što mlada gospođa sve njoj lepo: „Stanojka!", pa je uhvatila za ruku, i još obećala kako će da joj kupi za haljinu.

— Stanojka, idi gore i namesti sobu. Mi ćemo šetati po voćnjaku.

Nameštala je sobe Stanojka, a neprestano ih je gledala kroz prozor. Videla je kako ju je zagrlio, kako je ljubi. Seli su, a on joj je samo gledao u oči i milovao je po obrazima.

„Vole se!", šaputala je Stanojka. „Daj bože da se uvek vole." Jer i njenog gospodina voli i poštuje celo selo. Sve on sa seljacima seljački. Pozajmi im i novac, pa ne traži interes, kao onaj zelenaš, kafedžija. Vratiće kad budu imali. Davao je seljacima lekove kad su bolesni. Kosio je barabar sa seoskim momcima. Sakupi ih punu baštu da slušaju radio pa odmah naređuje: „Izvadi vino, Stanojka! Daj gibanicu!" Svakom ume da rekne lepu reč! Nikad se na nju, Stanojku, nije izdrao, nego sve lepo, sve se šali. „Daj mu, bože, sreće!" Razveselila se, pa joj je i kuća veselija. Sad će stalno imati gazdaricu u kući. A ona voli s nekim da razgovara. Gospođica Dunja ode u školu, a ona ostane sama. Gde je samo nađe ovako lepu? Lepša je nego sve varoške devojke što ih je videla. Gledala ih je iz kuhinje kako sede pod orasima. Ne mogu da se napričaju i samo se maze.

Bojan naredi da se upregnu čeze.

— Mi ćemo se malo provozati kroz selo, pa ćemo doći na ručak.

Dogovorio se s Nedom da sutra odu u posetu kod sveštenika. Reći će svima da su se venčali u manastiru. Pri povratku pokaza joj jednu kuću. Bila je tako lepa, sa zelenim prozorima i čitavim svodom od ladoleža. Kalemljene ruže s velikim bokorima širile su se ispred kuće.

— To je kuća abadžije, seljaka od koga sam ti uzeo romane za čitanje. Hajde da ga posetimo. Marko! Jesi li tu?

Seljak istrča. Neda se začudi inteligentnom izrazu njegovog lica.

— Hteo sam, Marko, da svratim do tebe. Imaš li posla?

— Imam, ali izvolite vi samo. Baš mi je milo!

— Da ti predstavim, Marko, moju suprugu.

— Kad ste se venčali?

— Juče, u manastiru.

— Ama, šta govorite!? Iskreno se radujem. Zašto da živite sami kao bećar? Vidite, ja sam sâm, pa me nekad tako obuzme samotinja, da bih se ubio. Baš mi je milo!

Neda je s čuđenjem posmatrala kuću.

— Kako je lepo kod vas! Nikad ne bih mogla pomisliti da je ovako nameštena seljačka kuća — videla je sastavljene drvene krevete, divan orman s knjigama. Veliko predsoblje bilo je namešteno kao trpezarija: u sredini sto, okolo stolice, orman za posuđe, jedna polica.

— I ti, Marko, treba da se ženiš.

— Pravo da vam kažem, gospodine Bojane, voleo bih da uzmem varošanku. Ali koja će varošanka da pođe za mene, seoskog abadžiju? Najviše bih voleo neku krojačicu da uzmem. Nisam mlad čovek da bi mi trebale balavice, pre bih voleo devojku koja će me razumeti! Ja sam više zanatlija nego seljak. Što imam imanja dajem u napolicu, a od svog abadžiluka mogu da živim.

Dok je govorio, Neda ga je posmatrala. Bio je tako simpatičan čovek! Bože, kad bi se krojačica Desa udala za njega! Što da ne dođe u selo? Kako ona lepo šije, pa da ima ovako lepu kućicu! Majka da im kuva, a njih dvoje da se bave zanatom. Setila se kako je jednom kazala: „More, i za seljaka bih se udala, samo da ne brinem za kiriju i drva".

— Bojane, sećaš li se krojačice Dese kod kojih sam stanovala? Zar to ne bi bila dobra devojka za majstor-Marka?

— Zaista. Vidiš, kako se ja toga nisam setio!? Gle, mi ćemo još da oženimo našeg Marka!

— A gde živi ta gospođica?

— U Beogradu.

— Ne bi nijedna Beograđanka pošla u selo!

— Kako sam ja pošla? Ovo je selo tako lepo da ga ne bih dala ni za najveću varoš.

— Lepo je što gospođica tako govori. Vi u gospodinu Bojanu, zaista, imate najboljeg muža. Ne laskam mu u oči, nego svuda kažem: redak je mladić kao što je on. Naše se selo može smatrati srećnim što je imalo tolike godine vašeg ujaka i sada vas. Inteligencija se retko zadrži u selu. Da, političari se svađaju i drže zborove, a ne dolaze da nauče seljake kako da se ore, seje, gaji voće, živi u kući, nego samo da drže zborove, pijanče, svađaju se i razbijaju glave. Vaš pokojni ujak bio je političar, ali pametan čovek. Sve što je radio, radio je za narod. I naše selo je koraknulo za ovih petnaest godina. Eto, što ja volim knjige, imam čak i biblioteku, mogu da zahvalim vašem ujaku. Uvek nas je grdio: „Svršite osnovu školu, pa više knjigu u ruke ne uzimate, nego kupujete roždanike i sanovnike. Znanje je neophodno seljaku. Što ti škola nije dala, potrudi se sâm da naučiš. Kupujte knjige! Više vam vrede u kući knjige, nego rakija!" I vi sad nastavljate delo svoga ujaka. Jutros sam doručkovao putera, pa kažem: naš seljak ima mleka, a ne ume ljudski ni sir ni puter da pravi. Čim smo osnovali mlekarsku zadrugu, bolji ćemo sir imati. Zašto seljak kod tolikih silnih ovaca i krava da nema putera u kući? Ako živimo u selu, možemo zavesti varoški red i varošku kuhinju.

— Vidiš li, Nedice, kako je Marko pametan čovek. Da, da, moramo mi tebe da oženimo.

— Ja u životu nisam srela stvorenje s tako iskrenom dušom kao što je ta krojačica i njena majka.

— Nemojte, molim vas, gospođo, govoriti! Još ću početi da mislim na tu vašu gospođicu Desu.

Kad su izašli iz njegove kuće, Neda je bila prosto očarana.

— Zar ima tako inteligentnih seljaka?

— Još koliko! Seljak uvek rado prati sve što je korisno, ali treba imati načina da ga uputiš, da stekneš njegovo poverenje, pa da primi ono čemu ga učiš.

— Kako sam srećna što tebe cene i vole seljaci. I ja ću biti tvoja dobra ženica i trudiću se da i mene zavoli selo kao tebe. Uvidela sam da nije sva sreća živeti u varoši.

— Razume se. Kod nas sve što uči školu ostaje u varoši. Da li bih, na primer, ja više vredeo kao advokat, ili što ću ostati u selu da radim s narodom? Moj ujak je bio inženjer, ali više se proslavio svojim radom u selu, nego svojim zgradama što je podizao. Danas je došlo vreme da što više inteligencije pođe u narod.

— Kako si ti pametan i ozbiljan! Ja ću se ponositi tobom — govorila je, sedeći u čezama i pripijajući mu se uz rame. On opusti dizgine, obgrli je desnom rukom i privuče njenu glavu na grudi. Ljubio joj je kosu, povio glavu prema obrazima, mirisao ih, ljubeći ih sred sunčanog dana. Čula se daleka pesma na poljima; seljaci su svirali na frulu, čuvajući stada ovaca. A planine su bile blede i tamnozelene i upirale svoje vrhove u čisto plavetnilo julskog neba.

Osveta

Za dva-tri dana celo selo je saznalo da se gospodin Bojan venčao. Cana je plakala dva dana. Nije mogla da dođe sebi od bola i roditelji su videći njeno očajanje, rešili da je odmah pošalju sestri i zetu u goste. Otac je tešio:

— Šta ćeš, on je tu devojku voleo! Vidiš, došla je u selo pod drugim imenom. Bili su verenici.

— Zaista je lukav ovaj Bojan! — čudio se Mita. — Ti mene, tata, grdiš, a kod mene je sve što na umu to na drumu! Ali ja sam video da on nju poznaje. Nije ona tek onako došla u naše selo. Pa i sestre su krile. Samo me čudi: zašto da se venča kad mu sestre nisu ovde? Možda one ne odobravaju taj brak?

— To je njegova stvar! Šta se nas tiče! — govorio je otac. — Ja bih mu od srca dao našu Canu da ju je zaprosio. Ali ne mogu da ga manje cenim što je uzeo drugu devojku. Priča mi da je fina devojka, da govori nemački i francuski, svira na klaviru. Otac joj je bio direktor banke.

— A meni se predstavila kao kći oficira. Zašto su im bile potrebne te misterije?

— Svi ste vi moderni i misteriozni! Na čudan se način ženite i udajete. Nije to po starinskom, pa da se pita prvo otac i majka, nego vi roditelje stavljate pred svršen čin. Ona uz to nema ni oca ni majke, pa je mogla da juri za momkom po svetu. Ako je njemu dobra, dobra će biti i nama! On je divan mladić! — sveštenik uzdahnu, jer je, zbilja, zaželeo da mu Bojan bude zet. Voleo je da mu jedno dete bude u selu. Ovako se sve poudaju, požene, a on kod tolike dece sâm u kući sa ženom kao dva panja. Cana je utrčala u sobu i jecala. Niko je ne bi mogao razuveriti da ova Bojanova žena nije pre braka žrtvovala svoju nevinost. Plakala je što ona to nije učinila i što je bila tako glupa, poštena.

* * *

Sedeli su u bašti njih dvoje. Neda otpoče:

— I ti me voliš, iako nemam nikakav miraz?

— Ti si moj miraz! Šta će mi drugi? Imamo, hvala bogu, dosta. Vidiš da je puna kuća!

— A ako ja imam kakav miraz? — mislila je na novac od Amerikanaca i htela je da ga iznenadi, ali je još ćutala.

— Zadrži ga za sebe. Ti si mi kazala da imaš kuće i kiriju. To neka ti bude džeparac.

— Sedam stotina dinara je mnogo za džeparac. S tim mogu da vodim kuću. Ti daješ stan, sve namirnice, a ja ću da trošim svoj novac na ono što se mora kupiti: šećer, kafa, pirinač.

Privukao ju je sebi.

— Mala moja, pametna ženica! Ja ti ništa ne tražim.

— Ali ja hoću da nešto doprinesem kući.

— Ti već doprinosiš, mesiš pogače, nameštaš kuću, maziš me. Strašno si me razmazila! Postao sam kao dete. Čini mi se da nemam više one energije što sam imao. Otišao sam na strugaru, pa samo mislim na tebe. Stalno vidim tvoje očice, grudi, telo.

— Jesam li mnogo slatka?

— I suviše! Čovek ne bi mogao da živi bez žene i porodice. Besciljan bi bio takav život! Daj mi tvoja ustašca! Tako su slatka! Imaš neki mirisni dah. Mirišeš mi na mlado lišće, mlade stabljike, prolećno cveće.

Noć se spuštala i senka oraha je bila još tamnija. Njegova cigareta je svetlucala. Bacio se na travu i privukao ženicu na kolena. Osećali su se kao da imaju jednu dušu, jedno srce i jedno telo.

Najedared odjeknu pucanj. Jedan, drugi, treći. Dva kuršuma proleteše kraj njih. Neda vrisnu.

Na granama zakreštaše kokoške.

— Bojane! — vrisnu Neda. — Ubiće nas! — ruke joj se spletoše oko vrata. Oseti kako je on dograbi u naručje, pretrča preko bašte i ulete u kuću.

— Ko puca? — vikao je napolju Radojica.

— Nedice, da nisi ranjena?

— Ne znam... nisam! A ti? — pipala ga je po rukama, po glavi. — Jaoj, za tebe sam se uplašila!

— Nisam ni ja! Oh, samo kad tebi nije ništa, malo moje! Sad ću ja njih revolverom.

— Nemoj, kô boga te molim! — obisnu mu se o ruku. — Hoće da te ubiju! Ne dam da ideš!

— Umiri se, srce! To su položare ili kradu šumu. Sigurno je lugar pucao na njih.

— Gos'n Bojane, da pustim pse? — vikao je Radojica.

— Pusti ih!

Strašni vučjaci zaurlaše. Kapija škripnu i začu se jurnjava pasa. Stanojka upade u kuću.

— Stanojka, ostani ti kod Nede, a ja trčim za Radojicom. Uhvatiću ga ja!

— Neću da ideš! Ne dam! Ubiće te! — vriskala je Neda.

— Ne boj se, srce malo! Neće me niko ubiti. Hoću da vidim ko je.

Iz šume je dolazilo zapomaganje. Planu i puška. Psi su urlali. Bojan se trže i istrča s revolverom.

— Radojice! U pomoć! Rastrgnuće me psi! — zapomagao je muški glas. Zazvižda pištaljka. Psi poznadoše Bojana, zalajaše, ali zapomaganje se i dalje čulo.

Bojan stiže Radojicu i spaziše čoveka koji se uspuzao na drvo i držao obgrljeno stablo, a psi su ispod njega skakali i hvatali ga za tur. Belasala mu se već i košulja kroz čakšire.

— Ko si ti? — viknu Bojan. — Šta ćeš ovde?

— Ja sam Raka Milunov.

— Ti, Rako?! A što pucaš u noći? I na koga?

— Spasavajte me od ovih pasa, kumim vas bogom!

Radojica dočepa pse za ogrlice. Umirivao ih je i jedva zadržavao da ne polete. Čovek se skide s drveta.

— Gde ti je revolver?

— Ne znam.... Tu je... pao...

— Imaš li žigice, Radojice?

— Nemam.

— Čekaj, ja imam upaljač.

Blesnu plamen i na zemlji spaziše revolver.

— Napred! — viknu Bojan.

— Nemojte me tužiti, gospodine Bojane! Nisam ja na vas pucao.

— Nego na koga si pucao? Šenlučio si valjda ili gađao noću jarebice? Ispričaćeš ti sve! Kreni, Radojice, napred, sa psima! Miran budi! Vidiš, mogli su da te rastrgnu.

Uđoše u kućicu koje je bila u dvorištu i imala sobu i kuhinju.

— Odavde nećeš pobeći, majčin sine, sve ćeš priznati!

Dotrča i drugi momak, Ljubisav, koji je čuvao voće.

— Ene, a otkuda Raka? Ama je l' ti to gađaš? Da nisi hteo voće da kradeš?

— Voće je hteo, a nišanio mene. Čekajte jedan čas.

Bojan ustrča uz stepenice. Neda je sva drhtala.

— Ništa se ne boj! Uhvatili smo ga. Kako se moja ženica uplašila! Nemoj, zlato moje! Pa ja sam živ!

— Da te nisu ranili?

— Nisu. Malo moje, kako drhtiš!

— Gde je taj čovek?

— Eno ga u kuhinji. Znaš li ko je, Stanojka, Raka Milunov?

— Časni ga krst ubio! A što on puca oko naše kuće? Ama, znam ja ko njega tutka.

— Znam i ja! Ne boj se, sve će on ispričati.

— Idem i ja s tobom. Znaš, Stanojka, pokraj glave su nam proleteli kuršumi. Čula sam dva kuršuma kako su prozujala.

— Jaoj, gospod je ubio! To treba najuriti iz sela — grdila je Stanojka.

— A koga to okrivljujete?

— Hajd'mo, Nedice! Da vidiš kako je to lep seoski momak i od dobrog oca, a mogao je otići na robiju.

Strčaše u kuhinju. Na stolici je sedeo mladić i plakao. Bio je sav bled, a čakšire su mu na dva-tri mesta bile iskidane.

— Pa što, crni sinko, da pucaš? Koga si hteo da ubiješ? — zavapi Stanojka. — Zar našeg gos'n Bojana koga celo selo voli?!

— Nisam ja nikog hteo da ubijem. Pucao sam onako! Došlo mi da pucam.

— A otkuda da gađaš baš nas dvoje? Mogao si nas nazreti u pomrčini. Ja sam pušio.

— Nikoga nisam video!

— Slušaj Rako, bolje sve da priznaš i da se stvar na ovome svrši. Inače ću te sutra predati opštini, a posle znaš šta te čeka.

— Što kriješ, sinko? Pa celo selo zna da se vrzeš oko njene kuće. Gospod je ubio! Nevaljala je i ona i njena majka. Bosiljka je tebe na zlo naterala. Ej, nesrećniče! Misliš, slepče, da će za tebe da se uda? Crna ti majka! Našao si nju, a ona polomi vrat za našim gospodinom. Krivo joj što je nije hteo naš gospodin Bojan.

— Je l' moguće, Bojane, da ga je to ona Bosiljka poslala?

— Ona, niko drugi!

— Zašto je kriješ, Rako? Reci, šta ti imaš protiv mene? Zar tvome ocu moj ujak nije toliko dobra učinio? Dolazio mu u kuću, bili su, takoreći, prijatelji. A ti si se, tako trezven momak, kod ovolikih lepih seoskih devojaka zaludeo za Bosiljku i nemaš pameti da uvidiš da si joj potreban samo kao oruđe. Vidiš, ja je nisam hteo, i nikad je ne bih uzeo da ima deset puta onoliko imanje. A misliš li da bi se ona udala za tebe i šta si očekivao od nje kao nagradu da si ubio mene i moju ženu?

Mladić briznu u plač.

— Voleo sam je! I mrzeo sam vas, jer sam znao da vas ona voli.

— Dobro, mrzeo si me dok sam bio mladić. Ali kad sam se oženio, šta si imao dalje da me mrziš? Jesam li ja Bosiljki ikad rekao da je volim?

— Niste! I zato je ona mrzela vašu ženu. Svakog dana mi je govorila: „Samo da mi je nju da smaknem!”

— Jeste li mi vi jedne noći bacili pismo kroz prozor?

— Jesam.

— A da niste hteli tada da me ubijete?

— Ona me je terala, a meni je bilo žao! Nevaljala je ona, gos'n Bojane, ali sam je ja voleo! Svašta je mogla sa mnom da uradi. Potpuno sam izgubio pamet.

— Dobro što imaš i ovoliko pameti da to priznaš. A reci, kako nisi predvideo posledice ovog zločina? Šta bi bilo posle s tobom da si ubio mene i moju ženu?

— Ne znam. Ništa ja nisam umeo ni da mislim, ni da vidim. Da mi je kazala da idem i zapalim kuću bilo kome, ja bih zapalio! Voleo sam je!

— Kako je mogla tako da te zašašavi? Jesi li imao kakve odnose s njom?

— Ne mogu da pričam! Mogao sam sve varošanke da poubijam. Ona mi je stalno pričala kako je vi svuda ismejavate i ubijate joj ugled u selu i vi i vaša žena.

— Ja da joj ubijam ugled? Pa ja je nisam dobro ni videla.

— Ubila je ona sama sebi ugled. Treba ona što pre da se čisti iz sela i da je majka uda. Dakle, ona te je podgovorila?

Mladić je ćutao i plakao.

— Budalo, pa znaš da ona u varoši ima jednog doktora i oficira. Hvali se ona i njena majka! Šta si ti očekivao od nje? Je l' te uveravala da te voli?

— Kazala mi je: „Samo ubij njegovu ženu, pa radi sa mnom šta hoćeš. Odmah ćemo se venčati.”

— Venčali bi se na robiji.

— Oprostite mi, gos'n Bojane! Ja sam vas voleo dok se nisam vezao za nju. To je zver devojka!

— Zver, oči joj ispale! I deda joj je bio zver. Celo selo zna da je njen deda bio hajdučki jatak i da je ubio jednog hajduka, pa mu sav novac oteo! Otada je počeo da kupuje imanje i ogazdio se. I majka joj je prava hajdučica! Treba, nesrećniče, tamjanom da se kadiš i bežiš od nje i njene kuće. Ono je imanje prokleto — grdila ga je Stanojka.

— Gledaj samo kakav revolver ima!

— Ona mi ga je dala.

— I zar takvu ženu možeš da voliš?

— Ne znam. Mogao bih i nju da ubijem. Ja neću da živim, ne mogu!

— Hajde, nemoj da budeš lud! Zaboravićeš ti nju. Odmah ću da kažem tvome ocu da te ženi. A ovo što je bilo, bilo! Nikome nećemo reći ni reč! Mlad si i žao mi tvoga oca, dobar je to i pošten čovek. Ali ona ima sutra da se tornja iz sela.

Mladić briznu u plač.

— Jadnik, on ju je voleo! — prošaputa Neda. — Kako strast zaslepi! — svojom nežnom ručicom dodirnu mu rame. — Nemojte da plačete! Ja vam opraštam! Vi ćete da nađete dobru devojku.

— Kako da neće! On je gazdinski sin. Nije siromah. Šta si imao Bosu da gledaš? Gle, kako su ga psi pocepali. Da te nisu ujeli?

— Daj mu, Radojice, jedne tvoje čakšire da obuče. Ovde ćeš da noćiš. Nigde te ne puštamo. Ima prvo tvog oca da zovnem i da onu otpratim u varoš.

— Crni sinko, pa znaš li šta bi selo uradilo s njom da si ubio gos'n Bojana i gospoju? Rastrgli bi je, kuću bi joj zapalili! Ne bi iznela glavu ni ona ni njena majka. Idem ja sutra u zoru da kažem njenoj majci da beže odmah iz sela dok su čitave!

— Sad se i on opametio! Hoćeš li opet da pokušaš da me ubiješ?

Mladić dohvati ruku Bojanovu. Ljubio je i plakao.

— Nemojte da me tužite zbog oca!

— Ko kaže da ću da te tužim? I ti, Stanojka, i ti Radojice, nikom ni reči! Dajte mu da večera.

— Nisam gladan.

— Neka, večeraj, pa lezi na onaj krevetac i ispavaj se dobro. Hajd'mo gore — Bojan uhvati malu uplašenu ženicu ispod ruke i odoše u njihovu sobu.

— Oh, kako sam se prestrašila! Mislila sam da te je kuršum pogodio. Ne bih marila da ja poginem, ali ti, zlato moje! Šta bih radila bez tebe, kako bih živela sama? I nesrećna. Sve sam nesreće do sada preživela, ali ovu ne bih mogla.

— A kako bih ja bez tebe, slatka moja ženice? Čuvaću ja tebe kao oči svoje. Zar ti da mi pogineš?

— Ti si srećniji i treba da živiš: imaš sestre, brata. A ja, nikoga osim tebe. Pomislila sam za trenutak: bože, da li sam ja fatalno stvorenje, da me samo prate tragedije? Oh, oni pucnji su mi bili strašni! I strašna mi je ova noć! Sva drhtim. Prosto me je groznica spopala.

— Nemoj, malo moje, da se plašiš! Ti si, zbilja, kao u groznici.

— Za tebe sam se uplašila!

— Zar me toliko voliš?

— Da se tebi nešto dogodilo, ubila bih se! Bože, kako je mogla moja mama da preživi kad je videla raskrvavljenog čoveka koga je toliko volela. A ja sam tebi bila verna, iako nisam znala ni ko si ni šta si. Sve sam predosećala da ti moraš biti dobar. O, ti si moj najslađi mužić! — milovala ga je, ljubila po kosi, po očima, obrazima, pritiskivala na grudi, kao posle izbegnute velike smrtne opasnosti. — I kako si ti dobar: sve si oprostio ovom mladiću!

— Šta ćeš, on je mlad i zaljubljen, a ona pokvarena. Vidiš kakva je bila: išla je i s gospodom i sa seljacima. On je lep mladić, zdrav, vatren, a ona, sigurno, histerična devojka! Ima nečeg kriminalnog u njoj. Neke opake oči ima. To je žena koja bi mogla biti zločinac.

— A da nisi ti štogod imao s njom?

— Nisam, Nedice, živa mi ti! Časti mi moje! Bila mi je uvek odvratna! Da je ostala obična seljanka, bila bi bolja. A to je i u njenoj prirodi: izopačenost se nakalemila na nasleđene zločinačke instinkte. Čula si da joj je deda bio jatak i ubica. Zar sam ja mogao pogledati ma koju drugu ženu kad sam već bio venčan s ovako slatkom ženicom? Hajde da legneš! Još si uplašena. Kako su ti vrući obrazi!

Milovao ju je, mazio, uzeo je u naručje i spustio u fotelju. Sedeo je na ivici sofe, nagnut k njoj i gledao joj lepe očice. Zavlačio joj je ruke u kosu, obuhvatio glavu, privlačio svojim usnama.

U njegovom naručju umirila se. Ali s vremena na vreme bi se trzala, uplašena, sa strašnim snovima. Pričinjavali su joj se pucnji, koraci i onda se pripijala uz njegove grudi, stezala mu ruke oko vrata, zatvarala oči, i umirila osećajući da je grle njegove ruke. Shvatila je kako je divno imati muža, snažnog, neustrašivog, karakternog. Šta bi ona radila u životu sama, nejako, malo, žensko stvorenje? A uz nju će uvek ići ovaj snažni, lepi muškarac, štititi je kao dete, čuvati je od svakog nasrtaja, opasnosti. Zavlačila mu je prste u kosu i sanjiva milovala ga i ljubila, naslanjala svoje lice uz njegov obraz i opet zatvarala oči u najslađem snu ljubavi.

Sutradan, čim su ustali, dotrča Stanojka.

— A Bosiljka strugnula još sinoć u varoš. Poslala ga da vas ubije, a pokušala da umakne ni kriva ni dužna. Kažem jutros onom zvekanu: „Zaćorila te da ubiješ, a posle bi te oterala na robiju". Celu noć je proplakao. Malo se umirio. Zvala sam mu oca. Doći će odmah. Ništa mu nisam govorila nego velim: „Zvao te gospodin Bojan. Nešto važno ima da ti kaže za tvog Raku."

— Dobro! Kad dođe dovedi ga. A danas, srce malo, idem na strugaru. U podne se vraćam. Šta ćeš ti da radiš?

— Ja ću da mesim kolače. I ona pisma mamina da pročitam. Što mi nisi odmah dao da ih pročitam? Izgleda da ima još nešto u tim pismima što mi nisi hteo reći.

— Pročitaćeš. Samo ne volim da ih čitaš kad nisam kod kuće. Rasplakaćeš se. Ali ti treba da pomisliš da imaš svog mužića, za koga treba da živiš, da budeš vesela, da me maziš. Kad se oni vrate s mora, idemo i mi negde.

— Prvo ću do frizera da povratim boju moje kose. Je l' da sam lepša kao crnka?

— Lepa si ti i ovako. Tvoje oči su neobične. Ja volim crne očice, tako krupne, sjajne. Ponekad osetim malo tuge u tvojim očima, pa se sve bojim da li si srećna.

— To je u mome izrazu, inače ja sva treperim od sreće. Veruj, treperim kao jasika — zagrlila ga je strasno s nezasitom čežnjom prve ljubavi, u kojoj se zadrhti i zaplamti od svakog dodira i poljupca.

Jedno mamino pismo

Zavesa je bila spuštena, vetrić ju je lako nabirao, a u sobu je ulazio topli miris cveća. U crvenoj vazi od keramike nežno su se izvijale bledožute ruže. Neda je sedela na divanu i čitala mamina pisma. Bila je sva rasplakana, čitajući mamine reči ljubavi. Njena osećanja su se izlivala kao topla pesma u majskoj noći. Bila je to ljubav čista, idealna; ljubav predratne devojke, u čija su se osećanja uplitali divljenje i poštovanje muškarca. Videlo se kako se trudila da svako pismo bude napisano s mnogo inteligentnih misli. Raspaljivale su se razne želje u tim pismima, sve je bilo obojeno toplim osećanjima. Bila su to prva devojačka pisma o ljubavi, topla, zatim hladnija, kraća, i najzad jedno bolno pismo o raskidu, koje se završavalo:

Zaboravi me! Možda mora biti tako. Ja sam te više volela kao druga, nego kao muškarca. Pojavio se drugi čovek, i sad sam tek osetila šta znači ljubav. Nemoj me mrzeti! Zbogom!

Spustila je pismo na krilo i gledala maminu sliku. „Kako si mogla, mamice, ovako da mu napišeš? Zar nisi osetila žalost što ćeš smrviti jedno zaljubljeno srce?"

Jedno veliko pismo bilo je požutelo kao i ostala. Pogledala je datum. Mama je tada već bila udata. Tako je i počinjalo pismo: „Udata sam već šest godina". Pa i ona je tada bila rođena. Sigurno mu je u ovom pismu poslala sliku. Čitala je grozničavo!

Prošlo je šest bolnih godina, udata sam, ali sam usamljena kao i ti! Kroz mnoga očajanja koja sam preživela, osetila sam da sam samo tebe volela i da si ti bio jedino i najlepše stvorenje u mom životu. Sve drugo bila je strast, samoobmana, licemerstvo. Da li je trebalo da sve ovo preživim, kao kaznu za moj greh koji sam prema tebi učinila? Ali ja sam se ogrešila i o sebe i o svoje nevino dete. Nikada ti nisam priznala zašto sam se udala za ovog čoveka i da li sam se morala udati. Sad me slušaj! Osećam potrebu da ti se ispovedim. Vidim tvoje lepe, nežne plave oči i osećam da me ne možeš mrzeti. Ti si bio stvoren da voliš i da se žrtvuješ za ženu. A ja sam jednog trenutka sve to zaboravila. Zašto se pojavio ovaj drugi i zgazio moja najlepša osećanja prema tebi? Ti si bio daleko, a on se pojavio jednog dana preda mnom: lep, otmen, bogat! Sve me je zaslepelo. Skromno, činovničko dete, iz kuće gde se jedva sastavljao kraj s krajem, ja sam bila zasenjena što je bacio pogled na mene. Sujetna sam bila i u toj sam te sujeti zaboravila. Jesam li kriva što sam zaželela bogatstvo koje je njega okruživalo? Mislila sam: ne moram biti nastavnica, mučiti se u školi, živeću kao prava gospođa, u svakoj ugodnosti, bez briga i zamora. Bila sam u nekom bunilu sreće, jer si ti bio daleko da me osvestiš. U tom bunilu došlo je ono strašno: ja sam mu se podala pre venčanja. To je bilo strašno za mene, patrijarhalno vaspitanu devojku, ali se dogodilo u bezumnom zanosu strasti. I tada je između mene i tebe bio izdubljen ogromni ponor. Dok sam se ranije borila i ugušivala svoja osećanja prema njemu, podsećajući se svih časova naše čiste, idealne, drugarske ljubavi, sad nisam mogla natrag. Morala sam k njemu, morala sam se udati po svaku cenu ili završiti sa životom, jer sam već u sebi nosila drugi život. Da li sam smela da postanem devojka-mati? Da li sam ti smela reći: izneverila sam te, podala se jednom čoveku, učinila greh, moje dete neće biti tvoje, ali ti ćeš me uzeti, spasti sramote. Nisam smela to da ti kažem. Volela sam više da me mrziš, nego da me prezireš.

I on me je tada uzeo. Venčali smo se i znaš šta je posle bilo? U početku sam odricala da poznajem čoveka koji je pokušao da izvrši samoubistvo.

I on je poverovao, ali neki demon u njemu kao da mu je došaptavao da sam ja morala znati ko je to. Ispitivao me je, kinjio i najzad priznadoh mu. Od tada počinju moja očajanja. Toliko je daleko išao da je verovao, iako je bio svestan da sam bila nevina, da je dete koje nosim tvoje. Sirota moja mala Neda! Kako ju je mrzeo kad se rodila. Nije hteo da je vidi, sklanjala sam je kad plače, odnosila čak u devojačku sobicu, jer mi je pretio da će izbaciti dete napolje. Kako sam strašne časove preživljavala ponižena, živeći kraj njegove ravnodušnosti, kakvu može da ispolji samo jedan bezdušan, razmažen i blaziran čovek. Sve njegove mane upoznala sam kad se dete rodilo. Vređajući me da nisam nevina, počeo je da me vara, da bi, kao bajagi, zaboravio svoje razočaranje. Bila sam se svila nad detetom i duge, besane noći plakala nad detinjom nevinom glavicom. Koliko mi je puta dolazilo da uzmem dete, pobegnem tebi i zajaučem: „Primi me, biću ti služavka, ljubavnica, slušaću te, voleti, samo da me spaseš poniženja i uvreda". Ali bila sam gorda. Između tvoje mržnje i njegovog poniženja, pomirila sam se sa samoćom i posvetila svome detetu. Ona je rasla. Kako je to slatko dete, velikih očica, umiljato! Ona mi je bila sva radost života. Ličila je na njega i sad se mogao uveriti da je dete njegovo, ali moje ranjeno srce nije moglo da zaboravi uvrede i njegovo neverstvo. Možda sam imala suviše gordosti i nisam više mogla da mu se približim. A nisam mogla jer sam tek tada uvidela šta sam izgubila u tebi, a šta sam dobila u njemu. Imala sam da snosim svoju tešku sudbinu radi deteta. Mirila sam se sa sažaljenjem sveta koji je u meni gledao prevarenu i napuštenu suprugu. Trebalo je da ispaštam što sam se ogrešila o tvoju poštenu, veliku ljubav, što sam mogla da žrtvujem karakter i ljubav jednog čoveka za bogatstvo i lažnu otmenost. Pišem i plačem. Koliko sam suza prolila za ovih šest godina, a koliko ću ih još proliti! Ali hoću da ti pošaljem sliku moje devojčice. Nemoj je mrzeti, ako mene mrziš. Gledajući njene tople očice, toliko sam puta zaplakala što nije tvoja kći. Kako bi je ti voleo, kako bi uživao u njenom slatkom tepanju. Oprosti mi za sav bol koji sam ti zadala. Nikada te neću zaboraviti. Svakog dana podsećam se na bolne slatke uspomene naše velike i čiste ljubavi. Kad god padne sneg setim se svetosavskog bala i našeg poznanstva. Vidim onog skromnog, iskrenog, vrednog studenta koji radi i mašta o našoj zajedničkoj sreći. A ja sam zaboravila tog mladića zbog jednog bogataša, koji mi je umesto ljubavi doneo poniženje. Ja sam mu bila samo ljubavnica, a nikad drug. Ljubavnica kao mnoge druge, kojih je bilo toliko u njegovom životu. Skupo sam platila bogatstvo i zaklinjem se da ću svoju kćer drukčije vaspitavati. Naučiću je da je nikad ne zaseni bogatstvo u kome je toliko laži i razvrata. Neću joj dati da razruši svoju sreću kao što sam ja učinila i da ispašta celog života svoj greh.

Sva je bila uplakana kad se Bojan vratio sa strugare.

— Srce moje malo, pa zašto čitaš ta pisma? Što nisi čekala da se ja vratim? Ne dam ti više da ih čitaš. Hodi k meni — privukao ju je na grudi.

— Plačem, jer mi nisi sve kazao. Mama je zgrešila pre braka.

— Pa, zgrešila je, ali to je kasnije bio njen muž, ona ga je volela. Da li bi bio greh da si ti sa mnom zgrešila?

— Ti je ne osuđuješ? Bojala sam se da imaš rđavo mišljenje o mojoj jadnoj mami.

— Šta je ona pronašla da plače? Kad je tvoja mama vaspitala ovako moju lepu ženicu, ja ću uvek poštovati njenu uspomenu.

— Čudno je sve ovo! A znaš kako je mama bila dobra! Bila je lepa žena, a tata ju je varao, a zar ona nije mogla tatu da vara? Sigurno da je bilo muškaraca kojima se dopadala, a ona je važila kao najčestitija žena. Ali da učini greh u ono doba kad devojke nisu imale toliko iskušenja? To me čudi.

— Kako da nisu imale? Devojke su uvek mogle zgrešiti, nego nisu smele: imale su stroge majke.

— Zbilja, to bi bilo strašno da se doznalo. Ali zato ne treba osuđivati današnje devojke. Mene, na primer, niko ne bi mogao osuditi da sam zgrešila.

— A s kim si ti mogla da zgrešiš? — pitao je malo ljubomorno.

— Ni s kim, samo kažem: ja sam bila sama, ostavljena sebi, svako je mogao nasrnuti na mene.

— A je l' ko nasrnuo?

— Niko! Ti si ljubomoran, lepi moj mužiću — nije htela da mu priča za kuma Perića i Anđelkovića. — Samo hoću da kažem da su devojke danas pametne i oprezne. Nisu lakomislene kao što ih muškarci predstavljaju.

— Gle, kako moja ženica brani lakomislene devojke! A ja znam da ih ima mnogo koje ne vode računa o sebi. Ali moja ženica je najbolja.

— A da sam zgrešila?

— Morao bih se pomiriti s tvojim grehom, ali bih te manje voleo.

— O, sebičnjače mali! A znaš što sam saznala iz ovih pisama?

— Šta?

— Da tvoj ujak nije mislio da se osveti mojoj mami što je takav testament ostavio, nego, naprotiv, da joj pomogne. Znao je da je nesrećna u braku, mora da mu je bio poznat tatin život, pa se rešio da nas spase bede, ako dođe do razvoda braka ili kakve katastrofe.

— I ja sam tako shvatio. A verujem još i da te je morao videti kao devojčicu. Da si bila neka rugoba ne bi me osudio da moram s tobom da se venčam. Nego mi je našao najslađu ženicu. Je li da si ti moja mala slatka ženica?

— Gospodine, evo, došao je pismonoša.

— Dobro, sad ću — obuhvatio je oko stasa i podigao. — Lepa moja ženice! — spustio je i pritisnuo na grudi. Nije mogao da se odvoji od nje.

— Je l' vidiš nešto na meni?

— Vidim. To je haljina od one svile što sam ti je kupio. Kad si je pre sašila?

— Juče. Znaš koliko sam se obradovala kad sam videla da imate šivaću mašinu. Začas sam je sašila.

— Vredna si ti ženica.

— Znaš da ću ja tebi sama košulje da šijem. Ovakvu istu, kao što imaš. Jednu ću da rasporim, pa ću po njoj. Hajde da vidimo ima li pismo od Dunje i Brankice. Evo, ovo je Dunjino pismo. Vraćaju se u sredu. A danas je petak. Ala ću da spremim da ih dočekam! Umesiću mnogo kolača. Moje lepe zaovice da dočekam. A je l' istina da me tako mnogo vole?

— Neću ništa da ti pričam. Same će ti reći. Vidiš, onaj čaršav Brankica je za tebe izvezla.

— Slatka je Brankica! I Dunja je divna — raznežavala se. — A ti nisi ništa pisao o nama?

— Ništa! I mogu da mislim kako se Dunja pita: „Kako je Bata primio što sam otpratila Božanu?" Voja sigurno ništa ne zna. Jer on je bio na mojoj strani.

— Dakle, on je želeo da ti izneveriš Nedu s Božanom?

— Pa video je Božanu, a nije znao Nedu.

— A kad čuje ko sam?

— Brankica će mu dušu pojesti, znaš koliko će da ga sekira.

— Hoćemo li na stanicu da ih dočekamo?

— Dabome!

— Kako ćeš da im kažeš? — pitala je već deseti put, uživajući kako će je predstaviti.

— Kazaću: Božana i ja smo se verili. Već vidim Dunjino lice.

— Ali nećemo dugo da ih držimo u neizvesnosti. Žao mi je. One su tako dobre. Veruj, ja se toliko radujem što imaš sestre i brata. Voleću ih kao tebe.

— Onda ću ja biti ljubomoran. Ne dam da ih voliš kao mene.

— Pa to i ne može da bude. Ti si moj mužić, a one će biti moje sestre i brat. Znaš, sve sam još u neverici da imam muža, kuću, porodicu. Jutros sam šetala po bašti, voćnjaku, išla iz sobe u sobu i šaputala: bože, bila sam siroče, bez ikoga, a dobila sam dobrog muža, kuću, baštu. Sve je ovo naše, svi me vole — zajecala je.

— Samo bez suza! Ti si mnogo plakala. Hoću da si vesela, jer sam tada srećan.

— Ali ovo od sreće plačem. Ima suza koje su izraz bola, a ovo je radost. Čini mi se, nikad se bolje ne bih mogla udati.

— Ko zna? Možda ćeš jednog dana reći: „Ah, ova selendra!"

— Neću ni da pomisliš da ću ikad zažaliti što živim u selu. Uverena sam da ću ovde biti srećnija nego u varoši. Vidiš, nas dvoje smo sami, niti ću ja biti ljubomorna na tebe, ni ti na mene. Divna je naša usamljenost. Sve što god pogledaš u bašti ima svoj život i zanimljivost. Jutros sam obišla piliće, a zatim gledala kako Stanojka siri. Rešila sam da i ja naučim. Ona je mesila hlebove, a ja sam pazila da ne pregore. Kuvala sam ručak. Šetala ispod oraha, brisala prašinu, nameštala cveće po vazama. Nijedan trenutak nisam osetila dosadu. Celo jutro mi je svirao radio. Slušala sam i novinski izveštaj. Šta bih još imala da zaželim? Možda pozorište i bioskop. A ja nikad nisam išla mnogo ni u pozorište, niti u bioskop. Ja samo želim da kupim klavir, jer dobro sviram. Kupiću ga od svog novca.

— Ne, klavir ću ja da ti kupim. Tvoj novac neka stoji u banci. Sedi još malo! Ovde na divan. Pričaj mi još. Tako volim da te slušam — opružio se po divanu i spustio joj glavu na krilo.

— Moja lepa kosa i plave oči! Uvek sam volela plavog muškarca.

— A ko je bio taj plavi koga si volela? — podigao je glavu i pogledao je pravo u oči. — Je li avijatičar?

— Opet si ljubomoran! A ja neću da budem ljubomorna. Sve sam ti ispričala i ništa više nemam da ti kažem. Devojka ima svoj ideal. Moj je ideal bio ovakav plav mladić, crnomanjasta lica, tako dobar kao ti.

— A nećeš me se nikad setiti iz one strašne noći?

— Čudnovato, kako sada sve ovo što je lepo, što je ljubav, ulepšava i onu noć. To su bile iste oči, iste usne, kosa.

— Poljubi me! Ah, slatko moje malo! — strasno joj je obavio ruke oko pojasa i zagnjurio glavu u njene grudi.

Susret

Ceo dan je dovršavala poslove. Zaboga, sutra dolaze zaove i dever, i trebalo je snaha da se pokaže. Orman je bio pun kolača. Sva kuća je mirisala na vanilu, limun, čistoću. Od kvaka do prozora, sve je blistalo. Nigde nije smeo da se pomoli nijedan končić paučine. Jer Dunja je domaćica, hvalila je Stanojka, a ona nije htela da se osramoti i uživala je kad i nju Stanojka hvali. Čak je došla snaša Jegda da joj kaže šta Stanojka priča: „Vredno, reče, kao vatra! Svaki posao razume. Nije, reče, da se stidi, nego hoće i da siri, hrani piliće, pomaže mi hlebac da mesim. Sašila sama sebi haljinu, a 'oće i meni da sašije. A gos'n Bojan ništa drugo ne vidi do samo nju. Poginuo bi za nju. I seljake, reče, dočekuje, pa o'ma' meni: Stanojka, daj kafu! A ona služi sama. Da je po celom svetu tražio, ne bi našao bolju devojku."

Neda je sve čula, pa je bila još srećnija. Bojana vole, a i nju će celo selo da zavoli. I zaovice će da je vole. Spremala je za njih.

Bojan je radio u bašti. Kupio je grabljama lišće. Spazio je ženicu. Dotrčao je do nje i pošao za njom. Diže joj kosu s vrata i poljubi joj beli, topli vrat. Sva je mirisala na sapun od jorgovana.

Htela je sve da mu pokaže kako je uredila. A on je išao za njom, gledao sve, a video samo nju. Osećao ju je svu u tankoj domaćoj haljini. Sva je drhtala od čežnje i slasti. Raskošni sunčevi zraci ulazili su u sobu, topli kao njihova sreća, lepi kao nabujala polja i plodni voćnjaci.

— Trčim da mi ne pregore kolači — otrgla se od njega, ali on je bio brži. A ko se može otrgnuti iz ruku snažnog, strasnog muškarca. Još jedan poljubac! A iza jednog dolazi čitava kiša. Nasmejanih sjajnih očiju izleteli su iz kuće. Svako je požurio svom poslu. Grablje u njegovim snažnim rukama skupljale su lišće iz trave. To se sve ostavlja na gomilu da trune i previre pa se na jesen slaže oko stabala voćaka.

Oblaci su se digli iznad planine.

— Biće kiše! — izgovori Neda.

— Još bolje, neka padne, pa će sutra biti sveže kad pođemo na stanicu.

Kroz kuhinjski prozor gledala je svog slatkog mužića. Kako je divan u bašti, među ružama i voćkama. Čas je to bio veliki, snažni muškarac, njen muž, koji opija ljubavlju, čas njeno malo slatko dete koje joj spušta glavu na krilo i čeka njene milošte i tepanja. Kako je divan život u braku punom ljubavi! Kako je divno voleti se u prirodi, gde nema pakosti, nevaljalstva i zagušljivosti vazduha.

* * *

Voz se ukazao u daljini. Lokomotiva je usporila kretanje, a svet je čekao na peronu. Ona je bila s Bojanom. On ju je uhvatio ispod ruke.

— Tako sam uzbuđena! — šaputala je svome mužiću, a preko tamnih dužica razlivala se vlaga. On joj je stezao ruku i privlačio je uz svoju mišicu. Kako da ne bude uzbuđena? Ovo će biti susret s porodicom. Od ovog trenutka ona će dobiti dve sestre i jednog brata. A volela je da vidi i njihovo iznenađenje.

Voz se približavao peronu. Već su se raspoznavala lica.

Jedan crnpurast mladić se presamitio preko prozora.

— Voja! — uzviknu Neda.

— Eno Bate! — uzviknu mladić. Dve ženske glave opaljene suncem pomoliše se kroz prozor i najednom se trgoše kao da ih je neko ošinuo bičem.

— Božana — prigušeno kriknu Dunja — podruku s Batom! — povede se gotova da padne.

— Nije otišla?! I još je drsko izašla da nas dočeka! Ovo Bata nije trebalo da nam priredi!

— Šta sad pričate? Ostavi ga! Drži, Branka, ovaj kofer! — grdio je Voja. — Nemojte da pravite takvo lice da se svet čudi. Može on i poništiti svoj brak. Dopala mu se i šta se to vas tiče? Gle, obe ste zaljubljene, a on ne sme da voli! Ja silazim. Uzmi, Dunja, ovaj kofer — hteo je prvi da siđe i da pokaže Bati i Božani nasmejano lice. Za njim je silazila Brankica, pa Dunja, kao da dolaze na pogreb.

Bojan pritrča da ih pridrži i dohvati kofere. Spusti ih na zemlju. Okrete se Dunji i predstavi Nedu, koja se približila:

— Dunjice, hteo bih odmah da te obradujem: ja i Božana smo se verili.

Ona je stajala opuštenih ruku i okamenjena lica. Čak se malo iznenadio i Voja. Niko nije umeo reč da progovori. Dunji se učini kao da se sve okreće oko nje. Strašna misao je preseče: njen brat nema karaktera! Oči su joj bile tako tragične, i Neda se ražalosti; sve se uskovitla u njoj: i sreća, i tuga, i radost što će ih obradovati. Naglo zagrli Dunju i uz poljupce uzviknu:

— Dunjice, ja sam Neda!

Prigušeni krik otrže se Dunji sa usana. Sva se trzala od snažnog jecaja. Mogla je vrisnuti od bola i radosti, ali spletoše se oko Nede i Brankičine ruke, rasplakaše se sve tri i Bojan je morao da ih odvede u stranu.

— Ostavite suze za kuću, a sad se smejte i izljubite se.

— Strašno! To je strašno! Ti si rđav što nam nisi ranije kazao. A ja je oterala iz sela. Našu Nedicu! Mogla se i ubiti! Šta sam uradila? Ona me neće voleti.

— Kako da neću? Pa Bata mi je ispričao koliko me volite. Baš to što si učinila daje mi dokaza koliko me svi volite.

— Samo je on bio uz tebe — okrete se Brankica Voji.

— Jesam jer ja sam predosećao da je ona naša Neda — prkosio im je on.

— Ništa ti nisi predosećao, nego tebi je bilo svejedno da li će Bata da vara Nedu, a nama nije bilo, jer smo žene i znamo da ste vi muškarci mnogo neverniji.

— Hajde da sednemo u kola, pa ćete se napričati i isplakati — zvao ih je Bojan.

Njih tri sedoše gore s Nedom u sredini. Nisu joj puštale ruke, obe su se stisle uz nju, držeći je ispod ruke. Sve tri su bile uplakane i nasmejane. Vetar im je sušio suzne oči. Radojica je kočijašio, a Bojan i Voja su sedeli na zadnjem sedištu, nasuprot njih.

— Koliko smo patili zbog Božane — prva poče Dunja. — A što da nam ne kažeš?

— Hteo sam da uživam i da se upoznamo.

— A, bogami, ja sam jednom pomislila što Božana nije Neda! — govorila je Brankica.

— Kad sam videla kako te je zagrlio u šumi, plakala sam te noći — nastavljala je Dunja — misleći zar i naš Bata da bude takav? Videla sam da je, prosto, zaljubljen.

— E, to reci Nedici: je li da sam bio zaljubljen?

— Prosto se promenio za ovo vreme otkako si došla! Jaoj, kako je slatka naša snajkica! — poljubila ju je u jedan obraz Dunja, a u drugi Brankica.

— Oh, da znaš koliko smo mi patile posle venčanja!

— I Bata se razboleo. Mesec dana je bolovao.

— A ti si bila tako dobra, nisi htela da ga tužiš. On tebe toliko voli! I ti, Nedice, njega voliš. Videla sam to ja i osetila. Plakala je kad sam joj kazala da ode iz sela. Bože, kako da nam ne padne na pamet da si ti Neda?

— Zato što imate žensku pamet! — dirao ih je Voja.

— Ćuti ti! Što nas sekiraš? Nismo mogle ni da zamislimo da bi Neda prva došla u selo. Mislile smo da ona ne voli Batu.

— I ne voli me — dirnu je muž.

— Šta to pričaš? — dočepala ga je za ruku. — Zna on da ga volim — njene svetle, crne oči, susretoše se s plavim, Bojanovim. Voja bi uzdahnuo od žalosti, da nije poneo mnogo uspomena s mora i puno sećanja na tople poljupce u noćima, u čamcu i ispod palmi.

— Oh, kako smo očekivale dan da nam dođeš! Ja ću da se udam, a Bata bi ostao sâm. Naša slatka Nedica! — poljubile su se opet.

— Jesam li ti kazao da će te one voleti?

— Je li ti sve ispričao?

— Jeste, i kako me volite i kako jedva čekate da dođem.

— Je l' ti pokazao moj čaršav za čaj?

— Jeste, divan je.

— Nikad nam nije hteo da dâ tvoju adresu. A, evo, neka potvrdi i Brankica, kazala sam da bih te povela na more, pa da iznenadimo Batu. A on ovako nas da iznenadi! Sad sam još više srećna što je Božana — Neda.

— Meni se baš dopada što si sve ovo uradila! — divila se Brankica.

— Sve nas je upoznala i Neda će priznati da sam ja bio najljubazniji — hvalisao se Voja. — A kakvo je lice imala Dunja!

— Nemoj ti Dunju da diraš! — branio je Bojan. — Ja sam rekao: koga Dunja zavoli, nikad ga ne zaboravlja.

— Jeste, Bato! — rasplaka se Dunja. — Ja sam te toliko volela i sve sam se bojala da li ćeš biti srećan? Bože, da je naša mama živa, kako bi uživala! A ona je proživela teške godine u sirotinji. Pa i Nedica je prepatila.

— Eto, rasplakala se Neda. Nemojte da plačete.

— Pusti! Moramo mi i da se isplačemo. Ja žalim i Nedinu mamu! Ali neću da plačem. Šta radi Stanojka?

— Ona samo hvali Nedu po selu! Sprijateljile se njih dve i Stanojka samo grli i ljubi Nedu.

— Dobra je ona i tako nam je verna.

— Juče smo mesile pitu sa slatkim sirom. Ona je razvijala kore.

— Imate da vidite šta je sve umesila kolača za doček zaova i devera!

— Ja ću najviše da pojedem. Jaoj, Bato, izgladneli smo na moru. Nema nigde naše kuhinje!

— Vojo, večera će biti kao o svadbi! — hvalila se Neda.

— Pa mi, Bato, moramo da proslavimo tvoju svadbu! A šta ste kazali za venčanje?

— Kazali smo da smo se venčali u manastiru. Nego, umalo da poginemo.

— Šta? Kako? — zaprepašćeno su pitali.

— Bosiljka podgovorila Raku i pucao na nas!

— Joaj, nevaljalica! Pa jesi li je tužio?

— Neka je đavo nosi! Pobegla je u varoš. Neće se više ni vratiti.

— Zamisli koliko je prosta, a pokvarena! Htela je za Batu! Dosta da je samo pogledala Nedicu, pa da vidi da nije ni za njen prst! Đubre jedno! Da sam ja bila u selu oterala bih je u zatvor. A vas dvoje, jeste li srećni?

— Zar se to ne vidi na nama?

— Bata je tako dobar i nežan. I ja ću da te zovem: Bato!

— Tek ćeš ga upoznati. On je bolji od Voje.

— Nemojte vi mog bracu da kudite — branio ga je Bojan. — I on je dobar.

— Bato, on se zaljubio.

— Pa, ako je! I njega ćemo da ženimo.

Kada su došli kući dugo uveče nisu mogli zaspati. Mnogo su imale da pričaju. Brankica je stigla da ispriča i za svog potporučnika. Pokazivala je njegovu sliku i veliki svežanj pisama. Žene prvo otvaraju svoja srca jedna drugoj. Dunja je pričala o učitelju Miloju za koga će se udati. Brankica je uzdisala zbog kaucije. Videći svoju zlatnu snajkicu, znala je da će ona sve učiniti za nju. Neda im je kazala o svom mirazu. Htela je da vide da ona nije baš sirota, bez ičega. Voja je upao u sobu da prisluškne. Hvalio je samog sebe, što nije napravio nikakav gest, koga bi se sada stideo. Samo ono jednom, što je svirao na gitari! Snajka ga je očarala i bio je srećan što je Bata našao ovako dobru ženicu. On je na moru flertovao i ljubakao se, ali ne bi se tom devojkom oženio. Odmah je pristala da šetaju po pomrčini i da se ljube. Začas ju je osvojio. I nije bila čedna. A on takvu ne bi hteo! Hteo bi čestitu devojku, idealnu, i da on njoj bude prvi muškarac.

Razišli su se po sobama. Čuo je kako se Bata i Neda penju uz stepenice. Video je kako je prebacio ruku oko pojasa, a ona mu naslonila glavu na rame. On je steže uza se.

— Moram i ja da se ženim! — uzdisao je, gledajući u noć. I Dunja i Branka dugo nisu mogle zaspati.

— Baš je slatka! Bože, šta sam mogla da uradim? Bata je mnogo voli, a i ona njega. Jesi li videla kako je kuća u redu? Vidi se da je domaćica.

— I tako fina! Bata se promenio, prosto, prolepšao se!

— Zato što je ona dobra. Sutra ću da joj poklonim onu bluzicu što sam radila na moru. Biće joj taman!

Zaspale su obe. Spavalo je i celo selo mirnim snom svojih nabreklih polja.

Uspomene iz rodnog mesta

Septembar je bio mirisan i mlak. Beogradske ulice bile su pune života mladića i devojaka preplanulih lica. U svima očima svetle se uspomene s letovanja. Po uglovima je mnogo prodavačica s cvećem. Visoke dalije, skromni žuti neveni, mirisni karanfili. Pogde koja razbarušena hrizantema leprša se na blagom povetarcu jesenjeg dana. U izlozima je već izložena jesenja moda, ali tužno je rastati se od letnjih cvetnih haljina koje ističu vitke linije.

U šarenoj gužvi, preko Terazija, pripijena uz svoga lepog visokog muža, išla je Neda. Crne kovrdžave vlasi talasale su joj se oko obraza, a lice joj je bilo sveže kao zarudela jabuka. Da li je i nju oprljilo sunce ili joj je blistala sreća u očima, što ju je taj visoki muškarac držao ispod ruke, što mu se naslanjala na mišicu, što joj uvek miluju uvo njegove slatke nežne reči i tepanja i što je to njen muž.

Gledali su izloge kao svet iz unutrašnjosti, koji je željan da kupi mnogo stvarčica. A oni su mogli da kupe, jer nisu išli dalje od Beograda. To je bila njena želja. „Zašto da trošimo? Ja sam videla more. Bolje za kuću nešto da kupimo." Paketi su se slali i bila ih je puna hotelska soba. Imali su još nešto da kupe, a bilo je prijatno šetati u velikom gradu u ovo meko, jesenje popodne.

— Je l' ti se dopao Kosta i njegova mati?

— Vrlo su simpatični.

— I ti si se njima svideo. Tetka Mara me je pitala nasamo jesam li srećna, a ja sam te toliko hvalila.

— Da nisi preterala?

— Još nisam sve ni kazala.

A on je spazio tugu u doktorovim očima. Bio bi ljubomoran da su živeli u Beogradu. Ovako mu je laskalo: njegova ženica vredi čim je svi vole.

Stajali su ispred izloga. I pođoše dalje. Jedan oficir im je išao u susret. Neda se trže i zbuni: „Branko! Gle, otkuda baš s njim da se sretnemo? Da li da stanemo ili da prođemo?" Čekala je da vidi da li će ga njen muž poznati.

— Ovo je Branko? — progovori Bojan. Nasmeši se avijatičaru i on kao da zastade. Zastadoše i oni.

— Ovo je moj muž! — predstavi Neda Bojana.

— Udali ste se?! Nisam znao — ogromno iznenađenje mu se ocrta na licu. — Gospodina poznajem. Letos smo se upoznali.

— Da, u mome selu. Venčali smo se pre mesec dana.

— Tako! — bio je toliko zbunjen da nije znao šta dalje da kaže. Neda se umeša.

— A jeste li se vi oženili? Čula sam da ste vereni. Gospođica Dara je vaša verenica? — htela mu je reći: „Ti si mi govorio o ljubavi a voleo si drugu".

— Nismo se još verili — ravnodušno odgovori avijatičar. Porazgovaraše još malo i rastadoše se.

Muž je tražio da vidi njene crne očice. Ona spazi njegov duboki plavi pogled.

— Što me tako posmatraš?

— Proučavam tvoj izraz lica. Hoću da vidim jesi li tužna?

— Ti si nevaljao mužić! Klevetaš svoju ženicu. Srećna sam, još kako srećna! Pogledaj! — okrenu mu svetlo, nasmejano lice. Bojan malo uzdahnu. Šta bi radio da je izgubio ovo lepo devojče?! Mora da je avijatičar tužan. Htede da se okrene, ali se uzdrža. A da se okrenuo, video bi kako avijatičar stoji na ivici trotoara i gleda za njima. Pošao je da se nađe sa studentkinjom Darom, pa ga obuze srdžba. Zastade ispred bioskopa. Besvesno je gledao slike. Ne znajući ni sâm kako i zašto, uđe i stade ispred blagajne. Zatim se uputi u salu. Gledao je u platno, ali ništa nije shvatio. Video je ona dva velika, lepa oka. Kako je sada bila lepa!

„Udala se! Zato nije htela da dođe na sastanak." Osetio je u tom trenutku da je to bila jedina devojka koju je iskreno voleo. „Materijalista! Ja sam oficir, a ona je htela imanje." Ali je morao priznati da joj je muž lep čovek. U selu mu se svideo taj mladić i tamo su mu pričali o njemu. Onda mu je bio simpatičan, a sad je to bio muž devojke koju je jedino voleo i bio mu je mrzak, jer mu je preoteo ono što je voleo.

Sutradan su išli na ručak kod krojačice Dese. Ah, kako su se ona i njena majka obradovale.

— Ama, videla sam ja da vi volite našu Nedu. Ne može čovek da se brine onoliko za devojku koja mu je ravnodušna. A ko nju ne bi voleo? Od prvog dana ja i Desa smo je zavolele kao da nam je rod. Pa nam je neobično bilo bez vas! Čekamo mi pismo, a nikako da ga dobijemo. Čudimo se obe: ama, da nije nešto ljuta? Nismo je ništa uvredile. A stvari je ostavila i kiriju platila unapred. Kad jedno jutro: pismo! Viče me Desa: „Mama, Neda se udala, i to za onog lepog, plavog mladića!" Plakale smo obe. Pa još onako lepo piše i čak je mislila i na moju Desu i njenu udaju.

— Bogami, mama-Boso, taj seljak je kao varošanin. Da vidite kakav mu je red u kući! Da obuče civil — pravi gospodin! I lep čovek. Ja verujem da bi se dopao gospođici Desi — zaplakala je od sreće i bacila se u naručje mama-Bosi.

— Ima pravde — govorila je stara žena. — Kažem ja uvek Desi: poštena devojka mora da nađe sreću.

— A zamislite, mama-Boso, da se Desa uda za tog Marka, pa da svi živimo u istom selu!

— Daj bože, dete moje! Šta joj drugo treba nego da ima krov nad glavom, dobrog muža i da ne misli na kiriju. Letos je, bogami, bilo malo posla. Više je prepravljala nego što je novo šila. Tek sad ako nešto zaradi. A potrajalo lepo vreme, pa svi još nose letnje. Niko ne pomišlja da šije mantile.

— A kad udari kiša, onda svi nagrnu! Ne mogu glavu da dignem. Pravo da vam kažem: udala bih se za bilo koga. Jaoj, mama, hajde da sednemo za sto. Umesila mama gibanicu od onog kajmaka što ste nam doneli. Pošli u Beograd, pa nas niste zaboravili! Šta ste nam voća doneli! A ja imam neku vajnu tetku, pa nas se nikad ne seti, a imaju veliko imanje. Tako je to: danas ti je svojta dalje, a rod ti je često onaj koji ti nije ništa.

Oprostili su se s njima oko četiri sata i Desa je obećala da će početkom oktobra doći u selo s majkom.

Te večeri su putovali. Neda je htela da poseti mamim i tatin grob i da obiđe staru kuma-Anicu i gospođicu Zoru. Javila je svima da se udala i da se upoznala s mužem u Beogradu. Njena tajna o venčanju ostala je samo njihova.

Dočekali su ih vrlo srdačno. Kuma Anica je zagrlila i plakala:

— Ako, dete moje! Sad ne žalim da umrem, samo kad tebe vidim zbrinutu. Kako ti je lep muž! Mora da je i dobar. Prava je svršio? Ako! Živite na imanju? Lepo je u selu. I ja sam se rodila u selu i moj Dimitrije. I sad ne mogu da prodam ono imanje. Žao mi je! Prodajte, kažem, ali kad ja umrem. Kamo sreće da što pre umrem! Ko zna šta ću još dočekati?! — zaplakala je kuma i tiho govorila: — Dušanka ništa ne valja sa zdravljem. Pljuvala je krv. U sanatorijum smo je poslali. Bila je veselo, zdravo dete, pa se razbole od gripa. Mislili smo nazeb, proći će, a nismo ni slutili naše zlo.

Plakala je i mati, gospođa Vuka:

— Sve temperatura, groznica, kad odjednom: krv! Lekari nas teše, ali mi smo premrli od straha. Piše da joj je bolje, ali lekar kaže da mora još da bude u sanatorijumu. A ona piše da joj je teško bez kuće. Znaš, Nedo, kako su se nekad svađale ona i Olga, a sad kakva pisma pišu jedna drugoj! Olga samo plače za njom. Znate da se verila s doktorom Mišićem? Divan čovek i spreman lekar. Otišla je s Jovom u Beč da kupi sebi neke stvari, a i on je išao s njima. Tako je voli i uticao je na nju. Ne daj bože, ona Olga! Beše durnovita i ludoglava, a sad, sve oko nas: „Mamice! Bakice!" Samo naša Dušanka da ozdravi. Baš mi je milo, Nedo, što si srećna i što si našla ovako dobrog muža.

— Kamo lepe sreće da je i Ranka živa. Ja uvek obiđem njihov grob, kad god idem na groblje. Zapalim im sveću. Na Pobusani ponedeljak sam počupala svu travu. Fenjerče se bilo izlomilo, pa sam stavila drugo. Sve je to za moju Ranku.

— Hvala vam, kumo! Da vas onda nije bilo, ja ne bih danas bila živa — trgla se, jer su to bolne uspomene u vezi s doživljajem one strašne noći i milo pogleda muža: — Ali onda ne bih našla mog Bojana — pričala im je o svojoj sreći i hvalila se, što je njih dve iskreno obradovalo.

Nisu im dali da odu nego su morali i na ručku da ostanu. Ljutile su se što su odseli u kafani.

— A kako je gospođica Zora?

— Lepo! Uvek ista, dobra gospođica Zora. Sve, jadna, traži Beograd, a nikako da dobije. Ima jednu koleginicu s kojom stanuje. A ja je uvek grdim — govorila je gospa Vuka — što ne nađe nekog. Vidim, danas se na taj način udaju. Ne ume, jadnica! Došao sada jedan poštanski činovnik, udovac, stariji čovek, taman za nju prilika. Ali i on nađe neko devojče! Kô da mu to priliči? A ona bi bila tako dobra prilika za njega. Ima jedno dete. I dete da mu gleda, a i njega. Ali svi hoće mlado!

— A kako je učitelj i njegova žena?

— On ne valja sa zdravljem. Pre ga sretoh, ide, pa se poštapa: „E, moja gospa-Anice, ne mogu više! Došlo vreme da mrem! Što i da živim, kad sve što sam voleo trune u zemlji?"

Neda se raspitivala za sve, kao kad se dođe u rodno mesto.

— A učiteljica Petrovićka i njene ćerke?

— Ona starija je diplomirala, a mlađe uče. Dobra su to deca. Kuburi uvek s njima. Ova najstarija je dobila mesto, radi sada u sudu. I Jova se zauzeo za nju, izmolio joj je mesto, pa sada malo bolje žive!

— A gospodin Mitko?

— Mitko se ozbiljno zaljubio. Hoće da se ženi.

— Je l' s onom seoskom miraždžikom?

— A, neće nju! Jedna fina devojka. Jednog pukovnika ćerka. Svršila je maturu. Zaljubila se i ona u njega i on u nju. Ima nešto i miraza. Vala, kažem, dosta si se provodio, sad se ženi, pa čuvaj ženu, kuću i decu. Što da ti nevaljalice raznose novac?! A on se smeje i priznaje: „Dve kuće bih sagradio za pare koje sam pobacao na žene". Dobar je mladić, vredan, umešan. Hvala bogu, trgovina dobro radi, iako je kriza. E, Nedo, baš volim što si srećna! Od kakve je majke, mora biti i ona dobra. Pa volite se, deco, i pazite jedno na drugo. Nema ništa lepše nego kad se muž i žena lepo slažu. I sad još zaplačem kad se setim mog Dimitrija i našeg života.

Posle podne otišla je na mamin i tatin grob. Kuma joj je dala veliki buket cveća iz bašte. Noge su joj klecale kad se približavala grobu. Zagrlila je spomenik i jecala.

— Nemoj, zlato moje! Neću da se toliko potresaš — govorio je muž i grlio je.

— Pusti me, Bato! Moram da se isplačem! Moja mamica je sama ovde! Sama! Dobra moja mamice, kako si me volela! Ona bi bila srećna da zna koliko sam ja srećna sada — jecala je i šaputala mami, kao da razgovara s njom. S grobova je dolazila tužna zapevka, vriska, jaukanje i jecaj. Sve se stapalo u ogromni bol koji lebdi nad mirnim uspavanim humkama. Sveće su tiho gorele, a sa lipe, nad spomenikom, otkidali su se suvi listovi i pokrivali nadgrobnu ploču.

Bojan je odvoji od spomenika.

— Hajde, Nedice! Što god više sediš, sve se više rastužuješ — poveo je između malih humki. Skromne krstače, nakrivljene i izbledele, krile su se u travi pokraj visokih, sivih i crnih spomenika. Osećao se miris izmirne, suvog cveća i voska. Sveštenik je negde čitao i pojao. S kapele je tiho brujalo zvono. Kraj jednog groba služile su se žene žitom.

Fijaker je stajao kraj grobljanske kapije.

— Hoćeš da sednemo u kola i da se provozamo?

— Hoću.

Nežno ju je pridržavao dok se pela, seo pored nje i uhvatio je ispod ruke. Stezao je uza se i gledao njene velike, lepe, uplakane oči.

— Voliš li me? — šaputao je.

— Mnogo! Ti si mi sve u životu — spustila mu je glavu na rame. Osetila je šta znači snažna muška zaštitnička ruka i toplo srce koje voli. Tuga je odlazila kao zvonjava s crkve. Vetar je sušio njene lepe oči. Okrenula se još jednom groblju, kao da šalje poslednje zbogom svojim roditeljima.

Kola su se kotrljala po neravnoj kaldrmi. Svet je zastajkivao i gledao ih.

— Ono je Neda! Jeste li čuli, udala se! Kako joj je lep muž? Kažu da ima veliko imanje. Vidiš, umela je da ga uhvati! — pakosno su govorile žene.

— Lepa je i ona. Ko zna kako je živela u Beogradu? Našla nekog! Nije čudno ako je bila i nevaljala, i otac joj je bio pokvaren!

Uspomene su se nizale pred Nedinim očima. Kuća, tatina banka, park u kom se igrala kao devojčica. Sve je iščezavalo, gubilo se. Nov život je bio pred njom. Kroz bol zadrhtala je od sreće. Stisla se uz čoveka koji je sada bio ceo njen život.

Prvi Božić

Sneg je napadao, čvrst i sjajan. Celo selo je bilo kao u nekom svečanom ruhu. Dogovorili su se da zajedno provedu Božić kod Nede i Bojana; Dunja je stigla sa svojim mužem, učiteljem Milojem, a i Brankica je došla iz varoši za božićni raspust. Kako je ona volela svoju snajkicu! Po kući se razlegao smeh, pesma, svirka radija.

Njihova kosovska sobica određena je za Dunju i njenog muža. A Brankici su skinuli divan iz Bojanove kancelarije u trpezariju. Tu će spavati ona i Voja. Šalili su se stalno, zadirkivali se i svađali. Prvo je Voja dočepao poštu i sakrio pismo od potporučnika, da bi najedio Brankicu. Dirao je i za geometra Šumadinca. Geometri su pisali iz drugog sela i žalili za njihovim, a Šumadinac Bogdan je naročito pozdravljao Brankicu. Voja ju je dirao da mu je morala dati nade. A njega su opet dirali za Amerikanku Meri. Molio je Nedu da i njegovu sliku pošalje Amerikanki, ali ona nije htela zbog učiteljice Verice. A on ih je sve uveravao da će se Amerikanka zaljubiti u njega i ostati u Jugoslaviji, ako samo dođe u goste na leto, kao što je obećala. Grdila ga je Brankica kako je nestalan i nije mu verovala da voli Vericu. Ali Neda je znala da on pati zbog nje. Ali, ipak, on nije bio kao Bojan.

Svi su bili veseli, iako je u kući bilo dosta posla. Radili su svi: Neda, Stanojka i Brankica. Mesile su i mutile torte. Neda i Brankica dovršavale su filovanje torti, a došla je posle škole i Dunja da pomogne.

Na Badnji dan okretao je Voja s Radojicom prasiće na ražnju. Snajka ga je dirala zbog Verice.

— Moramo da ga ženimo. Njemu je potrebna žena — reče Bojan.

Radovala se da dobije jetrvu, da žive zajedno. Ona sa svima može, svakom ume da se prilagodi.

Kuća je bila puna života na Badnji dan. Došli su svi, pevali, smejali se. Uveče su se obavljali narodni običaji. Stanojka i Radojica su im pokazivali sve kao u seljačkim kućama. Brankica i Neda su se radovale kao mala deca. Pijukale su za Bojanom, a on je razbacao slamu i ukrasio orasima. Htela je Neda i jelku. Kupila je u varoši mnogo sitnica i svakom poklon. A svi su se i nje setili. Brankica joj je izradila rukavice od vunice i crvenu kapu. Kako je ona bila srećna, kad je kuća bila puna porodice. I svi su bili njeni, svi su je voleli. A još i Desa u selu, udala se za abadžiju Marka. Čak se odobrovoljila i popova Cana. Zaljubila se u jednog inženjera i zaboravila Bojana.

Na Badnji dan došla je mama Bosa, Desina mati, sada kuma, jer ih je Bojan venčao, i pozvala ih:

— Nikako drukčije, drugog dana Božića svi ćete kod nas na ručak — pričala je o zetu i plakala od radosti: — Još mi je, kumice, sve neverica. Gleda moja Desa po kući, pa kaže: „Mama, je l' moguće da je ovo naša kuća, da ne moramo kiriju da plaćamo? Gledaj, mama, šta imamo pilića, ćuraka! Ko bi pomislio da ću ja, devojka iz Beograda, da se udam u selo za zanatliju i budem ovako srećna!" Dobar nam je Marko i pažljiv. I on me zove: mama! Nisu dizali glave s posla. Pred Božić on joj ne da: „Nemoj, Deso, toliko da radiš. Možemo mi, hvala bogu, i od moje zarade da živimo!" A ona će: „Zašto da ne zaradim?" Doneli su joj da šije čak iz drugog sela: i popove ćerke i neke učiteljice. Kupila je već, kumice, pet ovaca od svoje zarade. „Da imamo", kaže, „mama, ovčjeg sira i vune za ćilim". A njemu milo što je ona domaćica i štedljiva. Zajedno šiju, ona za njenom mašinom, a on za svojom. Peva ona, a on je prati. A ja slušam, plačem i krstim se: bože, moja Desa peva! A u Beogradu smo samo uzdisale: da li će štogod da zaradi, da li ćemo imati za ceo mesec! Sve se molim bogu neka im održi ovu sreću. Da vidiš samo, kumice, kako on i njoj pomaže. I pravi je gospodin! I pametan čovek. Hvala ti, dete moje, što si donela sreću mojoj Desi! Jadnica, stalno se brinula i za sebe i za mene: „Šta će, mama, biti od nas, ako se razbolim i ne budem mogla da radim?" Raspričala sam se, a moram da žurim. Svi da dođete: i kuma Dunja i kum Miloje. Branče da nam dovede i Voju.

— Hoćemo, mama-Boso, i vi ćete k nama trećeg dana. Bata je pozvao nekoliko domaćina iz sela i gospodina popu.

— Doći ćemo, kako da ne dođemo! Kako vole seljaci kuma Bojana i tebe, čedo moje! Gde god odemo u kuću, uvek pričaju o njemu. Svaka kuća ima poneku voćku kalemljenu od vaših voćaka. Jaoj, pričam, a imam još mnogo posla. Znate šta je bilo noćas! Kuku! Zamal' da Živanu ne ubije njen sluga.

— Bosiljkinu majku?

— I treba da je ubije — javi se Stanojka. — I ubiće je! Spanđala se sa slugom. Ćerku udala i sada je još gora! Našla momka, a on je tuče i izvlači joj pare.

— More, s nožem kidisao! Da se nije zaključala, zaklô bi je! Jedva ga je umirio Marko. Đavo neka ih nosi! Desa mi se prestravila zbog Marka. Potrčô on, a mogao je njega da rine nožem. Čudo je to pravo u selu, ta majka i ćerka! Što ne proda imanje i ne tornja se kod ćerke? Kaže, dobro ju je udala za nekog činovnika iz varoši. Jaoj, ja još pričam! Zbogom, kumice! Dođi i ti, Stanojka, na kafu!

Neda je isprati i vrati se u kuću. Bila je puna sreće što je ove dve dobre duše spasla sirotinje.

Prvog dana Božića svi su išli na sankanje. Voja je napravio skromne sanke. Jednima je upravljao Bojan, a s njim je sedela Neda, Dunja i njen muž Miloje. Leteli su niz jedan breg, s cikom, rumenih obraza. Njen mužić ugrabi priliku da je poljubi u rumeni i hladni nosić. Ispod crvene kapice virili su njeni tamni uvojci, meki i svileni. Svi su bili razdragani. Dođoše i seoski momci i devojke sa saonicama. Vriska i smeh. U daljini su se čuli klarinet i bubanj. A sneg je napadao pa se smrznuo i blistao kao kristal. Od sanki brežuljak se izglačao kao staklo.

Sva priroda je bila u nekoj plavičastoj belini. Seoske kućice su bile još belje pod snegom, a dim se crneo, povijao i pravio razne arabeske iznad krovova. Četinari su se još crneli, okićeni snegom, a ogolelo drveće ukrstilo je bele grane kao od šećera.

— Dosta! Sada kući! Da ti nije hladno, Nedice? — Bojan pogleda u sat.

— Ništa! Baš mi je toplo.

On ju je zaljubljenički gledao. Blistale su joj oči, a obrazi su joj bili rumeni kao njegove najlepše jabuke u voćnjaku. Uhvatio je ispod ruke i stegao joj ručicu u vunenoj rukavici. Zaostali su i ugrabio je priliku da je još jednom poljubi. Kod kuće huktale su peći u svim sobama. Stanojka je nagurala drva uživajući kada se sva peć usija. Postavila je i sto. Nasekla je hladno praseće pečenje. Ćureća čorba se pušila u velikoj činiji, a kriške domaćeg hleba bile su meke, vlažne i pune šupljika. Na ormanu su u činiji stajali svakojaki kolači. Zapalila je Stanojka i svećice na jelki. Mnogo su joj se dopadale svećice, pa je uživala i ona kao dete, jer duša ljudi iz naroda uvek nosi u sebi čiste dečje radosti. Svi su bili gladni i Neda ih je nudila.

— Meni još jedno parče torte! — mazila se Brankica, jer ona je bila maza, i kao dete, a osetila je da njena snajkica ume da je mazi i voli. Snajkica joj je obećala da će dobiti kauciju od Bate. Jer to je bila najozbiljnija ljubav. Njen potporučnik je voleo. Taman kad ona završi školu, on će steći prava na ženidbu. Šta je to? Još godinu i po dana. Ceo njen razred zna za njenu snajkicu Nedu i voli je, i sve se drugarice potpisuju kad joj ona piše. Jer snajkica sprema velike pakete i šalje joj, a time se one sve zajednički slade, i ceo razred voli Brankičinu Nedicu.

Topla soba ih je zagrejala, pa su se oči sklapale.

— Baš mi se spava — šaputala je Dunja svome mužu. — Stanojka, je l' ugrejana naša soba?

— Sva se crveni kao žar!

— Stanojkice, što te volim što umeš ovako da zagreješ sobu — govorila je Brankica.

— Ne žalim drva gos'n Bojanova. A sad naš gospodin Bojan ide u opštinu. Ćata da crkne od muke.

— Dabome, zapetljao je stvari po opštini i seljaci su nezadovoljni. Pravi se neki gospodin, a ništa ne razume! — grdio ga je učitelj Miloje.

— To je pametno, Bato, što si se primio za delovođu. Koliko će ti plaćati?

— Nisam ništa tražio. Koliko dadu.

— Znaš li, Miloje, da mi sa sedam stotina dinara od mojih kirija, živimo vrlo lepo. Sve imamo u kući. To što Bata bude dobijao iz opštine, ostavljaćemo.

— Što si ti štedljiva i umeš da lepo raspodeliš! — hvalio je mužić.

— Jeste, bogami, ne da moja gospoja da se rastura i baca — hvalila je Stanojka.

— I još uvek Voji i meni daje džeparac — pričala je Brankica.

— Voja od mene više ništa ne traži. Sve dobija od snajkice.

— A što se ja obradujem kad dobijem pismo, a ispadne stotinarka! Urnebes bude u razredu!

— Ona sve vas više voli, a mene najmanje! — zadirkivao ju je Bojan kao dete.

— Tebe najmanje volim?! — pljesnu ga ona po ruci. — Da znaš, Dunja, kako je razmažen!

— Priča on to samo. A trebalo je da ga čuješ šta mi je pre neki dan govorio o tebi!

— Šta? Hajde, kaži!

— Kako si dobra, nežna, kako mu sve ugađaš, nikad se niste sporečkali i da nikad nije mogao misliti da će imati takvu ženu.

Njene očice su blistale od sreće i ushićeno gledale tog divnog muža.

— Pa da ti nisi takva, zar bi mi svi bili ovako okupljeni? Da je uzeo neku drugu, sve bi nas rasterala. Ti nisi žalila da stvoriš sebi ovoliki posao, nego uživaš što smo svi zajedno — hvalila je Dunja.

— Bogami, toliko sam se radovala! Pa ja nikog nemam: vi ste svi moji! Uvek sam žalila što nemam braće i sestara — nije mogla da otrpi, zaplakala je i pala mužu na grudi.

— E, pa sad nećemo da plačemo! Gle, rasplakala se! Vidi i Dunja plače. Šta? I Brankica?! A onda moramo i Voja, i Miloje, i ja da plačemo.

Udariše u smeh. Brankica skoči, pusti radio. Orkestralna muzika ispuni sobu. Plamen svećica na jelci je podrhtavao, a oko stola su bila vedra i nasmejana lica srećne porodice u kojoj se svi vole i razumeju. Slušali su čitav sat muziku, pa se raziđoše po sobama. Bojan uđe s Nedom u njihovu veliku sobu na spratu. Lampa nije bila zapaljena, ali soba je bila osvetljena mesečinom i plamenom iz peći, odakle su se zrake pružale po tepihu i odsjajivale na tavanici. Lampa nije morala ni da se pali! Mesečev zlatni krug ocrtavao se u okviru prozora iznad snežnih grana jabuke.

— Oh, kako je toplo! — Neda se uvalila u široku fotelju pored peći. Bojan je stajao ispred prozora. — Što smo se danas lepo sankali!

Njen mužić ne odgovori ništa.

— Bato, što ćutiš?

— Tako, ćutim! — stajao je još uvek kraj prozora i nije se okretao.

— Ti si nešto ljut?

— Možda!

— Ljut? Zašto? — skočila je s fotelje, prišla mu s leđa i obavila mu ruke oko vrata. Povila je glavu preko ramena da mu vidi lice. — Što se to moj mužić naljutio?

— Imam razloga. Jedna stvar ima da se konstatuje.

— Kakva stvar? — pitala je sa zebnjom. — Šta sam uradila?

— Ne znaš?

— Ne znam, bogami. Pa nisi bio ljut, otkuda sada da se naljutiš?

— Bio sam ljut, ali sam se pravio veseo.

— Srce moje, pa reci mi šta sam te naljutila?

— Naljutila si me, jer celog dana nisi me nijednom poljubila, i sada si sela u fotelju, a i ne misliš da me poljubiš.

— A, to je? Dakle zato je moj mužić ljut? E, sad ću te poljubiti. Nisam mogla danas. Bila je puna kuća! Pred njima neću da te ljubim. Ja volim kad smo sami.

— A jutros si pobegla iz sobe dok sam ja još spavao.

— Znaš zašto? Da spremim doručak. Htela sam da sve bude gotovo kad se dignu. Pa ja sam domaćica u kući, htela sam da vide da je red, da svi budu zadovoljni, a ne oni da ustanu, a domaćica spava. Ja sam ušla posle kod tebe i mazila sam te. Malo moje, slatko dete!

— Ti tako slatko umeš da govoriš, da ispadne da nemam prava da se ljutim.

— Ovog puta nemaš. Eto, sad sam sva tvoja — privila mu se uz grudi, a on, već raznežen, steže je oko pojasa, uze u naručje, sede u fotelju, a nju spusti na kolena. Uronio je svoje usne u njene, da je obamrla i opustila mu se u naručju. Povio joj je glavu i nije mogao da odvoji usne od njenih toplih usnica i zažarenih obraza.

— Što te volim, volim! — šaputao je stežući je na grudi.

— Zato što osećaš da i ja tebe volim.

Da, on ju je osećao svu, njeno lepo telo, dušu njenu, čednost, dobrotu, svu prefinjenu pažnju jedne zaljubljene žene za koju je ceo svet bio samo njen muž i njihova kuća.

— Toliko te volim! Odem od kuće, pa se sve bojim za tebe. Dođe mi bezumna misao da te neko ne ukrade, pa napuštam sav posao i dojurim kući. Slatka moja ženice, jesi li ti samo moja?

— Samo tvoja! — uzdisala je tiho. — Sve si lepši! Slatki moj mužiću — strasno mu je obavila ruke oko vrata i ljubila ga sva u zanosu.

Žar se rasprskavala u peći, cepanice su prštale u hiljadu varnica, a mesec je još gledao u sobu. Ustali su s fotelje.

— Kako je divan voćnjak i ova noć. Sve je plavičasto. Pogledaj senke voćnjaka! Zar bi iko mogao ovako nešto fantastično da stvori? I kakva je tišina!

Osluškivali su noć, priljubljeni jedno uz drugo, a noć je bila tiha, i ona veličanstvena tišina snežne noći, kad priroda spava zimskim snom. Samo su njihova srca bila uzbuđena.

Zaspali su i oni. Nešto je trglo Nedu. Otvorila je oči. Panj je pao u peći i rasprštao se. Mesečina je još osvetljavala sobu svojom mekom svetlošću, ali mesec više nije virio kroz prozor. Podigla je oči prema maminoj slici i raspoznala njen blagi nasmejani lik. Kao da je i mama osetila njenu sreću. Nagla se prema lepoj muževoj glavi. Bujna kosa bila je rasuta na jastuku. Gledala ga je milo kao malo dete. On je bio njeno dete, njen muž, njen život. Stisla mu se oko grudi i obavila mu ruke oko vrata. Tople usne su klizile po njegovom obrazu. Osetio ih je u snu, otvorio sanjive oči i video belo lice i dva velika oka. Ruke su mu se obavile oko njenog stasa i začuo se sanjivi slatki šapat.

— Moja mila, moja slatka, kako te volim! Volim te! Jesi li ti samo moja? Sva moja?

Milica Jakovljević, jedna od najpopularnijih i najčitanijih srpskih književnica međuratnog perioda u Kraljevini Jugoslaviji i svakako najznačajniji ženski autor istog perioda, rođena je 1887. godine u Jagodini u mnogočlanoj porodici. Otac Jakov, kao udovac sa osmoro dece iz prethodnih brakova, u treći je ušao sa Simkom Jakovljević sa kojom je imao još troje dece, ćerke Milicu i Zoru, i sina Stevana. Stevan Jakovljević, mlađi brat Milice Jakovljević, takođe je bio poznati srpski pisac, autor čuvene *Srpske trilogije*.

Zbog očeve činovničke službe, porodica se često selila po Srbiji. Detinjstvo i mladost, Milica je provela u Kragujevcu. Tu je završila osnovnu i pet razreda Više ženske škole.

Pošto je želela da postane seoska učiteljica, i bila odličan đak, roditelji su je poslali na dalje školovanje u Beograd gde je pohađala Žensku učiteljsku školu. Diplomirala je na isturenom odeljenju ove škole u Kragujevcu u koji se vratila zbog neizvesne finansijske situacije njene porodice.

Ubrzo po diplomiranju, dobija mesto seoske učiteljice u istočnoj Srbiji, u mestu Krivi Vir u podnožju planine Rtanj. Posle pet godina, premeštena je u selo Obrež kod Varvarina.

Po završetku Prvog svetskog rata u kojem je izgubila oba roditelja, odlučuje da okonča rad u državnoj službi i preseli se u Beograd. Tu počinje da radi kao novinar, najpre pet godina u listu „Novosti", a zatim neprekidno sledećih petnaest u „Nedeljnim ilustracijama".

Po savetu kolega novinara, autorske tekstove sve vreme piše pod pseudonimom Mir-Jam, a ovo umetničko ime odabrala je u znak poštovanja prema autorki romana na čijem prevodu je u tom trenutku radila — Mirjam Hari. Pseudonim je zadržala i kad je počela da piše romane.

Pošto su novine za koje je radila prestale da izlaze 6. aprila 1941. godine, i pošto je odmah zatim, iako egzistencijalno ugrožena, odbila da radi tokom nemačke okupacije zemlje, posle Drugog svetskog rata gubi status člana Udruženja novinara Jugoslavije, uprkos činjenici da je prethodno bila njegov član gotovo dvadeset godina. Zbog nemogućnosti zaposlenja, sve do kraja života živela je u velikoj bedi, potpuno ponižena i zaboravljena. Nije pomoglo ni to što je bila rođena sestra Stevana Jakovljevića, u tom trenutku prvog rektora Beogradskog univerziteta i narodnog poslanika.

Preminula je 1952. godine od posledica upale pluća. Sahranjena je na Novom groblju u Beogradu, a vest o njenoj smrti nisu prenele nijedne novine.

Roman *Greh njene mame* smatra se najintrigantnijim u bogatom književnom opusu Mir-Jam. U ovoj neobičnoj i maštovito vođenoj priči sa vešto kombinovanim bajkovitim i realističnim elementima, a koja istražuje univerzalne teme ljubavi, gubitka i iskušenja, glavna junakinja Neda, suočena sa dramatičnim gubicima i životnim nedaćama, kreće u borbu za svoje sigurno parče neba u nepredvidivo surovom svetu. Život mlade Nede Pavlović iz korena se menja nakon tragičnog gubitka najpre oca, koji je izvršio samoubistvo zbog finansijskog skandala, a zatim i majke za koju nije ni slutila da duboko u sebi nosi skrivene tajne prošlosti. Iako naizgled krhka, dok s naporom prevazilazi nametnute joj okolnosti, istovremeno pokušavajući da shvati šta je to njena majka učinila što toliko oblikuje njen život, Neda ipak uspeva da pronađe dovoljno snage u sebi da uz pomoć ljubavi zasluži sopstvenu sreću.

Milica Jakovljević Mir-Jam
GREH NJENE MAME

London, 2025

Izdavač
Globland Books
27 Old Gloucester Street
London, WC1N 3AX
United Kingdom
www.globlandbooks.com
info@globlandbooks.com

Naslovna fotografija
Olga Oginskaya
(https://pixabay.com/photos/
diamond-snow-ice-ring-3967797/)